Céus Misteriosos

DEUSES AFOGADOS · VOL. 2

Céus Misteriosos

PASCALE LACELLE

TRADUÇÃO DE HELEN PANDOLFI

Copyright do texto © 2024 by Pascale Lacelle
Copyright da tradução © 2025 by Editora Intrínseca Ltda.
Publicado mediante acordo com Margaret K. McElderry Books, um selo
de Simon & Schuster Children's Publishing Division.

Todos os direitos reservados. Nenhuma parte desta obra pode ser
apropriada e estocada em sistema de banco de dados ou processo similar,
em qualquer forma ou meio, seja eletrônico, de fotocópia, gravação etc.,
sem a permissão dos detentores do copyright.

TÍTULO ORIGINAL
Stranger Skies

PREPARAÇÃO
Ilana Goldfeld

REVISÃO
Carolina Vaz

PROJETO GRÁFICO ORIGINAL
Irene Metaxatos

ILUSTRAÇÃO DA PÁGINA 3 E DO VERSO DE CAPA
kotoffei/iStock

DIAGRAMAÇÃO E ADAPTAÇÃO DE PROJETO GRÁFICO
Ilustrarte Design e Produção Editorial

ILUSTRAÇÕES DE CAPA
kotoffei/iStock, DaryaGribovskaya/iStock e olegback/iStock

DESIGN DE CAPA
Greg Stadnyk

MAPAS
2023 © by Francesca Baerald

ADAPTAÇÃO DOS MAPAS
Henrique Diniz

CIP-BRASIL. CATALOGAÇÃO NA PUBLICAÇÃO
SINDICATO NACIONAL DOS EDITORES DE LIVROS, RJ

L133c

> Lacelle, Pascale
> Céus misteriosos / Pascale Lacelle ; tradução Helen Pandolfi. - 1. ed.
> - Rio de Janeiro : Intrínseca, 2025.
> 544 p. ; 23 cm.　　　　　(Deuses afogados ; 2)
>
> Tradução de: Stranger skies
> Sequência de: Magia das marés
> ISBN 978-85-510-1409-7
>
> 1. Ficção canadense. I. Pandolfi, Helen. II. Título. III. Série.

24-95119

CDD: 819.13
CDU: 82-3(71)

Meri Gleice Rodrigues de Souza - Bibliotecária - CRB-7/6439

[2025]
Todos os direitos desta edição reservados à
EDITORA INTRÍNSECA LTDA.
Av. das Américas, 500, bloco 12, sala 303
22640-904 – Barra da Tijuca
Rio de Janeiro – RJ
Tel./Fax: (21) 3206-7400
www.intrinseca.com.br

PARA MEUS PAIS, QUE SEMPRE
ME PERMITIRAM SONHAR.

ALERTA DE GATILHO

Este livro contém cenas de morte, automutilação, uso de substâncias ilícitas, discriminação e transtornos mentais.

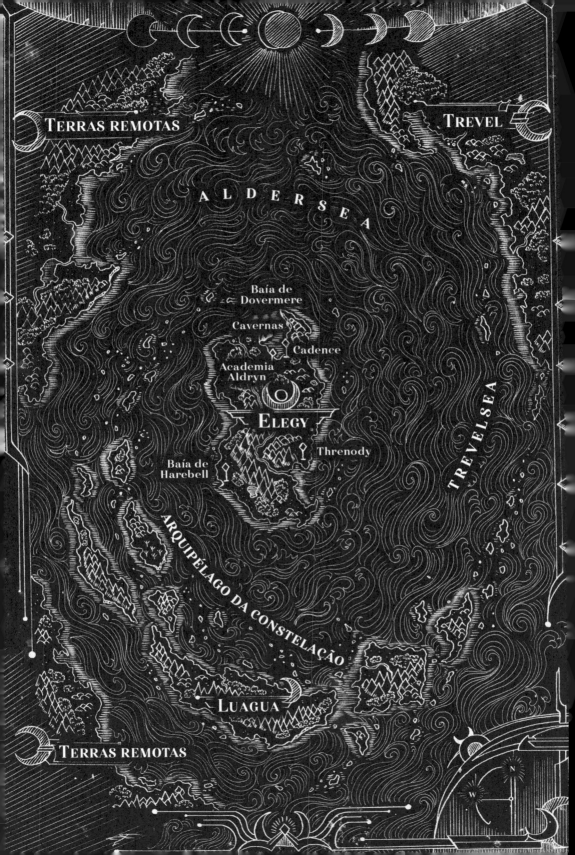

As Casas Lunares Sagradas
e seus alinhamentos com as marés

CASA LUA NOVA
Hall Noviluna

CURANDEIROS (*Maré enchente*)
Habilidade de curar a si mesmos e aos demais

ADIVINHOS (*Maré vazante*)
Dom da profecia e visões mediúnicas

MEDIADORES DO ALÉM (*Maré enchente*)
Habilidade de acessar o além, estar em comunhão com espíritos

PORTADORES DAS TREVAS (*Maré vazante*)
Domínio das trevas

CASA LUA CRESCENTE
Hall Crescens

SEMEADORES (*Maré enchente*)
Habilidade de cultivar e transmutar plantas
e outros pequenos organismos

ENCANTADORES (*Maré vazante*)
Coerção; carisma e influência sobre os demais

AVIVADORES (*Maré enchente*)
Habilidade de amplificar o alcance e a potência de outras magias

CRIADORES (*Maré vazante*)
Habilidade de materializar coisas

CASA LUA CHEIA
Hall Pleniluna

AURISTAS (*Maré enchente*)
Manipulação de emoções; empáticos, conseguem ver auras

PROTETORES (*Maré vazante*)
Magia de proteção

PURIFICADORES (*Maré enchente*)
Habilidade de efetuar limpezas e equilibrar energias

GUARDIÕES DA LUZ (*Maré vazante*)
Manipulação da luz

CASA LUA MINGUANTE
Hall Decrescens

SONHADORES *(Maré enchente)*
Manipulação onírica e acesso ao mundo dos sonhos;
habilidade de induzir o sono

DESATADORES *(Maré vazante)*
Habilidade de desvendar segredos, decifrar
enigmas e atravessar proteções e feitiços

MEMORISTAS *(Maré enchente)*
Habilidade de acessar e manipular lembranças

CEIFADORES *(Maré vazante)*
Habilidade de ceifar a vida; toque da morte

CASA ECLIPSE
Hall Obscura

Eclipses lunares produzem
variações das magias lunares

Eclipses solares produzem dons raros
que vão além das magias lunares conhecidas

PARTE I:
A FEITICEIRA

Era mesmo um dia apropriado para um enterro, pensou Aspen.

A névoa densa da manhã encobria o chão onde o coven estava reunido, em frente ao antigo teixo. Seus vultos formavam contornos fantasmagóricos no amanhecer pálido, as mulheres com vestidos de musselina brancos e esvoaçantes, os homens com camisas brancas e largas para fora da calça. Todos pareciam extensões da névoa, espíritos silenciosos saídos do solo, alheios ao toque frio das agulhas de pinheiro sob seus pés descalços e à brisa gelada que se infiltrava em suas roupas inadequadas para a época do ano.

O primeiro sopro do inverno percorria a floresta. Aquele provavelmente seria o último enterro antes que a terra congelasse.

Aspen conteve um calafrio, percebendo os olhos da mãe sobre ela. Aquele não era o momento para demonstrar fraqueza. Já conseguia sentir o desagrado da mãe com sua aparência: cabelos escuros desgrenhados, olhos avermelhados, as pequenas manchas em formato de meia-lua no vestido que ela colocara com pressa, sem se preocupar com a sujeira sob as unhas que ela não se dera ao trabalho de esfregar depois de ter ajudado a cavar na noite anterior.

Um túmulo de crepúsculo para um enterro ao amanhecer: assim sempre fora o costume das feiticeiras.

Em algum lugar lá no alto, uma cotovia cantava uma melodia alegre e ilusória enquanto as matriarcas do coven conduziam a irmã mais nova de Aspen até o buraco na terra onde ela se deitaria. Os olhos de Bryony encontraram os de Aspen quando ela se ajoelhou na sepultura com seu vestido branco imaculado, que se ondulava ao seu redor. O coração de Aspen disparou. Ela viu a si mesma no semblante rígido de Bryony, lembrando-se de como tentara manter uma expressão destemida diante do coven em seu próprio enterro, mesmo com o medo esmagando seu peito. Já fazia quatro anos, mas Aspen jamais esqueceria o gosto de terra, a escuridão asfixiante de quando foi enterrada viva. A incerteza insuportável que lhe fez companhia até a inconsciência.

Você vai ficar bem, murmurou Aspen, sem palavras. O queixo da irmã estremeceu em resposta. Ninguém pareceu notar, a não ser a mãe, que contraiu a boca de uma forma que Aspen conhecia bem. A Alta Matriarca não admitia que as filhas cometessem erros, e a pequena fissura na armadura de Bryony a aborreceria muitíssimo.

"O que dirão os outros se minha própria filha não tem fé na Escultora?", perguntara a Alta Matriarca a Aspen no dia de seu enterro. "A terra a receberá e a esculpirá como nova. Jamais duvide disso."

Obviamente, para uma menina de treze anos prestes a ser enterrada viva, aquilo era mais fácil de ser dito do que feito. Mas assim era o ritual das feiticeiras. Quando chegavam à idade certa, eram enterradas junto à base do teixo sagrado, onde a Escultora, a divindade cuja essência fluía sob a terra e dela se alimentava, despertava na feiticeira uma clarividência latente. Acolhidas pelas raízes nodosas do teixo, elas renasciam, emergindo como legítimas feiticeiras.

Esperava-se que sua crença na Escultora e no destino que as aguardava após o sepultamento fosse inabalável. "A fé vence a morte", ensinavam desde cedo as matriarcas do coven, esquecendo-se, talvez intencionalmente, de todas as aspirantes a feiticeiras que nunca se ergueram de seus túmulos. As almas para sempre perdidas sob a terra... ou pior, levadas pelos demônios que habitavam o submundo.

"Esse não vai ser o destino de Bryony", disse Aspen a si mesma enquanto a irmã se deitava no túmulo, os cabelos pretos e brilhantes se derramando ao seu redor como uma poça de sangue escuro. "Ela vai voltar."

O sol estava começando a rodear as copas das árvores quando as matriarcas deram início aos cânticos. O amanhecer inundou o mundo em tons suaves de azul e rosa, um cenário que servia como um pano de fundo delicado demais para uma ocasião tão sombria. As matriarcas enterraram as mãos no solo e ergueram punhados de terra sobre a sepultura ao mesmo tempo que seu canto ganhava força, palavras antigas que tinham o objetivo de proteger a essência de Bryony contra a influência demoníaca.

Bryony levantou-se bruscamente, com uma súplica entrecortada saindo dos lábios.

— Por favor, não quero fazer isso.

Lágrimas manchavam seu rosto, e ela tentava ficar de pé, agarrando-se às bainhas dos vestidos das matriarcas. Seu desespero destroçou o coração de Aspen e abalou seu autocontrole. Ela saiu de onde estava em meio à multidão e se ajoelhou junto ao túmulo da irmã, ignorando os olhares hostis da mãe.

— Promete que vai ficar comigo? — Bryony soluçou quando Aspen a abraçou. — Promete que vai ficar até o fim?

Aspen sentiu um nó na garganta. Ela sabia o que Bryony queria dizer, o que estava pedindo para que ela fizesse... assim como sabia que a mãe prestava atenção à conversa delas e que, sem dúvida, repreenderia Aspen mais tarde pela rebeldia da interferência.

— Prometo — sussurrou Aspen, apertando a irmã uma última vez antes de se afastar. — Seja valente. — Então, acrescentou em voz alta, para que a mãe a ouvisse: — A terra a receberá e a esculpirá de novo.

Bryony pareceu ter encontrado coragem na promessa de Aspen, respirando fundo e voltando a se deitar na sepultura.

As matriarcas retomaram os cânticos, como se a cerimônia jamais tivesse sido interrompida. Bryony fechou os olhos quando os primeiros montes de terra caíram sobre ela. As lágrimas brilhavam em suas bochechas enquanto mais terra cobria seu rosto. O pequeno corpo dela desapareceu pouco a pouco, e a canção das feiticeiras tornou-se mais alta e mais enérgica, o som de uma árvore sendo arrancada da terra. Quando os últimos torrões de terra foram depositados sobre o túmulo, a canção se desdobrou em uma nota final estridente e triunfal que fez as cotovias levantarem voo em algazarra.

E assim Bryony foi enterrada.

Na súbita calmaria, um vento sobrenatural soprou por entre as folhas do teixo. Os galhos rangeram, estalaram e grunhiram e, muito abaixo dos pés deles, ouviu-se um rugido, as raízes da árvore se deslocando para aceitar a oferenda de uma jovem feiticeira. Nos oito dias subsequentes, Bryony permaneceria enterrada sob o teixo sagrado. Oito dias que correspondiam às oito etapas do ciclo de vida de uma árvore: a semente, a germinação, a muda, o broto, a maturidade, o desabrochar, a reprodução e, por fim, a decomposição. Ao final, uma feiticeira renasceria para recomeçar o ciclo, se assim fosse a vontade da Escultora.

Para Aspen, seriam oito dias de angústia pelo destino da irmã.

Ela se virou e saiu correndo da clareira, escapando por pouco das garras da mãe. Lidaria com o descontentamento da Alta Matriarca depois.

A jovem disparou pelos bosques tão familiares, com os pés descalços tocando a terra, as solas se ferindo em pedregulhos e galhos. Quanto mais fundo avançava, mais densa, envelhecida e peculiar se tornava a mata, repleta de magia de feiticeiras antigas, cuja carne e cujos ossos em decomposição nutriam as árvores e a Escultora que as moldara.

Poucas feiticeiras ousavam ir tão longe, preferindo ficar nos arredores da floresta em si, onde o coven residia. Os aldeões normais das proximidades tendiam a evitar os bosques por completo, cochichando entre si sobre os espíritos malignos que ali habitavam e sobre as feiticeiras que pactuavam com eles.

Mas Aspen não tinha medo dos bosques. Ela pertencia à floresta e a floresta habitava nela.

As folhas ali tinham inúmeros tons de ouro e cobre, belíssimas em sua decadência. Quando se aproximou de uma ravina familiar, Aspen acolheu de bom grado o musgo esponjoso da beira do rio, macio e agradável sob seus pés. Uma camada de gelo cobria o solo. Ela sentiu frio e, embora ansiasse pela lareira de seu quarto e pelo calor de sua cama, não podia negar o efeito revigorante de andar descalça pela floresta. Aquilo a lembrava do vínculo que tinha com a terra: como um brotava do outro, e como um nutria o outro. Um ciclo eterno.

Aspen só podia torcer para que a terra fosse bondosa com a irmã. Que a Escultora julgasse Bryony digna e despertasse a feiticeira que existia nela.

A jovem seguiu a melodia familiar de uma cachoeira próxima. Em termos de queda d'água, aquela não tinha nada de extraordinário, não era muito alta nem muito imponente, mas era bonita mesmo assim. Não deixava de ser estranha, já que um tronco de árvore contorcido brotava da ravina na base da cachoeira. O tronco se dividia ao meio e formava um arco por onde caíam as águas em cascata. Aspen sempre se viu cativada por ele. Aquele era seu refúgio, aonde ela ia para praticar a perscrutação e explorar o lado mais obscuro de suas habilidades. A parte que a mãe não queria que ela acessasse.

As feiticeiras tinham poderes vindos da terra, enxergavam significados ocultos em ossos e folhas e nos anéis do tronco de uma árvore. Algumas conseguiam mapear raízes invisíveis a olho nu, sentir as necessidades das plantas e dos animais, pressentir a aproximação de uma tempestade ou de uma seca e, com isso, preparar suas colheitas e seus jardins. Outras tinham o terceiro olho orientado para o futuro ou para o passado e eram capazes de perceber padrões e teias de possibilidades na vida das pessoas.

A magia que a Escultora despertava se manifestava de forma diferente em cada uma, mas era sempre ligada à terra e à conexão do corpo com ela. A magia existia nos ossos das feiticeiras, aguçava os cinco sentidos e despertava o sexto. Na maioria das vezes, manifestava-se por meio de alguma expressão artística, guiando as mãos da feiticeira para que dessem forma às visões. A escultura, como era de se esperar, era a escolha mais popular; a mãe de Aspen possuía uma galeria repleta de peças em madeira, cerâmicas e bustos de mármore, cada uma mais detalhada, peculiar e bonita que a outra. Era o trabalho de feiticeiras falecidas havia muito tempo, mas imortalizadas para todo o sempre.

Aspen se ajoelhou na beira da ravina e correu as mãos pela água gelada, fazendo a superfície ondular ao esfregar a sujeira sob as unhas. Ela observou seu reflexo na água turva, tentando ver Bryony em suas próprias feições marrom-avermelhadas. Quatro anos as separavam, mas as irmãs eram muito parecidas: tinham os mesmos olhos escuros e profundos, pontilhados de dourado e verde, emoldurados por cílios espessos e sobrancelhas marcantes; o mesmo tom de cabelo preto, embora o de Bryony fosse sedoso e liso, enquanto o de Aspen era cacheado e volumoso.

A água tornou-se hipnótica quando Aspen sentiu a ação de seu poder de vidência.

Sua magia era uma anomalia por não estar ligada *apenas* à terra. Com frequência, Aspen mergulhava em um transe ao observar o gotejar cadenciado da chuva em uma poça, ao ouvir o crepitar das chamas em uma fogueira ou ao sentir o vento dançar à sua volta. Seu terceiro olho despertava diante de elementos tão fascinantes, muitas vezes de forma inesperada para ela, e permitia à jovem enxergar através dos olhos de outras pessoas, inclusive de animais.

Era um dom raro de perscrutação e, de modo geral, inofensivo. Mas os receptáculos cuja consciência Aspen acessava não sentiam que ela estava lá, o que apresentava um dilema moral. Ela não apenas enxergava através dos olhos alheios, mas *sentia* tudo que seus receptáculos experenciavam: desde os cinco sentidos até coisas mais íntimas, como antigas dores, alegrias e memórias gravadas em seus músculos, ossos e tendões.

Aspen tomava muito cuidado para não ultrapassar certos limites, mas sua curiosidade era inevitável. Ela adorava conhecer o mundo sob a perspectiva dos outros. Era sua maneira de escapar da vida à qual estava presa, da floresta à qual estava jurada. Uma forma de saciar seu desejo incessante de descobrir o que existia além do coven.

A mãe, por outro lado, considerava a conduta imoral e praticamente proibira Aspen de utilizar a vidência de tal forma. Mas Bryony tinha implorado à irmã. "Promete que vai ficar comigo?" Um convite para que Aspen visse através de seus olhos enquanto o mundo dela se tornava escuro, silencioso e assustador. Para que alguém segurasse sua mão, ainda que metaforicamente falando, enquanto o ar deixava seus pulmões.

Aspen se lembrava muito bem do próprio enterro, do momento sufocante, agonizante e interminável em que ela esperara pela morte e pela Escultora, que quebraria seus ossos, entortando e partindo seu corpo para transformá-la em uma feiticeira legítima. Aspen teria dado qualquer coisa para que alguém tivesse segurado sua mão naquele momento.

Se ela pudesse proporcionar à irmã aquele pequeno conforto, faria isso.

Aspen permitiu que sua mente mergulhasse na magia que a atraía, aproximando o rosto cada vez mais da água ainda ondulante.

— O que acha que está fazendo?

Sua mãe a segurou pelo braço em um aperto firme, puxando Aspen, atordoada, para longe da água. Suas palavras cheias de fúria acertaram a jovem como um chicote.

— Primeiro o rompante no túmulo de sua irmã, e agora isso?

— Eu só estava...

— Não quero saber de suas desculpas. Sei muito bem o que você estava prestes a fazer. Como tem coragem de interferir na ascensão de sua irmã dessa maneira?

— Eu não fiz nada, juro.

— E se eu não tivesse impedido você? Sua presença na mente de Bryony pode ter alterado o trabalho da Escultora ou despertado os demônios.

A culpa embrulhou o estômago de Aspen. A garota não tinha pensado naquilo, estava abalada demais, comovida com as súplicas da irmã. Ela baixou a cabeça.

— Sinto muito, mãe.

Ela devia ter pensado melhor no que estava fazendo.

— Como pôde ser tão tola? — A mãe a soltou com um suspiro. — Eu esperava que se comportasse melhor, Aspen. Você é a *escolhida* da Escultora e deve agir de acordo.

Aspen ficou em silêncio, apesar da vontade de protestar. Não precisava daquele lembrete.

De acordo com a mãe, ser escolhida era uma bênção, mas Aspen sempre considerou o termo *maldição* mais apropriado. Portar a marca da Escultora significava se tornar a próxima Alta Matriarca, incumbida de zelar pela segurança da floresta e pela proteção do coven. Era por isso que Aspen jamais iria embora.

Ao menos, o fardo não recairia sobre sua irmã. A graça da Escultora era concedida a apenas uma feiticeira por geração, o que significava que Bryony ainda teria como sair da floresta se desejasse.

Aspen, não. A floresta fincara raízes nela que jamais poderiam ser arrancadas, unindo-a ao local até o dia em que ela morresse e seu corpo voltasse para o solo.

— O que é aquilo?

Sua mãe observava a margem com a testa franzida. Aspen seguiu o olhar dela e ficou imóvel. Não tinha notado antes que as folhas que cobriam a água estavam pretas. Não era o tipo esperado de decomposição outonal, havia algo de errado. Um cheiro desagradável pairava no ar, penetrante, perturbador e adocicado.

Podridão.

Algumas das árvores à beira da margem estavam *apodrecendo*, escurecidas por alguma espécie de doença. Como Aspen não sentira aquilo? Sua conexão com a floresta deveria tê-la avisado, mas ela estava tão concentrada em Bryony que não percebeu.

Sua mãe se aproximou das árvores doentes, e Aspen a seguiu, os olhos acompanhando a podridão até a margem da água turva, um pouco mais abaixo.

Lá, dois corpos jaziam cobertos por folhas de salgueiro em decomposição, próximos à cachoeira.

Eram duas meninas, ao que parecia. Ambas estavam parcialmente submersas, os corpos estendidos sem vida na margem coberta de musgo.

A mãe de Aspen parou de repente. A filha tentou passar por ela, mas a Alta Matriarca a segurou pelo pulso.

— Não — disse a mulher, com um terror inexplicável em sua voz e em sua expressão.

— Temos que ajudar — insistiu Aspen, desvencilhando-se da mãe.

Algo a atraía na direção dos corpos, uma força que ela não conseguia ignorar. As vestes das meninas eram incomuns. Para começar, usavam calça, e os tecidos e moldes eram diferentes de tudo que Aspen já vira. Os cabelos estavam soltos. Uma delas tinha longas madeixas loiras, completamente embaraçadas no meio da lama. A outra tinha cabelos na altura dos ombros, mais curtos do que Aspen jamais vira em uma menina naquelas redondezas, cheios de galhos e de folhas emaranhadas nos cachos castanhos. A cabeça da menina de cabelo curto estava apoiada no braço, uma das mãos fechada de forma pouco natural, com a pele preta e chamuscada. A mão da loira estava a um fio de cabelo de distância, como se tivesse tentado alcançar a companheira.

No pulso das duas havia uma cicatriz fraca e prateada em forma de espiral.

— Mãe, depressa, venha ver — exalou Aspen, sentindo o coração bater tão forte que chegava a doer dentro do peito.

A mãe apareceu ao seu lado em um instante, a mão trêmula no pescoço e os olhos apavorados fixos no símbolo familiar no pulso das meninas. O mesmo símbolo que a Escultora gravara nas costelas de Aspen: a cicatriz em espiral que a marcava como guardiã do coven, a futura Alta Matriarca.

— Eles estão aqui — disse a mãe de Aspen, em tom agourento. — Eles chegaram, e assim começa.

Aspen não entendeu o horror nas palavras da mãe. Tudo que a garota sentia era um tipo estranho de entusiasmo, sua mente se abrindo para todas as possibilidades que aquilo poderia representar. Novamente, sua curiosidade estava falando mais alto.

Os olhos da garota de cabelos loiros se agitaram sob as pálpebras, e ela começou a se mexer.

Não está morta, então.

Eles chegaram, pensou Aspen, ecoando a declaração da mãe e, embora não soubesse quem eram ou o que a mãe quis dizer com aquilo, seus dedos formigaram com um senso de propósito que ela já tinha experimentado antes, embora nunca tão forte. Ela foi tomada, até os ossos, por um sentimento de pertencimento, por uma melodia marcante que atravessou sua alma, como se tudo enfim começasse a se alinhar.

A boca de Aspen se entreabriu quando a menina loira abriu os olhos e os cravou nela.

E assim começa.

1

BAZ

Baz Brysden geralmente só se dava conta da passagem do tempo quando ele estava se esgotando.

Na noite anterior à entrega de um trabalho, por exemplo, quando Baz constatava que os dias que passara procrastinando significavam que ele teria que virar a noite para conseguir terminar a tarefa. Ou quando estava tão concentrado em seu livro e em uma xícara de café forte que percebia em cima da hora que ia acabar se atrasando para a aula.

Era verdade que Baz conseguia esticar os minutos de forma a nunca se atrasar de fato para coisas triviais como entrega de trabalhos e aulas. Para ele, o Cronomago, fazer o tempo correr a seu favor não exigia grande esforço. Bastava puxar os fios do tempo para que conseguisse inserir algumas frases aqui, para que pudesse concluir a pesquisa que garantiria a nota máxima ali, para cumprir as tarefas humanas básicas que o fariam parecer pelo menos um pouco apresentável antes de sair da Casa Eclipse, como escovar os dentes, vestir uma camisa limpa e certificar-se de que seu cabelo não estava despontando para todos os lados. Ele já tinha feito tudo isso naquela manhã, na correria para entregar os trabalhos finais e passar no escritório da professora Selandyn. Quis entregar o presente de solstício a ela antes de ir para casa.

No entanto, lá estava ele, correndo esbaforido pelo campus para não perder o trem.

Qualquer outra pessoa dotada de um poder como manipular o tempo nunca se preocuparia em correr contra o relógio ou com a possibilidade de perder um trem. Mas Basil Brysden era um indivíduo peculiar que preferia usar seu poder como último recurso — e rigorosamente das maneiras mais inofensivas possíveis —, o que só servia para intensificar sua natureza já bastante ansiosa.

E o Regulador com o rosto coberto por cicatrizes de acne que o interceptou também não adiantou seu lado.

— Sr. Brysden. Imagino que esteja indo passar as festas de fim de ano em casa.

— Agora você deu para me seguir pelo campus? — resmungou Baz, irritado, ajustando o peso da mala que carregava no ombro.

— Calminha. Por que está tão nervoso?

A satisfação presunçosa nos olhos redondos do Regulador não passou despercebida por Baz. O capitão Silas Drutten tinha sido uma pedra no sapato do rapaz nos dois últimos meses. Desde que Baz ajudara a libertar seu pai e Kai do Instituto, Drutten o perseguia com um afinco implacável, tentando arrancar uma confissão dele e incriminá-lo pela fuga dos dois. Mas Baz ficara muito bom em mentir. Ou talvez Drutten não tivesse provas suficientes para acusá-lo de nada. De qualquer forma, foi fácil para Baz manter sua versão da história, não importavam quantas vezes tivesse que se submeter a um interrogatório inútil.

Ao que parecia, aquele dia seria mais um deles.

— Estamos nos encontrando por acaso — explicou Drutten, ajustando as medalhas de honra em seu traje de Regulador. — Vim para o banquete dos benfeitores.

Isso explicava o traje a rigor. Enquanto os alunos da Academia Aldryn estavam se preparando para as férias de uma semana do Solstício de Inverno, os membros do corpo docente estavam colocando seus melhores ternos e vestidos para o banquete anual dos benfeitores. Todo mundo de alguma importância vinculado à Academia Aldryn estaria presente naquela noite, desde Reguladores de alto escalão até o prefeito de Cadence e famílias cujos nomes provavelmente estavam registrados na própria fundação da instituição. Pelo visto, seria um evento grandioso, com um menu de sete pratos, open bar e pessoas arrogantes. Palavras de Selandyn, não de Baz.

— Entendi — disse o Cronomago, olhando de relance para o relógio. — Então, se me der licença, tenho que pegar meu trem.

— Presumo que isso quer dizer que você está indo para Threnody, então?

— É óbvio. — Não havia por que negar. — Você, mais do que ninguém, sabe que minha mãe mora lá.

Drutten tinha se encarregado pessoalmente de vasculhar cada centímetro da casa de Anise Brysden à procura de indícios do marido fugitivo. Era evidente que não tinha encontrado nada, mas, mesmo assim, continuou a perseguir tanto ela quanto Baz, fazendo o sangue do rapaz ferver e sua mãe se sentir insegura na própria casa. Aquilo o deixava revoltado.

Drutten o encarou com uma expressão severa.

— Creio que não preciso lembrá-lo de que acolher fugitivos é crime, mesmo durante as festas.

— Estou perfeitamente ciente.

— Mas, se quiser confessar e revelar o paradeiro dos criminosos, posso ser clemente. É meu presente de Solstício para você.

Baz quis dar risada. Como se ele sequer cogitasse acreditar que os Reguladores o tratariam com qualquer indício de clemência.

— Podemos continuar nesse seu jogo, Drutten, mas minha resposta é a mesma que a de todas as outras vezes que você me interrogou. — Baz ergueu três dedos, abaixando um a cada frase: — Sim, fui a última pessoa a ver meu pai no Instituto. Não, não ajudei ele ou Kai a escapar, e não, não vi nem falei com nenhum dos dois desde então. Portanto, a menos que você tenha provas concretas para contestar tudo que falei, o que sei que não é o caso, estou indo. Aproveite seu banquete.

Baz passou por Drutten sem olhar para trás, surpreso com o próprio atrevimento. Aquele descaso escancarado frente a autoridades ainda era estranho para ele, apesar de tudo que tinha acontecido nos últimos meses. Sentiu-se um pouco como uma criança prestes a ser castigada pela mãe por pegar um doce antes do jantar, embora, no caso, os riscos fossem muitíssimo mais graves.

Mas Drutten não o ameaçou, apenas exclamou, com um sorriso falso:

— Diga aos seus pais que mandei lembranças!

Baz só se permitiu virar quando estava prestes a dobrar o corredor mais adiante. Mas a atenção de Drutten já não se encontrava mais nele. O Regulador cumprimentava a reitora Fulton, que ainda não estava pronta para o banquete e usava seu costumeiro terninho de tweed. Ela ofereceu um sorriso amigável para Drutten, mas a expressão logo desapareceu, quando duas outras pessoas se aproximaram.

Baz estremeceu ao reconhecer Artem Orlov em um casaco de pele caro, os cabelos ruivos brilhando como uma chama. Ao lado dele, vinha outro membro da Ordem Selênica, Virgil Dade, que fora próximo da irmã de Artem, Lizaveta, antes de sua morte. Também estava vestido com elegância, e Baz lembrou que alguns poucos alunos sempre eram convidados para o banquete dos benfeitores, numa tentativa da escola de exibir seus talentos mais promissores.

Ao que tudo indicava, Virgil tinha substituído Keiran como o queridinho de Aldryn... e também como o cãozinho de estimação de Artem.

Antes que qualquer um deles o avistasse, Baz desapareceu no corredor. Uma nova olhada no relógio revelou que ele estava prestes a perder o trem. Embora os trens para Threnody partissem de hora em hora, era imprescindível que ele pegasse *aquele* em específico.

A magia pulsava na ponta de seus dedos, ávida para ser colocada em prática. *Ainda não*, pensou Baz ao acelerar o passo. Ele a usaria apenas como último recurso.

"Diga aos seus pais que mandei lembranças!"

Ele sentiu o gosto amargo do ódio com a intimidação insistente de Drutten e sua falsa promessa de indulgência. Em outros tempos, Baz talvez tivesse sido ingênuo a ponto de acreditar que o homem tinha boas intenções. Mas ele era como qualquer outro Regulador, mantendo um sistema de leis que fazia questão de burlar quando se tratava dos nascidos no eclipse.

Baz fora forçado a reconhecer isso após ele e Jae terem levado seu caso a um advogado de confiança, que apresentou aos tribunais de Elegy suas acusações contra Keiran Dunhall Thornby, Artem Orlov, a Ordem Selênica e o Instituto.

A única prova concreta que Baz e Jae tinham era o pouco que haviam conseguido roubar do escritório de Artem Orlov no dia em que ajudaram Kai e Theodore a fugir do Instituto: cadernos que descreviam em detalhes como Artem e Keiran tinham se valido do status de Reguladores de Artem para coletar sangue prateado dos nascidos no eclipse que tinham entrado em Colapso. E como usaram esse sangue para criar magia sintética empregada pela sociedade secreta corrupta conhecida como Ordem Selênica, da qual ambos eram membros.

No entanto, por mais incriminatórias que fossem as provas, a corrupção do Instituto — e o poder da Ordem — eram mais fortes do que eles tinham imaginado. Todas as provas foram consideradas improcedentes. O caso foi arquivado antes mesmo de ir a julgamento.

Todo o planejamento, toda a esperança de que por fim conseguiriam justiça para os nascidos no eclipse... não serviram para nada. Artem se safou de cabeça erguida e com o cargo de Regulador intacto. A reputação de Keiran permaneceu intocada, e as mortes dele e de Lizaveta Orlov foram consideradas afogamentos trágicos, uma casualidade de Dovermere, assim como o desaparecimento de Emory. Mais três almas que padeceram na Garganta da Besta, nada além disso. Era como se uma delas não tivesse atravessado uma porta lendária para outros mundos depois das outras duas terem tentado matá-la por puro interesse em seu sangue de Invocadora de Marés.

Baz quase se chocou com um grupo de alunos agrupados nos claustros. Eles estavam trocando presentes de última hora e abraços de despedida antes de irem para casa. Um sentimento de nostalgia o atingiu como uma onda. Antes, Baz teria dado qualquer coisa para estar tão sozinho quanto se sentia naquele momento, com os aposentos da Casa Eclipse só para si e sem ninguém para perturbar sua paz. Um fantasma perambulando por aí, flutuando invisível entre as prateleiras das muitas bibliotecas de Aldryn. Mas tudo tinha mudado. Sem Kai, a Casa Eclipse era como uma cripta, envolta por um silêncio perturbador. Sem Emory, a biblioteca do Hall Decrescens parecia ter perdido parte vital de sua essência. Até a estufa de Romie perdera todo o encanto depois que uma professora Semeadora a limpou para que seus alunos do primeiro ano pudessem utilizá-la.

Pela primeira vez, Baz estava realmente sozinho. E desesperado por companhia.

Ele abriu caminho por entre os alunos, murmurando pedidos de desculpas ao passar. O céu estava cinzento e ameaçador, o ar, fresco com a iminência da neve. Baz torceu para que a tempestade não caísse até que ele chegasse ao seu destino. As condições climáticas andavam imprevisíveis, algo que os especialistas atribuíam a um desequilíbrio nas marés. Inundações drásticas em cidades litorâneas, navios encalhados prejudicando o comércio, um número recorde de afogamentos devido a enchentes repentinas... e isso acontecia em todo o mundo, não apenas em Elegy. O fenômeno começara logo depois que a porta de Dovermere fora aberta.

Uma sinistra coincidência, talvez.

Baz chegou à movimentada estação bem quando seu trem começava a se distanciar. Ele xingou Drutten; se não fosse por ele, Baz teria chegado a tempo. Já não lhe restava escolha, precisaria recorrer à sua magia.

Xingando e com certa relutância, ele puxou os fios do tempo. O mundo ao seu redor parou. O mar de alunos se aquietou; o apito dos motores silenciou. Baz avançou pela plataforma, tentando não pensar em como aquilo era *fácil*. Embarcou no trem, passando pelo agente de bordo congelado, que ainda não tinha fechado a porta por completo. Com um suspiro, soltou os fios do tempo.

O mundo voltou ao seu ritmo, alheio ao fato de que tinha parado.

Baz se acomodou na poltrona e flexionou as mãos, tentando se distrair da facilidade inquietante do que havia feito. Ainda não havia se acostumado com sua magia pós-Colapso, apesar de ter vivido a maior parte de sua existência com ela.

O Colapso era o que acontecia com os nascidos no eclipse que abusavam da magia, uma implosão de si mesmo da qual, acreditava-se, não havia volta. Mas Baz descobrira que o Colapso não significava necessariamente sucumbir à maldição nefasta à espreita. Em vez disso, o objetivo era ampliar o escopo da magia do eclipse, tornando-a quase ilimitada.

Embora estar ciente de sua situação tivesse aberto muitas portas — portas que Baz até então se recusara a considerar, já que a ideia de ter tanto poder na ponta dos dedos o deixava nervoso —, ele não se sentia nem um pouco diferente. Passara tantos anos refreando sua magia, temendo que atingissem algum limite irreversível e o levassem ao Colapso, só para descobrir que já vivia fazia anos com um poder ilimitado.

Por outro lado, ele não estava lá muito empenhado em descobrir até onde ia sua magia pós-Colapso. Baz continuava sendo o mesmo garoto medroso, nunca indo além do que achava que deveria. Cauteloso ao extremo.

Enquanto o trem partia da estação, Baz pensou mais uma vez na ameaça de Drutten e sorriu. Pelo menos seu estratagema estava funcionando. Ele bem que tinha previsto que o Regulador esperava que ele fosse para Threnody. Para onde mais ele iria nas festas do Solstício senão para casa?

Mas a palavra *lar* tinha perdido todo o significado para Baz. A casa de sua infância não era seu lar havia anos e, embora os aposentos da

Casa Eclipse tivessem sido um refúgio para ele no passado, no momento encontravam-se vazios demais para confortá-lo como um verdadeiro lar deveria.

Baz não tinha uma casa para onde pudesse voltar. Portanto, estava a caminho de um lugar onde ninguém imaginaria vê-lo.

O trem soltou um guincho estridente sobre os trilhos, acordando Baz de seu cochilo. Com o rosto amassado contra a janela embaçada, ele ficou confuso por um momento ao avistar a estação movimentada à qual chegava, embora já tivesse estado ali inúmeras vezes. Ele piscou com força, e a urgência lhe devolveu o discernimento ao reconhecer a placa de azulejos azuis, verdes e brancos na parede de tijolos que dizia TERMINAL DE THRENODY.

Enquanto as pessoas se enfileiravam no corredor estreito do lado de fora da cabine de Baz, ele continuou sentado, com os olhos esquadrinhando a plataforma. Sentiu-se dominar pelo pânico quando não encontrou a pessoa que procurava. Então, quando os piores cenários possíveis começaram a se desenrolar em sua mente, a porta da cabine se abriu, o que quase o matou do coração.

— Com licença, este lugar está ocupado?

— Ah, eu... — A desculpa pronta de Baz morreu em sua boca, dando lugar a um riso aliviado. — Graças às Marés é você.

Jae Ahn sorriu para ele com seus olhos escuros travessos, e Baz pensou que nunca tinha ficado tão feliz em ver ê amigue.

— O momento não poderia ser mais perfeito — disse Jae ao fechar a porta da cabine e sentar-se de frente para Baz.

— Acha mesmo que vai dar certo? — perguntou o garoto.

Jae acenou com a cabeça em direção à janela.

— Dê uma olhada.

De pé na plataforma junto a todos os passageiros que saíam do trem, estava Baz. Ou melhor, uma cópia perfeita dele, vestindo as mesmas roupas e arrastando a mesma mala que o Baz verdadeiro levava consigo. Jae tinha se superado com aquela ilusão; até na expressão facial o Baz de mentira parecia meio apreensivo e aéreo, o que fez com que o Baz de verdade se sentisse um pouco acanhado. Ele era mesmo assim?

Jae tinha planejado a grandiosa ilusão para enganar qualquer um que quisesse averiguar o paradeiro de Baz. Se os Reguladores estivessem de olho nele, seriam tapeados ao vê-lo descendo ali, no terminal de Threnody, enquanto o verdadeiro Baz continuaria seguindo rumo ao sul, camuflado em qualquer que fosse a ilusão que Jae lançava sobre a cabine onde estavam. E, se porventura alguém fosse à casa dos Brysden durante as festas de fim de ano, veria Anise e Baz reclusos na casa silenciosa, ambos sem vontade de sair nem de receber visitas, já que a vergonhosa fuga de Theodore do Instituto os atormentava.

Quando o falso Baz desapareceu em meio à multidão, Baz não pôde deixar de perguntar:

— Tem certeza de que a ilusão vai durar?

— Óbvio que sim. — Jae colocou as pernas para cima, apoiando os pés no assento almofadado, exalando confiança. — Tenho testado ilusões prolongadas e ainda não tive problemas com nenhuma delas. Mas se alguém parar você na rua e tentar puxar conversa a gente vai se ferrar. — Elu deu um sorrisinho brincalhão. — Se bem que você ignorar alguém não estaria muito longe da realidade, não é?

— É, acho que não — admitiu Baz.

O controle que Jae tinha sobre sua magia pós-Colapso era impressionante.

Seu Colapso tinha acontecido muito tempo antes, e elu estava sempre de olho em Baz e em Kai, já que tudo aquilo ainda era novidade para os dois. Ao contrário da maioria dos nascidos no eclipse que entraram em Colapso, os três conseguiram escapar do Selo Profano que servia para adormecer a magia daqueles que o portavam.

O trem deu um solavanco e, quando Threnody foi lentamente ficando para trás, Baz sentiu que podia respirar de novo.

— Como estão as coisas, Basil?

— Bem, apesar de tudo. Como está indo o treinamento?

O rosto de Jae se iluminou de orgulho.

— Para falar a verdade, melhor do que eu esperava.

Jae estava morando em Threnody, em teoria uma "viagem de pesquisa", mas na verdade vinha treinando em segredo outros nascidos no eclipse que tinham entrado em Colapso. Elu conseguiu estabelecer contato com outros que também escaparam do Selo Profano e se ofereceu para ajudá-los a administrar seus poderes ilimitados. A maioria levava uma vida normal, como Jae e Baz, escondendo das pessoas ao redor o fato de terem entrado em Colapso, embora nem sempre conseguissem manter a farsa com muito sucesso. Outros estavam fugindo dos Reguladores depois de terem sofrido Colapsos muito públicos, vivendo à margem da sociedade, lutando para sobreviver e tentando não serem capturados e levados para o Instituto. O treinamento de Jae proporcionou àquelas pessoas um refúgio muito necessário.

O objetivo, como Kai diria, era garantir que todos estivessem com a cabeça no lugar para que pudessem provar ao mundo que os nascidos no eclipse que entraram em Colapso não representavam uma ameaça à sociedade. Que eles conseguiam sobrepujar a maldição da Sombra que o Colapso supostamente causava.

— Fica difícil não se perguntar se esse negócio de maldição não é apenas uma grande mentira — disse Jae, como se lesse a mente de Baz. — Só uma história inventada para nos controlar.

— Como assim?

— Você *já* sentiu essa escuridão sobre a qual fomos alertados? Sua magia pós-Colapso mudou sua essência ou transformou você em alguém que almeja poder, não importa a que custo? — Jae balançou a cabeça, sem deixar que Baz respondesse à pergunta retórica, e continuou: — Nossa aptidão para controlar nossa magia Colapsada parece depender apenas da força da magia que já tínhamos. Por exemplo, pense no meu caso. As ilusões são uma habilidade um tanto quanto inofensiva, que eu já dominava antes de entrar em Colapso. E a sua habilidade de Cronomago… Ora, eu não diria que é mundana, muito pelo contrário, mas você sempre foi cauteloso com ela, então faz sentido que seja capaz de controlá-la. Mas para aqueles que têm uma magia de natureza mais sombria, ou que já tinham pouco controle sobre a própria habilidade… Bom, faz sentido que essas pessoas tenham mais dificuldade para lidar com uma magia potencializada, não concorda?

O comentário fez Baz refletir sobre certo Tecelão de Pesadelos. Jae pareceu pensar o mesmo.

— Mas Kai está melhorando — acrescentou Jae, a voz suave. — Como eu disse, é um processo. E a magia dele… Tem muita coisa que a gente ainda não sabe. Mas vamos chegar lá.

Baz baixou o olhar, pesaroso. O Tecelão de Pesadelos que ele conhecia sempre estivera no controle da própria magia, mas depois do Colapso era como se Kai é que *fosse controlado* pelos pesadelos, que se infiltravam em seu estado de vigília contra sua vontade, dificultando a tarefa de distinguir o que era real do que não era. Era como as abelhas que o Tecelão certa vez tinha conjurado, de brincadeira, a partir dos sonhos de Baz. Só que agora ninguém estava rindo, muito menos Kai.

Não demorou muito para que o entardecer caísse lá fora. Baz observava as árvores que passavam velozes, os galhos pesando com a neve. Quando o trem parou, Baz e Jae foram os únicos a descer. Não era de se surpreender, tendo em vista como aquele destino era remoto. A estação mal poderia ser chamada assim, já que era apenas um pequeno e solitário abrigo ao lado dos trilhos, sem ninguém para recebê-los.

Baz apertou o casaco em volta do corpo, puxando a gola para cima e protegendo o pescoço do vento cortante. Ele e Jae começaram a penar para avançar pela estrada coberta de neve e, embora Baz soubesse que Jae tinha colocado uma ilusão de camuflagem ao redor dos dois, o garoto não conseguia parar de olhar para trás, tentando se certificar de que não estavam sendo seguidos. Os postes eram escassos por ali, e Baz estremecia a cada ruído, imaginando o rosto de Drutten se escondendo na escuridão entre as árvores. Sua mente quase entrou em parafuso quando eles saíram da estrada para pegar uma trilha estreita que percorria a floresta invernal, contornando uma encosta irregular.

O quebrar das ondas era assustador em um lugar tão deserto e solitário. Qualquer pessoa poderia facilmente desaparecer ali.

— Estamos quase lá — disse Jae, mais à frente.

Quando Baz avistou o farol nos confins do mundo, suas bochechas já estavam rosadas pelo frio e pelo esforço, e sua respiração formava nuvens à sua volta. A porta azul na base da construção se abriu assim que Baz aproximou a mão da maçaneta. Do interior do lugar, espalhou-se o calor de uma luz quente, som de risadas e música e um aroma de dar água na boca de pão fresco e caldo de mariscos.

E lá estava Henry Ainsleif, com seus cabelos loiro-avermelhados despenteados que caíam sobre os ombros e um sorriso largo escondido em meio à barba.

— Entrem, entrem. Chegaram bem a tempo do jantar.

Henry abriu mais a porta e, quando Baz entrou, viu Theodore e Anise Brysden. Seus pais estavam colocando a mesa e pararam ao vê-lo. Então se ouviu uma exclamação de alegria, um tilintar de talheres e, de repente, Baz estava sendo sufocado em um abraço apertado, envolto em um cheiro familiar.

— Oi, mãe — disse ele contra o cabelo de Anise, o coração explodindo ao vê-la tão cheia de vida.

— Estou tão feliz por você ter vindo — disse ela, apertando-o com força. Anise o soltou e deu um passo para trás, ainda segurando-o pelos ombros. Estudou-o da cabeça aos pés com aqueles olhos grandes que eram tão parecidos com os de Romie. — Tiveram algum problema? Você está bem?

— Tudo bem, mãe. — Ele sorriu ao ver Theodore e Jae trocando palmadinhas carinhosas nos ombros. — Graças a Jae, é óbvio.

Jae fez um gesto para dispensar o elogio um instante antes de Anise se aproximar e plantar um beijo na bochecha delu, agradecendo repetidas vezes. O pai de Baz aproveitou a deixa para embrulhar o filho em um abraço que rivalizava com o de Anise, e Baz fechou os olhos, desfrutando do momento, ainda sem acreditar que o pai estava ali. Um homem procurado, mas ao menos livre do inferno que era o Instituto.

Baz observou o rosto sorridente do pai e pensou em todas as mudanças desde a última vez que o vira, depois dos horrores dos anos passados no Instituto. Theodore estava radiante outra vez, e já não parecia frágil e abatido, mas sim saudável e cheio de vitalidade. O Selo Profano em sua mão tinha sido removido graças à magia de Baz, porque embora Theodore jamais tivesse entrado em Colapso, sua magia ainda tinha sido bloqueada pelos Reguladores. E tudo por Baz, a quem Theodore estava tentando proteger.

Baz, que fora o único a entrar em Colapso naquele dia, que fora o responsável pela explosão de magia desenfreada que matou três pessoas na gráfica do pai.

Uma culpa familiar se instalou dentro dele. Embora não houvesse ressentimento nos olhos de Theodore, Baz sentiu uma urgência em se desculpar, uma necessidade angustiante de consertar as coisas entre os dois. De compensar todos aqueles anos que Theodore sofrera em seu lugar. Ele abriu a boca, ansiando pelas palavras certas. Mas elas não vieram.

Então, uma voz aveludada como a noite veio em seu socorro. Baz a reconheceria em qualquer lugar.

— Olha só quem decidiu dar o ar da graça.

Kai estava no último degrau de uma escada íngreme e estreita, seus olhos escuros fixos em Baz. Sorria como se tivesse acabado de contar uma piada que só os dois entendiam. O mundo inteiro pareceu desaparecer ao redor dos dois, levando junto todas as preocupações de Baz.

— Oi — respondeu Baz, sentindo-se bobo por não ter uma resposta melhor.

Ele estava vagamente ciente do barulho dos outros se ocupando na cozinha, mas seu foco permaneceu em Kai, na maneira despreocupada com que ele se aproximava. No cabelo ainda molhado do banho que dava para ver que tinha acabado de tomar. No leve perfume de madeira de pinheiro que o acompanhava e no modo como seus olhos faiscavam com uma alegria espontânea, um lapso do estoicismo afiado que ele em geral usava como armadura.

Por uma fração de segundo, Baz não soube como reagir. Eles deveriam trocar um aperto de mão? Se abraçar? Kai o poupou da tortura de ter que decidir: deu um empurrãozinho no ombro de Baz, como se aquele encontro fosse o mais corriqueiro do mundo, completamente alheio ao curioso frio na barriga que Baz sentiu com o breve toque.

— Que bom que está em casa, Brysden.

E Baz percebeu que de fato estava *em casa*, de todas as formas que importavam.

EMORY

Emory nunca acreditou em contos de fadas até que se viu dentro de um. A Residência Amberyl era algo digno de um livro. Toda vez que a garota pensava ter conhecido toda a extensa propriedade das feiticeiras, descobria algum novo detalhe. Bustos de mármore e vasos adornados com criaturas misteriosas e coleções de pedras preciosas diferentes de tudo que ela já tinha visto. Estátuas realistas de cavaleiros de armadura e de donzelas que a fizeram pensar com admiração nas mãos que as esculpiram. Frascos de vidro cheios de cogumelos de formato incomum e ossos de aspecto ainda mais estranho, nos quais Emory estava proibida de tocar devido às propriedades místicas que possuíam.

Havia a sala banhada pelo sol no primeiro andar, onde ervas, plantas e flores secas pendiam em ramos cuidadosamente presos às vigas do teto, para secar até estarem prontas para serem trituradas em um pilão e usadas para fins que Emory desconhecia. Havia a sala lilás no segundo andar, mais gelada que o porão, e que estava vazia, exceto por um enorme bloco de ametista sobre um altar de mármore. E havia os jardins da parte externa, repletos de fontes, parterres e esconderijos à sombra em meio às sebes.

A biblioteca gigantesca próxima ao herbário também era fantástica, repleta de títulos em idiomas e alfabetos que Emory nunca sequer tinha visto. Havia obras escritas em sua língua também. Algumas delas a jovem reconhecia vagamente, certa de que já as lera em algum momento. Não era uma leitora tão ávida a ponto de conseguir identificar pelos autores aquelas histórias das quais ela se lembrava um pouco. Se Baz estivesse ali, com certeza conseguiria. Ela chegou a folhear alguns livros para se distrair, mas toda a sensação de déjà-vu desaparecia à medida que avançava na leitura e as histórias não pareciam nem um pouco familiares.

Era difícil discernir o que era real do que não era. Ela estava presa em um sonho? Aquelas eram as Profundezas, disfarçadas de terras verdejantes e repletas de complexos aromas terrosos que inundam os pulmões e fazem com que a pessoa se sinta viva, tudo para desviar a atenção do fato de que na verdade ela está morta?

Você está viva e em Wychwood, lembrou Emory a si mesma, porque foi o que disseram as feiticeiras que encontraram ela e Romie, e era naquilo que ela deveria acreditar. A mera ideia de estar em um dos mundos descritos por Cornus Clover fazia com que ela sentisse vontade de rir, chorar ou os dois ao mesmo tempo.

Era como se estivesse presa em um ciclo sem fim de questionamentos sobre a própria realidade. E a Residência Amberyl, apesar de toda a sua beleza e da generosidade das anfitriãs, estava começando a parecer uma prisão.

Romie brincava dizendo que elas eram donzelas à espera de um príncipe, trancafiadas em uma torre por uma feiticeira malvada. Só que nenhum príncipe viria salvá-las, e as feiticeiras que as abrigaram não eram exatamente más... embora também não as deixassem sair. Emory e Romie podiam passear pelas dependências ensolaradas da propriedade, mas jamais ultrapassar seus portões. Não podiam adentrar os bosques que se estendiam para além dos jardins, tão sombrios e misteriosos.

Elas tinham tentado uma vez, com o intuito de retornar ao local onde foram encontradas quase afogadas em uma ravina. Mas qualquer que fosse a magia existente ali, impedia que as duas garotas saíssem. Um arbusto de trepadeiras intransponíveis crescia diante do portão do jardim que levava à floresta.

"Há coisas que acontecem no bosque nas quais não se pode interferir", dissera a sra. Amberyl quando tocaram no assunto. "Uma magia que poderia ser facilmente alterada pela presença de um estranho. Até a ascensão, creio que terão de ficar aqui na casa."

A ascensão, explicara a sra. Amberyl, era um ritual sagrado para as feiticeiras, embora ela não tivesse revelado maiores detalhes.

"É um assunto particular", afirmara ela com seu jeito severo que não deixava margem para dúvidas. "Mas, depois disso, eu garanto a vocês que poderão ir embora se quiserem."

"Só queremos ir para casa", respondera Emory.

Só que nenhuma das duas sabia como fazer aquilo. Emory e Romie não se lembravam de como tinham chegado ali. A última memória que Emory tinha era de ter aberto uma porta de mármore na esfera dos sonhos. Num segundo, ela estava prestes a tocar os nós das vinhas que formavam a maçaneta da porta e, no outro, encontrava-se estirada na lama, olhando para a sra. Amberyl e para sua filha, Aspen.

Desorientadas, elas tinham esquadrinhado os arredores em busca de qualquer vestígio de uma porta. Ao se lembrar dos próprios pés chapinhando na água da esfera dos sonhos, Emory se convenceu de que a cachoeira poderia ser o caminho para casa. Talvez a água que corria pelo caminho estrelado tivesse transbordado para aquele mundo, junto com elas. Mas a porta pela qual tinham atravessado desaparecera sem deixar nenhuma pista de como poderiam voltar para casa.

Elas estavam presas ali, no mundo verdejante de Wychwood, na companhia de feiticeiras que pareciam indiferentes à aparência delas ou ao fato de alegarem ser de outro mundo. Era como se já estivessem esperando por elas. Assim como a feiticeira da história de Clover sabia que deveria esperar pelo erudito.

E ali estavam Emory e Romie, não apenas uma erudita, mas duas. Longe das praias de onde vinham.

Wychwood talvez não fosse o pior lugar para se estar presa, mas ainda assim elas estavam decididas a encontrar uma maneira de ir embora. E a entender como e por que foram parar ali.

— Você não está sendo nada discreta — sussurrou Romie ao percorrerem os corredores amplos e ecoantes.

— Eu? Você é que está com o livro *de ponta-cabeça*.

Romie xingou e endireitou o livro.

— Bom, pelo menos o meu não está em um idioma que eu não falo.

— É que estou vendo as ilustrações.

Romie revirou os olhos, mas foi um gesto carinhoso. A naturalidade da situação fez Emory sorrir.

Elas estavam tentando passar despercebidas enquanto bisbilhotavam vários cômodos, fingindo ler seus respectivos livros. Então ouviram vozes vindas da cozinha, e Romie olhou para Emory, disparando em direção ao som e quase abandonando o disfarce.

— *Peraí...*

Elas deram uma olhada na cozinha bem iluminada, de onde saía uma comida tão magnífica que Emory chegava a se perguntar se as feiticeiras poderiam estar tentando engordá-las por algum motivo macabro ou envená-las com algum ingrediente impossível de ser detectado. Mas ela não tinha motivos razoáveis para acreditar em nada daquilo, já que estavam comendo a comida das feiticeiras havia oito dias sem nenhum efeito negativo.

As feiticeiras faziam uma algazarra enquanto cozinhavam, rindo e conversando animadas em um dialeto um pouco parecido com o delas, a ponto de Emory quase conseguir entender o que falavam. A língua comum a fez se perguntar como os dois mundos passaram a compartilhá-la.

Emory e Romie ficaram atentas a *algo* que pudesse ajudá-las a compreender a situação. Para a infelicidade das duas, a única coisa em que as feiticeiras pareciam interessadas eram fofocas e conversas tolas.

Romie grunhiu e sussurrou para Emory:

— Será que elas não podem simplesmente falar sobre a ascensão? Toda essa comida só pode ser para isso.

Naquele ritmo, as garotas nunca conseguiriam descobrir o que era aquele ritual tão secreto. A sra. Amberyl tinha dito que elas poderiam participar das celebrações que aconteceriam nos jardins *após* a ascensão, mas não da ascensão em si.

O significado ficou evidente: Emory e Romie eram forasteiras — vindas de terras distantes e estranhas às práticas das feiticeiras —, e embora tivessem sido convidadas para a casa delas, não seriam convidadas para o mundo delas propriamente dito.

Todas as pessoas ali eram chamadas de feiticeiras, embora Emory não soubesse dizer o que as *definia* como tal. Todas tinham um terceiro olho, explicara a sra. Amberyl, um sexto sentido que se manifestava de forma diferente em cada pessoa e em diferentes níveis de poder, da mesma forma que a magia lunar fluía de forma diferente no sangue de pessoas como Emory e Romie. Emory, no entanto, ainda não tinha presenciado nenhuma das feiticeiras usar seu terceiro olho. Elas levavam o que parecia uma vida comum: as que trabalhavam na casa atendiam às demandas da Residência Amberyl e de seus moradores, limpando, cozinhando e cuidando dos jardins.

Qualquer magia que praticassem era feita em segredo. Longe dos olhos curiosos de Emory e Romie.

E naquela noite não seria diferente.

— O que estão fazendo aqui embaixo?

Emory e Romie recuaram de onde estavam espiando a cozinha. Atrás delas, Aspen Amberyl, a filha da feiticeira que as hospedava, olhava para elas de braços cruzados.

— A gente só…

— Veio pedir mais bálsamo — mentiu Romie, com a maior facilidade, mostrando à garota as mãos ainda feridas.

Não era mentira. Romie *estava* ficando sem a mistura que as feiticeiras tinham preparado para ela. A magia de cura de Emory não surtira quase nenhum efeito nas queimaduras terríveis que Romie sofrera na esfera dos sonhos ao segurar uma estrela incandescente para se proteger das umbras. Mas as ervas que as feiticeiras haviam triturado para fazer aquela pasta pareciam estar ajudando, ainda que de forma lenta.

Aspen as observou, semicerrando os olhos com uma expressão tão idêntica à da mãe que era quase engraçado. A sra. Amberyl era o epítome da austeridade, e Aspen tentava ser igual a ela, como uma aluna que se esforçava para imitar seu mentor, quando claramente sua essência era outra. A garota era uma filha habituada a seguir regras, mas que ansiava por quebrá-las.

— Os bálsamos são preparados no herbário — disse Aspen —, não na cozinha. O que realmente vieram fazer aqui?

Emory olhou de esguelha para Romie.

— Tá bom, você nos pegou — confessou Romie, com um sorriso torto. Ela ergueu o queixo em direção à cozinha barulhenta. — Estamos curiosas para saber mais sobre os preparativos para hoje à noite. Tentando descobrir o que significa a ascensão de uma feiticeira, já que vocês não querem nos contar.

Aspen franziu os lábios.

— É porque nosso ritual é…

— É, é sagrado, a gente já sabe. — Romie revirou os olhos. — Mas se pudéssemos assistir…

— É proibido.

Romie lançou um olhar mordaz para Aspen.

— Mas você também não tem permissão para falar com a gente e mesmo assim está falando.

Um lampejo de divertimento cruzou o olhar de Aspen, mas seu semblante de pedra permaneceu impassível. Quando chegaram à casa,

Emory e Romie ouviram a sra. Amberyl dizer à filha para manter distância das duas. Na verdade, as garotas tinham quase certeza de que a sra. Amberyl dera a mesma instrução a todas as feiticeiras nas proximidades, o que explicava por que todas as evitavam.

Um dia uma jovem feiticeira chegou à Residência Amberyl queixando-se de um mal-estar, e Emory se ofereceu para ajudar com sua magia de cura... visto que ali, naquele mundo desconhecido, ela havia voltado a fingir que era apenas uma curandeira. Tinha a impressão de que seria mais seguro que admitir ser uma Invocadora de Marés. Ainda assim, a feiticeira foi categórica em sua recusa, como se Emory tivesse alguma doença contagiosa.

Dava para perceber que a comunidade como um todo estava reticente em relação a Emory e Romie, apesar de ter se mostrado muito generosas ao lhes oferecer abrigo. Aspen, no entanto, parecia ter sido cativada pelas duas garotas, sempre arranjando desculpas para topar com elas apesar da exigência da mãe, nitidamente tão curiosa em relação às duas quanto Emory e Romie estavam em relação a ela.

— O que querem saber? — perguntou Aspen, rendendo-se à curiosidade.

— Bom, para começo de conversa, o que é a ascensão?

— É bem autoexplicativo. A ascensão é quando uma feiticeira ascende ao próprio poder. Hoje à noite, se assim a Escultora quiser, nosso coven vai ganhar uma feiticeira.

Elas já tinham entendido que a Escultora era a divindade a quem as feiticeiras atribuíam sua magia, algo semelhante à atribuição dada às Marés no mundo de onde vinham.

— E se essa sua Escultora *não quiser* que isso aconteça?

Romie tinha tirado as palavras da boca de Emory. O silêncio que se seguiu foi, no mínimo, inquietante. Algo nos olhos de Aspen foi familiar: pesar, medo, ambos repelidos depressa por uma forte negação, como se ela temesse até pensar nas consequências dessa possibilidade.

O que quer que fosse, com certeza não era bom.

— Você conhece a feiticeira que vai ascender? — perguntou Emory.

Aspen olhou para Emory como se tivesse acabado de perceber que ela estava ali. Provavelmente não estava acostumada a ouvi-la falando. Em geral era Romie que ficava a cargo dessa tarefa.

Ao menos assim fora desde a chegada delas ali: Romie tomava a frente e Emory permitia. Elas haviam voltado à dinâmica que tinham antes de serem separadas por uma porta mítica, e, de certa forma, Emory não se importava. Aquilo significava que as coisas estavam normais entre as duas, mesmo depois de todo aquele tempo, mesmo em um lugar tão estranho e desconhecido. Romie tinha *voltado*, e Emory não trocaria aquilo por nada, mesmo que significasse voltar a ser a Emory de antes, a que deixava Romie assumir o controle porque a amiga sabia o que era melhor para elas.

Além do mais, Emory não confiava em suas decisões naquele momento, não depois de tudo que tinha acontecido. Não depois de ter confiado com tanta convicção em Keiran, apenas para que ele a apunhalasse pelas costas e se revelasse alguém disposto a fazer qualquer coisa para despertar as Marés, inclusive deixar seus amigos morrerem e transformar Emory em um receptáculo para os deuses afogados.

Ela sabia que Romie jamais teria sido manipulada por Keiran.

Antes que Aspen pudesse responder à pergunta dela, uma voz assustou as três meninas.

— Vocês duas. O que estão fazendo aqui?

A sra. Amberyl olhava descontente para Emory e Romie. Ela era uma mulher austera, desde sua maneira de falar até sua aparência. Suas palavras eram tão incisivas e precisas quanto as maçãs de seu rosto, e sua autoridade absoluta era tão impassível quanto seus olhos escuros. Ela impunha respeito por onde passava e, embora nada nela fosse particularmente maternal — com base no pouco que Emory entendia da palavra —, o zelo e a gentileza com que recebera Emory e Romie não podia ser menosprezado.

— Digam logo — pressionou a sra. Amberyl.

— Elas queriam pedir mais bálsamo e se perderam — explicou Aspen. — Falei para irem ao herbário.

A sra. Amberyl olhou de uma para outra com ar de desconfiança.

— Sim. O herbário.

Emory notou que a atenção da mulher se deteve em sua mão, em especial em seu pulso direito. Não era a primeira vez que a anfitriã analisava a cicatriz em espiral que marcava Emory e Romie como parte da Ordem Selênica, a sociedade secreta que Keiran liderara. Tanto a sra. Amberyl quanto Aspen demonstravam uma notável curiosidade a respeito do sigilo, embora nunca tivessem perguntado nada.

— Vão já para o herbário, então — disse ela. — O sr. Ametrine está lá e vai ajudar vocês.

Ao irem embora pelo corredor, Emory pôde sentir o olhar silencioso das duas feiticeiras, sem dúvida aguardando até que as meninas se afastassem para que a sra. Amberyl pudesse ralhar com a filha por ter interagido com as estranhas.

Então uma fagulha de inspiração a invadiu. Com a magia de Guardiã da Luz que ela vinha aperfeiçoando em segredo, Emory conseguiria refratar a luz e ficar invisível... ou o mais invisível que conseguisse, considerando o pouco tempo que tivera para aperfeiçoar a habilidade. Havia pegado a ideia de Keiran. Era um truque de luz que permitiria que ela se camuflasse no ambiente do corredor e desaparecesse, podendo assim espionar as duas feiticeiras.

Emory agarrou o braço de Romie, apontou para onde tinham encontrado mãe e filha e tocou a orelha, dizendo *Fique aqui* sem emitir nenhum som. Por um momento, pensou que Romie fosse protestar, mas a amiga apenas assentiu ao entender o que Emory pretendia fazer. Contudo, seus olhos demonstravam preocupação... e algo mais que Emory não queria considerar.

Usar magia naquele mundo era mais desgastante do que o normal, mas não o suficiente para impedir as duas meninas de praticá-la. Era como se estar naquele lugar insólito com uma lua diferente alterasse as regras que regiam a magia lunar. Romie só conseguia acessar as habilidades de Sonhadora por meio da sangria, mesmo na lua minguante, e ainda assim sempre ficava exausta.

Emory, entretanto, ainda conseguia acessar suas habilidades de Invocadora de Marés sem precisar ofertar sangue e sem ter que depender da fase da lua. A exaustão que ela sentia pós-magia também era *diferente*. Na verdade, ela nem sequer descreveria como exaustão, mas como uma assombração. Uma para a qual ela já estava bastante preparada ao sucumbir ao chamado da própria magia.

Aquilo tinha se tornado fácil. *Fácil até demais.*

Em sua mente, ela ouviu Baz alertando-a sobre os perigos da magia do eclipse.

"O controle é crucial, porque nossa magia não é como a das outras casas lunares", dissera ele. Parecia ter sido em outra vida. "Não é algo que você conjura. A *magia* conjura *você*. Você precisa aprender a resistir e, ao mesmo tempo, a sucumbir a ela apenas o bastante para que a pressão seja suportável."

Aquilo nunca tinha sido um problema para Emory em Aldryn, mas ali a influência de sua magia era *intolerável*, como se sua habilidade de Invocadora de Marés estivesse à flor da pele, ávida para se manifestar. Essa sensação tinha começado na demonstração grandiosa de poder que ela exibira na esfera dos sonhos, tanto que *deveria* ter entrado em Colapso, mas aquilo não aconteceu. Era como se seu poder desejasse avidamente que Emory o usasse cada vez mais e finalmente fizesse a balança pender para o Colapso. Era uma pressão que se alastrava de forma dolorosa por suas veias, igual à que sentira no verão após ter perdido Romie, quando a única coisa que amenizava a dor era a sangria.

Usar sua magia em pequenas doses era muito mais eficiente do que recorrer à sangria, embora trouxesse alguns reveses.

Não pense muito, disse Emory a si mesma ao invocar a magia de Guardiã da Luz, percebendo que tivera êxito ao ver Romie piscar com força, sem conseguir enxergar a amiga. Um vulto se mexeu na periferia da visão de Emory, mas ela não lhe deu atenção e se aproximou das duas Amberyl.

— ... eu te disse para ficar longe daquelas duas.

— Eu sei, mãe.

— Quando sua irmã ascender, você vai ter que ficar de olho nela. Não quero que Bryony se meta nisso.

— Elas não são tão ruins assim — rebateu Aspen, docilmente. — Talvez a gente não devesse se precipitar e esperar o pior. Com certeza existe uma explicação para...

— Não seja tola. Você conhece as histórias. E agora, com a podridão que começou a se espalhar... — A sra. Amberyl alisou o vestido pesado. — Não podemos correr riscos, principalmente porque sua irmã ainda não ascendeu. Nenhuma feiticeira voltará a ser vítima da artimanha de um demônio.

As palavras provocaram um calafrio em Emory, ou talvez tivesse sido o fantasma que se aproximava dela, invocado pelo eco de seu próprio poder. Emory recuou ao se deparar com o rosto pálido do garoto que a assombrava, quase sem conseguir manter o controle de sua magia.

Aquela era a pior parte de usar magia por ali: os fantasmas que ela conjurava.

Eles apareciam sempre que Emory usava um mínimo de magia. Eram espectros que ela via de canto de olho, a morte que pairava nas sombras ao seu redor, acenando para ela. Era como se invocar um alinhamento de maré específico abrisse caminho para que outros alinhamentos mais obscuros se infiltrassem sem que ela tivesse escolha. A magia dos Ceifadores e dos Mediadores do Além parecia se alimentar da culpa, do medo e do desespero que ela sentia, fazendo com que Emory temesse o próprio poder assim como temera suas habilidades de Invocadora de Marés no começo.

Os fantasmas nunca falavam com ela, mas Emory conseguia ler suas mentes mesmo assim. E lá estava Keiran, atormentando-a, deleitando-se ao vê-la usando os truques *dele*, a magia *dele*. A ideia fez com que Emory se sentisse desprezível... ainda que uma pequena parte dela se orgulhasse da rapidez com que dominara aquela magia.

Antes de perder a calma e acabar se expondo às duas Amberyl, ela voltou correndo para perto de Romie, desesperada para se afastar do fantasma. Só quando estavam na privacidade da saleta que conectava seus quartos conjugados é que contou o que ouvira. Foi difícil se concentrar enquanto Romie compartilhava suas teorias sobre o que tudo aquilo significava. Emory torcia para que a luz que entrava pela janela pudesse expulsar o fantasma, mas ele continuava lá, sorrindo para Emory como se soubesse o efeito que causava nela mesmo depois da morte.

Ele não é real, disse Emory a si mesma, fechando os olhos. Não podia ser. Keiran não passava de um fruto de sua imaginação trazido à tona pelo emaranhado de emoções que a morte dele tinha causado:

Ódio de si mesma por ter permitido que ele a enganasse e por não ter enxergado a verdade sobre ele antes de lhe ter entregado o próprio coração de bandeja.

Culpa por ter deixado que as umbras o matassem bem diante de seus olhos.

Alívio por ele ter morrido, por ter recebido o que merecia.

Carinho, ainda, apesar de tudo, e uma necessidade angustiante de entender por que ele tinha agido daquela forma, nem que fosse para justificar a parcela de responsabilidade que a própria Emory tinha.

Ela queria apenas eliminar Keiran Dunhall Thornby de seu organismo, mas o fantasma dele não deixava, e talvez Emory de fato merecesse ser assombrada.

Depois de ter magoado tantas pessoas com quem se importava, algo pequeno e detestável dentro dela sentia certo prazer naquilo: a dor da pressão que se acumulava em suas veias quando ela resistia ao chamado de sua magia, os fantasmas conjurados quando Emory cedia. Era uma forma deturpada de autopunição.

— Você exagerou?

Romie tinha o rosto franzido de preocupação, interpretando o estado fragilizado da amiga como a mesma fadiga pós-magia que ela própria sentia. Emory não se preocupou em tentar explicar. Apenas abriu um sorriso cansado e disse:

— Vou ficar bem.

Romie se recostou na janela. Estava de novo com um olhar que fazia com que Emory se sentisse inexplicavelmente culpada. Desde que ficara sabendo da magia de invocação de marés de Emory, a amiga ficava apreensiva toda vez que Emory a usava ou mencionava o assunto. Emory imaginara que Romie fosse ficar entusiasmada com uma magia tão rara, mas, em vez disso, tinha a nítida impressão de que a outra garota estava *com medo*.

Ou com inveja.

Ou talvez as duas coisas.

De qualquer forma, Emory temia que aquilo as afastasse mais uma vez, o que ela não permitiria que acontecesse, não tão pouco tempo depois de ter recuperado a amiga. Então ela preferia guardar para si todo o escopo de seu poder, deixava-se parecer mais fraca do que era, deixava Romie no comando das coisas e agia como a antiga versão de si mesma. Parecia estranho recuar depois de ter encontrado tanta força em si mesma após o desaparecimento de Romie, mas se isso era necessário para manter a paz, para encontrar um senso de normalidade naquele lugar, ela não se oporia.

— Isso não estava na história de Clover — declarou Romie depois de um tempo. — Os que viajaram pelos mundos... a magia deles não foi afetada como a nossa.

— É uma história para crianças. Acho que a realidade é mais desoladora.

Emory tentou silenciar a voz dentro de si que implorava para que ela usasse mais magia. O fantasma de Keiran começou a se desvanecer nas sombras, sem sua única ligação com aquele plano. Quando ele desapareceu por completo, a pressão nas veias de Emory retornou certeira como um relógio. Seu sangue clamava por mais, mais, mais, *cada vez mais*.

— Sabe de uma coisa? Toda vez que olho para Aspen, tenho mais certeza de que ela é a feiticeira da história.

Emory não sabia o que pensar da obsessão incansável de Romie por *Canção dos deuses afogados*. Sim, elas estavam em um mundo que parecia ter sido tirado das páginas do livro, mas, ainda que Romie estivesse convencida de que o objetivo das duas era viver a história de Clover até o fim, na esperança de mudar o desfecho, Emory tinha suas dúvidas.

— Tem alguma coisa diferente nela — continuou Romie, com o olhar distante e brilhante como as estrelas. — Vivo indo parar nos sonhos dela, mesmo quando não estou tentando fazer isso. Parece que tem alguma coisa que nos une. Uma amarra que me leva até ela. O mais estranho é que, sempre que Aspen está por perto, juro que ouço um eco daquela maldita música, como se fosse um eco fantasma soando em meus ouvidos.

— Não dá para saber o que isso significa — disse Emory.

— Talvez signifique que Aspen também ouve a canção. O chamado para outros mundos. Talvez ela topasse nos ajudar a chegar ao mar de cinzas se a mãe parasse de ficar em cima dela por um segundo.

Emory não disse nada. Desde que Romie tinha encontrado o epílogo perdido na esfera dos sonhos, centrado em dois personagens que eram claramente uma Sonhadora e um Tecelão de Pesadelos, sua convicção no livro tinha se intensificado. Ela se identificava como a garota dos sonhos, mais certa do que nunca de que tinha um papel importante naquela história. De que o fato de estar ali era o destino.

Mas, se fosse o caso, se Romie realmente era a garota dos sonhos, se Emory era o erudito das praias e Aspen a feiticeira da floresta, se elas estavam conectadas pela canção que atravessava mundos, por que então Emory não sentia o mesmo anseio, a mesma urgência de perseguir aquele destino e levar adiante a história?

Tudo que ela tinha eram fantasmas, culpa e o desejo de voltar para casa. De rever seu pai. De reencontrar Baz. De dar risada com ele e Romie como faziam quando eram crianças.

Ela havia alcançado o seu objetivo: tinha encontrado Romie, viva e inteira. Não havia motivo para que continuassem. O que ganhariam procurando as Marés nas Profundezas, despertando-as como Keiran queria? Ainda mais se isso significasse que Emory iria se tornar um receptáculo.

— Venha ver — chamou Romie, virando-se para observar pela janela. — Acho que está começando.

Emory foi até a amiga para ver uma dúzia de feiticeiras entrando na floresta, suas sombras alongadas pelo sol poente em uma imagem sinistra. Duas figuras se sobressaíam: a sra. Amberyl e Aspen.

Romie voltou-se para Emory com um sorriso travesso.

— Se ninguém mais está aqui, o que nos impede de ir atrás delas?

A resposta era que não havia nada que as impedisse. Exceto, é claro, a densa parede de trepadeiras que barricava o portão do jardim. Sem a presença vigilante da sra. Amberyl, no entanto, foi fácil ultrapassar a barreira com uma ajudinha da magia semeadora de Emory. A vegetação abriu passagem para elas e, ao entrarem na floresta, Emory tentou ignorar as sombras assustadoras que as seguiam.

O bosque era escuro e úmido, e um cheiro sutil de podridão pairava no ar. Elas encontraram o coven reunido em frente a um teixo bastante antigo. Na base da árvore, havia uma sepultura sendo aberta enquanto as feiticeiras entoavam uma canção baixa e melódica. Todas usavam saias diáfanas e esvoaçantes e camisas com mangas largas, vestimentas não tão condizentes com a época em que estavam e que eram muito mais simples que as saias sóbrias e blusas de gola alta que sempre usavam. Elas também estavam descalças e tinham ossos pendurados no pescoço e no topo da cabeça como se fossem coroas, desde chifres enormes até ossos pequeninos que não teriam vindo de nenhum animal maior do que um rato.

A floresta parecia ter se aquietado em torno delas, de forma que o único som era o estranho sibilar e murmurar proveniente da canção das feiticeiras. O sol estava se pondo, e a clareira foi coberta pelos tons frios do crepúsculo. O canto cessou de repente.

Um silêncio pesado e aflitivo se instalou entre as feiticeiras. Um arrepio subiu pela coluna de Emory, fazendo os pelos de seus braços se eriçarem.

Então uma mão emergiu do solo, tentando se firmar na borda da sepultura.

O cadáver de uma menina se levantou. Ela usava um vestido que já fora branco, mas que não passava de um tecido esfarrapado envolvendo sua pequena figura. Debaixo da sujeira que cobria seu rosto, o tom cálido de sua pele não apresentava nenhum vestígio de morte. Não era um cadáver, mas uma garota muito viva.

— A terra a recebeu e a esculpiu como nova — entoou a sra. Amberyl. — Levante-se, Bryony Amberyl, agora você é uma feiticeira.

Aspen ajudou Bryony a sair da cova. Naquele momento, Emory notou a estranha marca nas costelas de Bryony, a pele visível através de um rasgo no vestido. Era como se a própria terra tivesse aberto o corpo dela e o costurado de novo, deixando uma cicatriz rosada.

Uma cicatriz em *espiral*.

Idêntica à que Emory e Romie tinham no pulso.

— A marca da Escultora! — disse uma velha feiticeira, arfando ao apontar para a cicatriz.

— Mais uma criança Amberyl abençoada com o símbolo da Escultora! — exclamou outra pessoa, desenhando uma espiral na testa.

Bryony sorriu para a irmã, seu rosto irradiando a mesma euforia visível do coven. Então seus olhos ficaram completamente pretos, como se suas pupilas tivessem se dilatado e vazado.

Ela puxou uma lufada de ar pela boca e soltou um grito gutural.

Por um momento desesperador, Emory se viu na Baía de Dovermere, diante do corpo de Travers expelindo água até o menino murchar, diante de Lia gritando e agarrando o próprio pescoço com a boca carbonizada por uma magia invisível. Era como um déjà-vu, como se ela estivesse revivendo os pesadelos que atormentavam seu sono.

Mas não havia mar algum ali. Dovermere estava bem longe. E Bryony não parecia estar se desintegrando nem estava arranhando o próprio pescoço. Em vez disso, ela soltou uma gargalhada esganiçada que fez com que Aspen recuasse de imediato e, em seguida, começou a falar em uma língua desconhecida com uma voz grave demais para pertencer a uma adolescente.

Romie agarrou o pulso de Emory com força, fazendo estalar um galho com o movimento. Na mesma hora, Bryony virou a cabeça na direção delas. Era impossível que ela pudesse vê-las escondidas atrás dos arbustos, mas Emory sentiu aqueles olhos muito escuros fixos nos dela. Uma estranha impressão de familiaridade se instalou em seus ossos: um vínculo com a perversidade sedenta que ardia nas profundezas ocultas daquele olhar.

Mas então Bryony piscou, e qualquer que fosse o feitiço nefasto que se apoderava dela se dissipou de súbito. Seus olhos voltaram ao normal, brilhando sob o luar. Com um gemido, ela desabou sem forças nos braços da irmã. Um silêncio doentio tomou conta das feiticeiras até que uma delas chiou:

— Serva do inferno...

As palavras correram de língua em língua, sinistras e horripilantes. Aspen segurou a irmã com força, como se tentasse protegê-la do terror e da violência que emanavam das feiticeiras.

— Você sabe o que deve ser feito, Hazel — disse uma matriarca de rosto carrancudo, dirigindo-se à sra. Amberyl com um ar de superioridade. — Ela deve ser exorcizada.

A sra. Amberyl se posicionou diante das filhas.

— Não seja tola, Hyacinth. Todas vocês viram a marca de Bryony. Ela foi abençoada pela Escultora.

— Como explica essa possessão demoníaca?

A Alta Matriarca fez um gesto com a mão em direção à floresta.

— A mudança nos ares é nítida. As árvores estão apodrecendo. Os riachos estão escuros. As folhas estão se deteriorando, as raízes estão mofando e os galhos caem como se estivessem fracos demais para sustentar as copas cada vez mais mirradas. Há pilhas de carcaças de animais em decomposição por todos os lados. As florestas que nos são sagradas, a própria fonte de nossa magia, estão morrendo. Há uma doença se espalhando sob a terra, infiltrando-se nas raízes como veneno. E tudo isso começou quando *elas* chegaram. Aquelas que portam ilegitimamente a marca de nossa Escultora.

Romie cravou as unhas na pele de Emory. Era evidente a quem a sra. Amberyl se referia.

— Já vimos isso antes — continuou a Alta Matriarca. — São os demônios do submundo tentando fugir de seu reino sob a terra. E, assim como no passado, o mal *será* expurgado.

Suas palavras eram duras como aço.

— Eu mesma cuidarei disso na lua negra.

No céu, brilhava uma pálida lua minguante. De olhos arregalados, Emory e Romie se viraram uma para a outra, os corações disparados em sintonia, o medo gelado e profundo se instaurando dentro das duas.

Aquilo não era um conto de fadas.

Era um pesadelo. E um pesadelo sem rota de fuga.

3

BAZ

O farol na Baía de Harebell não tinha sido a primeira escolha de Baz como esconderijo, mas acabou se revelando o local perfeito, um lugar onde os Reguladores não pensariam imediatamente ao tentar descobrir o paradeiro de seus dois fugitivos mais procurados. No entanto, se ainda assim aparecessem para investigar, Jae tinha criado uma ilusão que esconderia Theodore e Kai, desde que ninguém chegasse muito perto.

Por um tempo, logo após a fuga do Instituto, Theodore e Kai ficaram escondidos em Cadence, bem debaixo do nariz de todos, sob a proteção do Atlas Secreto. Acolhidos por Alya Kazan e sua sobrinha Vera Ingers, hospedaram-se no pequeno apartamento acima da taverna que as duas administravam. Fora o local ideal por um tempo, onde todos eles podiam se reunir para compartilhar informações e começar a preparar o caso contra o Instituto e a Ordem Selênica.

Mas, uma vez que o processo foi arquivado, a busca do Instituto por Theodore e Kai se intensificou. Os Reguladores plantaram as sementes do medo em Cadence e nos arredores, espalhando o rosto dos fugitivos por todos os lados, pintando-os como criminosos perigosos e descontrolados. A medida mais segura para Theodore e Kai era partir antes que alguém os identificasse.

A lista de esconderijos possíveis era curta e as opções, não muito boas. Alya sugeriu que navegassem para o Arquipélago da Constelação, até para as Terras Remotas. Kai sugeriu que permanecessem debaixo do nariz dos Reguladores, que se mudassem para a Academia Aldryn, para os aposentos da Casa Eclipse, que só os nascidos no eclipse podiam acessar. Theodore, por sua vez, só se importava em rever a esposa, embora todos soubessem que os Reguladores estavam vigiando a casa deles em Threnody... o que também tornava imprudente a oferta de Jae de acomodá-los com os outros nascidos no eclipse Colapsados que elu estava treinando.

A sugestão do farol de Henry Ainsleif partiu de Baz.

Ele fora visitar o pai de Emory logo após os eventos em Dovermere, deduzindo que os boatos sobre o suposto afogamento de Emory teriam chegado até ele. Baz não suportava a ideia de esconder a verdade do pai dela. Não parecia justo que Henry desse a filha por morta sendo que Emory com certeza não estava... ainda mais depois de Baz admitir a verdade sobre Romie para os próprios pais e ver toda a tristeza dos dois dando lugar a um otimismo cauteloso.

"Contar a verdade só vai fazer com que tenham falsas esperanças", alertara Kai. "E se Emory e Romie tiverem morrido?"

"Não morreram", respondera Baz, recusando-se a acreditar naquela possibilidade.

E se elas nunca mais voltarem... Baz também não queria pensar *naquilo*. Ainda assim, ele não concordava com o argumento de que a verdade daria falsas esperanças aos pais. Se alguém tivesse feito o mesmo por ele quando achou que Romie tinha se afogado, se tivessem dito que ainda havia uma chance de ela sair viva de Dovermere, ele teria sido poupado de um oceano de dor, luto e dúvida. Teria encontrado a esperança de que tanto precisara na época.

Então Baz contou a verdade a Henry. Relatou toda a história, procurando não deixar dúvidas de que Emory não tinha morrido, e sim *partido*.

Henry reagiu bem às histórias sobre a porta para outros mundos e ao fato de Emory ser uma Invocadora de Marés. Pelo visto, Emory já havia escrito para ele sobre uma magia desconhecida e sobre a suspeita de que a mãe pudesse ter mentido sobre a data de seu nascimento. Por isso, todas as peças se juntaram e fizeram sentido para Henry.

Baz se sentira bem conversando com o pai de Emory, relatando todas aquelas coisas a alguém que não estava envolvido nos acontecimentos. Acabou falando mais do que pretendia, desabafando sobre o problema com os nascidos no eclipse, sobre a busca frustrada por justiça contra a Ordem Selênica e o Instituto. O que ele não esperava era que Henry decidiria se unir a eles.

"Se minha filha nasceu no eclipse, não posso permitir que isso aconteça com ela. Eu quero ajudar. Da maneira que puder."

E assim Baz aceitou a oferta de Henry, mandando Kai e Theodore para o farol isolado na pequena Baía de Harebell. A relação de Emory com a Ordem Selênica gerou algumas reservas, já que, embora o resto do mundo considerasse Emory Ainsleif uma Curandeira, a Ordem Selênica sabia que ela era uma Invocadora de Marés, o que poderia tornar Henry um alvo.

Contudo, os Reguladores não tinham motivos para suspeitar que Henry Ainsleif pudesse estar escondendo dois fugitivos Colapsados nascidos no eclipse. Para todos os efeitos, Henry era apenas o responsável por cuidar de um farol e possuía pouca ou nenhuma magia, um sujeito recluso que não se interessava muito pelo mundo exterior, pai enlutado de uma jovem que, apesar de possuir vínculos com Baz, acreditava-se ter morrido. Mais uma vítima da sede cruel de Dovermere.

Ainda assim era arriscado, *principalmente* porque tiveram que contar a verdade para Anise Brysden. Havia sido uma exigência de Theodore, e era inegável o quanto aquilo fizera bem tanto ao pai quanto à mãe de Baz. Ele nunca vira a mãe tão feliz, como se todos os anos de dor fossem uma segunda pele da qual ela tinha se despido, revelando por baixo uma nova mulher radiante. Baz tinha medo de que essa felicidade precária a levaria ao fundo do poço de novo caso algo desse errado, uma possibilidade muito real caso fossem descobertos. Ou no caso de Romie, nunca mais voltar.

Mas, naquele momento, todos bebiam cidra e trocavam presentes em meio a risadas, as barrigas cheias de ensopado e pão fresco, o gramofone tocando. Baz não podia deixar de pensar que tudo valera a pena. Suas preocupações se dissiparam, como se ali, no farol nos confins do mundo, nada de mau pudesse alcançá-lo. Nem Artem nem Drutten. Nem o desgaste de tentar entender a extensão de sua magia pós-Colapso, nem o peso de ter que buscar justiça para seus companheiros nascidos no eclipse.

Ele tinha encontrado os laços que tanto desejara, o senso de pertencimento do qual fora privado na Academia Aldryn.

Parecia haver um acordo implícito entre todos os presentes de manter o clima leve e alegre naquela noite. No dia seguinte, falariam de questões importantes, que, por sinal, não eram poucas, mas, no presente, existiam em uma bolha intransponível, e ninguém queria desmanchar aquele êxtase tão frágil.

Após a euforia inicial, enquanto Theodore e Jae relembravam os velhos tempos da gráfica e Henry e Anise lavavam a louça, Kai deixou a mesa sem dizer nada. Baz não havia percebido e ficou chateado, achando que o amigo tinha ido dormir sem sequer dar boa-noite, mas então o viu perto da porta dos fundos, vestindo um casaco. Kai percebeu o olhar de Baz e fez sinal para que ele o acompanhasse antes de sair noite afora. Sem titubear, Baz pegou o próprio casaco e o seguiu.

A neve caía em flocos pesados e vagarosos na noite silenciosa. Baz andou ao lado das pegadas na neve até encontrar Kai sentado em um toco, fitando o céu. O luar banhava seus traços com um tom prateado suave.

— E aí, como estão nossos amiguinhos em Aldryn? — perguntou Kai, em tom jocoso.

Baz soltou uma risadinha irônica.

— Você nunca teve amigos em Aldryn.

— Olha só quem fala.

— A professora Selandyn é minha amiga. A gente toma chá todos os dias.

— Pelas Marés, olha só o que acontece com você na minha ausência. — Kai destampou seu frasco inseparável e o ofereceu para Baz com uma piscadela. — Tome. Só é um pouquinho mais forte que chá.

Talvez fosse porque a conversa entre os dois era maravilhosamente normal, ou pelo inesperado afeto que a piscadela de Kai provocou em Baz, mas ele aceitou o frasco e deu um pequeno gole. O sabor do gim preencheu sua boca, tão desagradável quanto ele esperava. Baz tossiu quando a bebida queimou sua garganta, e o som da gargalhada de Kai dominou seus ouvidos.

Ele tinha sentido saudade daquela risada.

— Então… — disse Baz, hesitante, lançando um olhar de esguelha para Kai.

Os flocos de neve no cabelo escuro dele pareciam estrelas no céu da noite.

— Como você está depois de… bem, depois de tudo? — retomou.

Kai riu outra vez.

— Feliz da vida. — Ele pegou o frasco de volta e se apoiou, tranquilo, contra o tronco da árvore. — Acho que este é o ponto alto da minha vida, limpando ostras e lavando as gaiolas de lagostas com dois velhos que só sabem jogar o mesmo jogo de baralho todas as noites, falar sobre a mesma baboseira e seguir a mesma rotina como se fosse a única certeza que houvesse na vida. É divertidíssimo. — Ele se virou para Baz. — Sem querer ofender seu pai.

Baz deu de ombros.

— Deve ser melhor do que se sentir um fantasma abandonado sem ninguém para conversar. — Pelo menos ele tinha o gato da irmã como companhia. Às vezes. — Até o Penumbra está ficando de saco cheio de mim.

Kai arqueou a sobrancelha.

— Pensei que você gostasse da solidão.

— É. Parece que as coisas mudam.

Era engraçado. Baz de fato *sempre* gostara da solidão, mas talvez só tivesse se acostumado a não ter por perto as pessoas que amava. O pai fora mandado para o Instituto, a mãe se tornara distante, a irmã desaparecera, depois veio o Colapso de Kai... Tudo aquilo havia moldado sua existência solitária.

Mas, por um breve período, aqueles vazios em formato de pessoas foram preenchidos por Emory e, por um tempo, ele se lembrou do quanto ansiava por aquele tipo de vínculo, como desejava existir cercado de pessoas que o conheciam, compartilhar preocupações e alegrias das maneiras mais singelas. Como fazia naquela noite.

— Não posso ficar aqui, Brysden — anunciou Kai de supetão. Sua voz ficara séria, e ele olhou para Baz com expectativa. — Preciso voltar para Aldryn.

— Você sabe que não dá. — Baz desviou o rosto para não ver a esperança se esvaindo de Kai. — Não podemos correr o risco de alguém ver você.

— Eu fico escondido no Hall Obscura — insistiu Kai. — Posso chegar de madrugada...

— Kai...

— Quer mesmo saber como estou? Por que não pergunta ao seu pai sobre as coisas medonhas que ele me viu trazer dos pesadelos dele? Mesma coisa com Henry. Estou perdendo o controle, Baz. Estou trazendo coisas dos pesadelos sem querer, medos que não tenho a mínima intenção de transformar em algo concreto, coisas que deveriam permanecer soterradas para sempre. Até quando não estou ativamente tentando absorver a escuridão de um pesadelo, ela gruda em mim e me segue mesmo nos momentos em que estou acordado. E estão demorando cada vez mais para se dissipar.

Como o epílogo, pensou Baz. Eles vinham se perguntando por que o epílogo que Kai encontrara na esfera dos sonhos não tinha se transformado em pó como todas as outras coisas que ele extraía dos pesadelos. O objeto continuava incólume, intacto, talvez obedecendo a regras diferentes, já que era uma coisa física que tinha sido *inserida* na esfera dos sonhos. Mas, se outros horrores estavam permanecendo intactos no mundo real...

— É apenas uma questão de tempo até que eu traga uma *umbra* pra cá — disse Kai, cerrando a mandíbula. — Ou algo pior.

Baz estremeceu, mas não era de frio.

— Pensei que as umbras estivessem aparecendo menos depois do que aconteceu.

— Isso durou poucos dias. Mas aí vieram outras. E não é só isso. É como se algo... tivesse *corrompido* a esfera dos sonhos. As umbras estão mais hostis do que nunca, parece que estão famintas por almas. Pela minha, em especial. — Kai ocupava as mãos girando a tampinha do frasco. — E eu fico tendo uns vislumbres... — acrescentou ele, evitando o olhar de Baz. — Ando vendo Emory.

— O *quê?*

— Não sei se é real ou não, e nunca é nada muito concreto. É mais uma impressão de vê-la, algo confuso no meio da escuridão da esfera dos sonhos. Como se ela estivesse se afogando naquilo tudo. E eu também.

A mente de Baz disparou. Ele pensou nos Sonhadores condenados pelas umbras que tinham acordado logo após Emory ter atravessado a porta. A notícia se espalhara depressa, e de repente todos sabiam que a maioria dos Sonhadores adormecidos do Instituto de Cadence, sonhadores eternos cujas consciências haviam sido devoradas pelas umbras na esfera dos sonhos, deixando para trás seus corpos em coma, tinham *despertado*. Baz não tinha a menor dúvida de que aquilo era obra de Emory. Seria coincidência demais se não fosse.

O que quer que ela tivesse feito na esfera dos sonhos — qualquer que tivesse sido o poder que ela deflagrou e que forçou uma horda de umbras a atravessar a porta junto a um Keiran Dunhall Thornby já moribundo — certamente tinha acordado os adormecidos e restaurado suas mentes.

De acordo com os jornais, alguns deles estavam dormindo fazia *décadas*, e havia pouca ou nenhuma esperança de que despertassem. Mas todos tinham acordado, vivos e perfeitamente *bem*. Nenhum deles se lembrava do tempo passado na esfera dos sonhos ou, pelo menos, não quis falar sobre a experiência.

Aquele nível de poder... Se Emory tivesse de fato exercido uma magia capaz de despertar as umbras, de desfazer o que havia sido feito aos adormecidos, ela com certeza teria entrado em Colapso. Embora o Colapso não fosse arruinar Emory — Baz, Kai e Jae eram prova disso —, Baz temia por ela mesmo assim. Uma Invocadora de Marés já tinha um poder ilimitado, mas uma Invocadora de Marés *pós-Colapso*?

E então Kai, que estava lutando com sua própria magia colapsada, andava sonhando com ela *se afogando na escuridão*.

— Mas ela deve estar bem — disse Kai, falando baixo, embora houvesse um toque de alguma coisa em sua voz que Baz não conseguia compreender. — Ela só deve estar aparecendo para mim por sua causa.

— Por minha causa?

— Você vive sonhando com ela. E, por mais que eu já não aguentasse mais revisitar aquele momento na gráfica, não posso dizer que Dovermere é muito melhor.

Baz sentiu uma onda de gratidão por estar escuro, porque assim Kai não poderia ver o rubor que subia por seu pescoço. Ele esperava que o amigo não tivesse notado a mudança em seus pesadelos, a maneira como a cena da gráfica se transformava nas cavernas para mostrar um dos muitos momentos traumáticos que ele tinha vivido em Dovermere: as umbras se alimentando dos medos de Baz, levando Emory para a morte, submetendo-se às ordens de Kai. Emory passando pela porta. Keiran morrendo nos braços de Baz. O portal murmurando em sua mente.

Às vezes, quando era um pesadelo envolvendo Emory — o que acontecia com mais frequência do que ele gostaria de admitir —, a cena saía das cavernas e mostrava a Baz outros momentos com ela, todos distorcidos pelos horrores de seu subconsciente. A dor de perdê-la. Como ela traíra a confiança dele. O momento em que ela se afastou quando se beijaram, a rejeição ainda mais acentuada e cruel na obscuridade da mente de Baz.

Agora ele sabia que Kai estivera presente em pelo menos alguns desses pesadelos e que tinha visto como Baz era corroído por um anseio juvenil por alguém que havia *partido* e que talvez nunca mais voltasse. Mas Kai nunca dissera nada. Era como se Emory fosse uma coisa inominável entre eles, o único assunto que não ousavam mencionar.

Até aquele momento.

Baz pigarreou e chutou um montinho de neve.

— Desculpa — disse ele, embora não soubesse ao certo pelo que estava se desculpando.

— Não é sua culpa que eu sempre seja sugado para os seus pesadelos. — Kai tomou um gole do frasco e encarou o horizonte com um semblante raivoso. — Se a magia colapsada deveria ser ilimitada, eu esperava ter mais controle sobre ela, e não estar passando por uma merda dessas.

O olhar de Baz foi parar na tatuagem perfeita do eclipse na mão de Kai.

— Eu sei qual é a sua resposta, mas... minha oferta ainda está de pé, se você quiser.

Pouco tempo depois da fuga do Instituto, Baz propôs a Kai que usassem sua magia do tempo para devolver o Selo Profano à mão do amigo. Apenas de forma temporária, óbvio, só para que ele pudesse ter uma trégua dos pesadelos irrefreáveis. Havia sido uma oferta impensada, feita em um momento de angústia depois de ver o amigo se debatendo contra inimigos invisíveis durante o sono. Kai mandara Baz ir à merda. Baz pedira desculpas. Nenhum deles trouxera aquilo à tona de novo.

Kai parecia prestes a torcer o pescoço de Baz por ele sequer ousar tocar no assunto.

— Você e seu pai são iguais. Ele tem feito experimentos com a magia nulificadora dele para tentar me ajudar a reprimir a minha e a controlar os pesadelos.

— Que ótima ideia — elogiou Baz.

Como ele não tinha pensado nisso antes?

— Mas não resolve porcaria nenhuma — rebateu Kai, irritado. — Isso significa que seu pai não dorme enquanto está me ajudando a descansar e não ter pesadelos. Significa que tenho que permanecer aqui.

— Se isso ajuda a...

— O que vai ajudar é tentar abrir o portal de Dovermere de novo. Para que serve a droga do epílogo se eu não consigo passar pela porta?

Kai tinha retornado às cavernas logo depois de Emory ter atravessado a Ampulheta, tentando abri-la mais uma vez. Se o epílogo de Clover fosse verdadeiro, tanto Kai quanto Romie eram iguais a Emory naquele quesito, tendo também o poder de transitar por diferentes mundos. Mas a porta não se abrira ao toque de Kai, apesar de suas inúmeras tentativas.

Baz jamais admitiria, mas daria tudo para ouvir a canção de Dovermere, a mesma que chamara Romie, Emory e Kai. Ele se conformara com o fato de não se ver em *Canção dos deuses afogados* da mesma forma que eles. O Cronomago não tinha nenhum papel a cumprir naquela história: não era o garoto dos pesadelos, a garota dos sonhos ou o erudito nas praias que viajava pelos mundos. Ele era o leitor, fadado a assistir a seus heróis favoritos de longe, como sempre fizera. Poderia tentar juntar as peças, mas jamais teria algo a acrescentar à história.

Baz já tinha aceitado isso. Não havia escolha.

O clima agradável da noite parecia ter se extinguido, e Baz não sabia como revivê-lo. O vento ficou mais forte de repente, e ele fechou o casaco para se proteger do frio.

— Quer voltar e jogar uma partida de algum jogo chato de baralho?

— Tá. — Se Kai estava aborrecido com a mudança brusca de assunto, não deixou transparecer, apenas saltou do tronco da árvore com um sorriso maroto. — Mas quem perder tem que tomar um gole de alguma coisa.

Baz não conteve o sorriso ou o inexplicável carinho que sentiu enquanto os dois caminhavam em silêncio de volta para o farol, roçando os ombros de vez em quando. Contudo, aquele pedacinho de normalidade não foi capaz de consertar a noite por muito tempo. Antes mesmo de entrarem, a porta se abriu e Henry apareceu, afoito, vestindo o casaco às pressas com uma lanterna de luz perpétua em mãos.

— O que aconteceu?

— A maré está engolindo tudo!

No mesmo instante, como se fosse ensaiado, Baz percebeu que a noite não estava mais silenciosa: estrondos terríveis vinham da praia, e ele pensou ter ouvido uma sirene ao longe. Ele e Kai seguiram Henry até a água, onde o mar já tinha tomado metade da margem. Ondas pesadas e violentas se chocavam contra as rochas lisas, chegando até o limite das árvores. A luz tênue da lanterna revelou um cenário lastimável: as gaiolas de lagosta e os equipamentos de pesca estavam sendo açoitados pelas ondas e depois puxados de volta para o mar, e o barco de pesca de Henry tinha ido parar nas árvores, onde parecia estar preso.

Henry já estava afundado até os joelhos na água que com certeza estava congelante, agarrando tudo o que podia e atirando em terra firme o mais longe possível. Kai logo foi ajudá-lo e, enquanto tirava as coisas da água, virou-se para Baz com um olhar aflito.

— O tempo, Brysden!

É óbvio. O tempo. A única coisa que Baz conseguia controlar.

Ele apanhou os fios do tempo, dobrando a maré à sua vontade. A onda mais próxima deles parou antes de alcançá-los, petrificada no tempo, e os três se apressaram para tirar as coisas da água. Baz ainda se surpreendia com a facilidade com que usava sua magia. Antes, um feito tão grande teria parecido *impossível*, o nível de magia que ele temia que pudesse causar seu Colapso.

Contudo, percebia que isso era apenas uma gota no oceano das coisas que ele conseguia fazer.

Quando terminaram de pegar tudo, Baz liberou a magia e a maré retomou sua investida antinatural contra a costa. Ofegantes, os três observaram o mar em silêncio, sem ousar verbalizar a estranheza do que viam.

Baz verificou o relógio de pulso para confirmar o que já sabia. Era meia-noite, horário em que a maré deveria estar no nível mais baixo. Se existia algo com que sempre podiam contar, eram a subida e a descida da maré e a ciência que a regia. Só podia haver algo muito errado com o mundo para que aquilo estivesse desordenado.

E Baz não conseguia deixar de pensar que tinha algo a ver com Dovermere e com a porta que tinham aberto em suas entranhas.

4

EMORY

— Que maluquice foi essa? — sussurrou Romie. — *Que maluquice foi essa?*

— Então eu não estou vendo coisas? — disse Emory, fechando a porta do quarto. — A espiral...

— Não faz sentido. Como é possível que seja a mesma?

Era impressionante a semelhança da marca nas costelas da menina com a espiral que Emory e Romie tinham. Parecia *impossível* ser mera coincidência. No mundo delas, a Espiral Sagrada era associada às Marés, mas ali parecia ser a marca da divindade das feiticeiras, a Escultora.

— E a ascensão? — Romie soltou um riso desvairado, andando de um lado para o outro e deixando pegadas de lama no chão. — Por quanto tempo acha que aquela coitadinha ficou enterrada? Não acredito que *enterram os filhos vivos* para que desenvolvam poderes. E depois ainda falam em exorcismo! — Mais um riso. — E a sra. Amberyl teve a audácia de chamar a sangria de *prática selvagem*.

Emory se lembrava bem daquela conversa. A sra. Amberyl reagira com certo desdém quando Romie descreveu as práticas de sangria do mundo delas para situações em que desejavam usar a magia fora da fase correta da lua.

"Que coisa mais selvagem."

Após descobrirem como surgiam os poderes de uma feiticeira, aquela declaração soava como uma piada para as meninas.

Emory não conseguia esquecer os olhos pretos de Bryony, daquela voz tão destoante saindo de sua boca.

— Possessão demoníaca — murmurou ela, horrorizada. — Não é possível, é?

— Bom, pareceu muito possível — disse Romie, deixando-se cair sobre o divã. — Mas eu já ouvi aquela voz antes.

— *O quê?*

— Eu não queria te deixar preocupada, mas... tem alguma coisa muito esquisita acontecendo com a esfera dos sonhos.

— Que coisa? — indagou Emory, empalidecendo.

— Você sabe que consigo sentir as umbras pairando às margens dos sonhos, não sabe? Em geral, a aproximação delas é minha deixa para ir embora, para despertar antes que elas abocanhem o sonho em que estou. Mas, desde que chegamos aqui, tenho sentido algo *ainda mais vil* que as umbras rondando as margens do caminho estrelado. — Romie franziu o lábio. — Foi lá que ouvi essa voz, vinha dessa presença sombria, sussurrando naquela língua estranha. Não consigo explicar, mas tenho a sensação de que isso está tentando escapar da esfera dos sonhos, seja lá o que for.

— Acha que Bryony foi possuída por uma umbra?

— Demônio, umbra... Será que existe alguma diferença?

Emory pensou nas umbras que os atacaram na esfera dos sonhos pouco antes de chegarem em Wychwood. Pensou em como curara todas as almas condenadas, em como algo daquela magnitude devesse tê-la feito entrar em Colapso, mas que a deixara total e absolutamente bem.

Uma vez, Kai dissera que as umbras eram atraídas pelo que nunca tinham visto antes, como o tipo de magia que Emory tinha usado. Talvez ela também tivesse chamado a atenção de algo pior.

— Mas como é possível que uma umbra tenha *possuído* uma feiticeira daquela forma? — perguntou Emory, confusa.

— A sra. Amberyl falou alguma coisa sobre árvores apodrecidas... E se a culpa for mesmo nossa? Nós abrimos a porta entre este plano e a esfera dos sonhos. Talvez ela tenha ficado entreaberta, e agora todos os horrores possíveis estejam escapando de lá.

Emory deixou escapar um riso de desespero. Sentia-se à beira das lágrimas, e havia uma acidez incômoda em sua boca que se parecia muito com medo.

— Sugiro que a gente não assuma essa possível culpa em voz alta, já que as feiticeiras estão falando em *eliminar o mal* do mundo. Querem eliminar a gente, Ro.

— Mas pelo menos não estamos pensando em ficar aqui por muito mais tempo. Basta irmos embora antes da lua nova. — Romie estreitou os olhos. — Me parece que seja lá o que você fez na esfera dos sonhos provavelmente chamou a atenção das umbras, e agora elas estão aqui... e talvez estejam vindo atrás de nós.

— Mais uma razão para a gente arranjar um jeito de voltar para casa — disse Emory, ignorando a sensação de que Romie de fato a culpava por tudo de ruim que vinha acontecendo ali.

— Não, você não está entendendo. Acho que as forças da esfera dos sonhos estão atrás da gente porque querem *nos impedir.*

— Nos impedir de quê?

— De chegar ao mar de cinzas, é óbvio.

Ah, não. Emory suspirou.

— Fala sério, Ro.

— Eu *estou* falando sério. Olhe em volta, Em. Nós estamos mesmo em um mundo de *Canção dos deuses afogados* e viemos parar aqui seguindo uma canção que nós duas ouvimos. Se isso é real, por que o resto da história não seria? — Romie apontou para Emory e depois para si mesma ao dizer: — Você é o erudito que encontrou o portal para outros mundos. Eu sou a garota dos sonhos que estava perambulando em meio às estrelas. E agora nós encontramos uma feiticeira com a mesma marca em espiral que nós temos. Duas, na verdade! Bryony e Aspen são as peças que faltam no quebra-cabeça. É por causa delas que estamos aqui.

— E se você estiver errada?

Alguma coisa estalou em Romie. O fervor em seus olhos se dissipou, e ela voltou à realidade. Engolindo em seco, falou:

— Eu sei que fiz besteira em Aldryn ao ficar obcecada pelo epílogo daquele jeito. Eu negligenciei o que era importante para mim e perdi tudo no processo. Não quero fazer isso de novo. Mas juro que estou certa dessa vez, Em. Só estou pedindo para confiar em mim.

— É óbvio que eu confio em você.

— Então vamos fazer isso juntas. Como deveria ter sido desde o começo.

Aquelas palavras comoveram Emory. Por muito tempo, ela se ressentira de Romie por ter mantido em segredo sua obsessão, por ter jogado fora a amizade das duas junto a todas as outras coisas que tinham sido importantes para ela... como o relacionamento com Nisha e a relação com Baz.

Mas parte de Emory passou a entender como a amiga se sentia. Romie tinha se perdido na sua busca pelo epílogo, e Emory, por sua vez, tinha se perdido na sua busca por Romie.

Ela também havia se alienado e usado os únicos amigos verdadeiros que tinha em busca de poder e aceitação, coisas que tentou encontrar em pessoas que não se mostraram uma boa influência. Keiran, com certeza, não fora. Nem Lizaveta, apesar de seus alertas disfarçados. Virgil e Nisha foram os únicos membros da Ordem Selênica com quem Emory criou vínculos, mas ainda assim ela sentiu que havia sido absorvida demais por Keiran para que tivesse dado uma chance real aos dois.

— Podemos prometer uma coisa uma para a outra? — perguntou Romie.

Diante da solenidade da voz da amiga, Emory se sentou no divã ao lado dela.

— Óbvio. Qualquer coisa.

— Estamos metidas nisso porque escondi coisas de você.

— Ro...

— Não, me deixe terminar. Fico muito mal ao saber que prejudiquei a nossa amizade antes mesmo de ter ido para Dovermere. E, quando achei que tinha morrido, foi horrível pensar que nunca conseguiria consertar as coisas. Mas estamos aqui agora. Juntas. E não quero que haja segredos entre a gente nunca mais.

Emory sentiu uma pontada de culpa.

— Eu também não — disse ela.

— Então chega de segredos?

Tudo que Emory estava escondendo de Romie veio à tona. A força de sua magia, os fantasmas que surgiam ao conjurá-la. Pelas Marés, até a verdade sobre Keiran. Romie sabia que o garoto havia traído todos eles, que toda a Ordem Selênica tinha acreditado nas mentiras de Keiran, mas não sabia do relacionamento entre ele e Emory, que omitira aquele detalhe por vergonha de admitir que seus sentimentos tinham atrapalhado seu discernimento.

Ela não *queria* mentir para Romie, mas a amiga também não estava sendo completamente sincera. O que quer que ela sentisse em relação à magia de Emory pairava entre as duas como uma muralha impenetrável, mas Emory ainda não estava pronta para derrubá-la e descobrir o que havia por trás.

— Chega de segredos — concordou Emory, torcendo para que seu sorriso parecesse genuíno.

— Ótimo. — Romie deitou a cabeça no ombro de Emory e suspirou, satisfeita. — Sabe, por mais que eu esteja feliz em estar aqui com você, fico triste pelo meu irmão. Aquele nerd estaria adorando tudo isso.

Emory riu.

— Ele não ia se aguentar de tanta empolgação. — Pensar em Baz fez seu coração despencar. — Mas sinto a falta dele.

Romie se virou para Emory, arqueando as sobrancelhas, cheia de malícia.

— Está com saudade dele, é? Que tipo de saudade?

Aquela era uma verdade que Emory não tinha escondido de Romie, o quanto ela e Baz tinham se aproximado na ausência dela e de como estava confusa em relação ao que sentia pelo garoto.

— Não sei bem — respondeu Emory, com um sorriso triste.

E de fato não sabia. Sempre que pensava em voltar para casa, sentia cada vez mais falta dele, porque se deu conta de que Baz se tornara sua âncora, a única pessoa com quem podia contar.

Emory sentia saudade da amizade dele, da companhia, da presença tranquila, mas não sabia dizer se estava com saudade *de outras formas*.

O beijo na praia e a despedida na caverna ainda estavam vivos em sua mente, mas não eram as primeiras coisas em que pensava quando se lembrava de Baz. Lembrar que tinha usado os sentimentos que o amigo nutria por ela deixava Emory péssima.

Talvez, se voltassem para casa, ela pudesse dar uma chance para Baz. Uma chance de verdade, para descobrir se os sentimentos que ele sempre tivera poderiam ser recíprocos. Ou talvez fosse melhor deixar pra lá.

Emory soltou um longo suspiro, olhando pela janela. Pelo visto, as feiticeiras tinham voltado da floresta: os jardins da Residência Amberyl estavam iluminados e uma música começara a tocar.

— Vai ser difícil convencer Aspen e Bryony de qualquer coisa, do jeito que elas obedecem à sra. Amberyl — comentou Emory.

Romie abriu um sorrisinho.

— Você não notou a rebeldia velada de Aspen? Fala sério. A garota não vê a hora de escapar das garras da mãe. — O fervor voltou a surgir nos olhos de Romie. — Vamos começar nossa investigação?

Se a intenção era que as festividades da ascensão fossem *festivas*, a realidade estava muito longe de corresponder às expectativas.

Os jardins em torno da Residência Amberyl tinham sido decorados para a ocasião e estavam repletos de fitas que balançavam com a brisa e frascos de vidro iluminados com o brilho de vaga-lumes aprisionados em seu interior. Deveria ter sido charmoso, mas havia um toque sinistro na cena. A música era errática e perturbadora, e aqueles que dançavam pareciam estar se debatendo, como se tentassem conjurar a Escultora ou despertar mais feiticeiras de seus túmulos.

Os ossos nos colares das feiticeiras faziam barulho ao se chocarem, provocando calafrios em Emory. Cada olhar era como uma ameaça, mas ninguém disse uma palavra sequer para ela e para Romie. Era como se as duas não existissem, como se todos os presentes não fossem cúmplices do plano da sra. Amberyl de expurgá-las na lua negra, o que quer que o nome significasse.

Pelo menos naquela noite elas estavam seguras. Embora, a julgar pela espessura da lua minguante, elas tivessem menos de dois dias até que a situação mudasse.

Romie parecia *empolgada* com tudo aquilo, o que não era bem uma surpresa, dada a sua natureza, mas ainda parecia injustificável naquelas circunstâncias. De uma mesa cheia de frutas e carnes, ela pegou dois cálices com uma bebida roxa e tomou um gole de um deles, entregando o outro a Emory.

— O que está fazendo? — indagou ela em um sussurro apavorado, tentando impedir Romie de continuar bebendo. — A gente não sabe o que tem nisso.

— Dá para relaxar?

— *Relaxar?* Eles querem matar a gente, Ro.

— E não vamos conseguir nenhuma resposta se eles perceberem que a gente sabe disso. — Romie balançou o corpo no ritmo da música, sorrindo para as feiticeiras mais próximas. — Então comece a fingir que está se divertindo.

Emory aproximou o nariz do cálice. A bebida tinha um aroma *divino*, semelhante ao de vinho quente, mas ela resistiu à vontade de experimentar. Tentou relaxar quando Romie a puxou pela mão, mas tudo que queria era sair correndo para a floresta e para longe daquelas pessoas sem olhar para trás. Romie tinha outros planos, porém. Ela arrastou Emory para a pista de dança, rindo e a fazendo rodopiar. Algo desabrochou no peito de Emory ao som da risada da amiga e ao vê-la dançar. De repente, ela se lembrou de uma Romie mais jovem, correndo descalça e de braços abertos na areia, fingindo ser como as gaivotas no céu. Livre e cheia de vida.

Vida. Romie estava *viva*, algo que Emory ainda não tinha processado direito. Passara muito tempo acreditando que amiga estava morta, depois perdida na magia de Dovermere. Mas Romie estava viva, e bem ao lado de Emory. Por um breve momento, enquanto riam e dançavam, foi como se nada tivesse mudado, como se ainda fossem as mesmas garotas que eram antes da Academia Aldryn, antes da Ordem Selênica, antes de Dovermere, do epílogo e da porta.

Elas não eram, Emory sabia. Eram garotas diferentes em um mundo diferente, fingindo ser quem tinham sido um dia, pelo menos ela. Mas, mesmo assim, Emory se agarrou ao sentimento.

De repente, Romie puxou Emory por entre a multidão até onde a Alta Matriarca e suas duas filhas estavam, sob um arco florido em um tablado voltado para a festa.

A sra. Amberyl ofereceu um sorriso educado, mas Emory sabia que era puro fingimento. Havia um desassossego por trás daqueles olhos atentos, e sua mão repousava de forma protetora no ombro da filha mais nova. E com razão, considerando a apreensão e os cochichos das feiticeiras em relação a Bryony. Ao passarem pelo tablado, uma mãe se posicionou entre os filhos e o palanque como um escudo, como se temesse que Bryony pudesse criar presas e devorá-los.

Emory tinha que reconhecer que a garota reagiu bem. O sorriso nunca deixou seu rosto, embora seus olhos estivessem marejados. Aspen, por sua vez, não se deu ao trabalho de fingir amabilidade; tinha um ar implacável e defensivo, de pé do outro lado da irmã, segurando a mão dela como se estivesse pronta para levá-la dali ao primeiro sinal de problema.

— Sra. Amberyl, muito obrigada por ter nos convidado para a festa de hoje! — disse Romie com um sorriso radiante. — Está tudo fantástico.

Como se elas não tivessem acabado de ouvir as feiticeiras falando sobre o mal que as duas haviam infligido sobre suas terras.

Ela olhou para Bryony.

— Acho que não fomos apresentadas.

Emory teve que morder o interior da bochecha para segurar um sorriso. Romie era muito boa naquilo.

— Esta é Bryony — disse a sra. Amberyl, tensa, os dedos cravando-se mais fundo no ombro da menina. — Minha caçula.

— Oi.

Bryony tinha uma fala doce, muito diferente da voz gutural que surpreendera a todos na floresta. Ela devia ter tomado banho e trocado de roupa após ser desenterrada de seu túmulo, e na festa usava um vestido cor de creme e verde-esmeralda muito bonito. O cabelo escuro estava preso e enfeitado com joias verde-claras.

Ela se inclinou para Aspen.

— Essas são as meninas de quem você estava falando? Do outro mundo?

Na mesma hora, a atenção de Aspen voltou-se para a mãe, que parecia descontente.

— Sim — respondeu ela —, mas...

— Como funciona a magia de vocês? — perguntou Bryony, com um ar inocente.

— Bom, é influenciada pela lua e pelas marés — começou Romie, logo virando o foco de Bryony.

Lançando um olhar penetrante na direção de Emory, Romie desatou uma longa explicação sobre os detalhes da magia lunar. Emory logo entendeu o que a amiga estava planejando.

Emory não vinha praticando apenas a magia de luz, mas também a magia memorista. Com relutância, Romie tinha deixado Emory praticar com ela, embora a amiga notasse que aquilo a deixava incomodada. Era compreensível: ela também sempre achara o conceito da magia memorista intrusivo. Uma coisa era usar magia memorista em uma mente voluntária, outra bem diferente era usá-la em uma pessoa desprevenida. De onde vinham, o uso daquela magia sem consentimento não era visto com bons olhos, mas as duas estavam em um lugar bem diferente e estavam desesperadas por respostas.

Fingindo interesse na conversa, Emory invocou a magia memorista. A pressão em suas veias diminuiu de imediato, fazendo-a suspirar de alívio ao mesmo tempo que sentiu a bile subir à garganta ao pensar no que estava fazendo.

Como esperado, transpor a muralha da mente da sra. Amberyl não se mostrou mais fácil do que antes. Emory descobrira que a mente de todas as feiticeiras era blindada de alguma forma, talvez pela própria magia delas. A da sra. Amberyl era a mais resistente que a garota encontrara, uma fortaleza cercada de ramos espinhosos que se entrelaçavam ainda mais diante da sondagem de Emory.

Uma mente como aquela só podia estar escondendo segredos.

Pelo visto, Emory jamais saberia quais. Não importava o que tentasse, ela não conseguia ultrapassar a barreira. Sabia que a magia memorista era mais forte ao tocar na pessoa ou quando os olhos das duas se encontravam, mas ela não conseguia fazer nenhuma das duas coisas sem levantar suspeitas.

Havia também o fato de que, quanto mais magia ela usava, maiores se tornavam as sombras que a cercavam, seus fantasmas assíduos tomando forma. Ela sentia Keiran a seu lado, assombrando-a. Havia outros também. Lizaveta. Travers. Lia. Jordyn. Todos clamando por sua atenção enquanto ela se esforçava para se infiltrar nas memórias da sra. Amberyl.

Emory voltou-se para Aspen, esperando ter mais sorte. Nada. A não ser um sentimento de amor profundo pela irmã e uma paixão fervorosa ao pensar em alguém que Emory não conseguia identificar.

Emory cerrou os dentes ao sentir um dos fantasmas puxando seu braço, mas não podia desistir da magia ainda. Então tentou com Bryony, entrando em sua mente preparada para encontrar lembranças de ter sido enterrada viva ou da possessão na floresta. Antes que Emory conseguisse descobrir qualquer coisa, no entanto, os olhos de Bryony se fixaram nela de forma tão repentina que a garota recuou no mesmo instante, tanto física quanto mentalmente.

Seu controle sobre a magia memorista enfraqueceu. Com o coração disparado, Emory se perguntou se Bryony teria percebido a presença em sua mente. Ela não era a única a olhar para Emory com uma expressão curiosa. As outras Amberyl também tinham notado seu tropeço.

— Perdão — disse Emory, devolvendo o cálice à mesa. — Acho que exagerei na bebida.

— Você considera sábia a decisão de permitir que *as convidadas* participem de nossas celebrações?

A pergunta veio de Hyacinth, a feiticeira de expressão amarga que estivera na floresta mais cedo. Ela se aproximou com dois garotos que estavam entre a adolescência e o início da vida adulta. Com certeza eram seus filhos, dada a semelhança notável e a mesma curvatura de desdém em suas bocas.

— Não vejo por que não — retrucou a sra. Amberyl, seca.

Hyacinth olhou para Bryony, desconfiada.

— E sua filha, pobrezinha, depois de um acontecimento tão terrível...

— Bryony está ótima, não se preocupe.

— Ainda é cedo para dizer. — O rosto de Hyacinth transmitia desprezo ao estudar as Amberyl. — Estamos indo embora, mas não pense que o coven não estará de olho em vocês até a lua negra.

Quando partiram, um dos garotos murmurou algo que fez Bryony empalidecer e Aspen puxá-la mais para perto. Emory sentiu os braços se arrepiarem quando entendeu o que ele disse.

Serva do inferno.

Os fantasmas agitaram-se ao ouvir a palavra. Sem pensar muito, Emory entrou na mente do rapaz para descobrir a definição de um servo do inferno. De repente, uma mão fria segurou seu pescoço. A magia de Emory se desfez quando ela se esquivou do fantasma de Keiran, esbarrando em Romie.

— Ei, vamos com calma — disse a amiga, segurando-a com firmeza.

— Talvez vocês devessem se recolher por hoje — sugeriu a sra. Amberyl.

O olhar duro dela não deixava margem para contestação. No caminho de volta, Emory sentiu-se incomodada com a música. Tinha a impressão de que veria um fantasma para onde quer que olhasse: nas sombras entre as sebes, entre os convidados que dançavam como espectros, nos rostos iluminados pela luz bruxuleante dos vaga-lumes.

— O que aconteceu? — perguntou Romie quando entraram no quarto.

— Não sei bem.

Emory sentou-se no divã, tentando recuperar o fôlego.

— Conseguiu descobrir alguma coisa na mente da sra. Amberyl, pelo menos?

Emory fez que não.

— Acho que ainda não domino a magia memorista o suficiente para conseguir desencavar alguma coisa.

Ela também não sabia se gostaria de fazer isso algum dia; sua garganta ainda queimava pela bile, e Emory só conseguia pensar em Penelope

West, que teve suas memórias apagadas... algo pelo qual Emory inevitavelmente se sentia responsável.

A frustração no rosto de Romie deixava evidente que ela considerava um desperdício que alguém como Emory tivesse aqueles poderes. Se Romie fosse uma Invocadora de Marés, já teria dominado a magia memorista, a da luz e todos os outros alinhamentos. Na verdade, ela teria atingido um nível de *excelência*. E lá estava Emory, mal conseguindo captar uma simples lembrança da mente das feiticeiras.

Ela enxergou o fantasma de Lizaveta no espelho, como se a garota tivesse sido atraída pela insignificância de Emory.

Medíocre.

Emory piscou com força, desejando que ela fosse embora.

— Em, você está bem?

Emory abriu os olhos e viu Romie franzindo a testa. A preocupação na voz da amiga fez com que Emory forçasse um sorriso.

— Estou. A magia só me deixou esgotada, mesmo.

A promessa que tinham feito pouco tempo antes deixou um sabor amargo em sua boca. *Chega de segredos*. Mas aquilo não era uma completa mentira.

Estava tudo bem.

ROMIE

Romie está sonhando outra vez.
    A esfera dos sonhos era estranha e diferente para ela ali, como se o fato de estar em outro mundo tivesse dificultado sua conexão. Ainda se tratava da mesma vastidão escura, mas havia uma particularidade nas estrelas que fazia com que *parecessem* diferentes. Romie sabia que os sonhos que elas carregavam pertenciam às feiticeiras, porque deixavam nela a sensação de terra sob os pés e um cheiro de chuva e musgo em seu nariz. Os sonhos eram dotados de um tom esverdeado, como se elas levassem a floresta na alma mesmo adormecidas.
    Ela não tinha notado até então como os sonhos de seu próprio mundo eram imbuídos de maresia e água salgada e do tênue cheiro de ferro e cobre, como se o elemento adocicado do sangue — da magia — compusesse o tecido do subconsciente das pessoas. Apenas quando chegou ao mundo das feiticeiras é que Romie percebeu que sentia falta das características dos sonhos com os quais já estava acostumada.
    Uma coisa permanecia sempre a mesma: a canção entre as estrelas que a ancorava. Ela confiava que estava no caminho certo desde que ainda conseguisse ouvir o chamado de seu destino, a canção gravada em sua alma.
    Romie sabia que não havia nada que Emory quisesse mais do que voltar para casa e, embora ela também desejasse rever o irmão, os pais, Penumbra e Nisha — em quem ela pensava constantemente, porque sabia que Wychwood era sua parte favorita da história de Clover —, ela

não podia desistir. Não depois de tudo que perdera para chegar até ali, dos relacionamentos que sacrificara no caminho.

Ela não gostava de remoer os próprios erros. O passado era o passado. Voltar, àquela altura, significaria que Travers, Lia, Jordyn e todos os outros iniciados da Ordem Selênica tinham morrido em vão. Voltar significaria que ela terminara com Nisha por nada, quando poderiam ter construído algo *incrível* juntas.

O único caminho era seguir em frente.

No momento, Romie percorre a esfera dos sonhos com propósito, seus pés a guiando em direção à estrela mais brilhante. Sente o mesmo fascínio por ela que pela canção misteriosa. Mesmo quando tenta evitá--la, não conseguia. Nem queria.

Os sonhos de Aspen eram sempre agradáveis, ricos com a vida da floresta à qual ela estava ligada de forma tão profunda.

Mas, naquela noite, Romie hesita antes de entrar em seu sonho. Há uma segunda estrela brilhando com a mesma intensidade ao lado da de Aspen, atraindo a alma de Romie de modo semelhante.

Sem titubear, Romie se aproxima, já imaginando de quem deve ser.

Só depois de mergulhar no sonho de Bryony é que ocorre a Romie que o que ela pode encontrar ali talvez não seja tão aprazível depois do que acontecera na ascensão. A Sonhadora se prepara para o pior, imaginando que o que quer que tivesse possuído Bryony pode estar se escondendo em seu sonho. Mas só encontra risadas, alegria, o sabor marcante do chocolate que as versões mais novas de Bryony e Aspen tinham surrupiado da cozinha.

Não há sinais de possessão demoníaca ali.

Mas existe um tipo distinto de escuridão rondando o sonho de Bryony. As umbras estão à procura de algo para devorar.

Aquelas criaturas se alimentavam de sonhos, tornando-os mais desoladores que pesadelos, verdadeiros poços de agonia e desespero. Quando Sonhadores como Romie percebiam a presença delas no sonho em que estavam, precisavam se retirar dali antes que fossem devorados também. Caso contrário, sua consciência ficaria aprisionada na esfera dos sonhos para sempre, desligadas de seu corpo no mundo real, e ela se transformaria em uma umbra faminta por sonhos.

Como aconteceu com Jordyn, pensa Romie com uma pontada de tristeza. Uma parte dela desejava possuir a habilidade de curar as umbras como Emory fizera na esfera dos sonhos, libertando aquelas almas.

Romie já estava acostumada com a presença das umbras, embora tivesse reparado que as criaturas surgiam mais cedo naquele mundo. Nunca conseguia ficar muito tempo no mesmo sonho sem que elas viessem, como se a estivessem seguindo pela esfera dos sonhos, sedentas para tragar sua alma.

E não são apenas elas que estão à espreita na atual escuridão. Há algo que não parece uma umbra comum. Algo ainda mais aterrador, mais estranho, mais *arcaico* do que qualquer coisa que Romie já tenha encontrado ali. A coisa murmura em uma língua desconhecida e sinistra, uma melodia inquietante e completamente destoante da canção que ressoava na alma de Romie.

Ela não demora a abandonar o sonho de Bryony, torcendo para que a presença lúgubre não a seguisse. De volta ao caminho estrelado, procura a estrela de antes, pensando em explorar o sonho de Aspen outra vez.

Mas não a encontra. A feiticeira deve ter acordado. Desanimada, Romie anda sem rumo e só para quando avista outra pessoa na esfera dos sonhos.

Aspen está ali. Não em sonho, mas bem *ali*, no caminho estrelado, como se fosse uma Sonhadora.

No mundo de Romie, não era incomum que Sonhadores se encontrassem na esfera dos sonhos. Eles não se manifestavam de maneira corpórea, mas apareciam uns para os outros bem como estavam no mundo real, inclusive no que dizia respeito às vestes… algo que muitos Sonhadores tinham descoberto da pior forma ao adormecerem com pouca roupa ou sem roupa alguma para depois darem de cara com outros Sonhadores enquanto estavam completamente nus.

Aspen, porém, está de fato vestida com uma camisola branca e folgada. Seus cabelos escuros estão soltos e os cachos revoltos ao redor do rosto, molhados de suor. Parece ter acabado de acordar.

Como é possível ela estar *ali*?

Aspen?

Romie fala baixo para não assustar a menina, aproximando-se devagar. Aspen não a enxerga. Seus olhos estão cobertos por uma camada branca translúcida.

Romie olha ao redor, espantada, e depois se volta para Aspen. Tem certeza de que a garota não está sonhando porque já tinha visitado seus sonhos antes e eram completamente diferentes daquilo. E Aspen não é uma Sonhadora, de modo algum.

A única explicação que Romie consegue encontrar é que Aspen está perscrutando, embora isso ainda não explique como era possível ela estar ali.

De repente, Aspen arqueja e inclina o rosto para cima, os músculos do pescoço contraídos. Suas mãos erguem-se em formato de garras na altura do coração. Parece estar sentindo dor.

Romie tenta tirar Aspen do transe, mas, quando toca seu braço e sente o calor de sua pele, percebe músculos por baixo da carne e se dá conta de que o rosto e o corpo de Aspen não são mais os dela. Ela assumiu a forma de um jovem tão bonito que parecia ter sido esculpido e que, no momento seguinte, transforma-se em uma criatura monstruosa com o dobro de seu tamanho. Suas garras e presas aumentam ainda mais enquanto seus olhos escaldantes fitam Romie. Um ronco grave escapa de sua garganta, e Romie enxerga chamas dançando dentro de sua boca agora escancarada...

Ela recua depressa e sai da esfera dos sonhos aos tropeções.

Já na cama, encharcada de suor e com o coração acelerado, por um momento Romie pensou em correr até o quarto de Aspen para se certificar de que ela estava bem. Ela se perguntou se Aspen teria sido possuída pelo mesmo demônio que se apossara de Bryony, a mesma presença maligna que Romie sentira rondando às margens da esfera dos sonhos.

Mas, enquanto tentava recuperar o fôlego no escuro do quarto, tudo que Romie conseguia ver era a cor dos olhos da criatura.

Não eram pretos, mas sim cor de âmbar, brilhantes como dois sóis derretidos.

Não poderia ser a mesma coisa que tinha possuído Bryony. As emoções que Romie sentira vindas de Aspen ao se transformar naquilo tinham sido...

Não de medo, mas semelhantes à afeição.

Uma conexão intensa e incandescente que até Romie sentia pulsar em suas veias, mesmo agora. Como se o estranho magnetismo que ela sentia por Aspen se refletisse na fera flamejante.

BAZ

A beleza da primeira noite de solstício terminou com a invasão da maré. Eles conseguiram salvar a maior parte das coisas de Henry graças à suspensão do tempo operada por Baz e, na manhã seguinte, quando a maré voltou a baixar, o grupo partiu em busca das gaiolas e redes de pesca que tinham sido carregadas até o outro lado da costa.

À luz do dia, com o mar calmo e o sol de inverno tentando se infiltrar pela névoa densa, Baz enxergou o entorno com outros olhos. As rochas cinzentas lapidadas pelas ondas espumosas, os pinheiros cobertos de neve como sentinelas altivas com vista para o mar, as campânulas que resistiam à neve...Tudo aquilo fazia parte do lugar que Emory chamava de lar. Baz conseguia imaginá-la atenta ao horizonte quando era criança, esperando pelo retorno da mãe. A mulher que ela conhecia como Luce Meraude jamais voltara à Baía de Harebell. Na verdade, era provável que nem sequer estivesse mais naquele mundo.

O bendito epílogo perdido que Kai trouxera da esfera dos sonhos tinha passado de mão em mão na tentativa de desvendá-lo. Baz, Kai, Jae, Selandyn, Alya: estava evidente para todos que a pessoa que deixara o epílogo na esfera dos sonhos só podia ter sido Luce Meraude, também conhecida como Adriana Kazan.

Eles tinham encontrado provas da verdadeira identidade de Luce nos diários que Keiran deixara no Instituto e, além disso, o fato de ela ter sido uma Sonhadora sugeria que poderia ter conseguido esconder o epílogo no reino dos sonhos.

— Quer dizer que eu tenho *uma prima*? — dissera Vera Ingers, filha da terceira irmã Kazan. — Nunca tive primos. A Emory é legal? Sei que a gente se conheceu no festival do equinócio, mas não sabia que ela era minha prima naquela época.

Baz tinha contado a Vera tudo que sabia sobre Emory. Falara sobre suas qualidades e sobre todas as coisas nela das quais sentia falta.

— Ih, você está caidinho! — provocara Vera.

Com frequência, Baz se perguntava se Emory sabia a verdade sobre a mãe. Com certeza ficara sabendo por Keiran. Também era possível que Romie, a primeira deles a procurar pelo epílogo, tivesse juntado as peças.

Aquela paisagem era muito diferente da praia de gramas altas e esvoaçantes onde ele, Emory e a irmã tinham corrido atrás das gaivotas, mas Baz sentiu uma pontada de saudade mesmo assim. Ele desejou estar com o caderno que tinha ganhado da mãe, um presente de Solstício, mas tinha ficado no farol, implorando para ser usado.

"Você adorava desenhar", dissera Anise com ternura naquela manhã. "Ainda se lembra dos desenhos que fazia para mim? Você desenhava personagens dos seus livros. O salgueiro do nosso quintal. Eu guardei tudo, sabia? E agora você pode fazer outros."

Baz sentiu vontade de pegar um lápis e registrar a paisagem. Em vez disso, se ocupou em desembaraçar uma rede que estava enrolada no pé de uma rocha. Mais adiante na praia, Kai vinha trazendo debaixo do braço o que restava de uma gaiola de pesca. Seus cabelos soltos estavam úmidos com a bruma do mar. De repente, Kai parou, largou os pedaços de madeira… e desapareceu do nada, como se tivesse sido engolido pela névoa.

Baz sentiu o sangue gelar.

— Kai? — Ele acelerou o passo, tentando não escorregar. Seu coração parecia restes a sair pela boca. — Kai!

— Estou aqui.

Aliviado com a resposta, Baz se deparou com uma abertura em um afloramento rochoso. Era a boca de uma caverna, estreita e escura. Ele mal conseguia enxergar a silhueta de Kai lá dentro. Baz deu um passo reticente para dentro, apesar de todos os alertas que ressoavam em sua mente. Aquela caverna não tinha nada a ver com Dovermere. Era só uma gruta rasgada na rocha que nem sequer era completamente fechada. Havia uma fenda um pouco acima que deixava entrar um feixe débil de luz bem no meio do espaço circular.

Kai deslizava a mão pelas paredes lisas e forradas de líquen.

— Henry me contou que existem algumas cavernas iguais a esta desse lado da ilha. Encontrei algumas, mas a maioria desmoronou com a erosão. — Ele abriu a mão e a esticou sob a cortina de luz do sol. A névoa parecia contornar seus dedos. — Nunca tinha visto esta antes.

Baz ficou para trás, fixo no lugar por uma sensação sinistra que não conseguia nomear.

— Venha. Vamos sair daqui.

Kai o observou de canto de olho.

— Está com medo do quê? Não estamos em Dovermere.

— Eu sei que não.

Apesar disso, ele não conseguia ignorar o fato de que a sensação era *idêntica* à de Dovermere, assim como não conseguia explicar o repuxão que sentia em sua magia. Ou talvez fosse só o medo. Talvez todos os becos escuros do mundo tivessem a mesma aura de mistério, talvez provocassem o mesmo fascínio, a mesma estranheza inexplicável que o deixaria ansioso para sempre depois do que tinham vivido em Dovermere.

— Acho melhor a gente voltar — insistiu Baz, acomodando melhor o peso da rede sobre o ombro. — Não tem nada aqui.

Por fim, Kai concordou, seja porque já tinha saciado sua curiosidade ou apenas porque queria acalmar Baz.

Eles toparam com Jae quando voltavam para o farol. Seus olhos estavam iluminados, e elu cumprimentou os dois com palmadinhas nas costas.

— Achei vocês. Vamos lá, é hora de começarmos seu treinamento — disse Jae, piscando para Baz. — Temos que preparar você para o Quadricentenário.

Baz resmungou, desejando ter ficado na caverna. Para aquilo, ele não estava nada animado.

— Alguém me explica mais uma vez o que é isso? — pediu a mãe de Baz, preocupada, quando todos estavam sentados à mesa da cozinha naquela noite.

O Quadricentenário seria o maior evento do século e marcaria o aniversário de quatrocentos anos da Academia Aldryn. A cada centenário, a academia organizava uma celebração que durava um mês e à qual compareciam estudantes de magia do mundo todo. Em outros tempos, os centenários tinham sido palco de jogos sangrentos e cruéis, nos quais alunos competiam entre si em busca de glória e conhecimento. No entanto, aquelas disputas foram proibidas após o bicentenário e ninguém nunca soube direito o que acontecera, só que houvera algum desdobramento trágico a ponto de a academia não apenas interromper a tradição, mas também cancelar as comemorações do Tricentenário.

Naquele ano, a expectativa para o Quadricentenário era grande porque a academia decidira trazer os jogos de volta, embora na forma de atividades mais focadas no aspecto acadêmico. Aldryn organizaria painéis e workshops conduzidos pelos principais especialistas em magia do mundo, além de promover desafios acadêmicos nos quais os alunos poderiam se inscrever para demonstrar suas habilidades mágicas.

Haveria desafios teóricos nos quais os estudantes teriam que resolver equações envolvendo o ponto sublunar, o ponto antípoda e graus de posição da lua, assim como desafios práticos nos quais colegas de diferentes casas e alinhamentos formariam equipes a fim de resolver problemas complexos usando apenas magia. Recrutadores da região e do exterior estariam presentes e atentos, então aquela era uma excelente oportunidade para que estudantes do mundo inteiro pudessem exibir seus talentos e fazer contatos que poderiam garantir bons cargos, estágios e bolsas de estudo para os programas de pós-graduação mais conceituados.

Baz tinha sido persuadido a participar.

Embora os nascidos no eclipse pudessem se inscrever, poucos o tinham feito, o que era compreensível, dado o estigma em torno da magia da casa e do medo sensato da possibilidade de um Colapso. Baz sempre soubera que seu último ano em Aldryn cairia bem no Quadricentenário, mas nunca imaginou que se envolveria nos jogos caso voltassem a acontecer. Mas a situação mudara.

Sua presença se tornara parte crucial do plano que tinham traçado para buscar justiça para os nascidos no eclipse. Apesar de o caso não ter ido a julgamento e de saberem que as probabilidades não eram das melhores quando se levava em conta a corrupção do Instituto e a influência da Ordem Selênica sobre os Reguladores, eles não tinham outra opção a não ser perseverar.

A ideia partira de Jae.

— Se Baz impressionar todo mundo com sua magia, o que tenho certeza de que vai acontecer, isso pode influenciar a opinião pública a nosso favor. Os recrutadores acadêmicos usam o Quadricentenário para descobrir talentos, mas a maioria não espera encontrá-los em pessoas nascidas no eclipse, ainda mais em alguém com um dom tão raro como o do nosso Cronomago. Eles vão ficar admirados com a sua precisão e o seu controle e, quando revelarmos que Baz sofreu um Colapso anos atrás, sem entrar em detalhes sobre o ocorrido, é óbvio, as pessoas vão se lembrar desse controle e entender que Baz nunca representou perigo algum. Todo mundo vai entender que os Colapsados não são inerentemente maus.

— Ou vão distorcer a realidade e condenar Basil por, na teoria, ter colocado tanta gente em risco — rebateu Anise.

Jae apenas deu de ombros.

— É um risco que temos que correr.

— E por que o risco é apenas de Basil? Por que não pode ser outra pessoa? — Anise se interrompeu ao olhar para Kai, como se só então tivesse se lembrado de que Baz era o único nascido no eclipse que restava em Aldryn. Sua expressão se abrandou. — Talvez alguém de outra academia?

Theodore acariciou a mão da esposa.

— Basil sabe se cuidar. Não é, filho?

Baz assentiu, envergonhado, sentindo o peso da atenção coletiva sobre ele.

— Ele vai deixar todos aqueles idiotas de queixo caído — acrescentou Kai com um sorriso irônico, aliviando a tensão do ambiente.

Baz sentiu-se grato pelo comentário.

— E nós precisamos tentar tudo que estiver ao nosso alcance — continuou Jae —, principalmente agora que mais e mais Colapsados estão mostrando interesse em se juntar à nossa pequena revolução.

Elu pigarreou com uma expressão apreensiva e continuou:

— A notícia sobre o que estou fazendo em Threnody está se espalhando mais rápido do que eu imaginava. Não estou dando conta de atender todo mundo, o que é excelente por um lado, mas também representa um risco.

Jae sempre fora reservade, uma pessoa cheia de conexões misteriosas espalhadas pelo mundo inteiro, e Baz entendia o porquê. Elu se comunicava com outros nascidos no eclipse por canais secretos, por telégrafo, cartas e outros meios que Baz desconhecia. Jae tinha emitido um comunicado em busca de outros nascidos no eclipse que tivessem Colapsado e precisassem de ajuda e, num passe de mágica, a mensagem tinha se disseminado sem alertar nenhum dos Reguladores.

Theodore estreitou os olhos.

— O que está escondendo, Jae?

Elu suspirou.

— Vocês se lembram de Freyia Lündt, a mulher que sofreu um Colapso em Trevel alguns anos atrás?

Theodore arregalou os olhos.

— A Reanimadora?

— É, ela mesma — confirmou Jae, tamborilando na mesa. — Ela pediu para me encontrar em Threnody.

Um silêncio sepulcral se espalhou pelo farol. Baz se lembrava de ler sobre a Reanimadora nos jornais meses depois de o pai ter sido levado para o Instituto. Ela tinha uma magia tão rara quanto a de manipulação do tempo, porém muito mais sinistra. Freyia era capaz de trazer coisas de volta à vida, por assim dizer... embora, pelo que Baz entendera, os cadáveres que ela ressuscitava não voltavam exatamente vivos, mas sim como corpos vazios que apenas mimetizavam a vida. Seu Colapso ocorrera quando ela matou cerca de doze pessoas apenas porque desejava testar os limites da própria magia.

Freyia Lündt fugira das garras dos Reguladores e escapara por pouco do Selo Profano e, desde então, espalhava medo por onde quer que passasse. A morte a seguia de perto, assim como os *mortos-vivos*. Havia boatos sobre assassinatos horripilantes e sobre cadáveres ressuscitados de forma macabra, com os ossos tortos em ângulos grotescos, portando uma magia desgovernada, como se o fato de terem sido revividos tivesse corrompido seus poderes de dentro para fora.

Quando histórias tenebrosas sobre nascidos no eclipse que tinham sucumbido à maldição do Colapso vinham à tona, a Reanimadora era sempre a primeira a assombrar os pensamentos coletivos.

E Jae pretendia encontrar-se *com ela*?

— Você só pode estar brincando — disse Kai, com um riso nervoso.

Se até *Kai* achava a ideia absurda, com certeza deveria ser.

— Mas ela matou todas aquelas pessoas... — sussurrou Anise, os olhos arregalados de terror.

— *Supostamente* — corrigiu Jae. — Freyia merece o benefício da dúvida, assim como qualquer um de nós.

Baz se remexeu, inquieto. *Ele* também tinha matado pessoas. Seu Colapso destruíra a gráfica do pai, fazendo três vítimas na explosão. Por mais que não fosse a mesma coisa que os assassinatos de Freyia, aquilo ainda pesava em sua consciência. Ele ainda se lembrava de Keiran morrendo de forma lenta e agonizante no chão da caverna, da acusação em seus olhos quando Baz contou que matara os pais dele. Era uma cena que o assombrava com frequência, e o Cronomago se convencera de que era punição suficiente por seus crimes — sem contar, é claro, a culpa que ainda carregava por ter acabado com a própria família, já que o pai fora mandado para o Instituto, a mãe entrara em depressão e a irmã se perdera em uma busca desvairada por portas míticas.

— Talvez seja melhor deixar que os Reguladores a levem em vez de colocar sua própria vida em risco — insistiu Anise.

— Ninguém merece ser torturado nas mãos dos Reguladores, meu bem — argumentou Theodore, seu rosto perdendo a cor ao se lembrar do Instituto. — Ninguém.

Embora Baz concordasse com o pai, pensar em uma magia de reanimação fez seu estômago revirar. Para ele, a morte não deveria ser alterada. Era definitiva. Assim como ele não se atrevia a usar sua magia para voltar no tempo e salvar os que tinham morrido por sua causa, a Reanimadora não deveria poder usar a dela para trazer cadáveres de volta à vida. Pelo menos não sem consequências.

— Todos nós vamos sair ganhando se eu conseguir ajudá-la a controlar a própria magia — disse Jae.

Baz torceu para que, com "controlar", Jae quisesse dizer "parar de usar magia por completo". Mas aquilo era problema de Jae, não dele. Baz tinha que se concentrar no Quadricentenário, e restavam apenas alguns dias para aproveitar o Solstício com aqueles que eram importantes para ele antes que tivesse que partir para cumprir com seu papel.

Antes que tivesse que se despedir de novo.

Eles passaram o restante da semana em treinamento com Jae. Elu fez com que Baz e Kai testassem os limites de suas habilidades Colapsadas com tanta disciplina que não houve tempo para descanso. Mas, nos intervalos entre os treinos, a discussão de estratégias para o Quadricentenário e os jogos de cartas chatos que na verdade de chatos não tinham nada — até Kai parecia se divertir —, Baz encontrou conforto em seu caderno de desenho.

Era estranho, mas ele tinha sentido muita saudade de desenhar. Mais estranho ainda era o fato de sua mãe ter antecipado a falta que o hábito fazia a Baz quando ele mesmo não tinha pensado no assunto. Pegar um lápis parecia a coisa mais natural do mundo e, embora algumas páginas tivessem sido desperdiçadas com rascunhos terríveis, Baz encontrou seu ritmo aos poucos.

Ele nunca tinha se considerado um verdadeiro artista, mas reconhecia que também não era tão ruim.

Apesar da paz que desenhar lhe trazia, de nada serviu para aliviar sua ansiedade conforme o fim da semana e o início do Quadricentenário se aproximavam. Entretanto, havia outra coisa o incomodando que ele só conseguiu identificar no último dia das férias.

Baz encontrou o pai sentado na praia atrás do farol, fitando o mar. Seu coração se contraiu ao ver Theodore tão sereno, sorrindo de olhos fechados com o rosto voltado para a brisa. Ele parecia contente, livre de preocupações.

Foi então que Baz entendeu: não era a ansiedade pelos jogos do Quadricentenário que o consumira durante a semana, mas a culpa incessante. Embora estivesse feliz de estar com os pais e testemunhar que estavam bem, uma sombra pairava sobre eles. Não havia nada certo. Aquela paz era passageira, uma mera ilusão. A família deles estava despedaçada em mais de um sentido, parte crucial dela tinha desaparecido atrás de uma porta misteriosa, e a culpa de tudo aquilo era de Baz.

Tinha roubado do pai todos aqueles anos em que Theodore poderia ter estado livre em vez de definhando no Instituto por um crime que não cometera.

Baz era a razão pela qual a mãe passara anos sendo um fantasma de si mesma, murchando sob o fardo da dor enquanto tentava arduamente se manter de pé pelos filhos.

Foi por causa de Baz que Romie se distanciou da família e de tudo relacionado à Casa Eclipse, uma vez que ela não queria ter que conviver com a vergonha do que acreditavam que o pai fizera. Do que *Baz* fizera. Era por causa dele que ninguém fazia ideia do que aconteceria com Romie. E, se ela morresse ou nunca mais voltasse, o que restava de sua família poderia nunca mais se recuperar, e ele seria culpado daquilo também.

Seu pai devia ter sentido sua presença e se virou para olhá-lo, mas Baz voltou para dentro antes que fosse visto.

Nervoso demais para fazer qualquer outra coisa, Baz começou a arrumar as malas. Não percebeu que estava chorando até que uma voz o arrancou de seus pensamentos turbulentos.

— Tudo bem aí?

Baz se apressou em secar as bochechas com o dorso da mão. Kai estava parado à porta com uma expressão enigmática.

— Tudo. — Baz pigarreou e começou a mexer nas roupas dobradas. — Só estou arrumando as coisas para o retorno inevitável a Aldryn.

— Está preocupado com o Quadricentenário.

— Lógico que estou. Mas quem dera fosse só isso.

— Não se preocupe.

Baz bufou.

— Falar é fácil.

Kai se aproximou e parou ao lado dele, pegando o caderno aberto na cama. Baz o puxou de volta no mesmo momento, guardando-o em segurança na mochila. O olhar penetrante de Kai encontrou o dele.

— Eu poderia ir com você. Posso oferecer apoio moral.

— De novo isso? — Baz suspirou. — Você sabe que não pode.

Kai revirou os olhos e se jogou na cama.

— Pensei que você tivesse mudado, Brysden. Onde foi parar aquele rebelde que desrespeitou as regras para me salvar do Instituto? Eu gostava daquela casa. Ele era divertido.

O comentário foi como sal em uma ferida aberta.

— Eu nunca fui assim.

Era aquilo que Kai pensava dele? Que só era interessante quando fazia o papel do herói rebelde, quando não estava sendo cuidadoso e disciplinado como era de sua natureza? Tentando conter as lágrimas, Baz puxou um suéter que estava embaixo de Kai.

— Dá para me dar licença? O certinho aqui quer terminar de fazer as malas.

Por um momento, Kai não se mexeu e sustentou o olhar de Baz, franzindo a testa quase imperceptivelmente. Baz pensou que ele iria insistir, mas, por fim, o amigo se levantou.

— Desculpe atrapalhar você — disse ele, amargurado, e então saiu do quarto.

Foi impossível remediar o péssimo humor de Baz. Henry e Anise prepararam um jantar para a última noite no farol, mas, apesar das risadas, da conversa e da comida deliciosa, Baz só conseguia pensar que não merecia nada daquilo. Ele percebia Kai tentando chamar sua atenção e não tinha dúvidas de que o Tecelão de Pesadelos percebia que seu sorriso era forçado, mas não queria olhar para o amigo por medo de desabar.

— Venha tomar um pouco de ar comigo, Basil — convidou Theodore depois que terminaram de comer.

Os outros estavam ocupados tirando a mesa. Baz vestiu o casaco e seguiu o pai até o lado de fora, mesmo que só para escapar dos olhares questionadores de Kai.

Eles ficaram em silêncio observando a água por um tempo até que Theodore disse:

— Estou orgulhoso de você, filho. De tudo que fez e ainda vai fazer. Sei que estamos exigindo muito de você.

Baz engoliu em seco, tentando ignorar o nó na garganta.

— Não sei se vou conseguir.

— Óbvio que vai.

— Você me ensinou que usar magia era como respirar. Que o segredo é respirar em intervalos curtos e com cuidado. Foi o que fiz durante toda a minha vida, mas agora, depois de ficar sabendo do meu Colapso, de repente me dizem que devo usá-la em grandes doses. Eu... estou com medo, pai. Não sei o que sou capaz de fazer. E se eu for longe demais? — Ele se concentrou no horizonte, espantado com o surto de sinceridade. Mas não tinha acabado ainda. — Eu sinto a magia na ponta dos meus dedos e não sei o que fazer. Não sei se eu... se eu a mereço. Não depois do que fiz.

Theodore segurou o ombro de Baz e o olhou no fundo dos olhos.

— Preste atenção no que eu vou dizer: o que aconteceu não foi culpa sua.

— Como não? Minhas mãos estão sujas de sangue. E roubei anos da sua vida.

— Não, Basil. — Os olhos do pai dele estavam marejados. — Não pense assim. Fui *eu* quem tomou a decisão e não me arrependo nem por um segundo. A força que você tem é exatamente a razão pela qual fiz aquilo anos atrás, para que você pudesse crescer, ser bem-sucedido e lutar para se libertar e libertar os outros também.

Baz não conseguiu conter as lágrimas. Era tudo que ele precisava ouvir e não sabia. Theodore o puxou para um abraço, e o garoto desmoronou no ombro do pai, deixando que todos aqueles anos de mágoa, medo e, mais recente, culpa transbordassem do seu corpo.

— Amo você, pai — sussurrou ele.

Um sopro de determinação renovada tomou o lugar do que até então parecia estar envenenando Baz. Não havia nada que ele quisesse mais do que resolver as coisas, do que ter êxito e ser digno do sacrifício e da confiança que o pai depositava nele. Pela primeira vez, ele acreditou que era capaz.

Os dois permaneceram um tempo observando as ondas que iam e vinham até que o frio piorou e a promessa do calor do farol os atraiu de volta para dentro. Quando viu que Kai não estava na sala, Baz sentiu urgência em procurá-lo para pedir desculpas por ter sido grosseiro.

O amigo estava no andar de cima, mas não em seu quarto. Baz encontrou o Tecelão de Pesadelos de pé ao lado de sua mala.

— O que está fazendo aqui? — perguntou ele.

Kai se virou ao ouvi-lo. Seu semblante era sério.

— Queria me desculpar por ter sido tão babaca.

— Que engraçado. Vim fazer a mesma coisa.

A expressão de Kai permaneceu a mesma. Ele parecia nervoso. Foi então que Baz notou o caderno de desenho em cima das roupas dobradas.

— Você mexeu nas minhas coisas? — perguntou ele, pegando o objeto.

Estava aberto em uma página cheia de esboços do rosto de Emory, de cenas que Baz resgatara da memória. Emory sorrindo. Emory em pé em frente à Ampulheta. O momento antes de se beijarem, o rosto dela molhado de lágrimas, a bochecha aninhada na mão de Baz, os lábios entreabertos.

— Seus desenhos são muito bons — disse Kai, evitando a pergunta. — Não sabia que você era tão talentoso.

— Não acredito que você mexeu nas minhas coisas.

Baz enfiou o caderno na mochila, sentindo as bochechas arderem. Sabia muito bem que Kai o estudava. Que tinha bisbilhotado suas lembranças mais íntimas de Emory. Embora fosse Kai quem tinha sido pego em flagrante, Baz inexplicavelmente foi tomado por uma onda de culpa.

— O que ela foi para você? — perguntou Kai, sua voz quase um sussurro.

Tudo. Era o que Baz queria responder, embora uma parte hesitante dele tivesse pensado: *Nada*.

Um pôr do sol fugaz, um navio em meio à noite, um cometa que ele tinha menos certeza de ter avistado a cada dia que passava longe dela. Assim era Emory para ele. Era a porta que ele pensara estar fechada até vê-la se abrindo outra vez. Era a fresta através da qual ele vislumbrou os tons dourados de todas as possibilidades e de tudo que poderia ter acontecido antes que escapassem de suas mãos feito fumaça.

As lembranças concretas se esvaíam e, cada vez mais, ela parecia ter sido um sonho. Baz se perguntava o que tinha sido real e o que não passava de uma visão romantizada da realidade. Será que ele estava se lembrando corretamente de tudo que acontecera? De todas as horas passadas juntos na biblioteca, debruçados sobre os livros. Do dia em que ele coletara o sangue de Emory, da risada dela pedindo para que Baz a distraísse. Da noite em que tinham avistado Lia na praia. De todas as vezes em que tinham salvado um ao outro. Da angústia que ele sentira toda vez que velava o sono dela.

Do beijo...

Quanto mais pensava no beijo, mais Baz tinha dúvidas de que havia significado alguma coisa para Emory, embora houvesse significado *tudo* para ele quando aconteceu. Mas ela entrara por aquela porta, e Baz sabia que, mesmo se — *quando* — ela voltasse, as coisas nunca mais seriam as mesmas. Ele também não sabia se queria que fossem. Entre a mágoa de descobrir que ela o usara e o medo desesperador de vê-la partir para outros mundos, Baz ainda não tinha conseguido entender seus sentimentos por Emory.

A saudade era um pesar que ainda não tinha arrefecido e que talvez jamais desaparecesse. No entanto, em momentos em que a solidão se tornava insuportável, ele não pensava em Emory, nem mesmo na irmã, e sim no garoto que estava diante dele, olhando-o com uma vulnerabilidade desarmante. O garoto cuja ausência sempre pesara em seu peito, mesmo quando Emory estava presente.

O que ela foi para você?

Baz não sabia como articular nada daquilo, muito menos para Kai. Então não disse nada.

O silêncio se estendeu. Quando Kai finalmente foi embora, murmurando algo sobre ir dormir, Baz sentiu que outra porta estava se fechando muito antes da hora.

EMORY

Os olhos sombrios de Bryony atormentam Emory mesmo durante o sono.

Ali, na escuridão de sua mente, é impossível escapar de seus fantasmas. Eles pairam ao redor dela em um círculo, encurralando-a. Estão em uma caverna da qual ela nunca esqueceria, na plataforma onde se encontrava a Ampulheta. Mas não há nenhuma Ampulheta ali, apenas *ela* mesma ocupando seu lugar, a própria Emory como uma porta.

Os fantasmas se aproximam, fechando o círculo. Parecem mais concretos, mais corpóreos durante o sono, como se não fossem fantasmas, e sim pessoas reais, como se a esfera dos sonhos tivesse derrubado a barreira entre os vivos e os mortos, e todos estão reunidos ali em um eco da noite que selou seus destinos.

Lá está Travers, com água escorrendo pela boca e algas e cracas agarradas ao corpo, o rosto pálido e o corpo se deteriorando.

Isso é tudo culpa sua, acusa ele com uma voz engasgada.

Lá também está Lia, com a boca sem língua abrindo-se em um grito silencioso. *A culpa é sua*, transmitem seus olhos apavorados.

Por que não nos ajudou? Jordyn, com seus olhos vazios e aparência que já mal lembra um ser humano, tenta segurar Emory com suas garras.

Eu bem que tentei avisar que as coisas chegariam a esse ponto. É Lizaveta quem diz isso, de braços cruzados e expressão arrogante como sempre teve em vida. Um filete de sangue verte do buraco na base de seu pescoço.

E Keiran. Ele é o pior de todos.

Mas a atenção de Emory se volta para duas pessoas ao lado dele. Pelo visto, o círculo não é composto apenas pelos mortos; os vivos também vieram, igualmente ávidos para culpá-la pelo que ela os fizera sofrer. A primeira é Penelope West, de olhos vermelhos e assustados.

Você deixou que eles me manipulassem, diz ela. Deixou que apagassem minha memória. Não acredito que considerei você uma amiga. Que perda de tempo!

Depois vem Baz, que olha para ela como quando descobrira que estava sendo usado.

Tudo que você toca vira pó.

Lágrimas brotam nos olhos dela.

Por favor, me perdoe...

Keiran se aproxima de Emory. Ela fica tão atônita com a aparência real dele, tão abalada com todas as acusações, que não consegue recuar. A mão dele se fecha ao redor do pescoço dela, que sente um frio cortante na pele, o toque de morte que se infiltra em sua alma.

O fantasma de Keiran não fala, mas o olhar faminto e cheio de ódio em seus olhos diz tudo.

Ele a culpa por tê-lo deixado à mercê das umbras. Ele a odeia por tê-lo deixado morrer. E, quando o aperto frio dele fica mais forte, ela sabe que aquilo é tanto uma promessa quanto uma ameaça.

Ela matara Keiran, e ele a assombraria para sempre por causa disso.

Ele tem poder sobre ela mesmo depois da morte.

Emory não resiste, ainda que seu corpo inteiro implore para que ela se mexa, para que tente empurrá-lo, para que desperte. O aperto de Keiran se intensifica, e as vozes de todas as outras pessoas que ela ferira ressoam pelas profundezas de Dovermere, ecoando contra as paredes, tocando sua pele, cravando os dentes em seu coração.

E eles estão certos. A culpa era dela. Se não fosse por ela, nada daquilo teria acontecido.

Talvez o mundo fique melhor sem ela.

Keiran ergue a outra mão para tocar o rosto de Emory. Seus olhos ficam ternos, como se concordasse com o pensamento autodestrutivo e intrusivo que domina a mente da garota. Como se ele estivesse oferecendo a morte que aplacaria sua dor para sempre.

Você sabe que eles não são reais, não sabe?

Uma voz grave rasga a escuridão.

Kai aparece, saído do breu. Seu olhar se cruza com o de Emory.

A mão no pescoço dela a solta. Os fantasmas, tanto os vivos quanto os mortos, desaparecem como poeira soprada por uma brisa imaginária.

Agora restam apenas ela e Kai, sozinhos na Garganta da Besta. Eles se encaram em silêncio.

Você *é real?*, pergunta Emory.

Kai franze a testa. Antes que ele possa responder, algo se mexe nas sombras entre os dois. Do escuro, emerge algo digno dos piores pesadelos, com olhos insondáveis, garras e corpos esqueléticos. As umbras.

Elas rodopiam e pairam por ali, incorpóreas e agitadas, enquanto outra coisa ganha forma entre elas, algo ainda mais obscuro, mais poderoso e mais arcaico. Emory sente-se paralisar pelo medo, os olhos arregalados concentrados na umbra gigante que surge aos poucos, uma certeza crescente dentro do peito.

Kai xinga e sacode Emory para que ela volte a si. Seus olhos encontram os dela.

Acorde. ACORDE AGORA.

E é o que ela faz.

Emory acendeu a vela ao lado da cama para afastar as sombras. Ela não sabia dizer quanto tempo passara sentada ali, tentando se acalmar e desvendar o pesadelo. Kai só podia ser real. Mas como seria possível, sendo que estavam em mundos diferentes?

E a presença obscura…

Ainda era noite, mas ela não voltaria a dormir. Pegando o castiçal, decidiu se aventurar no corredor. A casa estava silenciosa, e as celebrações da ascensão pareciam ter se encerrado. Seus pés a conduziram sem que ela percebesse até o quarto lilás no segundo andar, onde Bryony estava de roupão e camisola diante do altar de mármore. Um incensário pendurado no fundo do cômodo impregnava o ar com cheiro de madeira.

Emory observou em silêncio Bryony soltar pedaços de osso sobre a ametista no altar.

— Sabe que estou sentindo sua presença aí, não sabe? — disse Bryony sem se virar.

Emory entrou no cômodo, que estava absurdamente gelado, como sempre. Ela apertou seu roupão contra o corpo.

— Desculpe. Não queria interromper. Você estava perscrutando?

Ela ainda não tinha visto uma feiticeira perscrutando.

— Tentando. — Bryony fez uma careta para os ossos sobre a ametista. — Acho que ainda não encontrei o jeito certo para mim. Mas com certeza não é esse.

— Como se descobre qual é o jeito certo?

— Experimentando, principalmente. Minha irmã tentou de tudo antes de perceber que o que funciona para ela é mergulhar nos ritmos dos elementos. E minha mãe soube desde o primeiro instante depois de ascender que seu sexto sentido se abre por meio da escultura. — Bryony suspirou. — Queria saber qual é o jeito certo para mim. Mas... também estou com medo de descobrir.

— Como assim?

— Na minha ascensão, eu... Aconteceu uma coisa fora do normal. — Seus olhos se voltaram para Emory. — Mas você viu, não viu? Vocês estavam lá, escondidas na floresta.

Emory estava pronta para dar uma desculpa, mas Bryony apenas sorriu, dizendo:

— Está tudo bem, não vou contar nada para ninguém.

— Nós só estávamos curiosas.

— Eu entendo. Também sou assim. Minha mãe sempre diz que "a curiosidade matou o gato", mas ela se esquece de que os gatos têm nove vidas.

Emory riu, lembrando-se de Penumbra, o gato malhado de Romie.

— Obrigada por não contar. — Ela observou Bryony. — É disso que você tem medo? Acha que o que aconteceu na ascensão vai se repetir?

Bryony assentiu.

— Algumas feiticeiras acham que o que aconteceu significa que sou uma... uma serva do inferno. Que um demônio se apoderou da minha essência enquanto eu estava enterrada e agora está lutando contra a Escultora para se apoderar de mim.

Emory sentiu um arrepio. Então era aquilo que significava ser uma serva do inferno.

— Isso é... possível? — perguntou.

Bryony encarava a pilha de ossos, franzindo a testa.

— Eu senti isso quando estava debaixo da terra. Um demônio na minha mente, tentando encontrar uma saída do submundo. A Escultora venceu, mas tenho medo de acessar o plano astral com minha perscrutação. Fico apavorada em pensar que ele vai me encontrar e tomar minha essência para sempre.

Ela lançou um olhar furtivo em direção a Emory.

— Eu não deveria falar nada disso para você.

— Por quê?

— Minha mãe acha que a chegada de vocês foi o que atraiu o demônio. — Sua atenção se voltou para o pulso de Emory. — Essa espiral... é um sinal da nossa Escultora.

— De onde eu venho, essa marca tem a ver com a *nossa* divindade — disse Emory. — As Marés. É das Marés que vem nossa magia lunar, assim como a de vocês vem da Escultora.

Bryony pareceu refletir sobre aquilo.

— Tem uma história que contam para as crianças sobre irmãs gêmeas que lideraram o coven juntas, muito tempo atrás. Elas assumiram o poder durante uma praga terrível, que começou quando os demônios romperam as barreiras do submundo, corrompendo a floresta e a magia que flui por ela. Muitas feiticeiras tentaram expulsá-los, mas não conseguiram. Até que, numa noite de lua negra, quando o véu entre o nosso mundo e o submundo fica mais vulnerável, as gêmeas conseguiram mandar os demônios de volta para o lugar deles. A floresta se curou, e as feiticeiras voltaram a viver em paz. A história não explica como os demônios escaparam do submundo. Algumas pessoas acham que foi o rei dos demônios trazendo seu exército para conquistar o mundo das feiticeiras. Outras, que uma feiticeira foi enganada por um demônio ardiloso e abriu o véu.

Bryony olhou de novo para o pulso de Emory.

— Minha mãe acha que vocês podem ser os demônios ardilosos que estão aqui para fazer o mal.

— Eu juro que não somos. Nós só queremos voltar para casa.

Pela expressão de Bryony, ela não parecia completamente convencida.

Emory pensou em seu pesadelo, em todas as pessoas que ela tinha ferido de uma forma ou de outra. Ela jurou a si mesma que aquilo jamais aconteceria com Bryony nem com mais ninguém.

8

KAI

Kai está na maldita gráfica outra vez.

Um minuto, está na gráfica, com Baz nos braços do pai, e no seguinte está em Dovermere, com Emory nos braços de Baz. As cenas se misturam, e Kai mal consegue acompanhar. O pai de Baz sendo levado pelos Reguladores. Emory desaparecendo por uma porta. Baz sozinho nos escombros das máquinas, logo depois em uma caverna desmoronando e se enchendo de água.

No meio de tudo isso: o medo de Baz, que Kai sente como se fosse seu.

Kai o chama. E quando Baz se vira ao ouvir o próprio nome, não é o amigo, mas uma umbra sem rosto e de olhos vazios.

O pesadelo não pertence a Baz. É de Kai.

Ele se afasta da umbra, mas percebe que ela não era *real* quando desaparece abruptamente e toda a cena muda de novo.

De repente, ele se encontra em uma sala que reconhece de seus dias na escola preparatória. Vê um tabuleiro de xadrez. Farran Caine lhe oferece um sorriso que alcança seus olhos azuis.

Você não sabe mesmo perder, brinca Farran ao capturar o rei de Kai com um simples peão.

O sorriso de Farran murcha, e sua atenção se fixa em alguém do outro lado da sala. Keiran Dunhall Thornby, com seu rosto de adolescente tomado por pesar. A cadeira de Farran range alto contra o chão quando do ele a arrasta para correr em direção ao amigo sem nem sequer olhar para Kai.

Não me deixe aqui.

Kai ouve as palavras saindo de sua boca, a voz suave como a de sua versão mais jovem.

Trata-se de um sonho que também era uma lembrança que também era um pesadelo. O início do fim de uma era, que instalou em Kai a compreensão de que os nascidos no eclipse estavam sozinhos, que a lealdade entre as outras casas lunares sempre viria antes da lealdade a eles.

Kai pega o cavalo, a única peça que restava de seu lado do tabuleiro, e jura que construirá uma armadura igual à dele ao redor do próprio coração.

A cena muda de novo. Kai é transportado de volta para Dovermere, assistindo a Baz enquanto ele vê Emory passar pela porta. Mas não é bem assim. Emory *é* a porta e está implorando para que os alunos ao redor dela a deixem em paz.

Mais uma vez, Kai não sabe identificar de quem é aquele pesadelo. Ele certamente não se importa tanto com Emory a ponto de ser um medo próprio. Baz está lá, mas o pesadelo não parece ser dele.

Kai se concentra em Emory. Algo dentro dele o atrai para ela como se a garota fosse uma âncora no mar escuro e revolto. Ele se atenta às lágrimas em seus olhos, à súplica que escapa da boca dela quando a mão de Keiran Dunhall Thornby aperta seu pescoço. Emory implora para se libertar das acusações daqueles que a cercam.

Você sabe que eles não são reais, não sabe?

Quando Emory olha para ele, a cena se dissolve, e restam apenas os dois.

Você *é real?*, pergunta Emory.

Kai franze a testa, notando as vestes de Emory e como parecem de outros tempos. Talvez de outro mundo.

Aquele momento *era* real?

Como ele dissera a Baz, não era a primeira vez que via Emory quando dormia, mas é a primeira vez que se falam, a primeira vez que ele *tem a impressão* de que ela é de verdade.

Antes que ele consiga entender o que está acontecendo, algo na escuridão surge entre eles como uma grande onda de sombras querendo afogá-los. Mas não foi bem isso o que aconteceu: o vulto tinha apenas girado no próprio eixo como uma espiral, e, com isso, tornou-se mais e mais obscuro. Kai é invadido pelo medo quando as umbras se materializam. Ele xinga, vira-se para Emory. Caso seja mesmo ela, Kai não pode permitir que seja atacada pelas umbras. Baz jamais o perdoaria.

Acorde, diz ele. ACORDE AGORA.

Então ela arregala os olhos e, de repente, desaparece.

E foi bem na hora certa. Do ponto central daquele vulto, ergue-se uma umbra horripilante usando uma coroa de obsidiana na cabeça. Ao seu redor, pesadelos se agitam como um manto esvoaçante de sombras. Ela fala em uma língua que Kai não entende, antiga, gutural e melódica ao mesmo tempo. Embora não consiga distinguir as palavras, no fundo de sua alma Kai compreende o significado.

Abra a porta.

A umbra se atira contra ele, e Kai pula para trás, erguendo as mãos para se defender dela, mas a criatura se dissolve ao seu toque como poeira levada pela brisa, como se nunca tivesse existido.

Então, ele nota a coroa de obsidiana em suas mãos.

De repente, o pesadelo se dilacera. Kai está de novo na gráfica, de novo nas cavernas, de novo com Farran. Máquinas e escombros caem sobre ele, peças de xadrez se agitam ao redor, o mar se ergue para engoli-lo enquanto a escuridão o cerca por todos os lados e a esfera dos sonhos se prepara para cravar as garras em seu subconsciente.

Kai acordou aos gritos.

Ou pelo menos pensou estar acordado. Era difícil ter certeza no escuro, naquele quarto que não era dele. Então uma luz foi acesa e o rosto de Baz pairou sobre o dele. Os olhos castanhos do amigo estavam arregalados, mas ele não estava de óculos e dizia palavras que Kai não conseguia entender. O medo o invadiu outra vez, violento e indomável.

Aquele não era Baz.

Kai saltou da cama e agarrou o pescoço da umbra, empurrando-a contra a parede.

— Não tenho medo de você.

— K-Kai — gaguejou a criatura, tentando segurar o braço de Kai. — Pare. *Sou eu.*

Kai percebeu que não eram garras. *Eram dedos.*

Não era uma umbra. *Baz* era real.

Kai o soltou imediatamente, cambaleando para trás. Algo escorregou de sua outra mão e caiu no chão, mas ele não lhe deu importância. Baz esfregava o pescoço, onde um hematoma já começava a aparecer.

— Desculpe — disse Kai, horrorizado. Ele recuou até a cama e afundou o rosto nas mãos. — Por favor, me desculpe.

A cama estreita balançou com o peso de Baz quando ele se sentou também. Seus ombros se tocaram de leve, a única âncora que Kai tinha no mundo real.

— Está tudo bem — disse ele. — Já passou.

Diante deles, no chão do quarto, havia uma coroa de obsidiana. Kai não sabia o que era. Ele conseguia extrair medos alheios de um pesadelo, arrancá-los da cabeça das pessoas e conjurá-los na vida real, mas nunca tinha trazido um objeto de seus próprios sonhos.

A coroa continuou ali por um tempo antes de se desintegrar, como acontece mais cedo ou mais tarde com todos os sonhos. Tornou-se apenas uma lembrança.

9

BAZ

O Solstício acabou depressa demais.

Quando se deu conta, Baz estava em um trem de volta para Cadence, deixando para trás a Baía de Harebell e todo e qualquer sentimento de alegria. E, embora Jae estivesse com ele — voltando para Threnody para se reencontrar com os nascidos no eclipse —, Baz não conseguiu afastar a pontada de solidão que já começava a sondá-lo.

Não tinha conseguido achar Kai depois que se despediu da família. Não havia a menor dúvida de que o amigo estava evitando Baz depois do ocorrido na noite anterior. O Tecelão de Pesadelos gritando enquanto dormia, sua magia descontrolada, a mão dele apertando o pescoço de Baz, o olhar arrasado em seu rosto.

Baz não teve escolha a não ser ir embora sem se despedir.

— Tome — disse Jae, trazendo Baz de volta à terra. — Meu presente atrasado de Solstício.

Baz segurou com cuidado um velho diário encadernado em couro.

— Você está me dando o diário de Clover?

— *Emprestando* o diário de Clover. Alya está me enchendo o saco para devolver para ela, e não confio em mais ninguém para entregá-lo. Achei que você gostaria de dar uma olhada antes de levá-lo por mim.

Baz passou o dedo pela lombada. Uma fita desgastada de couro preto amarrava o diário para que nenhum dos pedaços aleatórios de papel caísse de dentro de suas páginas amareladas. Pelo que Jae contara a Baz, o diário pessoal de Cornus Clover era uma coleção de escritos variados, desde notas sobre magia até os primeiros trechos do que viria a ser *Canção dos deuses afogados*. Jae tinha insistido incansavelmente para conseguir o diário. Foi preciso muita persuasão para que Alya Kazan, suposta descendente de Clover, o emprestasse para que ele pudesse estudá-lo.

E Baz o tinha em mãos. Ele achou que havia algo de mágico naquilo.

— Deixei o epílogo aí dentro também — avisou Jae. — Mas você pode tirá-lo antes de devolver o diário para Alya.

— Descobriu alguma coisa importante? — perguntou Baz, desamarrando com cuidado a fita de couro e abrindo o diário.

— É igual ao que eu lembrava. — Jae já tinha lido o diário uma vez, quando namorava Alya. — Está cheio de coisas sem sentido que, a meu ver, só podem ser códigos para outra coisa. Versos desconexos, listas de nomes, palavras aleatórias que parecem ter sido inventadas, trechos escritos em alfabetos que nunca vi antes. Ah, já ia me esquecendo: peça para Beatrix dar uma olhada nesses trechos, por favor. Se alguém consegue entender essas línguas, é ela.

Baz assentiu. A professora Selandyn era uma Omnilinguista, capaz de entender e falar qualquer idioma com fluência. Talvez sua habilidade se estendesse a línguas possivelmente inventadas por Clover.

— Esse homem continua sendo um mistério. — Jae suspirou. — Mesmo para quem dedicou quase a vida inteira a pesquisar o trabalho dele. Por isso tanta gente é fascinada por Clover. Para começar, não se sabe muito sobre a vida dele, e o diário não ajuda em nada. Ele menciona uma irmã, Delia, mas eu já tinha ouvido falar nisso antes.

Uma irmã!

Baz folheou o diário e parou em um desenho rabiscado às pressas do que parecia um cavaleiro de armadura enfrentando um dragão. A guerreira da história.

— Sabemos que ele já esteve matriculado em Aldryn — continuou Jae — e que era um excelente Curandeiro. E que tinha uma irmã. Mas, fora isso, é como se os dois fossem fantasmas. Surgiram do nada e depois sumiram sem deixar rastros. Até o nome Clover e toda a riqueza atrelada a ele apareceram da noite para o dia. É impossível investigar sobre a linhagem. É como se ele e a irmã tivessem saído de um mundo diferente e ido embora sem deixar pistas.

O que pode muito bem ser verdade, pensou Baz, e ele sabia que Jae estava pensando a mesma coisa. Os dois precisavam provar que existia uma porta para outros mundos. Quem poderia dizer que Clover não tinha de fato vivido tudo o que era descrito em *Canção dos deuses afogados*? Que ele próprio não era o erudito?

Quando o trem parou em Threnody, Baz e Jae se abraçaram e se despediram. Então Jae deu uma piscadinha e acenou em direção à janela.

— Coitadinho. Alguém deveria ajudar aquele garoto.

Na plataforma, o Baz de mentira aparentemente tinha tropeçado e levado um tombo, e sua mala tinha se aberto, esparramando todos os seus pertences pelo chão. O Baz real soltou uma gargalhada, indignado.

— Assim você me ofende.

Jae sorriu em resposta.

— Achei melhor garantir que as pessoas se lembrassem de ter visto você aqui hoje.

Fazia sentido. Eles queriam que todos acreditassem que Baz tinha passado o feriado em Threnody e, já que os Reguladores estavam à espreita, nada melhor do que oferecer algo memorável.

Jae tamborilou na porta da cabine, olhando para Baz com um carinho melancólico.

— Se cuide, Basil.

— Você também, Jae. Por favor, tenha cuidado com a Reanimadora.

Ele ainda achava que ê amigue estava confiando demais naquela nascida no eclipse a quem ia encontrar em Threnody, mas precisava confiar que elu sabia cuidar de si.

Baz observou Jae desaparecer na plataforma com um frio na barriga, pensando em quando voltariam a se ver. Se é que voltariam.

Não. Ele estava se preocupando à toa.

Por fim, o Baz de mentira se levantou do chão e saiu correndo para o trem. Naquele momento, o Baz de verdade percebeu que alguém o observava da porta da cabine.

Baz sentiu o sangue gelar. O homem usava um terno grosso de tweed por baixo de um casaco de lã e a aba de seu chapéu cobria seus olhos. Embora tivesse se virado assim que Baz o viu e partido para outra cabine, não havia dúvidas de que ele estivera encarando Baz.

Então os Reguladores o tinham encontrado? Se era o caso, ele só podia rezar para que a ilusão de Jae tivesse dado certo.

O resto da viagem até Cadence foi um grande borrão de ansiedade. Baz tentava se convencer de que estava tudo bem. Se os Reguladores tivessem desvendado o plano de Jae, com certeza o homem faria alguma coisa enquanto o trem ainda estivesse em movimento, encurralando Baz. Em seguida, um grupo de Reguladores estaria à espera deles na estação de Cadence e Baz seria interrogado, para a felicidade de Drutten. Theodore e Kai seriam levados de volta ao Instituto e tudo estaria acabado.

Mas, quando o trem parou em Cadence e Baz saiu da cabine, o homem que o garoto vira em Threnody não o observava. Ao pegar a bagagem e se dirigir à porta, o homem não correu atrás dele. E, quando Baz saiu para a movimentada plataforma, nenhum Regulador estava à sua espera.

A estação se encontrava lotada de estudantes que voltavam das férias. Havia uma energia estranha na plataforma, um entusiasmo sinistro que Baz não entendeu muito bem, mas que atribuiu ao início do novo período. Olhou para trás e percebeu que o homem o seguira. O andar dele não era apressado e nada nele chamava atenção para si; provavelmente estava indo em direção à saída como todos os outros. Ainda assim, Baz acelerou o passo, ansioso, na tentativa de estabelecer certa distância entre os dois. Foi quando tropeçou na bagagem de alguém e saiu rolando pelo chão.

— Ai!

— Preste atenção, seu idiota.

— Desculpe, eu... — Baz se desvencilhou das malas e se virou para o dono da bagagem. O resto de seu pedido de desculpas morreu antes de sair de sua boca. — Ah.

— Ora, veja só quem é.

Artem Orlov sorriu com um entusiasmo cruel.

Baz tentou se levantar, mas Artem o empurrou para o chão com o pé em seu peito. Virgil Dade, o fiel cãozinho de estimação, estava logo atrás, rindo da cena. Os olhos glaciais de Artem eram hostis.

— Teve um bom feriado com sua família de foragidos, Brysden?

Baz suava frio. Devia ser apenas uma provocação. Não era possível que o Regulador soubesse da verdade.

— Alguns de nós não têm mais famílias com quem passar o feriado graças a vocês, nascidos no eclipse — continuou Artem. — Mas o que é seu está guardado. — Ele pressionou com mais força o peito de Baz, inclinando-se para dizer: — Não vai demorar muito para que seu pai e seu amiguinho voltem para o Instituto, que é o lugar deles. — Então pisou ainda mais forte, arrancando um grunhido de Baz. — É melhor tomar cuidado, Brysden.

— Artie — advertiu Virgil, erguendo o queixo em direção a dois Reguladores uniformizados que se aproximavam.

Artem imediatamente tirou o pé e puxou Baz para cima. Com um sorriso cortês, esticou o casaco de Baz como se para desamarrotá-lo.

— Mais cuidado, hein — disse ele, falando alto para que os Reguladores pudessem ouvir. — Não queremos que ninguém se machuque por tropeçar em uma mala, não é mesmo?

Baz pensou em sua versão de mentira na plataforma da Threnody. Será que Artem tinha percebido? Baz estava com dificuldades para respirar, certo de que seria preso pelos Reguladores que se aproximaram. Mas os dois não prestaram atenção nele. Um dos homens puxou Artem de lado e sussurrou algo em seu ouvido, fazendo com que o rosto dele se iluminasse com uma empolgação perversa que deixou Baz nervoso. Mas, fosse o que fosse, parecia não ter nada a ver com o Cronomago. Aproveitando a distração, Baz pegou a própria bagagem e saiu da estação sem ser notado.

Só baixou a guarda quando chegou do lado de fora. Respirou fundo e sentiu o peito doer onde o pé de Artem estivera. Ele temeu ter fraturado a costela e a primeira coisa em que pensou foi em pedir a Emory que o ajudasse, mas então se lembrou de que ela não estava mais ali.

Mas outra pessoa estava.

De canto de olho, Baz notou o mesmo homem observando-o e, daquela vez, vindo bem na sua direção.

Com um grunhido, Baz saiu em direção à fila para os táxis. Alguém o agarrou com força pelo braço, mas não era o homem.

— Por que a pressa, Cronomago? — disse Virgil Dade em tom de ameaça.

Ele estava sozinho. Artem e os Reguladores tinham sumido.

O Ceifador arrastou Baz até um carro elegante com vidros escuros e abriu a porta, fazendo um gesto para que ele entrasse.

— Está na hora de termos uma conversinha.

Baz engoliu em seco e entrou, acomodando-se no banco de couro macio. Virgil bateu a porta e entrou pelo outro lado. Quando o motorista se afastou da estação de trem, Baz lançou um olhar nervoso pela janela traseira. O homem desconhecido estava parado na calçada, observando o carro se afastar.

Virgil deu um soquinho no ombro de Baz, trocando a máscara de hostilidade por um sorriso preguiçoso.

— Como estão as coisas, Brysden?

Baz esfregou o ombro.

— Já estive melhor. — Ele estremeceu de dor ao inspirar. — Acho que seu *amigo* machucou minhas costelas.

— É, foi mal por isso. — Virgil pareceu de fato preocupado. — Você não pode fazer o negócio de fazer o tempo voltar para dar um jeito nisso aí?

Por que Baz não tinha pensado naquilo?

— É. Quem sabe depois eu faço isso. — Ele não queria testar sua magia ali, em um carro em movimento, na frente de Virgil e do motorista que não conhecia. — Não acha que é um pouco arriscado ser visto entrando em um carro comigo?

— Poxa! Não acha que eu fingi bem? E você ficou se borrando de medo! Seu rosto ficou branco feito vela! — Virgil riu. — Parecia até que você estava com medo de verdade.

— Achei que um Regulador estava me seguindo — murmurou Baz, na defensiva. — Estava no meu trem. Pensei que…

Ele se interrompeu, olhando para o motorista.

— Relaxe, podemos conversar numa boa — disse Virgil. — Hector é meu motorista particular. Ele não vai dizer nada.

Mesmo assim Baz fez questão de falar baixinho:

— Pensei que alguém pudesse ter descoberto o plano de Jae.

— Eu não me preocuparia com isso. Pelo menos, Artem não parece desconfiar.

Baz forçou um sorriso ao notar a segurança na voz de Virgil. Precisava confiar no garoto, já que o Ceifador era os olhos e ouvidos que tinham dentro da Ordem Selênica.

Foi uma das primeiras coisas em que Baz pensou depois de Dovermere, em trazer os membros da Ordem Selênica que estavam nas cavernas para o lado deles. Virgil não quis saber no começo, estava abalado demais com as mortes de Keiran e Lizaveta para dar a mínima e não sabia no que acreditar. Nisha Zenara foi a primeira a se juntar a eles. Ela queria confiar em Baz e talvez tivesse sido mais fácil para ela do que para os outros, dada sua proximidade com Romie. Quando Baz contou toda a verdade — sobre Artem, Keiran e o sangue prateado dos nascidos no eclipse —, a repulsa no rosto dela foi real.

"Nós não sabíamos nada sobre o sangue. Eu juro", dissera Nisha. E Baz tinha acreditado. "Artem e Keiran desenvolveram os sintéticos. Se eu soubesse que eles eram produzidos com o sangue dos Colapsados..."

Ela jurou que faria tudo que estivesse ao seu alcance para ajudá-los a derrubar a Ordem e o Instituto. Após Nisha ter mostrado as provas a Virgil, o amigo se uniu a ela, e desde então os dois atuavam como agentes duplos dentro da Ordem Selênica. Com a morte de Keiran, Nisha fora nomeada a nova líder da Ordem em atividade e Virgil se transformara no confidente e braço direito de Artem, aproximando-se dele e usando tal vínculo para ganhar sua confiança.

O restante do grupo de alunos da Ordem não foi incluído. Quanto menos pessoas soubessem da verdade, melhor.

— Mas, olha — disse Virgil, com uma seriedade que lhe era atípica. — Aconteceu uma coisa, mesmo.

Baz sentiu-se congelar.

— O quê?

— Os Reguladores ficaram sabendo que uma fugitiva muito procurada estava chegando em Threnody. Pelo visto, acabaram de capturar uma Reanimadora nascida no eclipse chamada Freyia Lündt.

Por um segundo, Baz sentiu uma onda de alívio. Pensou que algo tinha acontecido com Theodore e Kai, que os Reguladores tinham encontrado o farol apesar do cuidado que tiveram. Mas seu alívio logo se esvaiu ao pensar em Jae, que estava a caminho do encontro com Freyia.

Se elu tivesse sido viste com Freyia, se o envolvimento delu com a nascida no eclipse viesse à tona...

— Merda — murmurou Baz.

— É, pois é. — Virgil passou a mão pelo cabelo curto. — Você viu como Artem ficou quando recebeu a notícia. Ele pareceu quase... *feliz*. Ele não me contou o que estava planejando, mas sei que a Ordem está tramando alguma coisa, e acho que a Reanimadora é a peça do quebra-cabeça que estava faltando.

— Para que eles precisariam de um Reanimador?

— Não sei. Pelo que ouvi, não acho que iam marcá-la com o Selo. Pelo menos não de imediato. O que talvez signifique que estão planejando estudá-la ou algo assim.

Baz xingou quando as peças se encaixaram em sua mente.

— Eles vão usá-la contra nós.

Os Reguladores de fato a estudariam. Eles a levariam ao limite para ver como sua magia tinha sido influenciada pelo Colapso e usariam suas descobertas a favor da própria causa, talvez para dizer ao mundo que a maldição da Sombra foi o que a fez matar todas aquelas pessoas e fazer coisas indescritíveis com os cadáveres. Eles diriam: "Estão vendo por que o Selo Profano é tão importante? Se ela tivesse sido marcada, jamais teria cometido aquelas atrocidades."

— Nenhum nascido no eclipse estará a salvo — murmurou Baz, sentindo a esperança murchar em seu peito.

Tudo que eles estavam fazendo, todo o planejamento para mostrar ao mundo que a maldição da Sombra não era real, que aqueles que tinham sofrido o Colapso poderiam viver com suas habilidades intactas, como Baz, Jae e Kai... tudo seria em vão se os Reguladores decidissem empregar a Reanimadora como uma arma contra os nascidos no eclipse. Não conseguiriam convencer ninguém, e o medo deles ficaria mais forte do que nunca, espalhando-se como um incêndio pela cidade, pela ilha e pelo mundo todo.

— E quanto a Artem? — perguntou Baz, um pouco mais otimista ao lembrar que Virgil tinha passado o Solstício na casa do Regulador. — Descobriu algo útil?

— Além do fato de que Artie gosta de uísque? Não. Sério, ele não sabe beber. Pensei que cometeria um deslize em algum momento, mas só ficou falando de Liza e Keiran e dos velhos tempos, bêbado feito um gambá. Até *eu* fiquei com pena. Aí passou horas trancado em um quarto onde não me deixou entrar. — Virgil pigarreou. — Acho que o ouvi chorar.

Baz se curvou, desanimado.

— Sinto muito, Brysden. — O carro parou na metade da subida que levava à Aldryn. — É melhor você descer aqui para não nos verem juntos.

— Certo. Está bem.

— Aviso você se conseguir descobrir mais alguma coisa.

Baz saiu do carro com a mão no peito dolorido. Antes que fechasse a porta, Virgil acrescentou:

— E, pelo amor das Marés, dê um jeito nisso antes do Quadricentenário. Ninguém quer ver você machucado.

— Algumas pessoas querem — resmungou Baz, ao começar a andar.

O corredor vazio que levava ao Hall Obscura foi um alívio bem-vindo depois do estresse do campus barulhento, pelo menos até Baz dar de cara com o homem do trem escondido em um canto escuro. Ele se afastou da parede em que estava encostado, e Baz ergueu a bagagem, empunhando-a como uma arma e soltando um *grito*.

— Pelas Marés, dá para se acalmar? Sou eu.

O homem estendeu os braços como se estivesse se rendendo. O chapéu ainda escondia seu rosto, mas aquela voz...

— *Kai*?

O Tecelão de Pesadelos riu e tirou o chapéu, soltando o cabelo do coque e passando a mão pelos longos fios escuros.

— Te enganei direitinho, hein?

Ele estava ridículo de terno e gravata, o casaco largo o engolindo. Suas correntinhas de ouro estavam escondidas em algum lugar debaixo do colarinho e, mesmo sem o chapéu, Baz talvez tivesse tido dificuldade em reconhecê-lo. Exceto, talvez, pelo sorriso presunçoso.

— O que diabos você tem na... — Baz estremeceu quando a dor no peito o deixou sem fôlego.

Kai praticamente voou até ele.

— Você está bem?

— Estou — respondeu Baz, grunhindo, embora estivesse longe disso.

Ele deveria ter voltado no tempo para se curar antes de subir a colina, mas acabou deixando que a dor alimentasse seu ódio e sua determinação a fazer Artem e cada um dos Reguladores pagarem por todas as crueldades.

Kai xingou.

— Isso foi coisa daquele merda do Artem, não foi?

Baz não conseguia acreditar que Kai estava *ali*. Ele não sabia o que dizer, então passou pelo amigo para chamar o elevador sem dizer mais uma palavra sequer. Os portões de metal se abriram e se fecharam, envolvendo-os em silêncio. Baz sentia o olhar de Kai, mas não queria ser o primeiro a falar e dar aquele gostinho a ele.

— Por favor, Brysden — disse Kai, por fim, com a voz baixa e suave contra o rangido metálico que os cercava. — Eu disse que tinha que sair daquele farol. Sei que estar aqui é perigoso, mas depois do que aconteceu... Eu não podia mais ficar lá. Tenho que resolver isso.

O elevador parou, e as portas revelaram a paisagem de mentira do Hall Obscura. A ilusão exibia uma grama alta e coberta de neve e um céu nublado. Baz saiu depressa.

— Baz. — Kai agarrou o casaco dele.

— Já parou para pensar que não é só a sua vida que está em risco? Se encontrarem você, vai ser o fim para o meu pai também. E você não pensa no que pode acontecer com Jae, comigo, com todos os outros que estão ajudando? Talvez você não se importe com a gente também.

Kai olhou para Baz com um semblante magoado. Então uma voz familiar soou atrás deles.

— São perguntas muito pertinentes.

A professora Selandyn encarava os dois com as mãos nos quadris, com o ar mais severo e descontente que Baz já vira nela. O Cronomago ficou feliz por não ser o alvo daquela expressão.

Kai desviou o olhar, chutando o chão.

— Olha, eu não vou ficar aqui por muito tempo, mas...

— Kai Salonga — interrompeu a velha professora nascida no eclipse. — Você entende que este campus está prestes a ficar repleto de estudantes do mundo inteiro? Incluindo *outros* nascidos no eclipse que ficarão conosco durante o Quadricentenário? Bem *aqui*, no Hall Obscura. Que agora abriga um fugitivo.

Ela bufou e se virou para Baz.

— E você, Basil. Como pôde deixá-lo entrar? Não esperava isso de você.

— Eu não...

— Fui eu — interveio Kai. — Ele não sabia que eu estava vindo. Ninguém sabia.

— Você não tem juízo, garoto? — perguntou Selandyn. — Ainda mais depois do que aconteceu hoje.

Kai franziu a testa.

— O que aconteceu?

— Você soube que capturaram a Reanimadora? — perguntou Baz à professora.

— *O quê?* — perguntou Kai, chocado.

Abalada, a professora Selandyn confirmou com um gesto de cabeça.

— É por isso estou aqui. Foi o que vim contar. Acabei de falar com Jae. Elu está bem. Chegou a ir ao lugar onde encontraria a Reanimadora, mas ela não apareceu.

Baz relatou aos dois o que Virgil dissera. Kai xingou, passando a mão pelo cabelo, e teve a decência de pelo menos parecer arrependido por ter chegado no pior momento possível.

A professora Selandyn pareceu mais idosa do que nunca ao dizer:

— As coisas estão prestes a piorar muito para nós. — Ela virou-se para Kai com um olhar sério. — Então seja o que for que veio procurar, é melhor dar um jeito nisso logo e ir embora antes que alguém encontre você.

10

KAI

A Ampulheta continuava exatamente como Kai lembrava.

Quando ele e Baz entraram na Garganta da Besta, o silêncio entre os dois era mais opressivo que a própria caverna. Kai conseguia sentir a raiva e a mágoa do amigo fervilhando sob sua pele. Queria que Baz apenas *desabafasse*, porque qualquer coisa seria melhor do que ser ignorado daquela forma pelo amigo.

Kai sabia que aquele era o resultado das suas ações. Primeiro, por ter ido a Aldryn, em segredo e apesar da oposição de Baz, e depois por ter tentado escapulir dos aposentos da Casa Eclipse quando pensou que o outro estava dormindo, apenas para encontrá-lo sentado em sua poltrona favorita no escuro, com um olhar mordaz.

— Pelas Marés, Brysden! — exclamou Kai. — Quer me matar de susto? O que está fazendo?

— Esperando você. — Baz cruzou os braços. — Como se eu fosse deixar você ir até lá sozinho...

Kai nem mesmo tentou convencê-lo do contrário. Ele poderia até ter usado o machucado de Baz para demovê-lo daquela ideia, mas o amigo finalmente tinha usado magia para reverter a agressão.

Kai *mataria* Artem se tivesse a oportunidade de pôr as mãos nele.

Em silêncio, eles desceram os degraus do penhasco que levavam à baía e entraram na caverna, tudo sem dizer uma palavra.

— Faça o que veio fazer, então — disse Baz, enfim quebrando o silêncio e gesticulando para a Ampulheta.

Kai ficou irritado com o azedume na voz dele.

— Olha, eu só não queria arriscar a vida de ninguém.

— Obrigado pela consideração — murmurou Baz. Seu olhar foi de Kai para a Ampulheta. — Qual era o plano se você conseguisse abrir a porta? Você iria embora sem nem se despedir?

— Fala sério, Brysden. — A verdade é que Kai não tinha pensado naquela possibilidade. Ele observava a Ampulheta como se fosse uma velha inimiga. E era. — Nós dois sabemos que ela não vai se abrir para mim.

De repente, pareceu inútil ter ido até ali. Depois de ter encontrado o epílogo na esfera dos sonhos, depois de ter lido o *Aqueles que dormem entre as estrelas* um milhão de vezes para tentar entendê-lo, Kai tinha deduzido que ele e Romie deviam ser os personagens a que o texto fazia alusão. O fato de serem as partes perdidas do quebra-cabeça significava que eles deviam ter a capacidade de abrir as portas entre os mundos, assim como Emory. Que ele também poderia ser uma chave.

Mas quando ele seguiu outra vez os passos para abrir a porta (o corte na palma da mão, a oferta de sangue), ficou evidente que a Ampulheta ainda não iria se abrir para Kai. Ele xingou e deu um soco na pedra, xingando mais alto ao sentir a mão doer.

— É, isso vai resolver o seu problema — resmungou Baz.

— Cala a boca, Brysden.

Kai sacudia a mão, raiva emanando dele ao estudar a Ampulheta.

— Não faz sentido. Por que ela não abre, se eu supostamente sou a merda da chave?

— Talvez você seja apenas metade da chave.

Baz tinha dito a mesma coisa da primeira vez e é óbvio que ele devia estar certo. O epílogo de Clover mostrava a garota dos sonhos e o garoto dos pesadelos indo *juntos* para o mar de cinzas, então fazia sentido que a Ampulheta não se abrisse para Kai sozinho. Talvez fosse impossível abri--la sem a outra metade da equação. O sonho para o pesadelo.

— Então talvez seja hora de encontrarmos uma Sonhadora para testar essa teoria.

— Que Sonhador vai querer ajudar um Tecelão de Pesadelos fugitivo?

Kai lançou um olhar irritado para Baz, que devia estar adorando aquilo, ficar de cara fechada no canto, vendo os planos dele fracassarem. Cada centímetro da postura de Baz dizia "eu avisei". Mas estava certo, nenhuma Sonhadora arriscaria a própria vida para ajudar alguém na situação de Kai. A única pessoa em quem conseguia pensar não estava mais ali. Ele estava sozinho.

Contudo, havia outra possibilidade que eles não tinham tentado. Kai olhou para Baz, lembrando que ele tinha puxado os fios do tempo que cercavam a porta quando a Ampulheta estava prestes a desmoronar. Baz havia retrocedido o tempo para consertar a rachadura no meio da porta. E se ele conseguira *daquela vez*, será que não poderia mexer nos fios do tempo da fechadura da porta, fazendo-a voltar para um momento em que estivera destrancada?

— Você conseguiria fazer isso, se quisesse — disse Kai em voz baixa, temendo exagerar nas palavras. — Você é forte o suficiente.

Embora nenhum dos dois jamais tivesse tocado no assunto, ele sabia que Baz cogitara a possibilidade. E parecia estar pensando naquilo no momento, aproximando-se cada vez mais da porta, como se também fosse atraído por ela. Mas então recuou, balançando a cabeça.

— Não posso.

— Não pode ou não quer?

— Como assim?

— Você se preocupa mais em proteger essa porcaria de porta do que em me ajudar. Você não *quer* que eu a abra, não se isso puder atrapalhar o retorno da Emory e da Romie.

Baz desviou o olhar, e Kai soube que estava certo.

Era como se Baz tivesse se encarregado de se tornar o guardião da porta, uma proteção contra aqueles que tentassem arrombá-la, um vigia esperando pela volta de Emory e Romie... se é que ainda estavam vivas. Baz não queria tentar voltar no tempo porque temia cometer um deslize e afetar o poder da porta, impedindo o retorno das duas.

— Você nem sequer vai considerar me ajudar, não é?

Baz arrumou os óculos no rosto e coçou a nuca, nervoso.

— Afinal, como passar pela Ampulheta vai ajudar você a controlar sua magia? Talvez só piore tudo, tanto para você quanto para elas.

O olhar de Kai pousou no pescoço de Baz. Ainda conseguia enxergar o hematoma que deixara ali. A vergonha se espalhou por seu estômago. O que tinha acontecido no farol era *exatamente* sua motivação para resolver as coisas, para ter retornado a Aldryn.

— Não quero continuar machucando as pessoas ao meu redor.

— E eu não posso correr o risco de *perder você*. — gritou Baz. — De novo.

A revelação ecoou no silêncio, e a atmosfera entre eles ficou carregada. Aquele era o tipo raro de momento em que Kai se atrevia a ter esperanças, em que ele imaginava Baz enfim aceitando o coração ferido e partido que estava sendo oferecido a ele.

Baz desviou o olhar, lutando contra o rubor que lhe subia pelo pescoço como se não soubesse lidar com tudo aquilo.

— É melhor irmos embora. Dormir um pouco. Jae vai chegar amanhã de manhã para buscar você e vai garantir que ninguém consiga te ver no caminho de volta para o farol.

— Você quer mesmo que eu vá embora?

— Quero que você fique em segurança. E com o Quadricentenário começando amanhã, Aldryn vai passar longe de ser um lugar seguro.

Kai não queria discutir. Ele se sentiu vazio ao pensar em ir embora outra vez, em voltar para o farol, isolado do mundo e daqueles que amava.

Ele tinha conseguido mandar uma mensagem aos pais algumas semanas antes para contar que estava bem, mas não podiam arriscar outro contato, para que os Reguladores não os rastreassem. E, de qualquer forma, não era de seus pais que ele sentia falta. Isso não queria dizer que não os amava — porque amava —, mas Kai já estava acostumado a passar longos períodos afastado deles, já que estavam sempre viajando a trabalho.

Baz, por outro lado, tinha se tornado uma constante em sua vida, um ponto de referência com que ele sempre podia contar. Mas, quando ele se afastou — de Kai, da Ampulheta —, Kai sentiu pela primeira vez que as coisas nunca mais seriam as mesmas, como se tivesse estragado tudo e não houvesse mais conserto.

Ele nunca tinha sentido tanto medo de perder algo na vida.

Kai não queria sonhar naquela noite.

Já sabia o que encontraria nos próprios pesadelos e nos de Baz também. Por isso, resolveu tentar uma coisa diferente, buscar o tipo de pesadelo que não causaria nenhum medo real e que não poderia machucá-lo, um que não fosse *dele* nem de alguém com quem Kai se importava.

Ele adiou o sono o máximo que pôde, sentado sozinho nos campos de ilusão do Hall Obscura sob o céu estrelado da noite. Ele não se atreveu a dormir na área comum, onde Baz estaria suscetível a qualquer horror que ele pudesse invocar. Onde Kai corria o risco de pegar Baz pelo pescoço outra vez, incapaz de dizer onde o pesadelo terminava e a realidade começava.

Como era inevitável, o sono veio.

Kai se deixa levar pela escuridão e pelas estrelas, fazendo tudo ao seu alcance para evitar a atração dos pesadelos de Baz, a atração de Dovermere, a atração dos próprios medos.

Então ele sente algo diferente, o vazio de um tipo familiar de pesadelo. Não há nada além de silêncio e desespero. Uma escuridão infinita e insondável.

Na mesma hora, Kai percebe que foi parar no sono de um nascido no eclipse marcado com o Selo Profano. A sensação é tão aterrorizante quanto ele se lembrava, ainda mais por saber muito bem a sensação de ser privado da própria magia. Seus próprios sonhos enquanto estava no Instituto eram insuportáveis.

Ele sente a fúria borbulhar em seu peito. Não há nada que queira mais que arrancar o Selo Profano daquele nascido no eclipse, livrá-lo daquele fardo e devolver sua magia. A magia era *a própria vida*, e tirá-la de forma tão cruel era como uma sentença de morte.

Não há nada que ele possa fazer, no entanto. Não há forma de ajudar.

Kai devia ter sentido alívio em meio ao nada, em saber que nada ali podia segui-lo de volta ao mundo real. Em vez disso, sente apenas uma tristeza inédita.

Engole um soluço de raiva.

Ele tem tanto poder, mas a única coisa para que este servia era semear o medo.

Kai deixa o pesadelo com um gosto ácido na boca. A tristeza e a amargura devem se atrair na esfera dos sonhos, porque ele imediatamente se encontra em um pesadelo repleto de ambos.

Uma mulher na casa dos trinta anos, com cabelos escuros trançados e presos no topo da cabeça como uma coroa. Está sentada abraçada aos joelhos em meio a uma pilha de corpos.

Ela canta algo que soa familiar para Kai. Era uma canção de ninar de Trevelyan que as mães entoavam para os filhos embora fosse um pouco sombria: falava sobre jovens afogados no mar em meio a tempestades, mulheres que desapareciam na névoa, navios devorados por criaturas marinhas míticas que cuspiam seus destroços do outro lado do mundo. E a mulher de fato segura uma criança nos braços, embora Kai não a tenha visto de primeira. O bebê está enrolado em um cobertor, e a mulher o embala com delicadeza enquanto lágrimas escorrem por seu rosto. A voz dela é bonita, apesar de sair engasgada e da cena horripilante a seus pés.

Ela coloca a criança sobre a pilha de cadáveres. O menino parece sereno em seu sono após a canção de ninar. Então a lâmina de uma faca cintila na luz conforme a mulher a ergue sobre o bebê, e Kai dá um passo involuntário para a frente quando a faca encontra o pequeno corpo. Kai recua, tropeçando no cadáver cujo rosto lhe é estranhamente familiar: uma garota ruiva, a boca congelada em um sorriso convencido mesmo na morte.

Eu avisei a ele que não daria certo, diz a mulher ao olhar para Kai por trás das lágrimas, as mãos manchadas com o sangue da criança. *Os mortos devem permanecer mortos.*

Então os cadáveres ao redor deles sentam-se ao mesmo tempo. Em sincronia, os olhos sem vida se voltam para Kai. Ele cambaleia para trás, suspeitando de a quem aquele pêndulo pertence e do que está vendo. Ele precisa acordar. No entanto, algo mais sombrio chama sua atenção.

Uma umbra ameaçadora observa a cena de longe. Ela usa uma coroa de obsidiana e fala a mesma língua de antes, enunciando as mesmas palavras que Kai entendeu de forma instintiva.

Abra a porta.

De repente, os cadáveres se mexem em velocidade sobrenatural, disparando em direção ao Tecelão. Ele grita, obrigando-se a ir embora *imediatamente* do pesadelo.

Quando abriu os olhos, percebeu que não estava mais no Hall Obscura, e sim na praia, com as ondas batendo suavemente em suas canelas. Sob a luz pálida da lua, a boca de Dovermere parecia debochar dele ao longe. A voz na língua sinistra ressoava em sua mente: *Abra a porta.*

Kai deu as costas para a caverna, apenas para descobrir que outro tipo de porta tinha sido aberta e que dela vinha um exército de cadáveres ressuscitados.

11

ROMIE

Assim que amanheceu, Romie se dirigiu ao herbário.

Era um lugar agradável e lhe lembrava sua antiga estufa. A decomposição que afetava a floresta ainda não tinha atingido as plantas, ervas e flores que cresciam ali, onde tudo ainda era fresco, verdejante e saudável. Romie tinha se ajoelhado para analisar uma planta quando ouviu uma voz:

— Cuidado. Essa é venenosa.

O sr. Ametrine, um homem velho e curvado de mãos nodosas, estava parado atrás dela, apoiado em sua bengala de madeira esculpida. Romie se afastou da planta na qual nunca tinha pretendido tocar. Sabia muito bem que não deveria sair encostando em plantas desconhecidas por aí.

— Pensei que fosse uma dedaleira — disse ela. — Mas estou deduzindo que não é.

— Acônito — explicou o sr. Ametrine. — Extremamente tóxica.

— As mais bonitas são sempre as mais tóxicas — comentou Romie.

Ao ouvir aquilo, o homem sorriu.

— Você se interessa por botânica?

— Sim. Bastante.

Ela pensou em Nisha, no amor que compartilhavam pelas plantas, nos encontros secretos na estufa. Marés, como sentia falta dela.

Romie levantou as mãos ainda feridas com um sorriso de comiseração.

— Na verdade, vim ver se o senhor tem mais daquele bálsamo.

O sr. Ametrine saiu se arrastando para prepará-la, deixando Romie imersa nos próprios pensamentos. Mais uma vez, perguntava-se como era possível que tivesse queimado as mãos ao segurar as estrelas na esfera dos sonhos. Ela sabia que aquele espaço entre os mundos não era igual à esfera dos sonhos que ela conhecia. Tratava-se de um lugar *tangível*, no qual seu corpo físico tinha estado presente. A esfera dos sonhos, por outro lado, era apenas seu subconsciente. Pegar uma estrela durante o sono permitia que Romie acessasse o sonho ali contido. Só que, pelo visto, tentar fazer aquilo no espaço entre os mundos a machucava.

Era estranho, então, que Emory tivesse conseguido fazer o mesmo sem se queimar. Romie deduziu se tratar de uma particularidade de Invocadores de Marés.

Ladrões de Marés.

A expressão veio à mente contra sua vontade. Ela ainda estava tentando assimilar tudo aquilo, entender que a amiga de infância que tinha sido uma Curandeira a vida inteira de repente se tornara uma lendária Invocadora de Marés com todos aqueles poderes.

Romie não gostava de sentir inveja e nem sequer via sentido nisso. Se alguém tinha algo que ela desejava, em vez de sentir inveja, Romie usava aquilo como inspiração para consertar o que estava faltando em sua vida.

Mas ela não podia manifestar sua própria magia Invocadora de Marés, podia? E foi um golpe particularmente doloroso perceber que seu grande sonho — explorar cada faceta do ciclo lunar como se fosse sua — era possível, mas não para ela.

A Sonhadora nem sequer sabia se Emory *queria* aquela magia. Seu semblante sempre parecia atormentado quando ela a utilizava e havia algo que Emory guardava para si, uma parte da sua nova versão que ela não permitia que Romie visse. E aquilo também doía, saber que a melhor amiga não confiava nela tanto quanto antes.

Pelo menos o sentimento era mútuo.

Romie flexionou as mãos sensíveis diante do pensamento intrusivo, reprimindo o vestígio de desconfiança que tinha em relação à magia de Emory. Ela se convenceu de que não era nada de mais. As duas amigas tinham ficado boas em fingir que as coisas estavam bem entre elas, que nada tinha mudado. Era mais fácil do que ter que lidar com todas as *mudanças* concretas e incontornáveis.

Romie sentiu um arrepio e, por instinto, olhou para a Marca Selênica, certa de que alguém estava tentando falar com ela. A espiral permanecia apagada, porém, como tinha estado desde que as garotas chegaram ali.

Era preciso água salgada para ativar a marca, algo a que Romie e Emory não tinham acesso naquela floresta. Era uma pena, já que conversar em segredo enquanto estivessem ali poderia ter sido útil... assim como entrar em contato com outras pessoas. Como Nisha. Elas tentaram ativar a marca despejando todo o sal que conseguiram encontrar em uma tigela de água, mas não tiveram sucesso.

O sr. Ametrine voltou com o bálsamo, e ela o agradeceu repetidas vezes, guardando a lata no bolso, antes de começar a fazer perguntas sobre as plantas. A princípio, achou que ele a ignoraria para obedecer às ordens da sra. Amberyl, mas ele a surpreendeu mostrando-se disposto a satisfazer sua curiosidade.

— Ouvi falar sobre o apodrecimento na floresta — disse Romie depois de um tempo, torcendo para que o novo vínculo entre eles rendesse frutos. — Como uma coisa dessas é possível?

O sr. Ametrine a encarou, pensativo.

— Normalmente, o apodrecimento da raiz acontece quando há a presença de um fungo ou um inseto invasor — respondeu ele, por fim.

Romie tentou não se aborrecer com a insinuação de que ela e Emory seriam as espécies invasoras.

— Mas Wychwood não tem raízes comuns — continuou ele —, e esse apodrecimento não é comum também. Tudo flui da floresta de Wychwood. É o coração do mundo, fonte de toda magia e de toda vida. Se a floresta morre, o resto do mundo está condenado a seguir o mesmo caminho.

— Por isso o coven a protege — disse Romie, pensando nos trechos de *Canção dos deuses afogados.*

No centro desse mundo fica Wychwood, a mais antiga e selvagem das florestas, fonte primordial de todo crescimento e vegetação. Suas veias irradiam magia e nutrientes para o solo e, protegendo tudo isso, há uma única feiticeira. Ela é a caixa torácica que protege o coração do mundo, garantindo que cada engrenagem da roda da vida gire conforme o esperado.

— E a floresta pode ser curada?

O sr. Ametrine hesitou diante da pergunta, e havia algo parecido com pena na forma como ele a olhava.

— Às vezes a cura requer um sacrifício.

As palavras pesaram na alma de Romie. O sr. Ametrine avistou algo atrás dela e, inclinando a cabeça, foi embora.

— Imaginei que encontraria você aqui — disse Emory, sua atenção acompanhando o homem. — O que aconteceu?

Romie tentou ignorar o mal-estar causado pelas palavras do velho feiticeiro.

— Ah, nada de mais. Só estava tentando descobrir uma forma de resolver essa confusão.

Sacrifício. Era o que a sra. Amberyl pretendia fazer com elas?

— Você está bem? — perguntou Romie ao perceber que Emory mexia na manga da roupa, ansiosa.

Emory mordeu o lábio.

— Você se lembra do que disse sobre ter ouvido uma voz esquisita na esfera dos sonhos?

Pela expressão em seus olhos, Romie antecipou o rumo da conversa.

— Você também ouviu?

Emory assentiu, seu rosto pálido.

— E tem mais uma coisa. Acho que vi o Kai.

— Kai? — repetiu Romie, agarrando o braço de Emory. — Como?

— Não é a primeira vez que isso acontece. Em Aldryn, quando você tinha sumido, eu sonhava com Dovermere e, às vezes, ele estava lá também. — Emory franziu a testa. — O que não faz sentido, porque ele estava no Instituto naquela época e não deveria conseguir usar magia. E agora estamos a mundos de distância, e mesmo assim ele aparece da mesma forma que você aparecia nos meus sonhos quando estava do outro lado da Ampulheta.

Os pensamentos de Romie dispararam. Ela tinha tentado encontrar Kai na esfera dos sonhos — assim como fizera com Baz, Nisha e seus pais —, mas sem sucesso. Era como se eles estivessem em outro plano de existência. A Sonhadora se lembrava de ter tentado o mesmo quando estava presa entre os mundos, quando a única pessoa que conseguiu encontrar foi Emory.

— Talvez o fato de você ser uma Invocadora de Marés signifique que as portas não são um obstáculo para você — arriscou Romie. — Como se você fosse uma ponte entre os mundos. Por isso podemos entrar em contato com você na esfera dos sonhos de onde quer que estejamos.

Fazia sentido. Uma chave, uma ponte, uma porta... todas elas eram formas de ir de um lugar para outro, justamente o que Emory era capaz de fazer.

— Quero voltar para a cachoeira onde nos encontraram — disse Emory. — Alguma coisa deve ter passado despercebida.

Romie concordou. Como a ascensão fora celebrada, elas não teriam mais que continuar confinadas à casa, se é que a promessa da sra. Amberyl fora verdadeira.

— E depois acho que a gente deveria ir embora — acrescentou Emory. — Encontrando a porta ou não, acho melhor irmos embora daqui enquanto ainda podemos.

Romie riu.

— E ir para onde?

— Para as cidades vizinhas onde não há feiticeiras — respondeu Emory. — Podemos pedir abrigo.

— Mas a gente nem sabe onde essas cidades *são*. Além do mais, as feiticeiras deveriam ser nossas aliadas. No livro...

— Que se dane o livro, Ro — interrompeu Emory. — Isso é completamente diferente.

A rispidez das palavras da amiga pegou as duas de surpresa. Romie suspirou, afastando o cabelo do rosto.

— É óbvio que nós não devíamos ter vindo parar aqui — prosseguiu Emory. — Acho que você tinha razão quando disse que ter passado pela esfera dos sonhos e vindo para cá alterou o equilíbrio entre os mundos. Talvez isso esteja fazendo a floresta apodrecer, talvez isso tenha acordado aquela coisa na esfera dos sonhos e atraído o demônio que possuiu Bryony. Pode ser que a única maneira de resolver tudo seja voltar para casa.

— Mas e se não adiantar? E se formos embora e a floresta continuar morrendo? E se as feiticeiras perderem a magia e as coisas ficarem cada vez piores para elas?

O rosto de Emory exibia uma determinação implacável.

— Se a alternativa for nos sacrificar para salvar a floresta, acho que devemos nos salvar enquanto temos tempo.

Romie encarou a amiga, sem acreditar.

— Você tem um poder absurdo correndo nas veias, tem o potencial de alguém que consegue literalmente abrir portas para outros mundos... e quer voltar correndo para casa, como se fôssemos duas covardes?

— Você não está sendo justa.

Romie soltou uma risada áspera.

— Mas estou falando a verdade, não é? Nós temos a oportunidade de fazer algo bom. Acredito que estamos aqui por um motivo, que há algum nível de verdade na história de Clover e que fomos escolhidas para garantir que ela aconteça. Nós ouvimos o chamado dos *deuses*, Em. Se abandonarmos tudo agora e voltarmos para casa, isso significa que tudo pelo que passamos e tudo o que perdemos foi em vão. Você conseguiria viver sabendo disso? Eu não conseguiria.

Emory desviou o olhar, tentando conter as lágrimas. Romie se sentiu mal, mas sua convicção era inabalável, e ela não retirou nada do que disse. Sempre fora o tipo de pessoa que acabava se entediando com os próprios sonhos e objetivos, abandonando-os assim que as coisas ficavam difíceis. Aquela era a primeira vez que queria levar algo até o fim, apesar das complicações, apesar de tudo o que tinha perdido para chegar até ali. Ela não podia desistir. Por fim, Emory soltou um suspiro profundo, e Romie soube que tinha conseguido convencê-la.

— Tá bom — disse Emory. — Mas, se quiserem nos queimar na fogueira por causa disso, nunca vou te perdoar.

Radiante, Romie passou o braço pelos ombros da amiga, e as duas saíram do herbário.

— Vamos começar encontrando essa porcaria de porta. Não adianta ficar quebrando a cabeça para entender algo que talvez nem exista.

Elas estavam a poucos passos do portão do jardim quando uma voz as fez parar.

— Para onde estão indo? — perguntou Aspen, de braços cruzados.

— Não somos prisioneiras, somos? — perguntou Romie, com audácia. — Pelo menos não mais, agora que a ascensão já aconteceu.

— Não é seguro vagarem pela floresta desacompanhadas.

— Então venha com a gente.

Aspen ficou em silêncio por um instante.

— Para onde?

— Estamos indo até a cachoeira onde vocês encontraram a gente. Queremos ter certeza de que não deixamos nada passar.

Aspen deu uma olhada para trás, como se estivesse tentando decidir se valia a pena desagradar a mãe. Por fim, passou pelo portão e saiu andando na frente de Emory e Romie, que logo a seguiram.

A floresta pareceu normal para Romie conforme caminhavam, mas quanto mais avançavam, mais óbvio ficava que havia algo de errado. Uma quietude sombria, algo fétido no ar. Um estado geral de decomposição que não era comum para o outono.

Havia algo de errado até com a cachoeira, que parecia completamente seca. Era nítido que não havia porta alguma ali, como da última vez em que tinham verificado. A podridão estava pior perto do rio, a ravina quase preta de lodo. O rosto de Aspen empalideceu, e pouco depois Romie identificou o que ela tinha avistado: um cervo morto com a pele em decomposição e moscas voando em volta dos chifres caídos.

Romie cobriu a boca.

— Marés, que coisa *horrível*.

Ela voltou-se para Emory, que, em vez de focar na carcaça, observava as folhas em decomposição sob seus pés, abrindo as mãos e esticando os dedos à frente do corpo como se estivesse agitando-os debaixo d'água. Romie podia jurar ter visto um rastro prateado sob a pele da amiga, que desapareceu em um piscar de olhos, como um mero reflexo da luz. Uma sensação de mal-estar desabrochou em seu peito.

— Em, está tudo bem?

Emory a encarou com uma expressão indecifrável.

— Você não está sentindo isso?

— Sentindo o quê?

— É tipo uma corrente elétrica correndo no chão, e o ar parece... pesado. Vivo, como se estivesse cheio de poder.

Ela passou a mão pelo ar outra vez, hipnotizada por qualquer que fosse a força invisível que sentia. Sua respiração começou a se acelerar, e Emory ficou ofegante como se estivesse correndo. Baixando o braço, ela se virou para Romie com uma expressão quase de medo.

— Você não sente?

— Acho que não.

— São as linhas de ley — explicou Aspen, como se fosse óbvio, com um leve franzido na testa ao se dirigir a Emory. — Uma delas passa bem por aqui.

— Linhas de ley? — perguntaram Romie e Emory.

— São caminhos de energia que cruzam a terra e que nós, feiticeiras, conseguimos sentir, apesar de serem invisíveis a olho nu. Principalmente aqui em Wychwood, onde estão mais concentradas. Elas têm certa vibração que não percebemos antes de ascender, mas quando ascendemos... conseguimos sentir como tudo está conectado.

Foi a vez de Romie lançar um olhar intrigado para Emory. Como, em nome das Marés, *ela* conseguia sentir aquelas linhas de energia? Mais uma vantagem de ser uma Invocadora de Marés, supôs Romie.

— Existe algum jeito de fazer uso do poder desta linha de ley? — perguntou Emory a Aspen com uma avidez que não agradou Romie. — Talvez com isso a gente consiga encontrar nossa porta.

Aspen hesitou.

— Estar no meio de uma linha de ley *tem* a capacidade de fortalecer as habilidades mágicas de uma pessoa, mas esse poder não pode ser usado do jeito que você está pensando. Não é algo que dê para explorar ou controlar. É algo que você... sente.

Romie viu Emory murchar ao ouvir a resposta. Uma ideia surgiu em sua mente.

— Se em Wychwood a magia é mais forte, talvez isso explique por que foi justamente aqui aonde viemos parar. O que significa que a porta tem que estar por perto. Não é possível que a gente tenha aparecido do nada.

— Essa porta da qual vocês tanto falam... — disse Aspen com curiosidade. — Vocês acreditam que ela pode levar vocês para outros mundos, não é? Como naquela história de vocês, *Canção dos deuses afogados*.

As duas foram pegas de surpresa.

— Como sabe? — perguntou Emory.

Aspen mordeu o lábio, percebendo que tinha falado demais.

— Eu... eu ouvi vocês falando sobre isso. — Diante dos olhares incisivos que recebeu, ela continuou: — Quando eu estava perscrutando. — Ela suspirou, se dando por vencida. — Meu poder de perscrutação é diferente do das outras feiticeiras. Eu consigo ver através dos olhos das outras pessoas, sentir o que elas sentem, ouvir o que elas dizem.

Romie arqueou uma sobrancelha.

— Então você estava espionando a gente.

— Só fiz isso uma ou duas vezes, eu juro. Não podem me culpar por querer mais informações.

A invasão de privacidade teria enfurecido Romie se ela e Emory *também* não estivessem bisbilhotando as Amberyl escondido, tanto em sonhos quanto em lembranças. As duas se entreolharam, e ela percebeu que Emory estava pensando a mesma coisa.

— Sobre o que exatamente você nos ouviu falar? — questionou Romie.

— Só sobre esse livro e sobre como vocês acreditam ser iguais aos personagens da história. Mas não entendi direito o que acontece. Vocês podem me explicar?

Então Romie atendeu ao pedido da garota. Quando terminou, Aspen parecia intrigada, mas a Sonhadora não tinha ideia do que ela estava pensando.

— Então vocês estão procurando essas portas para chegar a esse mar de cinzas — disse Aspen, por fim.

— É.

— E acham que talvez eu seja a feiticeira da floresta que deve ir com vocês em busca desses outros… heróis?

— Possivelmente. Você já ouviu o chamado dos outros mundos? Uma canção que fala com a sua alma?

Talvez pudesse ser a Escultora chamando por ela assim como as Marés chamavam Romie para o mar de cinzas.

Os olhos de Aspen se iluminaram, e na mesma hora Romie soube a resposta para sua pergunta. Contudo, a expressão da garota logo se esvaneceu, dando lugar ao estoicismo de sempre.

— Minha mãe nunca me deixaria ir. Eu pertenço a este lugar, a Wychwood.

A decepção acompanhava Romie como uma sombra ao voltarem para a Residência Amberyl. Imersa demais nos próprios pensamentos, foi só quando Emory chamou sua atenção que se deu conta de que a decomposição tinha chegado até o portão do jardim.

Aspen as conduziu depressa para dentro, preocupada com a visão da deterioração crescente. Então ela avistou Bryony, sentada em um canteiro encoberto no jardim. A barra de seu vestido claro estava suja de terra, mas ela ainda estava impecável, com fitas verdes no cabelo e um sorriso no rosto.

Sem saber que estava sendo observada, Bryony assoprava um dente-de-leão, hipnotizada pela nuvem de pedacinhos flutuando no ar ao redor. Ela fechou os olhos e enfiou um punhado de frutinhas escuras na boca, ficando com os lábios manchados do sumo avermelhado.

O coração de Romie disparou quando ela viu o que parecia beladona crescendo em torno de Bryony. Aspen a segurou antes que um grito de alerta pudesse se formar em sua garganta.

— Nunca tire uma feiticeira da sua perscrutação — avisou Aspen.

— Mas essas frutinhas são venenosas! Beladona pode matar...

— É *erva-moura*, não é venenosa. Olhe ali, são as frutinhas dos cachos.

Romie se tranquilizou. Ela sabia bem que o tipo fatal de beladona nascia espaçada nos arbustos. Ainda assim, foi difícil não intervir quando Bryony pareceu convulsionar diante delas. Os olhos da menina se abriram e adquiriram uma aparência leitosa, brancos como a penugem do dente-de-leão que de repente congelou em volta dela, suspensa no ar.

Bryony estava perscrutando.

Um pequeno sorriso surgiu nos lábios de Aspen.

— Ela conseguiu.

— Mas o que as frutinhas têm a ver? — perguntou Romie.

— São a âncora dela. Durante a perscrutação, a essência de uma feiticeira precisa estar firmada no mundo físico por meio de pelo menos um dos cinco sentidos. No caso de Bryony, parece que é o paladar. Fazemos isso para lembrar nossos corpos de que estamos *aqui* enquanto nossa essência, ou nosso sexto sentido, explora o plano astral.

— O que acontece se você interromper uma feiticeira durante a perscrutação? — perguntou Emory.

— A essência dela é separada da âncora, o que pode resultar...

Aspen parou no meio da frase, e uma risada infantil escapou de sua boca, tão diferente da própria voz que Romie deu um passo para trás. A expressão em seu rosto também tinha se alterado: a austeridade desaparecera, substituída por um olhar maravilhado para o jardim ao redor. Ela viu Bryony em meio à nuvem do dente-de-leão e inclinou a cabeça para o lado, emitindo um único som.

— Ah.

Então Aspen piscou, parecendo voltar a si — no exato momento em que os pedacinhos do dente-de-leão que cercavam Bryony caíram no chão de uma só vez. Os olhos de Bryony encontraram os da irmã, já sem o aspecto esbranquiçado da perscrutação.

Ela sorriu com os lábios manchados de sumo.

— Aspen, eu encontrei! Meu poder de perscrutação é igualzinho ao seu!

Com todos os trejeitos da mãe, Aspen disparou em direção à irmã e a agarrou pelos braços.

— Você não pode contar isso para ninguém. Não é *natural*, Bryony. E depois do que aconteceu na sua ascensão...

A seriedade e o medo na voz dela surpreenderam Bryony.

— Mas você faz a mesma coisa.

— Não faço, não. Eu não consigo *possuir* outras pessoas.

Romie olhou para Emory quando tudo fez sentido.

O que elas tinham acabado de testemunhar...

Bryony tinha *possuído* o corpo de Aspen.

Um farfalhar de folhas chamou a atenção das quatro, que se viraram e se depararam com os dois meninos feiticeiros que tinham chamado Bryony de serva do inferno nas festividades da noite anterior. Eles a encaravam como se ela fosse uma criatura monstruosa com chifres e presas. Um deles apontou um dedo trêmulo e disse:

— Você realmente é uma serva do inferno!

— Vamos contar para nossa mãe! — exclamou o outro.

— Não, por favor — pediu Aspen, aproximando Bryony de si. — Vocês não entenderam.

— Vocês são Amberyl, mas isso não significa que estão acima das regras. Um servo do inferno deve ser expurgado.

De repente, Emory deu um passo na direção deles.

— Vocês não vão dar um pio sobre isso. O que quer que pensem ter visto aqui, não aconteceu. Entenderam?

Antes que Romie entendesse o que estava acontecendo, os garotos concordaram com um gesto de cabeça, seus olhos estranhamente vidrados. Eles deram meia-volta e foram embora.

E então ela compreendeu.

Emory tinha usado magia encantadora.

12

EMORY

Ver Emory pondo em prática a magia encantadora pareceu aterrorizar mais as meninas do que os fantasmas conjurados durante o ato.

A Invocadora de Marés não teve tempo de se explicar antes que Aspen arrastasse a irmã de volta para dentro com um olhar desconfiado e acusatório na direção de Emory, que até então declarava ser apenas uma Curandeira, não alguém capaz de compelir outras pessoas por mágica. Até Bryony, que tinha se afeiçoado a Emory em interações passadas, parecia estar com medo dela, embora talvez só estivesse assustada com a própria situação.

Romie a observava com o receio de sempre, o que começava a irritá-la.

— Você não devia ter feito isso na frente das duas — repreendeu a amiga. — Agora o que elas vão pensar de nós?

Oprimida pelos fantasmas que a assombravam, Emory não teve forças para discutir. Sabia que era arriscado usar sua magia de Invocadora de Marés de forma tão escancarada, mas não estava arrependida. Não quando pensava no que a *expurgação de um servo do inferno* poderia ser.

Ela não conseguia enxergar Bryony como uma pessoa má. Se aquele tipo de magia fazia dela algo semelhante a um demônio, o que isso dizia sobre Emory?

Ela e Romie tinham acabado de voltar para o quarto quando alguém bateu à porta. Sem dar tempo para responderem, Aspen entrou, trazendo um rolo de pergaminho debaixo do braço.

— Bryony está bem? — perguntou Emory.

— Mandei que ficasse trancada no quarto. É impossível saber o que aqueles garotos vão fazer depois do que viram. — Aspen estudou Emory. — Aquilo que você fez... Você não é só uma Curandeira, é?

— Não.

Romie jogou as mãos para cima, exasperada, resmungando algo sobre serem queimadas na fogueira.

No entanto, a apreensão no semblante de Aspen se dissipou quando Emory explicou como a magia encantadora funcionava.

— E acha que esse encantamento vai durar?

A dúvida atravessou Emory. Ela sabia usar a magia encantadora tanto quanto a magia memorista. E se o domínio que tinha sobre ambas fosse igualmente medíocre?

Entendendo que não receberia uma resposta decisiva, Aspen desenrolou o pergaminho e o abriu sobre o divã.

— Achei isso outro dia no gabinete da minha mãe.

Era um mapa extremamente detalhado feito em tinta sépia. Emory reconheceu a Residência Amberyl na extremidade de Wychwood e, no entorno do bosque, viam-se também casas menores. Mais ao sul, havia vilarejos que não faziam fronteira com as árvores, onde os habitantes comuns da cidade deviam morar. Wychwood continuava para cima, tomando toda a metade superior do mapa. Linhas curvas de tinta prateada cortavam o pergaminho sem um padrão específico, e uma delas, mais larga que as demais, dava a volta na Residência Amberyl e seguia para o norte, adentrando a floresta.

— O que é isso? — perguntou Emory, traçando de leve as linhas prateadas com o dedo.

— As linhas de ley — respondeu Aspen. Ela apontou para a extremidade da linha prateada mais grossa, perto da casa. — Foi aqui que encontramos vocês. Mas, como vimos, é óbvio que a porta por onde vieram não está ali. Então fiquei pensando... e se aquela tiver sido só a porta *de entrada*? Talvez, para partirem, vocês precisem encontrar a porta *de saída*.

Aspen traçou a linha que se curvava para cima e entrava na floresta antes de descer outra vez, como se retornasse ao ponto inicial, para depois voltar para dentro novamente. Emory percebeu que se tratava de uma *espiral*.

Mas a linha que Aspen percorria com o dedo desaparecia, deixando a espiral incompleta. Ela parou o dedo onde a linha terminava, interrompida por uma mancha preta que Emory não tinha notado até então. Pelo visto, uma seção inteira do mapa tinha sido borrada, arruinada por uma quantidade considerável de tinta derramada, como se numa tentativa de apagar um pedaço do mundo.

— Acho que você vai encontrar essa porta no coração da floresta — disse Aspen. — Na outra ponta da linha de ley em espiral.

Uma porta de saída, uma porta de entrada.

Uma jornada pelos mundos, descendo em espiral cada vez mais até chegarem ao mar de cinzas.

— Eu consigo ampliar minha perscrutação estando em uma das linhas de ley — continuou Aspen. — Posso ajudar vocês a encontrar uma forma de sair daqui antes que...

— Antes que sua mãe nos mate na lua negra? — completou Romie em tom descontraído, como se estivessem falando sobre o tempo. — Falando nisso, quando vai ser?

— Amanhã.

Aspen não se mostrou nem um pouco surpresa por saberem daquilo. Parecia travar uma batalha interna.

— Vocês precisam entender: as coisas que vêm acontecendo aqui estão assustando nosso coven, e eles precisam encontrar alguém a quem culpar. Minha mãe acha que tudo isso começou quando vocês chegaram, mas outras pessoas estão mais dispostas a acusar minha irmã depois do que aconteceu na ascensão. Tenho medo de as coisas piorarem e Bryony acabar se machucando.

— E você acha que, se formos embora, as coisas podem voltar ao normal — concluiu Emory.

Aspen concordou com um aceno da cabeça.

— Por que não vem com a gente? — insistiu Romie. — Você e Bryony.

— Partir com vocês para procurar outros mundos? — disse Aspen, com um sorriso triste. — A Escultora escolheu nós duas como as próximas Altas Matriarcas. Não podemos abandonar Wychwood.

Emory conseguia ouvir a influência da sra. Amberyl naquelas palavras, mas os olhos de Aspen denunciavam o desejo por algo que ela não podia ter.

— Não é isso que acontece na história — disse Romie com um vestígio de exasperação. — Não faz sentido passar pela porta se uma feiticeira não estiver com a gente.

A frustração de Romie era perceptível, mas Emory se perguntou outra vez se elas não estariam apenas se iludindo, vendo significado onde não havia nada. No mundo delas, todos da Ordem Selênica tinham marcas em espiral, mas, até onde Emory sabia, aquilo não queria dizer que tinham sido *escolhidos*. Então o que as ligava ao destino dos personagens de Clover? O sangue de Invocadora de Marés de Emory, que permitia que ela abrisse portas. A magia sonhadora de Romie, que permitia que ela viajasse ilesa entre os mundos. E, segundo o que imaginavam, havia também o poder do Tecelão de Pesadelos, que fazia Kai ouvir a canção que chamava pelos três, mas ele nem sequer tinha marca alguma. Talvez a espiral de Aspen fosse mera coincidência.

— Pelo menos me diga que não estou imaginando coisas — pediu Romie. — Que você ouve o chamado dos outros mundos.

Aspen refletiu bastante antes de falar.

— Quando chegaram, eu tive um sentimento instantâneo de *vínculo* com vocês. Eu não entendia o motivo, mas agora... Acho que é porque vocês não são as primeiras pessoas de outros mundos que eu encontro.

Romie arregalou os olhos.

— O quê? Como... *Quem?*

— Como eu disse, minha perscrutação é diferente da das outras feiticeiras. Muitas vezes, os olhos pelos quais eu vejo... veem coisas bizarras e inexplicáveis demais para serem deste mundo. Há uma mente em particular que eu sempre visito. — Ela sorriu. — O nome dele é Tol. Ele vive em um mundo muito diferente deste. E a magia dele... Só consigo descrever como sendo a transformação em algo parecido com um monstro, e posso dizer com muita certeza que não existe nada do tipo aqui.

— Marés! — exclamou Romie. — Foi o que eu vi! Ontem à noite você estava no lugar onde eu normalmente acesso os sonhos, só que você não estava sonhando nem dormindo. Você estava *perscrutando*, não estava? Para onde quer que seu terceiro olho vá... o plano astral, imagino... deve ser o mesmo lugar onde ficam os sonhos.

A esfera dos sonhos. O plano astral. Um reino além dos reinos, repleto de possibilidades desconhecidas.

— Seu rosto se transformou — continuou Romie. — Uma hora, você era você mesma. No instante seguinte, virou um menino. E esse menino se transformou num monstro. Você acha que ele é de outro mundo?

— Acho. — Aspen suspirou, melancólica.

Emory percebeu que Aspen talvez *quisesse* atravessar a porta com elas e encontrar o garoto com quem compartilhava aquela inexplicável conexão.

No entanto, a floresta parecia ter criado raízes nela que não a deixavam partir.

— Não posso ir com vocês — reiterou Aspen —, mas mantenho minha oferta. Querem ou não a minha ajuda?

Emory e Romie se entreolharam, numa conversa invisível. Elas queriam ir embora: ali estava a saída. Se a porta as levaria para outro mundo ou de volta para o delas, não se sabia.

O sol já estava quase se pondo quando as três seguiram para o jardim com mantimentos para a jornada. O interior da Residência Amberyl estava estranhamente silencioso, e o lado de fora, ainda mais. Não havia uma feiticeira sequer à vista.

Aspen parou bruscamente ao alcançarem o portão. Ele estava aberto e, caída inconsciente no chão, jazia a sra. Amberyl.

— Mãe!

Emory se preparou para usar a magia de cura, mas os olhos da Alta Matriarca já estavam se abrindo quando Aspen se ajoelhou ao seu lado. Confusa, ela se sentou e tocou a nuca. Um ferimento sangrava na parte de trás de sua cabeça.

— O que aconteceu? — perguntou Aspen, com a voz aguda e apreensiva.

— Eles a levaram — murmurou a sra. Amberyl, segurando algo contra o peito. Levantando-se com a ajuda de Aspen, ela repetiu, agora mais forte: — Levaram Bryony.

De repente, um grito vindo das profundezas da floresta rasgou a noite.

A sra. Amberyl correu em direção ao som sem hesitar. Emory viu o que ela segurava antes de cair de sua mão.

Uma fita verde manchada de sangue.

Em pânico, as quatro dispararam pela floresta. Estava escuro a ponto de ser difícil enxergar qualquer coisa, mas tanto a sra. Amberyl quanto Aspen pareciam saber exatamente para onde iam.

Encontraram Bryony no local da ascensão, rodeada por pelo menos metade do coven. Ela estava amordaçada e amarrada ao teixo, e um círculo de pó branco tinha sido traçado ao seu redor, permeado por ossos, pequenos crânios de animais e velas que tremulavam com a brisa.

O demônio seria exorcizado.

— Seus tolos — sussurrou a sra. Amberyl.

Bryony soltou um grito abafado pela mordaça ao ver a irmã e a mãe. Os dois garotos de antes seguraram a sra. Amberyl e outras feiticeiras apareceram para manter Aspen, Emory e Romie longe da árvore. Hyacinth, com a carranca de sempre e um ar de superioridade, encarava a sra. Amberyl.

— Sabe muito bem que isso é necessário, Hazel.

— Vocês me deram até a lua negra para cuidar disso! — exclamou a sra. Amberyl, apontando para Emory e Romie. — Elas é que devem ser expurgadas.

— Fique calada, Hazel. O problema é a serva do demônio que você tem como filha. Todos nós vimos o que aconteceu na ascensão, e depois do que meus filhos testemunharam hoje...

Emory sentiu o sangue gelar. Então sua magia encantadora não durara muito, afinal.

— Eu entendo que queira proteger sua filha, é óbvio que entendo — emendou Hyacinth —, mas, enquanto Alta Matriarca, seu dever é, acima de tudo, com o coven. — A feiticeira aprumou a postura. — Já que você não fará o que precisa ser feito, nós faremos.

Em uníssono, o coven começou a entoar cânticos, e as chamas das velas ao redor do círculo se intensificaram. Bryony gritou, erguendo o rosto em direção ao céu. A sra. Amberyl e Aspen se debatiam contra as feiticeiras que as seguravam, e os gritos de Bryony ecoavam, tornando-se cada vez mais altos... até cessarem de repente.

Quando Bryony voltou a olhar para elas, seus olhos estavam pretos, como na ascensão.

Com um entortar impossível do pescoço, ela se contorceu até se livrar da mordaça e, ao falar, saiu aquela voz que não era a sua, mas a grave e estranha de antes.

— Onde está? Estou sentindo que está aqui. Onde está?

Ela olhava para todos sem vê-los, falava em alto e bom som, mas não com eles. Ela retorceu o corpo até se soltar, sem dificuldade, das cordas que a prendiam, alternando entre as línguas ao falar. Bryony começou então a rasgar a lateral do vestido e a arranhar com violência a região onde a cicatriz em espiral marcava sua pele, como se quisesse rasgar a própria carne.

Aspen correu até a irmã, implorando para que ela parasse.

Bryony fixou os olhos vazios na irmã, farejando com atenção.

— Você também tem uma — disse ela com a voz gutural.

Então Bryony lançou as mãos em volta do pescoço de Aspen, enforcando-a.

Emory expandiu seus sentidos, invocando uma mistura de magias — de cura, encantadora, de proteção, purificadora e desatadora — para tentar exorcizar a entidade demoníaca que tinha aprisionado a essência de Bryony. No entanto, usar seus poderes de forma tão desmedida abriu as portas para os alinhamentos mais sombrios que Emory tentava evitar. Seus fantasmas apareceram para atormentá-la como sempre acontecia, porém daquela vez as consequências foram além: a terra ao redor de Emory escurecia, morrendo e apodrecendo como se a garota a estivesse matando.

No entanto, o que quer que ela estivesse fazendo parecia estar dando certo: Bryony gritou em agonia, soltando Aspen e se encolhendo. Emory não sabia identificar se os gritos vinham de Bryony ou do demônio, não sabia identificar se ela estava machucando a feiticeira mais do que a entidade que a possuía.

Mas não conseguia parar. Ela nem sequer sabia *se queria* parar.

Era como se, por fim, ela se permitisse mergulhar de cabeça na própria magia depois de dias apenas nadando na superfície. Aquilo revelara um abismo em seu âmago. Ela se lembrou do sabor do poder, da sensação deliciosa que lhe proporcionava. A pressão insuportável em suas veias tinha desaparecido, assim como seus fantasmas, até que tudo que restou foi Emory, sua magia e a *coisa* dentro de Bryony, cuja atenção estava totalmente voltada para a Invocadora de Marés.

Os olhos sobrenaturais se iluminaram ao reconhecer Emory, como se de súbito incendiados por chamas ardentes.

— Invocadora de Marés — disse Bryony, sedenta, com a voz grave que não lhe pertencia.

Era como se o demônio *desejasse* o poder de Emory, como se ansiasse pela violência prateada que ameaçava consumir a menina.

Porque suas veias pulsavam em prata, anunciando seu Colapso iminente.

E, ainda assim... Emory não sentia que estava se exaurindo.

Ela viu o terror nos olhos de Romie e, embora conseguisse ouvir a amiga implorando para que ela parasse, para que interrompesse a magia, simplesmente não conseguia. Emory então teve a ideia de usar a magia sonhadora de Romie para fazer com que Bryony *acordasse*, para que retornasse do plano astral que também era a esfera dos sonhos.

Suas veias prateadas ficaram inchadas com o esforço, mas ainda assim não houve uma explosão repentina nem uma sensação de que a qualquer momento entraria em Colapso.

Ela já *deveria* ter entrado em Colapso, assim como deveria ter acontecido quando estivera na esfera dos sonhos. Todos os sinais estavam presentes. Ela se via mergulhando fundo demais em seus poderes e, mesmo assim, não estava sofrendo o destino reservado aos nascidos no eclipse.

Emory, contudo, caminhava em direção a ele, finalmente livre e sem medo algum. Ela conseguia sentir a linha de ley vibrando sob seus pés, uma energia implorando para ser usada, afetando o seu sangue. Ela se deleitava com o poder que fluía de seu corpo e através dele e com a *sensação* inebriante que aquilo causava. Enquanto isso, os olhos de Bryony aos poucos voltavam ao normal.

Emory sorriu para o demônio. Ele não era páreo para todo o poder que ela tinha.

Ela jamais seria medíocre outra vez. Tornara-se invencível.

13

ROMIE

— Em, pare!

As palavras eram frágeis demais para serem ouvidas em meio ao estrondo de poder que emanava de Emory, aos gritos das feiticeiras e aos urros de dor do demônio que dominava Bryony. Mas Romie não conseguia falar mais alto. Foi tomada por uma tontura que a fez cair de joelhos, sentindo-se nauseada e zonza, como se todo o sangue estivesse se esvaindo de seu corpo, ainda que ela não estivesse ferida. Com um esforço excruciante, ela levantou a mão diante do rosto e viu que sua pele estava pálida, antes que seu braço tombasse de novo ao lado do corpo. Seus músculos estavam fracos e sua visão, turva.

— Em... — tentou ela outra vez.

As veias da amiga estavam prateadas, mas não houve explosão. Não houve Colapso algum. Ela via apenas o sorriso de Emory, um lampejo branco na noite, enquanto a amiga ganhava mais e mais poder e Romie definhava.

Então, de repente, tudo cessou.

A sra. Amberyl fez Emory recuar com um puxão brusco. A prata em suas veias arrefeceu, sua magia se calou. Romie ainda se sentia prestes a perder os sentidos, mas a sensação de que enfraquecia a cada segundo desapareceu, deixando-a com a cabeça pesada e uma sede súbita. A compreensão sombria do que acontecera se instalou.

Depois de Emory ter sido afastada da linha de ley, após a interrupção de sua conexão com aquela fonte de magia amplificada, Romie compreendeu tudo. Entendeu por que começara a se sentir daquela forma quando Emory pisou pela primeira vez na linha de ley e invocou a magia que prateava suas veias.

Emory tinha extraído o poder de Romie. Tinha sugado a magia de seu sangue.

Ladra de Marés.

Emory virou-se para ela como se tivesse ouvido o nome ofensivo ecoando em sua mente. Mais adiante, Aspen gritou quando Bryony desabou no chão, com seus olhos em sua cor normal, porém sem vida e vidrados em direção ao céu.

14

BAZ

Jae apareceu logo de manhã.

O sol mal tinha nascido, mas não demoraria para o campus ficar abarrotado de alunos de vários lugares chegando para o Quadricentenário, e logo o Hall Obscura deixaria de ser o refúgio de Baz. Ele estava aproveitando os últimos momentos de tranquilidade na área comum, acompanhado de uma xícara de café preto e de Penumbra, o gato da irmã, aninhado a seus pés.

— Cadê o Kai? — perguntou Jae, sentando-se ao lado da professora Selandyn no sofá de frente para Baz.

— Acho que ainda está dormindo. — Baz não queria pensar na briga por causa da Ampulheta. — Vera falou alguma coisa?

Vera estava trabalhando no Instituto. Infiltrada como funcionária, ficava de olho nos Reguladores e em como tratavam os nascidos no eclipse.

— As notícias não são muito animadoras — disse Jae, o semblante preocupado. — Segundo boatos, a Reanimadora será transferida do Instituto hoje para um local secreto. Vera acha que essa é a forma que os Reguladores encontraram para fazerem testes com a Reanimadora. De uma maneira... *não oficial*.

— E vamos apenas deixar isso acontecer?

— A menos que a gente se aventure a arquitetar mais uma fuga, não há muito que possamos fazer.

Baz olhou em direção aos quartos. Kai ficaria *furioso* ao saber daquilo... e toparia a ideia da fuga, sem sombra de dúvidas.

— Precisamos falar *disto*. — A professora Selandyn ergueu o diário de Clover que pegara com Baz no dia anterior para estudar, batendo com o dedo na capa. — Passei a noite toda lendo. O que Clover escreveu despertou meu interesse, já que se alinha com minha pesquisa sobre as Marés e a Sombra, além de coincidir com as coisas que andam acontecendo.

Ela apontou com o queixo para a janela com vista para o mar. Baz sabia que a professora se referia à imprevisibilidade das marés, algo que vinha estudando desde que as notícias começaram a pipocar.

Naquele momento, Kai entrou pela porta secreta que levava à baía ainda vestindo as roupas do dia anterior.

— Foi mal. Sei que estou atrasado — disse ele, ofegante.

Sua aparência abatida e as olheiras escuras sob os olhos vermelhos denunciavam uma noite em claro.

— Kai Salonga — repreendeu Selandyn em tom severo —, pelas Profundezas! Onde é que você se meteu?

Kai engoliu em seco.

— Parece que eu… saí por aí sonâmbulo.

— Alguém te viu? — indagou Jae.

— Acho que não. — Kai tentou atrair a atenção de Baz. Seu rosto transmitia súplica e desespero. — Tenho que falar com você.

Baz deu uma olhada no relógio de pulso, um nó se formando em sua garganta, um misto de raiva e preocupação. Ele não sabia se acreditava na história do sonambulismo. O que Kai fora fazer lá fora? Estava sendo inconsequente, como sempre.

— Você e Jae precisam ir embora antes que a cerimônia de abertura do Quadricentenário comece.

— Brysden…

— Ele tem razão, temos que ir — concordou Jae, pegando o casaco no braço do sofá. Elu tocou o ombro da professora Selandyn ao se levantar. — Beatrix, é sempre um prazer ver você.

Baz olhou para Kai. Não queria se despedir. Kai também não fazia o tipo sentimental, e Baz desejou que ele fizesse uma piadinha ou algum comentário irônico e implicante, mas havia uma tensão estranha entre eles, então era mais provável que nenhum dos dois fosse dizer nada. Temendo aquela possibilidade, Baz se aproximou e puxou Kai para um abraço apertado. Houve um momento de hesitação e surpresa, mas, antes que Baz pudesse se arrepender e se afastar, Kai retribuiu o abraço.

141

— Se cuida, seu otário — murmurou Baz.

Ele sentiu a risadinha de Kai.

— Digo o mesmo.

O campus estava agitado em um horário em que normalmente estaria completamente silencioso.

A caminho do auditório, Baz encontrou grupos de alunos que nunca tinha visto antes, alguns com uniformes de academias estrangeiras. Apesar dos pesares, ele estava animado para o Quadricentenário.

Aquela de fato era uma experiência única que ele teria a oportunidade de vivenciar.

Embora os alunos não fossem apresentar as respectivas habilidades mágicas na cerimônia de abertura, era imprescindível que Baz comparecesse para começar a desempenhar o papel de aluno exemplar da Casa Eclipse.

Sorriria ao lado dos demais na recepção das delegações estudantis do mundo inteiro e, mais importante ainda, estaria à vista dos olheiros ávidos por talento e intelecto.

Perto da Fonte do Destino, ele se deparou com um grupo de alunos falando no que ele achava que soava como luaguano. Estavam alvoroçados, mas não com o entusiasmo que seria de se esperar. Uma das garotas parecia ter visto um fantasma, outra estava consolando um garoto quase histérico. Baz queria saber o que estavam falando; Kai provavelmente entenderia.

Quando ele se acomodou no auditório, ficou evidente que os alunos de Luagua não eram os únicos abalados. Baz captou algumas conversas e, embora as palavras fizessem pouco sentido — fantasmas, aberrações, *mortos-vivos* —, ele começou a ficar nervoso.

O que nas Profundezas estava acontecendo?

As portas se fecharam com um estrondo que deixou Baz ainda mais alerta. Jamais fora claustrofóbico, mas algo estava estranho. Então ele viu dois Reguladores posicionados diante das portas. Barrando a saída.

Outras pessoas também notaram e conversavam aos sussurros, apreensivas. No palanque onde a reitora Fulton costumava fazer o discurso de boas-vindas, havia mais um Regulador. Alguém que Baz conhecia muito bem.

— Por questões de segurança, a cerimônia de abertura do Quadricentenário foi cancelada — informou Drutten. — Todos devem permanecer no auditório enquanto realizamos uma varredura pela escola.

A declaração fez com que todos começassem a falar ao mesmo tempo, perguntas confusas e protestos descontentes ecoando pelo auditório em uma cacofonia de idiomas. Drutten ergueu a mão para pedir silêncio.

— Alguns de vocês provavelmente ficaram sabendo ou até testemunharam as estranhas… *aparições* vistas em Cadence hoje de manhã.

Aparições? Do que ele estava falando?

Drutten pigarreou.

— Acreditamos ser o feito de uma nascida no eclipse extremamente perigosa e imprevisível chamada Freyia Lündt, uma Reanimadora que fugiu do Instituto na noite passada.

Baz sentiu o sangue gelar. Drutten continuou:

— Com base nos cadáveres reanimados que estavam perambulando pelas ruas de Cadence, imaginamos que a fugitiva esteja nas proximidades. Não se preocupem, essa questão já foi resolvida, mas Freyia Lündt representa uma ameaça iminente enquanto estiver fora da custódia do Instituto. Quase uma década atrás, ela entrou em Colapso e, desde então, tem escapado do Selo Profano. Nesse meio-tempo, as atrocidades que já cometeu são inconcebíveis. Acreditamos que Freyia tenha fugido para juntar-se a um movimento de pessoas como ela, também amaldiçoadas pela Sombra, ou seja, nascidas no eclipse que entraram em Colapso e cuja magia não foi selada. Esses indivíduos têm se organizado nos arredores de Elegy e planejam usar suas magias malignas e perversas para semear o terror entre nós.

Sussurros apavorados se espalharam pelo auditório. Baz não conseguia acreditar. Pelo visto, Freyia tinha revelado *tudo* que Jae estava fazendo em Threnody, traindo seu próprio grupo ao dedurar seus integrantes para os Reguladores dos quais vinha fugindo havia uma década.

Era apenas uma questão de tempo até que Jae fosse encontrade e até que todo o plano deles desmoronasse como um castelo de cartas.

Drutten segurou a borda do púlpito com suas mãos grandes e lançou um olhar solene para os alunos presentes, atraindo a atenção coletiva enquanto aguardava o silêncio.

— Não estou compartilhando essa informação para gerar pânico, mas, sim, porque se trata de uma questão de segurança e interesse público. — Ele fez uma pausa premeditada, criando uma atmosfera de tensão. — Não é segredo que as marés têm apresentado um comportamento fora do comum, o que afeta não apenas nossos ecossistemas,

mas também nossa magia. Esse fato, combinado com a insurreição dos amaldiçoados pela Sombra, sugere que há uma força maior em ação. — Drutten aprumou-se, unindo as mãos atrás das costas. — Acreditamos que a raiz do problema está no surgimento de uma Invocadora de Marés em nosso meio.

O coração de Baz batia tão forte que os sussurros de espanto ao seu redor pareceram abafados.

Drutten ergueu a mão de novo, de alguma forma acalmando a multidão exasperada.

— Uma estudante da Academia Aldryn chamada Emory Ainsleif perdeu a vida em um suposto afogamento alguns meses atrás. Ela era uma Curandeira da Casa Lua Nova, mas recebemos novas informações que indicam que isso não passava de *uma farsa*. A reitora Fulton fez a gentileza de compartilhar conosco resultados de um selenógrafo que revela que havia magia do eclipse no sangue da srta. Ainsleif. Várias testemunhas confirmaram esse fato e, pior ainda, que a srta. Ainsleif exercia um tipo perigoso de magia. E, embora diga-se que a srta. Ainsleif está morta, suspeitamos que a Reanimadora e seus cúmplices estejam tentando ressuscitá-la. Porque Emory Ainsleif é uma Invocadora de Marés, a Sombra reencarnada.

Baz sentiu como se o chão se abrisse sob seus pés. Aquilo não podia estar acontecendo. Quem da Ordem Selênica teria revelado a verdade sobre a magia de Emory? Só podia ter sido Artem, embora Baz não o tivesse visto entre os Reguladores ali presentes. Ele devia estar caçando a Reanimadora e seus supostos cúmplices. Baz pensou em Jae e Kai. Se os Reguladores achavam que a Reanimadora contava com a ajuda de aliados nascidos no eclipse, os dois (e o pai de Baz também) estariam no topo da lista de suspeitos. Só restava torcer para que já estivessem bem longe, dentro de um trem a caminho da Baía de Harebell.

Mas... se os Reguladores estavam cientes da natureza da magia de Emory, não demoraria muito para que visitassem o farol a fim de interrogar o pai dela.

E lá encontrariam Jae, Kai e o pai de Baz se escondendo das autoridades.

Ele tinha que sair dali, tinha que avisá-los.

Foi só então que Baz percebeu os olhares furtivos que recebia de alguns alunos. Cochichos de *Cronomago* e *nascido no eclipse* chegaram a seus ouvidos, deixando-o em pânico. Um sentimento que apenas piorou com a continuação do discurso de Drutten.

— Mas não se preocupem. Todas as medidas necessárias serão tomadas contra esses nascidos no eclipse. O campus está sendo inspecionado para garantir a segurança de todos. Assim que terminarmos essa busca inicial, pediremos que voltem aos dormitórios. Passaremos de quarto em quarto para fazer algumas perguntas, portanto, se *qualquer um de vocês* tiver informações sobre a srta. Ainsleif ou sobre os rebeldes nascidos no eclipse, é melhor que compartilhem conosco.

Então, praticamente exultante, ele acrescentou:

— Todos os alunos e funcionários nascidos no eclipse, sejam eles de Aldryn ou de outra delegação, passarão por um interrogatório com um de nossos Memoristas a fim de investigar se estão escondendo alguma informação pertinente sobre a Invocadora de Marés.

Aquilo era *ilegal*. Parecia que tinham voltado no tempo, para a época em que os nascidos no eclipse eram temidos a ponto de serem submetidos a humilhações como aquela diariamente.

Os olhos de Drutten encontraram os de Baz em meio aos outros alunos, e o cretino *sorriu*. Sabia que tinha vencido. O Memorista invadiria a mente de Baz e descobriria todos os segredos que Drutten vinha tentando extrair dele nos últimos meses.

Era o fim.

— Vamos começar com aquele ali — disse Drutten, apontando para Baz. — Era amigo íntimo da srta. Ainsleif, não era, sr. Brysden? Podem prendê-lo.

Dois Reguladores avançaram contra Baz antes que ele pudesse sequer cogitar se mexer. Algemas nulificadoras reluziram ao serem presas em seus pulsos, a fim de impedi-lo de usar sua magia.

De repente, o chão explodiu, arremessando os Reguladores para longe e fazendo com que Baz caísse de joelhos.

15

KAI

Kai e Jae já estavam na metade do caminho rumo à estação de trem quando o caos tomou conta das ruas de Cadence. Por todos os lados, as pessoas corriam para longe das *coisas* pálidas vagando pela cidade, gritando alguma coisa sobre fantasmas. Mas Kai sabia que não havia fantasma algum.

Jae observou horrorizade duas criaturas errantes de olhos vazios se aproximando pela rua. Era como se estivessem diante de dois cadáveres.

— Mas o quê, em nome das Marés...

O estrondo de um motor o interrompeu. Uma motocicleta passou por eles e parou bruscamente. Era Vera, que saltou da moto e foi em direção aos amigos, quase tão pálida quanto as monstruosidades que se aproximavam.

— Então... Hã... tenho más notícias — disse ela. — A Reanimadora fugiu do Instituto.

— O quê? — questionou Jae.

— Só sei que Artem Orlov era o encarregado da transferência dela, um pouco antes do amanhecer. Eu o vi chegar com Virgil, o que me pareceu estranho. Ela deve ter escapado no meio de toda a agitação. — Vera apontou para os cadáveres. — E é óbvio que ela não perdeu tempo.

— Não foi ela — disse Kai, abalado. — Pelo menos não *diretamente*.

— Kai, o que você fez? — questionou Jae, devastade.

Kai teve que reprimir a vergonha que o semblante de Jae provocou em seu peito... e a raiva de si mesmo por não ter contado antes, quando ainda estavam em Aldryn, mas o que poderia ter dito? "Olha só, pessoal, foi mal por ferrar ainda mais nossos planos, mas eu trouxe de volta os cadáveres ressuscitados do pesadelo de Freyia. Apesar de eu ter conseguido me livrar da maioria, alguns escaparam e agora estão aterrorizando as ruas de Cadence"?

Ele imaginara que os pesadelos iriam se desintegrar, virar pó. Já havia passado tempo suficiente para que aquilo acontecesse. Ao se aproximar de uma das criaturas, Kai atestou que ela de fato estava começando a desaparecer, ainda que aos poucos. *Durma*, mentalizou ele ao tocar o corpo, que desapareceu feito fumaça no instante seguinte.

Ele se virou para o outro corpo e sentiu-se paralisar ao reconhecer o cabelo ruivo e a expressão desdenhosa.

Então ele entendeu tudo. Se o cadáver de Lizaveta Orlov estava no pesadelo da Reanimadora — que evidentemente era mais uma lembrança que um pesadelo —, talvez Artem de fato fosse o motivo por trás daquilo tudo.

— Precisamos encontrar Brysden. *Agora.*

16

BAZ

Baz tentava se situar enquanto pedaços de assoalho e outros detritos voavam pelos ares.

O chão tinha sido inexplicavelmente atravessado por raízes, que agora se lançavam em direção à porta maciça do auditório para escancará-la. Os alunos saíam às pressas em um frenesi desesperado, seus gritos preenchendo o ar empoeirado. A duras penas, Baz conseguiu ficar de pé. Um dos Reguladores que estava por perto se atirou sobre ele, mas as raízes fecharam-se nos tornozelos do homem e o arrastaram para trás em um puxão brusco, afastando-o.

Baz estudou seus arredores, perplexo e de olhos arregalados, procurando quem ou o que era responsável por aquilo. Então Nisha apareceu e quase o derrubou, gritando algo incompreensível em meio à barulheira.

— Foi você? — perguntou Baz, estupefato.

— Foi, agora *corre*!

Ela não precisava dizer duas vezes. Juntos, os dois seguiram os estudantes afobados que se espalhavam pelo pátio. Uma dúzia de Reguladores apressava-se rumo ao auditório, sem dúvida alarmados com a destruição. Quando Baz se virou, percebeu Drutten correndo em disparada em sua direção, os olhos ardendo em fúria. O Cronomago sabia que estava encurralado.

Mas então Nisha puxou seu braço e, antes que Drutten ou os Reguladores conseguissem alcançá-los, os dois se embrenharam na multidão. Baz se deu conta de que não sabia para onde estavam indo nem conhecia um lugar seguro onde pudesse se esconder, até que Nisha fez uma curva brusca em direção ao Hall Obscura, um local que apenas os nascidos no eclipse conseguiam acessar.

O único lugar no campus inteiro onde ele estaria a salvo.

— Aonde pensa que vai, escória do eclipse?

Assim que pisaram nos claustros, foram interceptados por um grupo de três alunos que olhavam para Baz da mesma forma que Drutten: tomados pelo medo de uma Invocadora de Marés e do que isso significava.

— Aqui! — esgoelou-se um dos garotos, tentando chamar um Regulador que estava por perto. — Encontramos o...

A hera densa que florescia ao redor dos claustros enroscou-se na boca do garoto, silenciando suas palavras. Os outros dois não tiveram tempo de reagir, e Nisha já estava puxando Baz mais uma vez para o Hall Obscura. Eles quase trombaram de frente com outro aluno quando chegaram à porta que os levaria à segurança. Duas mãos se estenderam para agarrar Baz e, afoito, ele começou a se debater para se libertar. Bem quando finalmente pensou em manipular os fios do tempo, desesperado para se desvencilhar e chegar a um lugar seguro, uma voz familiar dissipou seu pavor.

— Brysden, sou eu.

Baz parou de se contorcer. Kai estava *bem ali*, segurando-o com firmeza, olhando-o com os mesmos medo, raiva e espanto que ele estava sentindo.

— Como conseguiu voltar? — perguntou Baz, ofegante.

— Não há tempo para conversa. Depressa! — chamou outra voz familiar.

A professora Selandyn abriu a porta do Hall Obscura e os conduziu para dentro. Vera Ingers também estava lá, ajudando um garoto que mancava e cujo nome Baz desconhecia.

Ele guardou as perguntas para depois enquanto todos corriam até o elevador. Assim que a portinhola começou a se fechar, um Regulador apareceu do outro lado do corredor. Baz apressou o tempo ao redor deles para que as grades se fechassem antes mesmo de o homem ter dado o primeiro passo. E então o elevador estava descendo, acelerado pela magia do Cronomago.

Depois que penetrassem as barreiras mágicas de proteção, os Reguladores não conseguiriam alcançá-los. Ninguém conseguiria entrar no Hall Obscura a menos que fosse nascido no eclipse... ou que estivesse *acompanhado* por um deles.

Baz e Kai se entreolharam, ambos respirando com sofreguidão. O garoto desconhecido que estava com Vera recebia cuidados da professora Selandyn, que tentava estancar o sangramento de um corte acima de seu olho.

— Quem é esse? — questionou Baz, sem rodeios.

— Eu tenho *nome* — respondeu o garoto, estremecendo de dor.

Por reflexo, ele tentou tocar o machucado, e Baz relaxou ao ver o sigilo da Casa Eclipse no dorso de sua mão.

— Rusli é de Luagua — explicou Kai. — Topei com ele vindo para cá. Ele foi atacado por uns Reguladores que queriam colocar as algemas nulificadora nele.

— Eu revidei — disse o garoto com um sorriso torto, indicando o corte acima do olho. — Eles não gostaram muito.

Kai soltou um riso amargurado em resposta.

— É, bem-vindo à Aldryn.

Baz não pôde deixar de notar a faísca de afinidade entre Kai e Rusli e teve que conter a ferroada de ciúme que surgiu em seu peito... *Não era hora* de se distrair com o que aquilo significava. Ele pensou em todos os alunos da Casa Eclipse que, assim como Rusli, tinham viajado até Aldryn apenas para serem arrastados para uma situação tão cruel.

O portão do elevador se abriu, revelando o campo de ilusão. Foi só quando estavam todos seguros na área comum da Casa Eclipse que Baz sentiu que podia voltar a respirar normalmente.

— Onde está Jae? — perguntou ele, sua atenção indo de Kai para Vera. — E como vocês conseguiram chegar aqui, afinal?

— Jae está bem — respondeu Kai. — Nós tomamos rumos diferentes na estação. Elu foi avisar os nascidos no eclipse em Threnody e tentar entrar em contato com o seu pai no farol.

Baz correu a mão pelo cabelo.

— Estamos ferrados. Freyia deu com a língua nos dentes. Os Reguladores já sabem o que Jae está fazendo, e é só uma questão de tempo até irem até o farol. — Ele se virou para Vera. — Como isso foi acontecer? Como ela conseguiu escapar?

— A gente acha que é coisa do Artem — explicou ela. — Ele chegou ao Instituto logo antes do desaparecimento da Reanimadora. — Ela lançou um olhar para Nisha. — Aquele amigo de vocês estava com ele. Virgil. Estou deduzindo que isso tem algo a ver com a Ordem Selênica.

Nisha pareceu intrigada.

— Se for o caso, não estou sabendo. Artem deve ter envolvido Virgil no último minuto, senão ele teria contado.

Baz sentiu uma pontada de dúvida. Ele queria confiar em Virgil. *Confiava* em Virgil. Mas e se estivesse equivocado?

— Uma Reanimadora — disse Rusli, aturdido. — Então é verdade o que estão dizendo sobre os corpos andando pela cidade?

— Isso não foi a Reanimadora — disse Kai, evitando o olhar de todos. — Fui eu.

— *O quê?*

— Sem querer, entrei nos pesadelos de Freyia ontem à noite e acordei na Baía de Dovermere com um exército de cadáveres ressuscitados correndo atrás de mim. Tentei fazer com que desaparecessem e até consegui fazer isso com a maioria, mas alguns escaparam.

Rusli soltou um assovio e comentou:

— Um pesadelo e tanto, hein?

— Por que você não disse nada? — perguntou Baz, com raiva.

— Eu tentei te contar hoje de manhã.

De manhã. Quando Baz quase atirou Kai porta afora. Ele engoliu em seco, sentindo-se culpado.

— Estamos sem saída, não estamos?

A professora Selandyn suspirou.

— O Hall Obscura continuará sendo seguro enquanto as proteções estiverem de pé. Mas vocês dois — disse ela, apontando para Baz e para Kai — precisam ir embora. É impossível saber o que farão com Baz se descobrirem que ele entrou em Colapso.

Desconfiado, Baz olhou para o estudante de Luagua. Rusli tinha traços semelhantes aos de Kai, embora seu cabelo escuro fosse curto e ele fosse um pouco mais baixo. O garoto nem sequer pestanejou ao ouvir a afirmação de Selandyn.

— Está tudo bem, Brysden — disse Kai. — Ele é de confiança.

Mas Baz não se convenceu.

— Olha, sem querer ofender, mas...

Rusli revirou os olhos.

— Você acha que é o único nascido no eclipse que eu conheço que já entrou em Colapso? Se Jae é quem eu penso que é, pode ficar tranquilo, nós temos ume aliade em comum.

Baz arqueou uma sobrancelha.

— Você conhece Jae Ahn?

O garoto assentiu.

— Conheci Jae ano passado, quando elu apareceu em Luagua perguntando por uma amiga minha que estava se escondendo depois de entrar em Colapso. Jae a convidou para Threnody alguns meses atrás para ajudá-la a lidar com os poderes recém-descobertos. Se não fosse por elu... — Rusli pigarreou. — A questão é que eu não saio por aí entregando nascidos no eclipse que entraram em Colapso para os Reguladores. Até onde sei, estamos todos do mesmo lado — continuou ele, apontando para o machucado acima do olho. — Nós, nascidos no eclipse, temos que proteger uns aos outros.

Um sentimento de orgulho inundou Baz.

Lá estava: *aquela* era a razão pela qual estavam lutando. Solidariedade entre eles. Os nascidos no eclipse unidos, sem medo.

Sem limites, e maiores ainda por causa disso.

Ainda assim, aquilo era imprudente. A mente de Baz foi tomada por todas as diferentes maneiras como as coisas poderiam dar errado. Tentando voltar à realidade, ele afastou os pensamentos que tinham começado a tomar forma.

— Eles vão mandar *Memoristas* para vasculhar nossas mentes. Se você sabe que entramos em Colapso, não há nada a fazer. Eles vão ficar sabendo. Não temos para onde ir.

— Há um lugar — disse a professora Selandyn. — Um lugar onde ninguém poderá seguir vocês.

— A porta — murmurou Kai.

A professora Selandyn assentiu.

— O que Drutten falou sobre Emory... Se o mundo acha que ela é a Sombra reencarnada, se acham que ela é a razão pela qual as marés estão agindo de forma estranha e por que nós, os nascidos no eclipse, estamos nos rebelando, como se Emory tivesse algum tipo de influência sombria sobre nós... então vamos precisar trazê-la de volta. Para mostrar a todos que ela não é o que dizem ser.

— Então é verdade? — perguntou Rusli, impressionado. — Essa tal Invocadora de Marés... ela é real?

— Tão real quanto uma porta para outros mundos — disse Vera, com tranquilidade, recebendo um olhar confuso de Rusli. Ela o ignorou e perguntou: — E aí? Quando vamos?

Baz olhou em volta. Todos o encaravam com expectativa. Ele riu, nervoso.

— Não vamos conseguir abrir a porta, não sem...

— Fala sério, Brysden! — Kai jogou as mãos para cima, exasperado. — Todo mundo sabe que você consegue fazer isso. E, antes que você comece a falar sobre o risco, *dane-se o risco*. Já passamos dessa fase.

Baz virou-se para Selandyn, esperando que ela dissesse algo sensato. Em vez disso, a professora comentou:

— Daqui em diante, as coisas só vão piorar. É possível que nosso futuro tenha passado a depender de Emory, de provarmos que essa doença que se espalha pelo mundo não se deve ao fato de ela ser uma Invocadora de Marés, mas sim de outra coisa. De um mal maior, que talvez apenas ela possa deter.

Selandyn tirou o diário de Clover do bolso.

— Clover acreditava que o desaparecimento das Marés e da Sombra foi o que fez com que as portas se fechassem e desaparecessem da memória de todos. Dessa forma, a separação dos mundos criou uma espécie de desequilíbrio universal, como órgãos separados uns dos outros e, por isso, não conseguissem funcionar adequadamente. — Ela abriu o caderno em uma página cheia de letras praticamente ilegíveis. — Aqui ele prevê que uma doença se espalharia, afetando nossa magia conforme fosse se agravando com o tempo. Vemos os movimentos erráticos da maré, o declínio lento dos eclipses e, consequentemente, dos nascidos no eclipse.

A professora chamou a atenção para uma passagem escrita em um idioma que Baz não reconhecia. Ela passou um dedo nodoso ao longo da estranha caligrafia com uma expressão apreensiva. Quando falou, as palavras soaram guturais e melodiosas ao mesmo tempo e fizeram com que os pelos dos braços de Baz se eriçassem e que um arrepio lhe atravessasse.

— Não sei que língua é essa — disse Selandyn —, mas é antiga e poderosa.

— O que quer dizer?

— *Um Invocador de Marés deve ascender. Abram a porta. Busquem os deuses. Restabeleçam o que está no coração de todas as coisas.*

Selandyn entregou o diário para Baz. Seu olhar era incisivo e sua orientação, muito evidente.

Ela queria que eles consertassem o que tinha sido partido, da forma como Clover esperava.

— Andem logo — instruiu Selandyn, fazendo um gesto para a porta que os levaria até a Baía de Dovermere.

— Professora... mas e você? Não pode ficar aqui para sempre.

— Para sempre, não. Mas há no campus outros alunos nascidos no eclipse, estrangeiros que vieram até aqui para um mês de celebrações acadêmicas e, em vez disso, encontraram brutalidade e um interrogatório. Eles precisam de solidariedade mais do que nunca. Não posso abandoná-los.

— Mas... em algum momento os Reguladores vão acabar passando pelas proteções.

Mesmo que tenham que obrigar um dos nascidos no eclipse a ajudá-los a passar pelas barreiras.

— Vou ficar com ela — declarou Nisha. — Posso encontrar os outros nascidos no eclipse, trazê-los para cá. Depois podemos fugir pela porta secreta e encontrar um lugar seguro para nos esconder.

— O Atlas Secreto — disse Vera. — Minha tia Alya vai acolher vocês.

Nisha assentiu.

— Então está decidido.

— Minha querida, depois do que você fez, os Reguladores querem seu pescoço mais do que o meu — argumentou Selandyn. — *Todos vocês* precisam ir.

— Então venha também — disse Baz.

Selandyn riu.

— Ah, Basil — disse ela, dando uma palmadinha carinhosa na bochecha dele. — Acho que meus ossos estão cansados demais para uma aventura como essa. Vou ser mais útil ficando aqui. Como eu disse, não vou abandonar os alunos da Casa Eclipse.

— Então eu fico — ofereceu-se Rusli. — Eu tenho algumas estratégias para passar despercebido. Posso tentar encontrar os outros.

Os traços dele se transformaram e, de repente, ele não era mais o garoto de Luagua, mas um Regulador uniformizado com o rosto de Drutten. Rusli piscou, interrompendo a ilusão, e tocou o machucado.

— Além disso, tenho um assunto a resolver com o Regulador que fez isso comigo.

Baz não podia negar que o plano parecia bom, mas não conseguia se mexer, parecia não ter forças para isso.

154

Ele tinha passado tanto tempo isolado, observando os outros em ação. Mas aquela era sua chance de finalmente fazer parte da história, de desempenhar um papel, por menor que fosse. Ali estava a chance de se posicionar e lutar pelos nascidos no eclipse, mesmo que ele sentisse que estava *fugindo* do embate.

Baz poderia pelo menos abrir a porta. O resto ficaria para os verdadeiros heróis da história. Juntos, consertariam o que estava partido. Trariam Emory de volta para aquele mundo tão infeliz e o transformariam em um onde ela poderia viver sem precisar esconder quem era de verdade... sem que *todos eles* precisassem ter medo.

Baz voltaria a ver a irmã e reconstituiria sua família destroçada.

A professora Selandyn apertou a mão de Baz, oferecendo a força de que ele tanto precisava.

— Vá, Basil — disse ela, com um sorriso vacilante.

Tenha coragem.

Baz guardou o diário de Clover no bolso e olhou para Kai.

— Acho que nossa história começa aqui.

17

EMORY

Emory ainda vibrava com a força do próprio poder e com a adrenalina que corria em suas veias não mais prateadas, e sim vermelhas. Ela mal notou o corpo inerte de Bryony quando a sra. Amberyl virou-se em sua direção, a postura ameaçadora.

— Isso é culpa sua! — vociferou a Alta Matriarca. — Você matou minha filha.

Emory recuou. Todo o poder que restava dentro dela se esvaía, deixando-a vazia.

— Eu...

Ela olhou para Bryony nos braços da irmã. Pelas Marés. Será que Emory *de fato* a matara?

— Eu estava tentando salvar Bryony...

— Ela ainda está viva — sussurrou Aspen, os olhos marejados. — Ainda está respirando.

Estava respirando, mas seus olhos estavam vidrados.

Todos ao redor começaram a falar ao mesmo tempo, mas Emory não ouvia nenhuma palavra, ofegante e atenta aos vultos que se aproximavam. Os fantasmas atraídos por sua magia a cercavam. Ela sentiu uma pressão no peito e imaginou que, se encarasse a escuridão, se admitisse sua presença, acabaria se despedaçando sob o peso dela.

Emory mal conseguiu se manter de pé enquanto ela e as demais eram guiadas de volta para a casa. O homem mais forte ficou incumbido de levar o corpo inconsciente de Bryony, e a menina foi carregada diretamente para o quarto. As curandeiras foram chamadas e pediram para que lhes dessem sálvia, talvez para impedir o retorno do demônio, supôs Emory. A sra. Amberyl mandou Emory e Romie de volta para seus aposentos. Sua voz, em geral severa e categórica, soara embargada pelo desespero, como se para ela também estivesse sendo um desafio não desabar.

— O que foi aquilo? — pressionou Romie assim que ficou a sós com Emory, seu rosto pálido e aflito. — Pensei que você fosse destruir Wychwood.

Emory sentiu o peso da vergonha, perguntando-se se *de fato* teria entrado em Colapso caso a sra. Amberyl não a tivesse tirado da linha de ley. Mas a Invocadora de Marés não sentira medo algum. O poder que a dominara só fez com que ansiasse por *mais*.

— Foi a linha de ley — balbuciou Emory. — Pareceu expandir meus limites, me impedido de entrar em Colapso.

— Bom, a linha de ley fez mais do que isso.

— Como assim?

Romie a observava com uma cautela que partiu o coração de Emory. Era como se ela achasse que a amiga fosse entrar em Colapso bem ali, ferindo-a como seu pai fizera com outras pessoas tantos anos antes.

— Eu só queria ajudar — insistiu Emory, a voz baixa diante do silêncio de Romie.

Mas, se ela não tivesse tentado tirar Bryony do transe, talvez a jovem feiticeira não tivesse mergulhado no estado de coma em que se encontrava.

A culpa é sua. A culpa é sua. A culpa é sua.

— É melhor a gente descansar — sugeriu Romie, indo para o próprio quarto sem nem sequer olhar para Emory. — Vai saber o que as feiticeiras vão fazer com a gente agora.

Talvez a despedida brusca tivesse doído mais se Emory não quisesse tanto ficar sozinha. Ali, a sós, ela envolveu o próprio corpo com os braços para não desmoronar enquanto os fantasmas disputavam sua atenção. Tudo que conseguiu fazer foi lutar contra as lágrimas.

Assim como em seu pesadelo, os fantasmas a encurralaram em um círculo opressivo, vociferando acusações em uma cacofonia que a lembrava a língua gutural do demônio.

Emory fechou os olhos.

— Não é real, não é real, não é real — sussurrou para si mesma, como se pudesse afastá-los com seu puro desespero.

Um hálito gelado acariciou a lateral de seu pescoço, provocando-lhe um arrepio. Ao se virar, Emory se deparou com o fantasma de Keiran e recuou aos tropeços com a proximidade inesperada.

— Por que você não me deixa em paz? — O sussurro de Emory saiu entrecortado, e ela desistiu de conter as lágrimas, que já escorriam por suas bochechas.

Cada parte de seu ser gritava para que se mexesse, para que empurrasse Keiran, para que fechasse os olhos e rezasse para que as Marés levassem os fantasmas embora e assim ela pudesse acordar e perceber que tudo aquilo não passava de um terrível pesadelo.

Mas nem mesmo Emory achava que merecia se safar tão facilmente, ainda mais depois daquela noite. A culpa era dela... pelo que acontecera com Bryony e por tudo que antecedera aquele episódio. Culpa dela. Sempre dela.

Assim como no pesadelo, Emory pensou que talvez o mundo seria um lugar melhor sem ela.

Algo em seu peito se rebelou contra a ideia, porém. Os fantasmas se manifestavam quando ela usava magia porque ela tinha vergonha do que fizera, do que seu poder significava. Da destruição que causava por onde passava.

Tudo que você toca vira pó.

Mas sua magia também fizera o *bem*, não fizera? Nem tudo era culpa de Emory, e ela estava cansada de se diminuir como forma de autopunição. Ela não merecia aquilo. Já tinha se redimido por seus erros e se reprimir não adiantaria, retornar à mediocridade não ajudaria ninguém, muito menos ela.

A mudança de perspectiva foi sentida pelos fantasmas. A expressão nos olhos de Keiran se tornou agressiva. O mesmo aconteceu com os outros. De repente, avançaram contra Emory, atraindo toda a escuridão à espreita na tentativa de sufocá-la, alimentando-se da culpa, da vergonha e de todas as emoções negativas que a consumiam.

Emory não ia permitir mais aquilo.

— *Me deixem em paz!* — berrou ela, atirando um vaso no rosto translúcido de Keiran.

O objeto o atravessou e se espatifou no chão, suscitando no fantasma um sorriso cruel. Emory grunhiu, sentindo-se derrotada, e deixou-se desabar, caindo no chão em meio aos cacos de cerâmica. Segurando as pernas junto ao peito, ela enterrou o rosto nos braços e, aos soluços, se preparou para esperar até que a escuridão fosse embora.

Um pouco depois, quando levantou a cabeça, os fantasmas tinham sumido. A porta de Romie ainda estava fechada, como se ela não tivesse ouvido o grito, o vaso se quebrando ou o pranto de Emory.

Como se tivesse escolhido não ouvir.

Aspen bateu à porta assim que amanheceu.

— As matriarcas decidiram o que fazer com vocês.

Emory sentiu o sangue gelar. As feiticeiras quiseram se livrar dela e de Romie depois da primeira possessão de Bryony; agora, com a garota naquele estado, as duas com certeza estavam perdidas.

Elas seguiram Aspen até o quarto de Bryony. A sra. Amberyl encontrava-se ao lado da cama da filha, os olhos inchados e a boca retorcida em uma careta de preocupação. A pequena mão de Bryony estava entre as da mãe. Com os olhos fechados e o peito subindo e descendo devagar, a garota parecia estar dormindo.

— Ela vai ficar bem? — perguntou Romie.

Aspen estava séria.

— Não sei. A consciência dela está presa no plano astral. É impossível saber se ela vai conseguir voltar ao corpo.

Emory pensou que aquilo era muito parecido com o que acontecia com aqueles que caíam em um sono eterno em seu próprio mundo: Sonhadores cujas consciências se perdiam na esfera dos sonhos, deixando seus corpos no mundo real em um estado semelhante a um coma.

A sra. Amberyl virou-se para Emory com uma expressão indecifrável.

— O que acha que aconteceu na floresta?

Emory não sabia ao certo como responder. Queria se defender, explicar que tentara salvar Bryony do demônio, mas, em vez disso, falou:

— Acho que vocês têm razão ao pensar que a floresta está morrendo por nossa causa. Não sei o que podemos ter acordado no espaço entre os mundos, nem o que possuiu Bryony. Mas é a mesma coisa. E está procurando por *mim*.

Invocadora de Marés, dissera a coisa ao avistar as veias prateadas de Emory. A sede naquelas palavras, a forma como o demônio parecia *ansiar* pela magia dela, alucinado com a possibilidade de alcançar tal poder.

— Bryony contou a história das gêmeas e do demônio? — perguntou a sra. Amberyl.

Emory hesitou.

— Contou. E falou que a senhora acha que somos demônios que vieram ludibriar vocês.

— Foi uma mentira criada para esconder uma verdade mais sombria — disse a sra. Amberyl. — A verdadeira história é que, muito tempo atrás, duas feiticeiras gêmeas *de fato* receberam a marca da Escultora, algo anômalo para nossas tradições. Segundo elas, apenas uma feiticeira costuma ter essa honra. Elas se chamavam Asphodel e Oleander. Certo dia, um forasteiro com uma marca em espiral como a de vocês apareceu sem explicação. A vinda dele abriu a porta para que os demônios escapassem do submundo e corrompessem nossa floresta, fazendo-a morrer, apodrecendo exatamente como está acontecendo agora. O forasteiro convenceu a mais impressionável das irmãs, Asphodel, de que deveriam viajar pelos mundos juntos, a fim de pedir aos deuses no coração de todas as coisas que curassem nossos mundos em decadência. Oleander, a outra irmã, permaneceu aqui, atuando como ponte entre Wychwood e a gêmea que partiu em viagem, contando com sua habilidade de perscrutar a mente da irmã. Asphodel sempre teve a intenção de voltar, mas nunca retornou de fato, nem mesmo depois que a decomposição parou e os demônios retornaram para o submundo. Oleander não conseguia mais sentir a essência da irmã gêmea, não se comunicava mais com ela por meio da perscrutação. Tentou ir atrás dela, mas descobriu que não conseguia atravessar a porta. Asphodel tinha se perdido para sempre e restava a Oleander amaldiçoar o forasteiro que a tinha levado para a própria morte. Ele era mesmo um demônio ardiloso. Oleander jurou que nunca mais deixaria uma de nós ser tentada a deixar Wychwood. Ela escondeu a verdade em seus diários e ocultou todas as evidências de portas para outros mundos, até de outras matriarcas. A única pessoa para quem contou isso foi sua sucessora. E assim o segredo foi passado de Alta Matriarca para Alta Matriarca.

A sra. Amberyl voltou-se para Aspen com um olhar suplicante.

— Algum dia, eu iria contar a verdade a você. Mas então encontramos duas garotas forasteiras praticamente afogadas na cachoeira, a floresta começou a se deteriorar, sua irmã ascendeu com a marca da Escultora e apresentou sinais de possessão demoníaca. Foi aí que eu soube que o passado estava se repetindo e jurei que não deixaria minhas filhas terem o mesmo fim. Todo mundo acreditava que o problema estava na possessão de Bryony, mas eu sabia que a origem dele estava em vocês — continuou a sra. Amberyl com um olhar de desprezo para Emory e Romie. — Eu sabia que a vinda de vocês até aqui significava que tentariam convencer minhas filhas a segui-las até o coração de todas as coisas, assim como fez o forasteiro com as duas irmãs.

Assim como o erudito da história de Clover, que atravessou mundos e convenceu uma feiticeira, uma guerreira e um guardião a segui-lo até o mar de cinzas, onde todos os seus destinos foram selados.

Forasteira, erudita: aquela era Emory. E talvez a coisa que tinham despertado na esfera dos sonhos, a mesma que estava tentando escapar ao possuir Bryony, fosse o terrível monstro do mar de cinzas em busca de vingança.

— Eu me esforcei tanto para manter minhas filhas longe do mal, mas o mal as encontrou mesmo assim — desabafou a sra. Amberyl. — A mente de uma delas está perdida no plano astral, e a outra talvez seja a única capaz de salvar nossa floresta agonizante e talvez até o universo como um todo. Eu vi em minha perscrutação que essa doença está se espalhando pelos mundos. Isso me apavora. — Ela olhou para Emory. — Consigo sentir você nos limites da minha mente. Isso é o que eu não queria que você visse. Mas posso mostrar para você agora, se quiser.

Emory estava relutante em usar magia tão cedo depois do que acontecera. Ela olhou para Romie, esperando um sinal de incentivo, mas não encontrou nada além de receio.

Mesmo temendo o próprio poder e os fantasmas que viriam a seu encontro, Emory recorreu à magia memorista, convencendo-se de que seria seguro usá-la por estar longe da linha de ley. Ela suspirou quando a pressão em suas veias enfraqueceu. Felizmente, daquela vez a mente da sra. Amberyl estava aberta para ela. Assim que Emory tentou, imagens surgiram entre elas:

Um mar revolto inundando uma praia que lhe era familiar. Uma floresta em decomposição. Uma terra árida e gélida imersa na semiescuridão de um sol lânguido. Um céu repleto de tempestades atípicas. Um mundo reduzido a cinzas onde um pequeno lampejo de esperança ainda resplandecia como uma tocha em meio à escuridão sufocante.

Emory desfez a magia bem no instante em que as barreiras da mente da sra. Amberyl voltaram a se erguer, expulsando-a. Ela sentia o coração disparado. Sua própria escuridão veio pairar sobre ela, embora não como fantasmas... Dessa vez eram apenas vozes acusatórias sussurrando em seus ouvidos, uma onda avassaladora que queria afogá-la. Emory cambaleou e cobriu os ouvidos com as mãos.

Nada disso é real, nada disso é real, nada disso é real.

— Em. — A voz familiar de Romie venceu as outras vozes que a atormentavam. Ela observava Emory com consternação. — O que você viu?

Emory não sabia o que era pior: a visão sombria da sra. Amberyl ou os gritos assombrosos em seus ouvidos. De repente, ocorreu-lhe que talvez tudo estivesse interligado. Talvez a escuridão provocada por sua magia estivesse ligada à morte que estava varrendo os mundos. Com a respiração trêmula, ela disse:

— A resposta para consertar tudo isso está no coração de todas as coisas. Na nossa ida ao mar de cinzas.

Como Romie sempre dissera.

— Você escondeu isso de mim — acusou Aspen, dirigindo-se à mãe com a voz trêmula de fúria. — Eu tenho ouvido o chamado dos outros mundos desde a minha ascensão, e você me fez pensar que era *blasfêmia*. Mas era você que estava escondendo a verdade de mim esse tempo todo. — Ela enxugou uma lágrima de raiva. — Por que me despreza tanto?

— Aspen...

— Você teria preferido se livrar de Emory e Romie e deixar nosso mundo apodrecer em vez de acreditar por um minuto que eu conseguiria nos salvar.

— Eu não desprezo você. Eu estava tentando te proteger.

Aspen soltou um riso de desdém.

— Que grande ideia. Se você tivesse me contado a verdade quando Emory e Romie chegaram, nós três poderíamos ter ido embora de Wychwood antes que Bryony ficasse assim. Eu poderia tê-la salvado.

O tom desolado de Aspen pareceu penetrar a carapaça da sra. Amberyl, e algo na postura da Alta Matriarca mudou.

— Eu sinto muito — sussurrou ela. — Pensei que estava fazendo o melhor para vocês.

— Mas não estava.

Emory sentiu uma onda de empatia pela sra. Amberyl. A Alta Matriarca só queria salvar as filhas, ainda que aquilo significasse arriscar o próprio povo, o mundo inteiro. Ela preferia ver Wychwood reduzida a pó a sacrificar qualquer uma das filhas. Duas vidas acima de um mundo inteiro... acima de *vários mundos*, se a visão dela fosse real.

Por um lado, era uma decisão egoísta e cruel, mas Emory conseguia enxergar o que havia por trás: uma mãe protegendo as filhas como podia. Uma parte de Emory desejou saber o que era contar com uma proteção tão ferrenha em vez de uma mãe que se importava tão pouco que simplesmente a abandonara.

Aspen olhou de Emory para Romie, seu queixo erguido com determinação.

— Eu vou partir com vocês em busca dessa porta e de todas que vierem depois.

— Aspen...

— Não, mãe. Você não vai me impedir. Você piorou tudo, agora cabe a mim consertar as coisas. — Aspen se sentou ao lado de Bryony e, com muito carinho, colocou uma mecha do cabelo da irmã atrás da orelha. — Talvez a essência de Bryony seja devolvida ao seu corpo se conseguirmos salvar a floresta.

Romie virou-se para Emory com expectativa.

— Precisamos de você, Em. Você é a chave, a erudita da história. Não podemos viajar pelos mundos sem você.

Tudo em Emory queria dizer não. Ela desejava apenas encontrar a porta de volta para casa, fugindo daqueles fantasmas e também das feiticeiras, que poderiam lidar com os próprios problemas. Mas a visão da sra. Amberyl a assombrava. Aquela praia tão familiar engolida pela água, como se as marés estivessem fora de controle, como se sua ligação com a lua estivesse distorcida e corrompida. Se a podridão estivesse se espalhando daquela forma, talvez elas nem sequer tivessem um mundo para onde voltar.

A menos que ajudassem a salvá-lo.

E talvez, fazendo isso, os fantasmas que assombravam Emory finalmente a deixassem em paz.

18

KAI

A maré estava baixa quando chegaram à baía, o que possibilitou um acesso tranquilo a Dovermere. Como a maré vinha se mostrando imprevisível, aquilo veio uma bênção, a única coisa boa em um dia tão tenebroso.

A atração de Dovermere era inegável, fascinando Kai com uma ânsia impossível de ser ignorada. Em sua mente, ele ouvia a voz de Selandyn misturada com a da umbra de seus pesadelos, ambas falando aquela língua arcaica.

Abram a porta.

Apesar da sirene de alerta que soava em seus ouvidos e da sensação de que havia alguma coisa esperando por ele na escuridão das cavernas, Kai avançava com determinação e sem hesitar.

De qualquer forma, já não havia como voltar atrás.

Em seu encalço, Baz ainda discutia com Nisha e Vera sobre a necessidade de as duas estarem ali.

— Se vocês vão atravessar a porta para outros mundos, eu vou também — insistiu Nisha. — Sou tão fã de *Canção dos deuses afogados* quanto você.

— Isso aqui não é uma aventura divertida na qual estamos embarcando de bom grado — advertiu Baz. — Não sabemos o que nos aguarda do outro lado da Ampulheta, muito menos se vamos conseguir *sobreviver*.

— Vamos sobreviver, sim — disse Vera, com uma certeza infundada.

— Não tem como termos certeza. Não somos Invocadores de Marés. Se o sangue de Emory é a única coisa que permite que ela atravesse mundos ilesa e não fique como Travers e Lia...

Baz não concluiu o que ia dizer, mas era fácil acompanhar seu raciocínio. Um cadáver emaciado. Uma boca carbonizada sem língua. Aquilo era o que acontecia com aqueles que não eram Invocadores de Marés e que não conseguiam se deslocar entre os mundos. Travers e Lia tinham sido cuspidos de volta apenas para que suas magias distorcidas os corroessem de dentro para fora.

— Mas a presença de Kai não pode nos proteger da mesma forma que a de Emory? — indagou Nisha. — Considerando o fato de que ele é mencionado no epílogo como uma das peças-chave que podem cruzar mundos...

— Romie também era — retrucou Kai —, e isso não adiantou de nada para salvar os amigos de vocês.

Ele não queria ser responsabilizado caso as coisas dessem errado.

— Mas e isso aqui?

Todos olharam para Vera quando ela mostrou a bússola que Baz encontrara perto do corpo de Keiran naquelas mesmas cavernas. Vera quase a arrancara da mão de Baz ao vê-la pela primeira vez. "Era de Adriana", dissera ela, maravilhada. "A gravação na parte de trás, AS, significa Atlas Secreto. A bússola era passada de geração em geração na família Kazan, e Adriana foi a irmã sortuda que a recebeu."

— O que que tem? — perguntou Kai, sem entender a utilidade daquela quinquilharia. — Nem sequer funciona.

— Eu sei, mas minha família sempre teve uma superstição com isso, sempre foi um talismã contra a má sorte. Minha avó deu para Adriana para protegê-la nas viagens, e se Adriana a deixou com Emory antes de partir em busca do epílogo... Acho que pode ser importante — disse Vera, colocando a corrente no pescoço. — Talvez nos mantenha a salvo.

— Arriscar nossa vida com base em todas essas suposições não me parece seguro — resmungou Baz.

— Olha, a gente pode ficar aqui para sempre tentando prever o que vai acontecer — interveio Nisha —, mas não vamos saber se não arriscarmos. E o fato é que, a essa altura, não temos escolha. Então, se as Marés quiserem, vamos estar a salvo...

— Ou vamos todos ter mortes horrendas — concluiu Vera em tom alegre e descontraído. — Eu, particularmente, prefiro correr o risco de atravessar a porta a ter que lidar com os Reguladores. E, se algo der errado, Baz pode retroceder o tempo, não é?

Baz resmungou baixinho, desgostoso com as probabilidades e com o peso da tarefa que Vera estava impondo a ele. Mesmo assim, os quatro continuaram a avançar pelas cavernas. Nisha tinha razão; eles não tinham alternativa.

Quando chegaram à Garganta da Besta, a Ampulheta atraiu Kai da forma agourenta que já era habitual. Ele olhou para Baz, que analisava a curiosa formação rochosa como se fosse um inimigo colossal a ser derrotado. O Cronomago encarou Kai e engoliu em seco, temeroso.

— Você consegue — disse Kai, de uma forma que apenas Baz pudesse ouvir, tentando expressar o quanto acreditava no amigo.

Se ao menos ele conseguisse fazer com que Baz se enxergasse da mesma forma como Kai o via: sua força, o poder que irradiava dele com tanta facilidade, sem nem perceber.

Baz voltou-se para a Ampulheta outra vez. Algo tinha se transformado em seu peito. Ele aprumou os ombros e respirou fundo. Despiu-se dos medos como se aquilo fosse um pesadelo e Kai os tivesse absorvido.

Mas era tudo real. E, enquanto Baz tensionava os fios do tempo em torno da Ampulheta, algo visível apenas a seus olhos, Kai se deixou deslumbrar pela cena, por aquele garoto tão cabeça-dura que não acreditava em si mesmo apesar de ter o poder do *tempo* correndo livremente em suas veias, amplificado após seu Colapso e sob seu total controle.

Ele era grandioso.

Como se fosse muito simples, Baz fez com que a porta voltasse ao momento em que estivera destrancada. A Ampulheta se abriu para outros mundos, e uma escuridão aveludada e salpicada de estrelas se estendeu diante deles, convidando-os a entrar.

Baz olhou para a porta, perplexo.

— Eu consegui — sussurrou ele, virando-se para Kai. — Eu consegui, de verdade.

— Não duvidei nem por um segundo, Brysden.

O olhar dos dois se encontrou e, por um momento, foi como se não existisse mais nada em volta. Mas então o som de uma canção ressoou nos ouvidos de Kai. O Tecelão se voltou para a porta, sedento pela escuridão, ansioso para responder à incontestável força que a caverna exercia sobre ele.

Kai foi o primeiro a passar pela porta, e os outros foram em seguida. No momento seguinte, todos se viram em um caminho estrelado, chapinhando em uma corrente de água rasa que corria pelo chão. O líquido se derramava no breu de ambos os lados do caminho em respingos e pequenas quedas d'água que brilhavam à luz das estrelas.

— Por aqui — disse Kai, já indo na direção em que a água corria.

— Como sabe que é por aí? — questionou Baz, apressando o passo para alcançá-lo.

— A canção vem de lá. — A mesma porcaria de canção que ele ouvia quando dormia ecoava ali, mesmo estando com os olhos bem abertos. Kai olhou de esguelha para Baz. — Você não está ouvindo nada, não é?

Baz balançou a cabeça, parecendo decepcionado. Então Vera gritou:

— Olhem!

A bússola tinha ganhado vida, reluzindo em dourado no escuro. Seus ponteiros rodopiantes se aquietaram, apontando para a mesma direção da canção.

Uma súbita sensação de formigamento rastejou pela nuca de Kai, e o gosto do medo inundou sua boca, tão acentuado que ele pensou que fosse sufocá-lo. Algo se aproximava.

— Brysden…

O resto do alerta morreu na garganta de Kai. A cabeça dele foi jogada para trás quando as sombras se lançaram sobre ele e o prenderam como amarras, preenchendo sua boca aberta até que ele começasse a sufocar. Algo apertou seu pescoço, e garras frias afundaram em sua pele. Uma umbra gigante se ergueu sobre Kai. Um manto de sombras flutuantes se arrastava atrás dela, e no topo de sua cabeça havia uma coroa de obsidiana. Ela não possuía boca, mas sua voz ressoou na mente de Kai. Era arcaica, gutural e melodiosa ao mesmo tempo, como algo que ele já tinha ouvido antes.

Devorador de Medos. Tecelão de Pesadelos. Finalmente veio para me libertar?

Kai se debatia contra a umbra, sentindo-se perder a consciência à medida que as sombras da criatura o engoliam. Ele soube então, sem dúvida alguma, que o que vinha atormentando seus pesadelos era *real*. O pesadelo supremo, uma criatura perante a qual as umbras se curvavam como seu rei.

Se a esfera dos sonhos era um mundo à parte, um universo inteiro ainda a ser explorado, Kai sabia que aquela umbra era seu líder.

Um líder que não queria nada mais que escapar.

19

EMORY

Elas partiram ao meio-dia. Aspen as guiou pela floresta com o mapa das linhas de ley da mãe guardado no bolso. Seguiriam pela linha de ley em espiral para chegar diretamente ao centro, onde, segundo a sra. Amberyl, a porta deveria estar. Depois do que acontecera com Bryony, as três concordaram que era melhor ficar longe das linhas de ley, caso o que quer que a tivesse possuído tentasse repetir o feito.

Emory imaginou que a sra. Amberyl decidiria acompanhá-las ou tentaria convencer Aspen a ficar, mas, pelo visto, ela finalmente confiava na filha para traçar o próprio caminho. Ao se despedirem, Emory acabou ouvindo quando a sra. Amberyl disse que não sairia do lado de Bryony e que por isso não se juntaria às três. Ela se perguntou se, no fundo, a mulher escolhera ficar por autopreservação, porque ver Aspen passar pela porta talvez partisse ainda mais seu coração, fazendo-a se dar conta de que talvez nunca mais voltasse a ver a filha.

"Não se sacrifique muito", dissera a sra. Amberyl, envolvendo Aspen em um abraço apertado.

Sacrifício: aquela era a única coisa que a Alta Matriarca sabia ser necessária para abrir a porta. Emory pensou em Dovermere e no ritual que a Ordem Selênica fazia ao redor da Ampulheta. Um corte na palma da mão, uma oferenda de sangue, um elemento-chave para a magia lunar deles. Um pensamento preocupante lhe ocorreu, mas ela não ousou verbalizá-lo. Não se ele trouxesse o risco de Aspen desistir ou de a sra. Amberyl não permitir que Emory e Romie fossem embora.

Quanto mais adentravam a floresta, pior era a deterioração. As árvores estavam completamente apodrecidas, e o ar era pútrido. Havia carcaças de animais cobertas de larvas pelo chão, com moscas zumbindo em volta como um mau presságio. A morte pairava ao redor delas, e qualquer magia que talvez tivesse prosperado ali algum dia parecia extinta, afetada por aquela mácula.

— Tenho a impressão de que alguma coisa está vigiando a gente — disse Romie em determinado momento, embora não houvesse nada além das três e da floresta moribunda por quilômetros ao redor.

Aspen sobressaltou-se com o comentário, franzindo a testa.

— Então vocês também estão sentindo isso?

Emory estremeceu.

— Vamos continuar.

Ela estava com a mesma sensação de que havia uma presença próxima, como um predador à espreita. Emory pensou no demônio que possuíra Bryony e se perguntou se ele não teria escapado de alguma forma, esgueirando-se para aquele mundo para se apossar delas.

Por estarem tão apreensivas, acampar à noite na floresta sinistra parecia o prenúncio de um pesadelo extremamente real. Mesmo com a fogueira feita por Aspen — depois de muito esforço, já que todos os tocos de madeira pelo caminho estavam arruinados pela podridão —, as três se assustavam ao menor ruído, virando-se para investigar a escuridão à luz da fogueira.

Enquanto jantavam queijo e pão, Emory percebeu que Romie olhava de relance para ela. A amiga fizera isso o dia inteiro, como se estivesse monitorando todos os seus movimentos.

— Tá bom, já chega! — exaltou-se Emory.

— Que foi? — perguntou Romie, de boca cheia.

— Você está me encarando como se eu tivesse uma segunda cabeça ou como se eu fosse entrar em combustão a qualquer momento.

Romie continuou mastigando em silêncio, como se para adiar a resposta.

— Acho que ainda estou tentando entender por que você não entrou em Colapso. — Sua atenção estava fixa nos pulsos de Emory e em suas veias azuladas. — Eu vi o sangue prateado. Era evidente que o Colapso *viria*.

Foi a vez de Emory de ficar em silêncio. Ela andava pensando naquilo sem parar e só encontrara uma explicação:

— Acho que não entrei em Colapso porque estava sobre a linha de ley. Como se a linha tivesse me emprestado um pouco de poder ou sei lá.

— É. Sei lá — ecoou Romie, com a voz carregada de suspeita, estudando Emory com desconfiança. — E se você usar magia agora que estamos fora da linha de ley? Acha que vai ultrapassar seus limites?

— Eu usei a magia memorista ontem e não tive problemas.

Romie arqueou uma sobrancelha.

— Não teve problemas? Você cobriu os ouvidos e pareceu estar sofrendo o pior tipo de tortura possível. E não é a primeira vez que fica superestranha depois de usar magia.

Então a amiga tinha percebido. Emory suspirou e decidiu contar parte da verdade.

— Depois da linha de ley, de toda aquela magia... eu comecei a ver fantasmas.

— Fantasmas?

— Eu supus que fosse por causa da magia do além, pensei que os tivesse conjurado sem querer. Achei até que podia estar imaginando coisas. Não sei. Mas está tudo sob controle.

— Está mesmo? — repetiu Romie, com uma risada descrente. — Pelas Marés, Emory, você não entendeu o que fez.

Emory sentiu-se ruborizar. De repente, foi como se ela tivesse voltado no tempo e fosse outra vez uma Curandeira medíocre vivendo à sombra de Romie. Mas é óbvio que as coisas estavam diferentes, uma vez que ela descobrira ser uma Invocadora de Marés, uma nascida no eclipse que poderia entrar em Colapso a qualquer momento, assim como acontecera com o próprio pai de Romie. Então a ficha de Emory caiu. É óbvio que Romie estava reticente com ela. Não era para menos... Não depois de tudo que tinha acontecido após o Colapso do pai e de ver Emory quase entrar em Colapso, igual a ele.

Ainda assim, toda aquela desconfiança a magoava mais do que ela conseguia explicar. Emory foi tomada por uma necessidade desesperadora de provar que era capaz, mas o medo a impediu de invocar magia ali na floresta, tão perto da linha de ley que estavam seguindo.

Romie a observava com atenção, aguardando com expectativa, mas Emory não encontrou as palavras pelas quais a amiga esperava. Romie contraiu os lábios, deu as costas para o fogo e disse:

— Vou dormir.

Elas estavam lado a lado agora, mas a distância entre as duas parecia maior do que quando estavam a mundos de distância.

As brasas da fogueira estavam quase se apagando quando Emory acordou de súbito. Um choro suave permeava a escuridão. A princípio, Emory achou que fosse o sopro das folhas ao vento ou um tremor dos galhos, mas então ela viu o rosto de Aspen iluminado pela luz tênue. Os olhos da garota estavam abertos, e lágrimas marcavam suas bochechas.

Emory se apoiou sobre um cotovelo.

— Está tudo bem?

Aspen esfregou os olhos furiosamente.

— Está — respondeu, em tom brusco.

Mas, assim que Emory voltou a se deitar para que a garota tivesse um pouco de privacidade, a feiticeira voltou a falar. A voz soou tão baixa que mal dava para ouvi-la.

— Ela era a melhor coisa da minha vida. Foi tudo minha culpa. Eu devia ter imaginado que viriam atrás dela, devia ter me esforçado mais para protegê-la. Eu não devia… Não devia ter…

Emory sentiu um aperto no peito ao ouvir os soluços abafados de Aspen. Ambas sabiam que não havia nada que ela pudesse ter feito para prevenir o que acontecera com Bryony.

Emory queria ter dito isso, mas ficou em silêncio. Ela mesma estava muito familiarizada com o sentimento de culpa, sabia que tais palavras não acalmariam Aspen. Disse apenas:

— No meu mundo, antes de vir para cá, algumas pessoas morreram por minha causa. Eu carrego essa culpa comigo desde então. Penso em todas as coisas que eu poderia ter feito diferente, fico repassando aqueles momentos na cabeça. Algumas vezes… algumas vezes desejo que tivesse sido eu em vez deles. — Ela sentiu um nó na garganta ao engolir, surpresa com a própria confissão e com o quanto aquelas palavras eram verdadeiras. — Mas eu aprendi, ou *ainda estou aprendendo*, que não devemos nos culpar por coisas que não estão sob o nosso controle.

Sua fala serviu tanto para si quanto para Aspen. Por muito tempo, Emory desejara ouvir aquelas exatas palavras, desejara que alguém a absolvesse das mortes que carregava nos ombros, mas a única pessoa que tinha tal poder de absolvição e perdão era ela mesma.

Sim, tudo tinha começado quando ela entrou em Dovermere e despertou seus poderes de Invocadora de Marés. Mas o que viera depois... Ela não sabia que estar em Dovermere atrairia Travers e Lia de volta para um fim tão cruel. Fizera o que podia para evitar que Jordyn tivesse o mesmo destino, mas não podia ter previsto que ele se transformaria em uma umbra.

Ela não foi a pessoa que cravou a faca no pescoço de Lizaveta.

E Keiran...

Emory se lembrou do breve momento na esfera dos sonhos quando o garoto foi atacado pelas umbras, quando ela ainda poderia ter feito alguma coisa para ajudá-lo. Do olhar de desespero e súplica de Keiran. Do nome dela em sua boca.

Talvez ela devesse tê-lo salvado, evitado que pelo menos o sangue dele manchasse suas mãos. Mas Emory não iria se permitir sentir culpa por aquela morte. Não quando ajudar Keiran certamente teria significado seu próprio fim, não quando o fantasma dele ainda a perseguia.

Mas Emory não tinha *visto* o fantasma dele, ou qualquer outro, na última vez em que usara magia. Apenas os ouvira. Talvez seus fantasmas estivessem ligados apenas à culpa, não à magia em si. Talvez bastasse o perdão próprio para que eles sumissem.

Emory pensou que Aspen tinha adormecido até que a ouviu murmurar:

— Também não culpo você.

ROMIE

Não conseguir mais sentir a presença sinistra na esfera dos sonhos era mais preocupante do que o fato de Emory ignorar completamente o que fizera na linha de ley... a forma como tinha drenado a magia dos sonhos de Romie.

Romie se recuperara rápido. Depois de cair em sono profundo naquela noite, já estava se sentindo nova em folha pela manhã. Seu receio em relação a Emory, no entanto, não tinha se resolvido com a mesma facilidade. Como a Invocadora de Marés parecia não fazer ideia do que tinha acontecido, Romie não disse nada e chegou a considerar a possibilidade de ter imaginado tudo. Romie não era de *se questionar*. Nunca. Mas a dúvida invadiu sua mente, intensificada pela relutância em acreditar que Emory seria capaz de feri-la daquela maneira. Pelo menos não de propósito.

Talvez o que ela sentira na linha de ley fosse causado não por Emory, mas pelo próprio demônio que a amiga enfrentara.

Romie se deu conta de que o exorcismo de Bryony coincidia com o sumiço do que quer que estivesse à espreita na escuridão das estrelas. Ela estava começando a suspeitar de que, assim como a esfera dos sonhos e o plano astral, aquilo tratava de uma coisa só. Caso tivesse escapado, a coisa poderia estar seguindo-as naquele momento.

Por isso, ela não poderia ter ficado mais aliviada por terem encontrado a porta.

Mesmo sem as orientações da sra. Amberyl, Romie saberia que estavam perto só pela sensação. As três se depararam com um teixo gigantesco, maior do que aquele onde as feiticeiras realizavam seus sepultamentos. Estava parcialmente desenraizado, com as raízes de um lado trançadas de uma forma que lembrava um ciclone: uma espiral de raízes tão antigas que estavam quase lisas pela erosão. Elas se estendiam até um tronco de árvore oco cujo interior era tão escuro que era impossível determinar a profundidade.

Romie foi a primeira a ir em direção à árvore, olhando para as outras duas por cima do ombro.

— Vocês não vêm?

Uma estranha sensação de déjà-vu tomou conta dela. De repente, ela estava na Baía de Dovermere, fingindo coragem diante dos outros iniciados da Ordem Selênica que viriam a padecer na Garganta da Besta. Ela afastou a lembrança enquanto as três entravam no tronco oco da árvore, mas, à medida que a escuridão ao redor se intensificava, Romie viu que não era a única no meio de um déjà-vu. Ao lado dela, Emory estava ofegante, e Romie entendeu o porquê.

A escuridão gelada...

Era como se estivessem de volta à Dovermere.

Então Aspen acendeu um lampião e iluminou tudo ao redor.

O fantasma de Dovermere desapareceu instantaneamente. Aquele lugar não tinha nada a ver com uma caverna marítima. Não havia paredes de rocha lisa ou poças de água do mar cheias de musgo, mas sim terra batida, raízes finas e trepadeiras emaranhadas umas nas outras, teias de aranha por todos os lados e cogumelos de aparência curiosa crescendo ao redor.

Elas estavam em uma caverna sob o teixo, uma que se aprofundava cada vez mais, formando uma descida acentuada. As três seguiram em silêncio com a lanterna solitária iluminando o caminho adiante. Romie olhou de esguelha para Emory, que fitava o lampião de Aspen como se desejasse ampliar a luz com sua magia. Mas Emory não fez nada. Sem dúvida percebeu, assim como Romie, que elas estavam no centro da linha de ley, onde seu poder seria potencializado.

Para a surpresa de Romie, o ar não foi ficando mais frio, úmido ou rarefeito, e sim mais quente, a ponto de gotas de suor começarem a se formar em sua testa.

Então o chão se nivelou, e elas se viram em uma caverna maior, com paredes diferentes de tudo que Romie já vira: eram grandes colunas de rocha em formato hexagonal e cor de carvão, uma do lado da outra, crescendo à medida que elas se aproximavam da parede, com a impressão de estarem diante de degraus gigantescos que levavam para algum lugar lá em cima. Por toda a caverna, havia pequenas poças fumegantes nas mesmas formações rochosas, como banheiras esculpidas pelo tempo.

— São colunas de basalto — explicou Aspen, correndo a mão pela parede. — São formadas por lava resfriada.

— Tipo em um vulcão? — perguntou Romie, olhando em volta, atônita.

— É. De muito, muito tempo atrás.

Romie supôs que aquilo explicava as poças e o ar abafado.

— Olha!

Emory apontou para uma das colunas mais curtas na parede da outra extremidade, onde via-se uma espiral prateada gravada na rocha escura.

Exatamente como a Ampulheta.

Romie foi até lá, atraída pela marca como a água era atraída pela lua, as abelhas pelo mel e as plantas pela luz do sol. Pronto. Aquela era a porta para o próximo mundo. A passagem para o Mundo Ermo. Romie sentiu o coração bater no ritmo da canção que jurava conseguir ouvir naquele momento e que ressoou mais alto em seus ouvidos quando ela tocou a rocha. A coluna emanava calor, era reconfortante, convidativa, *arrebatadora*.

Aspen se aproximou, colocando a lampião a seus pés e parecendo igualmente fascinada.

— Parece que está me chamando — sussurrou ela. — Consigo sentir em meu âmago que é para lá que devo ir.

— Estou sentindo isso também — disse Romie.

As duas se entreolharam. A canção na alma de Romie atingiu novos patamares. Estar com alguém que sentia o que ela mesma vinha sentindo havia tanto tempo, compartilhar aquele senso de destino com outra pessoa, lhe pareceu algo muito importante. Era como se tudo as tivesse levado até aquele momento, naquele lugar.

Romie tirou a mão da porta.

— Tente abrir.

Aspen não entendeu.

— Como assim?

— A porta em nosso mundo se abriu ao toque de Emory — explicou Romie —, só com a magia contida no sangue dela. Se a chave desta porta tiver sido criada para você, como foi para a feiticeira da história, deve se abrir com a sua magia.

Para frustração geral, em *Canção dos deuses afogados* Clover não oferecera detalhes sobre *como* a feiticeira abriu a porta. O livro dizia apenas que o herói de cada mundo tinha o poder de abrir sua respectiva porta.

Aspen pressionou a mão contra a pedra, relutante. Passou os dedos pelas ranhuras da espiral prateada, franzindo a testa, pensativa. Então começou a puxar a camisa de dentro da saia em movimentos apressados, quase alucinados.

— O que está fazendo? — indagou Emory, fazendo a pergunta que também estava na mente de Romie.

Aspen levantou a lateral da camisa, expondo sua caixa torácica. A cicatriz em espiral em sua pele era idêntica à da rocha em tamanho e estilo. Ela aproximou-se da coluna até encostar nela, encaixando os símbolos.

Sangue, ossos, coração e alma.

As três prenderam a respiração. Aquilo tinha que ser a chave. Uma cicatriz nascida da redisposição dos ossos de Aspen, a marca da Escultora.

A feiticeira era a chave para a porta do mundo das feiticeiras.

Contudo, minutos e segundos se passaram e nada aconteceu. Aspen tentou de novo, ao mesmo tempo em que tentava perscrutar, usando sua magia de todas as formas que sabia, determinada a destrancar a porta. Mas a coluna continuou sendo uma coluna, a rocha não se abriu e revelou uma passagem escura e a chave que pensavam ter encontrado parecia não ser chave alguma.

Aspen soltou um suspiro frustrado.

— Por que não está dando certo?

— Sua mãe não disse que seria preciso algum tipo de sacrifício? — lembrou Emory. — A Ampulheta não se abriu para mim do nada. Foi com meu sangue. E eu não fui a única. Todos os outros membros da Ordem Selênica sangraram também. E se o sangue deles também tiver sido necessário para abrir a porta? O sangue de cada casa lunar em oferenda à porta do nosso mundo, um sacrifício necessário para que fosse aberta. O sangue está ligado à nossa magia da mesma forma que os ossos estão ligados à sua. Se o raciocínio for o mesmo aqui... Talvez seja literal. Talvez o sacrifício tenha a ver com ossos.

Aspen empalideceu.

— Está sugerindo que a gente tire *um osso* dela? — disse Romie. — Como?

E qual deles a garota teria que sacrificar?

Mas, quando Romie olhou para Emory, soube exatamente o que a amiga estava pensando.

A caixa torácica que protege o coração do mundo.

A porta exigiria uma costela.

Romie sentiu vontade de rir diante daquele absurdo. Como tirariam uma costela, ou qualquer osso que fosse, de Aspen sem feri-la? Romie tinha quase certeza de que a magia de cura de Emory não conseguiria regenerar um osso. Mas, se fosse o necessário para abrir a porta...

Elas se entreolharam em um silêncio estupefato.

— Achei vocês.

As três se viraram ao ouvirem a voz assombrosa que soou às suas costas. Uma delas esbarrou no lampião, que se espatifou, e então viram um rosto que era pior do que qualquer pesadelo.

21

BAZ

Baz ficou paralisado de medo enquanto Kai se debatia com balbucios engasgados, como se algo o estivesse sufocando.

— O que está acontecendo? — perguntou Nisha, em pânico.

Kai parecia lutar contra um demônio invisível, e Baz sabia que poderia ser mesmo o caso. Eles se encontravam na esfera dos sonhos, o reino dos sonhos e dos pesadelos. Aquele era o mesmo lugar que Kai vinha tendo dificuldade de distinguir da realidade, sem saber o que era um medo saído dos pesadelos e o que era tangível no mundo real.

Mas aquela cena... Era impossível dizer qual era o horror invisível que Kai estava enfrentando, porém seu sofrimento era nitidamente real.

Baz se recompôs, lembrando-se de outra ocasião em que viu alguém que amava sendo vítima de uma magia inexplicável. E, da mesma forma que ele retrocedera o tempo para conter as habilidades de Invocadora de Marés de Emory na noite em que Travers apareceu na praia, Baz puxou os fios ao redor de Kai, desesperado para levá-lo de volta para o momento antes de aquele pesadelo começar.

Tinha sido fácil invocar sua magia para abrir a porta na Garganta da Besta. Assim que ele se aproximara da Ampulheta, sentira a magia de Dovermere vibrando em harmonia com a sua própria, sussurrando em seu ouvido. *Olá, Cronomago. Estávamos esperando por você.*

O poder que existia em Dovermere sempre parecera vasto e desconhecido para Baz, mas também muito familiar. Era a coisa mais estranha que ele já sentira, mais até que o poder de invocação de marés de Emory ou que o frio na barriga que ele sentia às vezes ao olhar para Kai. Inexplicável, irresistível e apavorante... tudo ao mesmo tempo.

Assim, Baz manuseara os fios do tempo na porta, puxando com cuidado aqueles que compunham o tecido da Ampulheta, a coluna de rocha sólida que se abria em um portal para reinos de infinitas possibilidades. Ele tocara os fios com concentração e extrema delicadeza, como um mecânico desvendando o funcionamento de um relógio complicado.

Esticar. Desemaranhar. Parar e começar de novo. Até que, por fim, ele decifrara os mecanismos da porta e a fizera voltar ao momento em que estivera destrancada, permitindo a passagem para outros mundos. Tinha sido natural e instintivo, como se sua magia existisse com o único propósito de interagir com aquela porta.

Ali, porém, ao tentar repetir o feito, Baz percebeu que o tempo em si dentro da esfera dos sonhos era diferente do que ele conhecia, mais complexo do que os fios presos à porta. Na verdade, nem sequer eram fios distintos. O tempo como um todo era uma trama de fios entrelaçados, padrões intrincados que ele não conseguia entender. Um agrupamento de cores, sensações e sentimentos, de vida e de morte, de *tudo*.

Ali, o tempo era uma língua que ele não falava, indecifrável e incompreensível. Curiosamente, Baz tinha a impressão de que era algo que ele tinha entendido muito tempo antes, uma língua que ele ouvira e usara e da qual se esquecera desde então.

A trama oscilava diante de seus olhos, algo mais escuro repuxando os limites de sua visão. Uma sensação de urgência se apoderou dele. Baz pegou o fio que acreditava estar conectado a Kai e o puxou, liberando sua magia o mais rápido que conseguiu.

Em um piscar de olhos, Kai não estava mais convulsionando e sufocando, mas sim ao lado de Baz, como se os últimos minutos nunca tivessem acontecido.

Ele olhou para Baz, atordoado.

— O que foi isso?! — gritou Vera.

A atenção de Kai se fixou em um ponto atrás de Baz, e seu rosto empalideceu de novo.

— Brysden — chamou ele, em tom de alerta.

Baz virou-se na expectativa de ver o que atormentara Kai. No entanto, diferentemente do primeiro pesadelo, que tinha sido invisível, o que estava diante deles com certeza não era.

Três pessoas tinham atravessado a porta ainda aberta e agora lhes faziam companhia no espaço entre as estrelas.

Em um primeiro momento, pensando que fossem umbras, Baz segurou o braço de Kai em um apelo silencioso. Mas ele estava enganado.

— Imaginei que estariam aqui — disse Artem Orlov.

Tinha uma expressão triunfante e desvairada. Ele abriu um sorriso de desdém, alternando o olhar entre Baz, Kai e Nisha.

— Zenara. Não posso dizer que estou surpreso ao ver você com eles. Sempre achei sua lealdade à Ordem pouco convincente, ainda mais depois que a menina Brysden morreu. Você e Virgil realmente pensaram que conseguiriam me enganar.

— O que você fez com ele? — perguntou Nisha.

Baz não entendeu a pergunta em um primeiro momento, então reparou em quem eram as outras duas pessoas que vinham atrás de Artem. O primeiro era Virgil Dade, com uma expressão vazia que só podia significar que Artem usara sua magia encantadora nele. E a outra pessoa, igualmente encantada, era uma mulher de trinta e poucos anos que Baz reconheceu. Freyia Lündt. A Reanimadora.

Baz viu também que Virgil e Freyia estavam carregando alguma coisa: uma maca em cima da qual havia um corpo em um saco.

— Podem colocá-lo no chão — ordenou Artem.

Virgil e Freyia obedeceram sem pestanejar, acomodando o corpo entre eles no caminho estrelado.

— Não foi tão ruim assim, foi? Podem falar agora — autorizou Artem com um gesto, como se só então tivesse lhe ocorrido aquela ideia. — Mas sem se mexer, sem usar magia. Isso vale para todos.

Baz sentiu a magia encantadora se instalando, congelando-o no lugar. Por mais que tentasse, ele não conseguia acessar sua magia. Virgil piscou depressa e, quando o olhar distante deixou seu rosto, ele voltou-se para Artem, furioso.

— Vou matar você — ameaçou ele, cerrando os dentes. Depois virou-se para Baz e os outros: — Ele libertou a Reanimadora e a obrigou a usar magia em Lizaveta, e agora ele...

— Não se atreva a dizer o nome da minha irmã! — exaltou-se Artem, chegando perigosamente perto do rosto de Virgil.

Um grito engasgado parecido com uma gargalhada escapou da garganta de Virgil.

— Você só a matou de novo.

— O que você fez, Artem? — perguntou Nisha, com uma voz frágil e horrorizada.

Seu foco desviou de Artem para o cadáver, e ela compreendeu de quem era o corpo. Um lampejo do que parecia vergonha ou tristeza iluminou os olhos tresloucados de Artem.

— Tentei trazer Liza de volta. — Ele olhou para Freyia com repulsa. — Essa escória do eclipse entrou em Colapso, então imaginei que sua magia ilimitada funcionaria. Mas parece que seu poder não era tão ilimitado assim.

A Reanimadora fechou os olhos, e uma lágrima escorreu por sua bochecha.

— Eu avisei que não daria certo. Os mortos devem permanecer mortos.

Artem soltou uma risada maníaca.

— Ah, é? Então será que você pode me explicar por que matou todas aquelas pessoas para fazer experiências com cadáveres?

— Eu *nunca* tirei uma vida que já não estivesse morrendo ou que não estivesse tão comprometida que mal estivesse vivendo — defendeu-se Freyia, ferozmente. — Criminosos e assassinos, gente do pior tipo. Doentes terminais a horas da morte, a quem eu oferecia um pequeno ato de bondade antes de...

— Antes de trazê-los de volta como cadáveres sem alma? — insistiu Artem. — Você quis brincar de ser Deus, quis aperfeiçoar seu dom doentio e antinatural. Se quer que os mortos permaneçam mortos, para que trazê-los de volta?

Freyia engoliu em seco.

— Eu trouxe meu marido de volta — disse ela em um sussurro quase inaudível. — Eu o revivi depois que ele foi assassinado. Quando voltou, sua magia ceifadora estava deturpada. Ele... ele não conseguia controlá-la e, por acidente, nosso filho foi morto. Eu entrei em Colapso tentando trazê-lo de volta e consertar meu marido ao mesmo tempo. Quando meu filho voltou, não passava de uma casca vazia. Meu marido definhou de dentro para fora, como se a própria magia ceifadora o estivesse matando. E de fato o matou, e daquela vez foi para sempre. Ficamos só meu filho e eu. Ele mal tinha dois anos de idade e não estava mais vivo do que uma boneca de porcelana. Fugi com ele, não conseguia me despedir. Pensei que, talvez, se conseguisse aperfeiçoar a reanimação, se eu tentasse vezes suficientes até conseguir trazer alguém de volta da maneira correta, com a alma intacta, eu poderia fazer o mesmo com meu filho.

Freyia soltou um suspiro e continuou.

— Mas eu nunca consegui. Mesmo quando meus poderes se expandiram depois do meu Colapso, nunca consegui trazê-los de volta como eram. E meu filho... A segunda vida que proporcionei a ele, que na verdade mal poderia ser chamada de vida, se esgotou. — Ela encarou Artem com um olhar implacável. — Então, sim, aprendi a lição da pior maneira possível. Os mortos devem continuar mortos. Você viu o que aconteceu com sua irmã. Não vai ser diferente com seu amigo.

— Vai, sim — insistiu Artem. Ele apontou para a amplitude estrelada ao redor. — Aqui os limites do que é possível são expandidos. A magia se torna infinita, o poder não fica preso às restrições comuns. Ou era o que ele achava. Então você vai trazê-lo de volta *inteiro*, com alma e tudo. Não apenas um cadáver vazio.

Baz estremeceu ao ouvir aquelas palavras.

— Artem, de quem você está falando? — perguntou Nisha, olhando para o corpo ensacado.

Em resposta, Artem abriu o zíper. Não era Lizaveta, mas outro rosto conhecido, morbidamente pálido e imóvel, mas perfeitamente preservado como se tivesse sido mantido no gelo.

Baz quis recuar, mas a magia encantadora de Artem o impedia. Só podia ser um pesadelo. Era a manifestação de seus piores medos criada pelas umbras, que ele tinha certeza de que estavam à espreita na escuridão, pregando peças em sua mente.

Keiran Dunhall Thornby tinha morrido nos braços de Baz. Ele fora ao funeral, vira o corpo ser enterrado a dois metros de profundidade. No entanto, lá estava Keiran, ainda morto (quanto a isso não havia dúvida), mas talvez não por muito tempo.

— Você não pode estar falando sério — retorquiu Baz, sem acreditar que Artem chegaria a tanto para trazer Keiran de volta.

Ao olhar para Artem, porém, Baz conseguiu identificar a intensidade da dor que o assolava e, em algum lugar de seu coração, sentiu pena do Regulador.

Artem estava sozinho. Sua irmã morrera, seu melhor amigo também. Todas as pessoas que ele tinha como família haviam partido.

Algumas delas por causa de Baz.

183

— Isso tudo começou com você, Cronomago — acusou Artem, como se estivesse pensando a mesma coisa —, quando seu Colapso roubou nossas famílias. A minha e a de Lizaveta, além da de Keiran. — Diante da expressão atônita de Baz, ele acrescentou: — Pois é, eu sei que o Colapso foi seu. Keiran já tinha começado a juntar as peças. Depois que vi você abrir a Ampulheta, tive certeza.

Um pedido de desculpas morreu na boca de Baz quando Artem continuou:

— Se a magia da Reanimadora não trouxer Keiran de volta, a sua vai trazer. — Seu olhar deslizou para o sigilo do eclipse na mão de Baz, e Artem fez uma expressão de nojo. — Pelo menos vocês, imundos amaldiçoados, vão ser úteis para alguma coisa.

— Como você é patético. — Kai riu. — Não é de se admirar que tenha perdido tanta gente. Lizaveta, Keiran, *Far…*

— Como se atreve a mencionar o nome deles? — Artem foi para cima de Kai como se quisesse enforcá-lo. — Tudo pode muito bem ter começado com você também, Salonga. Depois de você ter enchido a cabeça de Farran com essa idiotice de que "as Marés e a Sombra são aliados"…

— Do que está falando?

Farran Caine… o garoto que Kai namorava quando estudava em Trevelyan. Baz só tinha ouvido Kai dizer aquele nome *uma vez*, mas se lembrava muito bem. A julgar pelo ódio no semblante de Kai, ainda era um assunto delicado para ele.

— Não finja que não sabe — rebateu Artem.

— A única coisa que sei é que ele escolheu a sua laia em vez de mim, e olha só como isso terminou.

Artem agarrou Kai pela camisa. As veias em sua têmpora saltaram.

— Parem com isso — pediu Baz. — Por favor.

Com uma careta, Artem soltou Kai.

— Pelo menos eu não vou ter perdido *todo mundo*. Não quando Keiran voltar.

— Não me obrigue a fazer isso — suplicou Freyia.

Artem a fitou e ordenou:

— Traga ele de volta.

Impotente contra a magia encantadora, Freyia se ajoelhou ao lado do cadáver de Keiran. Lágrimas escorriam pelas bochechas da mulher, mesmo quando sua expressão tornou-se vidrada. Ela era uma marionete cujas cordas estavam sendo manipuladas contra sua vontade. Naquele momento, todos eram marionetes, obrigados a assistir sem poder fazer nada para impedir algo tão torpe.

Baz esperava que uma luz prateada fosse inundar a esfera dos sonhos, mas nada prata brilhou sob a pele de Freyia, já que seu Colapso tinha acontecido havia muito tempo. O único sinal de sua magia era a leve vibração entre ela e o cadáver de Keiran.

E então, inacreditavelmente, Keiran arfou, tomando fôlego, e seus olhos se abriram para a vastidão escura acima dele. A vida começou a retornar às suas feições pálidas, e ele parecia estar acordando de um cochilo, vivo, vivo, tão vivo que Baz pensou que Freyia talvez tivesse tido êxito daquela vez.

Então ele ouviu Kai ofegar a seu lado.

— Tem algo errado — observou o Tecelão de Pesadelos.

Baz viu com os próprios olhos: a escuridão se acumulou acima de Keiran, pairando como se estivesse aguardando, ficando cada vez mais densa até se transformar em mãos de garras afiadas que se esticaram na direção do rosto de Keiran. O pavor tomou conta da fisionomia de Freyia e, embora ela aparentemente quisesse se afastar de Keiran e daquela criatura das trevas, não conseguia reagir sob o encantamento de Artem.

— O que é isso?! — bradou Artem, tentando disfarçar o medo em sua voz com um tom de irritação. Para Freyia, berrou: — O que você está fazendo com ele?

— Não sou eu — defendeu-se Freyia. — Eu não consigo...

— *Chega*! — gritou Artem.

Freyia se afastou em um movimento brusco, caindo de costas ao ser libertada da magia de Artem, no exato instante em que as mãos em garra seguraram a cabeça de Keiran. A escuridão derramou-se para dentro do garoto. Keiran se debateu e, no momento seguinte, a escuridão se dissipou e não restou mais nada além dele. Keiran sentou-se e os observou com olhos sobrenaturais, escuros e nítidos à luz das estrelas. Havia anéis dourados e prateados ao redor de suas pupilas. Embora aquele fosse Keiran, não havia nada do queridinho de Aldryn em sua expressão, nada da arrogância cuidadosamente reprimida ou de seu ar de superioridade disfarçado de charme.

Havia algo envelhecido e devorador no sorriso que curvava sua boca. Uma promessa de morte no olhar que ele lhes dirigia.

— Keiran? — arriscou Artem. — Irmão... É você?

Keiran torceu o pescoço na direção de Artem em um movimento bizarro. O dourado e o prateado em seus olhos arderam como chamas. Antes que Artem dissesse outra palavra, Keiran saltou sobre ele com uma velocidade sobrenatural. Agarrou Artem pelo pescoço e o ergueu no ar com uma força que não poderia pertencer ao garoto.

Baz sentiu a magia encantadora ser interrompida. Artem provavelmente perdera o controle sobre os outros enquanto resistia, chutava o ar e tentava se desvencilhar das mãos de Keiran. Kai segurou o pulso de Baz com força, fazendo com que ele se virasse com um olhar de indignação. Baz nunca tinha visto o amigo tão assustado... a não ser poucos minutos antes, quando estava lutando contra um demônio invisível.

— Isso é real? — A voz de Kai estava carregada de tensão. — Diga que não estou vendo coisas.

— É real.

Por mais absurdo que fosse, era *real*. Só poderia ser.

— Tá. — Kai piscou depressa, como se estivesse despertando de um transe. — Beleza. Então sugiro que a gente saia correndo antes que aquela coisa termine o serviço com Artem.

Então pesadelos irromperam da escuridão estrelada.

As umbras.

Elas se aglomeraram ao redor de Keiran e Artem, como se atraídas pela escuridão de Keiran ou pelo medo de Artem, que gritava e gaguejava entre súplicas engasgadas. Se ainda restava alguma coisa de Keiran ali, ele parecia não reconhecer o amigo enquanto o sufocava.

Mais umbras brotaram da escuridão, fixando seus olhos insondáveis no grupo e seguindo na direção de Virgil e de Freyia primeiro, por estarem mais perto.

— *Corram!* — gritou Baz.

Várias coisas aconteceram ao mesmo tempo.

Freyia piscou com força em meio às lágrimas, observando os horrores à sua volta com um olhar de completa perplexidade. Ela contemplou a escuridão para além da ponte de estrelas, ignorando o apelo de Baz para que fugisse. Simplesmente ficou parada à margem do caminho e, embora seu rosto estivesse molhado de lágrimas, havia algo de sereno nela, uma paz interior ao observar os outros.

— Sinto muito por toda a dor que causei — disse ela.

Antecipando o que a mulher pretendia fazer, Kai tentou correr na direção dela.

— Não! — gritou ele segundos antes de Freyia se jogar no vazio.

Ela mergulhou na escuridão e nas estrelas rumo à morte que sempre desafiara, seguida de perto por algumas umbras famintas.

Keiran soltou Artem, que caiu desacordado no caminho estrelado, os olhos fixos nos outros. Virgil surgiu do nada, arremessando um soco contra Keiran e gritando:

— Você devia ter continuado morto!

Keiran deteve o punho de Virgil a centímetros de seu rosto e o jogou para trás com a força de um touro, fazendo-o cambalear perigosamente à beira do caminho. As umbras voltaram-se para ele em júbilo, mas Nisha apareceu ali em um segundo, ajudando-o a se equilibrar enquanto Kai afastava as umbras que os rodeavam.

— Corram para a porta! — gritou Vera, apontando para a direção em que Kai tinha ouvido a canção.

Eles tinham que passar pela próxima porta, ir embora daquele lugar antes que a *coisa* que era Keiran os seguisse.

— Kai, anda logo! — chamou Baz.

Mas Keiran já tinha o olhar selvagem, dourado e prateado, cravado em Kai, que parecia enraizado no chão. Seu rosto perdeu toda a cor. Era óbvio que o que quer que ele estivesse vendo o assustava além do imaginável. Keiran se aproximou devagar, como se saboreasse o medo que o Tecelão de Pesadelos irradiava.

Baz tentou tocar os fios do tempo, procurando uma forma de deter Keiran e...

Ah.

A trama entranhada do tempo brilhava em cores vibrantes, como se o próprio tecido do tempo estivesse se transformando, alterado pela presença obscura que estava tentando contornar. Os fios se separavam e se entrelaçavam de novo em padrões vertiginosos, rodeando Baz em uma confusão emaranhada. Ele tentou liberar a magia, mas não conseguiu, já que os fios o puxavam para longe dos amigos como se ele fosse um peixe fisgado por um anzol.

Então alguém agarrou sua mão, arrancando-o da corrente do tempo que o arrastava. Confuso, Baz olhou para Kai, que finalmente tinha saído do torpor que Keiran lhe causara. O Tecelão de Pesadelos segurou a mão de Baz com força, e os dois correram atrás dos outros pelo caminho estrelado, rumo a uma porta que nenhum deles sabia onde ficava.

Não demorou para que um leve cheiro de terra e musgo preenchesse o ar, tão marcante que Baz sentiu vontade de chorar.

Num mundo não muito distante do nosso, a natureza cresce desenfreada e abundante.

Wychwood. Estava ali. Era real, só estava fora de alcance.

Algo segurou Baz e o puxou para trás, arrancando sua mão da de Kai. Não era uma umbra, nem Keiran, nem ninguém. Era o próprio tempo, puxando-o para seu misterioso labirinto de fios, como se a magia peculiar que existia naquele espaço entre mundos tivesse outros planos para ele. Como se não fosse deixá-lo ir para onde quisesse.

Baz estendeu a mão para os outros... para Kai, que se virou quando Baz gritou seu nome.

Os olhos do Tecelão de Pesadelos se arregalaram com um medo que Baz nunca tinha visto. A mão de Kai se agarrou à dele de novo, apertando com tanta força que chegava a machucar. O mundo ao redor dos dois se comprimiu, sugando-os para dentro. Baz e Kai se agarraram um ao outro, a única ligação que tinham com o momento presente.

Baz sentiu que estava morrendo, como se seu corpo estivesse sendo fragmentado, desmembrado em centenas de direções diferentes.

Naquele momento, desejou que Kai não o tivesse seguido, que tivesse ido com os outros para que continuasse vivo.

— Solte! — gritou Baz, mas Kai não obedeceu. Pelo contrário, agarrou-se a Baz com mais força.

Eles morreriam juntos.

Mas então... o mundo se expandiu de novo, a trama do tempo crepitou, ardeu e se extinguiu.

Baz se chocou contra um corpo d'água em um impacto tão violento que foi quase como se tivesse atingido terra firme. Ele soube que estava submerso apenas pela forma como a força do baque o separou de Kai e quando inspirou água salgada ao tentar chamar pelo nome dele.

Então tudo era breu. Baz tentou se orientar, discernir para qual lado era a superfície, o que era real e o que não era.

Por fim, ele emergiu da água, arfando com sofreguidão.

Quando foi agarrado por braços fortes, Baz pensou que estava preso naquele maldito pesadelo, de volta à gráfica para reviver sua pior lembrança.

Mas, ao abrir os olhos, viu que estava no mar, em meio a ondas pesadas que tentavam afundá-lo de novo. O luar iluminava a cena e a água salgada entrava em seu nariz e sua boca. Os braços que o seguravam não eram os de seu pai, mas os de Kai, mantendo-o à tona.

— Estou aqui — disse Kai. — Estou aqui.

Baz tentou se virar para o Tecelão, agitando as pernas desesperadamente debaixo d'água, mas uma onda forte os atingiu e, de repente, estavam submersos de novo. Quando Baz emergiu mais uma vez, olhou em volta procurando a praia, mas tudo era mar, tudo era água para todos os lados, gelada e escura.

Eles iam se afogar.

— Ali — disse Kai, apontando para algum lugar ao longe que Baz mal conseguia enxergar.

Eles nadaram com todas as forças que tinham, auxiliados pela maré. Quando por fim chegaram à margem, Baz vomitou entre a vegetação, as conchas e o lodo. Ao lado, Kai desabou no chão, ofegante.

Limpando a boca, Baz olhou em volta para a encosta, intrigado.

Eles estavam na Baía de Dovermere.

— Como nas Profundezas viemos parar aqui?

Era como se a esfera dos sonhos não quisesse que eles chegassem ao mundo seguinte, por isso os puxara de volta para o mundo a que pertenciam, jogando-os na Baía de Dovermere como todos os corpos cuspidos antes deles.

Os outros tinham sumido.

— Acho que não estamos mais na mesma praia — disse Kai, soando apreensivo.

Baz franziu a testa e seguiu o olhar dele até o topo dos penhascos.

— O que você...

As palavras morreram antes de serem pronunciadas.

Kai tinha razão. Eles não estavam mais na mesma praia. Sem dúvidas era a Baía de Dovermere, mas não a que eles conheciam. No topo do penhasco, onde ficava a Academia Aldryn, o velho farol caindo aos pedaços que estava desativado havia décadas erguia-se alto e primoroso, iluminando os arredores com um feixe de luz forte.

Kai se virou para Baz e disse palavras que não faziam sentido algum:

— Acho que voltamos no tempo.

22

EMORY

Emory recorreu à magia de luz para evitar que mergulhassem na escuridão depois do lampião quebrado, mas, apesar de estar sobre a linha de ley, a luz era fraca e instável, como se não houvesse esperança à qual pudessem se agarrar.

Como se o fantasma de Keiran tivesse extinguido tudo.

Ele apareceu às costas das três garotas, envolto por sombras, como se fosse uma umbra saída dos confins mais assustadores dos pesadelos de Emory. As sombras se dissolviam conforme ele se aproximava, caindo aos seus pés como um manto, uma cauda de pesadelos residuais.

Emory cerrou os dentes, preparando-se para ouvir a cacofonia de sussurros dos outros fantasmas. Mas não havia ninguém além dele.

— Eu te disse para ir embora! — vociferou ela, sem se importar com o que as outras iam pensar. — Por que não me deixa em paz?

— Em — chamou Romie com a voz trêmula, segurando Emory pelo pulso —, acho que esse não é um dos seus fantasmas.

Só então Emory percebeu que Romie e Aspen também encaravam Keiran, o fantasma que supostamente só ela conseguia ver.

Ela recuou com um som parecido com um soluço, um grito preso na garganta. Keiran sorriu, e ela se perguntou como não tinha notado o preto sinistro dos olhos dele, as pupilas envoltas em anéis em dourado e prata. Era Keiran, daquilo ela tinha certeza. Ainda que não tivesse sido assombrada pelo fantasma dele nos dias anteriores, Emory reconheceria seu rosto em qualquer lugar. O cabelo castanho, a pele bronzeada de sol, os cílios longos e os olhos expressivos, mesmo naquela cor tão estranha.

Mas o sorriso...

Não havia nada de Keiran naquela expressão. Não se viam mais suas covinhas tão características, apenas os lábios apertados em uma linha dura e cruel. Um traço de perversidade.

— Mas... como... — murmurou Emory, sem fôlego. — Eu vi você morrer.

Ela vira quando a umbra *devorara* Keiran.

Keiran inclinou a cabeça para o lado. Havia um rastro de curiosidade em sua expressão.

— Você viu — disse ele, embora tenha soado quase como uma pergunta.

A voz gélida de Keiran a percorreu de maneira incômoda, tão diferente, mas familiar de uma forma que a fez se dar conta de algo terrível. O sorriso dele se esticou.

— Mas eu não sou ele.

As sombras acumuladas a seus pés se agruparam, transformando-se em umbras que pairavam atrás dele como sentinelas. Em um piscar de olhos, as umbras lançaram-se contra as três, segurando-as pelo pescoço e pelos braços para mantê-las presas no lugar. Emory sentiu Romie se debatendo contra as garras sombrias, ouviu o gemido de pavor de Aspen quando a garota também se deu conta do que estava diante delas.

Era o mesmo demônio que possuíra Bryony.

A atenção de Keiran se voltou para Aspen, atraído por seu lamento ou talvez pelo vínculo familiar que tinha com Bryony, reconhecendo nela o poder de uma feiticeira abençoada pela Escultora. O demônio se aproximou a passos lentos e plácidos, e suas pálpebras oscilaram quando ele inspirou profundamente perto de Aspen.

— Consigo sentir o cheiro dela em você.

— Por favor — sussurrou Aspen —, eu faço qualquer coisa se você soltar minha...

A mão de Keiran a agarrou pelo pescoço, silenciando-a. Seu rosto se endureceu em um semblante de ódio puro.

— Tudo isso é culpa sua — sibilou ele para Aspen. — Você merece ser destroçada. E nunca mais será a mesma, vou garantir isso.

Com força antinatural e um golpe certeiro, Keiran enfiou a mão no peito de Aspen.

Os olhos dela se arregalaram, e Romie gritou, fazendo o som ecoar nos ouvidos de Emory e em seu coração dilacerado.

Houve um estalo insuportável, seguido do som agonizante de algo sendo esmagado enquanto Keiran mexia no interior do peito da feiticeira. Não demorou até que ele tirasse o braço, arrancando um pedaço de costela ensanguentado do buraco no peito de Aspen, que caiu sem vida aos pés dele.

Paralisada, Emory viu Keiran se aproximar da porta e encaixar a costela ensanguentada na espiral. O osso se encaixou com precisão no segundo círculo externo da cavidade curva.

A porta aceitou o sacrifício.

Um sopro invadiu a gruta, e os pelos dos braços de Emory se eriçaram em alerta. Tanto a espiral quanto o osso irromperam em luz prateada e, de repente, rachaduras apareceram nas colunas de basalto, indo do prata para o verde para o marrom-vivo da terra fértil, como se a floresta em si tentasse transbordar as colunas. Esporos de tom prateado esverdeado brotaram pela rocha, acumulando-se em torno da espiral onde apareceram um amontoado de fungos incomuns, musgo e folhas que pareciam formar uma fechadura.

No entanto, a porta não se abriu. Keiran pressionou a fechadura com expectativa, mas fez uma careta ao ver que a passagem permanecia fechada.

Emory sentiu a mão de Romie contra a sua. Ela seguiu o olhar da amiga até Aspen, estirada e sangrando no chão, e entendeu o que Romie queria dizer: ela deveria aproveitar que Keiran estava distraído para curar a feiticeira.

O buraco no peito dela vertia sangue. Se a palidez mortal no rosto de Aspen era indício de alguma coisa, tratava-se de um ferimento grave e feito com violência demais para que Emory fosse capaz de curar.

Mas ela se recusava a ter mais uma morte em suas mãos.

Canalizou toda a luz ao seu redor para dentro de si e a liberou com tamanha força que as umbras que as prendiam foram lançadas para longe, recuando de volta para Keiran enquanto uma cúpula protetora de luz se desenhava ao redor das três. Com a porta ainda fechada, Keiran voltou-se para as jovens de novo. Em uma decisão ágil, Emory reforçou a cúpula com magia protetora na esperança de afastar o demônio.

Ele pareceu se enfurecer ainda mais ao perceber que não conseguia se aproximar das garotas.

— Você não vai conseguir fugir de mim para sempre, Invocadora de Marés!

Emory o ignorou e se agachou ao lado de Aspen. Seus fantasmas de sempre finalmente deram as caras, pairando sobre Aspen como um comitê mórbido de boas-vindas. Travers, Lia, Jordyn, Lizaveta... todos sussurravam acusações em seu ouvido. Todos, exceto Keiran.

— Consegue salvá-la?

A voz preocupada de Romie arrastou Emory de volta para o presente. Ela lutou para bloquear a escuridão que se aproximava enquanto Romie, com olhos marejados, observava do outro lado de Aspen.

— Posso tentar, mas a linha de ley...

Houve um lampejo de medo no olhar de Romie, mas ela ergueu o queixo e, determinada, falou:

— Salve Aspen.

Emory reagiu de imediato. Invocou toda a magia que pôde, ignorando toda e qualquer cautela enquanto se abria para o poder da linha de ley que passava por baixo delas. Emory sentia que a força da magia crescia à medida que se aproximavam da porta. O ar fervilhava de poder, implorando para que Emory o utilizasse. E assim ela fez, concentrando todo o poder de cura que conseguiu reunir sobre Aspen ao mesmo tempo em que fortalecia a cúpula protetora ao redor das três.

A magia de Emory avaliou a gravidade do machucado de Aspen, identificando o local onde a costela dela se rompera a um triz de perfurar seu pulmão. Os olhos da feiticeira estavam embaçados, imóveis, mas Emory se recusou a aceitar que ela estava morta. E, de fato, a garota ainda respirava, ainda que quase imperceptivelmente, embora sua energia vital se esvaísse com rapidez.

Ao longe, Emory percebia Keiran se mexendo no limite de sua visão, mas ele não conseguia se aproximar, não enquanto a magia dela resplandecia forte e poderosa ao redor das três. A Curandeira, a Guardiã da Luz e a Protetora dentro de Emory se misturaram até que ela não soubesse quem era quem, até que ela se tornasse algo novo, movida pela energia vibrante da linha de ley que a invadia. De repente, ela se deu conta das veias prateadas que percorriam seus braços enquanto passava as mãos sobre Aspen, tentando reconstruir o osso da feiticeira. Mas, como na vez anterior, ela não percebia nenhum sinal iminente do Colapso. Emory sentia-se invencível.

— Por favor — murmurou Emory. — Por favor, não morra.

Seu sangue parecia fogo gelado em suas veias, o tipo de frio abrasador do qual eram feitas as estrelas. Ela sentia seus fantasmas ansiando por tamanho poder, via a sede refletida na expressão de Keiran enquanto a observava, mas Emory afastou tudo da mente, concentrada em Aspen até que a costela dela finalmente se recuperou — *regenerou-se* completamente —, a ferida no peito se fechou e a vida retornou a seu rosto e a seus olhos.

Emory nem sequer teve tempo para processar o que tinha acabado de fazer, porque Romie de repente caiu ao lado de Aspen, enfraquecida e pálida, com os lábios azulados como se tivessem sido beijados pela morte.

— *Ro!*

Em pânico, Emory interrompeu a magia. Toda a luz se extinguiu de uma vez só, e a cúpula ao redor delas se dissipou. Seus fantasmas se aproximaram como se estivessem ressentidos por terem sido privados daquele banquete de magia. Quando abriu os olhos, Romie suspirou, cansada.

— Vou ficar bem.

Não restavam dúvidas de que ela *não* estava bem, mas, antes que Emory conseguisse entender qual era o problema, as umbras atacaram Romie como mariposas atraídas por um foco de luz, e Keiran segurou Emory pela nuca e a levantou. Seus olhos atrozes a sugaram como um buraco negro e, com a mão livre, ele agarrou o braço dela. Por um momento, Emory imaginou que ele também iria desmembrá-la, mas Keiran apenas ergueu seu pulso para examinar a espiral prateada em sua pele.

— Interessante. — Havia uma sede de sangue em seus olhos. — Não imaginei que sua espécie ainda existisse. Mas aqui está você, a chave para tudo.

Emory tentou usar sua magia de novo, mas o aperto de Keiran se intensificou.

— Eu não faria isso se fosse você. Não se quiser que a Sonhadora continue viva.

Sem soltar o pescoço de Emory, Keiran a girou, ficando atrás dela e segurando-a contra seu peito. Emory viu Romie sendo devorada pelas umbras, contorcendo-se de dor enquanto as criaturas se alimentavam de seus medos. O que quer que tivesse acontecido com ela parecia ter passado e seu rosto já recuperava a cor, mas Emory estremeceu de medo mesmo assim quando se lembrou de Jordyn transformando-se em umbra. Ela não podia permitir que a mesma coisa acontecesse com Romie.

— Por favor — implorou Emory. — Deixe ela em paz. Eu faço o que você quiser.

Keiran segurou a mão dela, e Emory viu com horror quando as pontas dos dedos dele se alongaram até formar garras escuras como as das umbras. Ele cortou a palma da mão de Emory, abrindo um talho que verteu sangue, e então a empurrou para a frente. A Invocadora de Marés ficou diante das colunas de basalto, onde os fungos e o musgo ainda rodeavam a espiral de prata com o pedaço da costela de Aspen. A voz de Keiran ressoou em seu ouvido.

— Abra.

De repente, Emory entendeu por que a porta não tinha se aberto antes e o que precisava ser feito.

O osso de Aspen como sacrifício. O sangue de Emory para abri-la de fato... Igual a quando as quatro casas lunares ofereceram sangue em Dovermere antes de Emory abrir a Ampulheta.

Ela se lembrou de quando Baz dissera que os eclipses eram o alinhamento perfeito da lua, do sol e da terra. E, se os eclipses eram os responsáveis por alinhar todos os mundos e tornar possível a abertura das portas entre eles... seu sangue carregava todo o poder do raro eclipse da magia de invocação de marés. Era uma chave em todos os aspectos que a porta exigia.

Sem escolha, Emory pressionou a mão ensanguentada contra a superfície.

E a porta se destrancou.

Diante de seus olhos, as colunas se reorganizaram em um arco que se abria para a vastidão estrelada da esfera dos sonhos. Ela se virou para olhar para Keiran, para Romie, que ainda estava sendo engolida pelas umbras, para Aspen, que estava caída no chão da caverna, viva, mas inconsciente. Emory ainda sentia o poder pulsar em suas veias, procurando por uma saída.

— O que você é? — perguntou ela para o Keiran que na verdade não era Keiran.

Sua intenção era distraí-lo enquanto tentava acessar a própria magia... usando a luz das estrelas vinda da porta que se abrira atrás dela ou de toda a possibilidade viva da esfera dos sonhos, qualquer coisa que ela pudesse usar para desarmar as umbras e a criatura que se apossara da forma de Keiran.

Aqueles olhos escuros cintilavam em tons de prata e dourado, e as sombras se agruparam em torno de Keiran. Ele abriu a boca para responder... e Emory liberou sua magia.

As umbras que oprimiam Romie explodiram em uma intensa luz prateada. A própria Emory brilhava, e suas veias, prateadas, pulsavam por todo o corpo. Fortalecida pela linha de ley, ela direcionou seu poder contra Keiran, desejando que a força sombria por trás de seus olhos tivesse o mesmo fim que as umbras, mas derrotá-lo não foi tão simples. A malignidade no olhar dele se intensificou. Emory potencializou a descarga de magia, deixando escapar um grito frustrado quando Keiran continuou imune a seu poder. A escuridão começava a oprimi-la e os fantasmas sussurravam em seus ouvidos, provocando-a, ávidos por mais, mais, cada vez mais.

— Basta! — vociferou Keiran, irado.

Mas Emory não conseguiria parar nem se quisesse. Seu poder estraçalhou as umbras, as rochas e a terra, até que um forte tremor quase a fez perder o equilíbrio. Um pedaço do teto se desfez, caindo a poucos centímetros de Emory. Então ela viu o rosto de Romie. A palidez doentia retornara, embora as umbras não estivessem mais lá para se banquetear dos medos da amiga. Emory se perguntou, com uma lampejo de compreensão, se aquilo que acometia a amiga era culpa *dela*.

De repente, Keiran a segurou pelo pescoço, como seu fantasma tinha feito em sonho. Os olhos dele estavam acesos com algo perverso, e toda a valentia de Emory evaporou feito fumaça ao toque dele. A magia se apagou como a chama de uma vela até que tudo o que restou foi a escuridão, os fantasmas, a culpa. E a mão de Keiran apertando seu pescoço.

Ele ia matá-la.

Uma parte impiedosa de Emory queria ver o que Keiran faria com ela... queria que ele se vingasse, que a punisse por ter permitido que as umbras o devorassem.

— Vá em frente — disse ela, perdendo as forças sob o aperto dele. — É o que eu mereço.

O semblante de Keiran se endureceu com as palavras de Emory.

Talvez ela tivesse imaginado a escuridão ao redor perdendo a força, os sussurros silenciando, os fantasmas se afastando dela e voltando-se *para ele*. Antes que qualquer coisa fizesse sentido, o som de seu próprio nome ressoou na caverna. Emory imaginou que pudesse se tratar da canção do sonho vinda da porta aberta, chamando-a para o outro mundo, assim como a trouxera para este. Mas não, vinha de uma direção diferente. E não era uma canção, mas uma voz.

Keiran afrouxou a mão no pescoço de Emory ao se virar para ver uma garota ajoelhada na frente de uma das poças, com uma das mãos pingando sangue na água e vinhas saindo da outra.

Nisha.

Nisha estava *ali*, algo tão impossível que Emory se limitou a observar, paralisada, quando a Semeadora fez com que as vinhas arremessassem Keiran contra a parede e se enrolassem nos braços e no corpo dele, imobilizando-o. Virgil surgiu ao lado dela acompanhado de uma outra garota vagamente familiar. Os três estavam machucados e exaustos, mas vivos, reais, *presentes*.

— *Nisha?*

Romie conseguira encontrar forças para se apoiar nos cotovelos. Ela ainda parecia fraca, mas estava viva. Sua expressão de completo choque teria sido engraçada em qualquer outra circunstância, mas Keiran lutando contra as vinhas e a caverna desabando sobre eles resultavam em um senso de urgência que não permitia que parassem para descobrir o porquê da presença dos amigos ali.

— As vinhas não vão aguentar muito tempo. — O rosto de Nisha estava retorcido pelo esforço para manter Keiran preso.

— Rápido, sigam pela porta! — gritou Virgil, puxando Emory e correndo para o portal.

Por fim, Emory despertou do torpor. A garota (Vera, lembrou-se ela) ajudou Romie a se levantar e, juntas, atravessaram o portal enquanto Emory e Virgil carregavam Aspen. Nisha não se mexeu de onde estava, ajoelhada à beira da poça, focada em Keiran. Emory notou o suor que escorria pela testa de Nisha e o enfraquecimento das vinhas, concluindo que a magia estava afetando a Semeadora e que o cansaço a vencia.

— Vá — disse Emory, controlando as vinhas e reforçando-as com cordas de luz e correntes de escuridão. — Deixe comigo, Nisha. Vá!

Nisha obedeceu. Ela assumiu o papel de Emory ao ajudar a carregar Aspen e passou pela porta com Virgil. Assim que eles atravessaram, Emory desfez sua magia e se jogou com todas as forças na escuridão.

A última coisa que viu foi o olhar de Keiran brilhando em dourado e prateado.

A sensação de estar caindo entre as estrelas. Uma pontada de medo. E então seus pés tocaram algo sólido e ela se viu de volta no espaço entre os mundos, em um caminho estrelado que já lhe era familiar.

Emory virou-se em direção à porta que ela sabia que ainda estaria aberta às suas costas, desejando que ela se fechasse antes que o *monstro* pudesse segui-los.

Mas, quando aquilo de fato aconteceu, quando a porta tornou-se de novo uma barreira feita de mármore coberta de raízes, idêntica à que ela e Romie tinham aberto em Wychwood, Emory viu que o monstro já estava ali.

Keiran avançou com uma velocidade sobre-humana, passando por Emory com um urro rumo aos outros que já seguiam pelo caminho estrelado.

A magia de Emory pulsava sob a pele, ansiosa para ser acionada naquele reino de possibilidades infinitas. Ela lançou uma rajada de luz prateada contra Keiran. Ele cambaleou, voltando-se para a garota com um olhar surpreso de dor. Mais uma rajada de luz de Emory fez com que ele se afastasse cada vez mais de seus amigos... e se aproximasse mais da borda do caminho estrelado.

— Pare! — ordenou ele, enraivecido.

Uma nuvem de sombras reuniu-se em volta de Keiran, e Emory viu garras começarem a despontar. As umbras haviam chegado para ajudar seu mestre.

Em uma decisão súbita, Emory esticou-se e agarrou uma estrela da escuridão acima, como Romie fizera da última vez. Ela correu e se lançou contra Keiran, pressionando a estrela ardente na altura de seu coração. Ele ganiu de dor. Emory blindou o próprio coração, apesar de aquele som ter sido mais humano, mais parecido com *Keiran* do que qualquer outra coisa vinda daquela criatura sombria, e empurrou a estrela com mais força contra o peito dele. Keiran caiu de joelhos com um grunhido, gemendo e estremecendo de dor.

Emory soltou a estrela a seus pés, dando-se conta de que não tinha queimado as mãos. Então saiu em disparada.

Ela seguiu a maldita canção, a mesma que as levara até Wychwood, e alcançou os outros no momento em que Vera exclamou:

— Aqui!

A porta do terceiro mundo era feita de ouro maciço.

Era resplandecente, uma verdadeira obra de arte. Uma moldura de ouro esculpido representava as asas de uma fera colossal e, no centro, havia um raio de sol.

Emory empurrou a porta e, como da última vez, a água transbordou pela soleira. Uma luz ofuscante fez com que todos cobrissem os olhos, o terceiro mundo sobre o qual Clover escrevera se abrindo para eles.

Ao atravessar a porta, Emory estava preparada para o que quer que estivesse à espera do outro lado. Sentiu então que caía. Houve um momento assustador em que ela pensou que iria despencar sobre o chão avermelhado lá embaixo.

Emory aterrissou de costas com um baque doloroso à margem do que parecia uma pequena nascente. Foi tudo o que ela se permitiu ver antes de virar o rosto para a porta ainda aberta, uma fenda de estrelas escuras aberta sob um arco de arenito por onde corria a nascente. Ela se apressou em fechar a porta com sua magia e prender Keiran entre os mundos... mas ele deslizou pelo arco segundos antes de a porta se fechar, aterrissando de pé com facilidade como se estivesse fazendo aquilo havia séculos.

Eles se encararam por um segundo que pareceu durar uma eternidade. Ali, os olhos de Keiran eram mais dourados do que pretos, como se tivessem absorvido o sol.

Ele deu um passo em direção a Emory e parou, estremecendo de dor com a queimadura que a estrela abrira em seu peito. As sombras oscilaram em volta dele e depois sumiram por completo, como se as umbras que o seguiam tivessem ficado para trás após a porta ser fechada. Como se o poder com o qual Keiran contara na gruta tivesse se esgotado.

A promessa de violência não existia mais no olhar de Keiran. Restava apenas um ar de confusão, uma demonstração genuína de fraqueza que fez com que Emory se perguntasse por que estava *com pena* dele quando Keiran tinha acabado de tentar matá-los.

— Pelas Marés, *que porra é essa?* — gritou Virgil, apontando para o céu.

Criaturas aladas voavam bloqueando o sol.

De onde estava, Emory enxergava apenas suas silhuetas. Embora os sons agudos que emitiam soassem distantes, estava evidente que eram grandes demais para serem pássaros.

Ela sentiu um calafrio.

Quando Emory olhou de volta para o arco onde a porta estivera pouco antes, Keiran não estava mais lá. Mas ela sabia que ainda voltaria a vê-lo.

PARTE II:

O
GUERREIRO

Quando Tol era criança, seu coração parou.

Ele se lembrava da agonia prolongada. Dos sons retumbantes da batalha, do cheiro nauseante de enxofre, fumaça e sangue. Caído com os outros feridos, ele não conseguia se mexer enquanto o ferimento acima do joelho infeccionava, ficando purulento em decorrência da amputação feita às pressas. A perna fora mutilada por um dos monstros que atacaram sua aldeia. O membro perdido deixara uma sensação fantasma. As curandeiras, onde quer que estivessem, se é que ainda estavam vivas, não chegariam a tempo de tratar o ferimento.

Ninguém apareceu para socorrê-lo.

Mas a Morte apareceu.

A Morte, Tol descobriu, era uma mulher com feições envelhecidas e traços de falcão. Ela se aproximou do garoto e pousou a mão fria sobre seu coração fragilizado. Sussurrou algo que Tol estava fraco demais para entender, mas era quase reconfortante, como as canções de ninar que sua mãe cantava ou como as últimas palavras de consolo que ela lhe dissera antes que a Morte aparecesse para buscá-la também.

Tol pensou em sua mãe quando a Morte o pegou em suas garras. Era fácil aceitar um fim tão precoce para sua vida curta se aquilo significasse que ele estaria novamente com a mãe, o pai e as irmãs na vida após a morte. Sua família, arrasada pela guerra, voltaria a se reunir.

O som de asas batendo o embalou enquanto a Morte o levava. Tol percebeu que estavam voando. Como era gentil da parte da Morte oferecer a ele tal presente, proporcionar-lhe o gostinho da doce liberdade a caminho dos céus que o aguardavam.

Mas eis o que Tol não sabia:

A Morte não estava ali para ceifar sua vida. Aquela, na verdade, não era a Morte. Tratava-se de uma mulher com traços mais dracônicos do que de falcão e grandes asas douradas para levá-lo ao seu destino... não o paraíso ensolarado no céu nem os abismos escuros do inferno, mas sim um lugar entre os dois, onde a morte poderia ser transformada em vida, corações de carne transformados em ouro e crianças feridas esculpidas e moldadas em heróis valentes.

— Pode prometer que vai seguir a luz, criança? — perguntou a mulher. Sua voz era como a luz de um farol cortando a névoa da morte. — Este juramento, uma vez feito, jamais poderá ser quebrado.

Na época, Tol não entendeu o que o juramento significava. Um ruído tênue escapou de sua boca, nem de concordância nem de recusa, mas foi suficiente para que a mulher o levasse para a lendária forja dracônica onde crianças como ele, condenadas à morte antes da hora, eram reconstruídas.

Era um presente raro, aquela proeza da alquimia que transformaria seu coração em ouro e faria com que Tol deixasse de ser um mero garoto. Ali ele passaria a ser um dracônico, um metamorfo como a mulher, capaz de manifestar asas e garras. Um feito de magia e alquimia que exigia a chama sagrada de um dragão, um tesouro que não era cedido facilmente e que era cada vez mais difícil de conseguir.

O primeiro passo foi a morte.

Tol não se lembrava do momento em que seu coração humano parou de bater. Ele se lembrava do calor escaldante e da dor lancinante que se seguiu.

Começou em seu coração já morto. Uma dor diferente de todas as que ele já tinha sentido se espalhou por seu corpo como um líquido derretido em brasa. Ele gritou quando aquele fogo terrível rasgou suas veias, queimando cada centímetro dele de dentro para fora, moldando-o em algo diferente e arrojado.

Aquele lugar era uma forja, e ele era o pedaço de metal que estava sendo fundido, moldado, martelado e aperfeiçoado para se tornar uma arma poderosa e reluzente.

Assim nascia um dracônico.

Tol não era o único. Os cavaleiros da Nobre Irmandade da Luz tentaram salvar o maior número possível de crianças moribundas, oferecendo a elas o presente de uma nova vida forjada pelo fogo do dragão. Juntas, as crianças cresceram nos lendários salões de uma ordem antiga e sagrada, aprendendo a dominar suas novas formas. Algumas delas, como Tol, tiveram que reaprender a usar seus corpos com próteses no lugar dos membros amputados, uma vez que a estranha magia da alquimia não conseguia fazer ossos humanos crescerem novamente ou curar lesões humanas. Apenas transformava corações humanos em corações de ouro e dava aos membros humanos a capacidade de desenvolver asas e garras, um eco dos poderosos dragões a quem deviam sua segunda vida.

Embora o mundo estivesse repleto de feras — monstros lendários e horrores nascidos da escuridão, cujo único objetivo era semear o terror e a morte —, os dragões eram sagrados, e acreditava-se que descendiam do próprio Sol. Os dracônicos eram seus discípulos, treinados nas artes da batalha e da alquimia, além de conhecedores de todos os tipos de feras. Seu único propósito era servir à terra e proteger seu povo dos monstros que almejavam exterminar todo o calor, a luz e a coragem.

Assim, os anos de formação de Tol com seus mestres dracônicos foram vividos cercados por crianças como ele, que tinham perdido famílias, partes do corpo e até suas próprias vidas humanas nas intermináveis guerras contra os monstros. Contudo, apesar do passado que compartilhavam, Tol se sentia sozinho.

Ele fora um garoto estranho em sua primeira vida, arredio e teimoso. Mas ali ele era um verdadeiro rebelde, sempre desafiando as lições de seus mestres.

"Por que matamos os monstros em vez de tentarmos estabelecer uma ponte com eles?", perguntava Tol, ao que os mestres respondiam que não havia diálogo com as forças do mal.

"Como sabemos que são maus?", insistia ele, e os mestres retrucavam e diziam que os monstros eram assassinos, que tirar uma vida era a definição de maldade.

"Então os dracônicos não são maus também, por tirarem a vida dos monstros?", retorquia Tol, e os mestres explicavam que o título de cavaleiro e a ligação que tinham com os dragões significava que aquela era uma punição justa. Que a morte que causavam não era apenas justificada, mas sagrada. Eles carregavam a brasa do Sol divino em seus corações e, com ela, afugentavam a mácula obscura provocada por aqueles seres malignos.

Conforme Tol envelhecia, suas perguntas se tornavam cada vez mais incisivas. Alguns mestres começaram a vê-lo com receio, considerando sua rebeldia uma ameaça aos costumes e à ordem. Outros, embora poucos, achavam que tal postura conferia a ele as qualidades de um líder. Que um dia ele seria um excelente general.

E, embora Tol de fato fosse habilidoso em batalha, seu coração estava na alquimia, não na luta. Ele tinha um profundo fascínio pela transformação que sofrera... ainda mais pela habilidade peculiar que havia despertado nele.

Sentir as emoções dos outros, tanto das criaturas monstruosas quanto dos dracônicos, dos humanos e dos animais, era algo inédito. Tol conseguia enxergar a verdade em seus corações, como suas vidas estavam ligadas de forma intrincada. Ele conseguia sentir o fim dessas vidas, algo que descobrira ao matar seu primeiro monstro e sentir uma parte de si morrer também. E, talvez o mais curioso de tudo, ele podia sentir *alguém* em sua mente.

Tol não sabia quem ela era, ou se era mesmo uma pessoa. Tudo o que sabia era que, quando deu seu primeiro suspiro quente como um dracônico recém-nascido, não o fez sozinho. *Ela* estava lá, também sofrendo uma transformação depois da morte. Ele sabia que ela estava repousando em algum lugar nas profundezas da terra e que seu coração era um eco do dela. Sua pulsação acompanhava o ritmo da respiração firme dela. A canção triste dela ressoava nas cavidades douradas do coração dele.

Às vezes, ela compartilhava com Tol lampejos de lugares distantes que tinha visto, florestas verdejantes, mares cristalinos e picos nevados muito diferentes da paisagem árida que Tol chamava de lar. Lugares bonitos e de paz que não conheciam a guerra e a morte constantes que contaminavam o lugar onde ele vivia.

— Você foi tocado pela Forjadora do Sol — explicou a mulher que salvara Tol da morte, a quem ele passou a ver como uma mãe, quando contou a ela sobre o estranho víncu-lo. — Você é abençoado pela luz, meu filho.

E porque havia peso nas palavras ditas por aquela mulher, que possuía o título de Comandante dos Cavaleiros, ninguém contestou a declaração. Nem mesmo Tol. O que mais poderia ser tal vínculo, senão divino? A divina Forjadora que criara os dragões a partir do fogo do próprio Sol. Ele trazia a marca dela em seu peito, uma marca que nenhum outro dracônico vivo tinha a honra de ter, gravada em ouro em sua pele marrom-clara durante seu renascimento.

A presença da Forjadora do Sol nele era a esperança à qual Tol se agarrava quando a vida ficava desoladora demais, quando sua solidão se tornava tão insustentável que ele achava que iria morrer. Mas, conforme o mundo se mostrava mais estranho e obscuro, o mesmo ocorria com sua conexão com a Forjadora. De repente, as sensações que ele recebia dela eram de florestas em decomposição, inundações descontroladas e avalanches devastadoras, uma noção lúgubre de que o mundo como o conheciam estava morrendo. Seu próprio pedaço de mundo estava banhado em sangue e morte. Quanto mais monstros os cavaleiros matavam, mais monstros apareciam. Como se cortar a cabeça de uma criatura bestial fizesse brotar outras quatro, cada uma mais mortífera que a anterior.

Tol não suportava aquelas mortes. Sentia cada uma delas, via os fios dourados que as uniam se extinguirem e sabia, do fundo do coração, que toda aquela carnificina sem sentido não era a resposta. Certamente deveria haver alguma alternativa... uma alternativa *melhor*. Ele abordou o assunto com seus mestres de novo, mas ninguém lhe deu ouvidos.

Disseram-lhe que as ações dos cavaleiros eram as corretas; não havia alternativa.

A resposta dos mestres à escuridão crescente era aumentar as tropas e, para tanto, precisavam de mais fogo de dragão para forjar novos dracônicos. Mas os dragões eram esquivos e preferiam se esconder em todos os lugares distantes e profundos do mundo. Além disso, os cavaleiros só ganhavam a chama que as criaturas traziam no coração por meio de atos de bravura, o que exigia tempo. Tempo que eles não tinham.

Mas Tol tinha o vínculo com a Forjadora do Sol, a fonte de sua ordem sagrada. Ninguém sabia onde ela repousava; rumores e lendas eram tudo o que se sabia por séculos. Contudo, se alguém podia encontrá-la e convencê-la a ajudar sua causa sagrada, esse alguém era Tol.

Certo de que tinha encontrado a solução para todos os problemas, Tol correu para o Abismo, onde sabia que se encontrava a Comandante dos Cavaleiros. O Abismo era várias coisas ao mesmo tempo: uma prisão para monstros e humanos, uma arena de combate onde se enfrentavam por esporte e, mais abaixo, a oficina de alquimia onde todos os dracônicos eram criados, um lugar onde só era permitida a entrada daqueles que dominavam a alquimia. No momento, Tol sentia-se atraído para lá por uma sensação avassaladora de que algo estava errado. Seus pés o guiavam para o local de seu renascimento como se tivessem vontade própria.

A oficina estava em chamas. Gritos e súplicas ecoavam nas paredes e havia um cheiro distinto de carne queimada enquanto alquimistas e cavaleiros de armadura tentavam aplacar um monstro grande e feroz que se debatia na oficina.

Não, não era um monstro... Era um *dragão* de olhos selvagens que destruía seus servos mais leais com fogo, dentes e garras.

Tol não compreendeu. Não havia razão para um dragão se voltar contra aqueles que o veneravam.

A dor o invadiu, sentida tanto pelo dragão quanto pelos dracônicos. O sofrimento deles era o seu próprio sofrimento. E, quando começou a entender por que um tinha se voltado contra o outro, quando uma fissura se desenhou na estrutura de seu mundo, ameaçando destruir tudo o que ele conhecia, uma dor como nenhuma outra explodiu dentro dele.

Tol desabou sobre seu joelho bom, e seu grito fez a terra tremer.

Quando Tol era um menino, seu coração tinha parado de bater. E, apesar de todas as dores inimagináveis que ele sofrera desde então, de todos os ferimentos de batalha ao longo de seu treinamento dracônico, nunca houve agonia pior do que aquela primeira morte e a dolorosa remodelação de seu coração e corpo que se seguiu.

Até aquele momento.

Tol sentiu a mesma dor outra vez, só que dez vezes pior. Era a dor do fim de uma vida. De um coração que deixa de bater. Um sol se pondo para sempre para nunca mais raiar outra vez.

A morte tinha um sabor característico, fácil de ser lembrado mesmo anos depois. O sabor preenchia sua boca enquanto ele gritava em direção aos céus, escaldava seus sentidos enquanto o garoto se contorcia no chão e rasgava seu corpo como em um inferno devastador.

Tol imaginou que seu coração de alquimia finalmente tinha sucumbido, que a chama em suas câmaras douradas estava se apagando. Que ele tinha sido considerado indigno daquela segunda vida e que agora conheceria a verdadeira morte.

Mas o coração a morrer não foi o dele, e sim o *dela*.

Ele sentiu a Forjadora morrer, a conexão entre eles ser rompida da maneira mais terrível possível. Tol se revoltou e chorou com o vazio repentino dentro dele. Desejou que seu coração parasse junto ao dela, porque seria um destino imensamente melhor do que ter que suportar sua perda. Ele queria arrancar o próprio coração e atirá-lo nas mesmas chamas que o haviam forjado, cego de raiva por ser capaz de sentir tanta dor.

Quando o dragão voltou sua atenção para Tol com um olhar assassino, Tol ergueu a cabeça. Dessa vez, quando morresse, seria para sempre. Ele aceitou de bom grado aquele destino, uma vez que sabia de tudo o que ocorrera.

Tol estava tomado pela dor e pela tristeza, e não percebeu que o coração que ele velava tinha começado a bater de novo, ainda que fracamente.

O mundo inteiro poderia arder em chamas e ele não se importaria. Na verdade, ele pretendia queimar também.

23

BAZ

Quando a maré subiu, eles tiveram que se afastar da praia. Baz olhava desolado para a entrada da caverna sendo engolida pela água. Uma onda de pânico o atingiu em cheio ao perceber que ninguém mais tinha emergido de Dovermere.

— Você viu algum sinal dos outros?

Kai xingou em resposta, passando a mão pelo rosto molhado.

— Precisamos voltar. Garantir que estão seguros.

Se os outros não tivessem sido sugados pelo mesmo vazio inexplicável que fez Baz e Kai atravessarem o tempo, era possível que o cadáver ressuscitado de Keiran já os tivesse pegado.

E, se aquilo não bastasse, a magia mortal das portas com certeza bastaria. Baz passou os olhos depressa pelo próprio corpo e depois pelo de Kai. Eles não pareciam estar definhando como Travers e Lia. Ele torcia para que seus amigos tivessem a mesma sorte.

De repente, Kai se levantou e entrou na água agitada.

— O que deu em você? — gritou Baz atrás dele.

— Temos que voltar.

— Mas a maré está subindo.

— Então use sua magia para fazer com que a maré fique baixa de novo — disse o Tecelão. — A gente estava tão perto...

Uma onda quebrou em cima de Kai, empurrando-o para os braços de Baz. Ele se desvencilhou depressa, apontando para a entrada da caverna com uma determinação inabalável.

— A maré, Brysden. *Agora.*

— Tem noção do que você está falando? Veja o que aconteceu quando eu usei a minha magia! — Ele apontou para o farol iluminado acima deles. — Eu fiz a gente voltar no tempo. Quem garante que, se você passar pela porta agora, vamos voltar para onde nossos amigos estão? Para o *presente*?

Kai retesou o maxilar.

— Temos que tentar.

— Não. Neste momento, eu não confio no meu poder. Nem um pouco. E se usar a magia do tempo aqui só piorar as coisas? Eu não sei quais são as regras, eu nem sabia que era *possível* viajar no tempo desse jeito. Eu não... não posso...

Seu coração parecia querer sair do peito, batendo de forma dolorosa. Respirar de repente pareceu uma tarefa impensável, e Baz começou a arfar e sentir a visão ficar turva.

— Brysden. Ei, respire. — Kai segurou o rosto de Baz entre as mãos, forçando-o a encará-lo. O rosto dos dois estava a centímetros de distância, e os dedos de Kai estavam suavemente afundados na pele da nuca de Baz. — Apenas respire.

Baz se concentrou nas estrelas dos olhos de Kai. As profundezas escuras de suas íris o levaram a um lugar mais sereno, onde ele conseguiu respirar outra vez. Inspirar, expirar. Seu peito subia e descia.

O mar se chocou contra eles de novo, atirando Baz em cima de Kai. O Cronomago segurou a camisa encharcada de Kai para se equilibrar, sentindo o outro garoto cravar os dedos em sua nuca ao tentar fazer o mesmo. Sem dizer nada, um arrastou o outro de volta para a faixa estreita de areia que ainda não tinha sido dominada pela maré e se deixaram cair, ofegantes. Com os dentes rangendo por conta do frio do inverno, os dois trocaram um olhar pesaroso.

Kai foi o primeiro a desviar os olhos, engolindo em seco.

— Vamos primeiro tirar essas roupas molhadas. Podemos voltar quando a maré tiver baixado e pensar no que fazer.

— Tá bom.

A serenidade de Kai acalmou Baz. Eles pensariam com calma enquanto esperavam a maré baixar e tentariam descobrir em que ponto do tempo exatamente tinham ido parar — e por que estavam ali, para começo de conversa —, antes de tentar abrir a porta de novo.

Eles se levantaram e foram em direção à escada secreta que levava aos aposentos da Casa Eclipse quando perceberam um movimento na janela.

Lógico. Eles tinham voltado no tempo. Não podiam sair invadindo os quartos que conheciam como seus.

Os dois se entreolharam de novo e quase sentiram vontade de rir.

— Vamos logo para a cidade, então — disse Kai.

Quando chegaram a Cadence, ficou ainda mais evidente que estavam no passado. As ruas de paralelepípedos eram iluminadas por lamparinas a gás — e não por luz perpétua — e estavam cheias de carruagens puxadas por cavalos em vez de carros. Algumas pessoas passeavam à noite, todas vestidas com roupas que deviam pertencer, no mínimo, ao século passado. Ternos completos com colete, suspensórios e chapéus, saias com crinolina e casacos sob medida. Eles fitavam Baz e Kai com estranheza, e Baz torceu que fosse por causa de suas roupas encharcadas, não pelo fato de estarem usando vestimentas muito mais modernas do que as dos demais. Os dois destoavam completamente.

Por fim, decidiram entrar em uma taverna movimentada a fim de chamar menos atenção e comer algo quente para combater o frio de gelar os ossos.

No entanto, não tiveram muito sucesso. Um homem os barrou logo na entrada, bufando:

— Mãos.

— C-como? — gaguejou Baz.

— Mostrem as mãos. Aqui nós inspecionamos sigilos.

O taverneiro apontou para uma placa atrás de si onde se lia *Proibida a entrada de nascidos no eclipse desacompanhados.* O dorso das mãos do homem estava limpo. Nada de magia.

Baz sentiu um gosto amargo na boca quando entendeu o que aquilo significava e sentiu Kai ficar tenso a seu lado. Eles não sabiam em que ano estavam, mas se estabelecimentos como aquele tinham aquele tipo de placa e estavam solicitando aos possíveis clientes que mostrassem seus sigilos, tratava-se, sem dúvida, de uma época perigosa para nascidos no eclipse.

Baz ergueu a mão esquerda, mesmo quando todos os seus instintos diziam que não era uma boa ideia. Kai imitou o gesto, segurando o dedo médio um pouco mais alto do que os outros, com uma tempestade de raiva iminente despontando em suas feições. O taverneiro semicerrou os olhos ao ver os sigilos da Casa Eclipse. Apontando para a placa outra vez, ele disse:

— Não podem entrar aqui sozinhos, rapazes. Voltem para a academia.

— Senhor — insistiu Baz —, se pudéssemos só...

— Não vão entrar aqui desacompanhados, muito menos sem algemas nulificadoras. Ninguém avisou que vocês devem ficar dentro dos limites de Aldryn durante o Bicentenário? Podem voltar quando tiverem escolta e algemas.

O *Bicentenário*.

Eles tinham voltado *duzentos anos* no tempo.

Kai xingou, e alguns clientes se viraram para os dois. Um homem exaltado de rosto vermelho gritou:

— Coloquem os amaldiçoados pela Sombra para fora!

Baz sentiu um embrulho no estômago quando as pessoas ao redor começaram a murmurar em concordância. Aquilo não era nada bom. Se eles achavam que as coisas eram ruins para os nascidos no eclipse nos dias em que viviam, aquela era uma realidade muito pior.

— Qual o problema, Hayworth? — perguntou uma voz.

Uma jovem apareceu ao lado do taverneiro. Ela parecia ter a idade deles e ser consideravelmente mais rica do que a maioria das pessoas ali. Seus cabelos loiros estavam presos em um coque na nuca e havia um pequeno chapéu adornado com uma pena no topo de sua cabeça. Ela vestia uma saia longa de lã e um casaco justo na cintura, ambos de um tom escuro de esmeralda. A blusa creme que usava por baixo era rendada e de gola alta, e um pequeno pingente esmeralda pendia na altura de seu peito.

O taverneiro pareceu irritado com a intervenção, embora houvesse certa deferência na postura dele que provavelmente tinha a ver com o status da jovem.

— Com todo o respeito, srta. Cordie, isso não é da sua conta.

A jovem, Cordie, levou as mãos aos quadris com um ar de desafio nos olhos azul-esverdeados.

— E se eu decidir fazer com que seja da minha conta?

O taverneiro começou a ficar nervoso.

— Estes nascidos no eclipse estão desacompanhados — explicou ele, na defensiva. — Também estão sem algemas. A senhorita conhece as regras.

— Sim, eu conheço mesmo. A lei diz que estabelecimentos como este podem exigir que os nascidos no eclipse estejam acompanhados, certamente, mas exigir algemas é ilegal já faz algum tempo, Hayworth. Você sabe muito bem disso — disse ela em um tom casual e com um sorriso educado inabalável.

O taverneiro estava prestes a responder, mas Cordie foi mais rápida e acrescentou:

— Para ser sincera, estou surpresa por presenciar uma postura tão decepcionante da sua parte, Hayworth. Não vê que esses dois estão ensopados e procurando um lugar para se aquecer?

— Sinto muito, srta. Cordie. Regras são regras. Não posso arriscar um puxão de orelha dos Reguladores agora. A senhorita sabe que eles são mais rígidos com todos nós durante o Bicentenário.

— Então acho que estamos de saída — comentou ela, com um suspiro exagerado. — É uma pena que tenha que encontrar outra taverna. Eu gostava tanto de vir aqui depois de um longo dia no ateliê! Mas simplesmente não posso aceitar esse tipo de preconceito.

— Mas, srta. Cordie... — Havia uma pontada de desespero e pesar na voz do taverneiro, que sem dúvidas não queria perder uma cliente tão bem de vida quanto ela.

— Boa noite, Hayworth. — Para Baz e Kai, ela disse: — Vamos, cavalheiros.

Cordie conduziu Baz e Kai porta afora como se fossem velhos amigos e os acompanhou pela rua escura. Quando se afastaram da taverna, ela os estudou da cabeça aos pés.

— Pelas Marés, olha só para o *estado* de vocês. Vocês saíram do fundo das Profundezas?

— Desculpe, mas quem é você? — perguntou Kai.

— É lógico, que falta de educação a minha. — A garota estendeu a mão enluvada. — Meu nome é Cordie. Estou no terceiro ano em Aldryn e sou da Casa Lua Nova.

Kai apertou a mão dela, desconfiado.

— Kai.

Como o garoto não falou mais nada, Cordie se virou para cumprimentar o Cronomago.

— Hã... Baz. Da Casa Eclipse.

Obviamente.

Ela arqueou a sobrancelha, parecendo achar a situação divertida.

— Estou vendo. Peço desculpas pelo taverneiro. Ele tem um pé no passado, coitado.

Nós também, pelo visto, pensou Baz.

— Mas ele tem razão — continuou Cordie. — Os Reguladores vão estar muito mais rígidos. Cadence é sempre ótima em relação aos nascidos no eclipse, mas com a chegada de delegados de outros países eles estão focados em prevenir acidentes. — Ela terminou a frase com um riso sarcástico. — De qualquer forma, garanto a vocês que esse tipo de hostilidade não faz parte dos costumes dos alunos aqui de Aldryn. Alguns de nós são muito mais receptivos que outros.

— Bom saber — disse Kai secamente, como se não acreditasse nela.

— Posso perguntar de onde são? — Cordie estava atenta ao rosto dos dois.

Merda.

Eles não podiam dizer que eram alunos de Aldryn, pelo menos não daquela época.

— Hã...

Kai deu uma cotovelada nas costelas de Baz, interrompendo-o.

— Luagua.

O olhar de Cordie se voltou para Baz, que sabia que a jovem devia estar pensando que ele não parecia em nada com um luaguano. Antes que o garoto pudesse bolar alguma desculpa, ela perguntou:

— Entendi. E vocês vieram nadando de Luagua até aqui? — perguntou ela em tom brincalhão. — Pelas Marés, devem estar congelando. O mar engoliu a bagagem de vocês também?

— É — respondeu Kai, com uma risadinha. — Mais ou menos.

— Bom, vamos lá, então — disse ela, unindo as duas mãos. — Vocês vão precisar de roupas. Vou procurar algo para vestirem. Imagino que ainda não tenham feito a inscrição, certo?

— Inscrição? — repetiu Baz.

— Vocês estão sem identificação. — Diante das expressões confusas dos dois, ela explicou: — Para o Bicentenário. Todos nós precisamos usar uma identificação para mostrar de que academia e de que países somos. Vejam.

Ela apontou para um broche esmaltado na lapela do casaco, que Baz reconheceu como o emblema da Academia Aldryn: mãos abertas segurando as oito fases da lua, que formavam um círculo em torno de uma adaga pingando sangue sobre um livro aberto.

— Ah, sim — disse ele. — Pois é, ainda não tivemos tempo.

— Bom, venham comigo. Eu ajudo vocês.

Cordie começou a subir a rua a passos rápidos.

— O que vamos fazer? — sussurrou Baz, aflito, enquanto ele e Kai caminhavam atrás dela.

— Vamos fingir que somos de uma escola de Luagua — disse Kai, falando baixo. — Academia Karunang. É a mais antiga do Arquipélago da Constelação.

O campus de Aldryn parecia, para todos os efeitos, o mesmo que seria dali a duzentos anos. Uma mesa de inscrição tinha sido montada no pátio perto da reitoria. Os dois deram seus nomes (Kai pareceu não se importar em usar seu sobrenome verdadeiro, então Baz fez o mesmo) e alegaram ser da Academia Karunang. Quando o aluno responsável pelas inscrições franziu a testa ao ver que eles não constavam na lista de alunos de Luagua, Baz achou que seriam expulsos.

— Eles adicionaram a gente de última hora — explicou Kai com tranquilidade. — Provavelmente se esqueceram de colocar nosso nome.

O aluno não pareceu convencido.

— Bom, vão ter que resolver isso com a reitora de vocês. Não posso inscrever vocês até que…

Cordie interveio.

— Faça-me o favor, Theopold, onde está sua hospitalidade? — Ela arrancou a lista das mãos dele, acrescentou os nomes dos dois no final e pegou dois broches da pilha diante do aluno atônito. — Eles podem resolver isso depois da cerimônia de abertura.

Ela se virou para Baz e Kai com um sutil revirar de olhos e fez sinal para que a seguissem. Theopold ficou vermelho, parecendo envergonhado depois de levar uma dura.

Cordie os conduziu até os dormitórios da Casa Lua Nova e tirou uma chave antiga do bolso antes de levá-los a um quarto de painéis escuros. Uma cama grande ocupava a maior parte do espaço, com roupas de cama luxuosas — que perceptivelmente não eram as oferecidas por Aldryn — arrumadas à perfeição. O quarto estava impecável, tão organizado que dava a impressão de não ser habitado. Os livros sobre a escrivaninha estavam alinhados por ordem de altura e havia uma variedade de canetas-tinteiro, pontas de aço e potes de tinta enfileirados com capricho ao lado de uma pilha de papel. Cordie abriu o armário, e até as roupas indicavam ordem, dispostas por cor e tipo de tecido.

— De quem é este quarto? — perguntou Kai, percebendo, assim como Baz, que todas as roupas eram masculinas.

Havia camisas, calças e lenços em tecidos sofisticados e estampas refinadas, além de sapatos tão bem polidos que refletiam a luz.

Cordie riu, tirando algumas peças do cabide.

— Do meu irmão. Não se preocupem, ele não vai se importar. Tem roupas demais.

Ela passou pelos dois e colocou as roupas que tinha selecionado em duas pilhas sobre a cama.

— Vistam isso e vamos para a cerimônia de abertura. Já estamos atrasados!

Baz e Kai se entreolharam.

— Hã. Bom, acho que a gente prefere ir direto para os aposentos da Casa Eclipse, se não se importa — disse Baz. — Foi um dia cheio.

— De jeito nenhum. Vocês precisam conhecer todo mundo. Garanto que meus amigos não são nada parecidos com aquele taverneiro. Além do mais, eu não posso acompanhar vocês até o Hall Obscura. Ele só permite a entrada de nascidos no eclipse. Mas vou apresentar vocês a Polina e a Thames, que vão ser seus colegas de Casa Eclipse aqui em Aldryn. — Ela fez um gesto para que Kai e Baz se apressassem. — Vou estar lá fora se precisarem de alguma coisa. Ah, podem deixar as roupas molhadas aqui. Vou pedir para que sejam lavadas e depois mando alguém levar para vocês.

Assim que Cordie fechou a porta, Baz sussurrou:

— O que a gente faz agora?

— Vamos fazer o que ela disse. A maré ainda está alta, não adianta ficarmos escondidos aqui como criminosos foragidos enquanto esperamos.

Baz resmungou para si mesmo ao pensar em ir a um evento com uma multidão, principalmente depois de escapar por pouco da cerimônia que desandara no ano do qual *vinham*. Tudo naquele lugar o deixava ansioso. Ele tinha medo de respirar errado, de dizer a coisa errada, de fazer algo relacionado à própria magia que perturbasse ainda mais as leis do tempo. Mas Kai tinha razão, eles não podiam fazer nada enquanto esperavam a maré baixar.

Os dois trocaram um olhar demorado e então ficaram de costas um para o outro. O som de Kai se despindo deixou Baz um pouco zonzo, embora não de forma desagradável. Ele se concentrou em tirar as próprias roupas molhadas e vestir as secas, muito mais agradáveis. A moda daquele século parecia rígida em comparação com seu suéter confortável e sua calça folgada: ele recebera uma calça social e suspensórios, uma camisa de colarinho alto e mangas compridas, um colete e uma sobrecasaca pesada para combater o frio do inverno.

Ele caminhou até o espelho de chão de moldura prateada e examinou seu reflexo com um ar de insatisfação, lutando contra o tecido que ele imaginava ser um tipo de gravata. Ele viu Kai pelo espelho. O Tecelão o observava, intrigado.

— Que foi? — perguntou Baz.

— Você não sabe amarrar a gravata ascot?

Kai se colocou diante do Cronomago e, com destreza, livrou-se do nó errado que Baz tinha dado.

O Cronomago sentia-se nervoso com a proximidade entre os dois. Conseguia sentir a respiração de Kai em sua pele e o calor das mãos dele, empenhadas em dar o nó na gravata.

Kai estava atento à tarefa e só encarou Baz depois de terminar.

— Combina com você — disse ele, com sua voz grave.

Baz ficou zonzo de novo com o fervor do olhar que trocaram. Até então, ele estava se esforçando muito para não pensar em como aquelas roupas caíam bem *em Kai.*

— Como aprendeu a fazer isso?

— Vi em um livro uma vez. Farran era obcecado por história da moda.

As palavras de Kai pesaram entre os dois.

— Ah — respondeu Baz, sem graça. — Parece... útil.

Kai franziu a testa ao ouvir o tom de Baz. Então uma batida suave veio da porta, seguida pela voz de Cordie perguntando por eles do outro lado. Baz pigarreou.

— Estamos saindo.

Kai pareceu não se importar em fingir que o último minuto não tinha acontecido, concentrado em colocar o broche de Karunang na lapela. Baz estudou o próprio broche. O emblema de Karunang era muito bonito: uma coruja abrindo as asas com um sol eclipsado sob as garras e as fases da lua em um arco acima da cabeça. Baz prendeu-o na sobrecasaca, tentando se convencer de que estavam sendo convincentes o suficiente. Que ele conseguiria manter o disfarce por toda a noite.

A cerimônia de abertura do Bicentenário foi realizada às margens do rio Helene. Baz estivera ali da última vez para o festival do Equinócio de Outono. Ele se lembrava das luzes mágicas penduradas nas árvores cujas folhas começavam a cair, dos estudantes agrupados sobre cobertores de lã e do ar repleto do som da magia e do cheiro de chocolate quente e bolinhos fritos.

No momento, as árvores estavam secas, a terra estava coberta de neve e as luzes que iluminavam a margem não eram do tipo perpétuo, mas a gás, que precediam em muito a invenção mais moderna. Os alunos vestiam as mesmas roupas formais que Baz e Kai, e nuvens de vapor saíam de suas bocas enquanto riam e passavam garrafas com um líquido marrom de mão em mão. Perto da água congelada, alguns estudantes soltavam fogos de artifício que explodiam no céu em formas encantadas, tingindo a noite com as cores de cada sigilo lunar... exceto pelo dourado do eclipse, notou Baz.

A maioria das pessoas por quem passavam acenava para Cordie e sorria amigavelmente. Ela parecia ser muito popular e era muito gentil com todos que a cumprimentavam.

— Ah, lá está Polina! — exclamou Cordie ao avistar uma garota um pouco afastada da multidão.

Encostada em uma árvore, Polina observava os fogos com admiração silenciosa. Ela era baixa e rechonchuda, tinha cabelos cacheados volumosos e pele clara. Ela e Cordie trocaram dois beijinhos no ar, sem tocar a bochecha.

— Já estava achando que você não ia vir — comentou Polina em tom suave, quase inaudível.

Cordie segurou as mãos da amiga e seu semblante se tornou extremamente protetor.

— Está tudo bem? Thames deixou você aqui sozinha?

— Ele está com seu irmão. Eu não quis me intrometer.

Ela olhou para Baz e Kai com uma curiosidade tímida, como se só então tivesse percebido a presença dos dois. Demorou-se um pouco mais em Baz, e um leve rubor coloriu suas bochechas.

Cordie a puxou para mais perto.

— Polina, deixe-me apresentar Baz e Kai, alunos da Casa Eclipse vindos de Luagua. Polina é uma dos dois estudantes nascidos no eclipse aqui de Aldryn.

— Não deveria haver nenhum, na minha opinião — disse uma voz vinda de trás deles. — Bando de aberrações.

Um garoto olhava para Polina com um ódio tão visceral que quase fez com que Baz se encolhesse como ela se encolhia, baixando a cabeça para se fazer menor. Ao seu lado, ele sentiu Kai ficar tenso, como se já se preparasse para uma briga. O aluno que os interrompeu tinha cabelos escuros penteados para trás e sobrancelhas grossas. Estava acompanhado por dois amigos, ambos corpulentos e de aparência igualmente detestável. Suas posturas combativas não deixavam dúvidas de que estavam procurando encrenca.

— Opinião que ninguém solicitou, Wulfrid — declarou Cordie. — Por que não some daqui?

Cordie não falou com eles da mesma maneira educada com que se dirigira ao taverneiro. Era como se a presença daqueles valentões tivesse libertado a loba que havia dentro dela.

— E se eu não quiser? O que você vai fazer? — retrucou Wulfrid com uma careta.

Ele olhou em volta num gesto teatral, ignorando Baz e Kai como se nada fossem e então voltando-se para Cordie de novo.

— Você não é tão invencível quando seu irmão não está por perto, não é mesmo?

Cordie avançou com as mãos cerradas ao lado do corpo. O garoto nem sequer recuou.

— O que vai fazer, Adivinha?

Quando Cordie se limitou a encará-lo, ele sorriu com uma satisfação repugnante.

— Como se não bastasse o fato de você mal conseguir fazer magia, ainda insiste em se misturar com essa corja da Casa Eclipse. Você é uma vergonha para a magia lunar. Todo mundo sabe que só está aqui por causa do seu sobrenome.

Cordie cerrou a mandíbula e começou a piscar rápido. Era evidente que Wulfrid tocara em seu ponto fraco.

— Já chega, não acha? — disse Kai, olhando para Wulfrid com uma fúria inegável.

A atenção de Wulfrid voltou-se para o Tecelão de Pesadelos e para o sigilo da Casa Eclipse visível nas mãos dele e de Baz. Sua boca se retorceu em um sorriso de desdém.

— É difícil acreditar que estão permitindo que a laia de vocês participe do Bicentenário. Vocês são uma mancha na história da nossa escola.

— Você vai ser uma mancha nessa neve se não sair daqui agora mesmo — ameaçou Kai.

Como uma fera se preparando para dar o bote, ele se aproximou de Wulfrid, e sua altura lhe conferia pelo menos uma cabeça de vantagem.

Wulfrid ergueu o queixo em sinal de valentia, mas não conseguiu esconder o leve tremor em sua voz ao perguntar, depois de engolir em seco:

— Quem é você para se dirigir a mim dessa forma, escória do eclipse?

O sorriso de Kai era frio e assustador.

— Se me chamar de escória mais uma vez, eu vou ser o seu pior pesadelo.

O que quer que Wulfrid tivesse visto no olhar penetrante de Kai foi convincente o bastante para fazê-lo recuar. Com uma careta, ele fez um gesto para que os amigos o seguissem.

— Vamos — disse Cordie quando eles se afastaram, sem desviar o olhar de Wulfrid. Ela segurou a mão de Polina. — Vamos procurar Thames e…

— Não quero mais ficar aqui — disse Polina, baixinho, puxando a mão e segurando-a contra o peito. Seu rosto estava pálido. — Eu deveria ter ficado no Hall Obscura.

— Wulfrid é um idiota — argumentou Cordie. — Não deixe que ele estrague nossa noite.

— Você não entende. — A voz de Polina era mansa e branda. — Wulfrid pode ser idiota o suficiente para vir nos intimidar, mas vários outros alunos pensam como ele. Eu percebo os olhares. Sei o que eles pensam de nós.

Cordie parecia querer insistir, mas não o fez. Havia uma compreensão sombria em sua expressão quando ela assentiu, dizendo:

— Tudo bem. Vamos voltar para o campus.

— Não, fiquem aqui. Aproveitem a comemoração. Eu posso voltar sozinha.

— Nós vamos com ela — disse Baz, recebendo um olhar radiante de Polina e uma sobrancelha arqueada de Cordie.

— Tem certeza? — perguntou Cordie. — Vocês acabaram de chegar.

— Estamos muito cansados depois de tudo que aconteceu — complementou Kai, captando o plano de Baz. — Assim podemos descansar um pouco.

Ou, na verdade, planejar o que fazer para entrar em Dovermere assim que a maré baixasse de novo.

Cordie pareceu apenas um pouco contrariada.

— Bem, está bem, então. Mas amanhã vocês *precisam* conhecer todo mundo no clube.

— De que clube ela estava falando? — perguntou Baz a Polina enquanto voltavam para o campus.

Os sons dos fogos de artifício e das risadas morriam aos poucos conforme os três se afastavam da festa.

— É um clube de justiça social que o irmão da Cordie fundou — respondeu ela com as bochechas coradas, como se não estivesse acostumada com a atenção. — Um lugar onde alunos se reúnem para falar sobre a magia dos nascidos no eclipse, de nosso lugar no mundo e de formas de lutar contra todas as regras e regulamentos que limitam nossa magia. — Ela lançou um olhar de soslaio para Baz. — É uma surpresa que tenham permitido alunos da Casa Eclipse no Bicentenário. Até onde sei, vocês foram os únicos que vieram. As coisas são muito melhores no Arquipélago da Constelação, não são? Vocês têm muita sorte de estudar lá.

— Temos mesmo — disse Kai, saudoso.

— As coisas estão mudando em Elegy — continuou Polina —, mas ainda temos um longo caminho pela frente. Os clubes acadêmicos querem promover mudanças. Vocês vão ver amanhã.

Eles torciam para que *não* estivessem mais ali no dia seguinte. Baz não conseguia tirar Dovermere da cabeça, assim como a Ampulheta e a magia do tempo sobre a qual ele estava se esforçando muito para não pensar.

Eles se viram descendo de elevador até o mesmo corredor que tinham deixado para trás duzentos anos depois. No momento, o elevador era impecável e reluzente, não parecia tão frágil quanto estaria dali a dois séculos, e fez a descida sem grandes transtornos. As proteções permitiram a passagem dos dois sem problemas, reconhecendo neles o poder do eclipse.

Mas o interior do Hall Obscura fez Baz titubear.

Não havia mais os campos que davam para o mar ou o salgueiro que levava aos aposentos comuns. As portas do elevador se abriram para um caminho ladeado por lanternas redondas de vidro iluminadas por vaga-

-lumes. Eles estavam no meio de um jardim encantado, repleto de estátuas de mármore cobertas de líquen e arcos floridos delicados ao longo do caminho, que terminava em uma pitoresca cabana feita de pedra. O céu era escuro, assim como o céu ilusório de Baz.

— Foi você quem fez essa ilusão? — perguntou Baz a Polina.

O Hall Obscura era encantado com uma ilusão que refletia uma cena da memória do aluno mais antigo da Casa Eclipse. Polina olhou para ele, confusa.

— Como sabe que é uma ilusão?

Droga.

— Ah, é que nós fazemos a mesma coisa em Karunang.

Baz torceu para que fosse verdade ou que Polina nunca descobrisse o contrário.

Kai lançou um olhar irritado para ele, como quem diz "mandou bem, Brysden".

Polina não pareceu notar.

— Foi Thames. Ele está no quarto ano, eu estou só no segundo. Vocês vão se conhecer amanhã.

A garota abriu a porta da cabana para eles e, ao passarem pela porta, finalmente se viram na sala de estar. Aquela parte do Hall Obscura era a mesma em que tinham estado naquela manhã, embora estivesse muito mais conservada. O papel de parede de girassóis era novinho, a filigrana dourada reluzia sob a luz das lâmpadas e das chamas que crepitavam agradavelmente na lareira. Os sofás estavam nos mesmos lugares de sempre, em vermelho, laranja e amarelo, enquanto no presente tinham tons pálidos de marrom e ferrugem. As cortinas também pareciam as mesmas, embora não estivessem tão esburacadas pelas traças.

— Nossos quartos são aqui em cima — disse Polina, conduzindo-os pela escada. — Este é o meu e aquele é o do Thames. Podem escolher um dos outros. — Suas bochechas coraram quando ela olhou para Baz. — Não hesitem em me chamar caso precisem de alguma coisa.

— O-obrigado — gaguejou Baz.

— Imagina. Boa noite.

Polina lhe lançou um olhar encantado e então entrou em seu quarto.

Baz teve a estranha impressão de que ela poderia estar flertando com ele, embora não conseguisse imaginar o porquê. Quando ele se virou para Kai, o Tecelão de Pesadelos arqueou a sobrancelha de forma sugestiva.

— Cala a boca — resmungou Baz antes de voltar para a sala de estar.

Os dois se sentaram perto da lareira. Pretendiam esperar que Polina dormisse para sair pela porta secreta (que, felizmente, ainda estava lá) e partir para Dovermere. Se Baz fechasse os olhos, quase sentia que estava no presente. Os sons eram os mesmos. Os cheiros. O sofá era mais firme do que em suas lembranças, mas com Kai ao seu lado ainda parecia que ele estava em casa.

Naquele momento, a ficha pareceu cair: eles tinham mesmo voltado no tempo. Baz não sabia se queria rir ou chorar daquela estranha reviravolta do destino.

— O que acha que aconteceu com eles? — perguntou Kai, hipnotizado pelo fogo da lareira. — Virgil, Nisha, Vera...

— Está falando de Keiran?

— É. Ou o que quer que estivesse enfiado no corpo dele.

Os dois ainda não tinham falado sobre o ocorrido, sobre o fato de Keiran ter sido *revivido* bem diante dos olhos deles. Baz não sabia como se sentir. Desde que vira Keiran morrer, passara a reprimir toda a sua culpa. Culpa por ter privado Keiran dos próprios pais. Culpa por ter sido a razão que levara Keiran a fazer tudo aquilo, já que o garoto só queria voltar a ver a própria família.

Ele não sabia se Keiran tinha sobrevivido à esfera dos sonhos daquela vez, mas, se tivesse, talvez pudesse ter uma segunda chance.

Mas não era realmente *Keiran*, era? Havia muita coisa que eles não sabiam sobre a magia da Reanimadora, então era impossível saber o quanto Keiran era... Keiran.

E se aquela versão desalmada dele quisesse vingança?

E se, com todo o fingimento da civilidade esquecido, ele quisesse atacar Baz?

Ou Emory?

O garoto sentiu o pânico invadi-lo e, mais uma vez, seus pulmões pareceram se esquecer de como respirar.

— O que nas Profundezas vamos fazer agora? — perguntou Baz.

Kai voltou-se para ele. O fulgor da lareira dançava em seus olhos.

— Vamos dar um jeito, Brysden.

O pânico pareceu recuar, como se o Tecelão de Pesadelos absorvesse todos os seus medos. Era o que a presença de Kai fazia com Baz. O que sempre fizera. Kai era um bálsamo, um sopro de segurança. Alguém que o mantinha com os pés no chão.

— Estou feliz por estarmos juntos, pelo menos — disse Baz.

— Eu também.

Kai pareceu vulnerável, como se todas as arestas afiadas de sua armadura tivessem desaparecido. Mas o momento passou quando Kai olhou para a janela e para a baía.

— Vamos torcer para essa confusão não ficar pior do que já está.

24

KAI

Quando a maré baixou e os dois saíram para as cavernas outra vez, descobriram que Dovermere também estava diferente.

Kai e Baz percorreram a rede de túneis e cavernas sem grandes problemas, mas Kai ficava mais desconfiado a cada passo rumo à Ampulheta. Ele percebeu que Baz também estava nervoso, já que ficara em total silêncio e sua respiração saía em rajadas superficiais, com certeza pensando nos riscos de abrir a porta de novo.

Antes de chegarem à Garganta da Besta, os dois se viram diante de uma parede de rocha sólida.

— Que merda é es... — murmurou Kai.

No ponto onde o túnel deveria se abrir para a gruta da Ampulheta... havia um beco sem saída. Ele e Baz empurraram e apalparam a parede, mas não encontraram nada. E, se a Garganta da Besta não estava ali...

— Será que a Ampulheta ainda não existe? — arriscou Baz, intrigado.

Mil e uma possibilidades surgiram na mente de Kai, mas nenhuma fazia sentido.

— A gente não pode ter aparecido aqui do nada. Tem que haver uma porta.

— Não consigo sentir nada — disse Baz, franzindo a testa para a parede.

— Como assim? Sentir o quê?

— A magia de Dovermere. Da porta. Antes... antes, eu sentia algo sussurrando para mim, como se a magia da caverna reconhecesse a minha. Como se as duas fossem a mesma coisa.

Kai notou que também não estava sentindo coisa alguma. Ele não ouvia nenhuma canção, não sentia nada chamando por ele.

Nada.

Baz xingou, virando-se para Kai de olhos arregalados.

— E se estivermos presos aqui para sempre?

Se a Garganta da Besta não existia, não havia Ampulheta ou porta para as Profundezas.

Não havia um jeito de voltarem ao presente.

Kai se recusava a aceitar aquilo.

— Você não consegue apenas trazer a porta de volta?

Baz engoliu o medo que estava tentando manter sob controle. Em uma voz baixa e embargada, disse:

— Eu não tenho coragem de tentar.

— Brysden...

— Não. É sério. Não sei se isso foi culpa minha ou se foi a própria Dovermere que trouxe a gente para cá. De qualquer forma, não dá para saber o que minha magia pode causar. Mesmo que eu fizesse a porta reaparecer, não sei como nos levar de volta ao presente.

Kai foi obrigado a admitir que ele tinha razão.

— Então o que sugere?

— Talvez eu consiga encontrar respostas aqui. Outro Cronomago que estude viagem no tempo. Não sei.

É óbvio que a solução de Baz para os problemas em que estavam metidos era *pesquisar.*

— Esta não é uma época boa para se estar preso, Brysden — alertou Kai, pensando em Wulfrid e sentindo um mal-estar. O garoto o lembrava de Artem e de outros valentões como ele. — Vamos ter que tomar muito cuidado.

— Eu sei. — Baz coçou a nuca, pensativo. — Precisamos tomar cuidado com nossas ações também. Com certeza existem regras. E se nossa presença aqui for capaz de alterar o rumo do futuro? O nosso presente?

Kai sentiu dor de cabeça só de cogitar aquilo.

— Uma coisa de cada vez. Vamos embora logo, antes que a maré nos afogue. Vamos pensar em uma solução juntos.

* * *

Kai está na gráfica mais uma vez.

A cena de pesadelo é a de sempre: primeiro a gráfica, depois Dovermere, em seguida a esfera dos sonhos. Máquinas e destroços. Pedras desmoronando e ondas avassaladoras. Escuridão e estrelas que tentam alcançar a única pessoa de quem Kai não suporta estar longe.

Mais uma vez, as cenas se misturam. Mais uma vez, Kai chama por Baz. Ele está preparado para ver o amigo se transformar na imensa umbra com a coroa de obsidiana, para que a criatura que viu na esfera dos sonhos fale aquela língua de novo, querendo que Kai abra a porta.

Mas nada daquilo acontece. Baz apenas vira-se para encará-lo — não o Baz de verdade, mas o imaginário, saído dos pesadelos de Kai. Não há umbra nem coroa, o que faz Kai se perguntar se ela escapou da esfera dos sonhos por completo. Ele a viu entrar no corpo reanimado de Keiran *com os próprios olhos*. Talvez aquilo significasse que não iria mais atormentar os pesadelos de Kai.

O que acontece depois é pior do que a umbra:

Hematomas escuros aparecem no pescoço de Baz, deixados pelas mãos de Kai. Por trás dos óculos, os olhos castanhos do amigo o acusam impiedosamente:

Queria você tivesse desaparecido em vez dela, exclama o Baz do pesadelo.

Ela. Romie, Emory, não importa a quem ele se refere. No final, dá no mesmo.

Kai recua, saindo da prisão de seus próprios medos e tentando entrar em outro pesadelo, qualquer um que não seja o seu próprio.

Um tipo diferente de escuridão o atrai. Ele entra em um pesadelo que lhe traz uma sensação inexplicável de segurança, se é que é algo possível para um sonho ruim. Ele sente o mesmo magnetismo que o levou até Emory antes, como se rédeas estreladas o conduzissem até ela.

Alguém está lá, mas não é Emory. Trata-se de um garoto mais ou menos da idade dele, embora Kai não consiga ver seu rosto. Quem quer que seja, está inclinado sobre um corpo estirado em uma poça de sangue, com os ombros estremecendo em um choro silencioso.

Oi?, chama Kai, sua voz soando distorcida nos próprios ouvidos.

O garoto não o ouve. Mas então outra pessoa aparece atrás do desconhecido. O recém-chegado é esguio, com pele clara e cabelos castanhos e cacheados. Ele se posiciona entre Kai e o garoto que chora e olha diretamente para o Tecelão de Pesadelos por trás de óculos de armação grossa em formato de meia-lua.

Você não deveria estar aqui, diz ele.

A fala é acompanhada por um empurrão, mãos o afastando...

Kai acordou com um sobressalto.

Daquela vez, ele não ficou confuso. Kai sabia que estava acordado, sabia que o jovem que o empurrara para fora do pesadelo era real, porque *o reconhecera.* Não seu rosto, mas sua magia, assim como Sonhadores conseguiam se reconhecer na esfera dos sonhos, agindo como faróis uns para os outros.

Só que o garoto não era um Sonhador.

Era outro Tecelão de Pesadelos.

ROMIE

Enquanto em Wychwood havia florestas úmidas e terra em decomposição, o Mundo Ermo era seco e estéril. Mas aquilo não era surpresa para Romie, que já se lembrava de cor da maior parte de *Canção dos deuses afogados*, um feito que deixaria o irmão orgulhoso.

Esse mundo é uma forja. Brutal, repleto de vapores escaldantes e de coisas lindamente esculpidas.

E de fato parecia brutal... embora nem de longe tão escaldante quanto Romie tinha imaginado. Talvez o frio que sentia fosse apenas um efeito residual de ter sua energia drenada por Emory na linha de ley. No entanto, Romie recuperara o suficiente de suas forças para que pudesse se manter de pé e ficar fascinada com o mundo à sua volta.

Estavam em um estranho deserto avermelhado, cheio de penhascos arredondados pela erosão e montanhas acidentadas até perder de vista. Por todos os lados, brotavam cactos gigantes e árvores peculiares de galhos retorcidos e encrespados. As feras aladas que, por um momento, haviam ocultado o sol já tinham desaparecido, assim como o monstro com o rosto de Keiran. Mesmo assim, Romie continuava com a sensação de estar sendo observada.

Era um lugar muito aberto, muito vasto e, se a descrição do livro de Clover fosse verdadeira, eles veriam mais feras além daquelas.

Todos os outros ainda estavam recuperando o fôlego. Romie olhou para eles e depois para Nisha, bem ao seu lado. Elas fizeram contato visual.

— Você é de verdade? — perguntou Romie, com medo da resposta. Com medo de ainda estar sob a tortura das umbras.

Com olhos marejados, Nisha tocou o rosto de Romie.

— Eu sou de verdade.

Romie a abraçou, chorando baixinho, expondo toda a vulnerabilidade que jamais ousara deixar transparecer. Ela não tinha mais forças para esconder as lágrimas, para desempenhar o papel da Sonhadora destemida.

De canto de olho, ela viu Virgil Dade envolvendo Emory em um abraço apertado. Emory respondeu em igual medida, piscando depressa como se estivesse lutando para não chorar. Romie pensou no vínculo que eles tinham formado durante sua ausência.

Virgil afastou-se de Emory, segurando-a à distância de um braço.

— Você está bem? — perguntou ele, examinando-a com uma expressão sombria.

Emory assentiu, embora parecesse aturdida, incerta. Ela olhou para as próprias mãos, em busca de vestígios prateados em suas veias, assim como Romie fizera. Contudo, igual à última vez, ela tinha voltado ao normal. Emory deveria ter entrado em Colapso, suas veias prateadas indicaram que o fenômeno estava prestes a acontecer, mas não aconteceu.

Romie se afastou de Nisha e se ajoelhou ao lado de Aspen. A feiticeira ainda estava inconsciente e suas roupas, rasgadas e ensanguentadas. O ferimento, entretanto, tinha se fechado de tal forma que Romie quase se perguntou se teria imaginado o momento em que Keiran atravessou o peito de Aspen com a mão.

Romie se virou para Emory.

— Ela vai se recuperar?

Emory abraçou o próprio corpo.

— Acho que consegui reverter o estrago. — Ela se concentrou no arco onde a porta estivera, ainda pálida de horror. — Virgil, por favor, diga que aquele não era Keiran.

Ele suspirou.

— Você não vai gostar da resposta, mas sim, meio que era ele.

— Como?

— Artem Orlov fez uma Reanimadora trazer Keiran de volta à vida. — O tom cortante de Virgil ao explicar os detalhes por trás do ocorrido deixava evidente que ele se sentia enojado diante de um ato tão perverso de magia. — Avisei Artem que a reanimação cobraria seu preço. Brincar com a morte desse jeito, mesmo para alguém que já entrou em Colapso... A pessoa nunca volta sendo ela mesma. Aquilo podia até ser parecido com Keiran, mas a alma dele certamente não estava intacta. Pode ter certeza.

— Se é que ele tinha alma, para começo de conversa — murmurou Nisha.

Emory pareceu querer dizer algo, mas continuou em silêncio. Romie sabia o que ela estava pensando: que o que quer que tivesse se apossado de Keiran não era humano. Aqueles olhos...

Lembravam os do demônio que possuíra Bryony.

— Você falou de alguém que entrou em Colapso — disse Romie, com uma careta. — Foi a Reanimadora que trouxe Keiran de volta?

— É.

— E esse nível de poder descontrolado não matou vocês todos? — questionou Romie, impressionada.

Os outros a encararam como se ela tivesse três cabeças, então Virgil deu um tapa na própria testa.

— Caramba, é mesmo. Elas não sabem.

— Não sabemos o quê? — disparou Romie.

— Sobre o Colapso. No fim das contas, não é a maldição que dizem que é, passa longe disso. O Colapso dá um poder ilimitado aos nascidos no eclipse, e a maioria daqueles que entraram em Colapso e conseguiram escapar do Selo Profano parece levar uma vida normal. — Ele cutucou Emory. — Então você não vai precisar de algemas nulificadoras ou de qualquer outra coisa do tipo se acabar entrando em Colapso enquanto estivermos aqui. Se Baz e Kai conseguem lidar bem com isso, você também consegue.

Romie sentiu seu mundo vacilar.

— O que você acabou de dizer? — perguntou.

Virgil e Nisha se entreolharam. O coração de Romie disparou.

— *Baz entrou em Colapso?* — continuou ela.

Mas quem respondeu foi a outra garota. Vera, se Romie bem se lembrava. Ela a conhecera no Atlas Secreto, quando estava procurando respostas sobre Adriana Kazan.

— Ele entrou em Colapso há muito tempo. Desde o incidente na gráfica do seu pai.

Aquelas palavras demoraram para fazer sentido.

— Não, não pode ser. Isso significaria... — Romie recuou um passo. — O Colapso do meu pai *matou pessoas.*

— Não foi seu pai quem entrou em Colapso — explicou Nisha, com cuidado. — Foi Baz. Seu pai assumiu a culpa por ele.

Romie soltou um riso incrédulo.

— Espera aí. Estamos falando *do Baz,* meu irmão que nunca sai do quarto, o garoto que tem medo de usar o mínimo que seja de magia.

— Você perdeu muita coisa, Sonhadora — disse Virgil. — Seu irmão é o fodão agora.

— Pelas Marés! *Por isso* ele conseguiu impedir o meu Colapso! — exclamou Emory de repente, com o olhar desfocado. — Em Dovermere, quando estávamos sendo atacados pela umbra que era Jordyn... Todo aquele poder...

— Só poderia ter vindo de alguém que já entrou em Colapso — concluiu Virgil para Emory. — Se precisa de mais provas, pense na magia que Kai usou em Dovermere para enfrentar as umbras. Quer dizer, *nós* estávamos desmaiados em volta da Ampulheta e não vimos nada, mas, pelo que ouvimos, foi incrível.

Emory franziu a testa.

— Eu me perguntei se tinha imaginado tudo aquilo, mas... como Kai sequer conseguiu acessar a própria magia? Ele tinha o Selo Profano.

— Baz retirou o Selo dele — contou Vera. — Usou a própria magia pós--Colapso e retrocedeu o tempo, fazendo com que Kai nunca recebesse o Selo Profano. O que significa que Kai agora também tem magia ilimitada.

Magia ilimitada.

Romie voltou-se para Emory, e as duas tiveram uma conversa silenciosa. Aquilo explicaria o fato de Emory simplesmente não entrar em Colapso: talvez o fenômeno já tivesse acontecido. Mas Emory balançou a cabeça.

— Não pode ser. Eu não entrei em Colapso.

— Mas e se tiver entrado? — contestou Romie. — Baz nem sequer sabia que isso tinha acontecido com ele. Talvez com você seja igual. — Para os outros, ela perguntou: — Depois do Colapso, o sangue da pessoa fica prateado sempre que utiliza muita magia?

— Não — respondeu Nisha. — O prateado permanece durante o Colapso em si ou por mais alguns dias, no máximo. Depois o sangue volta ao vermelho de sempre.

Emory olhou para ela como quem diz: *Viu só?*

Mas Romie não conseguia ignorar a sensação de que havia algo de errado. Ela queria confiar no controle que Emory tinha sobre a própria magia, mas era impossível evitar o medo que fixara suas raízes nela desde a noite em Wychwood com Bryony... talvez até antes daquilo.

O problema não era apenas o sangue prateado que ela vira correr pelos braços de Emory ao usar magia, mas o que Romie *sentira* quando a amiga usou todo aquele poder para expulsar o demônio de Bryony ou na gruta em Wychwood para combater a umbra. Como se um canal tivesse sido aberto entre elas, e Emory estivesse sugando todo o poder de Romie para si.

Emory não era ilimitada se estava roubando o poder de outra pessoa.

Romie se afastou de Emory, reprimindo o pensamento que trazia aquele termo tão horrível. *Ladra de Marés.*

— Se Baz e Kai têm essa magia ilimitada, por que não estão aqui? Aliás, a principal pergunta é: como é possível que *vocês* estejam aqui?

— Viemos buscar você — respondeu Nisha. — Vocês duas.

— Mas principalmente você — acrescentou Vera, concentrando-se em Emory.

— Eu? Por quê?

— As coisas ficaram muito ruins lá no nosso mundo — contou Virgil. — As marés estão completamente bagunçadas há meses, estão inundando tudo e...

— Espera aí. *Meses?* — interrompeu Emory. — Nós só ficamos em Wychwood por alguns dias.

— Não pode ser. Você passou pela porta há meses. Acabamos de comemorar o solstício.

— Mas... Eu juro, se passaram apenas onze dias para nós — afirmou Emory. — Como isso é possível?

Romie também não entendia. Será que o tempo passava de forma diferente em cada mundo? Se fosse o caso, quanto tempo mais se passaria no mundo de onde vinham até terminarem a jornada até o mar de cinzas?

— Melhor não mexer nesse vespeiro — disse Virgil com um riso nervoso. — A questão é que os Reguladores acham que os nascidos no eclipse estão se rebelando *por ordem sua*, Em. Pois é, uma palhaçada, eu sei. Eles acham que você é a Sombra reencarnada. Então a gente precisa que você volte e mostre que... bom, que você não é do mal.

— Como eles sequer sabem que eu sou uma Invocadora de Marés?

— Alguém da Ordem deve ter contado tudo — disse Nisha. — Artem, provavelmente.

— Aquele imbecil — resmungou Virgil.

— Mas como vocês vieram parar aqui? — insistiu Romie, ignorando a vozinha em sua mente que se perguntava se era possível que Emory *de fato* fosse a Sombra reencarnada. — Como conseguiram abrir a Ampulheta?

Eles não deveriam conseguir transitar pelos mundos sem o sangue de Invocadora de Marés de Emory. Não sem que um deles fosse a chave — o que definitivamente não era o caso.

— Baz fez o tempo voltar para quando a porta estava aberta — respondeu Nisha. — Poder ilimitado, lembra?

— E acho que sobrevivemos à viagem entre os mundos e não tivemos o mesmo fim que aqueles alunos que apareceram na praia ano passado graças a isto aqui — completou Vera, mostrando uma bússola que trazia pendurada no pescoço.

— Onde conseguiu isso? — indagou Emory, surpresa. — Era... era da minha mãe.

— É — disse Vera, um pouco desconfortável. — Adriana Kazan, não é?

— Como você...

— É uma longa história. Fica para outra hora. A questão é que eu acho que esta bússola garante uma viagem segura pelos mundos para aqueles que *não são* chaves.

— Não dá para saber com certeza — comentou Nisha.

— Que outra explicação haveria para o fato de nós três ainda estarmos vivos? — retrucou Vera. — Os alunos do ano passado morreram porque não tinham o que era necessário para transitar pela esfera dos sonhos: o sangue de Invocadora de Marés de Emory.

Emory estava atordoada.

— Acha que eles teriam sobrevivido se estivessem com a bússola?

Vera fez que sim.

— É uma proteção contra a maluquice que é o espaço entre os mundos. — Ela brincou com a bússola na mão, olhando para Emory. — Adriana deixou isto para você, não foi? Antes de sumir. E a gente sabe que ela conseguiu passar pela porta de alguma forma, porque deixou o epílogo lá para que *você* encontrasse. — Ela apontou para Romie. — Talvez vocês, Sonhadores, tenham uma essência diferente da nossa e, com isso, sejam capazes de suportar a esfera dos sonhos por mais tempo sem a proteção da bússola. Sei lá. Mas sem esta coisa para nos guiar, acho que não teríamos encontrado a porta para Wychwood. Ela apontou direto para lá. E depois, quando já estávamos em Wychwood, apontou para a porta *seguinte*.

— Mas e Keiran? — perguntou Emory.

— Achei que teríamos que enfrentá-lo quando vimos que ele tinha passado pela porta com a gente — disse Nisha —, mas, de repente, ele pareceu nem ligar para a nossa existência e escapou do nada. Ele sumiu nas sombras, e nós pensamos que nunca mais veríamos Keiran, até seguirmos a bússola e o encontrarmos na outra porta com vocês.

— Tá, espera aí — interveio Romie, com a cabeça, desconcertada diante de tantas informações. — Vocês fizeram *Baz* abrir a Ampulheta, viram uma Reanimadora trazer a porcaria do Keiran de volta à vida e depois conseguiram nos encontrar em Wychwood graças à bússola da mãe de Emory. — Ela começou a contar nos dedos cada coisa que aconteceu, uma mais absurda que a outra. — E onde Baz foi parar?

Os três trocaram olhares que deixaram Romie preocupada.

— Ele está bem? — perguntou Emory, baixinho, dando voz aos pensamentos de Romie.

— Está — disse Virgil, com uma convicção forçada.

— Não temos certeza — corrigiu Nisha.

Romie entrou em pânico.

— É melhor alguém me dizer logo onde meu irmão está, senão eu vou...

— A gente perdeu Baz na esfera dos sonhos — admitiu Nisha, com um suspiro. — Ele e Kai.

— Como assim, *perderam*? Eles estão... *vivos*?

— Nós não sabemos.

Romie sentiu o mundo girar. Por um momento, foi como se estivesse de volta à linha de ley tendo toda a sua energia drenada ou na esfera dos sonhos, vendo as estrelas rodopiando ao seu redor sem saber o que estava em cima e o que estava embaixo. Tudo estava de ponta-cabeça. Primeiro, Keiran voltou à vida. Depois, Aspen quase morreu. Houve também a aparente incapacidade de Emory de entrar em Colapso, apesar de usos intensos de magia e a suspeita de que ela estava sugando o poder de Romie. E agora Baz...

Não. Ele não podia estar morto. Romie se recusava a sequer cogitar aquela possibilidade.

— Vimos uma coisa... Era como uma passagem — explicou Vera. — Parecia que outro portal tinha se aberto na esfera dos sonhos. Baz e Kai foram sugados por ele. Os dois estavam com a gente, mas, no minuto seguinte, sumiram.

Sugados por um portal. Forçados a seguir outro caminho.

— Eles com certeza estão bem. — A tranquilidade artificial de Virgil não convenceu ninguém. — Devem ter ido parar em outro lugar da esfera dos sonhos, não é? Ou talvez tenham sido mandados de volta a Dovermere. De qualquer forma, com os poderes pós-Colapso dos dois, não tenho dúvidas de que eles conseguem fazer quase qualquer coisa.

Romie refreou a preocupação que ameaçava engoli-la. Virgil estava certo... tinha que estar, porque ela se recusava a acreditar que o irmão tinha morrido.

— A gente devia descansar por hoje. Esperar sua amiga acordar — sugeriu Vera, depois de um longo silêncio.

O dia estava se esvaindo rapidamente ao redor deles... *rápido demais*. A lua já pairava no céu, apesar de o sol ainda não ter se posto, tingindo o mundo com tons nebulosos de laranja e roxo. Um som macabro rasgou o silêncio. Uma fera, talvez, como as criaturas míticas contra as quais a guerreira lutava no livro de Clover.

Romie estremeceu.

— Vamos torcer para que o que quer que habite este mundo deixe a gente viver até amanhã.

— E para que Keiran não volte para acabar com a gente — complementou Virgil. — Espero que aqueles pássaros monstruosos arranquem os olhos dele. Ele merece toda a dor do mundo depois do que fez você passar, Em.

— Depois do que fez *todos nós* passarmos — disse Emory, ruborizando quando Virgil a abraçou e deu um beijo afetuoso no topo de sua cabeça.

— É, mas você em especial — insistiu Virgil. — Ele brincou com o seu coração. Você sempre foi boa demais para o bico dele.

— Eu juro que a gente não sabia o que ele pretendia fazer. Se soubéssemos, teríamos contado tudo — reforçou Nisha, apertando carinhosamente o ombro de Emory.

Emory ignorou o olhar de Romie enquanto as peças começaram a se encaixar na mente da amiga.

Não era só o fato de Emory, assim como o restante da Ordem Selênica, não ter percebido as verdadeiras intenções de Keiran. Algo tinha acontecido entre os dois, algo que Emory estava escondendo de Romie depois de jurar que não haveria mais segredos entre as duas.

A mágoa e o sentimento de traição invadiram Romie. Enquanto observava os três, se dando conta de que eram amigos, ela percebeu que as pessoas de quem tinha se aproximado em segredo no ano anterior, as amizades que fizera além de Emory... não eram mais só dela. Emory tornara-se tão amiga de Virgil e Nisha quanto ela, talvez até mais, depois de tudo pelo que passaram juntos.

Emory dera o troco em Romie, deixando-a de fora ao esconder uma peça vital do quebra-cabeça.

Tudo fazia sentido, era lógico. Romie deveria ter percebido aquilo antes, porém estava absorta demais em todo o resto para enxergar o que estava bem na sua frente. Levando tudo em conta, não fazia diferença se Emory e Keiran tinham sido mais do que amigos, porém a mentira a incomodava profundamente.

Afinal, se Emory tinha mentido sobre aquilo, o que mais poderia estar escondendo?

Enquanto Emory e Virgil cuidavam de Aspen e Vera se aventurava à procura de plantas comestíveis, Romie se ofereceu para buscar lenha — ou qualquer coisa que pudessem usar para criar uma fogueira — com Nisha.

O sol estava se pondo depressa e o deserto estava gelado, algo que Romie não imaginava ser possível em um mundo que Clover descrevera como uma forja, repleta de calor e sol. No entanto, a sra. Amberyl de fato previra que a mácula que assolaria aquele mundo envolvia um sol que escurecia, um mundo mergulhado na escuridão.

Romie mal notou o silêncio entre as duas enquanto se afastavam dos outros, imersa em pensamentos sobre Emory. Ela só caiu em si quando Nisha a cutucou com delicadeza e perguntou:

— Está tudo bem com você?

Romie sorriu.

— Lógico. Por que não estaria?

— Tenho quase certeza de que você estava prestes a desmaiar quando encontramos vocês na gruta — respondeu Nisha. — E... não sei. Você parece apreensiva.

Romie sentiu um aperto no peito ao se lembrar de como Nisha sempre sabia o que se passava na cabeça dela.

E pelas Marés... ela estava *ali*. Romie ficou balançada ao olhar para a outra garota. Nisha estava igualzinha a como ela se lembrava, até melhor. Cílios longos, maçãs do rosto salientes, olhos escuros nos quais Romie tinha vontade de mergulhar. Seu cabelo preto estava solto sobre um ombro esguio, e o contraste entre as roupas das duas chegava a ser cômico: Nisha estava com um suéter leve por dentro de uma calça cotelê larga e com um sapato delicado no estilo oxford. Romie, por sua vez, usava uma blusa rendada de gola alta e saias compridas que estavam pelo menos alguns séculos fora de moda no mundo de onde vinham.

— Não consigo acreditar que você está aqui — admitiu Romie.

Ela queria estender a mão e tocar Nisha para confirmar que aquilo não era um sonho cruel, mas não o fez, lembrando-se de como as coisas entre elas tinham ficado antes de Romie passar pela Ampulheta. Ela engoliu em seco, sentindo um nó na garganta.

— Pensei que nunca mais fosse ver você — continuou Romie.

— Isso quer dizer que está feliz em me ver agora? — perguntou Nisha, com um sorriso tímido.

— Você nem imagina. Óbvio que estou. Você atravessou mundos por mim. E pela Emory — acrescentou ela, depressa.

Então ocorreu a Romie que talvez Nisha já tivesse superado o breve romance que haviam tido, que talvez ela estivesse ali apenas pela amizade com Emory, não pelos sentimentos que um dia nutrira por Romie. Afinal, a Sonhadora tinha estragado tudo entre as duas, isolando-se em sua busca pelo epílogo, sacrificando tudo e todos que amava em busca de seu destino.

— Então o que está te chateando?

Romie mordeu a parte interna da bochecha. Queria contar tudo: sobre como Emory parecera sugar o poder de Romie quando estava sobre a linha de ley, sobre como sentira-se traída pelas mentiras de Emory envolvendo Keiran, sobre como ela ainda não conseguia expressar as suas suspeitas de que Emory poderia ser, de fato, uma *Ladra de Marés,* como era dito.

Em vez disso, Romie perguntou:

— Lembra aquela última vez em que você me encontrou na estufa?

— Antes da iniciação de vocês? — perguntou Nisha, surpresa.

Romie assentiu, com um sorriso afetuoso ao se lembrar daquele dia. A estufa sempre fora *das duas*. Não era surpresa que Nisha a tivesse encontrado lá antes de Romie acabar presa entre os mundos. Nisha fora informar a hora e o local em que Romie deveria estar em Dovermere para a iniciação da Ordem Selênica e, embora não tivesse pedido diretamente para que ela *não fosse,* Romie se lembrava bem da sua preocupação.

— Você me disse para tomar cuidado — disse Romie. — E eu... Você foi embora sem me dar tempo de responder, mas eu me lembro de jurar para mim mesma que veria você de novo. Que, se eu conseguisse passar pelo ritual de iniciação e sobrevivesse a Dovermere, ia voltar para consertar as coisas entre a gente.

Os olhos de Nisha se iluminaram como se tivessem absorvido o que restava do sol que aos poucos se punha.

— Eu me lembro de torcer para que isso acontecesse.

— Acha que ainda dá tempo? — perguntou Romie, sentindo o coração na garganta e a pele quente com a intensidade do olhar de Nisha.

Ela não sabia dizer de onde vinha toda aquela honestidade nua e crua... talvez tivesse a ver com o fato de quase ter morrido nas mãos de um demônio que se apossara do corpo reanimado de Keiran e depois por causa da magia da melhor amiga. Mas, se Romie não perguntasse naquele momento, talvez não tivesse coragem de fazer aquilo depois.

— Acho. — Nisha se aproximou dela. — Eu teria esperado por você o quanto fosse preciso.

— Não vai mais ter que esperar.

Romie não soube ao certo quem tomou a iniciativa, mas, de repente, as duas estavam se beijando. As mãos de Nisha se entrelaçaram na nuca de Romie e as de Romie se perderam no cabelo sedoso de Nisha. Romie mergulhou no calor e na familiaridade dos lábios dela, levada de volta ao passado, aos primeiros dias em Aldryn, quando tudo era novo e empolgante. Quando ela estava se apaixonando perdidamente por Nisha, trocando beijos às escondidas na estufa, apenas uma garota normal fazendo coisas normais. Antes que a Ordem a sugasse, antes que a canção sequestrasse seus sonhos, antes que a busca pelo epílogo perdido a consumisse por completo.

Romie se deixou invadir por aquele momento de normalidade, pela felicidade retumbante do beijo de Nisha. Foi como se nada tivesse mudado entre as duas, mesmo que absolutamente tudo estivesse diferente ao redor.

O resto do mundo podia estar desmoronando, mas aquilo, pelo menos, era algo a que poderia se agarrar com todas as forças.

26

EMORY

Emory está se engasgando com flores lunares.

Narcisos pretos, malvas-rosa azuis, orquídeas brancas e papoulas arroxeadas crescem entre seus pulmões e brotam de sua garganta, cravando raízes profundas em seu coração, drenando todo o sangue de suas veias e a medula de seus ossos. Os fantasmas de sempre sussurram em seu ouvido:

Ladra de Marés.

A culpa é sua.

Tudo que você toca vira pó.

Uma mão encostou em seu braço. Emory acordou em um pulo e se deparou com Virgil debruçado sobre ela com um semblante preocupado.

— Está tendo um pesadelo?

Massageando o pescoço na altura da garganta, Emory olhou em volta, desnorteada. Ninguém mais estava acordado além dos dois. Era madrugada, e tudo estava muito frio sem a presença do sol.

— Acho que sim — balbuciou Emory. As flores não eram reais. Os fantasmas não estavam ali. Por ora, pelo menos. Olhando para Virgil, ela disse: — Eu vejo fantasmas sempre que uso magia. Dormindo e acordada.

— Fantasmas? — Virgil olhou em volta também, como se pudesse vê-los no escuro. — Tem alguém que eu conheço?

Emory estremeceu. Tinha a impressão de que Keiran e Lizaveta estavam presentes, pairando, invisíveis, entre os dois.

Virgil parecia sentir o mesmo. O garoto se sentou ao lado dela.

— Sabe, eu tentei impedir a Reanimadora de trazer Keiran de volta — disse ele. — Mas ela também não teve escolha. Todo mundo estava sob a coerção de Artem.

— Por que ele quis fazer uma coisa dessas?

— Ele estava desnorteado de dor. Tentou com Lizaveta primeiro. Artem pensou que a Reanimadora conseguiria reviver Liza, usar sua magia pós-Colapso para trazê-la de volta, mas obviamente não deu certo. — Virgil jogou uma pedra nas brasas extintas da fogueira. — Agora Lizaveta se foi para sempre e Keiran está possuído só as Marés sabem pelo quê.

Os olhos de Virgil estavam marejados, e Emory sentiu o coração pesado. Era surreal que ele e os outros estivessem ali. Da última vez em que o vira, Virgil estava caído aos pés da Ampulheta, apagado pelo poder combinado de Keiran e Lizaveta. E, no entanto, lá estava ele, sentado ao lado dela naquele mundo estranho, lidando com a mesma traição e a mesma dor dilacerante que ela ainda tentava entender.

— Sinto muito por Lizaveta — murmurou Emory, lembrando-se de como os dois eram próximos. — Ela era… muito legal.

Virgil deu uma risada sarcástica.

— Não precisa mentir. Ela era uma babaca com você. — Ele deu uma palmadinha na mão de Emory. — Mas obrigado mesmo assim. Espero que a alma dela descanse em paz. Por mim, Keiran pode agonizar para sempre.

Não havia convicção nas palavras de Virgil, como se ele não conseguisse esquecer que Keiran tinha sido seu amigo, da mesma forma que Emory não conseguia esquecer o que ele fora para ela antes do fim.

Ela deixou escapar a pergunta:

— Você era apaixonado por ela?

— Liza? — Virgil parou para pensar. — Sabe, é engraçado. Eu nunca escondi que tinha interesse nela e ela nunca me desencorajou. Às vezes, a gente se beijava nas festas quando Keiran a ignorava ou quando ela queria chamar a atenção dele. Eu sempre fui a segunda opção e sabia disso, mas eu aceitava qualquer migalha dela na esperança de que um dia ela pudesse gostar de mim de volta. Mesmo sabendo o que ela fez, o que estava disposta a fazer com os próprios amigos… — Virgil olhou para Emory com um sorriso triste. — Esse tipo de sentimento não some da noite para o dia, não é?

Emory entendia o que ele queria dizer. Ela também acreditara estar apaixonada, e por alguém que dizia gostar dela, mas que na verdade só queria usá-la.

Da mesma forma que você usou Baz, disse uma voz em sua cabeça.

E, com o rosto dele em mente, ela pigarreou e perguntou:

— Então é verdade? A maldição do Colapso não é real?

Virgil respondeu com um gesto de cabeça.

— É sério, Em, eles estão superbem. Tirando algumas coisinhas com a magia do Kai, mas ele ainda é novo nessa história toda de poder ilimitado. Mas Baz... ele é incrível.

Emory sabia. Apesar de todos os sermões de Baz sobre os perigos do Colapso, o controle natural que ele tinha da própria magia era inegável. Emory sempre se admirara com aquilo, com a facilidade com que ele recorria a um poder tão complexo e tão singular. E ele *a impedira* de entrar em Colapso, algo supostamente inevitável e irreversível. Para tanto, Baz voltara no tempo sem nem mesmo chegar perto de entrar em Colapso.

Ela deveria ter percebido. A ironia da situação era quase risível. Baz passara a vida toda evitando o uso da própria magia por medo de entrar em Colapso, porém a coisa que ele mais temia já tinha acontecido. Ele era uma fonte inesgotável de poder inexplorado.

— Mas como ele está com tudo isso? — questionou ela, a dor em seu coração quase insuportável ao pensar em como Baz devia ter ficado arrasado ao descobrir a verdade.

Afinal, se Baz tinha sido o responsável pelo Colapso na gráfica da família, aquilo significava que *ele*, e não o pai, tinha matado os pais de Keiran.

— Como eu disse, desde então ele se tornou espetacular. Teve que aceitar o próprio Colapso, criar um caso judicial contra a Ordem Selênica e os Reguladores por fazerem uso indevido de sangue prateado, abrigar fugitivos... É pesado, mas constrói caráter, sabe?

A ideia de Baz fazendo algo ilegal arrancou um sorriso de Emory.

— Espero que ele esteja bem, onde quer tenha ido parar ao passar pelo outro portal.

Ela ficou aliviada em saber que Kai estava com ele, lembrando-se de como o Tecelão de Pesadelos agira de forma protetora com Baz quando ela o conheceu no Instituto.

— Que doideira tudo isso. — Virgil suspirou. — Se a gente pelo menos tivesse uma bebidinha...

Emory virou-se para ele.

— O sol nem nasceu.

— Isso mesmo. A noite ainda é uma criança.

Virgil lhe ofereceu seu sorriso característico. Emory quase conseguia imaginar os dois de volta à Baía de Dovermere, sentados perto da fogueira onde se conheceram. Só que Keiran e Lizaveta não existiam mais e tudo tinha mudado de maneira irreversível.

Um movimento chamou a atenção de Emory quando Aspen se sentou, olhando em volta atordoada.

— Como está se sentindo? — perguntou ela, entregando a Aspen um pouco da água que tinham pegado na fonte.

A feiticeira estava exausta, mas o ferimento aparentava estar curado. Ela sorveu a água toda quase em um único gole.

— Por incrível que pareça, bem, considerando meu breve encontro com a morte. Acho que eu *de fato* morri por um segundo. — Aspen analisou Emory com atenção. — Você me trouxe de volta. Como fez isso?

— Magia de cura, lembra? — respondeu Emory, decidindo não mencionar que foi preciso muito mais do que isso.

Aspen envolveu o próprio corpo com os braços, concentrando-se no horizonte, onde um sol fraco despontava.

— Tenho a impressão de que já estive aqui antes — comentou ela. — Eu vi este lugar pelos olhos de Tol. O que significa que ele *é real*.

— Acha que consegue encontrar Tol com a perscrutação? — perguntou Emory, com uma súbita empolgação. — Talvez ele consiga ajudar a gente a achar a chave deste mundo.

— O guerreiro da história de vocês — sussurrou Aspen. Seus olhos se iluminaram com uma emoção que Emory não conseguiu decifrar, e ela cerrou a mandíbula com determinação. — Vou tentar.

Observada por Emory e Virgil, Aspen se sentou de pernas cruzadas sobre a terra vermelha e inclinou o rosto para o sol. Seus olhos ficaram esbranquiçados, e ela se entregou à perscrutação. Emory se perguntou qual seria sua âncora, se é que a feiticeira precisaria de uma, já que sua habilidade era tão única, antes de notar que Aspen tinha as mãos cerradas em punhos e afundadas na terra.

Os outros foram acordando aos poucos e também observavam Aspen em silêncio. Emory tentou estabelecer contato visual com Romie, mas a amiga estava concentrada demais acompanhando a feiticeira. Ou talvez a estivesse evitando.

Todos deram um pulo quando Aspen saiu do transe e se levantou num salto, quase pisando nos restos da fogueira.

— O que aconteceu? O que você viu?

— Não sei direito. Foi algo parecido com a mente de um bicho desconhecido... — Aspen franziu a testa. — O plano astral é tão diferente aqui. Não consegui encontrar meu caminho. Vai ser mais difícil do que pensei.

— Então como a gente vai encontrar essa tal chave? — indagou Virgil.

— Quanto à chave, eu não sei, mas *isto* pode nos levar à próxima porta. — Vera mostrou a bússola. — Como foi em Wychwood.

— Mas não dá para abrir a porta sem a chave.

— Obrigada, Virgil, eu sei como portas funcionam — alfinetou Vera. — Mas para onde você sugere que a gente vá? Só dá para enxergar deserto para tudo que é lado, e estamos todos cansados, com fome e com sede. Com isso, podemos pelo menos começar a andar na direção da porta e torcer para termos sorte.

Emory concordava com Vera e escondeu um sorriso quando Virgil resmungou algo baixinho. Eles partiram pouco depois, seguindo a direção da bússola. Emory percebeu que Romie e Nisha caminhavam juntas, com sorrisinhos e mãos que se esbarravam. Ela sentiu uma pontada de ciúme motivada também pela forma como Romie a estava tratando desde que tinham chegado ao Mundo Ermo. Era como se estivessem de volta ao primeiro ano em Aldryn, enquanto Emory assistia à melhor amiga se afastar aos poucos, sem poder fazer nada.

Mas, dessa vez, talvez Romie tivesse um bom motivo. Depois do que acontecera na linha de ley...

Não. Emory não acreditaria naquilo. Ela acelerou o passo para seguir ao lado de Vera, que liderava o grupo e estudava a bússola como se a própria vida dependesse disso.

— Como você sabia que Adriana era minha mãe? — perguntou Emory.

Ela mesma só ficara sabendo o verdadeiro nome da mãe por Keiran, pouco antes da morte dele.

Adriana Kazan.

Luce Meraude.

Mãe, marinheira, mentirosa.

— Baz me contou — respondeu Vera, evitando olhar para Emory.

— Baz conhecia minha mãe como Luce Meraude, não como Adriana Kazan.

Houve um momento de silêncio. Então Vera admitiu:

— Adriana era minha tia. — Ela encarou Emory. — Acho que nós somos primas.

— Ah.

Emory ficou em silêncio, processando a informação. *Primas*. Ela nunca tivera uma família além do pai, que era filho único, e dos pais dele, que tinham morrido quando Emory era criança. Sua mãe sempre fora um mistério, mas ali estava algo concreto, uma parte viva de sua árvore genealógica, alguém com o mesmo sangue que ela.

— Ela desapareceu anos atrás, procurando pelo epílogo de Clover — contou Vera. — Partiu de Trevel para velejar pelos mares. — Ela franziu a testa, concentrando-se na bússola que tinha em mãos. — Acho que isto é seu.

— Pode ficar — recusou Emory, tentando esconder o ressentimento na voz. — Nunca foi minha.

Assim como sua mãe também não fora. A mulher que ela nunca conhecera, que tivera uma família inteira para amar e por quem era amada, pessoas que se lembrariam dela muito tempo depois de sua morte. Pessoas que a conheceram, enquanto Emory nunca tivera a oportunidade.

Adriana Kazan... a mulher de verdade, a pessoa por trás de todo o mistério... parecia pertencer a todos, menos a Emory. Ela só tinha conhecido a mãe como Luce Meraude, a marinheira. Como a personagem de um livro sobre a qual Emory podia fantasiar, uma pessoa inventada que vivia em sua imaginação.

Uma pessoa que não pertencia a ninguém além do mar.

Não havia uma única versão de sua mãe que fosse de Emory, e ter uma porcaria de uma bússola não mudaria aquela verdade.

Emory parou de repente, tropeçando sozinha quando uma energia familiar vibrou sob seus pés.

Vera a segurou.

— O que houve?

Quando os outros as alcançaram, Emory se virou para Aspen.

— Está sentindo isso? É como a linha de ley em Wychwood.

Aspen inclinou a cabeça como se ouvisse o ar e a terra com atenção, buscando uma sintonia com os ritmos deles, como acontecia em Wychwood.

— Acho que eu teria poder suficiente para perscrutar aqui.

Romie ficou tensa, sua atenção indo de Emory para Aspen como se estivesse preparada para arrancá-las da linha de ley à força se fosse preciso.

— Não acha que seria melhor perscrutar longe da linha de ley? — falou para Aspen. — Depois do que aconteceu com Bryony…

Mas a feiticeira estava determinada.

— Eu não sou minha irmã. Além disso, a coisa que possuiu Bryony já está possuindo outra pessoa.

Keiran.

Antes que alguém pudesse impedi-la, Aspen sentou-se no chão e encheu a mão com um punhado de terra. Passou a terra vermelha de uma mão para a outra, observando-a como se o movimento fosse hipnotizante. E talvez fosse, já que seus olhos ficaram brancos outra vez e ela mergulhou na perscrutação.

Emory sentiu o coração disparar. A ponta de seus dedos formigava de um jeito estranho, e ela sentia uma fome que não tinha nada a ver com seu estômago vazio. Conseguia *sentir* a magia de Aspen em ação, sentir seu cheiro adocicado e terroso. Ela sentia um magnetismo que não conseguia explicar.

Vidrada, Emory observou os olhos de Aspen agitarem-se sem que nada vissem. E, quando se aquietaram, Aspen ofegou, puxando ar para os pulmões… e Emory fez o mesmo.

Não via mais o mundo como era um segundo antes. Não havia mais o cenário desértico nem seus amigos, não havia mais a sensação da luz tênue do sol em sua pele. Ela se encontrava em um túnel escuro guardando o que parecia uma cela e usava uma malha metálica dourada com uma espada pendurada na altura do quadril. Aquele não era o *seu* corpo. Estava cheio de músculos e ferimentos que ela nunca sofrera. O coração que batia em seu peito parecia *pesado*, feito de algo diferente de tecido e músculo. Algo quente, brilhante e mágico.

Um rugido estrondoso fez as paredes estremecerem.

Emory cambaleou e voltou ao próprio corpo. Mais uma vez, estava na terra árida, diante dos rostos preocupados dos amigos. Não era para ela que olhavam, no entanto. Estavam focados em Aspen.

— Não era Tol — disse a feiticeira, franzindo a testa. — Eu o senti por perto, mas tem algo impedindo nossa conexão.

O coração de Emory batia forte enquanto ela tentava entender o que tinha acontecido. Ela tinha *visto* aquilo, assim como Aspen. Sentira uma atração incontrolável em relação a Aspen e *à magia dela* e de repente estava imersa na perscrutação junto à feiticeira. Como era possível? Ela era uma Invocadora de Marés e usava a *magia lunar*, não a magia de outros mundos.

A linha de ley estava fazendo coisas estranhas acontecerem. Seria possível que estivesse desbloqueando outros tipos de magia para Emory? Ela conseguia sentir o poder que ainda emanava de Aspen naquele mesmo local, conseguia senti-lo sob seus pés como um fio energizado chamando por ela, implorando para que Emory o utilizasse como se lhe pertencesse.

As vozes de seus amigos ficaram distantes. Emory sentiu que tinha que sair da linha de ley ou iria explodir. O suposto calor escaldante esperado daquele mundo era no máximo moderado, mas ela estava suando muito, e havia algo elétrico correndo em suas veias. De repente, uma escuridão começou a se formar ao seu redor. Emory deu alguns passos trôpegos, tentando urgentemente se afastar da linha de ley.

— Em, está tudo bem? — gritou Virgil atrás dela.

Mas Emory não respondeu. Sua visão escureceu, e ela tombou.

Não imaginava que ficar inconsciente envolvesse uma *queda* propriamente dita, mas foi essa a sensação que teve: de despencar de forma interminável e veloz. Então, por fim, tudo parou.

Ela se viu na esfera dos sonhos de novo, ou, ao que parecia, *abaixo* da esfera dos sonhos. O breu era absoluto. Sob seus pés, Emory sentia obsidiana sólida e, acima da sua cabeça, via uma extensão escura carregada de estrelas que pairavam perigosamente baixas. Emory percebeu que era como se ela tivesse caído *para além* da ponte estrelada, no poço escuro e brilhante.

— Nos encontramos de novo.

Emory se virou ao ouvir a voz tão familiar. O demônio que se apossara de Keiran estava às costas dela, sorrindo com os maneirismos do garoto, confiante e sereno, em nada parecido com o demônio atroz que ela enfrentara na gruta.

— O que fez comigo?

— Você mal chegou e já está distribuindo acusações? — provocou o Keiran que não era Keiran. — Foi você quem desmaiou. Eu só trouxe sua consciência para cá.

— E *onde* estamos? — Ela olhou em volta, hesitante. — O que é este lugar?

— É muitas coisas e nada ao mesmo tempo. Um lugar liminar. Uma junção entre tempo, espaço e planos de existência.

— A esfera dos sonhos.

— Não é bem isso. Digamos que é um bolsão à margem da esfera dos sonhos.

Emory torceu para que aquilo significasse que nenhum deles era corpóreo, que ele não poderia machucá-la ali. Pensar na mão de Keiran apertando seu pescoço fez com que ela recuasse um passo, tentando se proteger e se preparar para o que viria.

— Se vai me matar, faça isso de uma vez.

Os olhos dele pareceram arder com as palavras de Emory.

— Não vou matar você.

O sorriso cruel na boca de Keiran denunciou um *ainda* não dito, que pairou no ar entre os dois.

Emory engoliu em seco. Ele se parecia tanto com Keiran, mas ela sabia que não era o garoto. Não podia ser.

— O que você é? — interrogou ela, fingindo uma coragem que estava longe de sentir.

— Não é óbvio?

O falso Keiran deu um passo em direção a Emory, e as sombras se agitaram em seu encalço.

A Invocadora de Marés tentou não tremer quando o garoto se ergueu diante dela.

— Eu sou o que vive na escuridão entre as estrelas — declarou ele, sua voz ecoando de maneira inquietante ao redor. — É decepcionante que alguém como você não consiga entender isso.

Emory sentiu os batimentos acelerarem.

— Mas você não é uma umbra.

— Não me insulte. As umbras são meros pesadelos, ecos de consciência, a concretização do medo. — Estreitando os olhos, ele a estudou da cabeça aos pés. — Você tomou várias de mim há algum tempo. Pude sentir o momento em que as almas escurecidas delas deixaram o plano dos sonhos. Foi como o que aconteceu com as que estavam comigo ontem. — Ele inclinou a cabeça para o lado. — O que fez com elas?

Emory ergueu o queixo.

— Eu as libertei.

Keiran a observou com certo divertimento, mas havia algo mais em seus olhos, uma espécie de curiosidade que beirava o ódio e que Emory não conseguia entender.

— Eu não sinto esse tipo de poder há muito tempo — admitiu ele. — Tem noção do que isso significa? Das coisas que você seria capaz de fazer? Das portas que poderia abrir?

Emory sentiu a boca seca. A pergunta era tão parecida com algo que Keiran diria que, por um segundo, ela se perdeu no olhar dele, naquelas palavras, no timbre envolvente de sua voz. Não conseguia evitar. Aquilo mexeu com algo dentro dela, invadiu suas barreiras. E, Marés, como ela se odiava por isso. Já não tinha passado por aquilo antes? Já tinha ouvido as promessas de Keiran, sido enganada por suas mentiras, absorvido tudo como uma serva fiel adorando um deus poderoso das trevas em seu altar. Ele tinha apelado para a sede de poder de Emory, para sua busca por ser relevante, e ela tinha se curvado perante ele com tanta facilidade que deveria ter ficado envergonhada. Na época, porém, tudo parecera tão natural. E, no fim, o resultado não foi nada além de dor e morte.

Emory não se deixaria ser conduzida daquele jeito de novo.

— Eu sei o suficiente — respondeu ela, com firmeza.

— Ah, é? Você sabe? E ainda assim está levando as partes dela para o mundo dos deuses sem saber o que isso vai causar. Você se diz Invocadora de Marés, mas não faz ideia do que isso significa.

Emory se recusou a morder a isca, mesmo quando um milhão de perguntas surgiram em sua mente.

— Então me diga o que significa.

— Você sempre é tão insolente com seus superiores?

— Meus *superiores*?

— Imagino que tenha a ver com esse seu desejo de morrer. Eu me lembro de você dizer que é o que você merece. — Keiran chegou tão perto que Emory viu todos os detalhes sobrenaturais de seus olhos. O anel externo de obsidiana pura, os anéis dourado e prateado ao redor das pupilas, brilhantes e intensos. Ele continuou a encarando. — Você tem tanto potencial e ainda assim parece não se importar que ele se esgote.

Emory não se atreveu a responder, sentindo-se zonza de medo. Seu coração parecia prestes a sair pela boca.

Então Keiran olhou para algo atrás dela.

— Talvez seu desejo se realize, afinal. — Então, encostando a boca no ouvido de Emory, ele sussurrou: — Se eu fosse você, correria.

Keiran a empurrou, e o mundo estranho e obscuro se dissolveu. Emory recobrou a consciência e abriu os olhos no deserto vermelho. Alguém a chacoalhava e, por um momento de absoluto terror, Emory pensou que o demônio tinha voltado com ela. Mas o rosto acima dela era de Virgil, e era a voz dele que atravessava sua confusão mental.

— *Corra!*

Um som horrível e estridente obrigou os dois a cobrirem os ouvidos e a olharem para o céu.

Uma fera alada de tamanho descomunal vinha em direção a eles com as garras em riste.

27

KAI

Kai passou o resto da primeira noite procurando pelo outro Tecelão de Pesadelos na esfera dos sonhos, mas não conseguiu encontrar nem sinal dele. O garoto tinha acordado ou conseguido bloquear Kai de alguma forma. O sol já estava nascendo quando Kai finalmente desistiu. Por reviravolta do destino, ele se viu em seu antigo quarto, um pequeno alento em meio a tantas coisas ruins, mas sentia falta do trecho de *Canção dos deuses afogados* e das estrelas pintadas no teto.

Depois de vestir as mesmas roupas usadas na véspera, Kai abriu a porta e ouviu vozes vindas do andar de baixo. Baz segurava uma xícara de café e Polina estava sentada no balcão ao lado dele, observando-o com o mesmo olhar de fascínio que Kai notara no dia anterior.

— Esqueci de perguntar qual é seu alinhamento — disse Baz.

Polina parecia desconcertada com o interesse dele.

— Não gosto muito de falar sobre meu alinhamento. As pessoas... costumam me julgar.

— As pessoas são péssimas, mesmo. — A resposta arrancou um sorriso dela. — Você não precisa me contar se não quiser, óbvio.

— Eu sou uma Perpetuadora. Consigo extrair lembranças e transferi-las para objetos. — Ela baixou a cabeça. — Memórias de cadáveres, no caso.

Kai quase tropeçou no último degrau da escada. Ele nunca tinha ouvido falar daquele alinhamento da magia do eclipse. Parecia uma versão mórbida e deturpada da magia memorista.

Polina o viu chegar e acenou sem jeito.

— Bom dia. Desculpe se acordamos você.

Kai a encarou apenas por um breve instante, pois sua atenção se voltou para outro nascido no eclipse que tinha o rosto enterrado em um livro. Logo o reconheceu.

— Então você é o otário que me enxotou da esfera dos sonhos.

Baz se engasgou com o café e repreendeu Kai com o olhar, mas ele não estava interessado na própria falta de cordialidade. O outro Tecelão pareceu não se importar. Ergueu os olhos do livro com um sorriso encabulado.

— Foi mal. — Seus óculos de meia-lua estavam pendurados em uma corrente. Ele os tirou e deixou cair, então encarou Kai. — Você quase me matou de susto ontem. Eu nunca tinha visto outro Devorador de Medos antes.

Devorador de Medos? Aquilo soava familiar. Ele se lembrava vagamente de ter lido livros sobre história da terminologia mágica que explicavam que alguns nomes de alinhamentos da Casa Eclipse haviam mudado com o tempo por serem tão raros.

— Prefiro Tecelão de Pesadelos — disse ele. — E você é o primeiro que encontro também.

— Tecelão de Pesadelos. Gostei. — O garoto estendeu a mão. — Meu nome é Thameson Caine, mas todo mundo me chama de Thames.

Caine.

O sobrenome de Farran.

Kai sentiu que Baz o observava. Estava cedo demais na manhã para lidar com aquele tipo de coisa. Ele apertou a mão de Thames, ignorando as inúmeras perguntas que formigavam em sua língua.

— Kai Salonga.

— A gente estava quase saindo para a reunião daquele clube que mencionei ontem — disse Polina, saltando do balcão e pegando o que parecia um pão doce.

— A gente promete que não é tão chato quanto parece. — Thames recolocou os óculos. — E vamos adorar ouvir a perspectiva de alunos de Luagua, é óbvio.

Ao saírem da sala de estar na companhia de Thames e Polina, Baz se aproximou de Kai e sussurrou:

— Tudo bem?

Kai desviou o olhar de Thames.

— Tudo. Só não consigo acreditar que encontrei outro Tecelão.

E que o Tecelão em questão era o ancestral de um garoto que, em uma época de sua vida, Kai acreditou amar.

— O que foi aquilo sobre ele te enxotar da esfera dos sonhos?

— Depois eu te conto — respondeu Kai, olhando para Baz.

— Que foi? — perguntou ele, voltando sua atenção para as próprias roupas. — Derrubei café em mim de novo?

Kai sorriu, parecendo achar graça da reação atrapalhada de Baz.

— Você conseguiu acertar a gravata dessa vez.

Baz tocou a ascot no pescoço, sentindo as bochechas ficarem quentes ao se lembrar da noite anterior, quando Kai deu o nó na gravata para ele.

— É, pois é. A gente tem que se enturmar, né? Talvez esse clube me dê alguma pista sobre Cronomagos do passado.

— Talvez. Vamos torcer.

28

BAZ

A reunião já tinha começado quando chegaram. Cordie os avistou assim que apareceram à porta e acenou para que fossem se sentar com ela. Todos os presentes estavam absortos pela fala de um aluno que se expressava com tanta segurança e convicção que não era de se admirar que atraísse tanta gente.

O estudante estava de costas para eles, de pé no meio da sala e do círculo de ouvintes. Seu cabelo na altura dos ombros fora penteado à perfeição e as roupas pareciam mais refinadas que as da maioria dos alunos, com um quê de sofisticação que lhe dava um ar de estar à frente de seu tempo.

— Toda magia nasce da mesma forma — disse o aluno. — Cada faceta do sistema que nos governa faz parte de uma equação maior. Desconsiderar uma dessas facetas resultaria no desmoronamento do sistema como um todo. Não existe lua sem sol, não existe mar sem praia. Não existe sonho sem pesadelo. As Marés não existem sem a Sombra como sua contrapartida. Não existe festa boa sem a presença de um Ilusionista para garantir que a gente tenha a melhor noite da nossa vida. E a mais caótica também.

Todos riram da piada interna. O aluno girou devagar, dirigindo-se a todos, e sua voz voltou a ficar séria quando ele falou:

— Não existe magia lunar sem a magia do eclipse. Pensar diferente não é só ignorância. Também coloca *todos nós* em perigo.

Então o aluno deu uma boa olhada em Baz. Se todos ao redor eram mortais, aquele só podia ser um deus. Seus traços eram delicados, ele tinha cabelo loiro e ondulado que emoldurava a mandíbula definida e seus olhos eram de um tom fascinante de azul-esverdeado, quase verde-água. Remetiam ao turquesa das ondas se quebrando contra a areia branca.

E seus olhos estavam focados em Baz.

Então Baz foi atravessado por um lampejo de compreensão e quase se engasgou.

Porque ali estava um homem que ele jamais imaginara que ia conhecer. Um rosto que ele só vira em pinturas, em livros e na própria imaginação. Um nome que ele vira na capa de seu livro favorito incontáveis vezes.

Diante dele, encontrava-se seu ídolo literário, a mente brilhante que escrevera *Canção dos deuses afogados*.

Cornus Clover.

Bem ali. Na época em que ele tinha ido parar.

Parecia impossível. Mas viajar duzentos anos no passado também era, e eles eram a prova viva de que aquilo de fato acontecera. E lá estava Clover. Nada fazia sentido. Baz encontrou o olhar de Kai quando Clover virou-se para o outro lado. O tecelão estava boquiaberto e com uma expressão que devia ser idêntica à de Baz.

— Você percebeu que...

— Não. — Kai soltou um palavrão, baixinho, sem acreditar. — Não pode ser real.

O aluno ao lado fez sinal para que eles ficassem em silêncio, e os dois voltaram a prestar atenção no discurso.

— ... as brutalidades cruéis a que são submetidos os que têm o Selo Profano — disse Clover. — E agora alguns Institutos começaram a trazer Purificadores para tentar expulsar o mal daqueles que entraram em Colapso.

— Ainda bem — disse alguém em alto e bom som.

Todos se voltaram na direção da voz. Wulfrid e os dois garotos da noite anterior estavam parados à porta com expressões hostis.

Clover pareceu não se incomodar com a interrupção.

— Quer compartilhar com a gente por que pensa assim? — perguntou ele em tom sereno, colocando as mãos atrás das costas. — Por favor. Tenho certeza de que todos aqui estão muito curiosos para ouvir a perspectiva de um Purificador sobre o assunto.

— Todos os nascidos no eclipse são sujos — disse Wulfrid, cheio de ódio —, e aqueles que entraram em Colapso são ainda mais malignos, porque sucumbem à maldição sombria e sacrílega da Sombra. A doutrina religiosa Lendas das Marés diz que os nascidos no eclipse têm a mancha da Sombra que levou as Marés à perdição. Eles são a ruína, uma praga em nosso mundo, e, ao escolher andar com eles, vocês passam a ser farinha do mesmo saco.

Lendas das Marés. Baz lera sobre o assunto quando estava ajudando a professora Selandyn em sua pesquisa sobre as Marés e a Sombra. Os adeptos da doutrina acreditavam no mito que retratava as Marés como boas e a Sombra como má. Era uma fé que não era mais popular na época de Baz, ainda que a ideia geral perdurasse. Pelo visto, ainda era relevante naqueles tempos.

— Então a religião dita a perspectiva de vocês — comentou Clover, balançando a cabeça com uma expressão sagaz.

Ele estava tranquilo, como se estivessem discutindo se o céu lá fora era ou não azul. Ao ouvi-lo falar, Baz se lembrou do que Jae sempre pensara de Clover: que ele era um crítico ferrenho do fanatismo religioso. Elu ficaria feliz em saber que tinha razão.

— Certamente você deve saber que essas Lendas das Marés não passam de um amontoado de histórias — continuou Clover. — Como um mito ou uma fábula, a história é narrada de várias formas e apresenta a Sombra de diferentes maneiras, a depender de quem está contando. Para quem vem do Arquipélago da Constelação, a Sombra está em pé de igualdade com as Marés. Ambos são heróis. Seria difícil encontrar alguém em Luagua que concordasse com as ações dos Purificadores, com esses *exorcismos*, por falta de palavra melhor.

— Por que acha que dou a mínima para o que um luaguano pensa? — rebateu Wulfrid. — São pagãos descrentes, assim como vocês. Criticando nossa fé e tomando o lado dessas aberrações contaminadas pela Sombra. — Ele fitou Thames e Polina, depois Baz e Kai. Pareceu furioso ao se virar para Kai, ainda contrariado com o fato de que, no último encontro deles, o Tecelão tivera a última palavra. — O mundo seria melhor se todos vocês voltassem para as Profundezas, que é onde pertencem.

A perversidade no comentário fez Kai ficar tenso da cabeça aos pés. Antes que uma briga começasse, Clover interveio.

— Já basta — disse ele, imperturbável. — Acho melhor você ir embora, amigo.

Wulfrid se endireitou. Ele ainda tinha o rosto vermelho de indignação, mas não questionou nem rechaçou a sugestão de Clover. Pelo contrário, virou-se e foi embora no mesmo segundo. Seus dois amigos ficaram para trás e se entreolharam, confusos, antes de segui-lo.

Era quase como se Wulfrid tivesse sido ordenado a sair contra a própria vontade. O que seria impossível...

Se Clover não fosse um Invocador de Marés.

As pessoas começavam a cochichar, e Baz e Kai se entreolharam. Ninguém parecia suspeitar do que acabara de acontecer: Clover devia ter usado a *magia encantadora* para fazer com que Wulfrid fosse embora. Clover não se mostrara nervoso com a situação. Apenas ajeitou o colete e esperou até que todos ficassem em silêncio. Quando a plateia estava prestando atenção de novo, ele ergueu a mão em direção à porta:

— É contra *pessoas assim* que estamos lutando. Pessoas que se escondem por trás da crença das Lendas das Marés, que a usam como desculpa para justificar o ódio contra os nascidos no eclipse. Se pessoas como ele conseguissem o que querem, nenhum progresso teria sido feito, por menor que fosse. É por isso que a luta por justiça para os nascidos no eclipse não é apenas deles, mas de *todos* nós. — Clover apontou para os fundos da sala. — Por favor, assinem a petição para que as práticas de purificação contra nascidos no eclipse sejam banidas dos Institutos. A voz de vocês é necessária nessa luta. Muito obrigado.

Quando os alunos começaram a se dirigir à mesa onde a petição estava, Clover se aproximou de Cordie e a cumprimentou com um toque no cotovelo. Havia um vestígio de preocupação visível sob a máscara de polidez.

— Ele está ficando cada vez mais ousado — comentou Clover.

— Você não deveria ter se posicionado tão abertamente contra ele — sussurrou Cordie. — A família de Wulfrid tem contatos dentro da doutrina. Eles podem arruinar todos os nossos esforços.

— Isso não vai acontecer. — Clover voltou-se para Baz e Kai com um sorriso. — Desculpem a falta de educação. Vocês devem ser os nossos ilustres convidados. Minha irmã me contou sobre os dois nascidos no eclipse que estavam encharcados e que ela teve o prazer de conhecer ontem à noite. Que bom que vieram. — Ele estendeu a mão para Baz. — Cornelius Clover.

Baz olhou de Clover para Cordie e então percebeu... *A irmã!*

Lá estava ele, apertando a mão de seu autor favorito, a mesma mão que escrevera, caneta sobre papel, o mundo fantástico que o acompanhara desde sempre, os personagens que ele considerara amigos durante toda a vida, a história que tocara sua alma desde o primeiro parágrafo. Cornus Clover, cujo diário estava guardado no bolso de Baz junto ao epílogo perdido pelo qual ele um dia iria se tornar famoso, ambos encharcados e quase imprestáveis até que Baz julgasse seguro consertá-los com a magia do tempo.

Impossível. Inacreditável.

— P-prazer em conhecê-lo — gaguejou Baz. — Meu nome é Brysden. Baz. Baz Brysden. — Sem saber como falar com aquela lenda viva cujas roupas *ele tinha pegado emprestadas,* ele acrescentou, sem jeito: — Hã... senhor.

Clover deu risada, jogando a cabeça para trás.

— Por favor, me chame de Cornus.

Em seguida, ele estendeu a mão para Kai, com um brilho nos olhos ao ver o sigilo da Casa Eclipse no dorso de sua mão.

— Kai Salonga — apresentou-se ele, mais equilibrado que Baz. — Seu discurso foi ótimo. Eu não sabia que isso estava acontecendo. O negócio dos Purificadores, quero dizer.

Clover ficou sério.

— Pois é. Os Reguladores daqui são facilmente influenciados pelos líderes da doutrina Lendas das Marés. — Ele ajeitou o colete, sua expressão se fechando em repulsa. — Assim como Wulfrid, eles dizem que os nascidos no eclipse são maus, mas a *verdadeira* maldade está nos Institutos e nos templos deles. São uns tolos alarmistas e limitados. — Ele deu um sorriso triste para Baz e Kai. — Cordelia me contou o que aconteceu ontem à noite. Que maneira lastimável de dar as boas-vindas a vocês.

Eles demoraram um instante para registrar aquele nome. Mas enquanto Cordie falava algo sobre o taverneiro, Baz se deu conta. Cordelia. *Delia.* Aquele era o nome que Jae dissera ser mencionado no diário de Clover, uma irmã chamada Delia.

Cordelia Clover. A irmã esquecida.

— Por isso Cornelius fundou este clube — continuou Cordie, com o rosto transbordando orgulho ao olhar para o irmão. — Ele está dando o exemplo aqui em Aldryn, para mobilizar os alunos e incentivá-los a fazer tudo o que puderem para ajudar nossos companheiros nascidos no eclipse e acabar com preconceitos injustos.

— Nós, os alunos, somos a voz de nossa geração — disse Clover. — É nosso dever usar essa voz e todo o seu potencial. Com sorte, isso se

261

espalhará em Elegy e irá além. Também ajuda o fato de que alguns de nós têm certa influência com as autoridades — acrescentou ele, com uma piscadela.

A solidariedade entre todos ali era evidente. Thames e Polina foram conversar com os outros alunos e, com exceção do que acontecera com Wulfrid, não havia qualquer sinal da hostilidade com que se depararam na taverna. Aquele nível de aceitação e camaradagem parecia... parecia, de certa forma, à frente até do tempo de Baz e Kai.

— É incrível — disse Baz. — De verdade, eu nunca tinha ouvido falar de nada parecido com isso.

Cordie olhou para ele com curiosidade.

— Mas não é assim no Arquipélago da Constelação?

Baz percebeu o próprio erro.

— Hã... É... É que...

— Ele chegou em Luagua faz pouco tempo. — Kai deu um pisão no pé de Baz como quem diz: *Feche a boca antes que você estrague tudo.* — Ele não está lá há tempo suficiente para entender que somos muito mais acolhedores com os nascidos no eclipse.

— De onde você é? — perguntou Clover.

— Daqui, na verdade — disse Baz, decidindo falar a verdade em vez de arriscar uma mentira descarada. — Threnody, no caso.

— Deve ter sido um grande choque se mudar para Luagua.

— Foi, mesmo. De uma forma positiva, é óbvio.

— Posso fazer uma pergunta? O que fez com que você decidisse se envolver tanto nisso? — perguntou Kai para Clover, indicando o sigilo da Casa Lua Nova na mão do outro. — Você não nasceu no eclipse. Então por que se empenha tanto?

Seu tom não foi grosseiro, mas de curiosidade genuína. Baz, no entanto, conseguiu ouvir a insinuação por trás da pergunta, de que talvez ele não pertencesse à Casa Lua Nova, afinal.

Clover pareceu verdadeiramente surpreso.

— É preciso ter algum motivo para se preocupar com o bem-estar dos amigos, dos colegas, de outros seres humanos? Se uma pessoa está sofrendo, você não estenderia a mão para ajudá-la?

— Pela minha experiência, a maioria das pessoas só tem interesse em ajudar os seus semelhantes — argumentou Kai — e não se preocupa com quem está de fora. A menos que haja alguma vantagem nisso.

— Ora, essa é sem dúvida uma perspectiva muito desiludida sobre a vida — disse Clover, contemplativo. — Mas, afinal, eu sou um Curandeiro. Acho que não consigo evitar a compaixão ingênua que já vem de nascença.

Curandeiro. Se Clover tinha usado a magia encantadora com Wulfrid como Baz suspeitava, ele certamente sabia que não era de fato um Curandeiro. As pesquisas que encontraram indicavam que Clover tinha nascido no mesmo evento eclíptico raro que Emory, o que significaria que ele teria de fato nascido Curandeiro, porém mais tarde teria descoberto a verdadeira natureza de sua magia (suas habilidades de Invocador de Marés) depois de uma experiência de quase morte.

De repente, o som da torre do relógio ecoou pela sala. Os alunos começaram a sair, despedindo-se de Clover e dos outros amigos.

— Boa sorte na prova de abertura hoje! — disse um dos alunos para Clover.

— Você vai participar do Bicentenário? — perguntou Baz, lembrando-se de que *ele também* competiria no Quadricentenário se não tivesse magicamente ido parar duzentos anos no passado.

Ou seja, se Drutten e os outros Reguladores não tivessem estragado tudo.

— Vou — respondeu Clover, cheio de orgulho. — Hoje vai ser só uma abertura dos jogos *de verdade* que virão a seguir.

Cordie suspirou.

— Meu irmão tem que agarrar toda e qualquer oportunidade para se exibir.

Clover deu um sorriso indulgente para a irmã antes de voltar-se para Baz e Kai.

— Vocês vão participar também?

Baz riu, nervoso.

— Acho que não seria uma boa ideia.

Não quando se sabia que o Bicentenário tinha sido o evento mais mortal da história de Aldryn, a razão pela qual toda a premissa dos centenários mudaria depois.

— Minha habilidade não faz tanto sentido nesses jogos — disse Kai.

— E qual é sua habilidade?

— Sou um Tecelão de Pesadelos. — Kai apontou com o queixo para Thames, que tinha acabado de aparecer ao lado de Clover. — Eu diria que sou o único, mas parece que não sou tão original aqui.

Thames deu um sorriso encabulado, e Clover afagou a nuca do garoto.

— Se você for como nosso Devorador de Medos, não tenho dúvidas de que vamos nos dar muito bem.

As palavras foram dirigidas a Kai, mas Clover não tirou os olhos de Thames ao dizê-las. Thames sorriu outra vez, e toda a sua postura pareceu mudar. Era como se Clover fosse o sol e Thames fosse uma planta ganhando vida com a luz.

A intimidade do toque demorado de Clover na nuca de Thames fez Baz olhar para Kai, pensando na proximidade entre os dois quando o tecelão ajeitou a gravata para ele e na pontada de ciúme que sentira ao descobrir que o sobrenome de Thames era *Caine*. Quantas lembranças não teriam vindo à tona para Kai?

— E quanto a você, Baz? — perguntou Cordie. — Qual é sua habilidade?

— Ah. Hã... Eu sou um Cronomago. Consigo manipular o tempo.

Clover recolheu a mão de Thames, parecendo ansioso.

— Com esse talento, você *precisa* participar do Bicentenário.

— Ah, não, de jeito nenhum.

— Deixe-o em paz — disse Cordie ao irmão. Para Baz, ela acrescentou: — Toda essa algazarra acadêmica também não me agrada, mas ouvi dizer que a melhor parte vem *depois* dos desafios.

— E qual é a melhor parte?

— Ora, você vai ter que perguntar para meu querido irmão — disse ela.

A boca de Clover se curvou em um sorriso malicioso, e seus olhos azul-turquesa se iluminaram.

— Vai haver uma... *festa exclusiva* depois do primeiro desafio no final da semana. Vocês vão ter que ir e ver com os próprios olhos. — Ele se aproximou mais deles e sussurrou: — Usem suas melhores roupas.

Cordie riu quando Baz arregalou os olhos em resposta, preocupado.

— Tinha me esquecido de que os pertences de vocês estão no fundo do mar! — disse ela. — Não se preocupem, conheço o melhor alfaiate da cidade.

— É que, hã... nós não temos...

— Todo o nosso dinheiro está no fundo do mar também — explicou Kai, com mais sutileza.

— Então vai ser por nossa conta — declarou Clover. Quando Baz protestou, ele continuou: — Por favor, eu insisto. Todo homem precisa de um bom terno. — Ele deu uma olhada nas roupas dos dois, que, por sinal, eram *dele*. — E mais do que uma muda de roupas.

Era estranho aceitar aquele tipo de ajuda, embora os irmãos Clover as oferecessem de forma tão despreocupada que era evidente que dinheiro não era um problema para a família.

— Eu estava indo para a cidade agora, se quiserem me acompanhar — convidou Cordie.

O irmão franziu a testa.

— Você não tem aula?

— Só no final da tarde. Pensei em ir para o ateliê antes disso.

A ideia não pareceu agradar Clover nem um pouco, mas ele não disse nada, apenas sorriu para Baz e Kai.

— Bem, então os deixo com minha irmã. *Eu* tenho aula o dia todo e um grupo de estudos antes do evento. Vejo vocês hoje à noite? — Para Cordie, ele acrescentou: — Mande lembranças minhas para o alfaiate.

Cordie pareceu ficar desconcertada com algo no tom de voz do irmão, e um leve rubor apareceu em suas bochechas, desaparecendo logo em seguida.

— Então vamos, cavalheiros.

Baz não queria se separar de Clover, temendo que tudo aquilo não passasse de um sonho e ele nunca mais voltasse a ver seu maior ídolo literário, mas ele e Kai partiram para a cidade com a promessa de que reencontrariam o garoto mais tarde, no desafio de abertura.

Acabaram descobrindo que Cordie era artista e tinha um ateliê na cidade, sem dúvida bancado pela família. Era para lá que ela escapulia quando queria distância de "aulas exaustivas e alunos de nariz empinado", segundo ela.

— Pretendo continuar estudando artes depois — contou ela, com um ar sonhador. — Em algum lugar em Trevel, talvez.

Baz sentiu um pouco de inveja daquele sonho. Uma vida normal, sem magia.

Depois de comprarem ternos sob medida no alfaiate, eles tomaram caminhos diferentes quando Cordie seguiu para seu ateliê. Baz e Kai voltaram para o Hall Obscura, sem saber ao certo o que alunos visitantes deveriam fazer enquanto estivessem em Aldryn. Se passassem o máximo de tempo possível na Casa Eclipse, talvez ninguém de Karunang ou de qualquer outro lugar tivesse a chance de arruinar seu disfarce com perguntas.

Eles encontraram um canto tranquilo dos jardins de ilusão para se sentar e deram uma olhada para ver se Polina e Thames não estavam por perto antes de começarem a conversar.

— Acabamos de conhecer Cornus Clover! — exclamou Baz. — O erudito em pessoa.

— Acha que ele já começou o livro? — questionou Kai, tão maravilhado quanto ele.

— Não sei.

Ele estava se perguntando a mesma coisa. Pelo que tudo indicava, Clover tinha escrito *Canção dos deuses afogados* durante sua época na Academia Aldryn. Assim sendo, por já estar no último ano da graduação, devia mesmo ter começado.

Baz pegou o diário de Clover, arruinado e ilegível depois do mergulho involuntário no Aldersea. O epílogo, que estava dentro do caderno, encontrava-se igualmente destruído. Baz sabia que conseguiria salvar as duas coisas, bastava voltar o tempo para antes de estarem encharcados, mas ele ainda não tinha se atrevido a usar magia.

— Tente logo — encorajou Kai, como se estivesse lendo a mente dele. — Se formos sugados pelo tempo de novo, pelo menos poderemos dizer que conhecemos Cornus Clover em carne e osso.

— Não sei...

Baz teve que admitir que seu receio não fazia sentido. Se estivessem presos ali, ele provavelmente teria que usar sua magia em algum momento. E não havia lugar mais seguro para testá-la que o Hall Obscura.

Ele tocou os fios do tempo, preparando-se para o pior. Mas ali o tempo era como sempre fora, nada parecido com a trama indecifrável que Baz encontrara na esfera dos sonhos. Em um piscar de olhos, as páginas em sua mão ficaram secas e legíveis outra vez.

Ainda assim, as páginas misteriosas do diário não ofereciam respostas sobre a situação dos dois, nem pistas sobre como voltar ao seu tempo ou como acessar outros mundos.

Mas se o que Alya e Vera diziam era verdade, que Clover tinha mesmo vivido o que descrevia no livro, que ele era o erudito, então talvez ele pudesse levá-los até uma porta, uma vez que a que eles conheciam ainda não existia. Talvez o fato de ele ser um Invocador de Marés significasse que, de alguma forma, ele mesmo *criaria* a porta que os mandaria de volta para casa. Talvez a porta não existisse antes de ser aberta por ele pela primeira vez e, se fosse aquele o caso, eles precisariam estar por perto quando Clover o fizesse.

O plano de Baz de descobrir mais informações sobre a cronomagia pareceu inútil. O que eles precisavam mesmo era descobrir mais informações sobre *Clover*. Parecia coincidência demais que tivessem viajado justamente para aquela época, como se o destino quisesse colocá-los frente a frente com o homem que deu início a tudo.

Clover era a resposta.

29

EMORY

Emory e Virgil se esquivaram por um triz, escapando por pouco das garras afiadas. Os dois se esconderam atrás de um arbusto estreito e ouviram urros e gritos, tanto de humanos quanto de outros seres.

Eles estavam sendo atacados.

O céu estava tomado por feras com a aparência de corvos gigantes, com penas tão pretas que eram quase azuis, bicos e garras que poderiam estraçalhá-los em um segundo e olhos enormes que transmitiam foco e inteligência. No entanto, embora a parte superior de seus corpos lembrasse um corvo, a traseira era como a de uma cobra, com as penas dando lugar a escamas reluzentes pretas. A ponta da cauda era cravejada de espinhos afiados e ligeiramente curvos.

Uma dessas caudas rasgou o ar acima da cabeça de Emory. Por pouco, ela escapou de ser empalada, desviando-se a tempo. A cauda aterrissou entre ela e Virgil, levantando poeira. Os dois se entreolharam por uma fração de segundo, em completo pânico, antes de a fera investir de novo contra eles, batendo as grandes asas para pairar acima de suas cabeças. A cauda desceu na direção deles mais uma vez, porém Emory teve o bom senso de recorrer à sua magia, algo fácil de se fazer com a linha de ley pulsando abaixo dela.

Chicotes de luz e sombra e vinhas esguias brotaram de suas mãos, golpeando a parte inferior da fera enquanto ela tentava voar mais alto. As vinhas se enroscaram na cauda, e Emory *puxou* com força, trazendo a fera em direção ao chão. O animal guinchava, batendo as asas com mais força para se libertar.

Furiosa, a fera se lançou contra Emory.

— *Cuidado!* — gritou Virgil.

Emory caiu, e sua magia não foi de utilidade alguma quando a fera mirou o bico em seu pescoço.

As palavras do Keiran que não era Keiran soaram em seus ouvidos. Emory ia morrer ali.

Mas o bico parou a centímetros de seu rosto. Eles ouviram um som como se algo tivesse sido esmagado, e um jato de sangue preto-azulado jorrou quando uma espada se afundou na cabeça do monstro, bem entre os olhos.

A fera caiu inconsciente aos pés de Emory, e ela viu uma mulher de armadura dourada puxando uma *espada* de verdade da cabeça do monstro.

Uma guerreira, como na história de Clover.

Outros guerreiros, igualmente armados, lutavam contra as feras que restavam, também dotados de armaduras, espadas e asas douradas que brilhavam ao sol.

Emory achou que com certeza estava imaginando coisas, mas, quando a mulher que a salvara disparou para o céu perseguindo uma das feras, não houve como negar o que havia diante de si. Os guerreiros tinham *asas*. Asas grandiosas como as de um dragão mitológico, quase tão grandes quanto às das criaturas-corvo. Elas se projetavam de suas costas, encaixadas em buracos em suas armaduras. Os músculos, tendões e veias pareciam feitos do mesmo ouro maciço da armadura, mas a membrana era etérea e resplandecia como a luz do sol.

Emory observava com espanto enquanto a guerreira rodeava uma das feras no céu em uma dança de penas escuras e armaduras douradas, garras e espadas. Os olhos da mulher cintilavam em dourado, como se fossem o próprio sol, quando ela arremeteu a espada contra o bico aberto da fera e arrancou sua cabeça. Com o movimento, a guerreira mostrou os dentes em um rosnado feroz que a fazia parecer mais selvagem que humana.

Um grito desviou a atenção de Emory. Nisha estava sendo levada para o alto por outra fera, que levantava voo.

— Nisha! — gritou Romie, esticando os braços para tentar alcançá-la.

Um dos guerreiros arremessou uma adaga dourada contra a fera, que se cravou em seu peito de corvo. A criatura urrou de dor, soltando Nisha enquanto fugia para se proteger. Um guerreiro alado pegou-a no ar antes que ela atingisse as rochas e a depositou em segurança ao lado de Romie.

Com o restante das criaturas mortas, a meia dúzia de guerreiros alados aterrissou diante de Emory e dos amigos. A mulher que salvara Emory tirou o elmo que usava, revelando um cabelo curto e grisalho e uma pele com manchas de sol e rugas finas, marcas de uma guerreira experiente.

Ela apontou a espada para Emory.

— O que querem aqui, viajantes?

Emory ergueu as mãos.

— Eu... nós só estávamos tentando seguir nosso caminho.

— Ninguém deve passar por aqui sem um guia para espantar as feras. — Ela deu uma olhada nas roupas estranhas do grupo e ficou curiosa. — Vocês não têm armas? Nenhum pertence?

— Perdemos tudo — explicou Emory. — Por favor, só queremos encontrar um lugar seguro.

A mulher olhou para o dorso da mão de Emory, onde via-se a lua escura cercada de narcisos. Uma intuição que Emory não compreendeu muito bem fez com que ela puxasse a manga da blusa para esconder o sigilo.

Então Aspen perguntou:

— Esse brasão... Vocês são dracônicos, não são? Os guerreiros sagrados que protegem o Mundo Ermo contra aquelas feras.

Aspen olhava para a armadura da mulher como se a reconhecesse, quem sabe pelo que ela tinha visto pelos olhos de Tol. O brasão era um dragão abocanhando a própria cauda.

A mulher inclinou o queixo em um gesto solene de confirmação.

— Cavaleiros da Nobre Irmandade da Luz. A seu dispor. — Pelo visto, decidira que eles não representavam perigo e embainhou a espada. — Tiveram sorte de encontrarmos vocês. Receio que estejamos vivendo tempos sombrios. Que a Forjadora do Sol nos proteja da ascensão do Arauto da Noite.

Antes que Emory conseguisse entender por que aquelas palavras lhe causaram calafrios, um movimento em sua visão periférica chamou sua atenção. Dois indivíduos sem asas, armadura ou espadas se juntaram aos guerreiros. Um deles estava na meia-idade e trajava vestes encapuzadas em tons arenosos que contrastavam com sua pele marrom-escura.

O outro não poderia ter mais que treze anos e estava vestido com uma túnica simples, larga demais para seu corpo magro, presa por um cinto. Ele trazia um enorme livro debaixo de um braço e, com o outro, puxou a manga do outro homem para sussurrar algo em seu ouvido. A guerreira arqueou uma sobrancelha.

— Seu pajem tem algo a dizer, Mestre Bayns?

— Peço perdão pela intromissão do garoto, Comandante — disse Mestre Bayns com um olhar de repreensão para o menino, que ruborizou e fez uma reverência. — Ele diz que viu aquela ali usando... ora... usando *magia*.

Todos olharam para Emory. Alguns guerreiros levaram as mãos às espadas e a mulher a quem chamavam de Comandante franziu a testa, estudando-a.

— Magia? — repetiu ela. — Não vi nada. É verdade?

Emory percebeu um sutil balançar de cabeça de Aspen. Tudo com que podiam contar era o conhecimento que a feiticeira tinha sobre aquele mundo e esperanças de que o que ela sabia os ajudasse a sobreviver.

— Desculpe, mas ele deve ter se enganado — respondeu Emory com um sorriso tímido. — Não há magia nenhuma. Talvez tenha sido alguns dos corvos.

Ela torceu para que nenhum deles percebesse a magia encantadora em suas palavras, incentivando-os a acreditar nela, a não ver as tatuagens das fases da lua e as espirais prateadas que marcavam sua pele e a de seus amigos. A escuridão se aproximou quando a linha de ley tentou sugá-la. O pajem examinava Emory, atento. Sua testa franzida dava a impressão de que o menino pajem sabia o que ela estava fazendo, mas permaneceu em silêncio.

— As feras são chamadas *corvus serpentes* — explicou o homem do capuz. — Vamos catalogar a magia delas em nosso bestiário. Tome nota, Pajem Caius.

— Sim, Mestre Bayns — respondeu o garoto, escrevendo depressa no livro.

— Venham. A cidade não está longe — instruiu a Comandante.

— Cidade? Que cidade? — repetiu Virgil, virando-se. — Só tem deserto aqui!

— É preciso saber para onde olhar, jovem. — A mulher apontou para o topo das montanhas ao longe.

Antes tinha estado nas sombras, mas o sol fraco mais alto no céu iluminava uma cidade que parecia esculpida em pedra, em tons de vermelho como os da montanha na qual estava.

— Bem-vindos a Heartstone, a cidade dracônica da luz.

Heartstone era uma fortaleza, mas, sobretudo, uma obra de arte, uma joia da arquitetura repleta de arcos e pilares, contrafortes e tetos abobadados entalhados com padrões intrincados que lembravam escamas de dragão. A cidade tinha três níveis que subiam até quase a altura total da cordilheira, cada um reduzindo-se em tamanho à medida que avançavam mais para o alto: havia ruas movimentadas ladeadas por feiras e mercados no primeiro nível, logo depois dos grandes portões que se abriam para a cidade; no segundo nível, ficavam as moradias e locais de adoração, um oásis de calma repleto de jardins e fontes pitorescos; e, no topo, encontrava-se a imponente cidadela de onde os dracônicos vigiavam a cidade e o local no qual treinavam seus jovens.

— Só dracônicos podem subir lá — sussurrou Aspen enquanto eram conduzidos pelas ruas, apontando para a cidadela.

E, de fato, por toda parte havia pessoas que pareciam tão humanas quanto eles, embora vestidas de uma forma que remetia a séculos antes. Túnicas, gibões e vestidos com braçadeiras de couro. Capas e mantos presos por broches brilhantes. Os homens usavam boinas e chapéus, e as mulheres, diademas na altura da testa, adereços de cabelo enfeitados e lenços coloridos. Ninguém tinha asas de dragão saindo de suas costas, mas os guerreiros que os escoltavam pela cidade também não, já que tinham feito com que elas *desaparecessem*.

Suas asas douradas e etéreas estavam lá em um segundo e, no seguinte, não mais, como a chama de uma vela sendo apagada.

— Se você sabe tanto sobre este lugar, quer dizer que Tol é daqui, não é? — sussurrou Emory.

Aspen olhou para Emory e depois pigarreou para chamar a atenção da Comandante.

— Estamos procurando por um dracônico como vocês. O nome dele é Tol.

A mulher se deteve.

— Você conhece Anatolius?

— Ele é... meu amigo.

O semblante da mulher se endureceu.

— Receio que ele esteja indisposto no momento. — Ela parou diante de uma pensão simpática e fez um gesto para que entrassem. — Podem ficar aqui por quanto tempo precisarem. Vemos muitas pessoas exiladas, então sintam-se em casa. Há comida, e alguém vai trazer roupas para vocês em breve.

Ela voltou a examinar as roupas que vestiam, porém, mais uma vez, se absteve de tecer qualquer comentário.

A mulher estava indo embora, mas Aspen a deteve com uma expressão preocupada.

— Desculpe, mas será que, por gentileza, poderíamos falar com Anatolius? É que não o vejo há muito tempo.

Depois de um instante de silêncio, a Comandante perguntou:

— Você o conhece do antigo vilarejo?

— Sim — respondeu Aspen, soando tão sincera que Emory quase acreditou nela.

A Comandante então baixou a cabeça, curvando a boca em uma careta triste.

— Lamento ser a portadora de más notícias. Anatolius quebrou seu juramento sagrado e abandonou a luz. — A voz dela estava embargada. — Por isso, foi condenado à morte.

Aspen recuou, empalidecendo.

— Não pode ser.

— Sinto muito.

— Por favor, se eu puder vê-lo…

— Poderá vê-lo no Abismo, a arena onde ele vai lutar até a morte daqui a dois dias — respondeu a mulher, secamente. Ela fez uma reverência curta segurando o elmo dourado debaixo do braço. — Tenham um bom dia.

O restante dos guerreiros a seguiu. Apenas o jovem pajem, Caius, se demorou. Ele olhava para Aspen como se quisesse oferecer uma palavra de consolo, mas um chamado ríspido de Mestre Bayns fez com que ele saísse às pressas.

— O que vamos fazer? — lamentou-se Aspen. — Não posso deixá-lo morrer.

Emory observou os guerreiros que se afastavam, tentada a recorrer à magia memorista para investigar suas mentes. Mas, depois do que acontecera na linha de ley, ela decidiu que não era uma boa ideia.

— Vamos começar trocando de roupa e comendo alguma coisa. Podemos partir daí.

Quando se acomodaram nos aposentos para os quais o encarregado da pensão os levou, Romie arrastou Emory para a pequena varanda com vista para a cidade.

Ela cruzou os braços e falou:

— O que nas Profundezas foi aquilo? Você desmaiou na linha de ley! E se mentir para mim ou responder que não é nada — acrescentou ela depressa, antes que Emory pudesse abrir a boca —, eu juro que te empurro daqui de cima. Chega de segredos, lembra?

Emory evitava o olhar de Romie.

— Acho que estar na linha de ley me permitiu usar a magia de Aspen. Eu vi o que ela viu durante a perscrutação.

Romie arqueou as sobrancelhas.

— É a primeira vez que isso acontece?

Emory fez que sim.

— Foi como uma sobrecarga de poder. E quando eu desmaiei... — Ela suspirou. *Chega de segredos.* — Keiran apareceu para mim.

— *O quê?*

— Ele me transportou para um lugar parecido com a esfera dos sonhos.

Ela franziu a testa, lembrando-se de como Keiran tinha dito para que ela saísse correndo antes de expulsá-la daquele misterioso estado de inconsciência. Ela contou aquela parte para Romie também e, embora não pudesse dizer que ele *a salvara*, a amiga pareceu chegar à mesma conclusão.

Romie fez uma careta.

— Não se esqueça de que ele tentou matar Aspen e atacou a gente com um enxame de umbras. Não confie nele.

— Eu não disse que confio — rebateu Emory.

— Mas ele se *apossou* do corpo do seu ex-namorado.

E lá estava: a verdadeira razão pela qual Romie a chamara para conversar.

Emory sentiu um misto de culpa e raiva.

— Por isso que não te contei nada sobre Keiran. Eu sabia que você ia me julgar.

— Julgar você? Pelas Marés, Em, eu não estou nem aí para os seus sentimentos.

— Nossa! — exclamou Emory, ofendida.

— Não, não assim. É lógico que eu *me importo*. Quis dizer que não julgaria você por gostar de alguém, fosse quem fosse. E eu entendo, Keiran era charmoso, misterioso e, convenhamos, muito bonito. Todo mundo em Aldryn comia na mão dele, não só a Ordem Selênica, não só você. — Romie a fitou com uma expressão severa. — Mas estou brava por você ter escondido isso de mim *depois* de termos prometido que não esconderíamos mais nada uma da outra.

— Como se você fosse um poço de transparência! — rebateu Emory. Ela sabia que estava errada, mas as palavras de Romie a aborreceram. — Isso tudo começou porque *você* escondeu coisas de mim. Você passou o ano inteiro se afastando, mentindo para mim. Eu senti que estava perdendo minha melhor amiga. E quando eu *de fato* perdi você, eu me virei do avesso para te trazer de volta. Você não tem o direito de jogar na minha cara os segredos que guardei, não quando metade das coisas que fiz para tentar te trazer de volta são coisas das quais não me orgulho. Coisas que eu gostaria de não ter feito.

— Eu nunca te pedi para fazer nada.

— Óbvio que não. Rosemarie Brysden nunca pede ajuda, não é? E por que ela precisaria da ajuda da amiguinha Curandeira inútil dela?

— Bom, você com certeza não é mais uma Curandeira inútil.

A animosidade nas palavras de Romie machucou Emory.

— Você ainda me vê exatamente assim, não é? Como a garota dócil por quem você sempre teve que falar, a garota que se escondia à sua sombra.

— Eu não...

— Não sou mais a mesma, Ro — cortou Emory. — Tive que crescer e me virar quando você foi embora. E, quer saber? Eu gosto de quem me tornei. Alguém que não é fraca nem medíocre, mas poderosa.

— E até onde vai essa sede por poder? — perguntou Romie. Sua voz estremecia e estava um tom mais grave, ameaçando deixar vir à tona uma emoção reprimida. — Quando você entrar em Colapso? Quando machucar alguém?

Emory deixou as palavras pairarem entre as duas.

— Você odeia isso, não odeia? — perguntou Emory baixinho, sentindo o coração despedaçado com o que acabava de notar.

— O quê?

— Que eu tenha mais poderes do que você. Que eu seja uma Invocadora de Marés, que eu consiga usar toda essa magia... Porque isso é o que *você* sempre quis. E você não suporta saber que eu consegui todo esse poder, não você.

O rosto de Romie se contorceu em uma expressão magoada.

— É isso que você pensa de mim?

— E não é verdade?

— Não. A verdade é que estou *com medo* de você, Em. Porque enquanto você está usando esses poderes que fazem com que você se sinta tão especial, está *me machucando*.

— Do que está falando?

— Você não percebeu na linha de ley? Não viu o que aconteceu comigo quando você usou sua magia? Você estava sugando meu poder. Senti que meu sangue estava sendo drenado. Minha magia, *minha vida*. Porque isso é o que você se tornou, Em. Uma Ladra de Marés.

Ouvir aquilo foi como levar uma punhalada no peito. Emory balançou a cabeça, negando a acusação, apesar de ter se lembrado da aparência de Romie na linha de ley, de como ela mesma tinha se perguntado se estaria machucando a amiga.

— Marés, você nem sequer tem coragem de admitir — acusou Romie, enxugando os olhos em um gesto brusco. — É verdade, você mudou.

Ao dizer isso, Romie virou-se e foi embora, deixando Emory sozinha, com um gosto amargo na boca.

30

ROMIE

As palavras de Emory cavaram um buraco em seu peito e, embora fossem verdadeiras até certo ponto — afinal, Romie *de fato* tivera um pouco de inveja do poder de Emory, antes de testemunhar em primeira mão o quanto ele era perigoso —, saber que Emory acreditava que ela se rebaixaria a ponto de permitir que a inveja arruinasse a amizade das duas a magoava muito.

Romie já tinha se desculpado pelo que escondera de Emory em Aldryn e não gostava de ficar remoendo os erros do passado. Estava mais do que disposta a seguir em frente, a permitir que as coisas voltassem a ser como antes, mas só se Emory assumisse sua parcela de culpa, o que ela ainda não parecia ser capaz de fazer.

— Está tudo bem? — perguntou Nisha quando Romie entrou no quarto.

Romie nunca tinha ficado tão feliz em vê-la. Ao contrário de Emory, Nisha parecia felicíssima com o fato de que a relação delas voltara a ser como antes. Precisando desabafar, Romie contou a ela sobre a conversa com Emory. Esperava que Nisha ficasse indignada ou que pelo menos tomasse suas dores, mas a garota apenas mordeu o lábio, pensativa.

— Não vai me dizer que concorda com ela! — disse Romie.

— Ela passou por muita coisa.

— Eu também — argumentou Romie. — Eu tive que ver meus amigos enlouquecerem aos poucos na esfera dos sonhos. Vi Travers e Lia sumirem do nada, sem saber para onde tinham ido. Vi Jordyn virar uma umbra bem diante do meu nariz.

— Eu sei — disse Nisha, tentando acalmá-la. — Não estou dizendo que as suas experiências foram mais fáceis que as dela.

— Então o que está dizendo?

— Que talvez tudo isso tenha mudado você. Vocês duas. As pessoas se afastam, mas isso não quer dizer que nunca mais vão conseguir se encontrar de novo.

Nisha lhe deu um sorriso sutil que fez com que Romie saísse da defensiva. Ela revirou os olhos, tentando conter um sorriso que teimou em aparecer.

— Tem mais algum conselho sábio para me dar?

Nisha fingiu refletir sobre a pergunta.

— Na verdade, tenho.

— Ah, é?

— Vem cá.

Romie foi até ela, arqueando a sobrancelha.

— Mais perto.

Ela finalmente entendeu a expressão de Nisha e sorriu, aproximando-se para um beijo, mas as duas saltaram para trás quando Aspen a chamou:

— Romie, será que você... Ah. Me desculpe.

A expressão apreensiva de Aspen deixou Romie em estado de alerta.

— O que foi?

— Ainda não consegui encontrar Tol pela perscrutação — contou a feiticeira, abatida. — Isso não faz sentido. Pelo que conheço de Tol, ele *nunca* quebraria o juramento. Ele pode ser um pouco rebelde, mas essas pessoas o salvaram, são a família dele. O juramento é o propósito da sua vida.

— Podemos perguntar pela cidade — sugeriu Nisha. — Encontrar as respostas que a Comandante não quis compartilhar. Por exemplo, o que é o Arauto da Noite? E quem é a Forjadora do Sol?

— A Forjadora é a deusa deles — explicou Aspen. — Mas não sei o que é o Arauto da Noite. — Ela mordeu o lábio. — Tem alguma coisa sobre isso no livro de vocês?

Romie balançou a cabeça.

— Tem guerreiros na *Canção dos deuses afogados*, mas não com *asas*.

— Mas a guerreira da história enfrenta um dragão — lembrou Nisha.
— Um desses cavaleiros dracônicos com certeza é a chave que estamos procurando.

A atenção de Romie foi para Aspen, e as duas pareceram chegar à mesma conclusão. Ela não queria ser a primeira a externar a suspeita que crescia em sua mente, por isso sentiu alívio quando a feiticeira disse:

— Acho que a chave pode ser Tol.

— Por causa da conexão de vocês? — perguntou Nisha.

Romie ouviu a dúvida na voz dela.

— É, mas por outros motivos também. Essa canção que você e eu ouvimos — disse Aspen, dirigindo-se a Romie —, acho que ela não nos leva *apenas* para outros mundos. Acho que ela nos leva uns para os outros também. A afinidade que senti quando você apareceu em Wychwood é a mesma que sinto em relação a Tol...

— É como se o eco da canção estivesse em nossas almas — disse Romie, lembrando-se da familiaridade que sentia sempre que encontrava Aspen em sonhos ou quando a via se transformar em Tol.

Havia uma magia profunda no vínculo que compartilhavam. Se Romie era a garota dos sonhos e Aspen, a feiticeira, fazia sentido que Tol fosse o guerreiro.

Ela se perguntou, não pela primeira vez, por que não sentia o mesmo vínculo com Emory, a erudita. Mas, como sempre fazia, afastou o pensamento.

Naquela noite, Romie, Nisha e Aspen se esgueiraram pela cidade enquanto os outros tomavam banho e jantavam. Alguém tinha levado roupas que as ajudaram a se camuflar nas ruas movimentadas. Havia algo de sombrio em Heartstone, algo que parecia fazer com que os moradores vivessem alertas e ansiosos.

Atenta a todos os gatos que perambulavam por ali, Romie sentiu um aperto no peito ao pensar em Penumbra. Mas ela parecia ser a única pessoa com qualquer tipo de afeição pelos animais. Os vendedores espantavam os bichanos de suas bancas, as mães seguravam os filhos e corriam para o outro lado da rua para evitá-los. Nenhum dos gatos parecia agressivo. Eles apenas *estavam por ali*, olhando em volta com atenção.

Assim como as corujas.

Conforme o sol se punha, os pássaros começaram a aparecer por toda parte, empoleirados em arcos e contrafortes. Corujas grandes e pequenas, com penas que iam do branco da cor da neve a um preto escuro como tinta. Elas pareciam afugentar a maioria das pessoas das ruas, e as que ficavam acendiam tochas e lamparinas como se temessem a escuridão.

— Eles vivem em um mundo cheio de feras voadoras e estão com medo de gatos e corujas — comentou Romie.

— O medo é das criaturas do Arauto da Noite — disse alguém atrás deles.

Romie se virou e viu o jovem pajem que estivera com os dracônicos (Caius, se ela bem se lembrava) sentado em um muro com o livro no qual estivera escrevendo mais cedo. A luz de uma tocha iluminava seus cachos loiros em tons alaranjados.

Romie olhou para a página aberta. Ele tinha desenhado uma coruja em uma página e um gato na outra com traços muito fiéis. Em volta dos animais, uma caligrafia bem-feita listava suas características e seus comportamentos.

— Você parece se interessar muito por eles — observou ela.

— Eu me interesso *por todas* as criaturas. A maioria é temida porque as pessoas simplesmente não se dão ao trabalho de compreender o que elas são. — Caius fechou o livro com um ar confiante. — Por isso quero ser um sábio no futuro. O Mestre Bayns diz que meu bestiário pessoal já é muito mais abrangente do que o da maioria dos pajens que ele já teve.

— O que exatamente é um bestiário?

Caius fitou Romie como se ela mesma fosse uma criatura misteriosa.

— É a arma mais sagrada da Irmandade. Um apanhado de todas as feras que encontramos, um mapa do mal que precisa ser expurgado pela luz.

Romie não acreditava que *um gato* merecesse tanto ódio. Quando mencionou isso, Caius riu.

— As pessoas não temem o gato em si, nem a coruja. É o que ambos representam. — Ele reabriu o bestiário em uma página em que tinha desenhado uma criatura alada com corpo de gato preto e cabeça de coruja cinza. — *Panthera noctua*. O animal símbolo do Arauto da Noite.

Romie trocou um olhar desconfiado com Nisha e Aspen.

— Por que o Arauto da Noite é tão temido?

— Dizem que ele voltou. — Caius franziu a testa para elas. — *Vocês* não temem a divindade maligna que destruiu a Forjadora?

— Óbvio que sim. É que faz tempo que não ouvimos a história. Você poderia nos contar de novo?

— Bommmmm — começou ele, arrastando a palavra. — Como sabem, as feras como as que viram hoje nascem no submundo, governadas pelo Arauto da Noite. E os dragões aos quais nós, dracônicos, devemos nossa magia, vêm dos céus. Eles foram criados pela Forjadora, que engoliu um pedaço do sol, levou seu calor para dentro do coração e depois o derramou em montanhas por toda a terra para dar origem aos dragões sagrados. Por isso, a magia da Forjadora, que é o poder do próprio sol, continua viva tanto nos dragões quanto nos dracônicos como eu. Mas algo aconteceu com o Arauto da Noite e a Forjadora do Sol, e eles desapareceram do mundo, deixando as respectivas feras aqui. As feras se voltaram contra nós, criaturas da Forjadora.

Caius apontou para o céu.

— Não faz muito tempo que o sol começou a brilhar cada vez menos a cada dia. A noite anda chegando mais cedo do que deveria e está durando mais do que o normal. Várias coisas estranhas estão ocorrendo, como se o calor e a luz do sol estivessem diminuindo aos poucos. E, na escuridão, as feras estão se tornando mais perigosas e mais imprevisíveis.

— Por isso os boatos sobre o retorno do Arauto da Noite? — adivinhou Nisha.

Caius fez que sim com a cabeça.

— Quando nossos caminhos se cruzaram, estávamos voltando de um vilarejo aqui perto que foi inteiramente devastado pelas mesmas *corvus serpentes* que atacaram vocês.

— Se você é um dracônico, onde estão suas asas?

Caius ofegou como se ela tivesse proferido a pior ofensa do mundo.

— Pajens e escudeiros não podem abrir as asas fora da cidadela de treinamento. Só os mestres podem abri-las a seu bel-prazer.

— Cavaleiros também são mestres?

— Óbvio. Temos três tipos de mestres: da cavalaria, da sabedoria e da alquimia. Nós, pajens e escudeiros, estudamos os três tipos antes de nos tornarmos mestres em uma delas. Os cavaleiros são os guerreiros, os sábios são os guardiões dos bestiários e os alquimistas são os criadores, treinados na arte secreta da forja dracônica.

— E Tol? — perguntou Aspen, esperançosa. — O que ele é?

O entusiasmo de Caius se esvaiu com a pergunta.

— Tol ainda era escudeiro, mas ia virar alquimista em breve. — Ele olhou ao redor, cauteloso. — Ouvi você perguntando à Comandante sobre ele.

— Sabe o que aconteceu com ele? Ou onde ele está? — indagou Aspen.

— Não temos permissão para falar sobre dracônicos que quebraram o juramento.

— Então você sabe onde ele está.

— Talvez. — Ele as encarava, desconfiado. — O que querem com ele?

— Só queremos falar com ele antes que... — Aspen engoliu as palavras, e seus olhos ficaram marejados. — Eu conheci Tol muito tempo atrás — continuou ela —, antes mesmo de ele vir para cá e se tornar um dracônico. Eu faria qualquer coisa para poder me despedir dele.

Caius pareceu pensar.

— Eu vou estar no Abismo no dia da execução dele, assim como todos os pajens e escudeiros. Talvez eu possa mostrar a direção certa para vocês antes do começo da luta. Se fizerem uma coisa em troca.

— O que você quer? — perguntou Romie, ainda que, com relutância, admirando a astúcia dele.

— O Mestre Bayns e a Comandante não acreditam em mim, mas *eu sei* que as *corvus serpentes* não têm magia, pelo menos não o tipo de magia que eu vi a amiga de vocês usando. — Os olhos do garoto brilharam, cheios de expectativa. — Quero ver aquela magia de novo, nem que seja só para saber que eu estava certo.

— E o que você vai fazer com essa informação? — perguntou Romie.

Ela não gostava da forma protetora com que Caius segurava o bestiário. Emory não era uma fera, mas Romie sabia que a magia da amiga poderia não ser bem aceita naquele mundo.

— É só por curiosidade. Eu juro. — Caius virou-se para Aspen. — Tol também tem uma magia rara. Dizem que ele é abençoado pela luz e pela Forjadora.

Se Caius estava sugerindo que Emory também poderia ser abençoada pela luz, Romie duvidava que ele fosse correr para seus mestres dizendo que ela era maligna. Mas, se uma sentença de morte era o que aguardava alguém abençoado pela deusa...

Ela definitivamente não achava que Emory fosse abençoada por *qualquer coisa*, mas guardou o pensamento para si.

31

KAI

— Anda logo, Brysden. É agora ou nunca.

Baz estava olhando para a fechadura havia um minuto, apavorado, como se estivesse prestes a cometer o crime mais hediondo de todos. Os dois estavam diante da porta do quarto de Clover e, embora todos ainda estivessem em aula e o corredor estivesse vazio, não demoraria para que isso mudasse.

Com um gemido, Baz choramingou:

— Por que eu deixei você me convencer a fazer isso?

— A ideia foi *sua*!

— Mas eu não estava *falando sério*.

— Então o que a gente veio fazer aqui?

Kai precisava admitir que, quando Baz sugeriu que invadissem o quarto de Clover para procurar uma pista, ele riu. Só podia ser piada. Mas, como Clover passaria o dia ocupado, tratava-se de uma oportunidade boa demais para ser desperdiçada.

Ainda que não encontrassem nada, Kai ficaria feliz em descobrir se Clover já tinha começado a escrever *Canção dos deuses afogados*. Ele tinha certeza absoluta de que Baz sentia a mesma curiosidade.

— Vou direto para as Profundezas por causa disso — disse Baz, baixinho, enquanto destrancava a porta com magia.

Ele recuou como se esperasse sair voando pelos ares por puxar até mesmo o mais desimportante dos fios do tempo, mas, assim como antes, nada aconteceu. Como era de se esperar.

— Será que a gente não deveria...

Kai deu um leve empurrão em Baz, impedindo-o de concluir a frase.

— Entra logo.

Kai ficou à porta, de olho no corredor.

— Eu nem sei o que procurar — resmungou Baz, debruçando-se sobre a escrivaninha com cuidado para não tirar nada do lugar. — Estou vendo trabalhos escolares... instrumentos de sangria...

Kai riu.

— Para manter o disfarce, aposto.

— *Ah!*

Baz pegou um diário de couro familiar... o mesmo que ele tinha no bolso, embora não tão gasto. Ele o abriu com delicadeza, franzindo a sobrancelha.

— Está em branco. Só tem o nome dele na primeira página. — Ele retirou um trevo de quatro folhas que tinha sido prensado entre as páginas. — Não tem nada.

Talvez Clover *ainda* não tivesse começado a escrever *Canção dos deuses afogados*, embora a cronologia não fizesse muito sentido para Kai. Aquele era o último semestre de Clover em Aldryn. Ele já deveria ter começado pelo menos a rascunhar o livro que lhe traria sua fama literária.

— Espere... — Baz colocou o diário em branco de volta no lugar e pegou um livro pequeno de capa escura entre dois volumes maiores. — Este é o livro *Marés obscuras*. Como foi que...

Então vozes vieram do corredor, e Baz quase pulou de susto. De olhos arregalados, ele correu para porta com o livro ainda na mão.

— *Brysden* — ralhou Kai. — Deixe o livro aí!

Baz xingou, correndo de volta para a escrivaninha. Então ele parou, olhando para o livro em sua mão e então para a porta. Lá fora, as vozes se aproximavam.

De repente, o mundo mergulhou em silêncio.

Levou um momento para Kai compreender o que tinha acontecido. Baz começou a folhear o livro em vez de guardá-lo de volta, como se tivesse todo o tempo do mundo para devolvê-lo.

E de fato teria se quisesse, já que tinha parado o tempo.

Era como se eles fossem as duas únicas pessoas que restavam no mundo. Tudo ao redor estava congelado, exceto eles. Kai se virou para Baz com uma sensação indescritível de orgulho e admiração.

Quando pareceu encontrar o que estava procurando, Baz fechou o livro e o guardou de volta no lugar. Passou pela porta e empurrou Kai, roçando a barriga na dele com o movimento. Kai prendeu a respiração, e seus olhos se encontraram quando a porta se fechou com um clique.

— Se prepare para correr — avisou Baz.

O tempo voltou ao normal, e então Kai e Baz dispararam pelo corredor, determinados a sair dali antes que alguém os pegasse no flagra.

Não havia uma urgência real, mas a adrenalina os impulsionava mesmo assim. Os dois riam, ofegantes. Pelas Marés, tinham acabado de entrar no quarto de *Cornus Clover* e, graças à magia de Baz, ninguém jamais descobriria.

Quando chegaram ao pátio vazio, os dois se jogaram em um banco coberto de neve, ainda sem ar de tanto rir.

— O que foi que você achou?

Sem fôlego, Baz respondeu:

— *Portas para as Profundezas*. Se Clover leu sobre isso em *Marés obscuras*, deve saber sobre a existência da Ampulheta, não é?

Kai nunca tinha lido *Marés obscuras*, mas Romie e Baz adoravam o livro, principalmente a epígrafe, que até ele já sabia de cor.

Há marés que afogam e marés que atam,
marés com vozes que maltratam,
marés banhadas pela lua com olhos tenebrosos
e marés que dançam sob céus misteriosos.

Baz inclinou-se, empolgado.

— Encontrei uma passagem sublinhada sobre portas para as Profundezas que não devo ter visto antes. Falava sobre portais que podem levar alguém *pelas marés do tempo*. Os autores usaram essas exatas palavras.

Kai franziu a testa.

— Mas *Marés obscuras* não foi publicado depois da época de Clover?

O livro tinha sido escrito de forma anônima e, como Clover tinha rabiscado uma versão inicial da epígrafe em seu próprio diário pessoal (um diário que ele ainda não tinha escrito, ao que parecia), especulava-se que quem quer que fosse o autor de *Marés obscuras* teria se inspirado em Clover para escrever a epígrafe.

— Era o que eu achava — disse Baz. — Mas será que não é esse o caso?

— O que vocês dois estão fazendo aqui fora no frio?

Kai e Baz se viraram e se depararam com Clover, que sorria.

Merda. Será que ele ouvira alguma parte da conversa deles? Havia alunos nos corredores indo de uma aula para a outra e, a julgar pelos livros que Clover carregava, ele estava fazendo o mesmo.

— Só respirando um pouco de ar fresco — disse Kai, forçando um sorriso. — Obrigado mais uma vez pelas roupas, Cordie escolheu as mais bonitas. Somos muito gratos a vocês dois. — Ele cutucou Baz com o cotovelo. — Não somos?

— S-sim — gaguejou Baz. — Vamos pagar vocês assim que possível.

Com sorte, eles já estariam bem longe dali antes que precisassem pensar em como fazer aquilo.

Clover fez um gesto distraído no ar.

— Ah, imagina. É por minha conta. E podem ficar com as roupas que pegaram no meu quarto — disse ele, com uma piscadela. — Ficaram bem em vocês.

Kai sentiu um calafrio, torcendo para que Clover não soubesse que eles tinham acabado de *voltar* do quarto dele.

32

BAZ

No primeiro desafio do Bicentenário, os participantes foram divididos em equipes de quatro estudantes em que cada membro representava uma casa lunar. Seus respectivos alinhamentos de maré estavam indicados em pequenas placas de identificação que traziam no peito, presas à camisa. Clover, cuja plaquinha exibia a palavra *Curandeiro*, formava uma equipe com um Avivador e um Memorista da Academia Aldryn e um Aurista da Academia Ilsker, a mais ilustre das duas instituições de magia de Trevel (embora ambas fossem inferiores a Aldryn, segundo acadêmicos esnobes).

Dezesseis equipes se acomodaram em mesas no centro do auditório enquanto alunos, professores e dignitários de outros países se aglomeravam ao redor, disputando espaço e esticando o pescoço para conseguir a melhor visão. Baz, Kai, Cordie, Thames e Polina conseguiram ficar na frente, bem ao lado da mesa de Clover. Ele deu uma piscadinha para os amigos com um sorriso confiante, o olhar se demorando em Thames.

Aldryn estava recebendo cinco outras academias. Karunang era a única do Arquipélago da Constelação e tinha o maior número de estudantes presentes.

— Ótimo para passarmos despercebidos — disse Kai.

Mas nem todos os alunos de Karunang estavam participando dos jogos; a maioria se encontrava na plateia, agrupada perto de um homem que Baz deduziu ser o reitor. Sua barba começava a ficar grisalha, e ele trazia a emblemática coruja de Karunang bordada em prata e dourado nas vestes azul-marinho. Alguns estudantes usavam roupas tradicionais de Luagua enquanto outros vestiam-se de maneira mais semelhante à de Elegy e Trevel.

Havia também as duas escolas rivais de Trevel, Ilsker e Sevstar, que juntas levaram o mesmo número de alunos que Karunang. De um lado do auditório, ficavam os alunos de Ilsker, todos com vestes cor de vinho por cima de ternos e vestidos mais adequados à ocasião. O emblema que traziam nas roupas era de uma onda rodeada pelas oito fases da lua curvada ao redor de uma gota de sangue. Do outro lado, estavam os alunos de Sevstar, em trajes semelhantes, mas de cor azul-esverdeada, com o emblema de uma pena e uma adaga sobre uma concha em espiral. Os reitores rivais eram homens arrogantes e de pele clara, ambos com gravatas de seda e ternos sofisticados nas cores das respectivas academias. Os dois trocaram um olhar pouco amistoso.

E, por fim, havia dois pequenos grupos das Terras Remotas: Fröns, uma academia no norte gelado, e Awansi, nas planícies do extremo sul. A reitora de Fröns, uma mulher alva e de rosto austero, vestia um manto de pele e estava ao lado de um de seus alunos. Havia apenas dois outros, e ambos estavam participando dos jogos. Era fácil reconhecê-los com suas vestes brancas com botões de prata intricados e o emblema delicado das quatro flores lunares brotando das páginas de um livro aberto.

Pelo visto, todos os quatro alunos de Awansi participariam dos jogos. Eles usavam cafetãs de tecidos coloridos e estampados com o emblema das oito fases da lua conectadas por linhas e símbolos geométricos com um sol radiante no meio. A reitora, uma mulher de pele escura com um cafetã decorado com miçangas e estampas que remetiam ao emblema da academia, sorria orgulhosa para seus estudantes.

Cada equipe recebeu uma determinada fase da lua e uma hora do dia. As informações foram registradas em um cartaz em suas respectivas mesas e variavam de equipe para equipe. Ninguém sabia para que aquilo serviria, até que um moderador de Aldryn explicou que as equipes teriam que resolver um desafio usando apenas a magia disponível entre os integrantes do grupo, *sem* recorrer a sangrias. Ou seja, teriam que encontrar uma maneira de lidar com a questão driblando as circunstâncias lunares e de maré atribuídas à equipe da qual faziam parte.

— Por exemplo — informou o moderador —, se receberam a casa lunar Lua Cheia e a maré vazante de um Guardião da Luz, e o desafio exigir que sigam por uma trilha perigosa no breu total sem escorregar e despencar para a morte, como usariam a magia à disposição da equipe para alcançarem o destino? Temos apenas uma regra: é proibido usar a sangria para acessar magias que fujam do alinhamento lunar e de marés que vocês receberam. Os grupos têm uma hora para solucionar o desafio. Boa sorte.

— Espera aí, então é só isso? — perguntou Baz a Cordie. — *Esses* são os jogos?

O desafio se parecia muito com o que Aldryn tinha planejado para o Quadricentenário, não com um evento perigoso e potencialmente fatal.

— É só um aquecimento para os jogos de verdade que acontecem no mês que vem — explicou ela. — É uma maneira de *dar uma pista* de como os jogos vão ser.

O desafio da equipe de Clover era passar por uma proteção complicada, mas nenhum deles era Desatador e nenhuma das habilidades dos participantes, mesmo que *pudessem* recorrer à sangria, seria capaz de ajudá-los.

O olhar de Baz viajou para as outras mesas, tentando assimilar tudo aquilo como se ele mesmo estivesse participando. Ele sabia que, se estivesse em outra posição, junto às equipes, com certeza deixaria o pânico falar mais alto diante de tantos espectadores atentos. Entretanto, no anonimato da multidão, as coisas eram mais fáceis e mais nítidas. E foi assim que, depois de cerca de vinte minutos e de várias soluções frustradas, ele por fim desvendou o problema.

— Eles têm que se ajudar — disse, baixinho. — Para mostrar que a magia é colaborativa.

Talvez fosse coisa da imaginação de Baz a maneira como o olhar de Clover pousou nele naquele exato momento, como se o outro tivesse ouvido o que ele dissera… ou lido sua mente. Clover olhou em volta, prestando atenção nos alinhamentos lunares e de marés das outras mesas. Pelo visto, chegou à mesma conclusão de Baz. Ele se levantou, a cadeira se arrastando contra o piso com um barulho tão alto que sobressaltou os demais integrantes. Ele ignorou as expressões confusas dos colegas — e a careta de Wulfrid, que também estava participando — e se dirigiu a uma equipe que tinha recebido a casa lunar Lua Nova e a maré enchente dos Curandeiros.

— Estou deduzindo que o problema de vocês tem a ver com cura — arriscou Clover, se dirigindo aos participantes.

— É — respondeu uma aluna da Sevstar, ressabiada. — Mas nenhum de nós é Curandeiro.

— Mas eu sou — disse Clover, depois apontou para um garoto de Karunang cuja plaquinha no peito dizia *Desatador*. — E você é o que *minha* equipe precisa para resolver nosso problema.

— E daí? — rebateu o garoto, ríspido.

Clover sorriu.

— Não há regra que nos impeça de trocar de equipes.

O garoto pestanejou.

— Isso seria trapaça — disse, balançando a cabeça. — Eu jogo limpo.

— Não, ele tem razão — interveio a garota. — Há apenas uma regra: é proibido usar sangria. Se há apenas uma regra, então todo o resto é permitido.

O garoto ainda parecia desconfiado, mas reconsiderou a possibilidade quando as equipes ao lado começaram a cochichar entre si e a estudar os cartazes das outras mesas, tentados a seguir aquela mesma estratégia depois de obviamente terem ouvido a conversa.

Clover fez um gesto impaciente no ar.

— Vamos logo. Não queremos que eles resolvam o problema antes da gente, não é?

O garoto saiu correndo em direção ao grupo de Clover, que ocupou o lugar dele e se pôs a ler o desafio. Ele o resolveu depressa, e o moderador declarou sua nova equipe como vencedora em meio aos aplausos da multidão. Kai deu um empurrãozinho em Baz com o ombro.

— Você é quem deveria estar lá.

— Você sabe como eu sou. — Baz deu de ombros. — Não gosto de ser o centro das atenções.

— Quem nunca viu você brilhando fora dos holofotes não sabe o que está perdendo.

Baz olhou para Kai, desconcertado com a intensidade e o sentimento por trás daquelas palavras. Antes que pudesse responder, o moderador dirigiu-se a Clover.

— Por ter sido o primeiro a resolver o enigma, você conquistou uma pequena vantagem para os jogos propriamente ditos. A importância da colaboração foi a lição da vez. Ao longo do próximo mês, vocês terão que resolver vários desafios *de verdade* como esses. A primeira etapa será em duplas, e a reitora vai compartilhar os detalhes daqui a pouquinho, mas, antes disso... — Ele se virou para Clover. — Você vai poder escolher sua dupla antes de todo mundo. Quem você escolhe?

Clover fingiu pensar enquanto cochichos se multiplicavam pelo auditório, todos tentando adivinhar qual seria o desafio seguinte e quem seria a melhor escolha dele para sua dupla. Por fim, Clover anunciou:

— Eu escolho Baz Brysden, da Casa Eclipse.

Baz sentiu o chão ceder sob os próprios pés, em meio aos sussurros da plateia. Clover olhou para ele e deu uma piscadela.

— Se ele topar, é óbvio — acrescentou.

O moderador soltou um riso nervoso.

— Um nascido no eclipse? Tem certeza?

— Tenho.

— Mas... não vejo nenhum Baz Brysden inscrito nos jogos — disse o moderador, inspecionando uma lista de nomes. — Na verdade, não vejo nenhum nascido no eclipse.

Clover arqueou a sobrancelha.

— Acha mesmo que teriam se inscrito sabendo do tipo de dificuldade que a organização teria imposto a eles? De todas as medidas extras que vocês os obrigariam a tomar para restringir a própria magia? Da hostilidade que enfrentariam por parte de outros alunos?

O moderador gaguejou em busca de uma resposta. Clover o poupou do esforço e continuou a falar:

— Foi uma verdadeira luta para que nascidos no eclipse pudessem sequer *comparecer* ao Bicentenário, que dirá participar dos jogos. Depois de dois séculos privando-os das mesmas oportunidades que todos nós temos, não podemos culpá-los por estarem relutantes de se manifestarem agora. Baz Brysden é um dos dois únicos alunos visitantes da Casa Eclipse que teve coragem de vir apesar da rigidez das nossas regras. Se ele aceitar meu convite, talvez possa mostrar a todos vocês que não há razão para temer os nascidos no eclipse. E que, na verdade, eles podem superar todos nós. — Os olhos de Clover encontraram Baz mais uma vez. — Você topa?

Os instintos de Baz gritavam para que ele recusasse, para que não causasse nenhum rebuliço naquela época à qual não pertencia. Ele não queria se envolver em jogos que sabia que terminariam em morte.

Mas as palavras de Clover despertaram algo nele. Baz pensou em todos aqueles de seu próprio tempo (o pai, a professora Selandyn, Jae e até

Rusli) que precisavam enfrentar Drutten, os Reguladores e tudo aquilo de que Baz tinha sido obrigado a fugir.

Talvez aquela fosse sua chance de lutar pelos nascidos no eclipse, de fazer a diferença no mundo, ainda que de forma singela.

Se pudesse influenciar o futuro, pelo menos um pouco... quem sabe conseguisse ajudar a melhorar as coisas para os nascidos no eclipse e para aqueles que amava, demonstrando seu controle e sua força bem ali, duzentos anos no passado...

Baz não poderia recusar.

— Sim, eu aceito — disse ele, antes que mudasse de ideia.

— Ora, mas a lista... — balbuciou o moderador.

— Não há nenhuma regra dizendo que os alunos têm data limite para se inscrever nos jogos — argumentou Clover.

— Ele está certo — atestou alguém na plateia. Uma professora, ao que tudo indicava.

— Mas, reitora De Vruyes...

— Ele está certo — repetiu a reitora, firme. — Nós permitiremos a inscrição do aluno da Casa Eclipse.

O moderador virou-se da reitora de Aldryn para Clover, depois de Clover para Baz. Dando-se por vencido, escreveu um nome na lista e pigarreou.

— Muito bem. Cornelius Clover, Curandeiro da Casa Lua Nova, forma uma dupla com Baz Brysden, da Casa Eclipse. Qual é seu alinhamento?

— Cronomago — informou Baz, aliviado por sua voz ter se mantido firme.

O moderador arregalou os olhos, e sussurros se espalharam pela multidão mais uma vez, acompanhados de uma onda de fascínio e medo que fez Baz ter vontade de desaparecer.

Mas ele tinha feito uma escolha e teria que lidar com as consequências. Talvez devesse ter mais medo de usar seu poder ali, dada a péssima reputação dos nascidos no eclipse naquela época, mas, por alguma razão, a ideia apenas o empolgava ainda mais. Ansiava por provar ao mundo que os nascidos no eclipse eram bons e íntegros... e que pessoas que os temiam, como Wulfrid, apenas os prejudicavam.

Baz encarou Clover. No pior dos cenários, seria uma oportunidade para o Cronomago se aproximar dele e descobrir o que o outro sabia sobre a Ampulheta.

De qualquer forma, restava a pergunta: entre todos os ali presentes, por que Clover o escolhera?

Contudo, Baz quis voltar atrás quando notou os alunos de Karunang cochichando entre si e o olhar inquisitivo do reitor, como se tentasse reconhecê-lo. Era óbvio que ninguém fazia ideia de quem ele era. Seria desmascarado e exposto como uma fraude.

Seus pensamentos ansiosos foram interrompidos quando a reitora De Vruyes subiu ao púlpito para se dirigir aos alunos. Ela possuía o mesmo ar de autoridade imperturbável da reitora Fulton.

— Estudantes de Aldryn e de academias visitantes, eu gostaria de lhes dar oficialmente as boas-vindas às comemorações do Bicentenário da Academia Aldryn. Os aguardados jogos deste ano terão a ver com conhecimento, o alicerce de Aldryn. Não deixem de visitar nossa famosa biblioteca, subterrânea à faculdade, que abriga as obras mais antigas e preciosas do mundo. A Cripta do Conhecimento é o lar de livros mais antigos até que todas as nossas academias, de pergaminhos que antecedem nossa magia, de volumes em idiomas desconhecidos pelos estudiosos contemporâneos. São joias do conhecimento de valor inestimável, guardadas por proteções intransponíveis. Raros são aqueles que conseguem visitar a Cripta, a não ser professores de Aldryn e acadêmicos aclamados de diferentes lugares do mundo. — A reitora sorriu. — E agora vocês têm a chance de desfrutar desse conhecimento exclusivo.

Os alunos se alvoroçaram, mas voltaram a ficar em silêncio quando a reitora ergueu a mão antes de continuar:

— As proteções que guardam a biblioteca existem desde a fundação da academia. Ao aluno que conseguir superá-las será concedido acesso vitalício à Cripta. Essa é a premissa do Bicentenário.

A empolgação cresceu. Baz olhou para Kai com uma expressão confusa.

— Aldryn está incentivando que os alunos *invadam* a Cripta? Mas isso é tão... errado.

Kai abriu um sorriso travesso, satisfeito em ter uma desculpa para sua habitual rebeldia.

— Isso vai ser divertido — comentou, antes de acrescentar, diante da expressão chocada de Baz: — Para mim, pelo menos.

Baz seguia regras à risca. No entanto, se a escola estava autorizando...

Mais uma vez, a reitora pediu silêncio.

— Vocês terão um mês para descobrir como romper as proteções. A primeira etapa dos jogos será uma caça ao tesouro pelas quatro bibliotecas de Aldryn em busca de informações de grande valia para entrar na Cripta. A caça ao tesouro começa daqui a alguns dias, e todos os participantes devem encontrar uma dupla até lá. Terminada a primeira etapa, cabe a vocês a decisão de permanecer com a mesma pessoa ou não. Podem também formar equipes ou até seguir de maneira individual, mas, como viram aqui hoje, em geral a colaboração é fundamental. — A reitora lançou um olhar sisudo para o auditório. — Devo avisá-los que as proteções ao redor da Cripta não devem ser encaradas levianamente. Ultrapassá-las não é algo simples. Não se trata de fazer um Desatador abri-las como um chaveiro destrava uma fechadura. As proteções são complexas e trabalhosas e foram criadas para impedir a entrada dos mais ambiciosos e sagazes ladrões portadores de magia. Há apenas uma forma de superá-las, e é isso que terão que descobrir. Um único passo em falso resultará em ferimentos graves ou, pior, em morte.

As palavras pairaram tão densas sobre o auditório que mal se ouvia uma respiração.

— Peço que avaliem bem antes de decidir participar dos jogos. A busca por conhecimento e poder é muito recompensadora, mas pode levá-los ao sucesso ou ao completo fracasso. Os jogos são coisa séria. Perguntem-se o que estão dispostos a arriscar por conhecimento.

— Acho que sabemos por que cancelaram os jogos depois deste ano — murmurou Kai.

Proteções mortais. Era naquilo que Baz tinha se metido.

Mas, se a Cripta guardava aquele tipo conhecimento, talvez houvesse algo lá sobre viagens no tempo. Algo que poderia ajudá-los a resolver seus problemas de uma vez por todas.

33

KAI

Kai está no mesmo pesadelo de novo.

Gráfica, Dovermere, esfera dos sonhos. Máquinas e pedras e estrelas por todos os lados.

Mais uma vez, ele percebe a ausência da umbra com a coroa e entende que ela não voltará mais.

Mais uma vez, a cena se dissolve, e ele é atraído para um tipo diferente de escuridão, um pesadelo que não lhe pertence. Vê as mesmas duas pessoas, uma em prantos sobre um corpo em meio a uma poça de sangue, a outra observando a cena à distância.

Mas já não lhe são mais estranhos. Kai sabe que o Devorador de Medos que observa o outro por trás dos óculos é Thames. E, no garoto sendo observado, ele reconhece as feições delicadas de Cornelius Clover.

Dessa vez, Kai vê o rosto do corpo que ele vela.

Cordie.

Sinto muito, diz Clover, balançando com delicadeza a irmã morta para a frente e para trás. *Eu sinto muito.*

Kai entende que está no pesadelo de Clover. Este é o pior medo dele: perder a irmã.

Thames observa a cena com uma empatia enternecedora. O Devorador de Medos pousa a mão no ombro de Clover, murmurando algo que Kai não consegue ouvir. Clover desaba nos braços de Thames enquanto a escuridão do pesadelo é absorvida aos poucos por Thames.

A cena lembra Kai de todas as vezes em que *ele* tinha entrado nos pesadelos de Baz, observado em silêncio ao lado dele enquanto a gráfica se transformava em escombros. Absorvendo a escuridão para si.

De repente, outra pessoa está ao lado de Thames e Clover. De primeira, Kai pensa ser Cordie, revivida... mas o cabelo loiro é um pouco diferente e os olhos dela são mais escuros. Com uma pontada, Kai percebe que não é Cordie, mas *Emory*.

Um milhão de perguntas ficam presas em sua garganta quando fios tênues de prata aparecem entre Clover, Thames e Emory, como se as estrelas tivessem traçado caminhos ligando suas almas.

Kai pisca, certo de que está imaginando coisas, e deve ter se aproximado dos outros sem perceber, porque a atenção de Clover se volta para ele com uma percepção súbita.

Você não deveria estar aqui, diz ele.

O pesadelo oscila e a escuridão cresce. Clover não está mais debruçado sobre o corpo da irmã, mas sobre um amontoado de cadáveres sem rosto que se decompõem bem diante de seus olhos. Clover fere o próprio rosto e também sucumbe ao que quer que seja aquilo, sua carne se desprendendo como cinzas dançando em uma brisa pútrida e depois se dissolvendo na escuridão que se intensifica.

É uma escuridão não natural e faminta que aos poucos ganha a forma de membros alongados e garras cortantes.

As umbras estão ali, implacáveis, com uma sede diferente de tudo que Kai jamais viu. Como uma estrela que desaparece em um piscar de olhos, Emory some. Thames se prepara para defendê-los das umbras, absorvendo a escuridão delas o máximo que consegue enquanto grita para que Clover *acorde* porque nada daquilo é *real*.

As veias de Clover adquirem um tom de prata e, embora Kai saiba ser só um pesadelo, ele tem medo do que um Invocador de Marés podia fazer em um lugar como este. Clover não está acordando e mais umbras se aproximam, já em número grande demais para que uma pessoa possa se defender sozinha.

Sem pensar, Kai corre em direção à cena, atraindo a atenção das umbras que logo se aglomeram ao seu redor. Kai não faz nada, esperando que elas se aproximem...

O que está fazendo?, grita Thames para ele.

Tirando-as de cima de você!

Segurando as umbras em torno de si com firmeza, Kai as arrasta consigo para o estado de vigília.

Ele abriu os olhos no quarto pouco iluminado que ficou ainda mais escuro com a chegada das umbras. Kai se debateu contra elas, tentando fazer com que se desintegrassem como *deveria* acontecer com os pesadelos quando são levados para a realidade, mas não parecia estar dando certo. Aquele era o pior momento possível para sua magia pós-Colapso deixá-lo na mão.

— *Durmam* — ordenou ele, imbuindo a palavra com todo o poder de sua magia como fizera em Dovermere, logo depois que Baz retirou o Selo Profano de sua mão.

Por fim, as umbras começaram a se desfazer na escuridão.

Naquele momento, a porta de Kai foi escancarada por Thames, ofegante e boquiaberto. Imóvel, ele observou as umbras desaparecerem.

Eles se encararam no silêncio que se seguiu.

— Como, em nome da Sombra, você conseguiu fazer isso? — indagou Thames.

Kai arriscou um dar de ombros despreocupado.

— Eu… às vezes tenho dificuldade para controlar o que trago comigo da esfera dos sonhos.

Se Thames suspeitava que Kai tivesse entrado em Colapso, não disse nada sobre o assunto.

— Eu nunca vi um poder assim antes.

— Quer trocar? — brincou Kai. — Essas umbras são uma pedra no meu sapato.

— Elas são sempre tão impiedosas nos pesadelos que você visita?

— Não. E nos *seus*?

— Nunca.

Uma suspeita se formou na mente de Kai. As umbras eram atraídas por *poder*, em especial por novas magias. O que quer que fosse aquilo entre Clover, Thames e Emory… os fios prateados…

Havia um vínculo ali, uma ligação entre eles. E, visto que Clover e Emory eram Invocadores de Marés, não surpreendia Kai que as umbras estivessem tão alvoroçadas.

— Quem era a garota que estava com vocês? — perguntou Kai.

— Que garota? — disse Thames, arqueando a sobrancelha. — Não tinha garota nenhuma.

Kai não insistiu, perguntando-se se ele teria visto mesmo Emory. A realidade e o sonho se misturavam de novo.

Não fazia sentido que ele ainda fosse capaz de vê-la, não enquanto dormia e havia duzentos anos separando os dois. Mas aquela não era a primeira vez que ele a encontrava de maneira tão inexplicável. Quando Kai estava no Instituto, de alguma forma sempre acabava visitando os pesadelos de Emory, apesar de sua magia ainda estar bloqueada. Era como se a conexão que compartilhavam não tivesse limites.

— Você e Clover... Você sempre aparece nos pesadelos dele? — pergunta Kai.

Thames parecia ansioso.

— Os pesadelos dele são mais intensos que os da maioria das pessoas. E nós somos muito próximos... imagino que entenda o que quero dizer. Então, sim, muitas vezes vou até ele durante o sono.

Certo Cronomago de óculos veio à mente de Kai.

— Você confia nele? — perguntou ele.

— De olhos fechados. — A expressão de Thames se suavizou. — Se está em dúvida por conta dos jogos, garanto que Baz está em boas mãos. Se alguém consegue passar por aquelas proteções, esse alguém é Cornelius.

Porque ele é um Invocador de Marés, pensou Kai. Ele queria confiar em Clover, mas o garoto lembrava Farran... ainda mais que Thames. O Devorador de Medos podia ter o mesmo sobrenome, mas as semelhanças terminavam por aí. Clover, por outro lado, tinha o mesmo fervor idealista que Farran tivera e abandonara ao primeiro sinal de problemas, da mesma forma que abandonara Kai.

Ele se lembrou do que Artem dissera na esfera dos sonhos.

Depois de você ter enchido a cabeça de Farran com essa idiotice de que "as Marés e a Sombra são iguais".

Desde então, Kai quebrara a cabeça tentando descobrir o que Artem quisera dizer. Farran teria mudado de opinião, afinal? Será que tinha se arrependido de ter ficado ao lado de pessoas que enxergavam os nascidos no eclipse como maus?

Mas a verdade era que não fazia sentido se perguntar nada daquilo. Farran tinha destruído mais que o coração de Kai, destruíra também a capacidade dele de confiar em quem dizia estar ao lado dos nascidos no eclipse. A realidade era que todo mundo dava no pé quando as coisas ficavam difíceis.

Kai sabia que Clover era diferente. Era um nascido no eclipse, um Invocador de Marés. O fato de ter que esconder isso significava que ele tinha mais a perder que qualquer um ali. Mesmo assim, defendia os companheiros, ainda que a decisão mais segura fosse não se associar a eles. Kai tinha que admitir que aquilo contava pontos positivos a favor de Clover.

Mas, quando Baz estava envolvido, todo cuidado era pouco.

34

EMORY

— Calma, deixa eu ver se entendi: você quer que eu *desacelere seu coração*?

— Isso mesmo.

Virgil encarou Emory como se ela mesma tivesse se transformado em um corvo gigante com rabo de serpente.

— Você tem sua magia ceifadora — explicou Emory outra vez. — Tecnicamente, consegue fazer meu coração parar de bater. O que estou pedindo é que você me leve à beira da morte, até um ponto em que eu desmaie.

— Ok, para começo de conversa, eu nunca fiz nada parecido com isso. E, em segundo lugar, como pode ter certeza de que não vou acabar matando você sem querer? Não quero esse peso na minha consciência, Em.

— Você não vai me matar. Eu confio em você.

Virgil riu e coçou a nuca. Depois da conversa desastrosa com Romie, Emory o procurara para pedir ajuda. Ela tinha que falar com o demônio de novo. E, se fosse preciso *desmaiar* para conseguir encontrá-lo, era isso o que ela faria.

— Por que é tão importante falar com ele? — perguntou Virgil. — Ele já era. A gente o espantou. Com sorte, um corvo-cobra já deve ter arrancado seus olhos. Ou seja, ele não é mais problema nosso.

Emory balançou a cabeça.

— Ele vai voltar. Está procurando alguma coisa, e eu quero saber o que é.

E, o mais importante, ele sabia coisas sobre a magia de Emory... coisas que ela precisava entender.

Principalmente se Romie estava falando sério sobre Emory tê-la ferido na linha de ley.

Virgil suspirou.

— Não faz muito tempo que você era a inocente da história e nós é que estávamos te corrompendo e te convencendo a fazer coisas perigosas.

— Eu não sou mais a mesma — retorquiu Emory, pensando na conversa com Romie.

— Eu sei bem. Agora você é muito mais divertida.

— Então você topa?

— Que fique registrado que ainda acho que deve existir uma maneira mais segura de fazer isso, mas... — Ele levantou as mãos. — O que posso dizer? Gosto de incentivar as pessoas a tomarem decisões questionáveis. Eu sempre as apoio.

Emory sorriu.

— Eu sei. Por isso procurei você.

Virgil levou a mão ao peito teatralmente.

Eles se acomodaram na sala de estar, e Emory se deitou em um divã para não cair de cara no chão. Depois de cortar a palma da mão, Virgil deixou o sangue pingar em uma tigela com água, iniciando a sangria para invocar a magia ceifadora.

— Preparada? — perguntou ele.

— Preparada.

— Quando vir o rosto feioso do Keiran — disse Virgil —, dê um soco nele por mim, pode ser?

— Você teria que me ensinar a dar um soco primeiro.

Virgil fingiu estar ofendido.

— E por acaso eu tenho cara de quem já socou alguém com estas belas mãos? Que insulto. Vá pedir umas aulas para os esquisitões com asas, eles é que são os guerreiros. Eu sou o rostinho bonito.

Enquanto seu coração batia cada vez mais devagar, Emory pensou que Virgil de fato tinha um rosto bonito. Ela sentiu que estava ficando inconsciente e, no momento seguinte, já se encontrava na estranheza do reino dos sonhos.

Como da última vez, o Keiran que não era Keiran estava esperando por ela. Seus olhos se iluminaram em dourado e prata quando ele a viu.

— Parece que sobreviveu às criaturas.

Pelo tom de voz, Emory não soube dizer se ele estava contente com aquilo ou não.

— Você sabia que os monstros estavam prestes a nos atacar — disse ela —, mas você estava aqui. Comigo. Como consegue estar em dois lugares ao mesmo tempo?

Ele fez um movimento vago com a mão, com um ar de tédio diante da pergunta.

— Da mesma forma que uma árvore existe lá em cima e aqui embaixo, igualmente em contato com o ar e com o solo. Da mesma forma que sua magia pode ser mais de uma coisa ao mesmo tempo. E ainda mais, se você permitisse.

— Você parece muito interessado na minha magia para alguém que tentou me matar.

Ele abriu um sorriso torto.

— Quando eu realmente quiser matar você, Invocadora de Marés, você vai saber.

Então aquela seria a dinâmica entre eles. Enigmas velados e ameaças não tão veladas assim.

Emory o encarou.

— O que você quer?

A pergunta o surpreendeu, quase como se não tivesse pensado naquilo até então. Recuperando a compostura depressa, ele declarou:

— O querer é uma coisa muito patética, muito mortal. Eu tinha me esquecido de como era desagradável até me ver aqui. — Ele apontou para si mesmo, para o corpo de Keiran.

— Ainda resta algo de Keiran?

Um sorriso cruel de satisfação surgiu nos lábios dele com o que quer que tenha visto na expressão de Emory.

— Gostaria que tivesse restado?

Ele avançou em direção a Emory, e ela precisou se segurar para não recuar. *Ele não é capaz de machucar você aqui,* pensou, torcendo com todas as forças para que fosse verdade.

— Gostaria que eu dissesse que consigo sentir as lembranças dele em relação a você? O quanto ele gostava de você? O quanto ele queria dizer aquelas três palavrinhas que você mesma decidiu guardar para si no final das contas? — Ele estendeu a mão e tocou o cabelo de Emory em um movimento tão parecido com o de Keiran que ela ficou paralisada, incapaz de se desvencilhar de seu olhar hipnotizante. — O quanto ele ficou surpreso quando você o deixou morrer?

Aquela pergunta fez com que ela voltasse a si. Emory recuou na mesma hora, enojada.

— Ele mereceu.

Teve que se esforçar para não se deixar abalar ao proferir aquelas palavras. Emory não ia permitir que ele usasse sua vergonha como uma arma afiada, cravando-a fundo em seu coração.

— Talvez — respondeu Keiran, pensativo, inclinando a cabeça para o lado. — Ele acreditava que iria transformá-la em algo mais poderoso do que você já era. Um receptáculo formidável para receber os deuses. — Os olhos do demônio se escureceram. — É muito interessante como as coisas funcionam. Ele estava completamente equivocado, mas, mesmo assim, teria movido mundos por você.

— Isso não é... Ele não se importava comigo. Ele só *precisava* de mim. Ele me usou.

— E pagou por isso com a própria vida.

Havia algo de elogioso no tom dele que desconcertou Emory. Mas o demônio tinha razão.

Emory pensou em Baz, em como fizera com ele exatamente o que Keiran fizera com ela. Emory usou Baz quando precisou dele, quando lhe era conveniente. Por isso sabia que não merecia o perdão do Cronomago, não quando ela mesma jamais conseguiria perdoar Keiran.

Ela queria acreditar que não era nada parecida com Keiran, que jamais teria o mesmo destino que ele. Tornar-se alguém disposto a sacrificar os amigos, tão iludido pela ideia de que estava fazendo a coisa certa, de que iria salvá-la exterminando tudo o que ela de fato era.

Contudo, talvez Emory já tivesse começado a trilhar o mesmo caminho.

— Qual é a sensação de se vingar de alguém que lhe fez mal? — perguntou o demônio, a voz baixa e sinistra.

Emory pensou no fantasma de Keiran, na mão dele apertando o pescoço dela, na promessa silenciosa de atormentá-la mesmo após a morte. E lá estava ele, alcançando seu objetivo.

Se ter sobrevivido era vingar-se dele por tudo que fizera, ela não se sentia nem um pouco vingada. Só se sentia vazia, mais nada.

— É o que você quer? — perguntou Emory. — Vingança?

— Vingança. Retaliação. É o que me devem.

— Por quê?

As pupilas dele pareceram se dilatar com a promessa de violência.

— Por tudo que foi feito comigo e com os meus.

Emory recuou um passo.

— Quem é você? Quero saber seu nome para poder parar de enxergá-lo como Keiran.

— Eu já tive muitos nomes — respondeu ele —, mas não tenho apreço por nenhum deles.

— Então imagino que não vá se importar de ser chamado de *demônio*.

— Dito de maneira tão carinhosa assim? Ah, será um prazer. — Ele a olhou de cima a baixo. — Mas chega de falar de mim. Prefiro falar sobre o que *você* quer. Já encontrou o coração?

O coração: a chave daquele mundo.

Emory sentiu o próprio coração disparar. Se o demônio encontrasse a chave antes dela e dos amigos...

Ela percebeu que estava prestes a recobrar a consciência, a retornar para si mesma. Mas, antes que fosse levada para longe daquele lugar estranho, avisou:

— Se machucar meus amigos de novo, eu mato você.

— Sim, lógico. Estou *tremendo* de medo — debochou ele.

— Estou falando sério.

— Não duvido. Mas, pelo que estou vendo, você parece estar se saindo muito bem machucando seus amigos por conta própria. É melhor tomar cuidado. O poder de um Invocador de Marés é uma faca de dois gumes, como você já deve ter percebido.

Emory teve tempo de vê-lo sorrir com ironia antes que tudo ao redor deles se dissolvesse e ela fosse puxada pela escuridão rumo à luz enquanto recuperava a consciência.

Foi um grande choque despertar depois de ouvir aquelas palavras, ainda mais ao perceber que não era apenas Virgil que a estava observando, mas Romie, Nisha, Aspen e Vera. Havia outro rosto também, o do pajem que tinham conhecido naquele mesmo dia, o jovem de olhos esbugalhados e cheios de expectativa.

— Agora você pode me mostrar um pouco da sua magia? — pediu Caius, fazendo com que Emory quase desejasse voltar para aquele lugar misterioso na companhia do demônio.

35

BAZ

Baz não demorou a perceber que, ao concordar em participar dos jogos, ele e Kai não podiam mais se dar ao luxo de passar despercebidos. Na manhã seguinte à cerimônia de abertura, eles foram abordados no pátio pelo reitor de Karunang. Os dois se prepararam para o pior... Certamente o homem os acusaria de não serem alunos de Karunang. Mas o reitor apenas os cumprimentou com um sorriso caloroso.

— Sr. Brysden, não é? — Ele usava uma túnica de seda cor de ameixa bordada com estrelas douradas. — Estava procurando pelo senhor para saber se precisa de alguma coisa agora que vai participar dos jogos.

— Hum... — Os olhos de Kai espelharam a confusão de Baz. Era impossível que o reitor não soubesse que estavam mentindo. — Tem problema... tem problema eu ter me inscrito? — perguntou ele, receoso.

— Preciso confessar que fiquei surpreso quando aceitou o convite — admitiu o reitor, risonho. — Mas eu não poderia estar mais orgulhoso. O primeiro participante da Casa Eclipse nos jogos ser um aluno de Karunang? É esplêndido. — Ele deu uma olhada de Baz para Kai. — Mas os senhores deveriam estar em sala de aula. A participação nos jogos não dispensa meus alunos de suas obrigações acadêmicas.

Era verdade: todos os alunos visitantes tinham que seguir a grade de aulas de Aldryn durante seu período ali. A presença nas aulas era obrigatória e contava como se estivessem em sua própria escola.

— Andem logo — disse o reitor quando o sino da torre ressoou. — E, se precisarem de alguma coisa, qualquer coisa, saibam que estou aqui.

Não vou tolerar nenhum tipo de maus-tratos aos meus alunos nascidos no eclipse.

Uma hora mais tarde, Baz e Kai entraram em uma sala de aula no Hall Pleniluna tendo montado uma grade que permitia que ficassem perto de Clover. De fato, lá estava ele, sentado sozinho na última fileira da sala de paredes muito brancas e teto branco abobadado. Não deu a impressão de tê-los visto enquanto os dois subiam as escadas para se juntar a ele. Tinha a caneta em mãos e estava escrevendo em frenesi em um diário familiar. Um que *claramente* não estava mais em branco.

— Tem alguém sentado aqui?

Ao ouvir Kai, Clover deslizou o diário para fora do campo de visão dos dois muito casualmente, não sem que Baz espiasse e descobrisse que as páginas tinham voltado a ficar em branco. Seria algum tipo de magia de proteção contra bisbilhoteiros?

Clover sorriu, fazendo sinal para se acomodarem.

— Por favor, sentem-se.

Baz ocupou o assento ao lado de Clover.

— Sobre o que está escrevendo? — Ele se esforçou para soar relaxado, e não afoito como se sentia.

— Ah, um pouco de tudo — respondeu Clover, sem oferecer maiores detalhes. — Gosto de explorar coisas diferentes. Não há nada mais fascinante que uma boa história. Por isso eu gosto tanto dessa aula.

Como se tivesse sido ensaiado, a professora virou-se para eles depois de escrever *TEOLOGIA* no quadro.

— Para os que estão visitando de outras academias, sejam bem-vindos à aula de estudos teológicos avançados. Eu sou a professora Aurora Hoyaken, e hoje vamos falar sobre as Marés e a Sombra.

Baz mal conseguiu conter o entusiasmo ao reconhecer o nome da professora, uma das autoras do livro que ele retirara na Cripta para a professora Selandyn no início do ano letivo, *As Marés do Destino e a Sombra da Destruição: Um estudo teológico sobre a história da magia lunar.*

A professora Hoyaken começou a aula dizendo que a teologia não era uma ciência e, portanto, nenhuma crença deveria ser considerada um fato incontestável. A declaração fez com que um rosto familiar soltasse um risinho debochado. Era Wulfrid, que em seguida embarcou em um monólogo pretensioso sobre a fé dos seguidores da doutrina Lenda das Marés como a origem da magia.

— Esse cara está começando a me encher o saco — resmungou Kai, impaciente.

— Por isso que rejeito pontos de vista tão limitados dessa crença moderna das Lendas das Marés — intrometeu-se Clover, despertando a atenção da turma e a raiva de Wulfrid. — Os adeptos dessa doutrina desprezam por completo a riqueza da história mitológica. Para entender a fundo a relação entre as magias lunar e eclíptica, tanto a dicotomia existente quanto a harmonia que *deveria existir* entre as duas, precisamos considerar todas as facetas da mitologia de origem. O que essas histórias têm em comum? Quem as narrava e como a interpretação que fizeram dos eventos os beneficiou?

— E o que você acha, sr. Clover? — questionou a professora Hoyaken com interesse genuíno.

Wulfrid, por sua vez, revirou os olhos e se afundou na cadeira. Já Clover se acomodou e respondeu:

— Para mim, o que é mais intrigante é como cada mito se refere às Marés e à Sombra como *criações* dos deuses, de entidades muito maiores do que elas. O mito predominante aqui em Elegy é o de que as Marés receberam seus poderes de uma bondosa divindade lunar. No Arquipélago da Constelação, também acredita-se que as Marés foram abençoadas por uma deusa da lua e que a Sombra foi amaldiçoada por um deus do sol. Nas Terras Remotas do norte, povos sem magia contam histórias em que as Marés e a Sombra foram mandadas para cá por um deus da morte sedento por vingança que queria fazer com que os humanos caíssem em tentação com uma magia pecaminosa a fim de desviá-los do caminho correto. Há muitos e muitos outros exemplos. Todos os mitos que permeiam nossa história têm esse ponto em comum: deuses poderosos com poderes superiores. No entanto, nunca adoramos tais deuses. Somente as Marés e a Sombra.

— O que isso faz delas, então, senão divindades? — instigou a professora Hoyaken.

— Acho que eram um tipo próprio de divindade — retomou Clover, seu rosto iluminado com a mesma paixão que Baz estava acostumado a ver na professora Selandyn e em Jae Ahn. — Não são como os deuses que a maioria das pessoas parece enxergar, mas talvez *mensageiras* deles. Intermediárias entre nós, reles humanos, e os poderes superiores aos quais devemos nossa criação.

— Isso é blasfêmia! — interveio Wulfrid.

Alguns alunos concordaram com gestos de cabeça.

— Trata-se de especulação acadêmica — corrigiu a professora —, que é exatamente o objetivo desta aula. Continue, sr. Clover.

Clover se inclinou para a frente na cadeira, empolgado.

— A questão então passa a ser outra. Se as Marés e a Sombra partiram e se acreditamos que, depois disso, nossa magia se tornou limitada e fragmentada entre casas lunares e os alinhamentos de maré, quais as chances de esses deuses mais poderosos serem a razão para isso ter acontecido? Eles convocaram as mensageiras para que voltassem ao lugar de onde vieram? Ou será que não gostaram do envolvimento das Marés e da Sombra em nossas vidas humanas, distribuindo magia a qualquer um, e por isso decidiram limitar o que somos capazes de fazer, assim nos privando da possibilidade da divindade?

— É um ótimo questionamento — observou a professora Hoyaken. — Obrigada por compartilhar sua opinião, sr. Clover.

Clover deu um sorriso tímido para Baz e Kai quando a professora seguiu em frente com a matéria.

— Peço desculpas — sussurrou ele. — Eu sempre me deixo levar por esse tipo de teoria.

— Não se preocupe — disse Baz. — Conheço algumas pessoas tão fascinadas pelo assunto quanto você.

Selandyn e Jae teriam adorado debater teorias com ele.

Kai não abriu a boca, encarando Clover com uma expressão fria e reticente que Baz não entendeu.

Quando a aula acabou, Clover perguntou qual seria a próxima aula dos dois e ficou satisfeito com a semelhança de suas grades. Então emendou uma conversa, falando da reunião do clube sobre os nascidos no eclipse que ele organizaria e da festa que aconteceria depois da primeira etapa dos jogos. A conversa soou tão normal que fez com que Baz só conseguisse pensar em uma coisa: era colega de sala de seu maior ídolo literário. Estava percorrendo os corredores sagrados de Aldryn ao lado de uma lenda e, de alguma forma, os dois eram *iguais*. Estavam em pé de igualdade.

— Por que convidou Baz para ser sua dupla?

A pergunta sem rodeios de Kai o trouxe de volta à realidade. Seu semblante ainda expressava receio, como se não confiasse em Clover.

Ele se posicionara diante dos dois, bloqueando o caminho enquanto se dirigiam à aula seguinte. O ar gelado que soprava nos claustros não era nem de longe tão cortante quanto o tom de sua voz.

— Ah, é. Eu estava mesmo me perguntando quando levaria um puxão de orelha por isso — disse Clover com um aceno de cabeça penitente. — Para ser sincero, ouvi Baz decifrar o enigma do primeiro desafio. — Seus olhos encontraram os do Cronomago. — Você é sagaz. Eu gosto disso. E sua magia... Eu já tinha ouvido falar da cronomagia antes, mas é tão rara... Um dom como esse deve vir a calhar no jogo.

— Não é um simples jogo para nós — disparou Kai. — Talvez você não tenha nada a perder, mas agora arrastou Baz para o meio disso. Ele nasceu no eclipse. As coisas são diferentes para nós.

Clover ficou sério e franziu a testa.

— Eu jamais faria algo para colocar um colega em perigo. *Especialmente* um colega nascido no eclipse.

— Mas foi o que você fez. Quando escolheu Baz, colocou um alvo nas costas dele.

— Kai... — chamou Baz, sem graça.

— Você está trazendo isso à tona por causa da sua visita ao meu pesadelo ontem à noite? — Clover não parecia aborrecido, e sim envergonhado.

Kai arqueou a sobrancelha.

— Aquele em que todo mundo ao seu redor morre?

Baz virou-se para Kai. Aquilo era novidade para ele.

— Meus pesadelos tendem a ser pesados às vezes, é verdade — admitiu Clover. — Encarar a morte, ainda mais na infância... Isso deixa marcas. Eu me apego às pessoas ao meu redor porque meu maior medo é perdê-las. Eu me empenho em defender os nascidos no eclipse porque sei como é...

— Você pode ter empatia pelas dificuldades que nós, nascidos no eclipse, enfrentamos — interrompeu Kai —, mas não é a mesma coisa que passar por tudo isso também. Você nunca vai entender como é, porque não é um de nós.

Clover abriu a boca para contestar, mas se deteve. Baz entendeu o que Kai pretendia fazer: estava instigando Clover, vendo se ele confessaria ser um deles. Um nascido no eclipse. Ou *transformado* em um deles. Uma identidade que ele mantinha em segredo.

— O que estou tentando dizer — continuou Clover — é que não vou fazer nada que coloque Baz em risco. Vocês têm minha palavra.

— Ótimo. — Kai sorriu para ele de uma forma que, na maioria das pessoas, daria calafrios. — É bom saber que estamos nos entendendo.

Baz não conseguiu se concentrar na aula seguinte. Em vez disso, ficou relembrando a ameaça de Kai, o sorriso intimidador, a postura protetora... tudo para protegê-lo.

Ele não achava que Clover merecesse tanta desconfiança, mas descobriu que não se incomodava com aquele lado protetor de Kai. Na verdade, gostava bastante.

Naquela noite, quando se viram sozinhos nos jardins de ilusão, Baz e Kai conversaram sobre como o reitor de Karunang parecia achar que os dois de fato eram seus alunos. Era difícil acreditar que ele conhecia tão pouco o corpo discente a ponto de o surgimento de dois desconhecidos nascidos no eclipse não levantar nenhuma suspeita.

— Acho que deveríamos estar aliviados — disse Baz, dando de ombros.

Mas Kai não estava tão tranquilo.

— Isso não me cheira bem. Clover convidando você para formarem uma dupla, o reitor aceitando tudo numa boa... Me parece muito conveniente. Temos que tomar cuidado.

Baz sentiu um familiar frio na barriga ao pensar no lado protetor de Kai.

— Que história foi aquela sobre o pesadelo de Clover?

Ele ouviu o relato, estarrecido. Kai contou o que testemunhara no pesadelo de Clover e falou sobre as umbras que tinha retirado de lá. Se Clover estava sonhando com seu *Colapso*, não havia dúvida de que ele tinha liberado a própria magia do eclipse.

— E tem mais. — Kai puxou um punhado de grama. — Eu estava esperando o momento certo para te contar, e nem sei se foi real... Mas acho que vi Emory no pesadelo dele.

Baz sentiu o sangue gelar.

— Mas como...

— Eu sempre vejo *Thames* nos pesadelos de Clover também. Parece que vou até eles durante o sono sem nem mesmo tentar, como aconteceu com Emory daquela vez. — Kai olhou para Baz, avaliando a reação dele. — Eu sempre me perguntei por que os *seus* pesadelos me atraíam mais que os dos outros. Por um tempo, pensei que... Sei lá. Que talvez houvesse algo mágico na conexão que temos. Mas talvez não haja.

— Ah, tá bom — disse Baz com um riso desconcertado, tentando não ficar magoado com o comentário.

— Não... Quero dizer que o que a gente tem... talvez *não precise* de uma explicação mágica. Você me fascina, Brysden. Sempre foi assim, desde que apareci pela primeira vez no seu pesadelo da gráfica. Você é diferente de todo mundo que eu já conheci. Acho que é por isso que não consigo ficar longe de você. Talvez seja a razão pela qual sempre vou parar nos seus pesadelos, tipo uma mariposa buscando um ponto de luz.

Baz ficaria arrasado se Kai o visse apenas daquela forma, como uma mente que era vítima de pesadelos recorrentes e medos profundamente enraizados que eram interessantes por razões puramente acadêmicas. Um objeto de estudo, como se a intenção fosse se aprofundar cada vez mais na psique de Baz para entender seus medos.

— Eu não sou um experimento que você precisa decifrar — rebateu Baz, surpreso com o ressentimento em sua voz.

Por que estava tão chateado?

— Não estou sabendo me explicar. O que quero dizer é que esse vínculo de sonho que tenho com Clover, Thames e Emory... Acho que *isso* tem uma explicação mágica, como se nossas almas atraíssem umas às outras durante o sono de uma forma impossível de ignorar. — Então ele sorriu, bem-humorado. — E preciso te informar que *já decifrei você*, Brysden. Você é um livro aberto para mim.

— Pelo menos sou um bom livro?

— O melhor de todos.

Baz sentiu uma onda repentina de calor, embora os jardins de ilusão estivessem frescos. Mesmo assim, uma coisa que ouvira de Kai certa vez tomou seus pensamentos como uma nuvem escura. *As mentes mais silenciosas escondem as maiores violências.*

— Você sabia em algum nível que eu... que eu matei aquelas pessoas? — perguntou ele.

Kai estremeceu.

— Por que você acharia isso?

— Talvez tenha sido por isso que meus pesadelos sempre te intrigaram tanto. Porque eles são horríveis. Porque eu sou horrível.

A boca de Kai se contraiu. Ele parecia aborrecido.

— Já visitei mentes perversas de verdade, almas mais sombrias que a escuridão entre as estrelas. — Sua voz grave causou arrepios em Baz. — Você não é uma delas, Baz.

Eles se entreolharam. O som de seu nome na boca de Kai provocou um frio em sua barriga de novo. Se fosse outra pessoa, Baz poderia pensar que ele estava dizendo aquilo só para fazê-lo se sentir melhor, mas Kai não mentia nem amenizava a verdade.

Baz pigarreou, tentando não soar muito desesperado ao pedir:

— Você pode tentar falar com Emory na esfera dos sonhos de novo?

Um instante de silêncio. Mil emoções diferentes nos olhos de Kai.

— Posso tentar — respondeu ele, por fim.

Baz olhou para o céu noturno, lembrando-se de estar na estufa com Emory, observando as estrelas cadentes.

A lembrança trouxe sentimentos estranhos. Ele pensou em como Emory se parecia com uma estrela cadente: resplandecente e sublime enquanto passara por sua vida, mas efêmera. Algo fugaz que jamais poderia ser conhecido a fundo. Mesmo enquanto compartilharam um grande segredo (o fato de ela ser uma Invocadora de Marés e tudo que aquilo acarretava), ele nunca sentiu que Emory confiava plenamente nele. Ela tinha compartilhado aquele segredo com ele, mas quantos outros tinha escondido? Quantas mentiras não teria contado, quantas coisas não teria omitido sabendo que os sentimentos dele o levariam a acreditar em qualquer coisa?

As estrelas acima dos dois estavam paradas. Baz percebeu que as preferia assim. Eram estáveis, e ele sabia que podia contar com elas, assim como com o garoto sentado ao seu lado.

Baz observou Kai sob o luar. Ele era muito diferente de Emory. Mesmo com toda a incerteza da situação em que se encontravam, sentia que ele e Kai se entendiam. Que estavam juntos, com segredos e tudo. E se deu conta de que sempre fora assim entre os dois. É óbvio que Kai tinha escondido coisas dele, mas sempre para protegê-lo, ao contrário de Emory.

Kai percebeu que estava sendo observado e arqueou a sobrancelha.

— Que foi?

— Nada — sussurrou Baz.

Quando voltou a olhar para as estrelas, tudo que enxergou nelas foi o brilho dos olhos de Kai.

36

ROMIE

Romie encontrou Tol em sonho.

Foi muito natural seguir a vibração da canção que a levava direto até ele e, de forma instintiva, Romie soube que o chamado que tocava sua alma vinha da chave que existia em Tol. Ela não compreendia o porquê de sentir aquela conexão apenas com ele e Aspen, e não com Emory, mas não era algo em que ela queria se aprofundar ali, na esfera dos sonhos.

O sonho de Tol era cheio de calor e luz solar, como o abraço de alguém querido. Ele está sentado diante de uma refeição suntuosa com pessoas que Romie deduz serem sua família: a mãe, o pai, três irmãs. O amor e o riso são tão genuínos que a fazem sentir saudade da própria família com uma súbita pontada de dor.

Tol se volta para Romie. Ela o reconhece como o jovem que vira quando se deparou com Aspen perscrutando na esfera dos sonhos. O rosto dele é como a luz dourada do amanhecer banhando as formações de arenito pelas quais tinham passado, e seus olhos têm uma cor impressionante de topázio. Em vez dos cabelos escuros na altura dos ombros, ele está com a cabeça raspada, o que ela deduz ser algo imposto aos prisioneiros.

Ele também tem músculos que combinam perfeitamente com seu papel de guerreiro, uma arma forjada por aquele mundo escaldante.

Anatolius?

A palavra faz algo se acender nos olhos dele.

Só os mestres dracônicos me chamam assim.

Tudo bem. Tol, então?, Romie dá um passo receoso em direção a ele, tomando cuidado para que o sonho não se dissipe. *Meu nome é Romie. Eu sou amiga da Aspen. Ela me pediu para lhe dar um recado.*

Ele franze a testa.

Aspen?

Ah, é. Aspen conseguia ver por meio dos olhos de Tol, mas *ele* provavelmente não sentira a presença dela e por isso não reconheceria o nome.

Sou amiga do Caius.

Ah, Caius, repete Tol.

Aguente firme, está bem? Vamos tirar você de lá.

Ele fica confuso.

Não estou entendendo.

Romie sente uma espécie de alteração no sonho que lhe serve como aviso de que aquela interação é demais para ele, que a realidade se aproxima outra vez e que ele em breve despertará.

Quando o sonho começa a se dissolver de vez, as únicas palavras nas quais Romie consegue pensar são as da *Canção dos deuses afogados*.

Paciência, diz ela. *Tenha coragem.*

E então ela se vê em um sonho diferente. Numa mente que ela reconheceria em qualquer lugar.

O sonho de Emory é mais uma lembrança que qualquer outra coisa. Três crianças correm descalças rumo à praia, morrendo de rir e brincando com as gaivotas. Romie observa enquanto uma versão mais jovem de si mesma pega pela mão uma versão mais jovem de Emory, até então sentada ao lado de Baz, e dispara até a água, puxando a amiga junto, rindo e gritando enquanto as ondas quebram ao redor delas.

Não há nada de triste naquela lembrança, mas Romie é tomada por uma melancolia tão avassaladora que sente vontade de chorar. Ela vira-se para Emory (a Emory de verdade, de repente ao lado dela, não a do sonho) e nota que a amiga está de olhos marejados.

Será que um dia as coisas vão voltar a ser como antes?, pergunta Romie.

Emory não responde, apenas apoia a cabeça no ombro de Romie. Em silêncio, elas assistem ao sonho juntas, permitindo que as gaivotas sustentem os fardos que carregam por um tempo.

De repente, Emory levanta a cabeça, as sobrancelhas franzidas, parecendo confusa ao avistar algo ao longe.

Aquele é…

Romie não tinha notado a escuridão que começa a se aproximar das bordas do sonho. E com certeza não tinha notado que *ele* está ali.

Kai?

37

KAI

Kai levou dois dias para encontrar Emory na esfera dos sonhos, mas não por falta de tentativas.

Ele apenas não conseguia senti-la por lá. Com isso, supôs que ela estava acordada, uma vez que Emory também não tinha aparecido nos pesadelos de Clover. Kai nunca a procurara daquela forma antes. Na verdade, ele sempre se via nos pesadelos de Emory sem saber como tinha ido parar lá. Ele já estava a ponto de acreditar que tinha imaginado tudo aquilo.

Até a noite que antecedeu o início dos jogos. Assim que Kai adormeceu, foi como se ele fosse um ímã sendo atraído por um grande campo de força ao longo do caminho estrelado, como se um fio puxasse sua alma. Era diferente da canção, mas, ao mesmo tempo, havia algo parecido, familiar de uma forma que Kai não compreendia.

Quando a encontra, ela não está cercada por fantasmas como da última vez. Pelo contrário, transmite um ar quase de paz.

E Romie está ao seu lado.

Kai?

A Sonhadora está boquiaberta.

Emory olha de um para o outro... e para os fios brilhantes que a ligam aos dois. Um flui entre ela e Romie, o outro entre ela e Kai.

Por favor, digam que isso é real, diz ela, de forma tão similar ao pesadelo mais recente de Kai que *ele* tem que lembrar a si mesmo de que é real, é real, é *real*.

Pelo visto, é, responde ele.

Romie quase o derruba no chão ao se jogar sobre ele com o que só pode ser descrito como um *guincho ensurdecedor.*

Não acredito que é você!

Quanta saudade de mim, hein?, provoca Kai, sem fôlego ao ser esmagado.

Cala a boca e me abraça.

Em volta deles, a cena estremece, alternando entre a praia ensolarada e a escuridão de uma caverna familiar, como se passasse de sonho para pesadelo.

Não faz sentido, comenta Emory com uma risada nervosa, sua atenção indo de Kai para Romie e depois para a esfera dos sonhos.

Kai percebe que ela está perdendo o controle da realidade.

Eu... Eu não... Eu tenho que acordar, completa ela.

Não, espere. Romie segura Emory pelos ombros, forçando a amiga a lhe encarar. *Isso é real. Está vendo?* Ela coloca a mão de Emory no ombro de Kai. *Kai e eu estamos no* seu *subconsciente. Se acordar agora, não sei se vamos conseguir estabelecer essa conexão de novo. Então respire fundo e se esforce para* continuar dormindo.

Emory fita a própria mão no ombro de Kai e recolhe o braço ao se dar conta de que ele *de fato* é real.

Como isso é possível se estamos a mundos de distância?

Não estamos só em mundos diferentes, diz Kai, com vontade de rir do enorme absurdo da situação. *Baz e eu voltamos no tempo. Duzentos anos.*

O quê?, questiona Romie. *Como isso aconteceu?*

Não faço ideia.

Quando os outros disseram que vocês tinham desaparecido, pensamos que talvez... Os olhos de Emory se iluminam. *Mas vocês estão* vivos.

Eu não estaria aqui se não estivéssemos.

Romie solta um riso aliviado.

Graças às Marés.

Kai franze a testa.

Quando você disse "os outros", quis dizer...

Nisha, Virgil e Vera, responde Romie. *Eles conseguiram atravessar a esfera dos sonhos e nos encontraram em Wychwood. Estamos no Mundo Ermo agora.*

Então é de verdade?, pergunta Kai, sem conseguir esconder o tom de encanto em sua voz. *Os outros mundos? Tudo?*

Romie está exultante.

Sim, é tudo de verdade.

Uma parte de Kai fica com inveja por não estar lá. Ele e Baz são os fãs número um de *Canção dos deuses afogados*, e lá estão Emory e Romie, experenciando a versão real da história.

Em comparação, o encontro dos dois com Clover era quase desimportante.

Mas nem tudo são flores, comenta Emory, como um balde de água fria.

Kai arqueia a sobrancelha.

Vocês estão viajando pelos mundos do Clover. Como isso pode ser ruim?

As duas se entreolham. Então Romie explica:

As coisas aqui são um pouco mais catastróficas que no livro de Clover. Os mundos estão morrendo. Vamos para o mar de cinzas em busca de uma solução.

Deterioração de mundos... aquilo soa exatamente como o que a professora Selandyn lera no diário de Clover.

E não termina aí. Emory olha para a escuridão. *Alguma coisa escapou da esfera dos sonhos e tentou matar a chave de Wychwood.*

A umbra com a coroa que se apossara do cadáver reanimado de Keiran. Kai examina os arredores, procurando por ela nas sombras ao redor, mas mais uma vez não consegue senti-la em lugar algum.

O que *sente* são as umbras à espreita. Romie também parece notar a sensação agourenta que toma a esfera dos sonhos. Ela xinga, empalidecendo, sem dúvida com medo de entrar em um sono eterno.

Temos que acordar. Ela aperta a mão de Kai. *Por favor, diga ao meu irmão que estou com saudade.*

A Sonhadora desaparece de repente, como uma estrela que se apaga. Então Kai e Emory se veem sozinhos no escuro. Emory fala, suplicante: *Não conte nada disso para Baz.*

Kai sente vontade de *esganá-la* por pedir tal coisa.

Eu avisei que ia atormentar sua vida se você o magoasse, não avisei?

Pelo menos, ela tem a decência de parecer envergonhada.

Diferentemente de você, eu não escondo coisas dele e também não uso Baz para meus interesses próprios, prossegue Kai.

Eu não... Olha, nós dois sabemos que ele vai morrer de preocupação. Ele é mais forte do que você imagina.

Você tem razão, mas... Droga.

A escuridão começa a se tornar sufocante, e Kai sente dificuldade em manter a conexão.

Acorde, diz Kai, entredentes. *Agora.*

Você vai voltar?, pergunta Emory, esperançosa. *O que quer que isso seja, nós podemos...*

Kai abriu os olhos. Depois de sair debaixo das cobertas, seu primeiro pensamento foi ir ao quarto de Baz para lhe contar tudo o que descobrira.

Com a mão na maçaneta, ele se deteve com as palavras de Emory reverberando em sua mente.

Os jogos começariam no dia seguinte. Baz precisava estar focado. Concentrado.

E talvez Emory tivesse razão. Talvez fosse melhor que Baz não soubesse, pelo menos não até que Kai conseguisse entender o que estava acontecendo.

Você só está protegendo Baz, pensou. *Ele vai entender.*

Então Kai voltou para a cama, com o peso da própria traição revirando seu estômago.

38

BAZ

Baz não se dera conta do quanto tinham voltado no tempo até conhecer o sistema de classificação de bibliotecas da época. Para ele, a catalogação dos títulos era confusa e pouco prática; se não fosse por Clover, ele jamais encontraria o que estavam procurando.

— *Uma breve e (parcialmente) verídica história das assombrações em Elegy*, escrito por Porpentious Stockenbach — leu Baz em voz alta, arqueando a sobrancelha, enquanto Clover tirava o título da prateleira. — Como histórias de fantasmas vão nos ajudar com as proteções?

Clover parecia igualmente incerto enquanto folheava o enorme livro, que de breve não tinha nada.

— Talvez a próxima pista esteja aqui. — Ele começou a ler o índice em voz alta. — *Vida além da morte, Condenação, Purgatório e a Alma eterna.* Ah, é, com certeza vamos encontrar o que precisamos em *Os animais fantasmas da fazenda Stonehaven*.

Baz sorriu com o tom sarcástico de sua dupla.

— É lógico.

Cada equipe recebera uma única pista para começar a caça ao tesouro: o nome Porpentious Stockenbach, que levou os dois à biblioteca do Hall Noviluna após a descoberta de Clover de que o autor já falecido fora um Mediador do Além. Pelo visto, eles foram a primeira equipe a resolver aquela parte do mistério.

Baz olhou por cima da grade de ferro. Encontravam-se na galeria do segundo andar, que permitia enxergar o piso principal da biblioteca, onde alguns alunos estudavam em silêncio nas mesas compridas. Baz sentiu um calafrio. Jamais gostara da escuridão da biblioteca do Hall Noviluna, com seu mármore preto sóbrio e móveis de madeira escura evocando uma noite fria de inverno. Seu incômodo cresceu ao ver Wulfrid e sua dupla (um garoto alto e corpulento da Fröns, a julgar pelas vestes brancas e pelo emblema florido) subindo para o segundo andar. Os dois garotos que seguiam Wulfrid como cachorros famintos não estavam muito longe, já que também tinham se inscrito nos jogos.

— Parece que não fomos os únicos a chegar até aqui — alertou Baz.

Clover cerrou a mandíbula ao notar quem se aproximava. Ele olhou para o livro e depois para a prateleira, procurando a pista de que precisavam. Como não podiam tirar nenhuma das pistas de seus esconderijos oficiais, Baz estava prestes a sugerir que parassem o tempo enquanto tentavam desvendar o que podiam aprender ali. Entretanto, Clover apenas devolveu o livro à prateleira com um sorriso indecifrável.

— O que está...

— Não se preocupe. — Clover se virou para enfrentar o olhar venenoso de Wulfrid. — Senhores — cumprimentou ele, com um breve aceno de cabeça. — Boa sorte.

Wulfrid estreitou os olhos e resmungou um insulto quando os dois passaram por ele.

— Para onde vamos? — perguntou Baz quando já estavam longe o bastante para que não fossem ouvidos.

— Para a biblioteca do Hall Crescens. A pista não estava no livro de Stockenbach, mais sim no volume ao lado, *Conversando com as plantas: O paisagismo mágico da Academia Aldryn*.

— Não soa como algo que estaria nas prateleiras da Casa Lua Nova.

— Exato.

A claridade da biblioteca do Hall Crescens foi uma mudança agradável depois da escuridão do Hall Noviluna, com a luz se infiltrando pelo teto de vidro abobadado e pelas janelas altas. Baz notou que não havia música no local. Qualquer que fosse a magia criadora que dava vida à biblioteca, com a trilha sonora instrumental tão familiar a Baz, provavelmente ainda não tinha sido inventada naquela época.

O cheiro de livros antigos misturado ao aroma característico das plantas que se espalhavam por toda a biblioteca fez Baz se lembrar da estufa em que Romie passava boa parte do tempo. Com uma pontada de tristeza, ele pensou na saudade que sentia da irmã.

Clover dirigiu-se até um recesso entre duas estantes de madeira clara em paredes tomadas por hera e por uma sequência de pinturas retratando a Academia Aldryn em diferentes épocas e perspectivas. Havia ali um antigo mapa emoldurado de alguns anos após sua fundação. Sob ele, uma placa prateada informava: *Campus da Academia Aldryn projetado pelo Criador Florien Delaune, fundador da biblioteca do Hall Crescens.*

— Fundador da biblioteca do Hall Crescens... — leu Clover em voz alta, franzindo a testa.

Baz quase conseguia enxergar as engrenagens girando em sua cabeça.

— Imagino que a próxima pista vá nos levar à biblioteca do Hall Pleniluna? — sugeriu ele, sem saber por onde começar.

Sentia-se inútil com Clover fazendo tudo sozinho.

Mas o outro garoto sorriu para ele como se Baz tivesse solucionado o grande mistério da vida.

— Mas é lógico! O fundador da biblioteca do Hall Pleniluna... Talvez ele tenha sido um Protetor, talvez tenha sido ele mesmo quem colocou as proteções na Cripta!

Com apenas aquela suposição como ponto de partida, eles se encaminharam ao Hall Pleniluna. Enquanto a biblioteca da Casa Lua Crescente lembrava um conservatório silencioso, a biblioteca da Casa Lua Cheia não economizava na ostentação. Era a maior do campus, um verdadeiro palácio, com uma escadaria sinuosa e quatro andares de prateleiras imponentes e colunas ornamentadas. Tudo era revestido de mármore branco, com reluzentes lustres de prata e detalhes dourados que iluminavam o espaço até quase fazer doer os olhos.

Clover procurou a bibliotecária para perguntar sobre o fundador da biblioteca e, enquanto esperavam por uma resposta, Baz viu Wulfrid e seus capangas subindo as escadas depressa, parecendo alegres.

Baz e Clover se entreolharam.

— Lutwin de Vruyes — anunciou a bibliotecária, voltando até onde estavam. — Ele foi um Purificador, fundou a biblioteca do Hall Pleniluna... e, ah, aqui está, escreveu um livro chamado *Práticas purificadoras para combater o mal*.

A mulher olhou para Baz, inquieta. Não era difícil adivinhar qual era o *mal* a que o título se referia.

Por insistência de Clover, ela lhes indicou onde o livro ficava, no terceiro andar. Cada nível da biblioteca era dedicado ao alinhamento de uma das marés da Casa Lua Cheia, começando com os Auristas no primeiro piso e terminando com os Guardiões da Luz no quarto.

Sendo ele mesmo um Purificador, era provável que Wulfrid desvendasse o enigma depressa. Ao descer, passou pelos dois com um sorriso presunçoso e disse a Baz:

— Espero que gostem da leitura. Ainda mais você, escória do eclipse.

Se Kai estivesse ali, Baz tinha certeza de que mandaria Wulfrid escada abaixo com um empurrão.

Clover se saiu melhor ao esconder a própria raiva, mas Baz percebeu que ele estava exaltado ao puxar da prateleira o livro em questão.

— Não posso acreditar que incluíram um livro como este na caça ao tesouro. Poderiam ter escolhido qualquer outra coisa, mas optaram por algo para nos alfinetar. — No mesmo instante, ele olhou para Baz e se corrigiu: — Para alfinetar vocês. Eu entendo se me odiar por tê-lo envolvido nisso.

— Não, não. Está tudo bem. Só quero encontrar a próxima pista e desvendar isso antes de Wulfrid.

— Certo.

Clover folheou o livro, fazendo uma careta para o que via.

— Basicamente, são teorias sobre exorcismos de espíritos e... forças supostamente obscuras. É melhor você não ver isso. Lutwin de Vruyes decididamente *não era* um aliado dos nascidos no eclipse. — Aborrecido, ele devolveu o livro ao lugar. — Pelo menos a reitora é mais mente aberta que o antepassado dela.

Baz franziu a testa.

— A maioria das pistas até agora era sobre os fundadores das bibliotecas e sobre a história geral de Aldryn. Se cada pista nos leva à biblioteca seguinte... O exemplar de *História de Aldryn* não fica guardado na biblioteca do Hall Decrescens?

Clover arqueou a sobrancelha.

— Como você sabe disso?

Droga. Só um estudante de Aldryn teria essa informação. Baz supostamente era de Karunang. Ele escapou de ter que inventar uma mentira quando mais duas duplas apareceram no topo da escada, ambas sem fôlego. A primeira deu um aceno amigável para Baz: dois alunos de Karunang que, assim como o reitor, não pareciam desconfiar de Baz nem um pouco. A segunda dupla, duas garotas com as vestes cor de vinho de Ilsker, fez questão de passar longe dele, com os olhos fixos no sigilo da Casa Eclipse em sua mão.

Clover fez sinal para que Baz o acompanhasse. Não demorou para que encontrassem o caminho para a biblioteca do Hall Decrescens. O nervosismo de Baz se acalmou quando ele entrou naquele lugar que conhecia tão bem, sentindo-se em casa diante da opulência eclética do ambiente.

História de Aldryn era uma leitura obrigatória para os alunos do primeiro ano, mesmo na época de Baz. Havia uma estante inteira dedicada a esse título, com vários exemplares maltratados após o empréstimo aos calouros. E ela ficava bem ao lado da entrada da Cripta.

Baz observou os bustos de mármore com coroas de louros em ambos os lados do arco que levava à Cripta. Em sua época, as proteções não chegavam tão longe; ele ainda se lembrava da porta prateada no fim das escadas, forjada com gravuras intrincadas das Marés, que se abria para deixar entrar aqueles que tinham a sorte de explorar a Cripta. Ali, no entanto, as proteções começavam logo no arco, onde havia uma porta prateada um tanto quanto similar à de que ele se lembrava.

— É possível que as proteções ao redor da Cripta estejam ligadas às outras bibliotecas? — perguntou-se ele em voz alta.

— Talvez. — Clover pegou dois exemplares de *História de Aldryn*. — Se as proteções foram colocadas quando a Cripta foi construída, talvez haja algo sobre o assunto aqui.

Eles encontraram um canto tranquilo para se dedicarem ao volumoso livro. Baz mal conseguia se concentrar. Havia algo mágico em estar *naquela* biblioteca em particular com *aquela* pessoa específica, já que se dizia que ali era o lugar onde Clover escrevera seu lendário manuscrito.

Naquela altura do campeonato, a maioria das duplas já os alcançaram e todos faziam o mesmo que eles. Baz e Clover não encontraram nada sobre as proteções em si, mas acharam os nomes dos fundadores de cada biblioteca. Todos os quatro eram membros importantes da sociedade cujo dinheiro fora usado para erguer a escola. Cada um de seus nomes estava associado à biblioteca de suas respectivas casas lunares. A fundadora da biblioteca Noviluna era Hilda Dunhall... Baz tentou não fazer uma careta ao ouvir aquele nome. Florien Delaune era o fundador da biblioteca Crescens, Lutwin de Vruyes da biblioteca Pleniluna e Suera Belesa da biblioteca Decrescens.

— Aparece alguma coisa aí sobre o fundador da Cripta? — indagou Clover.

— Não que eu tenha visto. Talvez tenha sido uma colaboração entre os outros quatro?

Clover tamborilou na mesa, pensativo.

— Mas nenhum deles era um Protetor ou uma Protetora. Hilda era uma Mediadora do Além, Florien era um Criador, Lutwin era um Purificador e Suera era uma Desatadora.

— Então nenhum deles poderia ter colocado as proteções — comentou Baz, desanimado com o beco sem saída.

— Ainda assim, é melhor lermos sobre todos eles. Talvez o livro tenha alguma informação sobre as proteções e sobre o Protetor que deve tê-las criado.

Um silêncio súbito e inquietante recaiu sobre a biblioteca. O ar ficou frio, mais até que na biblioteca gelada do Hall Noviluna, e um vento inexplicável soprou, agitando as páginas dos livros abertos nas mesas e fazendo com que Baz sentisse um calafrio.

De repente, um pedido de ajuda dilacerante rasgou o silêncio.

— Socorro!

Clover se levantou da cadeira antes que Baz sequer pensasse em se mexer. Os alunos apressavam-se em direção ao som, que vinha da entrada da Cripta... onde uma das garotas de Ilsker com quem se depararam pouco antes estava no chão, gritando enquanto sangue jorrava de seus olhos e ouvidos.

— O que aconteceu? — perguntou Clover, tomando a frente da situação.

A outra garota, pálida, ajoelhou-se ao lado da amiga e respondeu:

— Ela tentou ultrapassar a proteção. Pensou que fosse conseguir com a magia desatadora, mas deve ter desencadeado uma maldição.

De fato, a porta prateada da Cripta parecia ter ganhado vida. Havia fios de luz cintilante por toda a sua superfície, e o vento agourento soprou outra vez. Baz poderia jurar que as luzes tremeluziam e oscilavam, como se a morte pairasse no ar.

— Que dor! — A garota gemeu no chão. — Eu...

Sangue jorrava de sua boca. Ela estava se engasgando, afogando-se aos poucos. Clover olhou em volta, aflito.

— Rápido, preciso de instrumentos de sangria...

Para tentar curá-la, percebeu Baz. Algo que ele conseguiria fazer com sua magia de invocação de marés *sem a necessidade da sangria*. Se partisse direto para a ação, porém, Clover acabaria se revelando.

Mas a garota morreria engasgada no próprio sangue até lá.

Baz não hesitou ao puxar os fios do tempo. Fez com que o sangue da garota retornasse para suas veias, reverteu o dano feito em seu corpo ao levá-la de volta a um momento no tempo quando ainda não tinha sido afetada por qualquer que fosse a maldição da Cripta. Em questão de segundos, ela estava bem. O sangue que até então cobria sua pele e empapava suas vestes desaparecera. A biblioteca era agradável e confortável mais uma vez, as luzes recuperaram seu brilho intenso. Na superfície da porta, os fios de luz cintilante se apagaram, transformando-se em simples ranhuras, como se as proteções nunca tivessem sido ativadas.

— Graças às Marés! — exclamou a amiga da garota, puxando-a para um abraço. — Você está bem.

A garota de Ilsker olhou para a porta, confusa, depois para o próprio corpo.

— Mas... como? As proteções estavam me matando, e agora...

Clover virou-se para Baz.

— Acho que temos que agradecer ao nosso amigo Cronomago.

Todos se voltaram para Baz, que de repente ficou muito ciente do sigilo da Casa Eclipse em sua mão. A garota se dirigiu a ele com lágrimas nos olhos.

— Obrigada — murmurou ela.

Quando a amiga a ajudou a se levantar, ela deu um beijo na bochecha de Baz, sem se importar com os cochichos dos alunos em volta diante de um gesto tão inapropriado.

— Você salvou minha vida.

Clover começou a bater palmas e, de repente, todos na biblioteca estavam seguindo seu exemplo, sorrindo para Baz. Não havia medo nos olhos deles, apenas gratidão e algo que se assemelhava à admiração.

Baz sentiu o rosto ficar quente. A reitora tinha razão: os jogos eram mesmo coisa séria.

39

EMORY

O Abismo era assim chamado porque a arena para lutas fora construída em uma cratera nas montanhas avermelhadas próximas a Heartstone, acompanhada por fileiras de assentos esculpidos na pedra ao redor do fosso onde o embate aconteceria. O local encontrava-se abarrotado de espectadores. Todos iam assistir a lutas horríveis que colocavam criminosos contra feras como punição por seus crimes e que invariavelmente terminavam em morte. Segundo Caius, tratava-se da principal fonte de entretenimento em Heartstone.

Os assentos estavam ocupados por crianças e adultos, todos conversando animadamente sobre os monstros que veriam ali, como se estivessem esperando por uma peça de teatro ou uma ópera aclamada. Alguns até faziam apostas sobre quanto tempo os combates iriam durar. Mais a fundo, no entanto, havia uma atmosfera opressiva de pesar, confusão, raiva e medo.

O povo de Heartstone nunca vira um dracônico, escudeiro ou não, quebrar o juramento. Aos olhos deles, aquilo era o resultado da intervenção do Arauto da Noite. O mal tinha se infiltrado na Irmandade da Luz e corrompido o mais puro dos corações.

"O juramento feito antes de sermos transformados em dracônicos é sagrado", explicara Caius. "É uma promessa mágica que fazemos aos dragões que emprestam a chama usada para transformar nossos corações em ouro. Nós juramos defender a luz com o poder que eles nos concedem. Quebrar esse juramento é abandonar a própria vida. O coração de alquimia de Tol foi maculado pela escuridão e perderia a magia ao longo do tempo, aos poucos, terminando por matá-lo. Isto, pelo menos, é mais rápido."

Ao examinar o fosso lá embaixo — notando uma mancha oval escura no chão que percebeu ser sangue seco —, Emory não soube dizer o que era pior: morrer de forma lenta e agonizante ou morrer em um espetáculo sangrento.

O evento começou com uma justa cerimonial entre dois cavaleiros dracônicos. Um deles trajava uma primorosa armadura dourada com o brasão da Irmandade, o dragão comendo a própria cauda. Um ouroboros, explicara Caius. Seu oponente usava o que só poderia ser descrito como uma fantasia: uma armadura dourada pintada com luas e estrelas em preto e azul e um capacete em formato de cabeça de coruja. O brasão prateado em seu peito era uma fera metade coruja, metade gato.

O símbolo do Arauto da Noite.

No começo, pareceu bobo ver dois cavaleiros entrarem no fosso para o que nitidamente era uma justa ensaiada sob urros e vaias direcionados ao adversário que representava o Arauto da Noite. Os dois oponentes empunhavam lanças enfeitadas com pedrarias que mais pareciam artefatos de um museu que armas de verdade e, quando se curvaram ao mesmo tempo, em um cumprimento, formaram a imagem da polidez.

Até que partiram para o combate.

Após a luta contra os *corvus serpentes*, fora impressionante ver as asas dos dracônicos desaparecerem como velas sendo apagadas, mas vê-las *aparecerem* era um espetáculo à parte. Em um momento, os dois cavaleiros pareciam perfeitamente humanos e, no seguinte, seus corpos foram abraçados por chamas douradas e etéreas que brotavam do coração e se enrolavam em seus membros sem queimá-los. As asas tomavam forma nas costas, como se criadas a partir das chamas... que se extinguiram quando os dracônicos abriram as asas por completo, a membrana dourada reluzindo na luz do sol.

Os dois ergueram-se do chão e se atacaram em movimentos ágeis, fazendo as lanças assoviarem pelo céu. Caius explicou que aquela batalha não terminaria em morte e não passava de uma demonstração de habilidades, um ato que inevitavelmente terminaria com o cavaleiro dourado prevalecendo sobre o paladino do Arauto da Noite.

Mas Emory não estaria lá para ver o desfecho.

Aproveitando-se da distração da multidão que assistia à justa, Emory deixou as arquibancadas com Romie e Aspen, mas não sem antes dar uma última olhada para trás. Virgil respondeu com um sinal positivo com o polegar e um sorriso brincalhão que a deixou com vontade de rir, apesar da gravidade do que pretendiam fazer.

O grupo decidiu que seria melhor que Virgil, Nisha e Vera ficassem na plateia enquanto Emory, Romie e Aspen se esgueirariam até as celas onde Caius dissera que os prisioneiros ficavam. No começo, seriam apenas Emory e Aspen, cujas habilidades eram necessárias ao plano para libertar Tol, mas Romie insistiu em ir junto.

— Eu sou a única que Tol já viu de verdade — argumentou, depois de contar sobre o encontro com o garoto em um sonho. — Talvez isso nos ajude a ganhar a confiança dele.

As três desceram centenas de degraus até os níveis mais baixos das arquibancadas cheias de jovens pajens, escudeiros e seus mestres dracônicos. Caius as avistou e se levantou no mesmo instante, brandindo o pequeno punho em direção aos cavaleiros da justa e gritando a plenos pulmões:

— Abaixo a noite!

— Que brilhe a luz! — entoou a multidão ensurdecedora.

A plateia repetiu o cântico, e a distração permitiu que Emory, Romie e Aspen passassem despercebidas pela porta que levava às celas.

— Para a esquerda — instruiu Aspen quando chegaram a uma bifurcação no corredor. — Daqui a menos de cinco metros, vamos encontrar um guarda.

A feiticeira tinha passado o dia anterior perscrutando em todas as mentes que pôde encontrar para mapear a prisão pelos olhos dos guardas. A própria Emory tentara ajudar invadindo algumas mentes, mas, assim como as das feiticeiras, que eram blindadas contra a magia memorista, o mesmo acontecia com a mente dos dracônicos. A náusea que ela sentia depois de cada uma das investidas a fez pensar em desistir de usar a magia memorista de vez.

Ali, já a caminho das celas, Emory recorreria a um tipo diferente de poder. O sangue em suas veias vibrava, satisfeito em ser posto em uso. Quando as três foram avistadas pelo guarda mencionado por Aspen, a magia encantadora da Invocadora de Marés entrou em ação antes mesmo de ele registrar a presença delas.

— *Você não nos viu aqui.*

Elas passaram apressadas pelo homem de olhar vazio, que não ficou alarmado ao vê-las. Emory sentiu o pulso acelerar com a facilidade com que utilizou aquele poder. O mesmo truque foi empregado diversas vezes com os guardas em seu caminho enquanto elas se embrenhavam pelos corredores da prisão construída abaixo do Abismo, até que o ar se tornou rarefeito e abafado e uma energia familiar crepitou sob os pés dela.

Emory se deteve. A força da linha de ley quase a derrubou.

Sua atração inebriante chamava por ela, e os olhos de Emory se arregalaram em horror e euforia. Ela se voltou para Romie, que tinha a testa franzida e uma expressão confusa.

— O que foi?

Então um som grave e estrondoso preencheu o corredor seguido de um rugido.

— As feras ficam aqui embaixo? — perguntou Romie, pálida.

— Não. — Aspen franziu a testa. — As feras são mantidas do outro lado da prisão.

O som se repetiu, embora menos parecido com um rugido e mais como um pranto ou um lamento. A linha de ley que seguia naquela direção parecia se fortalecer. Emory não conseguiu resistir e a seguiu, ignorando os chamados de Romie e Aspen.

Ela parou ao chegar ao final do corredor. Apoiando-se na parede, examinou a cena à sua frente, tentando entender o que estava diante de seus olhos: tratava-se de uma câmara ampla, parecida com uma gruta, com tochas que projetavam sombras longas e dançantes no chão. Instrumentos desconhecidos estavam pendurados nas paredes, onde viam-se também várias portas que levavam a câmaras menores. Uma delas estava aberta, exibindo o que parecia ser uma mesa de cirurgia numa espécie de laboratório.

No centro da gruta, algumas pessoas entoavam uma melodia baixa e sibilante — sábios com vestes vermelhas, um dos quais ela reconheceu: o Mestre Bayns; cavaleiros com cota de malha dourada; e um ancião com um gibão branco luxuoso com fios de ouro e segurando um frasco peculiar feito de vidro.

O rugido choroso soou outra vez, vindo da *coisa* maciça no centro da câmara. Era um *dragão*, tão grande que dava a impressão de ser capaz de engolir a gruta como um todo, com escamas escuras que absorviam a luz das tochas. Suas asas estavam dobradas ao lado do corpo, e correntes grossas de metal pendiam de seu pescoço e se enrolavam em seus pés. O dragão guinchou de dor quando um dos cavaleiros espetou seu flanco com um atiçador de metal pontudo. Chamas alaranjadas e reluzentes, mas muito fracas, verteram da boca do dragão, e o ancião as aprisionou no frasco que se apressou em tampar.

— Mantenha-o por perto — disse uma mulher que Emory não tinha notado até então. — Logo teremos mais jovens nos quais usá-lo.

Era a Comandante.

Ela se virou para o corredor e congelou no lugar quando viu Emory. Cerrando a mandíbula, na mesma hora levou a mão à espada em seu quadril.

— Você não deveria ter visto isso.

Antes que Emory pudesse acessar sua magia, o cabo de uma faca a atingiu na cabeça.

Ela mergulhou na escuridão além das estrelas da esfera dos sonhos e se viu mais uma vez diante do demônio.

Seus olhos ardiam em fúria quando ele a segurou pelo pescoço.

— Consigo sentir o cheiro deles em você — sibilou ele, cego de ira. — Está com eles, não está? O sangue, os ossos, o coração...

— Me larga! — gritou Emory, agarrando o pulso dele para tentar se soltar.

Mas os dedos do demônio apenas apertaram ainda mais. Um sorriso cruel curvou a boca dele.

— Em breve nos veremos de novo, Invocad...

Emory arfou quando se viu de novo em seu corpo, seu corpo *real*. A sensação dos dedos de Keiran em seu pescoço não desapareceu e, por um momento, pensou que o demônio tinha voltado com ela quando mãos ásperas a empurraram com força no chão. Ela grunhiu de dor quando as palmas das mãos se feriram na rocha.

Então mãos muito mais gentis seguraram seu rosto, fazendo-a encontrar um par de olhos. Os olhos de Romie.

— Você está bem? — perguntou ela.

— O que foi que... *ai*. — Emory tocou um ferimento na cabeça, estremecendo de dor. Quando recolheu a mão, viu os dedos manchados de sangue. — Onde estamos?

— Nos botaram em uma porcaria de uma cela — respondeu Romie, atirando-se no chão ao lado de Emory.

Aspen estava de pé com uma expressão derrotada.

Em meio à névoa da dor, Emory tentou assimilar os arredores. Estavam em uma cela grande, escura e úmida com mais cinco pessoas. Prisioneiros, homens de cabeça raspada, olhos cruéis e rostos fundos, vestidos com calças velhas e camisas surradas.

Sem pensar muito, Emory curou o ferimento na cabeça e os cortes nas palmas das mãos. A escuridão à espreita se fez mais presente, invadindo seus ouvidos com sussurros e sua visão com flores lunares ensanguentadas que ameaçavam sufocá-la...

— É você.

O absoluto deslumbramento na voz de Aspen e a esperança naquelas palavras atravessaram a escuridão de Emory, e ela ergueu a cabeça para ver com quem a feiticeira falava.

Na outra extremidade da cela, sentado com uma postura ereta e confiante apesar da morte que o aguardava, havia um jovem de olhos de chamas derretidas e torso nu e musculoso. Havia uma faixa de metal escuro semelhante a um grilhão ao redor de seu pescoço, peça que não era usado por nenhum dos outros prisioneiros. Suas asas dracônicas não eram visíveis, mas Emory sabia quem ele era. A marca em espiral em seu peito, na altura do coração, só podia significar uma coisa.

Tol.

Aspen o observava com fascínio, a pessoa que ela nunca vira com os próprios olhos, mas que *vira* mesmo assim, ainda que por um reflexo.

— Quem é você?

Tol não parecia reconhecê-la. E como a reconheceria, já que ela era apenas uma presença em sua cabeça que ele nem sequer conseguia sentir?

Aspen ficou cabisbaixa, e seu semblante se anuviou, pelo visto chegando à mesma conclusão inevitável. Quando voltou a falar, soou outra vez como a filha da Alta Matriarca, fria e distante.

— Peço desculpas. Meu nome é Aspen, e estas são Romie e Emory. Viemos libertar você.

Um dos prisioneiros mais velhos deu risada.

— Seu plano não parece estar dando muito certo, queridinha.

Os demais prisioneiros ecoaram a risada de deboche, mas um lampejo de familiaridade percorreu os olhos de Tol quando encontraram Romie.

— Eu sonhei com você.

— Eu disse que íamos encontrar você — disse Romie, acrescentando, com uma expressão de pesar: — Infelizmente, tivemos alguns imprevistos. Você sabia que tem um *dragão* acorrentado lá fora?

— É por causa daquele dragão que estou aqui — retrucou ele, com o maxilar tenso.

— Por ter quebrado o juramento feito a ele?

— O juramento é uma farsa — disparou Tol. — Você viu o que estavam fazendo com ele? Os dracônicos que prenderam o dragão?

— Estavam colhendo as chamas dele.

Ele assentiu com um olhar sombrio.

— Tirando à força o que deveria ser dado de bom grado. A Comandante, os mestres… eles mentiram para a Irmandade. Nos fazem jurar fidelidade à luz, dizem que devemos nossa segunda vida aos dragões que nos abençoaram e que reverenciamos. Mas a verdade é que esses dragões são acorrentados, espancados e *torturados* para que cedam a chama sagrada do coração. Os corações de alquimia não são concedidos a nós. Nós os roubamos. — Ele parecia enojado, como se quisesse arrancar o próprio coração do peito. — Somos feitos do pior tipo de violência.

— Não esquenta a cabeça, garoto — balbuciou um dos prisioneiros, com um ânimo exagerado e falso. — Você logo vai deixar de se sentir atormentado por isso.

— Você não pode tomar sua forma dracônica para passar pelos guardas? — perguntou Aspen.

Tol apontou para a faixa de metal em volta do pescoço.

— Isso me impede.

Com um nó na garganta, Emory percebeu que aquilo era equivalente às algemas nulificadoras usadas para extinguir a magia do eclipse. Sua própria magia ainda latejava sob a pele, a escuridão rondando as margens de sua mente. Ela cravou as unhas na palma das mãos, desfrutando da dor sutil e rezando para que a escuridão a poupasse.

— Tem que haver outra maneira de sair daqui — disse Romie, exasperada.

— Ninguém sai vivo do Abismo, menina — retrucou o mesmo prisioneiro, mal-humorado. Ele apontou para uma cicatriz que ia da bochecha ao pescoço. — Quem consegue sobreviver à fera é atirado de volta nessas celas para esperar pela próxima luta. Só nos resta rezar por mais um dia de vida. Menos o amigo de vocês. Vão usar o garoto de exemplo.

— Por quê? — perguntou Romie. — Porque você descobriu a verdade sobre os dracônicos?

— É. — As feições de Tol se turvaram. — Tentei libertar o dragão. Não consegui aceitar o que os mestres estavam fazendo com ele. Agora sou visto como uma ameaça à pureza da Irmandade.

Então uma das paredes começou a ser içada com um clamor metálico. A luz do sol que adentrou a cela era ofuscante depois de tanta escuridão. Lá fora, alguém girava uma alavanca para levantar a grade que dava para a arena. Os prisioneiros se levantaram, alguns parecendo até ansiosos pela luta.

Tol estremeceu ao ficar de pé, apoiando o peso sobre a perna direita como se a esquerda estivesse machucada. Ele cambaleou, e Aspen logo apareceu ao seu lado, oferecendo a mão para apoio.

— Sua perna... você acha que consegue lutar? — sussurrou ela.

Os dois trocaram um olhar demorado.

— Vai ficar tudo bem — respondeu Tol, por fim, assumindo a expressão de um guerreiro destemido. — A umidade acaba piorando a dor. Só isso.

Ele deu alguns passos, firmando-se aos poucos, e se colocou ao lado dos companheiros de cela. Só então Emory notou que a pele de seu tornozelo, exposta sob a calça, não era pele, mas ouro. Uma prótese.

Quando, por fim, a grade parou com um estrondo metálico, Emory viu que uma porta semelhante tinha sido aberta no lado oposto da arena de combate. Seu interior era escuro, e ela só podia imaginar a fera horrível que emergiria de lá dali a poucos momentos.

Ela foi atravessada pelo medo quando cavaleiros dracônicos de armaduras douradas entraram na cela e enxotaram os prisioneiros para a arena... incluindo Emory, Romie, Aspen e Tol.

Romie se debatia contra o guarda que a empurrava.

— Não podem fazer isso. Nós não fizemos nada!

Seus apelos foram ignorados. Houve um momento de silêncio confuso quando a multidão percebeu que havia três garotas em meio aos prisioneiros, mas todos explodiram em gritos, vivas e aplausos logo em seguida.

Só se importavam em assistir ao espetáculo.

Emory tentou encontrar os outros amigos na plateia. Ao seu lado, Romie xingava baixinho. Aspen, por sua vez, pairava ao redor de Tol como se ele fosse o sol, pronta para segurá-lo caso ele se desequilibrasse.

O chão tremeu. Um grunhido terrível e grave veio do outro lado do fosso. Algo se mexeu na escuridão da cela aberta, fazendo o chão tremer de novo e a multidão ir ao delírio em expectativa. Dois olhos amarelos surgiram na escuridão.

E então a criatura entrou na arena.

Se o *corvus serpentes* era monstruoso, Emory não sabia o que pensar do que se encontrava diante dela.

Era parecido com um urso gigante, de pelagem grossa e cinzenta que se erguia em elevações pontudas ao longo do dorso. Suas patas eram do tamanho de um potro e ele tinha chifres de cor carmesim que se curvavam em diferentes direções, cada ponta terminando em uma extremidade afiada como uma lâmina.

— Um *ursus magnus* — sussurrou Tol, os olhos arregalados.

A criatura soltou um rugido estarrecedor que fez o chão tremer, como se ela reconhecesse o próprio nome, e as grades de ambos os lados da arena se fecharam com um estrondo, prendendo-os ali.

— Estamos ferrados, não estamos? — balbuciou Romie.

Com um urro valente, um dos prisioneiros avançou contra o *ursus magnus* de punhos erguidos. A fera o golpeou com a pata e soltou um rosnado retumbante, arremessando-o para o outro lado da arena, o corpo do homem dilacerado e jorrando sangue.

Então o *ursus magnus* entrou em frenesi, disparando rumo a eles. Tol gritou para que corressem, e por pouco não foram alcançados pela criatura. De repente, um som parecido com ganidos soou pela arena quando criaturas pequenas surgiram atrás do urso. Tinham um aspecto de raposa, com pelagem avermelhada marcada por chamas escuras, e seus passos eram acompanhados por brasas. Os olhos brilhavam, incandescentes, enquanto encurralavam os prisioneiros.

Romie gritou quando uma delas saltou em sua garganta.

Emory reagiu sem pensar, acessando a única magia capaz de salvar a amiga em um instante.

A raposa nem sequer ganiu de dor antes de cair aos pés de Romie, morta, o que arrancou um grito de Tol… como se ele próprio tivesse sentido a dor da fera.

Romie se virou para Emory de olhos arregalados. Havia choque, gratidão e medo em seu rosto conforme assimilava o que Emory fizera.

Ela tinha matado a criatura com magia ceifadora.

O sangue latejou nos ouvidos de Emory, e sua respiração se transformou em rajadas irregulares e superficiais. Ela tinha matado um ser vivo sem pestanejar, sentido o coração da fera e o silenciado sem pensar duas vezes. O remorso não veio, não quando mais uma raposa avançou contra ela e, mais uma vez, precisou recorrer à magia ceifadora para...

— *Não!* — vociferou Tol, colocando-se entre Emory e a raposa.

Com o coração acelerado, Emory conteve a magia bem a tempo, fazendo-a se dissipar dentro de si. Os dentes da pequena fera se fecharam no antebraço de Tol, e chamas escuras explodiram ao redor da boca da fera. Com um urro de dor, Tol sacudiu o braço até se livrar da criatura, que se afastou com um grito estridente.

— Por que fez isso? — perguntou Emory, indignada. — Estava tudo sob controle!

— As feras não são nossas inimigas! — O rosto de Tol era uma máscara de fúria.

— Elas querem nos matar!

Ao redor, os outros prisioneiros lutavam por suas vidas. Dois deles já estavam mortos. Com um brado de triunfo, um dos sobreviventes conseguiu ferir uma raposa, que desabou no chão com a pata quebrada.

Tol tropeçou e agarrou a própria perna, como se a dor se refletisse em seu corpo.

— Tem que haver outro jeito — disse ele.

O chão tremeu outra vez quando o portão de onde o urso saíra se desprendeu das dobradiças em uma explosão.

Uma exclamação de surpresa coletiva ressoou pela multidão antes de os espectadores irromperem em aplausos quando feras de todos os tipos invadiram a arena, uma mais apavorante que a outra: javalis selvagens, lobos com chifres, cervos de três olhos e *corvus serpentes* que subiram ao céu.

Logo atrás vinha outro tipo de horror, um que Emory conhecia muito bem. Uma dúzia de umbras emergiu da escuridão. E, no meio delas, vinha o demônio na pele de Keiran.

A arena mergulhou em completo caos quando as feras atacaram os guardas e os prisioneiros que restavam correram para se proteger das umbras. Percebendo que aquilo não fazia parte do espetáculo, a plateia começou a gritar, em pânico. As *corvus serpentes* se lançaram sobre as arquibancadas, prendendo em suas garras qualquer um que viam pela frente.

Palavras de assombro varreram a arena como uma onda:

Arauto da Noite.

As peças se encaixaram na mente de Emory quando ela olhou para Keiran… que avançava até Tol, seus olhos ardentes brilhando com intenção assassina. Então ela teve certeza de que Tol era a chave.

E o demônio arrancaria seu coração.

Emory desistiu de se conter. Uma explosão de luz deixou seu corpo com um estrondo insuportável, repelindo feras e umbras e o próprio demônio, mas poupando seus amigos, os guardas dracônicos e os prisioneiros. Ela sentiu uma satisfação perversa ao ver o corpo de Keiran ser atirado contra a parede da arena e ainda ao vê-lo se levantando devagar, se apoiando nos joelhos, visivelmente ferido.

Ela poderia acabar com tudo aquilo bem naquele instante. Sentia a vibração da linha de ley crepitando de forma sedutora ao emprestar força para Emory, alimentando-a ao torná-la *invencível*.

— Em…

Romie encarava os braços de Emory, cujas veias estavam prateadas.

Ao redor deles, as feras já tinham se recuperado do ataque da Invocadora de Marés e estavam *furiosas*. Atacaram os prisioneiros que ainda restavam na arena e então saltaram para as arquibancadas em busca de mais sangue, agora dos espectadores.

O demônio se levantou e fixou o olhar assassino em Emory. As umbras o rodeavam como uma segunda pele de proteção. Sua atenção se desviou para Tol quando o dracônico pegou uma espada dourada abandonada no chão e a lançou contra o demônio. Mas Keiran foi mais rápido, se esquivando do golpe com velocidade letal. Ele conjurou sua própria espada de sombras e bloqueou o ataque seguinte de Tol.

— Ele vai matá-lo — disse Aspen, estarrecida, assistindo à dança de dourado e de sombra.

Emory segurou Romie, fingindo não ver a amiga estremecer quando a prata em suas veias brilhou mais forte.

— Você tem que sair daqui. Não quero machucar você, mas não… não consigo…

Todo o poder que sussurrava em seus ouvidos, iluminando suas veias, ardendo em sua alma… era como um rio revolto dentro de Emory e ela, uma barragem prestes a se romper. Não havia nada que ela pudesse fazer para impedir aquilo.

— Emory! Romie!

Ao olharem na direção do chamado, as duas viram Virgil, Nisha e Vera correndo pela arena.

O *ursus magnus* saltou na direção deles com um rosnado. Sua bocarra pingava saliva enquanto ele avançava contra os amigos de Emory.

Romie a segurou pelo pulso, apertando com força.

— Vai! — gritou ela com um olhar desvairado.

A barragem ao redor de Emory se rompeu.

Ela arremessou o demônio e as feras para longe mais uma vez, erguendo uma barreira entre eles e seus amigos. Aquilo não duraria muito tempo. Ela se abriu a todas as magias ao redor, aos três pontos reluzentes que a atraíam como estrelas: o poder no sangue de Romie, nos ossos de Aspen e no coração de Tol, todos *exigindo* que Emory os usasse. Ela os absorveu para dentro de si e, por instinto, foi impulsionada para a mente do urso gigante.

As emoções, as sensações e os sonhos do animal a invadiram. Emory sentiu tudo o que o *ursus magnus* já sentira na vida: a liberdade que um dia conhecera, a tortura diária a que era submetido por seus captores, o terror e a morte que era forçado a causar.

Ela uniu a nova magia que a percorria ao poder da magia encantadora, fazendo a mente do urso lhe obedecer, conduzindo-o na direção que ela desejava. Emory estendeu a magia para as demais feras. De uma só vez, todas pararam de lutar contra os prisioneiros e os espectadores... e se voltaram contra os guardas. Os dracônicos que tinham capturado as criaturas e as torturado até a submissão.

— Herege! — bradou um dos dracônicos, apontando para Emory, apavorado, pouco antes de ser pisoteado e esmagado pelo *ursus magnus*.

Deduziram que ela compactuava com o Arauto da Noite, mesmo diante da luz prateada e resplandecente que emanava dela. Ainda assim, Emory não sentia a iminência do Colapso. Todo aquele poder a percorria como um rio correndo livre, deixando-a exultante. Apenas uma voz tênue e diminuta em sua mente a fez se lembrar da amiga e de seu possível estado. Romie estava de joelhos, com o rosto pálido e retorcido, os lábios sem cor como se todo o seu sangue tivesse sido drenado. Ao lado, Aspen se contorcia de dor enquanto seus ossos *se quebravam* sob a pele, dobrando seus braços e suas pernas em ângulos grotescos sob uma tortura invisível.

E Tol, que se encontrava diante do demônio, de repente desabou no chão, derrubando a espada dourada e levando a mão ao peito ao se encolher de dor.

E, com isso, ficou indefeso perante o demônio que queria arrancar seu coração.

— Não! — gritou Emory em meio à onda de poder, tentando desesperadamente fazê-lo cessar, fechar os canais entre ela e as magias que sugava.

Ela sentia as três vidas pulsando na palma de suas mãos, mas não conseguia parar. A escuridão começou a cercá-la. As flores lunares começaram a brotar em sua boca e em seus pulmões enquanto fantasmas agarravam-se às suas roupas e uivavam em seus ouvidos...

— Em, atrás de você! Cuidado!

O aviso de Virgil veio tarde demais. Emory viu o brilho de uma armadura dourada em sua visão periférica, uma espada vindo em sua direção, e soube que a morte por fim a alcançara.

Mas não foi o que aconteceu.

Atônita, Emory demorou um segundo para perceber que alguém pulara diante dela, recebendo o golpe mortal do qual pensou que não escaparia. Emory ficou mais atônita ainda ao perceber quem fora.

O demônio a segurou pelo braço, cravando os dedos em seus bíceps com uma expressão de dor e surpresa ao olhar para a ponta da espada que atravessava sua barriga.

Ele encontrou o olhar de Emory e, por um momento, o tempo ficou suspenso. Toda a escuridão que a sufocava evaporou, como se tivesse sido absorvida pelo demônio, silenciada por seu toque, afugentada pelo brilho evanescente nos olhos dele. Ela sentiu a magia que sugava de Romie, Aspen e Tol retornando devagar aos respectivos donos enquanto seu próprio sangue recuperava a cor vermelha e a linha de ley sob seus pés se silenciava.

Ela reconheceu aquela sensação, lembrando-se de quando Baz a salvara do Colapso. Mas Emory sabia que aquilo não tinha nada a ver com o tempo, mas tudo a ver com o demônio que havia sido atingido por uma espada destinada a ela, salvando-a. Como se ele vedasse a magia de Emory, como se fosse um bálsamo contra o lado doentio, incontrolável e mortal dela.

O tempo retomou seu curso quando o demônio arrancou a espada do corpo. Seu sangue escorria copiosamente, mas, em vez de cair morto, ele girou com velocidade impiedosa em direção à espada que estava nas mãos do dracônico. Com ela, decepou a cabeça protegida pelo elmo, arrancando-a do corpo em um só golpe.

Naquele momento, ele aparentava ser o demônio que era, uma manifestação de morte, trevas e sangue. Com movimentos ágeis demais para serem humanos, ele montou no dorso do *ursus magnus* enquanto a fera avançava para o portão. Mas Emory viu a forma como ele apertava a barriga, o espasmo de dor ao se agarrar às costas da criatura. E o rosto que olhava para ela por cima do ombro, com uma palidez mortal.

O demônio não era humano, mas o corpo de Keiran, sim. E, com um ferimento como aquele, Emory sabia que ele não duraria muito mais tempo.

Ela se voltou para os amigos, cega de culpa e preocupação. Tol se levantava do chão, parecendo cansado, mas vivo. Aspen já não se contorcia de dor, e seus membros pareciam inteiros e de volta aos ângulos certos. E, embora o rosto de Romie tivesse recuperado um pouco da cor, ela olhava para Emory com uma expressão vazia e derrotada, como se dissesse: *Agora você vê? Isso é o que você é.*

Uma Ladra de Marés.

E ela estava certa.

40

ROMIE

Romie estava morrendo. Ela sentia seu sangue se transformando em cinzas, a magia se esvaindo de suas veias, a canção em sua alma se calando. Um silenciamento que ela sabia que também afetava a feiticeira e o guerreiro ao seu lado, porque, naquele momento, a dor deles era a sua própria dor, compartilhada por meio do canal aberto entre eles por Emory. Uma Ladra de Marés roubando suas magias.

E então a dor cessou. Com olhos turvos, Romie observou Emory, ali, junto ao demônio, os dois envoltos em escuridão como se o que quer que estivesse acontecendo entre eles fosse mais forte que o controle de Emory sobre a linha de ley, forte o suficiente para cortar a conexão dela com Romie e os outros.

Romie ainda estava tentando entender a situação quando Nisha apareceu para ajudá-la a se levantar. Virgil gritou para que *fugissem* quando mais cavaleiros dracônicos invadiram a arena.

— Para onde vamos?! — gritou Vera, desesperada.

— Por ali — indicara Tol.

Com uma das mãos, ele ajudava Aspen, pálida, a se levantar, mas a outra continuava a segurar uma espada ensanguentada. Tol ergueu o queixo indicando o portão destruído pelo qual o demônio e a fera tinham fugido.

Eles entraram nos túneis escuros, mas precisaram se esconder pouco depois ao ouvir o tilintar de uma armadura. Tol os puxou para um canto pouco iluminado bem quando vozes ecoaram logo adiante.

— O rastro de sangue leva à cidade. Só pode ser do Arauto da Noite. Tanto ele quanto o *ursus magnus* estavam sangrando muito quando foram vistos pela última vez.

— Sigam-no — ordenou a Comandante. — Não devem ter ido muito longe. Quero que vocês o capturem. Vivo.

— E quanto aos prisioneiros que escaparam? — perguntou uma voz masculina.

— Eu mesma vou encontrá-los — respondeu a Comandante. — Os seguidores do Arauto da Noite terão o que merecem.

Os seguidores do Arauto da Noite. Poderiam os dracônicos acreditarem que eles eram aliados do demônio, mesmo depois de tudo o que aconteceu?

Quando o som dos passos se afastou, Tol fez um gesto para que o seguissem.

— Espere — disse Aspen, franzindo a testa na direção oposta. — A saída não é por ali? O outro caminho vai nos levar de volta ao dragão.

Tol a encarou com uma expressão de curiosidade, obviamente se perguntando como aquela garota que ele nunca tinha visto antes e que com certeza não era uma dracônica conhecia os meandros do Abismo. Ele balançou a cabeça, dando um passo obstinado na direção original.

— Não posso deixar o dragão aqui para ser torturado. Vocês podem ficar aqui ou seguir para a saída, mas preciso resgatá-lo.

Ele saiu correndo antes que qualquer um dos outros pudesse protestar. Aspen e Romie se entreolharam e pareciam ter a mesma preocupação: não podiam perder Tol de vista. Ele era a chave daquele mundo.

Não houve discussão quando todos o seguiram, mas Romie se deteve quando percebeu que Emory estava indo na direção oposta.

— Em! *Para onde está indo?*

Emory tentou evitar o olhar da amiga, envergonhada.

— Tenho que fazer uma coisa. Eu já volto. Juro.

Romie não teve tempo de impedi-la. Emory desapareceu nas sombras, usando magia das trevas para se camuflar. Romie cogitou ir atrás dela, mas depois do que acontecera na arena a Sonhadora não estava com muita vontade de ficar perto de Emory. Não quando havia o risco de ter a própria magia sugada outra vez.

Com um suspiro frustrado, Romie seguiu os outros.

Eles encontraram o caminho de volta para a câmara onde o dragão estava preso. O grupo de sábios, alquimistas e cavaleiros que tinham torturado a fera não se encontrava mais lá, porém o dragão, sim. A criatura parecia estar dormindo. A tira de metal em volta de seu pescoço estava ligada a cinco correntes maciças presas à parede abaulada da câmara.

— É um dragão — sussurrou Virgil. — Pelas Marés, estamos na frente de um *dragão*.

— É, Virgil, a gente sabe — disse Romie, cerrando a mandíbula. — Agora fale baixo antes que ele decida fazer churrasquinho de todo mundo.

O dragão levantou a cabeça quando Tol se aproximou, parecendo fraco. A criatura tentou recuar, sem dúvida com medo de seres humanos depois de tudo o que tinha sofrido, mas as correntes o mantiveram no lugar.

— Não vamos machucar você — prometeu Tol. Ele guardou a espada e ergueu as mãos para provar que vinha em paz. — Se lembra de mim? Eu estava aqui no dia em que capturaram você. Me recusei a lutar contra você e, quando os guardas me levaram, prometi que, se eu sobrevivesse, encontraria uma forma de tirar você daqui. Você não lembra?

Um som grave veio da garganta do dragão. Seus olhos de um dourado esmaecido piscaram devagar enquanto a criatura observava Tol, avaliando se podia ou não confiar no garoto. O dragão inalou profundamente, e Romie sentiu Nisha se aproximar mais dela, sem dúvida também assustada, com medo de estarem todos prestes a ser carbonizados pela chama do animal.

Você tem o cheiro dela, disse uma voz na cabeça de Romie.

— Ele está falando com a gente — murmurou Virgil. — O dragão está falando com a gente dentro da nossa cabeça.

A julgar pelas reações dos outros, todo mundo parecia ter ouvido.

O dragão tem nome, continuou a voz, um pouco aborrecida, e Romie jurou ter ouvido a criatura bufar. *Podem se dirigir a mim como Gwenhael.*

A voz era branda e melódica, muito diferente do que Romie esperaria de uma criatura tão colossal.

— Gwenhael. — Tol fez uma reverência sutil, levando a mão ao coração. — Meu nome é Tol. Fui transformado em dracônico anos atrás, sem saber que os dragões eram tratados assim.

Seus mestres de alquimia sabem como guardar segredos. Nem sempre foi assim. Antigamente, nós, dragões, dávamos nosso fogo do coração de bom grado àqueles que eram dignos de nosso poder, mas sua Irmandade da Luz arruinou essa oferta sagrada. Aprisionam minha espécie e nos torturam para extrair nossa chama, tudo para criarem mais de vocês.

— Eu sei — disse Tol, abalado. — Se eu tivesse ficado sabendo antes... A Irmandade queria que eu buscasse mais de vocês. Acho que as coisas só vão piorar agora que o Arauto da Noite se manifestou.

Lembro-me dos dias da Forjadora do Sol e do Arauto da Noite. Eram formidáveis, criados como espelhos, dois lados de uma mesma moeda. Luz e escuridão, noite e dia, criação e destruição, início e fim. Não eram melhores ou piores, mas iguais.

— O que aconteceu com eles? — perguntou Romie.

Algo mudou. Antes eram aliados pacíficos, mas acabaram se tornando inimigos implacáveis. A morte foi consequência. As feras foram colocadas contra os dragões, e o mundo se tornou um campo de batalha, ardendo em fogo e sangue. Quando o Arauto da Noite e a Forjadora do Sol se depararam com a destruição que tinham causado e perceberam que eram os culpados, tudo o que sentiram foi remorso. Assim, obrigaram um ao outro a buscar abrigo no submundo, onde repousariam no exílio como penitência por seus atos.

O mundo começou a se curar sem eles, mas agora tudo começou de novo. Há um mal se alastrando pelo mundo, feito um incêndio. Dizem que o Arauto da Noite está entre nós, mas, se a Forjadora ainda estiver adormecida sob a terra, haverá um desequilíbrio no mundo. O caos só pode ser interrompido ao despertá-la. É preciso restaurar o equilíbrio.

Romie e Nisha se entreolharam.

Aquilo soava como o mito das Marés e da Sombra e sobre a razão pela qual tinham sido enviadas para as Profundezas.

— Lamento dizer que a Forjadora está morta — informou Tol, com pesar.

Morta?, ecoou Gwenhael. *Por que diz uma coisa dessas?*

— Fui abençoado pela luz. Tocado pela Forjadora — explicou Tol. — Sempre tive uma conexão com ela, e senti o momento em que seu coração parou. Foi bem aqui, no dia em que os cavaleiros acorrentaram você e me atiraram em uma cela por ter quebrado um juramento vazio.

Romie olhou para Aspen, perguntando-se se Tol estaria confundindo a presença da feiticeira em sua mente com uma conexão com o divino. O coração de *Aspen* parara havia apenas alguns dias, quando o demônio arrancara uma costela de seu peito, logo antes de Emory salvá-la da morte.

A Forjadora do Sol não pode estar morta, disse o dragão. *Eu sinto a energia dela bem aqui nesta câmara.*

Confusão e esperança se misturaram no rosto de Tol.

— Mas como?

Ela vive em você.

— Mas eu não consigo senti-la. Não como antes.

O metal em volta de seu pescoço é como o que está em volta do meu. É uma magia antiga usada em dragões, dracônicos e feras no geral para nos separar da magia de nossos criadores. Por isso você não pode assumir sua forma dracônica e eu não posso regenerar minha chama do coração e queimar o que for preciso para me libertar.

— Se a Forjadora está viva — interveio Romie, uma suspeita formando-se em sua mente —, consegue nos dizer onde encontrá-la?

Não sei onde ela repousa. Mas há quem deve saber. Aqueles que seguem os velhos costumes e mantêm os votos perante os dragões que servem. Se me libertarem, posso levá-los até eles.

— Essas correntes são resistentes a tudo — lamentou-se Tol. — Foram feitas pelos alquimistas com os mais sólidos dos metais.

— Tem um pouco de água por aí? — perguntou Virgil.

Todos se viraram para ele, confusos, e o Ceifador revirou os olhos.

— Para a sangria, é óbvio. Qualquer metal pode…

O som de uma espada sendo desembainhada fez com que eles se virassem. Era a Comandante. Sua armadura estava manchada de sangue das feras. Ela encarou Tol, decepcionada.

— Eu deveria imaginar que seria aqui que encontraria você. Ainda não caiu em si, mesmo depois de tudo isso?

Tol tremia de raiva.

— Depois que você mostrou que a Irmandade se sustenta em mentiras brutais e desonra, me prendeu por descobrir a verdade e me condenou à morte por quebrar um juramento mágico obrigatório que nunca existiu, para feras que deveriam ser *sagradas*, mas que, em vez disso, são torturadas?

A Comandante suspirou.

— Sempre temi que essa sua empatia fosse nos trazer até aqui, mas lhe dei a chance de viver, Anatolius. Você escolheu o lado das feras em vez de sua própria família. Rejeitou o caminho da Irmandade. Assim, nossos segredos devem morrer com você.

Tol parecia lutar contra lágrimas de raiva.

— Que tipo de família trata os seus integrantes assim?

— Uma família forte. Uma família que conhece bem seu inimigo e faria de tudo para triunfar sobre ele. — Ela ergueu sua espada. — Se não está conosco, Anatolius, então está contra nós.

A espada de Tol permaneceu apontada para o chão.

— Você foi como uma mãe para mim. Não quero lutar contra você.

— Você não tem escolha.

Um borrão dourado cortou o ar quando a Comandante atacou, e a lâmina de Tol por pouco não se ergueu a tempo de conter a dela. Um movimento chamou a atenção de Romie. Virgil estava ajoelhado ao lado de uma poça d'água aos pés do dragão, provavelmente brincando com a morte.

Ou talvez invocando-a.

Diante dos olhos de todos, as correntes que prendiam o dragão enferrujaram até se esfarelarem por completo. Com um rugido ensurdecedor, Gwenhael ergueu o pescoço, e as correntes se desfizeram, *se dispersaram*, como uma pilha de cinzas levadas pelo vento.

Então o dragão baixou a boca, e todos viram as chamas escaldantes se formando no fundo de sua garganta.

41

BAZ

— Não estou gostando nada disso.

— Do fato de que você, Basil Brysden, está indo a uma festa de verdade? Ou do fato de que essa festa vai contra as regras?

— As duas coisas.

Baz se pegou olhando para Kai de novo ao avançarem pelos corredores pouco iluminados da biblioteca do Hall Decrescens. O paletó azul-marinho e o colete estampado que tinham comprado no alfaiate caíram nele como uma luva. Kai não usava o conjunto da maneira *correta*; o lenço preto fora preso meio solto em volta do pescoço, e seus colares dourados apareciam sob a camisa desabotoada no alto. Aquele pequeno ato de rebeldia o deixava ainda mais bonito.

Baz, por outro lado, não estava confiante o suficiente para brincar com as peças que tinha recebido. Sentia-se desajeitado no paletó cor de cobre e no colete dourado e, embora o tecido de cetim no pescoço trouxesse uma sensação agradável e fresca contra a pele, não conseguia evitar a impressão de estar sufocando. Ou talvez fosse mero nervosismo.

Ele ainda se recuperava do quase desastre com as proteções e, no momento, sentia-se desconfortável na biblioteca onde sempre se sentira em casa. Entretanto, Clover tinha insistido para que comparecessem à festa secreta dele — embora não fosse tão secreta assim, já que ele convidara todos os participantes dos jogos, até Wulfrid e seus amigos.

"Como se eu quisesse me misturar com você e sua ralé", retorquira Wulfrid. Apontara para si mesmo e para os outros garotos que sempre o acompanhavam e dissera: "Enquanto vocês aproveitam essa festinha, *nós* vamos nos concentrar em passar pelas proteções."

"Como quiserem", dissera Clover, dando de ombros

Baz e Kai finalmente encontraram o vitral indicado por Clover. Enquanto a maioria dos vitrais da biblioteca do Hall Decrescens era de papoulas (a flor da Casa Lua Minguante), aquele era de um buquê colorido com as flores de todas as casas: narcisos pretos, malvas-rosa azuis, orquídeas brancas e papoulas roxas. Ficava escondido nos fundos da biblioteca, em um canto que Baz não se lembrava de conhecer. Os feixes tênues do luar que entravam pela janela iluminavam na parede ao lado uma grande pintura que retratava Quies, já envelhecida, tecendo uma tapeçaria de fios cintilantes que pareciam ser poeira estelar.

— Que besteira — disse Baz com uma risada. — Se houvesse uma sala secreta escondida aqui, nós saberíamos, não é?

— Só tem uma maneira de descobrir. — Kai se inclinou em direção à pintura e sussurrou: — Veleidade.

Por um instante, Baz pensou que a senha que Clover informara não continha magia alguma, mas então a pintura derreteu como prata líquida, transformando-se em uma porta de madeira escura com uma maçaneta prateada em forma de lua minguante.

Baz e Kai ficaram aturdidos. Tantos anos frequentando aquela biblioteca e, mesmo assim, o Cronomago jamais ouvira falar daquela passagem.

A porta se abriu para uma biblioteca menor — embora ainda muito grande para estar escondida nas paredes —, toda de madeira escura e tetos arqueados. Mas as estantes não eram tomadas por livros. Em um primeiro momento, Baz pensou que poderiam ser frascos de água para sangria, mas logo percebeu que eram várias garrafas de bebidas alcoólicas.

A cena que se desenrolava diante deles era luxuosa e exuberante. As pessoas bebiam, conversavam, se beijavam e dançavam, tão despreocupadas e livres que pareciam estar em outra época ou em um mundo completamente diferente. Não restara nada da formalidade e do decoro típicos daquele tempo. Os alunos se misturavam em uma extravagância de estilos e trajes com arranjos de penas, peles, chapéus e joias imensas. Alguns estavam vestidos de forma semelhante a Baz e Kai, enquanto outros mal estavam vestidos; havia garotas com roupas curtas de renda e garotos com camisas transparentes que fariam as pessoas da época de Baz e Kai corarem.

Um quarteto tocava uma música alegre. Suas roupas eram elegantes, e eles usavam perucas com pó de arroz e uma quantidade notável de blush nas bochechas. Baz jurou que dava para ver as notas da música reverberando no ar, sem dúvida um feito da magia criadora.

Uma garota vestindo apenas um collant decorado com pedrarias se aproximou deles para oferecer bebidas em uma bandeja dourada. Eram de uma cor verde brilhante, com sal ou açúcar na borda do copo, além de uma flor de cristal decorativa flutuando na superfície.

— Vou precisar de algo um pouco mais forte que... sei lá o que é isso — disse Kai, com leve desdém.

A garota sorriu para ele.

— Você é quem sabe. E você?

Baz pegou um copo, em parte para não ofendê-la, mas principalmente porque achava que precisaria de um pouco de coragem líquida. Além disso, gostou daquela cor, da flor, de como tudo parecia inocente.

Ele deu um gole e começou a tossir. Sua garganta estava pegando fogo.

— Marés — balbuciou, sem protestar quando Kai pegou o copo e tomou um gole também. — *O que tem nisso?*

— É absinto — informou uma voz risonha atrás deles. — Só para os fortes.

Era Clover, usando um terno branco dramático e exagerado. A peça tinha gola de babados e mangas largas, e seu colete era trespassado por detalhes dourados.

— Bem-vindos à nossa sala secreta ou, melhor dizendo, ao nosso salão de baile — disse Clover com um sorriso.

Baz protegeu os olhos quando um clarão repentino inundou a sala.

— O que é isso? — questionou Kai antes que Baz tivesse a oportunidade de perguntar a mesma coisa.

Um aluno segurava uma grande engenhoca e a apontava para um casal sorridente fazendo uma pose.

— Uma nova invenção — explicou Clover. — Estão chamando de câmera. A luz captura nossa imagem nessas placas de prata, estão vendo? — Clover guiou os dois pelos ombros. — Nós três deveríamos tirar uma fotografia juntos para comemorar nossa nova amizade, não acham?

Baz entrou em pânico. Se a fotografia sobrevivesse ao tempo, seria a prova no futuro de que ele e Kai tinham estado ali, em uma época que não era a deles. Mas, antes que pudessem recusar com alguma desculpa qualquer, Clover os arrastou até o fotógrafo e os apresentou.

— Este é Reynald Delaune, o Guardião da Luz mais brilhante de nossa geração — indicou ele, com um sorriso preguiçoso. — Com o perdão do trocadilho.

Reynald deu uma risadinha, arregalando os olhos ao ver Baz.

— Você é o Cronomago que salvou a garota de Ilsker! — Ele agarrou a mão de Baz, apertando-a com fervor. — Parabéns, de verdade. Foi impressionante.

— Ah... hã... obrigado?

Foi só então que Baz notou os olhares voltados para ele, os sorrisos acolhedores lançados em sua direção. Era como se a hostilidade de todos diante de sua condição de nascido no eclipse tivesse desaparecido depois do ocorrido na biblioteca. Seus pulmões se expandiram, e um calor agradável se espalhou por seu corpo. Ele sentiu uma curiosa sensação de orgulho. Pela primeira vez, não quis se esconder em meio à multidão.

Reynald colocou Baz e Kai sentados um ao lado do outro, seus joelhos se tocando de leve, e Clover ficou de pé atrás deles, com uma mão no ombro de cada um. O processo de posar para a fotografia foi demorado, e Baz não pôde deixar de pensar: *Estou tirando uma foto com Cornus Clover em pessoa.* Ele sabia que Kai estaria pensando o mesmo. Restava torcer para que aquela imagem se perdesse no tempo.

Baz não percebera que quicava o joelho, ansioso, até Kai segurar sua perna com um aperto leve. O toque sutil apenas provocou outro tipo de nervosismo, embora não fosse desagradável.

— Digam *veleidade* — instruiu Reynald antes de o clarão praticamente ofuscar a visão deles.

— O que significa "veleidade", afinal? — perguntou Baz quando terminaram.

Clover sorriu.

— É um desejo que não é intenso o suficiente para que a pessoa faça alguma coisa para realizá-lo. É uma piada interna, porque é o exato oposto do que estas festas são. É o que a sociedade espera de nós, que não ajamos de acordo com nossos desejos para não manchar a imagem da nossa família ou coisa do tipo. É a mesma postura que Aldryn adota. Tantas regras, tanto decoro. Mas aqui... aqui, nestas festas secretas, podemos nos dar ao luxo de ser livres.

— Achei vocês!

De repente, Cordie estava ao lado do irmão, entrelaçando o braço no dele. Estava estonteante em um vestido rendado verde-escuro que emoldurava seu corpo, fluindo como as ondas de um mar profundo e escuro. Ela usava luvas de cetim da cor de espuma do mar, e seu cabelo estava preso em um penteado primoroso.

— Está monopolizando nossos convidados, não é?

— Não estou monopolizando ninguém.

— Não mais! — Ela se virou com um sorriso sedutor para um jovem que Baz reconheceu como o alfaiate com quem tinham comprado os ternos. — Quero apresentar vocês ao *meu* convidado.

Todo o calor se esvaiu do sorriso de Clover.

— O alfaiate, Cordelia? Está brincando?

— O nome dele é Louka — retrucou Cordie com firmeza, lançando ao irmão um olhar que dizia *comporte-se*.

Louka estendeu a mão para cumprimentar Clover.

— Como vai? — disse ele, amigável. — Obrigado pelo convite.

Clover arqueou a sobrancelha.

— Não mandei convite algum. Acho que é melhor você ir embora.

— Cornelius...

Alguém na multidão chamou Clover em meio à música alta. Ele se virou para a irmã com uma expressão que deixava evidente que a conversa não acabaria ali, recuperou o sorriso faceiro de antes e se afastou.

— Eu disse algo errado? — perguntou Louka, confuso.

Cordie se encostou nele.

— De forma alguma. Meu irmão é apenas... superprotetor. Deixe ele pra lá, vamos nos divertir. — Ela olhou para Baz e Kai, séria. — E por que vocês dois não estão dançando?

Baz fez gestos frenéticos com as mãos, recuando.

— Ah, não, não, eu não...

— Ande logo, Brysden. — Kai o surpreendeu, puxando-o para a pista de dança atrás de Cordie e Louka. — Um pouco de diversão não vai matar você.

Baz procurou por Clover na multidão, desejando ter ido com ele em vez de ser forçado a *dançar*. Ele era o tipo de pessoa que ficava sentada, observando. Na verdade, era o tipo de pessoa que permanecia no quarto, então achou toda a experiência bem estarrecedora.

A música era agitada e enérgica, e os quatro imitaram os passos e movimentos dos que estavam ao redor, rindo juntos enquanto tentavam dançar... ou melhor, enquanto *Baz* tentava dançar. Ele era desengonçado e sem coordenação. Já Kai, Cordie e até Louka mexiam-se com naturalidade. Ainda assim, por mais estranho que fosse, Baz não se sentiu nem um pouco constrangido. Ali estava ele, cercado por muitas pessoas e pouco se importando, porque estava com Kai e os dois riam, e o peito de Baz parecia leve pela primeira vez em uma eternidade.

Quando a quinta ou sexta música terminou (Baz já tinha perdido a conta), Cordie tinha as bochechas coradas e o rosto brilhante de suor.

— Preciso me sentar — disse ela, se abanando e puxando Louka.

Quando Baz tentou segui-los, Cordie disse:

— Por favor, fiquem, divirtam-se. Nós já voltamos.

Baz duvidou que aquilo de fato aconteceria quando viu Clover se aproximar de Cordie com uma expressão de poucos amigos. Eles trocaram algumas palavras, e a garota pareceu gritar alguma coisa, com raiva, antes de segurar a mão de Louka e se dirigir à porta.

— O que acha que está rolando ali? — perguntou Kai, inclinando-se para que Baz o ouvisse.

— Não faço ideia.

A música tinha desacelerado, e casais começaram a se formar, dançando juntos. *Abraçados*. Baz coçou a nuca e sentiu-se ruborizar.

— Quer beber alguma coisa?

Kai parecia ter outros planos, porém. Ele estendeu a mão para Baz, arqueando as sobrancelhas. E talvez tenha sido seu único gole de álcool ou a sensação de estar um pouco embriagado, mas Baz aceitou o convite sem hesitar. Kai fez uma reverência ridícula, e Baz repetiu o gesto, rindo.

No início foi uma piada, com os dois sorrindo e achando graça, revezando-se em girar um ao outro de maneira teatral.

Mas, de repente, algo mudou. O clima entre eles ficou carregado quando seus olhos se encontraram e nenhum dos dois desfez o contato visual. Baz sentiu um frio na barriga, sem conseguir entender seu coração disparado nem a súbita sensação de que o sangue corria quente em suas veias. Acabou inclinando a cabeça e se concentrando nos próprios pés, por mais que não quisesse agir assim ... — afinal, pelas Marés, ele *gostava* de olhar para Kai e gostava de como se sentia quando estava com ele.

A ficha de Baz caiu com grande estrondo e confusão, especialmente quando voltou a olhar para Kai e sentiu algo desabrochar em seu peito ao perceber como estavam próximos. Ele não entendia o que estava acontecendo. Mas, ao mesmo tempo... não fora sempre assim? Aquela coisa entre eles que parecia ser mais que apenas amizade. Uma proximidade que Baz sempre tivera dificuldade em descrever. E, no momento...

— Brysden — chamou Kai, cutucando-o gentilmente diante da mudança repentina em sua expressão. — Está tudo bem?

— Está, lógico.

Mas Baz soltou Kai quando a música lenta terminou. Logo depois, o quarteto retomou o ritmo alegre e jovial.

— Acho que preciso me sentar um pouco — disse ele, pigarreando. — Fiquei cansado com toda essa dança.

Ele tentou ignorar o que viu no semblante de Kai: decepção, talvez. O início de uma tempestade melancólica.

— Podemos interromper?

Clover e Thames se juntaram a eles, parecendo tão sem fôlego quanto os dois. Eles formavam uma bela dupla, com Clover vestido todo de branco e Thames de carmesim. Suas roupas tinham os mesmos detalhes dourados. Baz demorou um instante para perceber que a mão de Clover estava estendida para ele.

— Ah, eu...

— Se Kai não se importar, é óbvio.

— O-o quê? — gaguejou Baz, rindo de nervoso. — Kai não é... Nós não somos...

— Somos só amigos — disse Kai com um sorriso sereno. — Baz pode dançar com quem quiser.

Só amigos. As palavras cortaram como uma faca.

— Mas você não disse que queria se sentar um pouco? — perguntou Kai.

Baz teve a impressão de que soava como um desafio. Kai o encarou com seus olhos escuros.

— Eu toparia descansar um pouco, se você quiser companhia — disse Thames para Baz. Parecia tão desconfortável naquela festa quanto ele. — Deixe que eles se divirtam.

— Perfeito — aceitou Clover, contente, voltando-se para Kai com um sorriso. — Então vamos?

Baz os observou na pista de dança, onde logo se adaptaram ao ritmo rápido da música. Ele ainda estava tentando entender o que acabara de acontecer enquanto seguia Thames até a mesa de bebidas. Sua atenção se desviou de novo para onde Clover e Kai dançavam. Perto demais, pensou ele com amargura. E Clover tinha mesmo que se inclinar para sussurrar no ouvido de Kai com tanta intimidade?

— Cornelius é assim com todo mundo — comentou Thames com um sorriso tranquilo.

— Assim como?

— Sedutor. Cativante. No começo, também me incomodava.

— Eu não... isso não me incomoda. Como Kai disse, somos apenas amigos.

Ele tentou ignorar o olhar perspicaz de Thames. Havia um ar de melancolia no garoto que indicava que não estava tão seguro quanto parecia com a tendência galanteadora de Clover. Ansioso para mudar de assunto, Baz apontou para uma mancha no terno dele.

— Acho que você derrubou alguma coisa.

Thames olhou para a mancha.

— Deve ser vinho — disse ele, com uma risada forçada. — É melhor limpar isso...

Baz ficou sozinho, sentado e sem ninguém com quem conversar. Ele pensou ter visto Kai o observando em um determinado momento ao se inclinar para perto de Clover, descarado o suficiente para que até Baz percebesse que ele estava flertando com o maldito ídolo literário dos dois. Era quase como se Kai estivesse tentando deixar Baz com ciúmes.

Mas não, não fazia sentido. Kai não estava interessado em Baz daquela forma... estava?

As palavras de Thames ecoaram em sua mente. Talvez ele *estivesse* incomodado com tudo aquilo, o que o deixava mais confuso do que jamais estivera.

O problema de Baz era que ele quase nunca notava sua própria atração pelas pessoas. Estava ciente dos ideais de beleza, era óbvio, e sabia apreciar características marcantes e visualmente interessantes. Mas ele reconhecia tais belezas mais como um artista que admira um cenário pitoresco ou um escultor ao estudar a forma humana para reproduzi--la em detalhes. Era raro sentir uma manifestação de atração física, e só acontecia se houvesse uma conexão emocional com a outra pessoa.

Ou, às vezes, apenas uma conexão utópica, a esperança de um vínculo emocional quando Baz se imaginava compartilhando momentos íntimos com alguém e sentia uma pontada de desejo como resultado.

Mas aqueles pensamentos o assustavam e, por isso, ele nunca — ou quase nunca — partia para a ação. Emory tinha despertado aquele lado dele e, embora ele tivesse ficado apavorado, foi bom quando aconteceu.

Kai, no entanto...

Baz não sabia o que pensar, mas não conseguia ficar sentado sem fazer nada. De repente, a festa lhe pareceu insuportável, e ele saiu da sala secreta em busca do alívio do silêncio da biblioteca. Para sua surpresa, ele se deparou com Cordie sentada no chão, o rosto marcado por lágrimas.

— Oi — disse ela, indicando o lugar no chão a seu lado. — Bem-vindo ao clube da fossa.

— Onde está Louka? — perguntou Baz, se sentando.

— Foi embora. Meu irmão me fez mandá-lo para casa.

— Por quê?

— Pessoas não mágicas não podem entrar no campus. Se alguém descobrisse que eu o trouxe...

— Pensei que o objetivo desta noite fosse burlar as regras. "Veleidade" e tudo mais.

Cordie soltou um suspiro dramático.

— Algumas regras são mais resistentes que outras, assim como alguns desejos não podem ser realizados — disse ela, com um sorriso fraco. — E você? Por que está aqui?

— Não gosto de festas ou de aglomerações.

— Nem eu. Bom, não *assim*, pelo menos. A ostentação, a magia... Esse sempre foi o mundo de Cornelius, não o meu. — Ela mordeu o lábio, como se estivesse decidindo se deveria continuar falando ou não. — Posso contar um segredo?

— Óbvio.

— Eu não sou muito boa em magia. Desde que me matriculei em Aldryn, as pessoas falam coisas maldosas sobre mim. Os alunos dizem que não *mereço* estar em uma instituição de tanto prestígio porque não tenho magia suficiente para estudar aqui. Cornelius acha que o fato de eu me relacionar com pessoas que não têm magia instiga esses rumores.

— Sempre achei injusto aceitarem só alunos considerados mágicos o suficiente — disse Baz. — A magia se manifesta de forma diferente em cada um. A habilidade de uma pessoa pode ser mais sutil que a de outra, mas, se alguém quiser estudar a teoria por trás do próprio poder, merece poder se matricular aqui tanto quanto os outros considerados mais talentosos.

Cordie olhou para ele com carinho.

— Louka também pensa assim. Ele sempre quis estudar aqui, mas duvido que as instituições mudem de ideia sobre esse assunto. Elas foram estruturadas para serem assim.

Ela estava certa: mesmo duzentos anos depois, as coisas continuavam iguais.

— O que meu irmão não entende é que eu não me importo com esses boatos — continuou Cordie. — Não me importo com o mundo acadêmico. Quero viver no mundo lá fora, ser livre para fazer o que eu quiser, para pintar quando eu quiser, para estar com quem eu quiser. Mas não é isso que *Cornelius* quer para mim, então é isso.

— Você não tem direito à escolha?

Ela riu com amargura.

— Meu irmão e eu passamos a vida inteira juntos. Inseparáveis. Convivendo com as mesmas pessoas, compartilhando os mesmos objetivos. Eu amo Cornelius e sei que ele só está tentando me proteger, mas, às vezes... Marés... Eu me sinto sufocada. — Ela franziu a testa, olhando para longe. — Já percebeu que, às vezes, as pessoas mais próximas de nós não nos conhecem? Elas enxergam a versão que querem enxergar e não se preocupam em conhecer a versão que *de fato* queremos ser.

— Verdade — concordou Baz, com um suspiro, pensando em todos que sempre quiseram que ele fosse diferente do que era.

Mais aventureiro, mais seguro de si. A irmã. Emory. Até Kai, de vez em quando. Seu pensamento se demorou no Tecelão de Pesadelos, e ele acrescentou:

— Mas às vezes elas enxergam o que há de bom em nós quando nós mesmos não conseguimos.

Cordie ficou pensativa.

— O resto da família de vocês mora aqui por perto? — perguntou Baz. Não fazia mal descobrir um pouco mais sobre a família Clover.

— Não temos mais ninguém.

Baz foi pego de surpresa.

— Ah. Me desculpe.

— Não tem problema. Eu e Cornelius estamos sozinhos há muito tempo. Nossos pais morreram quando ainda éramos bebês e outros familiares já morreram há muito tempo. Desde que me entendo por gente, meu irmão administra os bens da família. — Ela o encarou com curiosidade. — E sua família?

— Também não estão vivos. — Era verdade, de certa forma. Eles *ainda* não estavam vivos e só estariam dali a quase dois séculos.

— É curioso. Meu irmão e eu temos tudo o que poderíamos precisar e muito mais. Sou muito grata a ele por ser minha família, um protetor, meu amigo mais amado. Mas acho que ele nunca quis ter uma família tanto quanto eu. Ele busca se aproximar das pessoas, e eu também acredito que uma família pode ser composta por pessoas que a gente escolhe. Como você e Kai, por exemplo. O vínculo que vocês compartilham, esse sentimento de que… uma pessoa é também um lar.

Baz ruborizou.

— Desculpe, eu não queria insinuar nada — disse Cordie.

— Não, tudo bem.

Afinal, ela estava certa.

— Esses laços são muito valiosos, mas não posso negar que anseio por *algo mais*. — Cordie suspirou, concentrada na arte da parede em frente aos dois. — Você pinta? Quando olho para você, tenho a impressão de que tem alma de artista.

— Não. Mas gosto de desenhar.

— Você deveria visitar meu ateliê qualquer dia desses. Tenho carvões, cadernos de desenho e várias outras coisas. Podemos ter uma tarde artística tranquila.

— Eu adoraria.

Baz percebeu que gostava da companhia de Cordie. Por mais estranho que fosse, ela o lembrava da própria irmã. Tinha a mesma magnitude natural, o mesmo fervor de alguém que ousava sonhar.

E, pelo visto, era fraca para bebida.

Sem aviso, Cordie se curvou e vomitou no chão.

Ela olhou para Baz, atônita, parecendo muito enjoada.

— Não sei o que aconteceu. Eu mal tomei um gole de bebida.

— Acho melhor acompanhá-la até o quarto — disse Baz, dando uma palmadinha desajeitada nas costas dela e sentindo-se aliviado por não ter bebido mais que um gole do absinto.

42

KAI

A dança com Cornelius não chegou nem perto da dança com Basil Brysden.

Antes, talvez Kai tivesse gostado muito de ser o foco da atenção de alguém tão sedutor, confiante e fascinante como Clover. Mas sua mente estava ocupada com Baz. A maneira como tudo e todos pareciam ter desaparecido ao redor deles, até que restassem apenas os dois, dançando em ritmo lento em uma sala vazia, tão próximos que teria sido a coisa mais fácil do mundo se aproximarem para um beijo.

Foi impossível não considerar a possibilidade quando Baz o olhou daquela forma, como se finalmente tivesse percebido o que Kai esperava que percebesse havia tanto tempo.

Mas então Baz hesitou e se fechou de novo.

O momento passou, a ilusão se desfez.

Kai achou que dançar com Clover poderia deixar Baz com ciúmes, mas logo se arrependeu. Quando perdeu Baz de vista no meio da multidão, sentiu raiva de si mesmo por tê-lo afastado.

Apenas amigos.

Que mentira deslavada.

Mas talvez Baz não quisesse mesmo que fossem algo além disso.

Kai estava próximo de um grupo de alunos que, sentados, ouviam Clover falar, absortos. Eles se atentavam a cada palavra, fazendo Kai se perguntar se era apenas o carisma natural de Clover ou o uso da magia encantadora. Kai mal prestava atenção ao que estava sendo dito, calado e mal-humorado enquanto bebericava seu absinto.

Quando Baz reapareceu, seus olhares se encontraram apesar de estarem em lados opostos da sala. O tempo pareceu parar outra vez, o mundo era só eles, até que dois alunos abordaram Baz, com certeza para elogiá-lo por sua façanha com as proteções. Desconfortável com a atenção, Baz mexia na gravata como se o objeto estivesse atrapalhando sua respiração. Finalmente, ele conseguiu escapar e ir até Kai.

— Onde você se meteu? — perguntou Kai, esforçando-se para manter a voz despreocupada, como se não tivesse ficado completamente perdido sem ele.

— Estava com Cordie. Ela vomitou e me ofereci para levá-la de volta ao quarto. — Baz o encarou. — Você e Clover se divertiram?

Havia algo de incisivo em suas palavras, o tom permeado pelo que parecia uma acusação. Ou talvez fosse outra coisa.

— Ele parecia... bastante interessado em você — continuou Baz.

— Está com ciúmes, Brysden?

— E se eu estiver?

Kai quase se engasgou com a própria saliva, tamanha foi a surpresa com a franqueza de Baz... e com a ousadia daquela simples admissão. Kai se orgulhava em dizer que era raro ser pego de surpresa. Para o bem ou para o mal, as pessoas eram previsíveis. E, apesar de Kai às vezes — ou quase sempre, na verdade — ficar frustrado com a timidez de Baz e sua incapacidade de perceber algumas de suas deixas, Kai acabara gostando daquilo nele.

Mas aquela resposta... Aquilo o pegara desprevenido.

Ele se viu procurando o olhar de Baz, sentindo-se completamente vulnerável. Os dois estavam tão perto que, se ele estendesse a mão, um poderia tocar no outro de novo, como quando estavam dançando ou quando Kai ajeitou a gravata de Baz. No fundo, porém, ele não conseguia decifrar se Baz queria a mesma coisa que ele.

— Lá está ele, a sensação do momento!

Os dois se afastaram ao ouvirem Clover. Ele arrastou Baz para longe de Kai e para o meio da multidão, estendendo a mão para os alunos reunidos.

— Seus admiradores adorariam que você nos contasse em detalhes como salvou a srta. Arnavois das proteções da biblioteca.

A garota em questão observava Baz, embevecida.

— Não sei nem como agradecer, de verdade.

— Qual é a sensação ao reverter o tempo daquela forma? — perguntou outra garota, enrolando um cacho de cabelo no dedo.

Kai teve que se segurar para não revirar os olhos. Por que diabos as garotas se derretiam por Baz na época em que tinham ido parar?

— Conte como foi! — pediu outra aluna.

O pescoço de Baz ficou vermelho.

— Ah, bom, foi tudo tão repentino que...

— Mas você reagiu muito rápido.

— Não foi nada de mais, é sério.

Clover pousou a mão no ombro de Baz.

— Deixe de ser tão modesto. Todos que estavam lá viram como você foi brilhante.

Para o deleite de todos, Clover recontou os eventos de quando Baz salvara a garota. Ele descreveu o ocorrido de maneira gloriosa, com a voz cheia da cadência digna de um verdadeiro contador de histórias. Até Baz deixou-se cativar pela narrativa.

Mas Kai viu além. Ele enxergava a verdade sobre Clover.

Ele era um colecionador, alguém que gostava de se cercar de pessoas que considerava interessantes. Colecionava raridades e excentricidades como um antiquário coleciona artefatos de valor inestimável, depois organizava festas como aquela para desfrutar da coleção que reunira.

Por isso Clover não ligava muito para Kai: ele já tinha um Devorador de Medos em sua comitiva, não precisava de mais um. Mas Baz...

Os Cronomagos eram tão raros quanto Invocadores de Marés, logo, era evidente que Clover teve que adicioná-lo à coleção. E, visto a influência e a glória do momento, já estava colhendo os frutos do recente acréscimo.

Kai notou Thames no canto, observando Clover e Baz com um ar desejoso ou de ciúme. Ele sentiu pena do garoto. Estava óbvio que Thames desejava o afeto de Clover e, se fosse sempre deixado de lado enquanto Clover perseguia a novidade seguinte...

Ele se perguntou se o Devorador de Medos não se cansava de ser amado apenas nas sombras.

43

EMORY

Emory sabia que a trilha de sangue não levaria os cavaleiros até o Arauto da Noite. A princípio, ela não tinha certeza de *como* sabia, mas, conforme se afastava de seus amigos, começou a senti-lo. Um puxão dentro de seu peito, chamando-a. A calma em meio ao caos.

Havia um segundo rastro de sangue no chão, se afastando do vestígio mais óbvio deixado pelo *ursus magnus*. Ela o seguiu até um porão escuro e úmido cuja porta estava entreaberta. Emory entrou e, como suspeitava, lá estava o demônio. Escondido à vista de todos depois de enganar os dracônicos, fazendo-os acreditar que ele tinha ido embora. Emory não fazia ideia de qual era o plano dele. Sua aparência era a de um animal ferido, escondido à espera da morte. Keiran estava encostado na parede com a mão sobre a barriga ferida, o rosto pálido e exausto.

Ainda assim, ele conseguiu dirigir a Emory um olhar repleto de ódio.

— Se veio me matar, prefiro que faça isso logo.

Emory ficou parada ao lado da porta a uma distância segura, embora estivesse certa de que ele não conseguiria machucá-la naquelas condições.

— Diga quem você é — instou ela.

Ele riu, um som úmido e sombrio.

— Você não ouviu os gritos da plateia quando eles exigiram minha cabeça? Eu sou o vilão no qual me transformaram. O Arauto da Noite que obscurece o mundo deles.

— Mas não só isso, não é? Você disse que tinha muitos nomes.

— E falei também que não queria me lembrar deles.

Ele tossiu sangue, estremecendo de dor.

Emory se afastou da porta.

— Certo. Eu ia me oferecer para curar você, mas tudo bem. Espero que esse corpo apodreça com você aí dentro.

— Espere. — Ele a encarava, atento. — Por que insiste nesse assunto? Eu suspeito de que você já sabe a resposta.

Porque era *impossível*, pensou Emory. Porque ela precisava ouvi-lo confirmar a hipótese que já tinha criado raízes na mente dela, a que parecia inevitável uma vez que Emory vira a influência que ele tinha em sua magia, a maneira como tudo o que era sombrio dentro dela se acalmava na presença dele.

As palavras que ele dissera quando ela desmaiara pela primeira vez ecoavam em sua mente: *Eu sou o que vive na escuridão entre as estrelas.* Palavras das quais ela não se esquecera desde então.

Enquanto o demônio a observava na pele de Keiran, ela sabia que sua suspeita era verdadeira. Pretos, prateados e dourados. Eram os olhos da contraparte demoníaca da Escultora, do Arauto da Noite que destruíra a Forjadora do Sol.

Do primeiro eclipse a escurecer o mundo e levar as Marés à ruína.

— Você é a Sombra — disse ela.

Ele inclinou a cabeça para trás, encostando-a na parede com um sorriso exausto nos lábios.

— Em carne e osso — respondeu. E acrescentou, depois de se contrair de dor: — Bom, mais ou menos.

O coração de Emory ficou acelerado. Ela estivera enganada todo aquele tempo. Ele não era um demônio, era *uma divindade*. O primeiro nascido no eclipse. A divindade a quem ela devia sua própria magia.

— Como isso é possível? Você deveria ter sido mandado para as Profundezas, para o mar de cinzas. Para o lugar para onde nossas almas vão quando morremos.

Os olhos dele foram tomados pela raiva.

— Não. Fui aprisionado no reino dos sonhos, banido para o limite entre os mundos sem poder sair. Fui desconectado de meu próprio corpo, de minha forma verdadeira. Então este receptáculo vazio apareceu — disse ele, apontando para o corpo enfraquecido e ferido de Keiran —, morto e sem nenhuma utilidade para mim até que alguém o presenteou com vida, como se por milagre. Com este corpo, eu poderia disfarçar minha saída do reino dos sonhos. Aproveitei a chance para escapar de minha prisão e voltar ao mundo dos vivos.

Ele tossiu sangue de novo, pressionando a mão na barriga.

— Se você é a Sombra — disse Emory —, por que é tão...

— Frágil? — completou ele com um riso amargo. — Eu tinha me esquecido de como corpos mortais são inúteis.

— Você não pode entrar em outro corpo? Um mais forte?

Um que não despertasse nela sentimentos tão complicados.

— Que ideia brilhante! Não sei como nunca pensei nisso — retrucou ele. — Só um minuto, vou reunir meus poderes e entrar em outro receptáculo como se não fosse nada.

Uma tosse engasgada reforçou suas palavras.

— Imagino que isso signifique que você também não pode desaparecer nas sombras ou viajar por esse espaço liminar? — perguntou Emory, incapaz de conter a satisfação na voz.

— Enquanto eu estiver na pele vulnerável do seu falecido namorado, estarei fadado a ser metade de mim mesmo e a perder minhas habilidades conforme ele perde energia vital. — Emory estremeceu, e um sorriso cruel surgiu no rosto dele. — Toquei na ferida?

Emory não respondeu. Era irônico, pensou ela, que a coisa que Keiran mais odiara estivesse possuindo seu corpo. Ele queria transformar Emory em um receptáculo para que as Marés retornassem e destruíssem os nascidos no eclipse, mas foi justamente naquilo que ele mesmo fora transformado: em um receptáculo para aquele que criara os nascidos no eclipse que Keiran tanto detestava.

Ela não queria imaginar qual seria a força total do poder da Sombra se estivesse em sua forma verdadeira. Era óbvio que o corpo de Keiran não servia para acomodar tamanha força.

— Então... você disse que me curaria.

Emory o examinou. Derrotado como estava, não tinha nada do demônio, da divindade nem do garoto tão confiante cujo corpo ele usava. Não passava de uma casca. Ela se perguntou quanto tempo a magia da Reanimadora duraria... Talvez houvesse uma data de validade para aquele cadáver reanimado que se deteriorava devagar com a Sombra presa dentro dele.

— Talvez eu devesse deixar você morrer. Você tentou matar meus amigos.

Embora ele *a* tivesse salvado.

— Amigos — repetiu ele, venenoso. — Se você soubesse o que esses *amigos* são, o que *ela* fez com gente como você, talvez não quisesse protegê-los tanto assim.

— Ela?

— As Marés. A Escultora. A Forjadora. Os Celestiais. Se eu tenho muitos nomes, ela tem mais. Como eu, ela é apenas uma divindade que ecoa pelos mundos. Quando ela se dividiu em diferentes partes para manter viva sua magia, as partes viveram naqueles que foram marcados por seu toque. Sangue, ossos, coração, alma. Sempre ansiando pelo reencontro. Isso é o que vive nos seus *amigos*.

Os pedaços dela que ele tentara matar.

Tudo isso é culpa sua. Você merece ser destroçada. E nunca mais será a mesma, vou garantir isso. Emory recuou quando começou a entender o que estava acontecendo. No mito que conhecia, dizia-se que as Marés tinham ido embora para prender a Sombra nas Profundezas após a divindade ter tentado tomar o poder delas. Qualquer que fosse a história verdadeira (história essa que existia em vários mundos, apenas contada de forma diferente, com deuses de nomes diferentes), estava evidente que a Sombra buscava vingança. Que não pararia até destruir as partes daquela divindade multifacetada que a aprisionara. Partes que chamavam umas às outras por meio de uma canção que só elas conseguiam ouvir.

Uma canção que Emory não ouvia mais. Ao menos não da forma que Romie, Aspen e Tol ouviam.

O grupo acreditava que Emory era o erudito — o sangue dos ossos de Aspen, do coração de Tol e da alma do guardião. E também do sonho de Romie, a quinta parte mencionada no epílogo. No entanto, era Romie quem compartilhava um vínculo inexplicável com as outras chaves, não Emory. Romie representava o erudito que ouviu pela primeira vez a canção de outros mundos, não ela. Era Romie que tinha a verdadeira magia lunar — o poder de Quies, a maré da lua minguante — correndo em suas veias, enquanto Emory era um produto da magia do eclipse. Da Sombra.

— Eu não tenho uma parte dela em mim — disse Emory em uma constatação estarrecedora, mais para si mesma que para a Sombra. — Eu não sou uma das chaves.

— Você é uma Invocadora de Marés. Isso significa que só você tem o poder de girar a chave na fechadura, e muito mais que ainda nem sabe.

Invocadora de Marés, Ladra de Marés.

Só que Emory não roubara a magia apenas das Marés. A magia que a atraía na linha de ley era o poder das Marés, o da Escultora e o da Forjadora, partes de uma única divindade dividida entre seus amigos cuja força vital ela sugara.

Ela encarou a Sombra.

— Foi por isso que você me salvou?

Porque a magia dela significava que Emory *pertencia à Sombra,* uma arma que a divindade poderia usar contra a rival.

Ele pareceu enojado com a pergunta.

— Foi um momento de fraqueza da minha parte, influenciado somente pelos sentimentos persistentes deste mortal inútil por você.

— Isso não é verdade. — Quer restasse ou não uma parte de Keiran ali, Emory duvidava que ele se importasse com a vida dela. — Você não se colocou só na frente da espada. Você também me salvou de mim mesma… do que a linha de ley faz comigo. Como?

— Talvez eu *devesse* ter deixado você morrer. Ao menos teria me poupado dessa avalanche de perguntas.

— Você precisa de mim. Viva.

Embora ela não soubesse o porquê.

— E parece que você precisa de mim para controlar sua magia — contrapôs ele. — Cure o meu corpo e talvez eu concorde em ajudá-la.

Droga. Ela estava mesmo considerando a possibilidade. Ele era o deus do Eclipse, afinal… Será que ela realmente queria a inimizade da entidade à qual devia sua magia? Ele era o único que parecia capaz de controlar a escuridão da magia de Emory, o único capaz de ajudá-la a compreender seu poder de Invocadora de Marés e o que este tinha a ver com as chaves. As chaves cuja magia ela sugava toda vez que pisava na linha de ley.

Os dois ouviram vozes se aproximando. Emory prendeu a respiração para ouvir o que diziam.

— Senhor, o rastro de sangue era um engodo. Encontramos o *ursus magnus*, mas não o Arauto da Noite.

— Você matou a fera?

— É óbvio.

— O Arauto da Noite não pode ter ido muito longe com um ferimento como aquele. Vasculhe o Abismo.

Seria apenas uma questão de tempo até que alguém visse o sangue que levava ao porão. Emory já estava indo embora quando ele vociferou:

— Não pode me deixar aqui assim.

Emory se deteve. Precisava dele, mas não podia confiar que a Sombra não machucaria seus amigos.

E também não ia suportar continuar machucando-os por conta própria.

— Ali!

Um cavaleiro de armadura dourada a avistou e, empunhando sua espada, correu para o porão. Emory saiu correndo, mas não antes de enviar uma onda de magia de cura para a Sombra. A última coisa que viu foi a surpresa da Sombra ao olhar para o corpo de Keiran curando--se aos poucos.

Ele teria que lidar com os cavaleiros por conta própria.

Enquanto estivesse vivo, ela poderia procurá-lo no espaço liminar a fim de obter respostas. Emory só torcia para que ele não conseguisse alcançar seus amigos.

O rugido de um dragão ecoou pelos túneis, fazendo com que todo o Abismo estremecesse. Emory correu rumo ao som, reconhecendo a direção, a mesma que Tol insistira que seguissem. Ela acelerou o passo quando ouviu alguém gritar e, na mesma hora, soube que era um de seus amigos, odiando-se por tê-los deixado para trás. Quando ela chegou à cela do dragão, viu chamas brancas saindo da boca da criatura. O calor quase a fez recuar.

A fera parecia maior do que antes e não estava mais acorrentada às paredes. O teto tinha despencado, deixando entrar uma cortina de luz solar. Emory viu alguém de armadura fugindo das chamas, e espadas se chocaram enquanto Tol lutava contra a Comandante em meio ao inferno de fogo. Emory não viu nenhum de seus amigos e temeu que tivessem sido engolidos pelas labaredas do dragão, pisoteados por suas patas ou que tivessem ficado presos sob os escombros do teto caído.

— Emory!

Ela sentiu-se invadir por alívio e confusão. A voz vinha das costas do dragão... onde Romie, Aspen, Nisha, Virgil e Vera estavam sentados.

É hora de irmos.

Emory ficou desnorteada com a voz em sua mente. Então Tol correu para onde ela estava com a espada ainda em mãos, deixando a Comandante caída no chão.

— Não resista! — gritou ele.

Antes que Emory pudesse entender o que ele queria dizer com aquilo, as garras do dragão se fecharam em torno dos dois.

Em seguida, o dragão levantou voo em direção aos céus, abrindo as asas para levá-los em direção à liberdade.

44

BAZ

No dia seguinte à festa de Clover, quatro alunos foram declarados desaparecidos quando ninguém conseguiu encontrar Wulfrid e os amigos. Um dos bibliotecários descobriu sangue perto da entrada da Cripta no mesmo lugar em que a garota de Ilsker quase sangrara até a morte, e como não poderia ser dela, já que Baz retrocedera o tempo para que ela não se ferisse, todos chegaram às conclusões mais pessimistas.

Os quatro garotos provavelmente tinham tentado passar pelas proteções enquanto todos estavam na festa, a mesma à qual se recusaram a comparecer, afirmando que iam se concentrar nos jogos. A reitora De Vruyes conduziu uma busca pela Cripta e depois por todo o campus, mas nenhum indício foi encontrado, nada além do sangue na biblioteca do Hall Decrescens.

A fofoca mórbida se espalhou por Aldryn.

— As pessoas não se esvaem em sangue e somem do nada...

— A reitora nos alertou de que as proteções poderiam ser mortais...

— Será que os jogos vão continuar depois disso?

Pelo visto, a resposta à última pergunta era sim. E foi assim que Baz se viu de volta à biblioteca do Hall Decrescens com Clover, debruçado sobre as pesquisas dos dois como se nada tivesse acontecido... embora tivesse a sensação de que as coisas tinham mudado e agora havia muito mais em jogo. O local estava mais movimentado que o normal, como se os alunos não conseguissem resistir ao horrível cenário dos acontecimentos.

Baz só conseguia pensar que, se os desaparecimentos não tinham sido o suficiente para os jogos serem cancelados, então aquele era apenas o começo do que quer que ocorrera à época, o motivo que fez as comemorações do centenário mudarem para sempre. O medo do que estava por vir quase fez Baz desistir dos jogos.

Clover notou que ele estava concentrado no arco da Cripta.

— Você não consegue voltar no tempo para fazê-los reaparecer?

Baz refletiu.

— Acho que não. São muitas variáveis que não conheço. E esse tipo de magia...

— Certo. Não queremos que você entre em Colapso.

Baz lhe ofereceu um sorriso fraco.

— É.

— E, se isso está fora de questão, imagino que usar sua magia para desfazer as proteções também esteja?

Baz hesitou.

— Estamos lidando com proteções sencientes e letais. Prefiro não descobrir o que pode acontecer com aqueles que tentam trapacear para driblá-las.

— É, belo argumento. De volta para os livros, então.

No entanto, nem durante os estudos a dupla conseguiu evitar falar sobre as mortes.

— Escuta — disse Clover, examinando o livro *História de Aldryn*. — "É importante mencionar as mortes inexplicáveis que maculam a história de Aldryn, em especial as que ocorreram nas quatro bibliotecas da instituição. São episódios que remontam à construção das bibliotecas, quando os quatro fundadores morreram em circunstâncias misteriosas antes de a academia ser inaugurada. Vários alunos encontraram destinos semelhantes ao longo dos anos. Especula-se que tenham sido mortos por possuírem livros raros e valiosos que posteriormente foram transferidos para a Cripta, a fim de serem preservados e mantidos em segurança."

Baz o encarou, horrorizado.

— Acha que os alunos foram mortos por... saberem demais?

— Talvez tenham encontrado livros com um conteúdo que não deveriam ter visto. Livros que *deveriam* estar trancados na Cripta, mas que talvez estivessem no lugar errado.

Baz pensou no exemplar de *Marés obscuras* que encontrara no quarto de Clover. Em sua época, ele tinha que pedir autorização por escrito da reitora para retirá-lo da Cripta. Mas, se Clover possuía um exemplar, talvez o livro ainda não fosse considerado um título digno de ser guardado a sete chaves.

Para o bem de Clover, Baz torceu para que não fosse um dos tais livros extraviados que poderiam causar a morte de alguém.

— Isso é interessante. — Clover continuou a ler. — "As mortes relacionadas às bibliotecas de Aldryn desencadearam teorias sem fundamento e superstições peculiares por conta da natureza do solo sagrado sobre o qual a Academia Aldryn foi construída." — Ele franziu a testa. — Solo sagrado? Sabemos algo sobre isso?

— Ah, é verdade! Acho que li sobre isso em algum lugar... — Baz folheou um velho livro sobre a história de Elegy que ele tinha apenas visto por alto, considerando-o irrelevante por ser mais antigo que a própria escola. — Diz aqui que quase um milênio atrás havia um templo onde hoje está Aldryn, construído em nome das Marés e da Sombra. Acabou ficando em ruínas.

— Se eles construíram Aldryn sobre as ruínas de um templo sagrado... talvez tenha restado algum tipo de poder que acabou se infiltrando nas fundações e afetando outras magias, como as proteções. — Clover tamborilava na mesa. — Tenho certeza de que o fato de Aldryn estar em cima de uma linha de ley só piora tudo.

— *Linha de ley?* Por que esse nome não me é estranho?

— Alguns estudiosos acreditam que os continentes e as ilhas que compõem nosso mundo estão dispostos na forma de uma grande espiral devido às linhas de ley. Como se elas fossem um caminho mágico de poder absoluto que se alimenta de nossa magia e vice-versa.

— Então estamos tratando de proteções assassinas, terrenos de templos sagrados, linhas de poder mágico e livros proibidos. — Baz pressionou a ponte do nariz, sentindo que estavam perto de descobrir alguma coisa, mas não perto o suficiente de entender como tudo aquilo se encaixava. — Por que a gente foi se meter nisso, mesmo?

Clover sorriu.

— Conhecimento é poder.

Baz desejou que a professora Selandyn estivesse ali. Ela com certeza concordaria com Clover. Os dois se dariam muito bem.

— O que ainda não descobrimos é como as proteções foram criadas — disse Baz com um olhar exausto para os livros. — Nenhum dos fundadores era Protetor. Tenho certeza de que a pessoa responsável por blindar a Cripta era portadora da única magia que permite tal coisa.

Cordie apareceu de repente e sentou-se à mesa com eles.

— Encontraram alguma coisa interessante?

— Está perguntando por educação ou por interesse genuíno? — perguntou Clover.

— Por educação, óbvio.

Cordie deu uma piscadela para Baz, fazendo-o rir.

— Se vocês dois já tiverem terminado, gostaria que Baz me acompanhasse agora à tarde.

— Eu? Por quê?

— Prometi que a gente teria uma tarde artística no meu ateliê, não prometi?

Ela parecia melhor depois da noite anterior. Quando Baz tocou no assunto, Cordie abriu um sorriso forçado e olhou de relance para o irmão, desconfortável.

— A noite de ontem foi um borrão. Acho que foi a bebida. Agora vamos, estamos perdendo uma iluminação natural fantástica.

Clover lançou um olhar desconfiado para a irmã.

— Não vai ver aquele alfaiate de novo, vai?

— Óbvio que não. — Havia algo cortante no sorriso apaziguador de Cordie. — Você deixou bem claro o que pensa sobre ele. *Dessa* parte da noite eu não esqueci.

O ateliê de Cordie ficava no andar de cima de uma taverna que Baz já visitara antes, conhecida em sua época como Atlas Secreto, embora no momento se chamasse Esmeralda. Ele se lembrava em detalhes de todos os retratos de Clover pendurados na sala onde jantara com Vera e Alya. De todas as quinquilharias e pinturas que pareciam ter sido retiradas de *Canção dos deuses afogados*, que o Atlas Secreto acreditava ser uma história real vivida por Clover.

Era evidente que, na época em que se encontravam, nada disso existia.

Cortinas transparentes emolduravam as janelas que deixavam entrar a luz do inverno, e as tábuas salpicadas de tinta do assoalho brilhante rangiam sob os passos dos dois. Uma miríade de telas — tanto finalizadas quanto obras ainda em andamento — se encontrava encostada nas paredes, e um divã solitário de veludo que parecia caro demais e destoava por completo do restante do ambiente fora posicionado no meio do ateliê.

Estar ali era uma distração bem-vinda do Bicentenário. No caderno de desenho que fora presente de Cordie (já que o que ganhara de presente da mãe no Solstício tinha ficado para trás, no seu próprio tempo), Baz arriscou alguns traços com o carvão enquanto Cordie trabalhava em uma tela grande que Baz não tinha permissão de ver.

— Está um pouco estranho — disse ela, franzindo a testa para a obra. — Ainda não sei ao certo o que significa.

Cordie falava de suas pinturas como se elas fossem resultado de algum poder superior que guiava sua mão. Quando Baz perguntou se era o caso, ela riu.

— Mais ou menos, acho. Às vezes, a inspiração vem de uma forma que só pode ser explicada por minha magia de adivinhação.

Baz arqueou a sobrancelha.

— Sua magia dita o que você vai pintar?

— De certa forma, sim. É sempre uma surpresa ver o que vou pintar em seguida. Alguém que vi na rua, uma imagem nítida e cheia de detalhes de uma cena que me veio à mente sem contexto nem explicação. Não sou boa em decifrar essas visões psíquicas, mas passá-las para a tela ajuda. Acho que, na maioria dos casos, são só obras bonitas que contam histórias interessantes.

— É assim com o que está pintando agora?

Cordie mordeu o cabo do pincel sujo de tinta, estudando a tela.

— Como eu disse, ainda não sei.

A coleção espalhada pelo ateliê *era* bastante eclética. As telas eram completamente diferentes entre si, indo de retratos ultrarrealistas a obras abstratas com formas coloridas. Nenhuma delas repetia o estilo de outra, como se cada visão de Cordie também inspirasse uma abordagem artística diferente.

— Você não as assina? — perguntou Baz.

— Nunca assino as que foram inspiradas nas visões. Afinal, não são *minhas* visões.

— Mas você as coloca no mundo. Passam a ser suas quando você dá vida a elas.

Cordie refletiu sobre o argumento de Baz.

— Talvez você tenha razão. Mas eu gosto da aura de mistério.

Os dois mergulharam em um silêncio confortável, cada um absorto na própria arte. Baz ficava mais confiante e mais à vontade com o próprio estilo a cada traço de carvão. As horas voaram, até que a luz que entrava no ateliê se tornou mais suave, projetando sombras no assoalho.

Os dois levaram um susto quando alguém bateu à porta.

O rosto de Cordie ficou corado e, alegre, ela largou o pincel.

— Já volto.

Ela emitiu um ruído estridente ao abrir a porta e pular nos braços de Louka. Pelo visto, a promessa que fizera ao irmão não valera de muito. As vozes abafadas dos dois entravam pela fresta da porta, e Baz tentou se ocupar com o que quer que fosse para dar privacidade aos dois. Depois de guardar os carvões que estava usando, olhou de relance para a tela de Cordie. Intrigado, Baz deu a volta no cavalete para espiá-la.

Não conseguiu acreditar no que via. Por um segundo, pensou ter voltado a um de seus pesadelos... não o pesadelo da gráfica, mas outro, que o perseguia como uma sombra. Keiran, morrendo em seus braços. A tela era uma representação perturbadora do corpo dele em Dovermere, estirado em uma poça de água do mar e sangue.

Talvez a pintura estivesse retratando qualquer rapaz. Por conta do estilo particular usado por Cordie, era impossível identificar em definitivo o jovem como Keiran. Mas as mãos do garoto dobradas sobre o peito, a água, a espuma do mar e o sangue acumulados ao redor, o sangue que escorria por sua boca e o ferimento na barriga... Tratava-se de uma réplica perfeita da morte dele.

E, depois do que Cordie acabara de admitir... Seria possível que ela soubesse de onde vinha aquela visão tão abominável? Ou como estava ligada a Baz?

— Desculpe — disse Cordie ao voltar para o ateliê, com as bochechas vermelhas. — Por favor, não conte para Cornelius. Louka só veio para... — Ela se deteve quando viu Baz focado na tela. — O que achou?

— É...

— Mórbido, eu sei. — Cordie se posicionou ao lado dele, cruzando os braços e examinando sua obra. — Mas também há certa... paz. Não acha?

— É, acho que sim.

Era uma situação delicada demais para que Baz conseguisse ver beleza naquilo tudo. Mas o talento de Cordie era inegável. As cores eram escuras e suaves, as pinceladas eram leves, e ela pintava com muitos detalhes. Era uma obra fascinante. Mórbida, sim, mas muito cativante.

— Faz alguma ideia de onde essa visão saiu? — perguntou Baz, embora estivesse morrendo de medo de saber a resposta. Ele tentou manter um tom leve e descontraído.

— Nem um pouco — disse Cordie, limpando os pincéis. — Quando pinto coisas assim, gosto de pensar que estou aliviando a dor dessas lembranças nas pessoas que as carregam. Caso contrário, que sentido faz?

As palavras de Cordie soaram bastante incisivas, e Baz se perguntou se a jovem sabia que *ele* carregava aquela lembrança em particular. Mas Cordie não parecia estar pensando no assunto. Na verdade, ao trancar o ateliê para irem embora, seu olhar era distante e sério, como se sua cabeça estivesse em outro lugar. Baz se perguntou se ela teria terminado com Louka.

Subindo a colina em direção a Aldryn, Baz pensou que talvez Cordie tivesse razão. Talvez pintar algo tão trágico desse à memória de Keiran uma sensação de paz — algo de que fora privado quando Artem trouxe seu corpo de volta à vida.

Talvez, com o tempo, também pudesse aliviar a vergonha que Baz carregava.

Ele olhou para os penhascos lá embaixo, para as ondas que se quebravam e eram engolidas pela caverna. E, de repente, percebeu por que as linhas de ley tinham soado tão familiares quando Clover as mencionara: ele já tinha lido sobre o assunto em *Marés obscuras*.

Linha de ley: uma corrente de poder que corre sob o mar. Uma veia na qual vários portais enigmáticos se abriam.

Como a porta para as Profundezas que ele e Kai tinham atravessado. A mesma que não existia na época em que se encontravam.

PARTE III:

O GUARDIÃO

Era um tipo muito cruel de ironia ter nascido com um dom musical em um mundo que exigia silêncio, mas assim era a maldição de Orfeyi.

O mundo nem sempre fora tão silencioso. Outrora, tudo era repleto de canções: a música era uma forma de exaltar o divino, um símbolo de adoração, uma oferta feita aos Celestiais que governavam os céus. Diferentes canções, cantadas, cantaroladas ou tocadas de qualquer maneira que fosse, invocavam diferentes deuses do grande panteão. Os Celestiais eram fascinados pela música e concediam bênçãos àqueles que a tocavam, fosse magia grandiosa ou modesta, a depender da habilidade do músico.

Segundo tal lógica, Orfeyi deveria ter sido extremamente favorecido pelos deuses, porém os Celestiais tinham partido, e fazer música passara a ser um risco. Um risco mortal.

Portanto, o silêncio reinava.

Entretanto, tudo era música quando se prestava a devida atenção. Quando Orfeyi era criança, ele ficava sentado por horas no fiorde onde ficava sua aldeia e ouvia, encantado, a orquestra de sons ao redor. A água, o vento, os pássaros, a grama. O zumbido dos insetos e o leve tremor da terra que se mexia sob ele. Orfeyi aprendeu a gostar de música sem jamais ter segurado um instrumento, apenas de fechar os olhos e entrar em sintonia com a música do mundo. Ele se imaginava como o maestro que guiava as notas com a própria alma.

No entanto, suas mãos ansiavam por segurar um instrumento. Sua voz implorava para ser ouvida.

Certa vez, sua mãe o pegou cantarolando baixinho enquanto cuidavam do pequeno rebanho de ovelhas da família. Ela agarrou seu braço com tanta força que deixou um hematoma, mas nada o marcara mais do que o terror nos olhos da mulher.

— Você não pode cantar. Nunca — alertou ela, em um sussurro exasperado. — Ou o Bárbaro virá roubar sua música.

O Bárbaro era a suposta razão da morte dos Celestiais, uma divindade renegada que derrubara um panteão inteiro. Desde então, se alguém fosse desatento e acabasse produzindo qualquer tipo de música, iria encontrar-se diante do Bárbaro, que não era um deus benevolente.

— O que aconteceria se ele pegasse minha música? — perguntou Orfeyi, amedrontado, enquanto sua imaginação corria solta com os piores cenários: o Bárbaro arrancando suas cordas vocais, esmagando suas mãos para que ele nunca mais tocasse um instrumento, privando-o de sua audição para que nunca mais pudesse ouvir a música do mundo.

— A música não está ligada à voz ou à audição. — Sua mãe o tocou na altura do peito. — A música está aqui. Se o Bárbaro roubar seu dom para a música, você deixaria de senti-la em sua alma. E uma alma sem música nem sequer é uma alma.

Depois daquele episódio, Orfeyi resistiu ao desejo de cantar... até que, anos depois, sua mãe adoeceu. A morte aguardava ao lado de seu leito, rindo de todas as possíveis curas que Orfeyi levava para a mãe em uma tentativa desesperada de salvar sua vida. Nada adiantava.

Então, certo dia, Orfeyi decidiu desafiar o destino e cantar.

Sua canção era uma súplica aos deuses, um pedido para que salvassem a pessoa que ele mais amava. Um trovão ressoou em resposta, como se fosse uma punição por terem rompido o silêncio do mundo. Uma tempestade violenta despencou do céu escuro e rasgado por relâmpagos e ventos furiosos fizeram estremecer a casa de pedra em que Orfeyi e sua mãe moravam, arrancando o telhado sobre suas cabeças em uma rajada violenta.

O Bárbaro se aproximava, mas Orfeyi não se intimidou, cantando cada vez mais alto. E talvez porque nunca houvera uma voz mais bonita ou uma melodia mais enternecedora, os céus se abriram. Um feixe de luz brilhante perfurou a escuridão e iluminou a casa de pedra e turfa. O pródigo cantor sentiu sua alma se expandir quando os Celestiais responderam às notas. Então ele percebeu que milagres dançavam na ponta de seus dedos. Segurando o rosto enfraquecido da mãe com as mãos, ele encostou a testa na dela e, com uma nota final, cantou até que a saúde voltasse para seu corpo.

De repente, um raio o atravessou. O corpo de Orfeyi ficou todo ereto, a cabeça virada para o céu furioso. Um raio branco e azul penetrou seus olhos, ouvidos e boca, queimando, queimando, queimando.

Ele não conseguia ouvir nada. Depois não conseguia sentir nada. E, por fim, Orfeyi se transformou em nada.

O abraço da morte, no entanto, por mais poderoso que fosse, não estava destinado a durar. Os Celestiais tinham outros planos para Orfeyi. Quando acordou, ele viu cicatrizes parecidas com raízes ao longo de toda a sua pele, onde o raio o havia queimado, um sinal da fúria do Bárbaro por não ter conseguido roubar sua música.

— Meu doce garoto, meu anjo. — Sua mãe, agora saudável, sorriu para ele. — Você foi tocado pelos deuses.

Ela aproximou um espelho do rosto dele para que o jovem pudesse ver a marca em espiral que aparecera em sua testa. A marca dos Celestiais que tinham respondido à sua canção e salvado não apenas a vida de sua mãe, mas a sua própria.

A notícia do feito de Orfeyi se espalhou pelo vilarejo e muito além do fiorde. Ele foi proclamado o paladino que poderia finalmente derrotar o Bárbaro, cuja raiva passara a escurecer o mundo com tempestades sem fim. Orfeyi aceitou aquele papel de bom grado. Sua alma se elevou com propósito enquanto ele partia rumo ao portão dos deuses, a antiga sede do poder dos Celestiais. Se alguém podia cantar e trazer os deuses de volta à existência, era ele.

A jornada era solitária — tinha que ser, pois somente aqueles que foram tocados pelos deuses podiam subir as perigosas montanhas até onde ficava o portão —, mas Orfeyi não se importava. Ele passava seus dias imerso em canções, tocando as cordas da lira dourada com que seu povo o presenteara antes da partida. Era um belo instrumento, que sobrevivera a todos aqueles anos de silêncio desde a queda dos Celestiais, e tocá-lo parecia a Orfeyi mais natural que respirar.

Os céus ainda estavam tempestuosos, mas o Bárbaro não apareceu para roubar a música de Orfeyi. Na verdade, quanto mais o jovem tocava, mais crescia sua conexão com os Celestiais. Eles compartilharam visões do passado e do que ainda estava por vir, de pessoas que ele nunca tinha visto, mas cujas almas eram um eco da sua própria. Eles lhe mostraram o que seria necessário para derrotar o Bárbaro e o fortaleceram enquanto enfrentava tempestades, nevascas e o frio.

Quando Orfeyi chegou ao portão dos deuses, seu corpo estava exausto, mas sua fé continuava inabalável. Ele ficou extasiado ao encontrar os outros que eram como ele junto ao portão — as peças do todo que eles reconstruiriam juntos — e aquela que poderia preencher a lacuna entre todos. O Invocador de Marés. Aquele que abriria as portas. A ponte entre os mundos.

Mas a escuridão caminhava ao lado do Invocador de Marés, e Orfeyi soube que aquela seria sua ruína.

45

BAZ

Àquela altura, Baz já deveria ter se acostumado às pequenas violações das regras, mas havia algo particularmente inquietante em se esconder e driblar a bibliotecária encarregada de fiscalizar o toque de recolher recém-imposto que impedia o acesso às bibliotecas após o anoitecer.

Baz entendia a necessidade daquela medida. Era uma forma de a instituição evitar que os demais participantes dos jogos acabassem como os Quatro Desaparecidos, como tinham sido apelidados. A decisão, porém, ia contra sua visão arraigada de que bibliotecas deviam ser acessíveis a qualquer hora do dia. O que ele faria com dúvidas urgentes? *Ignoraria* até de manhã? De modo algum.

Entrar sorrateiramente na biblioteca do Hall Decrescens talvez o fizesse se sentir um criminoso, mas a questão não podia esperar.

Por sorte, a bibliotecária de plantão parecia não estar preocupada. Na verdade, não havia ninguém na recepção, embora Baz e Kai tivessem ouvido passos ecoando nos corredores. Ela sem dúvida estaria fazendo a ronda.

Os dois se agacharam na seção Desatadora, onde em geral ficavam as obras sobre magia arcana. Com certeza, as linhas de ley seriam mencionadas em algum daqueles livros, e Baz acreditava que estudar o tema os ajudaria a desvendar tudo.

— Os autores de *Marés obscuras* achavam que as portas para as Profundezas estavam localizadas ao longo de uma linha de ley em espiral, certo? — sussurrou Baz. — E sempre ouvi dizer que Dovermere encontra-se situada no centro da espiral, no ponto *mais poderoso*. E se, enquanto estávamos em Dovermere, fizemos algo que mexeu com a linha de ley? Abrimos uma fenda, que nos puxou para o passado. Se conseguirmos mapear a linha de ley, poderíamos encontrar outra fenda temporal...

— E poderíamos voltar ao nosso tempo — concluiu Kai.

A compreensão iluminou seus olhos.

Um som fez os dois levantarem a cabeça. Baz percebeu como estava perto do corpo de Kai. Eles prenderam a respiração quando a bibliotecária apareceu mais adiante no corredor, mas ela seguiu caminho sem olhar para eles.

Deixando cair os ombros, aliviado, Baz voltou a analisar as estantes.

— O que estamos procurando? — perguntou Kai.

— Qualquer coisa que tenha a ver com fontes mágicas arcanas, influências das marés, anomalias geográficas...

Kai se aproximou de Baz, a ponto de o Cronomago sentir sua respiração, e tirou um livro da prateleira.

— Tipo isso?

Com a grande proximidade de Kai, foi difícil se concentrar no livro. Por fim, Baz conseguiu processar o título, que dizia: *A espiral sagrada do renascimento: Influência na arte, história e teoria mágica.*

Baz segurou o livro contra o peito, sorrindo para Kai.

— *Exatamente isso.*

Houve um momento tenso antes de Kai dar um passo para trás, esticando o pescoço para ver se a bibliotecária estava por ali. Ele fez um sinal para indicar que o caminho estava livre, e os dois atravessaram a biblioteca na ponta dos pés e só pararam ao chegar ao arco que levava à Cripta.

A porta estava aberta. Alguém subia pela escada estreita. Os bustos de mármore com coroas de louros que ladeavam a porta deixaram a pessoa passar sem problemas.

Cornus Clover parou ao avistar Baz e Kai.

— Não é o que vocês estão pensando — disse ele.

— Não? — insistiu Baz, mal conseguindo formular palavras. — Porque estou pensando que você encontrou uma maneira de contornar as proteções que estamos tentando decifrar.

— Não é bem isso — defendeu-se Clover, olhando em volta, nervoso. — Vamos conversar em outro lugar...

— Você vai nos contar o que está fazendo aqui e vai contar agora — disse Kai, num tom ameaçador.

Clover suspirou e ajeitou o colete e as mangas da camisa. Baz nunca o vira tão sem reação.

— A verdade — disse ele — é que faço parte de um grupo seleto de alunos que têm permissão para entrar na Cripta. As proteções não me impedem de entrar ou sair.

Kai riu, incrédulo.

— Então por que diabos está participando dos jogos?

Baz pensou a exata mesma coisa. Toda a pesquisa que ele tinha feito com Clover... Por que ele perdera todo aquele tempo?

— Porque embora as proteções não *me* impeçam de entrar, estão *escondendo* algo de mim. Há alguma coisa na Cripta a que ninguém tem acesso... nenhum aluno ou professor, e suspeito de que nem mesmo a reitora. Creio que o principal objetivo das proteções é manter essa coisa escondida.

— E o que seria essa coisa? — perguntou Baz, curioso.

— Uma porta.

Baz sentiu um calafrio.

— Uma porta para onde?

Clover deu de ombros, mas havia algo de forçado na indiferença do gesto.

— É o que eu quero descobrir. Por isso entrei nos jogos, apesar de já ter acesso à Cripta. Acredito que a única maneira de revelar essa porta é decifrando as proteções.

— E como você sabia que os jogos envolveriam a Cripta? — perguntou Baz. — Essa parte foi anunciada depois que você já tinha se inscrito.

— Eu tenho bons contatos.

As peças começaram a se encaixar na mente de Baz.

— Esse grupo seleto de alunos do qual você faz parte... — disse ele, devagar. — É uma sociedade secreta, não é?

Clover arqueou a sobrancelha, surpreso.

— De onde tirou isso?

— Acesso exclusivo à Cripta? — disse Kai, captando a linha de raciocínio de Baz. — Me parece algo que a Ordem Selênica teria.

Os olhos de Clover brilharam à menção do nome, mas ele não disse nada. Kai ergueu o queixo.

— Mostre seu pulso.

— O quê?

— Seu pulso direito. Quero ver.

Clover parecia confuso ao puxar a manga da camisa para cima. Não havia nenhuma espiral de prata que o marcasse como um Selênico, mas ele possuía todos os sinais de alguém que estaria envolvido em uma sociedade secreta. Os melhores contatos, o prestígio, o desempenho acadêmico.

Com certo incômodo, Baz pensou que Clover tinha todos os atributos que Keiran tivera, ainda que os dois fossem muito diferentes entre si... Ou talvez Baz só estivesse se recusando a admitir as semelhanças.

— Digamos que eu faça parte dessa sociedade secreta — começou Clover, abaixando a manga da camisa. — Isso com certeza significaria que jurei sigilo. Algo que tenho certeza de que vocês entendem mais do que ninguém.

O significado por trás daquelas palavras era evidente. Ele sabia que Baz e Kai também estavam escondendo algo.

Os dois se entreolharam, sem saber como agir. A porta que Clover procurava só podia ser a Ampulheta. Se ela estivesse escondida por proteções naquela época, explicaria por que os membros da Ordem Selênica não tinham as marcas em espiral: os rituais em Dovermere ainda não aconteciam. Talvez nem sequer soubessem que a Ampulheta existia (se é que *existia* naquele momento). Uma coisa era certa: a Ampulheta não era acessível pelos túneis de Dovermere. Poderia haver outra maneira de acesso, por meio da Cripta?

Como o Tesouro (a sede da Ordem, por assim dizer) que Nisha e Virgil disseram estar localizado em uma gruta secreta sob a Cripta.

— Quero ser transparente com vocês — disse Clover, soando sincero. — Mas antes preciso ter certeza de que isso vai ficar entre nós. Por isso acho melhor pararmos com os enigmas, não acham? Isso está atrapalhando nossa confiança mútua.

— Pode ser — disse Kai, cruzando os braços. — Então desembuche, Invocador de Marés.

Um sorriso lento se espalhou pelo rosto de Clover, como se ele estivesse contente por saberem seu maior segredo.

— Só se admitirem que vieram do futuro.

— Você sabia?

— Não foi difícil adivinhar. Ouvi vocês falando sobre portais do tempo, um conceito encontrado em um livro que vocês invadiram meu quarto para consultar. — Seu tom não era de acusação, e sim de leve divertimento. — Além disso, vocês não são os primeiros que já conheci.

Eles ouviram passos se aproximando.

— Droga — disse Baz. — A bibliotecária.

Ele estava prestes a parar o tempo, a fim de que pudessem ir embora sem serem pegos, mas Clover ergueu a mão.

— Está tudo bem. Ela não vai nos denunciar.

Kai o encarou, revoltado.

— Se você a encantou...

— Não usei magia encantadora. Ela está ciente de tudo que está acontecendo.

O sorriso de Clover cresceu quando a bibliotecária apareceu atrás deles.

— Eis minha Sonhadora favorita.

— Não me bajule, Cornelius.

Baz se virou e congelou ao ver Emory diante dele.

— O que esses dois estão fazendo aqui? — perguntou ela a Clover.

A voz diferente, com um leve sotaque, fez com que Baz percebesse que aquela não era Emory. As duas eram muito parecidas, porém, quanto mais ele observava a jovem, mais nítidas eram as diferenças. O azul de seus olhos não era tão intenso. Os cabelos eram mais claros que os de Emory e muito mais encaracolados. Ela era mais baixa, mais curvilínea, com o rosto mais rechonchudo e os lábios mais finos. Aparentava ser mais velha também, mas tudo nela remetia a Emory de alguma forma, a ponto de Baz ter certeza absoluta de que pertenciam à mesma árvore genealógica.

A garota arqueou a sobrancelha, constrangida diante do olhar perplexo de Baz.

— Tem alguma coisa no meu rosto?

— D-desculpe — gaguejou ele. — Pensei que você fosse alguém que eu conheço.

Pelas Marés, ela tinha até o olhar desconfiado de Emory.

— Você é a Sonhadora que eu vi no pesadelo de Clover — disse Kai com a testa franzida. — Não é?

A garota que ele pensara ser Emory.

— Eu estava torcendo para que você não tivesse me visto — comentou ela, com uma careta. A mulher se virou para Clover como se quisesse

avaliar a reação dele. Quando ele só deu de ombros, ela acrescentou: —
Mas foi legal o que você fez com as umbras. Thames não para de falar
disso.

— Desculpe, mas quem é você? — perguntou Kai.

Ela estendeu a mão para ele.

— Meu nome é Luce. Luce Meraude.

O cérebro de Baz pareceu dar um nó, mas o mundo continuou a girar a
sua volta. Luce disse mais alguma coisa para Kai, mas ele não captou.
Pelas Marés, aquela era *Luce*, mas era impossível que fosse a mesma
Luce da qual Baz já ouvira falar. Como a mãe de Emory poderia estar
ali, duzentos anos no passado?

Não. Tinha que ser uma Luce Meraude diferente, uma antepassada
em cujo nome a mãe de Emory se inspirara ao criar sua nova identidade.

Baz despertou do torpor quando Kai disparou:

— Seu nome verdadeiro é Adriana Kazan?

Ele realmente nunca foi de fazer rodeios.

Luce olhou para Clover, perplexa.

— Eles já confirmaram se…?

Clover assentiu.

— Confirmaram.

— E já sabem de mim?

— Eu ia contar agora.

Ela franziu a testa.

— Onde ouviram esse nome? Nem Cornelius o conhece.

Marés. *Era ela.* Não fazia sentido, mas a verdade estava ali, em cada
traço no rosto de Luce, em todas as semelhanças entre ela e a garota que
conheciam. Luce de fato estava na mesma árvore genealógica de Emory…
embora em uma geração muito mais próxima da que Baz esperava.

Era a mãe de Emory, bem na frente dele. Não parecia muito mais
velha que Baz, o que significava que Emory ainda não tinha nascido ou
que Luce a tivera antes de ir parar *ali*.

— Conhecemos a sua filha, Emory Ainsleif — arriscou Baz. — Ou
ainda vamos conhecê-la. No futuro. Viajar no tempo é muito confuso.

Luce não titubeou.

— Quantos anos no tempo vocês voltaram?

— Duzentos.

— Cento e oitenta e um anos para mim. Tive minha filha há poucos meses. Quer dizer, no futuro. Se vocês a conhecem... Quantos anos ela tem no tempo de vocês?

— Dezenove. Está no segundo ano da Academia Aldryn.

— Dezenove? — Luce ficou de olhos marejados e deixou escapar um riso embargado. — Marés. Só alguns anos mais nova do que eu. — Um medo súbito invadiu seu semblante. — A magia dela... Alguma coisa acont... — Ela mordeu o interior de bochecha, com medo de dizer algo que não deveria. — Ela é uma boa Curandeira?

Baz teve a impressão de que ela sabia *exatamente* o que Emory era. Luce tinha que saber, afinal, forjara a data de nascimento da filha para que os outros acreditassem que ela era uma Curandeira, não uma Invocadora de Marés.

— Ela é uma excelente Curandeira — disse Baz, hesitante. — Mas eu não diria que essa é... a *principal* habilidade dela...

Luce olhou para Baz com atenção. Antes que ela pudesse dizer qualquer coisa, todos ouviram um barulho vindo do corredor.

— Não deveríamos estar falando sobre essas coisas aqui — disse Clover com firmeza.

— Que tal ali? — sugeriu Kai, apontando para o quadro que escondia a sala secreta.

E assim eles se viram no silêncio incômodo de um salão vazio. Três pessoas deslocadas no tempo e o futuro autor que iniciara tudo aquilo, o segredo dos quatro pairando no ar.

— Tá bom — disse Kai, cruzando os braços com uma expressão digna do Tecelão de Pesadelos que era. — Desembuchem.

46

KAI

— Como você veio parar nesta época?

Kai tentou não ficar encucado demais com a emoção na voz de Baz, que encarava a mãe de Emory de olhos arregalados.

— Por uma fenda temporal, é óbvio.

Luce ou Adriana, qualquer que fosse seu nome, respondeu como se fosse a coisa mais natural do mundo.

— Por Dovermere? — perguntou Kai.

— Não, não foi por Dovermere. Eu vim pela Baía de Harebell.

— Então *foi isso* o que eu senti! — exclamou Baz, virando-se para Kai, atônito. — Você se lembra de quando entramos naquela caverna estranha perto do farol de Henry? Eu senti algo parecido com o que sentia quando estava em Dovermere, como se a magia fosse a mesma. — Ele se virou para Luce. — Ainda está aqui, nesta época?

— A fenda pela qual passei não está. A caverna, sim. Eu tentei voltar assim que cheguei, mas a magia que alimenta a fenda temporal no *meu* tempo não parece funcionar aqui. — Ela inclinou a cabeça. — E a sua?

— A porta em Dovermere não está lá — disse Kai. Ele se virou para Clover. — Mas imagino que isso é o que você está tentando descobrir ao decifrar as proteções, não?

Os olhos de Clover brilharam.

— Essa porta de vocês… por acaso ela leva a algum outro lugar que não seja outros pontos no tempo? Outros mundos, talvez?

— Talvez — respondeu Kai, esquivo. — Mas imagino que você já saiba disso.

— Acho que essa porta foi escondida atrás dessas proteções há séculos, depois que as Marés e a Sombra partiram, pela mesma sociedade secreta da qual faço parte hoje — explicou Clover. — Somos a Ordem Selênica, guardiões de todo o conhecimento oculto aqui em Aldryn. Mas parece que vocês já sabem quem somos.

— Já sabemos, sim. Em nossa época, a Ordem é liderada por um bando de assassinos que odeiam nascidos no eclipse, então espero que entenda por que estamos com um pé atrás ao descobrir que você faz parte dela.

— Eu garanto a você que esse não é o nosso caso.

— Vocês permitem que nascidos no eclipse façam parte da sociedade? — indagou Kai.

— Não. Mas, em parte, foi por isso que entrei na Ordem. Por ser um Invocador de Marés, ninguém desconfia do que sou capaz de fazer. Os sonhos que posso visitar, os futuros que posso prever, as lembranças que consigo acessar. Consigo fazer tudo isso em segredo, sem que ninguém desconfie. A Ordem Selênica não sabe o que eu sou. Ninguém sabe, exceto vocês três. E minha irmã e Thames também, é óbvio. Fazer parte da Ordem Selênica me dá uma vantagem, uma voz onde outros nascidos no eclipse precisam lutar para serem ouvidos. Acha mesmo que Aldryn autorizaria nossos clubes acadêmicos ou que os nascidos no eclipse participassem do Bicentenário se eu não tivesse esses contatos?

— Parabéns, você não fez mais do que sua obrigação — retrucou Kai, sem se deixar deslumbrar pelo discurso de Clover.

— Não é coincidência que vocês dois tenham se enturmado tão facilmente aqui — retomou Clover. — Não fosse pelo fato de eu ter encantado o reitor e todos os alunos de Karunang, o disfarce de vocês teria caído por terra antes da primeira prova.

— E agora devemos tudo a você.

O sarcasmo mordaz fez Clover cerrar a mandíbula.

— Eu fiz algo para ofendê-lo, Kai?

Kai percebeu o olhar de repreensão de Baz e decidiu que era melhor não entrar naquele assunto ali.

— Não. Continue.

— A sede da Ordem fica em um lugar no subsolo da Cripta, uma gruta que chamamos de Tesouro. Por isso tenho acesso à Cripta, a Ordem

Selênica inteira tem. O Tesouro é onde nos reunimos para realizar rituais para os deuses. — Clover olhou para Baz. — Toda a pesquisa que você e eu temos feito sobre a história de Aldryn me faz pensar que a Ordem Selênica começou muito antes da instituição, antes do templo sobre o qual o campus foi construído. Eles eram os seguidores e devotos originais das Marés e da Sombra, conheciam os portais entre o nosso mundo e as Profundezas e todos os reinos entre eles, e conseguiam viajar pelos mundos. Até que esses portais foram selados para sempre.

"Então eles assumiram o papel de guardiões dessas portas. Construíram o templo para os deuses por cima do Tesouro para guardar o segredo por trás de proteções e da aura de mistério e poder que este lugar sempre teve graças à proximidade com Dovermere. Quando o templo caiu no esquecimento, o que restou da Ordem construiu este campus e depois a Cripta. A fachada perfeita para esconder o Tesouro.

"Mas o que começou como uma ordem sagrada para guardar o segredo das portas para outros mundos se tornou uma sociedade secreta voltada para poder e prestígio. Os membros da Ordem Selênica fundaram a Academia Aldryn. Compartilharam o acesso à Cripta apenas com alguns poucos alunos, os mais brilhantes, aqueles que se destacavam. Eles se tornaram parte da Ordem. Mas a porta foi esquecida, ficou como um conceito místico que pode explicar as origens da nossa Ordem. Os Selênicos passaram muito tempo sem pensar no assunto. Até que eu apareci."

— Mas como você sabe sobre a porta se ela supostamente é secreta? — questionou Baz. — Se ela se perdeu com o tempo e com as proteções?

— Sempre gostei da magia de adivinhação. Ela me permite ver coisas que são impossíveis, coisas estranhas que outros podem pensar ser loucura. Mas eu sempre soube a verdade: que o que vejo são vislumbres de outros mundos. Possibilidades do que pode acontecer em cada um deles e no universo em geral. Com essas visões, aprendi muito sobre esses mundos, mas não o suficiente. E, mais importante, não aprendi a viajar por eles. Uma coisa que sei com certeza é que todos estão conectados pelo reino dos sonhos.

Clover inclinou a cabeça na direção de Luce.

— Thames e Luce estão me ajudando a mapeá-lo. Descobrimos que o reino dos sonhos está disposto em uma espiral gigante e que esses mundos ficam ao longo dela. Nosso mundo está no anel de fora da espiral, e cada mundo que vem depois fica um pouco mais perto do centro, onde estão as Profundezas, para onde as Marés e a Sombra foram. É um mundo governado pelos próprios deuses que os criaram e que vai se transformar em ruínas se o que vi acontecer de fato.

Há um mundo no coração de todas as coisas onde nada cresce...

Kai olhou para Baz e viu que ele estava pensando a mesma coisa. *O mar de cinzas.*

— Eu vi o futuro sombrio que nos espera — continuou Clover, com o semblante lúgubre. — É um futuro além do de onde vocês vieram e que anuncia a extinção de toda a magia, da vida como um todo. Vocês certamente devem ter notado que há cada vez menos eclipses. Talvez outros acontecimentos inexplicáveis também?

Kai pensou nas marés erráticas e se lembrou do que Drutten dizia: que tudo aquilo estava acontecendo devido ao surgimento de uma Invocadora de Marés. *A Sombra reencarnada.*

— Acho que a única maneira de evitar esse apocalipse é trazer as Marés e a Sombra de volta — retomou Clover. — Pedindo aos deuses superiores para que restaurem a magia.

— Já ouvimos tudo isso — disse Baz, abatido. — De alguém de nosso próprio tempo que... não era uma boa pessoa.

Aquela era uma maneira gentil de descrever Keiran, aquele riquinho desgraçado.

— Ele queria trazer as Marés de volta — informou Baz —, mas, para isso, acreditava que seria preciso um receptáculo. Alguém que conseguisse suportar toda a magia das Marés nas próprias veias.

— Sim. Um Invocador de Marés. — Clover não parecia surpreso nem indignado.

As palavras que Selandyn traduzira do diário de Clover vieram à mente: *Um Invocador de Marés deve ascender. Abram a porta. Busquem os deuses. Restabeleçam o que está no coração de todas as coisas.*

Clover endireitou a postura.

— Se esse é o destino que me espera, estou disposto a aceitá-lo. Farei o que for preciso para salvar o mundo... e para salvar Emory.

Kai não entendeu. Pela expressão de Baz, o outro estava igualmente confuso.

— O que ela tem a ver com isso? — indagou Kai.

— Tudo — respondeu Luce com a voz trêmula, fechando os olhos para conter as lágrimas. Ela soltou um longo suspiro. — É por isso que estou aqui, que deixei meu tempo para procurar por Cornelius no passado. Ele não é o único que teve essa visão do futuro.

— Quer dizer que os Sonhadores também têm o dom da profecia? — zombou Kai.

— Alguns acreditam que sonhos são mensagens dos deuses, sabiam? — disse Clover. — E os Sonhadores eram vistos como mensageiros entre o reino divino e o reino dos mortais, capazes de interpretar os sonhos e traduzi-los para o estado de vigília. Um pé no mundo concreto e outro na esfera dos sonhos. Uma arte esquecida. Mas eu não descartaria a natureza profética dos sonhos.

Luce concordou com um gesto de cabeça.

— *Meus* sonhos sempre foram cheios de estrelas e canções, sempre ouvi uma voz que não era uma, mas muitas, me chamando para meu destino. Eu tinha certeza de que estava ouvindo as Marés. Em meus sonhos mais vívidos, eu as sentia sendo separadas, divididas, arrastadas para o esquecimento. De repente, fui tomada pela necessidade de vingá-las. Eu queria... eu *precisava* reuni-las novamente. E sabia que Dovermere era a resposta, então naveguei até lá. Como sabem, meu barco naufragou na Baía de Harebell. Uma coisa levou a outra e, de repente, me vi grávida de Emory.

Luce mordeu o lábio.

— A gravidez foi difícil. Meus sonhos ficaram... estranhos. Eu só conseguia ouvir uma canção fora de tom, um guincho estridente como se em protesto contra a vida que eu estava gerando. Eu não me importei. Eu *queria* ter minha filha, mas não conseguia ignorar a sensação de destruição iminente que não me deixava em paz. Quando Emory nasceu em um eclipse raro, procurei uma amiga minha, uma Adivinha de confiança, para me dizer o que via no futuro de Emory. Ela teve a mesma visão de apocalipse que Cornelius. E viu que... se a verdadeira natureza da magia de invocação de marés de Emory fosse revelada, o resultado seria o fim dos mundos.

"Eu sabia que Cornelius também fora um Invocador de Marés na época em que vivera, então, quando minha amiga viu que os destinos dele e de minha filha se entrelaçavam, tive que procurá-lo. Se havia alguém capaz de salvar minha filha, era ele. Então não contei a verdade sobre o nascimento de Emory para ninguém na esperança de que isso garantisse a segurança dela, torcendo para que ela fosse uma Curandeira para sempre, como acreditava-se que Clover tinha sido. Eu a deixei com o pai e encontrei a fenda temporal na Baía de Harebell. Naquela época, eu estava estudando as linhas de ley a fundo e previ corretamente que a caverna que encontrei quando meu barco naufragou de fato era uma porta para as Profundezas, capaz de me levar pelas marés do tempo. E aqui estou eu."

Luce olhou para Clover com um sorriso carinhoso.

— Quando contei minha história para Cornelius... Eu era uma mulher vinda do futuro alegando ser sua descendente distante, pedindo ajuda para salvar a filha de uma visão nebulosa... Eu tive certeza de que ele me denunciaria e me mandaria para o Instituto.

— O que ela não imaginava é que eu já tinha previsto nosso encontro — completou Clover. — Nossos propósitos se alinharam quando Luce me contou sobre a visão. *Minha* visão previa que Emory de fato iria liberar seus poderes e que, com eles, queimaria os mundos até se tornarem cinzas.

— Emory não faria isso — rebateu Baz com firmeza.

— Não por vontade própria. Isso não. Mas foi o que vi. Emory descobria ser uma Invocadora de Marés, partia em busca de mundos distantes para despertar as Marés... e se deixava consumir pelo poder, transformando tudo em cinzas.

Baz balançava a cabeça.

— Emory jamais permitiria que isso acontecesse.

— E não vai acontecer — reforçou Luce. — Não se Cornelius for bem-sucedido.

— Se eu mesmo acordar as Marés, assim como a Sombra, a magia vai voltar a ser o que era antes — disse Clover. — O equilíbrio poderá ser restaurado. Eu posso cuidar disso neste momento do tempo para que Emory não precise fazê-lo. Se eu conseguir, isso vai mudar o futuro para melhor. Para *todos*, inclusive para os nascidos no eclipse. Mas, antes, precisamos abrir as portas entre os mundos. E precisamos desarmar as proteções da Cripta para encontrar *a nossa* porta.

Kai se perguntou se todo aquele esforço fazia sentido, se ainda era possível mudar o futuro ou se o destino de todos eles já estava selado. Ele percebeu a determinação nos olhos de Baz e soube que, para ele, aquele era um detalhe irrelevante. *Ele faria qualquer coisa por Emory*, pensou, talvez com certo ressentimento.

E Kai o acompanharia. Porque *ele* faria qualquer coisa por Baz.

* * *

Quando os quatro saíram da sala secreta, Baz escorregou em alguma coisa e quase caiu. Kai esticou o braço para segurá-lo.

— Mas o que...

O chão estava molhado. Em frente ao arco da Cripta, quatro corpos com roupas encharcadas jaziam em uma fileira organizada. Seus membros estavam alinhados de forma pouco natural, e eles tinham as mãos cruzadas sobre a barriga. Seus rostos pálidos encaravam o teto com olhos sem vida.

Kai reconheceu Wulfrid entre eles, de olhar vidrado e lábios azuis. Era como se ele tivesse se afogado em terra firme, como se seu sangue tivesse sido drenado e depois ele tivesse sido cuspido de volta junto aos amigos pelas proteções que cercavam a Cripta.

47

ROMIE

Romie estava acostumada a ver coisas absurdas em sonhos, mas nada do que já testemunhara chegou perto da experiência de voar nas costas de um *dragão cuspidor de fogo*.

Eles voaram para longe do Abismo e de Heartstone, rasgando o céu acima do território avermelhado a uma velocidade vertiginosa. O dragão aterrissou em meio a formações rochosas peculiares que se pareciam com dentes. As rochas eram irregulares em algumas partes e lisas em outras, e formavam fendas escuras que seria difícil para humanos atravessarem a pé. Alguns arbustos cresciam ali, bem como as árvores finas que tinham visto ao chegar, mas, fora isso, o lugar era tão estéril quanto o resto daquele mundo.

O sol estava se pondo, banhando tudo em tons suaves de roxo e azul. Gwenhael se empoleirou em um ponto mais alto, esticando as asas para desfrutar de sua liberdade recém-conquistada.

O Elmo Dourado vai aparecer em breve, disse o dragão a eles. *Já devem ter sido alertados da nossa presença. Eles têm olhos em todos os lugares.*

As palavras foram ditas de forma serena, mas só serviram para deixar todos nervosos. Tol sentou-se em uma rocha de frente para o dragão, olhando para o horizonte com a espada sobre o joelho. Como Virgil destruíra a tira de metal que o garoto tinha no pescoço, Tol estava com as asas dracônicas abertas também. Romie percebeu Aspen observando-o com espanto, mas talvez houvesse algo mais em seu olhar.

Enquanto todos se acomodavam em volta da fogueira que Gwenhael gentilmente acendera, Romie ouviu Virgil perguntar a Emory onde ela tinha se metido. Emory teve a decência de parecer arrependida, embora não tivesse se desculpado.

— Você foi atrás do demônio, não foi? — adivinhou Romie.

A forma como Emory evitou o olhar inquisitivo da amiga foi resposta suficiente.

— Não é bem um demônio — explicou Emory. — É a Sombra.

Romie sentiu o mundo girar. A sensação não parou enquanto Emory contava o que tinha descoberto. A maldita Sombra estava atrás deles. Emory não era a chave como acreditavam até então. E, pelo visto, Romie, Aspen e Tol carregavam um pedaço das Marés, da Escultora, da Forjadora — a divindade singular conhecida em todos os mundos — dentro deles.

— Se você não é a chave do nosso mundo — disse Romie —, então isso significa que a Ampulheta não foi aberta com o *seu* sangue, mas com o meu.

Emory assentiu.

— Ele disse que meu sangue de Invocadora de Marés é necessário para encaixar cada chave em sua fechadura. Por isso a porta em Wychwood não se abriu logo de cara com o osso de Aspen. O meu sangue foi necessário.

— Então como você conseguiu abrir a Ampulheta pela segunda vez quando eu estava na esfera dos sonhos? — perguntou Romie. — E em todas as vezes que a porta se abriu para que Travers, Lia e Jordyn saíssem. Você precisaria do *meu* sangue.

Emory parecia confusa.

— Não sei.

— Talvez Emory possa abrir uma porta sempre que quiser depois que ela é destrancada — sugeriu Nisha.

— Espera aí — disse Virgil, pressionando a ponte do nariz. — Como temos certeza de que Romie é a chave do nosso mundo? — Ele apontou para Aspen e para Tol. — Eles têm a marca em espiral. Todos nós também temos. Isso significa que qualquer um que tenha sobrevivido ao ritual da Ordem Selênica pode ser uma chave?

— Romie é a única Selênica que ouve a canção — apontou Emory. — E ela compartilha uma conexão com Aspen e Tol.

Aquilo explicaria por que Romie ouvia um eco da canção na feiticeira e no guerreiro. As Marés, a Escultora, a Forjadora... quem quer que fosse, estava chamando pelos três, tentando unir os próprios pedaços. O sangue de Romie, os ossos de Aspen, o coração de Tol.

Ainda assim, a pergunta de Virgil fazia sentido. Romie não entendia por que, no mundo deles, todos da Ordem Selênica tinham a espiral, mas ao que tudo indicava apenas *ela* era a chave. Já em Wychwood, apenas uma feiticeira por geração tinha a marca da Escultora e o título de Alta Matriarca que a acompanhava, o que significava que Aspen provavelmente tinha algo que Bryony e a sra. Amberyl não tinham, se apenas ela era a chave de seu mundo.

E Tol... Romie se concentrou na espiral queimada em seu esterno, visível sob a jaqueta que Virgil lhe emprestara. Parecia uma marca de ferro quente que tinha cicatrizado com o tempo.

— Como arranjou sua marca? — perguntou Romie.

— É a marca da Forjadora do Sol. Pelo menos foi o que a Comandante me disse. A marca apareceu quando me transformaram em dracônico.

Morte e renascimento. Assim como Romie quase se afogara em Dovermere. Assim como Aspen sobrevivera ao ser enterrada viva. Até Emory, que não era uma chave, tinha passado por uma experiência de quase morte para que suas habilidades de Invocadora de Marés fossem liberadas — e talvez com isso a capacidade de virar chaves em portas trancadas.

Romie examinou a amiga.

— A Sombra falou alguma coisa sobre o que aconteceu na linha de ley? Emory ainda não conseguia olhá-la nos olhos.

— Espera aí... O que aconteceu na linha de ley? — questionou Nisha.

Romie comprimiu os lábios, esperando uma resposta de Emory... que não veio.

— Você não vai dizer nada? Não vai nem pedir desculpas pelo poder que tirou de mim, de Aspen e de Tol? Não vai mencionar o fato de a Sombra ter separado você da linha de ley e salvado sua vida, e a nossa também por consequência?

— Que história é essa? — Virgil perdeu a paciência.

— Ela é uma *Ladra de Marés* — disparou Romie. — Todas as vezes em que esteve sobre uma linha de ley, Emory sugou toda a magia das minhas veias e transformou meu sangue em cinzas. Mas dessa vez ela fez isso com Aspen e Tol também.

— Foi isso que senti? — Tol franziu a testa. — Pensei que meu coração fosse parar.

Sem acreditar, Aspen encarou Emory.

— Quando meus ossos se quebraram… Foi você?

Emory finalmente encontrou o olhar dos outros, esforçando-se para conter as lágrimas.

— Eu sinto muito. Eu não sabia como parar. Nem mesmo sei como fiz tudo isso. É como se a linha de ley abrisse uma conexão comigo que eu não consigo evitar e que não sei como fechar.

Romie cruzou os braços.

— Acho que faz sentido que a Sombra seja capaz de parar você, já que você deve a ela sua magia de Ladra de Marés.

— Será que dá para parar de chamar Emory disso? — retrucou Virgil. — Ela nunca *sugou* a magia de ninguém em Aldryn.

— E Travers e Lia? Eles morreram quando Emory os chamou de volta pela porta depois de suas magias praticamente se voltarem contra eles.

— Romie, não diga isso — disse Nisha. — O que aconteceu não foi culpa da Emory.

Romie se virou para Nisha, magoada por ela não ter tomado seu lado. Ela também não queria acreditar que Emory faria aquelas coisas, mas os fatos eram os fatos, e a lembrança de sua magia sendo drenada estava fresca demais na memória para ser ignorada.

— Acho que isso acontece apenas com as chaves — disse Emory, por fim. — E só quando estamos sobre uma linha de ley. O que não é o caso no momento, então não se preocupem.

— De qualquer forma, acho que é melhor você não usar magia daqui para a frente — disparou Romie.

— Acha que eu não sei disso? É por isso que fui procurar pela Sombra. Ele conhece minha magia e pode me ajudar a controlá-la.

Romie arqueou a sobrancelha.

— E como acha que vai conseguir a ajuda dela? Ela quer nos matar, Em. Você não pode confiar nela. Ela pode estar na pele de Keiran, mas *é a Sombra*. A razão pela qual as Marés desapareceram. E não apenas as Marés, mas também a Escultora e a Forjadora. Ela é a origem de todo mal. Você deveria ter deixado esse monstro morrer.

Emory estremeceu com a ideia.

— Nunca imaginei que você acreditasse em toda essa história sobre a magia do eclipse ser maligna.

— Não foi o que eu disse.

— Ah, é? Você tem medo da minha magia de invocação de marés desde que ficou sabendo sobre ela.

— E a culpa é minha? — protestou Romie, com um riso exaltado que beirava as lágrimas. — Minha vida inteira foi definida por alguma coisa na magia do eclipse que deu errado. Foi assim com meu pai, com Baz, agora com você. Não dá. Eu... eu não aguento mais.

Eles chegaram.

Todos se voltaram para Gwenhael. O dragão levantou a cabeça, atento a algo que só ele enxergava no breu da noite.

Em meio à escuridão, havia algo se mexendo e, antes que eles se dessem conta do que estava acontecendo, Tol estava com a espada apontada para duas mulheres armadas até os dentes. Elas usavam uma cota de malha dourada por baixo de sobretudos cor de ferrugem com um brasão semelhante ao da Irmandade da Luz: um ouroboros, embora esse fosse de um dragão dourado e uma fera alada de cor escura que lembrava os *corvus serpentes*, ambos entrelaçados. Elas tinham talabartes pendurados na altura do peito com uma variedade impressionante de facas.

De suas costas, brotavam asas idênticas às de Tol.

— Está longe de Heartstone, dracônico — comentou a mais jovem, que parecia ter a mesma idade de Romie e tinha uma voz rouca e áspera como pedra.

Sua pele era marrom e seu cabelo estava preso em tranças compridas que desciam até a cintura. Ela olhou para Gwenhael, desconfiada.

— Faz tempo que não vemos um dragão transitando livremente na companhia de gente do seu povo.

O dracônico e seus amigos me libertaram da Irmandade da Luz, disse Gwenhael, posicionando-se atrás de Tol em um gesto ao mesmo tempo ameaçador e protetor.

— Desertores? — questionou a outra guerreira, com a sobrancelha arqueada. Ela tinha o mesmo tom de pele da mais jovem, cabelos curtos e devia estar na casa dos quarenta anos. Ela olhou para Tol com desconfiança. — O que fez você quebrar seu juramento à Luz?

— Gwenhael. — Tol fez sinal para o dragão. — Eu peguei os alquimistas torturando-o para arrancar sua chama. Eu não sabia que esse era o método deles, que capturavam dragões e tomavam as chamas contra a vontade deles. Eles me condenaram à morte porque me opus. Então nós escapamos com Gwenhael.

— Impressionante — disse a guerreira mais jovem, embora seus olhos ainda revelassem suspeita e sua espada estivesse em riste. — Ou talvez você esteja mentindo na esperança de que o levemos até mais dragões para que possam aprisioná-los também.

— Eu não… — começou Tol.

— Talvez seja por isso que há um grupo de cavaleiros atrás de você — continuou a garota —, esperando que você se infiltre em nosso meio.

Um músculo se retesou na mandíbula de Tol.

— Posso garantir a você que não estamos com eles.

O dracônico está dizendo a verdade, declarou Gwenhael. *Minha palavra de dragão não é suficiente para você?*

— Perdoe-nos — disse a mulher mais velha com uma reverência.

A mais jovem parecia reticente em fazer o mesmo e não conseguia desviar o olhar de Tol.

— Estamos a seu serviço, poderoso Gwenhael — continuou a mulher mais velha. — Mas pode entender nossa desconfiança em relação à Irmandade da Luz. Muitas vezes capturaram dragões cuja liberdade estava sob nossa proteção. O Elmo Dourado não falhará de novo.

— O que é o Elmo Dourado, afinal? — indagou Tol.

— Seus mestres realmente escondem tudo de vocês, não é mesmo? — zombou a mais jovem. — O Elmo Dourado é composto de cavaleiros errantes, leais apenas aos dragões. Ao menos aos que não foram capturados, torturados e mortos pela Irmandade *de vocês*. — Ela cuspiu no chão aos pés de Tol.

— Ivayne — chamou a mulher mais velha em tom de repreensão quando Gwenhael emitiu um rosnado grave.

A garota lançou um olhar furioso para Tol.

— Nós éramos os dracônicos originais, aqueles para quem os dragões *quiseram* conceder a chama de seus corações. *Nossos* juramentos são sagrados de verdade porque foram feitos aos próprios dragões. Ao contrário dos da sua Irmandade. São um bando de ladrões, isso, sim.

— Pode acreditar, ninguém os odeia mais do que eu — disse Tol, baixando a espada. — Mas eu nunca tive escolha. Os mestres nos manipulam. Eles nos encontram quando somos crianças e estamos à beira da morte e nos transformam quando estamos delirantes demais para entender com o que estamos concordando. Eles dizem que querem nos salvar, mas, na verdade, só querem aumentar o número de guerreiros em seus exércitos.

A mulher mais velha finalmente baixou a espada, pensando no que Tol dissera.

— O que está procurando, então?

— Procuramos a Forjadora do Sol — respondeu Tol. — Gwenhael nos disse que vocês poderiam saber onde ela repousa.

Ivayne riu.

— Ainda que soubéssemos, por que acha que contaríamos a um suposto desertor da Irmandade e seus companheiros excêntricos?

Se o Elmo Dourado realmente serve aos dragões, então vocês devem compartilhar esse segredo comigo se este for meu desejo.

As mulheres se entreolharam.

— Olhem — começou Tol, dando um passo em direção a elas —, nós só queremos...

As duas ergueram as espadas, e Tol recuou de imediato.

— É melhor ter cuidado, dracônico — afirmou a mais velha, atenta.

Com o movimento, algo se soltou de sua túnica e ficou balançando em uma corrente em seu pescoço. Romie reconheceu o item de imediato.

— Essa bússola — disse ela. — Onde você a conseguiu?

Era exatamente igual à que Vera tinha, a que a mãe de Emory deixara para ela.

— Por que acha que é da sua conta? — perguntou a mulher mais velha.

Vera puxou a própria corrente para revelar a bússola idêntica.

As duas mulheres baixaram as espadas e a mais velha se aproximou para examinar a bússola de Vera.

— Você é do Atlas Secreto?

— Sou? — respondeu Vera, receosa.

O Atlas Secreto... a seita que acreditava que Cornus Clover de fato tinha viajado para os outros mundos sobre os quais escrevia. Algo que estava se tornando cada vez mais plausível. Seria possível que a seita também existisse ali depois da passagem de Clover por lá?

— Vocês devem ser Viajantes, então — disse a mulher, olhando para eles um por um. — Quem de vocês tem a marca do Viajante?

— Essa? — Romie levantou a manga para mostrar a espiral de prata em seu pulso. — A maioria de nós tem.

— Mas nem todos vocês são chaves.

— Nós três somos — disse Romie, apontando para ela, Aspen e Tol, já não havia motivo para esconder a verdade.

A mulher mais velha levou a mão ao coração.

— Pedimos desculpas. Se vocês são chaves, estamos à disposição.

— *Mãe* — sibilou Ivayne, furiosa, claramente ainda duvidando deles.

— Como você sabe o que nós somos? — perguntou Romie.

— O Elmo Dourado sabia da existência dos Viajantes quando as portas entre os reinos ainda estavam abertas e chaves não eram necessárias. Estamos à sua espera desde então. Vocês estão procurando pela Forjadora para salvar nosso mundo da escuridão que nos oprime, não é? Foi assim há muito tempo, depois que a Forjadora e o Arauto da Noite desapareceram e as portas foram fechadas.

— São só histórias — contestou Ivayne.

— Toda história tem um fundo de verdade — retrucou a mãe. — Levaremos vocês ao lugar onde dizia-se que a Forjadora repousava e onde ficava a porta para o outro reino. Nós a chamamos de Forja do Sol, uma montanha arcaica cercada por rios de fogo, tão inacessível e hostil que, até onde me lembro, nunca foi visitada por nenhum humano. — Ela os estudou, depois o dragão. — Mas, se Gwenhael concordar em nos escoltar, talvez encontremos o caminho.

Eu aceito, disse Gwenhael, baixando a cabeça.

48

BAZ

Baz fitava as brasas quase extintas na sala de estar da Casa Eclipse, perguntando-se em que, pelas Marés, tinha se metido. Ele não sabia o que era mais preocupante: as visões que Clover e Luce tiveram de Emory causando o fim do mundo ou os quatro alunos desaparecidos que o grupo encontrou mortos. *Afogados*, ao que tudo indicava. E que tiveram seu sangue drenado.

De repente, a ideia dos jogos era absurda para ele. Não era de se admirar que o Tricentenário tivesse sido cancelado e que o próprio Quadricentenário não tivesse retomado os desafios de antes.

— Vamos supor que Clover realmente consiga trazer as Marés e a Sombra de volta — disse Kai, no sofá ao lado. — O que aconteceria com a gente? A história seria completamente reescrita. O mundo que conhecemos talvez não seja mais o mesmo.

Baz coçou a nuca, pensando em todas as regras da viagem no tempo que desconheciam. Muita coisa poderia dar errado. Ele não queria acreditar que Emory pudesse fazer o que Clover e Luce tinham visto. Mas, se eles *estivessem* certos — e se de fato houvesse uma maneira de impedir tudo aquilo —, Baz não poderia deixar o destino de Emory ao acaso.

— Acho que é um risco que temos que correr — disse ele, por fim.

Pelo visto, Kai não estava tão convencido.

— Você não confia em Clover? — indagou Baz.

— É difícil para mim ter que confiar nos outros.

— Nosso disfarce em Karunang só está intacto graças a ele.

— E é óbvio que ele fez isso por interesse próprio também. Mas Clover tem alguns bons argumentos, mesmo. — Kai se concentrou em Baz. — Sei que você se importa muito com o que vai acontecer com Emory, mas...

— Isso não tem só a ver com Emory — interrompeu Baz. — Se Clover tiver êxito, vai poder consertar *tudo*. O mundo vai ser um lugar melhor para os nascidos no eclipse.

Em um mundo mais seguro e justo com eles, talvez a família de Baz tivesse continuado intacta e seu pai não tivesse sido mandado para o Instituto. O próprio Baz talvez nunca tivesse entrado em Colapso.

Ele nunca teria *matado* ninguém.

Baz pensou na pintura de Cordie. Toda a culpa que ele carregava, toda a escuridão que o seguia desde o episódio na gráfica... Se Clover mudasse o futuro, Baz não teria mais que sentir aquele peso.

Ao olhar para as brasas na lareira, Baz imaginou sua culpa se transformando em cinzas junto a elas.

Se ao menos fosse simples assim.

A notícia da morte dos alunos engoliu Aldryn como uma maré macabra. Nos dias seguintes, Cordie tentou convencer Clover e Baz a abandonar os jogos como outros alunos tinham feito. Mas os dois não deram o braço a torcer.

— Delia não sabe de nada disso — disse Clover a Baz e Kai, pedindo que não contassem nada à irmã dele sobre portas, profecias e o intuito dele de mudar o futuro.

Baz se sentiu mal por mentir para ela, mas compreendia a situação. Clover simplesmente queria protegê-la.

Da mesma forma que Luce tentara proteger Emory.

Enquanto ele e Clover estavam sentados na biblioteca do Hall Decrescens no final da tarde, Luce e Kai se fecharam na sala secreta para tentar mapear a esfera dos sonhos juntos. Ainda não tinha caído a ficha para Baz de que aquela era *a mãe* de Emory. No começo, Baz odiara Luce por ter abandonado Emory ainda bebê. Mas agora ele passara a entender *o porquê*.

Ele despertou de seus pensamentos quando uma dupla de estudantes da Awansi passou pela mesa com suas túnicas brilhantes, cochichando sobre a Cripta mortal e suas vítimas. Baz olhou para o arco de proteção e empalideceu. As imagens daqueles quatro corpos ainda estavam frescas em sua mente.

— A estranheza da morte dos fundadores me fez voltar a pesquisar mais sobre eles — contou Clover.

— Ah, é? — disse Baz.

— Eles não morreram misteriosamente logo antes da inauguração de Aldryn. Morreram no *mesmo mês*, na ordem exata de suas fases lunares e bem no dia correspondente a cada uma delas.

— Não é possível que isso seja coincidência.

Baz pensou em Travers, Lia e Jordyn, atraídos pela porta (e para suas mortes) em suas respectivas fases da lua. Lua nova, depois crescente, depois cheia. Romie poderia ter sido a próxima na lua minguante. Havia alguma conexão ali.

— Tem outra coisa que eu queria mostrar para você — disse Clover. — Agora que você sabe sobre a Ordem Selênica, posso contar que os fundadores eram membros. E não apenas isso: seus nomes aparecem em um acordo assinado pelos primeiros oito membros da Ordem como a conhecemos hoje, datado do mesmo ano em que a Academia Aldryn foi construída.

Clover pegou um diário familiar que provocou uma onda de entusiasmo em Baz. Abriu outra vez em páginas em branco... até que não estavam mais vazias. A tinta apareceu do nada, exibindo páginas repletas da caligrafia apertada de Clover.

— Coloquei um pouquinho de magia de proteção nas páginas. Algumas informações são... confidenciais — comentou ele, com um sorrisinho.

Então *era verdade* que Clover tinha começado a escrever seu diário... e, pelo visto, as páginas estavam quase tão cheias quanto a versão a que Baz tivera acesso.

Cover apontou para nomes que tinha escrito nas margens.

— Veja. Estes são os membros fundadores da Ordem Selênica: Dunhall, Delaune, De Vruyes, Belesa. Estes fundaram as bibliotecas também. Além de Dade, Esedenya, Caine e Orlov.

Um calafrio percorreu Baz ao ouvir aqueles nomes tão familiares.

— Sabe me dizer se algum deles era Protetor? — perguntou ele.

Se encontrassem a pessoa que colocou as proteções, talvez pudessem entender como passar por elas. Clover tocou no último nome da lista.

— Elisava Orlov. A primeira reitora de Aldryn. Isso prova que a Ordem Selênica é responsável pelas proteções, como eu suspeitava.

Baz franziu a testa.

— Mas como isso explica a morte dos fundadores da biblioteca?

— Ainda não sei.

Baz deu uma olhada no diário. Então um pensamento lhe ocorreu.

— O que exatamente Luce te contou... bom, sobre *você*? Sobre o legado que você deixou.

Clover se recostou na cadeira com um sorriso sagaz.

— Está falando da minha fama como escritor? — Ele deu uma risadinha. — Ela não me contou nada além disso. Nós dois concordamos que seria melhor não ficar sabendo dessas coisas. Ver o futuro já é um fardo pesado o suficiente sem saber cada detalhe de minha futura vida... ou de minha morte. Eu prefiro manter pelo menos *um pouco* de autonomia. Além disso, se quisermos mudar o futuro, talvez minha história seja reescrita.

Clover afagou o diário.

— Mas preciso admitir que escrever histórias sempre foi minha paixão. — Ele sorriu para Baz. — Talvez um dia.

— Espero que sim — disse Baz. — Suas histórias... são muito importantes para muita gente.

Ele não sabia se teria conseguido suportar um mundo em que *Canção dos deuses afogados* não existia.

— Vocês viram Luce e Kai? — Thames apareceu quando os dois recomeçaram a estudar. — Nós íamos nos encontrar.

Clover ergueu o queixo em direção à sala secreta, sem tirar a atenção do livro.

— Acho que eles começaram sem você.

Baz percebeu o lampejo de ciúme nos olhos de Thames, a maneira como ele se demorou ali, como se tivesse esperanças de que Clover dissesse mais alguma coisa ou sequer levantasse a cabeça para encará-lo, antes de se dirigir à sala secreta.

Baz se inclinou para Clover.

— Espere, Thameson *Caine*. A família dele faz parte da Ordem Selênica?

Clover assentiu.

— Se ele não tivesse nascido no eclipse, também faria. — Ele olhou com carinho na direção em que Thames ia. — Eu não queria estar na Ordem sem ele, então mexi alguns pauzinhos com o Conselho, que são os líderes da nossa Ordem. Thames talvez não seja um membro *oficial*, mas tem os mesmos privilégios. Como ele tem o direito de ter. — Clover voltou-se para Baz. — Suponho que as regras da Ordem sobre membros nascidos no eclipse não tenham mudado no tempo de vocês?

Baz balançou a cabeça. Ele estava contando a Clover sobre as marcas em espiral gravadas nos membros da Ordem Selênica durante o ritual de iniciação quando a biblioteca tremeu com tanta força que os livros caíram das prateleiras. O tremor ocorreu em um piscar de olhos, e os alunos ficaram completamente confusos.

Baz se virou para a entrada da Cripta, preparando-se para o pior. Mas não havia nada lá. As sentinelas de mármore estavam imóveis. O barulho vinha do corredor que levava à sala secreta, onde sombras começaram a emergir do quadro agora danificado.

O tipo de sombra que só existia em pesadelos.

49

EMORY

Na manhã seguinte, eles partiram em direção a Forja do Sol caminhando pelo deserto montanhoso enquanto Gwenhael sobrevoava os céus, monitorando a Irmandade que os seguia desde Heartstone. As duas mulheres do Elmo de Ouro (Ivayne, a mais jovem, e Vivyan, sua mãe) conheciam bem aquela região e sabiam como não serem vistas, tanto pelos cavaleiros dracônicos quanto pelas feras que poderiam estar vagando por ali.

Ivayne não se cansava de fazer perguntas sobre seus respectivos mundos, a princípio fazendo soar como um interrogatório, mas depois cedendo à curiosidade a ponto de perder um pouco de sua atitude ríspida. Ao longo do dia, Vivyan compartilhou com eles histórias, contos sobre os primeiros dragões e os cavaleiros errantes que os serviam.

Em determinado momento, o grupo se deparou com um morro rochoso *que se mexia*. A rocha em si se deslocava e gemia até que, de repente, eles se viram diante de um gigante de pedra que os encarava. Tol brandiu sua espada, e Emory preparou-se para recorrer à sua magia, apesar de ter jurado não usá-la.

Mas Ivayne e Vivyan pediram calma.

— Ele não vai nos fazer mal — disse Vivyan.

— Mas é uma das feras! — argumento Virgil.

— É, e nem todas as feras querem sangue, ao contrário do que todos acreditam.

Vivyan se curvou diante do gigante de pedra, cujo gemido de resposta soou como um terremoto. Contudo, ele não deu qualquer sinal de que pretendia machucá-los, apenas observando o grupo seguir seu caminho. Tol ficou hipnotizado com a criatura e passou o resto do dia imerso nas histórias de Vivyan sobre a regra do equilíbrio e como o Elmo Dourado protegia tanto os dragões quanto as feras.

Eles passaram os dias que se sucederam discutindo todos os mitos sobre seus respectivos deuses e as origens da magia, tentando encontrar a conexão entre todas as versões e identificando as semelhanças para tecer uma única história que fizesse sentido. Em sua mente, Emory sempre retornava para *Canção dos deuses afogados*, em que os heróis eram atraídos para o mar de cinzas acreditando que libertariam os deuses, mas acabavam presos no lugar deles. Se grande parte do livro de Clover estava acontecendo na vida real, era provável que o grupo também estivesse caminhando para uma armadilha.

Mas seria impossível convencer Romie e os outros daquilo.

— Eu ouço a canção com mais clareza todos os dias — argumentou Romie. — Aspen e Tol também. As Marés, a Escultora, a Forjadora... Juntar as partes dela é a resposta para a doença que assola os mundos.

— Mas como podemos ter certeza? — perguntou Emory. — Se ela for como os deuses afogados, isso significa que está atraindo todos vocês para ela de propósito.

— Isso faz sentido — disse Nisha. — Os heróis da história de Clover tinham certeza de que estavam seguindo seu destino, mas acabaram sendo enganados.

— Então acha que devemos acreditar na Sombra? — retrucou Romie. — Não se lembra de que os deuses afogados mantinham um monstro perigoso preso no mar de cinzas? É óbvio que era uma referência à Sombra. — Ela franziu os lábios para Emory. — Talvez ela é que esteja atraindo você para um plano obscuro.

O comentário doeu mais do que Emory gostaria de admitir, provavelmente porque era em parte verdade. Ela tinha aprendido a lição com Keiran e nunca mais se deixaria *levar* por alguém, mas não podia negar o quanto queria entender a Sombra e o vínculo que compartilhavam. Entender por que só a Sombra parecia ser capaz de controlar sua magia, uma magia que ela não se permitia acessar desde o Abismo, ainda que não estivessem viajando pela linha de ley.

A pressão acumulada em suas veias beirava o insuportável. Nem mesmo a sangria estava ajudando.

Emory queria respostas. Quando ela pediu a Virgil que a ajudasse a desmaiar de novo na esperança de encontrar a Sombra, nada aconteceu. Ele não estava lá. Na verdade, não havia nem mesmo um *lá*. Em um minuto, Emory estava consciente, depois apagara e voltara a si em seguida.

Era quase como se a magia da Sombra estivesse sendo bloqueada, talvez da mesma forma que a capacidade de Tol de libertar suas asas tinha sido bloqueada pela tira de metal em seu pescoço.

As coisas continuaram assim por dias. Um pressentimento sombrio pairou sobre Emory e pouco depois foi confirmado por Gwenhael.

A Comandante está liderando o grupo que nos segue, disse ele. *Ela e seus cavaleiros capturaram o Arauto da Noite.*

Emory se odiou. Ela o deixara por conta própria contra os cavaleiros, imaginando que ele seria forte o suficiente para escapar após ter sido curado. Por quanto tempo mais a Comandante permitiria que ele vivesse? A Sombra poderia ser morta ou sobreviveria quando Keiran perecesse e sairia em busca de um novo receptáculo?

— Você quer ir atrás dele, não quer? — perguntou Virgil, como se estivesse lendo sua mente.

E, embora Emory *quisesse*, não poderia fazer aquilo com seus amigos. Não quando eles tinham uma porta a encontrar, uma porta que ela precisaria abrir.

Mas a ideia a assombrava como um de seus fantasmas. A pressão em suas veias protestava contra a abstinência de magia, e Emory só podia imaginar o que aconteceria se ela porventura se deparasse com uma linha de ley, o tipo de dano que ela, sem querer, causaria às chaves se todo aquele poder acumulado dentro dela fosse liberado.

Emory tinha que consertar as coisas antes que fosse tarde demais.

Naquela noite, Emory se viu em um sonho familiar e idílico: mais uma vez ela está correndo atrás de gaivotas e pulando ondas com Romie e Baz. Risos, água salgada e a grama alta balançando com a brisa. A verdadeira Romie não está ao seu lado como da última vez. Na verdade, desde o Abismo, Romie não a visitava em sonhos, como se tivesse medo de que Emory pudesse feri-la mesmo ali.

Uma lágrima rola pela bochecha dela enquanto observa seu eu mais jovem naquele momento de leveza. Ela daria tudo para voltar àquela época.

O céu fica escuro e as gaivotas caem do céu, de repente imóveis, estatelando-se na areia ou engolidas pelas ondas agitadas. Emory vê sua versão mais jovem se dissolver em cinzas, assim como Romie e Baz. A cena dá lugar a uma amplidão escura repleta de estrelas, e Emory se vira para descobrir que não está sozinha.

É você, diz ela, ofegante.

50

KAI

— Se outro bibliotecário ou, que as Marés não me ouçam, um *professor* descobrir que estou praticando magia em segredo com alunos nascidos no eclipse, vou ser demitida na hora — lamentou-se Luce. — Ou pior.

— Não teria sido mais fácil se matricular como aluna? — perguntou Kai, arqueando uma sobrancelha.

Os dois estavam se acomodando na sala secreta à espera de Thames, que viria ajudá-los a mapear a esfera dos sonhos.

— O ano letivo já tinha começado quando cheguei. E teria sido necessário mostrar uma documentação que eu não tinha e que não conseguiria forjar. Me candidatar à vaga de bibliotecária pareceu o jeito mais fácil de me aproximar de Cornelius. — Luce sorriu. — Quando o conheci, antes de contar a verdade sobre quem eu era e ainda fingindo ser uma mera bibliotecária, mostrei a ele um livro que tinha trazido comigo da minha época. O *Marés obscuras*.

— Eu conheço.

De repente, fazia sentido terem encontrado aquele livro no quarto de Clover, um título que diziam ter sido publicado muito tempo depois da morte do escritor.

— Então você conhece bem os temas abordados — disse Luce. — Achei que seria a melhor escolha para preparar o terreno para revelar a minha identidade, já que dizer "oi, você é meu antepassado e vim do futuro para falar com você" é algo que mandaria alguém direto para o Instituto.

— Ser Invocador de Marés também.

Luce arfou com ultraje teatral.

— Está sugerindo que eu poderia ter usado a magia secreta do meu antepassado como uma moeda de troca? Onde está sua lealdade?

Só devo lealdade ao nerd quatro-olhos que está estudando com o seu querido antepassado, pensou Kai com um sorriso irônico, mas guardou a opinião para si.

— É engraçado — continuou Luce. — Eu sei tanta coisa sobre *Canção dos deuses afogados* e não posso falar nada para Cornelius. E tenho vários fragmentos de informação sobre a suposta vida dele, mas a realidade é tão diferente. Tão menos... *mítica.* É óbvio que ele é influente e cativante, mas, no final das contas, Cornelius é só um homem. Isso me faz pensar que *Canção dos deuses afogados* não passa de uma história de ficção.

— Achei que os fanáticos do Atlas Secreto acreditassem que Clover de fato tivesse viajado para outros mundos.

— Quem garante que ele ainda não vai fazer isso? Se os sonhos dele forem algum indício, Clover já viu esses mundos sobre os quais vai escrever um dia. Um bosque verde. Uma terra árida cheia de feras. Montanhas. — Com os olhos brilhando, ela acrescentou: — Se conseguirmos passar pela porta, talvez possamos ver tudo isso ao vivo.

Então Kai se lembrou de uma coisa.

— Você tinha um tipo de bússola com as iniciais do Atlas Secreto, não tinha?

— Como sabe disso?

— Porque a deixou para Emory. Só não sei para que serve.

— Não serve para nada, está quebrada — respondeu Luce. — É só uma herança de família que recebi. Eu a deixei para Emory, porque assim ela teria algo para se sentir conectada comigo, caso alguma coisa acontecesse.

Como, por exemplo, voltar no tempo e desaparecer por dezenove anos.

— Bom, não está tão quebrada assim — disse Kai. — Pelo visto, funciona na esfera dos sonhos.

O rosto de Luce se iluminou.

— Ainda não consigo acreditar que você pisou *de verdade* no reino dos sonhos.

— Imagino que você vá fazer isso também, já que vai deixar o epílogo lá para que a gente o encontre.

— O *quê?*

Kai percebeu o próprio erro quando Luce arregalou os olhos. Ele e Baz ainda não tinham contado a ela sobre o epílogo. O tecelão tirou a página dobrada do bolso e lhe explicou como ele e Romie o encontraram na esfera dos sonhos.

— Acreditamos que tenha sido você quem colocou o epílogo lá. Ou *vai colocar,* acho.

Kai então cogitou que qualquer um deles poderia ter deixado o epílogo na esfera dos sonhos enquanto estavam ali, no passado... se conseguissem encontrar o caminho de volta pela Ampulheta, é óbvio.

Sem pensar, ele entregou o epílogo a Luce. A mulher o segurou como se fosse um objeto mitológico, o que poderia muito bem ser o caso... afinal, ela passara anos tentando encontrá-lo, cruzara mares em busca daquilo e, por fim, o tinha em mãos pela primeira vez.

Luce franziu a testa quando chegou ao final, o semblante exibindo uma emoção que Kai não conseguiu decifrar.

— Sua amiga Sonhadora... você disse que ela é amiga da minha filha?

Kai assentiu.

— Nós estávamos procurando pelo epílogo. Descobrimos que era possível ir mais longe na esfera dos sonhos juntos do que sozinhos. — Um pensamento ocorreu a ele. — Eu a vi com Emory na esfera dos sonhos. Consegui entrar nos pesadelos de Emory, apesar de estarmos em mundos e séculos diferentes.

Luce não ficou surpresa ao ouvir aquilo.

— Comigo foi a mesma coisa, só que com Cornelius. Eu tinha vislumbres dos sonhos dele quando ainda estava no meu tempo.

— Quando vi você e Thames no pesadelo de Clover, notei alguns fios unindo vocês. Não unindo você e Thames, mas ligando vocês dois a Clover. — Como três pontos de um triângulo incompleto, sendo Clover o fio conector. Assim como acontecia com ele, Emory e Romie. — Acho que existe uma conexão entre os Invocadores de Marés e nós, Sonhadores e Tecelões de Pesadelos. Um tipo de vínculo em sonho que nos permite encontrar uns aos outros enquanto dormimos, não importa quais sejam as limitações.

Luce olhou para ele, pensativa.

— Se você consegue ver Emory...

— Acho que posso avisá-la, contar a ela sobre a visão que você e Clover tiveram. E você pode vir comigo, se quiser conhecê-la.

Os olhos de Luce deixavam transparecer seu conflito interno. Por fim, ela disse:

— Com uma condição. Você não pode contar a ela quem eu sou.

Kai achou o pedido sem nenhum sentido. As duas eram tão parecidas que seria impossível que Emory não juntasse as peças.

— Nós vamos chamar Baz também? — perguntou Luce, apontando para a porta.

— Por quê?

— Ele é próximo de Emory, não é?

— É... mas ele não é Sonhador.

— Ah, eu sei. Mas a *minha* especialidade é levar coisas para a esfera dos sonhos. Na minha época, sou conhecida por práticas de sonho a dois.

Sonho a dois. Kai já tinha ouvido falar naquilo: os Sonhadores levavam pessoas de outros alinhamentos de maré para a esfera dos sonhos, guiando suas consciências adormecidas para que seguissem a deles. A prática tinha sido proibida na época da qual ele vinha, já que muitos não Sonhadores se perdiam e ficavam presos no sono eterno. Como se percebesse a preocupação dele, Luce acrescentou:

— Eu juro que sou boa.

Kai não tinha dúvidas. Na verdade, ele estava preocupado com a promessa que fizera a Emory da última vez que a vira e com a possibilidade de Baz descobrir que ele tinha conseguido falar com a garota e mantido a informação em segredo.

— Acho que é melhor se formos só nós dois.

Luce sorriu, entusiasmada.

— Combinado, então, garoto dos pesadelos. Vamos navegar na escuridão.

Juntos, encontram Emory mais rápido do que quando Kai a procurara sozinho.

Talvez a presença de Luce tenha facilitado o trajeto pelas estrelas e pela escuridão, ampliando o vínculo entre eles e Emory.

É você, diz Emory, ofegante, ao vê-lo.

No momento, não há resistência da parte dela. Emory entende, assim como ele, que o que está acontecendo é real. Ela só fica confusa ao notar Luce, logo atrás de Kai.

Quem é?

Uma amiga Sonhadora, responde ele. *Precisei de uma ajudinha para encontrar você de novo.*

Ele mantém a promessa de não revelar mais nada, mas suspeita de que a verdade está evidente ao notar como Emory se concentra fixamente em Luce... que, por sua vez, não faz esforço algum para esconder seu deslumbramento, com a boca entreaberta e os olhos marejados.

Você contou para Baz?, pergunta Emory.

Kai contrai a mandíbula.

Não. E ele me mataria se soubesse que estou aqui.

Ele precisava parar de fazer tantas promessas. Kai era um Tecelão de Pesadelos, não a porcaria do Guardião dos Segredos Alheios.

Obrigada.

Kai nota a palidez e o rosto emaciado de Emory.

Você está bem?

Ela olha para cima, fitando as estrelas.

As coisas estão muito ruins, Kai, diz ela, a voz embargada. *Estou machucando todo mundo e estou com medo, porque não sei como parar. Romie tem razão, eu sou mesmo uma Ladra de Marés. E, se as coisas continuarem assim, vou perdê-la de novo.*

Kai e Luce se entreolham. Como diabos iam contar o que a princípio tinham planejado? E, de qualquer forma, de que adiantaria revelar tudo para Emory, se Clover conseguisse mudar o rumo da história?

Só... aguenta firme, tá bom?

Só então Kai percebe a escuridão se expandindo pela esfera dos sonhos, esticando-se rumo a Emory, como se atraída por seu caos.

Você não está sozinha, acrescenta ele.

Ela solta uma risada curta e descrente.

Estou, sim. E tenho mesmo que estar, senão vou acabar machucando todo mundo, como sempre faço.

A escuridão se agita em torno deles e, de repente, estão de volta à Garganta da Besta, cercados por todos os alunos que tinham culpado Emory da última vez que estiveram juntos naquele mesmo pesadelo. Agora, no entanto, são cadáveres empilhados aos pés dela. Flores lunares em decomposição brotam de suas órbitas oculares vazias e de seus lábios azulados entreabertos. Romie também está ali, a pele cinzenta e sem vida enquanto seu sangue se esvai. Ao lado dela, há uma garota que Kai não reconhece, cujos ossos se partem e se dobram em ângulos grotescos até ela se tornar um amontoado indistinto no chão, e um garoto que leva as mãos ao peito e cai de joelhos, a vida deixando seus olhos.

Está vendo?, insiste Emory, observando-os virarem pó. *Todos vão morrer por minha causa. Eu sou amaldiçoada.*

A voz dela está embargada. Seus olhos são febris.

Talvez eu seja amaldiçoada pela Sombra, continua.

Amaldiçoada pela Sombra?, repete Kai. *Emory, você entrou em Colapso?*

Kai...

Ele ouve Luce o chamando e se vira, deparando-se com uma horda de umbras que tinham conseguido se aproximar. Uma delas está com as garras em volta do pescoço da Sonhadora.

Prestes a tomar sua alma.

Não!, exclama Kai, e se lança em direção a Luce, torcendo para não ser tarde demais enquanto absorve a umbra para si. *Precisamos acordar agora.*

Luce o segura em um aperto débil, o semblante exaurido, mas ela ainda está presente, ainda não se perdeu de si mesma. Luce olha para Emory, que observa os dois, atônita, aos prantos. As umbras não a encurralam, mantendo uma distância respeitosa, como se Emory fosse uma delas.

Acorde, vocifera Kai.

E ela deve ter acordado, porque no instante seguinte ele e Luce estavam mais uma vez na biblioteca... acompanhados pela escuridão que Kai trouxera consigo.

51

EMORY

As estrelas acompanharam Emory mesmo ao despertar. Acima dela, o céu do deserto se estendia como uma constelação flamejante, mas sua beleza em nada adiantava para afastar o rastro do pesadelo do qual ela emergira. Cadáveres. Flores lunares. As chaves se transformando em cinzas. A umbra abocanhando uma Sonhadora cujo rosto era de uma familiaridade inexplicável.

Mas não adiantava mais fugir. Ela precisava enfrentar de uma vez por todas a escuridão que trazia no próprio peito.

Depois de coletar algumas provisões, ela se afastou na ponta dos pés dos amigos e do dragão adormecidos. Como de costume, Ivayne e Vivyan tomavam conta dos arredores do acampamento, mas Emory encontraria uma maneira de driblá-las também.

— Para onde está indo?

Emory quase morreu de susto. Vera estava empoleirada em uma pequena pedra um pouco além do acampamento, o braço dobrado sob a cabeça, como se estivesse observando as estrelas. Não havia julgamento nem surpresa em sua voz, apenas um leve tom de curiosidade.

— Tenho que encontrar a Sombra — sussurrou Emory, torcendo para que ela entendesse.

Vera ficou em silêncio por um segundo.

— Você sabe que vão ficar furiosos com você, né? Por estar dando no pé quando estamos tão perto de encontrar a porta. Uma porta que precisamos *de você* para abrir.

— Só posso me aproximar da porta depois que conseguir controlar minha magia.

Se o que os aguardava tivesse qualquer semelhança com o que acontecera em Wychwood, a porta daquele mundo também se encontraria sobre uma linha de ley. Emory não correria o risco de ferir as chaves de novo.

Vera não disse mais nada, e Emory teve certeza de que seus planos seriam dedurados. Mas Vera apenas tirou a bússola do pescoço e a ofereceu a Emory.

— Leve com você. Assim pode nos encontrar em Forja do Sol.

As suspeitas de Emory sobre a Sonhadora que vira na esfera dos sonhos com Kai se intensificaram ao olhar para Vera, mas, por não se sentir pronta para mexer naquele vespeiro, ela afastou o pensamento. Aceitando a bússola, se demorou ali, sem sair do lugar e sem saber o que dizer. Uma culpa súbita a acometeu ao pensar em como ela tinha evitado Vera, confusa ao descobrir serem *primas*. Vera fora bastante amável, dando a Emory espaço para processar tudo aquilo por conta própria. E, mais uma vez, a mulher lhe oferecia uma gentileza que Emory não merecia.

— Sinto muito — disse Emory, na esperança de que aquelas poucas palavras pudessem transmitir tudo que ela não conseguia expressar. Jurou a si mesma que daria uma chance a Vera quando voltasse. — Diga a Romie que ela pode me encontrar nos meus sonhos.

52

BAZ

Quando entraram na sala secreta, tudo era breu, como se Kai tivesse trazido toda a esfera dos sonhos de volta ao acordar. Ramos densos com flores lunares pútridas subiam pelas paredes, espalhando-se por todos os lados como fogo que se alastra.

Então Baz avistou os cadáveres.

Estavam empilhados aos pés de Kai. Ao lado de Luce, o Tecelão tentava se defender das umbras que emergiam das sombras para cercá-los. A princípio, Baz imaginou serem como os cadáveres reanimados que Kai tirara do sonho de Freyia, mas não restavam dúvidas de que os corpos estirados ali estavam sem vida, com flores lunares podres brotando das bocas e dos olhos. E eram pessoas que Baz *conhecia*: Travers, Lia, Jordyn, Lizaveta, Keiran...

Romie.

O corpo de sua irmã estava tão esquálido quanto o de Travers, tão pálido quanto o da garota de Ilsker que tentara entrar na Cripta e o dos Quatro Desaparecidos que tinham acabado de ser encontrados em Aldryn. Como se estivesse sem sangue, magia ou vida.

Alguém se aproximou das sombras e tirou Baz de seu estupor. Era Thames, tentando ajudar Kai e Luce. Mas havia umbras demais, e as flores do pesadelo pareciam se multiplicar, tentando engolir tudo e todos.

Clover parou ao lado de Baz, aterrorizado. Parecia querer ajudar, usar seus poderes para impedir o que estava acontecendo, mas era impossível com outros alunos logo atrás observando a cena com uma curiosidade mórbida.

Mas não para Baz.

Ele parou o tempo. As umbras ficaram imóveis, o movimento das flores cessou, os alunos do outro lado da porta e na biblioteca foram paralisados. Apenas as pessoas naquela sala permaneceram intocadas. Kai o encarou com um misto de alívio e... seria *medo*?... pouco antes de voltar-se para as umbras, incorporando o Tecelão de Pesadelos que era, o senhor dos sonhos ruins, ordenando com voz firme e imponente que elas voltassem a dormir. As umbras evaporaram até não restar mais nada, desaparecendo no ar como qualquer outro elemento de pesadelos que Kai trazia consigo ao acordar. As flores sumiram logo em seguida, e, por fim, os cadáveres, até que o local voltou a ser apenas uma sala mais uma vez, embora agora consideravelmente mais destruída.

Eles olharam em volta em um silêncio ensurdecedor. Baz não soltou os fios que mantinham os demais alunos imóveis, ainda com medo de deixar que o tempo voltasse ao normal.

Luce se virou para Baz, para Kai e depois para os alunos paralisados, receosa.

— Com esse nível de poder... como vocês dois não entraram em Colapso?

Os olhos de Clover se iluminaram com um brilho intenso. Sua reação indicava que ele não compartilhava os receios de Luce.

— Creio, querida Luce, que isso já aconteceu com os dois.

— Não é o que vocês estão pensando.

Diante dos semblantes de medo de Luce e Thames, Baz logo começou a se explicar, mas Clover continuou inabalável enquanto o Cronomago lhes contava a verdade sobre o Colapso, que não era uma maldição, e sim uma expansão dos limites da magia dos nascidos no eclipse.

Luce envolveu o próprio corpo com os braços, nervosa ao olhar ao redor, como se temesse que a cena do pesadelo retornasse a qualquer instante.

— Emory sabe sobre o Colapso? Quando ela disse que estava amaldiçoada pela Sombra...

Baz marchou até Kai.

— Emory? — A compreensão invadiu seu rosto quando ele entendeu de quem eram os pesadelos que tinham acabado de ver, a quem pertencia a mente da qual Kai tinha tirado aqueles horrores. — Você a encontrou, não foi?

— Encontrei. — Kai evitou o olhar de Baz. — Falei com ela duas vezes.

Duas vezes. E era assim que Baz descobria. Ele encarou o espaço onde o cadáver da irmã estivera e sentiu os joelhos cederem.

— Romie…

— Ela está bem, Brysden — disse Kai. — Foi só um pesadelo. Os piores medos de Emory ganhando vida.

— Não acredito que você não me contou.

— Temos companhia — murmurou Thames, apontando com o queixo para a entrada do cômodo.

À porta da sala secreta, os alunos tinham voltado ao normal. Sem perceber, Baz afrouxara o controle sobre a magia do tempo. Intrigados, os estudantes piscavam e tentavam ver o interior da sala, sem dúvida se perguntando se a escuridão que tinham testemunhado não passara de uma alucinação coletiva.

— Circulando, pessoal, circulando — instruiu Luce, com a autoridade da bibliotecária que ela fingia ser.

Enxotou todos os curiosos, dando uma olhada para Baz e Kai como em um aviso de que retomariam o assunto mais tarde. Clover e Thames a acompanharam e fecharam a porta ao sair, pelo visto cientes de que Baz e Kai precisavam de um momento a sós.

— Quero saber o que aconteceu — pediu Baz quando ficaram sozinhos.

Kai contou tudo: que tinha visto Emory e Romie da primeira vez, e da segunda apenas Emory. Baz parecia transbordar raiva e mágoa. Ele achava que podia confiar em Kai, que o amigo sempre falaria a verdade, mas concluiu que não era o caso.

— Por que não me contou antes?

Kai suspirou.

— Porque Emory me pediu para não contar. E eu concordei em guardar segredo para que você não perdesse o foco durante o Bicentenário.

Aquele jeito protetor de novo. Mas Baz não o achou tão lisonjeador no momento.

— Tem certeza de que esse é o único motivo?

— Como assim? — perguntou Kai.

— Você fica irritado sempre que alguém fala nela. Parece que fica com ciúmes.

Algo parecido com mágoa cruzou o semblante de Kai, mas ele disfarçou com sarcasmo.

— Sim, lógico, estou morrendo de ciúmes da garota que usou você para chegar aonde queria e por quem você ainda fica arrastando asa com essa cara de cachorro abandonado.

— *Não é verdade.* Eu não... não a vejo dessa forma. Não mais.

Enquanto as palavras saíam de sua boca, Baz percebeu que eram a mais pura verdade. O que sentia por Emory... Sempre haveria algo entre os dois, mas a relação deles era, acima de tudo, de amizade. Ele conseguia contar em uma mão as vezes em que pensara em Emory de forma *diferente* desde a partida dela. A mente de Baz estivera muito ocupada. Seus sentimentos tinham se voltado para outra pessoa.

Mas Kai reagiu com descrença. Ele riu, debochado, dizendo:

— Óbvio. Então seu caderno de desenho *não está* cheio de esboços do rosto dela?

Baz soltou uma risada incrédula.

— Então você *está* com ciúmes.

— Estou é *preocupado.* Porque você não quer aceitar que sua queridíssima Emory pode causar o fim de todos os mundos. É hora de encarar a realidade, Brysden. Ela nunca foi legal com você, então por que insiste em defendê-la com unhas e dentes?

— Eu sei que ela me usou. E eu de fato gostava dela, o que me levou a fazer coisas que eu não... — Ele não terminou a frase, balançando a cabeça. — Mas você não tem ideia de como eu estava naquela época, Kai. Eu estava sozinho. Romie havia desaparecido, você tinha sido internado no Instituto. Emory era a única pessoa que me restava. Ela me entendeu, me fez crescer. Por isso eu me recuso a desistir dela agora. Se defender Emory faz com que eu pareça fraco para você, que seja. Não vou me desculpar por isso.

— Ninguém está pedindo para você se desculpar. E é *claro* que eu sei como você estava, Brysden. Eu vejo seus medos mais profundos, ou você se esqueceu disso? Já vi todos os horrores dos seus pesadelos. Conheço os demônios que te atormentam e sei também o que você conseguiria fazer se aceitasse que é a pessoa mais poderosa que eu já vi. Conheço cada parte sua e não aguento mais esperar que você entenda isso. Mas você realmente não consegue enxergar, não é?

— Enxergar o quê?

— Se você não conseguiu até agora, nunca vai — retorquiu Kai, piscando depressa e olhando para todos os lugares, menos para Baz. — Não sei por que imaginei que seria diferente.

Quando ele se virou para sair, Baz sentiu uma onda de desespero. Ele estendeu a mão e segurou Kai pelo ombro para mantê-lo onde estava, porque sabia que se ele fosse embora naquele instante haveria uma ruptura irreparável entre os dois.

Mas Kai se desvencilhou do toque de Baz, exasperado.

— Não — vociferou, para a surpresa do Cronomago.

Seus olhares se encontraram. Já não havia nada de esquivo na expressão de Kai, apenas uma vulnerabilidade que tirava o fôlego de Baz e comprimia seu coração de forma inexplicável. Ele já tinha começado a ver as rachaduras na fortaleza do outro garoto, mas nada que se comparasse àquilo. Aquele Kai estava despido por completo das barreiras que em geral erguia em torno de si mesmo. Não era o Tecelão de Pesadelos, não era o guerreiro destemido que se obrigava a ser, mas simplesmente um garoto. Uma versão que ele não permitia que ninguém visse.

A não ser Baz.

E Baz tinha sido tão tolo!

Ele deu um passo em direção a Kai e, com cuidado, estendeu o braço para segurar sua mão. Kai não mexeu um músculo sequer, a respiração descompassada, ainda com a vulnerabilidade enternecedora dominando seus olhos. Baz entrelaçou os dedos dos dois, fazendo com que as palmas de suas mãos se tocassem. Então segurou a outra mão dele também.

Baz não sabia o que estava fazendo. Sua mente estava vazia, mas seus movimentos eram de uma precisão certeira, como se seu corpo tivesse tomado a frente e estivesse agindo por instinto. Ele se aproximou de Kai até estarem frente a frente, respirando o mesmo ar. Até poder mergulhar em todos os tons escuros dos olhos dele, as nuances de azul-marinho, castanho e cinza que só podiam ser vistas de perto.

O único ponto de contato entre os dois eram as mãos entrelaçadas. A distância entre eles era quase inexistente, e o ar parecia crepitar, cheio de possibilidades.

— O que está fazendo? — sussurrou Kai, tenso. Seu peito se erguia a cada respiração irregular, roçando de leve no peito de Baz.

— Não sei — murmurou Baz em resposta.

Ele se aproximou, inclinando a cabeça, e fechou os olhos ao ser envolvido pelo cheiro de Kai. Então pressionou a boca na curva do pescoço do Tecelão como uma súplica, um sinal, a única maneira que encontrara para dizer: *Acho que finalmente entendi*. Era possível que ele soubesse desde sempre, mas só naquele momento as coisas se tornaram nítidas. Só naquele momento ele se permitiu sentir sem nenhuma ressalva.

— Baz...

O hálito de Kai era quente em seu ouvido e a voz dele estava carregada com algo que Baz nunca ouvira antes. Expectativa, dor e medo, tudo ao mesmo tempo. Baz plantou um beijo delicado no pescoço do outro, sentindo o movimento da garganta dele contra seus lábios quando Kai engoliu em seco.

— Você não precisa fazer isso — disse Kai.

Eu quero, pensou Baz, surpreso com a verdade por trás das palavras em sua mente. O Cronomago soltou as mãos de Kai e segurou a gola da camisa dele, encarando-o avidamente, pensando naquelas palavras outra vez. *Eu quero*. Era a verdade, nítida, simples e tão bonita, e ele encontrou a coragem da qual precisava para puxar Kai para mais perto, trazendo a boca dele para si.

Kai não hesitou. Segurou o rosto de Baz com ambas as mãos e aprofundou o beijo como se estivesse se afogando, um homem sem oxigênio que por fim emergia na superfície da água, afoito para encher os pulmões de ar.

Um grunhido abafado ressoou do fundo da garganta de Baz. Havia um desejo em seu âmago, algo até então desconhecido que nitidamente ecoava em Kai. Não havia espaço para dúvidas ou receios como "Será que interpretei mal?" ou "Será que estou cometendo um erro?". Não havia nada além da sensação de que tudo estava no seu devido lugar, brotando e florescendo no peito de Baz. Era como se ele e Kai estivessem caminhando para aquele momento, desde o dia em que se conheceram, dois opostos naufragados na mesma ilha, almas torturadas aprendendo a preencher aquele espaço juntos, a transformá-lo em *um lar*. O lar deles.

Assim, não restava nada além dos dois e do senso de pertencimento que traziam um ao outro. Era algo familiar e seguro, mas que também os fortalecia. Baz desejou poder se sentir daquela forma para sempre.

De repente, Kai se afastou. Baz se inclinou para acompanhar a boca do outro, ansiando por continuar a se derreter naquele beijo, mas o Tecelão se inclinou mais ainda para trás, parando Baz com a mão em seu peito.

Uma enxurrada de dúvidas e questionamentos veio à tona, penetrando a névoa de felicidade na mente de Baz. Ele viu a mesma coisa espalhada nas profundezas insondáveis dos olhos de Kai. O Tecelão de Pesadelos *nunca* questionava a si mesmo, não demonstrava medo, hesitação ou arrependimento. Mas aquele não era o Tecelão, era Kai, fitando Baz sem todas as suas camadas de bravura. Era apenas um garoto, frágil e inseguro também. Um reflexo de tudo que Baz sentia.

Quando Kai estava prestes a dizer alguma coisa, uma bibliotecária de feições austeras entrou na sala secreta, assimilando todo o dano, boquiaberta. Baz e Kai se afastaram, mas não antes que ela os visse juntos. A mulher franziu os lábios em desagrado bem quando Luce apareceu às costas dela, pedindo desculpas com o olhar.

— Saiam imediatamente — ordenou a outra bibliotecária. — A biblioteca não é lugar para... *isso*.

Enquanto Baz e Kai se apressavam para partir, ouviram-na resmungar para Luce:

— Salas secretas para encontros! Ora essa! Era só o que faltava.

53

KAI

Sentados à mesa em um canto silencioso da biblioteca, Clover e Thames passaram o que pareceram horas fazendo perguntas sussurradas sobre o que era o Colapso. Eles se demoraram ao pedir detalhes sobre o sangue prateado, sobre como se tornava vermelho de novo a menos que fosse bloqueado pelo Selo Profano, sobre como a Ordem Selênica da época deles usava o fluido para criar magias sintéticas. No entanto, durante todo o interrogatório, Kai só conseguia pensar no beijo.

Pegou-se dando olhadas furtivas para ele sempre que Baz estava focado em outra coisa, memorizando o formato de sua boca, pensando na sensação dela em seu pescoço, no que sentira durante o beijo. Pensando em como os lábios do Cronomago o seguiram quando Kai se afastou.

Dúvida e medo eram coisas que Kai raramente se permitia sentir, mas eram inevitáveis em um momento tão fantástico e assustador. Ele não sabia ao certo se Baz realmente quisera aquilo, se não teria se sentido pressionado a beijá-lo por conta das palavras duras que Kai disparara. Baz percebeu o olhar fixo que recebia e corou, sem interromper a conversa com os outros. E Kai tinha certeza de que também sentia a atenção de Baz *em si* quando estava virado para o outro lado. Talvez fosse só o arrependimento ruborizando as bochechas de Baz e a vergonha fazendo com que ele o espiasse. Talvez Baz estivesse prolongando aquela interminável conversa para que não precisasse ficar sozinho com Kai e ser forçado a lidar com as consequências do beijo.

Talvez. Talvez. *Talvez*. Mais uma coisa que Kai odiava.

Ele tinha se sentido tão seguro com Farran, certo de que havia encontrado alguém que o aceitava de verdade e que jamais o abandonaria. Não poderia ter estado mais enganado. E, embora Baz fosse o completo oposto de Farran, Kai ainda hesitava em se permitir acreditar em seu coração.

As pessoas estavam sempre decepcionando Kai, então ele preferia decepcioná-las *antes* que pudessem magoá-lo. Era como uma partida de xadrez, e ele sempre pensava cinco jogadas à frente, sacrificando o que fosse preciso para proteger o próprio coração, a peça mais vulnerável do tabuleiro.

Kai ergueu uma armadura em torno de si mesmo, camada por camada, de forma que, quando voltaram para a sala de estar da Casa Eclipse naquela noite, ele já tinha quase fechado a porta metafórica do que tinha acontecido.

Polina não estava por lá e, depois que Thames foi dormir, ele e Baz enfim ficaram sozinhos.

— Foi um longo dia — comentou Kai antes que o silêncio se instalasse.

— É. — Baz se sentou em sua poltrona favorita. Ele coçou a nuca, sem jeito, seu tique nervoso. — A gente... bom... aquilo foi...

Kai decidiu poupá-lo.

— Não temos que falar sobre o assunto.

Baz franziu a testa.

— Mas e se eu quiser?

Havia algo na voz dele que Kai não conseguiu identificar, além de uma confiança que o Tecelão não estava acostumado a encontrar por trás daqueles óculos.

— Olha, se você se arrependeu... — começou Kai.

— O quê? Não, lógico que não.

— Podemos deixar isso de lado, se quiser. Foi um dia puxado, e tem essa coisa toda com a Emory...

— Pelo amor das Marés, Kai. — Baz puxou o caderno de desenho da mochila e quase o atirou em cima dele. — Pode ver.

Ao abri-lo, Kai se preparou para o inevitável, mas, diferente do caderno que ele vira no farol, repleto de desenhos de Emory, aquele estava tomado pelo rosto de Kai. Eram estudos rápidos e esboços mais detalhados que o deixaram com um nó na garganta. Havia um desenho das tatuagens que ele tinha na clavícula; um esboço do seu perfil, em um raro momento de sorriso espontâneo; uma cena muito bonita dos dois dançando juntos, o mundo ao redor retratado apenas como um borrão.

— Eu não me arrependi do beijo — insistiu Baz. Então um pensamento súbito encheu o Cronomago de horror. — *Você* se arrependeu? Marés, você se arrependeu, não foi? — Ele pegou o caderno de desenho de volta, mortificado. — Vamos esquecer que isso aconteceu.

Kai se aproximou, encurtando a distância entre eles e segurando o rosto de Baz ao se abaixar para beijá-lo na boca. Baz deixou escapar um som de surpresa que deu lugar a um suspiro suave ao puxar o Tecelão pela camisa. Apoiando-se nos dois braços da poltrona para não cair em cima dele, Kai sentiu o corpo inteiro em chamas quando a boca de Baz se abriu e as línguas dos dois se encontraram. Mordeu o lábio inferior de Baz ao se afastar, deleitando-se com a respiração ofegante do garoto e com o rubor que subia pelo pescoço dele.

— Isso responde a sua pergunta?

— Qual era a pergunta, mesmo? — Baz esforçou-se para dizer.

— Se eu tinha me arrependido — disse Kai, roçando os lábios nos dele outra vez. — Não me arrependi. Só para você não ficar com nenhuma dúvida.

Os olhos de Baz ardiam.

— Obrigado por responder.

— Disponha.

Roçando os lábios nos de Baz mais uma vez, Kai se ergueu e foi se sentar no sofá.

Baz pigarreou, abalado, e ajeitou os óculos e a manga da camisa. Ainda assim, não conseguiu esconder o pequeno sorriso que despontava em seu rosto. Kai pensara ser impossível gostar mais ainda dele. Pelo visto, estava errado.

Quando Baz por fim olhou para Kai, havia um pouco da autoconfiança de mais cedo.

— Então o que isso significa? — perguntou ele.

Kai sentiu vontade de responder que estava completamente entregue, que poderiam seguir no ritmo de Baz e que estava disposto a ser o que Baz quisesse que ele fosse, porque aquilo era *tudo* o que sempre desejara. Contendo-se, perguntou:

— O que você quer que isso signifique?

— Não sei. Não sou muito bom nisso, caso não tenha notado.

— Brysden, eu presto atenção em cada detalhe seu desde o primeiro momento em que nos vimos. — Kai abriu um sorrisinho. — Caso *você* não tenha notado.

Baz corou, mas continuou a encará-lo.

— Eu notei, sim. Só que… demorei um pouco para entender.

— Não se culpe. Eu não sou lá um livro aberto.

Sério, Baz o observou, a luz da lareira dançando em seus óculos.

— Você não precisa se esconder atrás dessa sua armadura — disse o Cronomago. — Não comigo.

Aquelas palavras terminaram de destruir os frágeis muros que ainda restavam ao redor do coração de Kai.

— Eu sei — sussurrou ele.

Naquele momento, ele percebeu que, na verdade, nunca tinha feito aquilo… não como fazia com outras pessoas. Nunca parecera necessário com Baz.

Kai adormeceu no sofá enquanto fazia companhia para Baz em sua sessão de estudos… porque, sim, mesmo depois do momento que tinham compartilhado, o bendito Basil Brysden ainda tinha que tirar um tempo para estudar.

Ele se viu procurando pelos outros durante o sono. Era engraçado… a esfera dos sonhos, que sempre fora um lugar tão solitário, deixara de ser, já que Kai se via pulando de uma mente para a outra, seguindo o ritmo de sua alma para onde quer que ela o levasse: Clover. Luce. Baz, sempre Baz. Emory, embora não a sentisse na esfera dos sonhos naquele momento. Thames também não estava em lugar nenhum. Talvez não estivesse conseguindo adormecer.

Mas Kai dormiu. Dormiu de verdade, deixando a esfera dos sonhos e mergulhando em um sono sem magia alguma, pela primeira vez livre de pesadelos.

54

BAZ

— Bom dia. — Kai o recebeu com uma xícara de café.

Os dedos dos dois se roçaram quando Baz a pegou, e ele sentiu o coração se agitar no peito como um pássaro em uma gaiola. Suas bochechas ficaram quentes quando o olhar de Kai se demorou em sua boca. Ele não sabia o que dizer. Sua mente transbordava com a lembrança dos lábios de Kai. Pelas Marés, então era assim que as coisas seriam dali em diante? Ele agiria feito um idiota apaixonado sempre que Kai olhasse em sua direção? Baz se ocupou em levar a xícara à boca, torcendo para conseguir formular uma frase... até se engasgar com o café mais forte que já tomara na vida.

— Marés, o que é que você *fez*?

Kai pegou a xícara de volta, tomando um gole ressabiado.

— Nossa — disse ele, com uma careta.

— *Nossa*, mesmo. Com licença, mas a partir de agora sou eu quem cuida do café.

Kai não se mexeu, porém. Na verdade, ele ficou plantado no caminho de Baz, e os dois se viram muito perto um do outro, o que fez com que o pássaro no peito de Baz se agitasse outra vez.

— Alguém viu Thames?

Baz se afastou de Kai com um salto ao ouvir a voz de Polina. Ela vinha descendo a escada, o rosto pálido e preocupado, e pelo visto não notara o que tinha acabado de interromper.

— Não — balbuciou Baz.

Polina mordeu o lábio, aflita.

— Eu o ouvi sair de madrugada, mas ele não voltou. Isso não é do feitio dele. — Para Kai, ela perguntou: — Você não o viu na esfera dos sonhos?

— Não. Mas deve estar tudo bem.

Polina não parecia tão convencida, torcendo as mãos, nervosa.

— Vocês não acham que ele ... Bom, ele não estava participando dos jogos. Não pode ter acontecido o mesmo que aconteceu com aqueles outros estudantes, não é?

— Tenho certeza de que ele está bem — insistiu Baz, mas de repente não tinha certeza alguma daquilo.

Antes de Polina sair para a aula, ele e Kai lhe prometeram que ficariam atentos para o caso de Thames aparecer. Ao chegar à biblioteca do Hall Decrescens para se encontrar com Clover, Baz parou um instante para reparar nos bustos de mármore que guardavam o arco na entrada da Cripta. Nenhum sinal de sangue. Nenhum cadáver.

Seu olhar repousou na gravação em prata dos bustos. Ele já as tinha visto antes, mas nunca lhes dera muita atenção. Baz se aproximou para lê-las.

A placa na estátua da esquerda dizia: *Sangue vertido para a proteção do conhecimento.*

E a da direita: *Poder eterno para aqueles que têm mentes curiosas.*

O sangue dos quatro fundadores, derramado em circunstâncias misteriosas.

O conhecimento da Cripta, acessível apenas para a elite da academia.

Como o próprio grupo que a fundara.

Baz sentiu um calafrio e correu até a mesa de Clover, sentando-se na frente de sua dupla.

— Quando exatamente terminaram a construção das bibliotecas?

Clover vasculhou o material já pesquisado.

— Não houve uma data específica, mas todas foram terminadas antes da inauguração de Aldryn.

— Ou seja, mais ou menos na mesma época em que os fundadores morreram?

Clover olhou para Baz, incrédulo.

— Nós concordamos que as mortes parecem ritualísticas demais para serem coincidência, não é? — perguntou Baz, com o coração disparado.

— Quatro membros fundadores, quatro casas lunares diferentes, todos mortos no mesmo mês em suas respectivas fases lunares, e sempre mais ou menos quando a construção de suas bibliotecas era concluída. E se eles tiverem sido *sacrificados*? E tiveram o próprio sangue, a força vital mágica de cada um, derramado pela Ordem Selênica a fim de criar as proteções da Cripta? Proteções essas que guardam a sede do poder da Ordem. Proteções que o próprio líder, ou a pessoa que apontaram como reitora, pode ter criado.

Clover soltou um palavrão.

— Acha que a Ordem Selênica assassinaria seus próprios membros?

— Para limitar o acesso a certo tipo de conhecimento? Eu não descartaria essa possibilidade.

— A antiga Ordem de fato era conhecida por seus rituais letais — admitiu Clover.

— Acho que os fundadores da biblioteca sabiam que seriam sacrificados. Por que outra razão eles não estranharam quando seus colegas começaram a morrer, um por um, em suas respectivas fases lunares?

Clover coçou o queixo, pensativo.

— Mas a dúvida permanece: como desativamos as proteções?

A mente de Baz estava a mil por hora. A aluna de Ilsker quase se esvaíra em sangue antes de ele salvá-la. Wulfrid e os amigos tinham sido encontrados com o sangue drenado. *Sangue vertido para a proteção do conhecimento. Poder eterno para aqueles que têm mentes curiosas.*

Todas as histórias sobre mortes misteriosas de alunos, presenças inquietantes...

Então ele entendeu.

— Porpentious Stockenbach — murmurou Baz.

Clover arqueou uma sobrancelha, atento.

— O autor de histórias de fantasmas que descobrimos durante a caça ao tesouro?

Baz começou a folhear os papéis na mesa.

— Hilda Dunhall era Mediadora do Além. Lutwin de Vruyes era Purificador. Ele não escreveu aquele outro livro que encontramos na caça ao tesouro? *Práticas purificadoras contra o mal.* Um livro sobre *exorcismos.* — O coração de Baz martelava no peito. — Não pode ter sido coincidência o que aconteceu quando a aluna de Ilsker tentou passar pelas proteções. A biblioteca ficou gelada, um vento espectral começou a uivar pelos corredores, as luzes quase se apagaram...

— Como uma assombração — concluiu Clover.

Baz assentiu.

— E se as proteções estiverem ligadas às mortes dos fundadores? Mais especificamente: *aos seus fantasmas*?

— Mas como?

Sangue vertido para a proteção do conhecimento. Se todos os quatro fundadores tivessem derramado a própria magia... suas vidas... nas proteções...

— Talvez Wulfrid e seus amigos estivessem no caminho certo ao formar um grupo de quatro pessoas — observou Baz devagar, muito concentrado. — Assim como no desafio inicial que vocês fizeram. Quatro fundadores das quatro bibliotecas que estão acima de uma quinta, a Cripta. Se o fantasma ou a alma de cada fundador estiver ligado às proteções, talvez a gente precise de quatro pessoas com as mesmas magias. Um Mediador do Além, um Criador, um Purificador e um Desatador.

Eles se entreolharam e uma onda de compreensão surgiu entre os dois. Se Baz estivesse certo, não precisariam de quatro pessoas. Clover incorporava todas as casas lunares sozinho, todos os alinhamentos de maré.

Ele tinha o que era necessário para vencer as proteções.

Os dois revisaram toda a pesquisa várias vezes, pensando em maneiras de desfazer as proteções. Quando enfim acreditaram ter a resposta, a empolgação de Clover perdeu força quando ele se deu conta de um infeliz fato.

— Se fizermos isso, vou me expor como Invocador de Marés. Minha influência dentro da Ordem não vai fazer a menor diferença. Vou ser praticamente queimado na fogueira.

— Se fizermos isso — rebateu Baz —, você vai poder passar pela porta. Nada mais vai importar quando trouxermos as Marés e a Sombra de volta.

Um movimento chamou a atenção deles: um grupo de estudantes de diferentes academias (Karunang, Awansi, Ilsker e Fröns) comemorou alguma coisa em uma mesa próxima, pelo visto tendo encontrado algo no imenso livro sobre o qual os quatro se debruçavam. A aluna de Karunang notou que atraíra a atenção de Baz e Clover e se apressou em calar os colegas de equipe.

Os jogos ainda não tinham acabado. Se Baz e Clover tinham conseguido encontrar a resposta, qualquer participante também poderia.

Clover chegara à mesma conclusão.

— Então vamos logo, antes que alguém seja mais rápido.

— Sabia que encontraria você aqui. — Era Cordie, encarando o irmão com as mãos nos quadris.

— Delia. — Clover arqueou a sobrancelha. — Por que tenho a impressão de que estou prestes a levar um puxão de orelha?

— Vai mesmo fingir que não sabe? — Diante da postura impaciente de Clover, Cordie disparou, levantando a voz: — Louka foi embora.

Os alunos lançaram olhares aborrecidos para a mesa deles. Cordie se recompôs, enxugando as lágrimas em um gesto brusco antes de continuar, em tom mais contido:

— Fui ao apartamento dele e à loja. Todas as coisas dele sumiram. Todos com quem falei me disseram que Louka foi para Trevel. O que você fez?

— *Nada,* eu...

— Você nunca gostou dele. E Louka jamais teria me deixado. Não em um momento como esse.

— Que momento?

Cordie ignorou a pergunta do irmão, e seu olhar ficou distante, como se ela se desse conta de algo. Parecia prestes a chorar novamente.

— Delia, eu juro que não disse nem fiz nada. — Clover a segurou com gentileza, forçando-a a encará-lo. — O que quer que tenha acontecido, nós podemos consertar essa situação. Nós vamos encontrá-lo, tudo bem?

Cordie assentiu. Seu queixo tremia um pouco, mas ela se recompôs. Virando-se para a pesquisa dos dois, perguntou:

— Vocês decifraram as proteções?

Com um súbito pesar, Baz percebeu que Cordie não sabia a verdade sobre o que eles estavam planejando... que, se conseguissem passar pelas proteções e atravessar a porta...

Talvez ela nunca mais voltasse a ver o irmão.

Aquilo pareceu insuportável para Baz, que pensou em Romie e em como as coisas poderiam ter sido diferentes se eles tivessem tido a chance de se despedir. Foi por isso que, ao sair da biblioteca, ele correu atrás de Cordie e disse:

— Preciso contar uma coisa para você.

ROMIE

Era inevitável para Romie não se maravilhar com o Mundo Ermo conforme avançavam.

— Mundo Ermo... — disse Ivayne, com desprezo. Ela ouvia com atenção enquanto Romie e Nisha descreviam em detalhes a representação fictícia daquele mundo em *Canção dos deuses afogados*, listando semelhanças com a versão real. — Estas terras podem ser cruéis, áridas e estranhas — continuou a dracônica —, mas de jeito nenhum é um mundo ermo.

Virgil bufou.

— De que outra forma você descreveria um deserto sem fim? Estamos caminhando há dias e tudo em volta continua igual. Pelo amor das Marés! É um monte de nada. É enlouquecedor.

A expressão de Ivayne era a de alguém prestes a atravessar Virgil com a espada por ter insultado sua terra natal. Por sorte, Tol interveio com uma abordagem mais cuidadosa.

— Não é enlouquecedor se você se esforçar para ver além das aparências — comentou ele. — Veja como as cores vibram sob o sol, ainda que a luz seja fraca. Repare no orvalho nos cactos quando amanhece, como lembram pedras preciosas. Elas se dissolvem diante de nossos olhos e se formam de novo à noite. Isso não é um mundo ermo, é delicado e etéreo em sua beleza.

Virgil riu, descrente.

— Bom, falando desse jeito...

Romie notou o semblante melancólico de Aspen, que absorvia cada palavra de Tol. A feiticeira estava assim desde que o tinham libertado, sempre atenta enquanto o garoto falava poeticamente sobre a terra e as feras que encontravam, pairando na órbita dele, observando-o sem que ele percebesse, mas nunca de fato *falando* com ele. Na única vez em que Romie tocou no assunto com Aspen, ela ficou triste.

— É complicado. A conexão que eu sentia com ele, todos os detalhes íntimos que sei sobre ele... Como eu falo sobre isso? Talvez ele me odeie.

Romie duvidava. Talvez a feiticeira não tivesse notado os olhares de Tol *para ela*, mas Romie com certeza notara. Nisha também. Tinha se tornado uma piada interna entre as duas, contar todas as vezes em que Aspen e Tol observavam um ao outro em segredo.

Nisha olhou para ela com um sorriso sugestivo. A sorte de Romie era que ela não ruborizava com facilidade, senão teria entrado em combustão ao se lembrar dos beijos ardentes que tinham trocado naquela manhã enquanto todos ainda dormiam.

— Como deveríamos chamar o mundo de vocês, então? — perguntou Vera.

— Não sei se há um nome — disse Tol, franzindo a testa.

Há, sim, ecoou a voz de Gwenhael em suas mentes. *Nós, os dragões, o chamamos de Terra do Coração.*

— Combina muito — brincou Virgil. — Será que podemos aproveitar para falar sobre o fato de que estamos a caminho de uma porta que exige um coração como sacrifício? Ah, é mesmo, não faz diferença, porque *alguém* deixou a única pessoa capaz de abri-la ir embora na calada da noite. Ah, e óbvio, tem *outra pessoa* que é teimosa demais para entrar em contato com ela em sonho e perguntar se está tudo bem.

Vera revirou os olhos.

— Você vai começar isso, de novo?

Romie cruzou os braços.

— Ir embora foi escolha de Emory. Ela pode procurar *por mim* se quiser conversar.

A raiva que sentia pela amiga borbulhava sob a pele de Romie. Não só porque Emory tinha partido sem dizer nada para ninguém — exceto Vera, pelo visto — quando mais precisavam dela, mas porque tinha partido atrás *dele*.

Romie queria acreditar que Emory sabia o que estava fazendo. Tanto Virgil quanto Vera achavam que ela tinha ido procurar a Sombra para entender melhor a própria magia. E, embora Romie ficasse aliviada com a iniciativa de Emory de controlar o poder que estava ferindo-a e também às outras chaves, ela não conseguia não temer a possibilidade de que sua amiga acabasse sendo seduzida pela divindade que tomara o corpo do garoto que Emory já amara. Que, em vez de controlar sua magia de invocação de marés, ela despencasse ainda mais em suas profundezas sombrias.

Emory acertara ao falar sobre o comportamento de Romie. Talvez a Sonhadora sempre houvesse tido um pé atrás com a magia do eclipse… e com razão, por conta do que acontecera com seu pai. Depois, ao descobrir que foi *Baz* quem entrara em Colapso, que fora o irmão quem tinha matado aquelas pessoas… Marés, ela sempre imaginou que Baz tivesse total controle de suas habilidades. Que ele nunca se deixaria passar dos limites, como foi o caso do pai, já que o irmão era sempre tão cuidadoso. Cuidadoso até demais.

Mas a nova versão de Emory não era nada parecida com Baz.

— Virgil tem razão — disse Nisha, preocupada. — Se um coração é o sacrifício exigido pela porta, então, pelas Marés, como Tol vai sobreviver?

Até então, Romie evitara pensar no assunto, focada em chegar até a porta.

— Alguma chance de que esse seu coração de ouro possa ser retirado e colocado de volta sem matar você?

Tol estremeceu.

— Prefiro não descobrir.

A mente de Romie disparou. Tinha que existir uma forma de abrir a porta sem que Tol precisasse *morrer*.

— Talvez eu tenha uma ideia — começou Aspen, olhando para Romie e Tol, um vinco sutil se formando entre suas sobrancelhas. — Quando estávamos na linha de ley e Emory absorveu nosso poder, eu senti a dor de vocês como se fosse minha. É quase como se eu estivesse perscrutando sem estar fazendo isso de fato, como se um canal tivesse sido aberto entre nós três. Ou seja, eu estava sofrendo no meu próprio corpo, mas também no de vocês. E ouvi a canção, mais nítida que nunca, antes que ela começasse a desaparecer também. Se estivéssemos em uma linha de ley de novo, sem Emory para atrapalhar nossa conexão…

Romie entendeu o que ela queria dizer.

— Acha que unir nossos poderes na linha de ley seria como juntar os pedaços da deusa?

Aspen assentiu.

— Parece que é o que ela quer, não é? É por isso que nós sentimos essa conexão uns com os outros.

Ela se virou para Tol, que a encarou com um olhar penetrante.

— Vale a tentativa — concordou ele. — Talvez a Forjadora... bem, quem quer que ela seja... apareça para nós.

— Vamos continuar — disse Romie, entusiasmada, batendo palmas.

Enquanto seguiam na direção da linha de ley, ela se inclinou para Aspen e perguntou:

— Será que pode falar a verdade para Tol logo? É óbvio que ele está tão apaixonado por você quanto você está por ele.

Aspen fez um sinal para que a Sonhadora se calasse com uma expressão severa idêntica à da mãe.

— Não ouse falar nada disso para ele. Eu vou contar na hora certa.

A atenção de Romie foi parar em Nisha.

— Ouça o que estou dizendo: certas coisas não devem ser adiadas, porque *a hora certa* pode nunca chegar.

Estarem posicionados em uma linha de ley não teve efeito algum... até que usaram suas respectivas magias.

Começaram com Tol, que conseguia enxergar os fios brilhantes unindo os três, ligando as veias de Romie à caixa torácica de Aspen e ao próprio coração, filetes que buscavam uma quarta parte além da linha de ley, do outro lado de uma porta distante. Apenas Tol conseguia vê-los, mas Romie os sentia no vibrar tênue da canção que os percorria.

Então Aspen perscrutou e entrou na mente de Romie. A princípio, a Sonhadora não sentiu nada além de uma sensação de formigamento na coluna. Ela se lembrou de já ter sentido aquilo antes na Residência Amberyl: uma impressão estranha de que havia *algo* pairando ali, um instinto que a fez examinar o braço, achando que alguém a estava chamando por meio da Marca Selênica. Então ela sentiu com nitidez: uma presença dentro de si que era ao mesmo tempo estranha e familiar, uma canção que ressoava mais alto em seus ouvidos, como se as Marés... e a Escultora... ganhassem força na união de duas de suas partes.

Quando Aspen piscou para sair da perscrutação, Romie foi tomada por uma sensação de vazio, como se tivesse perdido um pedaço de si. Hesitante, a feiticeira se dirigiu a Tol.

— Posso tentar com você? — perguntou.

Ele assentiu, cheio de expectativa. Mesmo assim Aspen hesitou. Romie entendeu o porquê: se *ela* tinha sentido Aspen, com certeza Tol também sentiria e perceberia que era a feiticeira em sua mente, não a Forjadora.

Aspen olhou para Romie com uma expressão de quem pedia ajuda. Ela não estava pronta.

— Por que não invertemos a ordem? — sugeriu Romie. — Já determinamos que conseguimos ouvir a canção um no outro, e ela sem dúvida é mais intensa na linha de ley. Mas quero tentar onde a canção é ainda mais forte. Na esfera dos sonhos, o plano astral. Como naquela vez em que vi você lá enquanto estava perscrutando.

Aspen franziu a testa.

— Mas Tol não consegue acessar o plano astral.

— Não — disse Romie, com um sorrisinho maroto. — Mas consigo levar vocês dois para lá comigo.

Romie tinha tentado a prática de sonho a dois apenas *uma vez*, mas não era à toa que ela era conhecida como a Sonhadora mais brilhante da sua geração. Guiar as consciências adormecidas de Aspen e Tol para a estranheza da esfera dos sonhos foi mais fácil que imaginara, provavelmente porque seus corpos desacordados estavam na linha de ley. Quando os três se viram juntos no caminho estrelado, Romie não conteve um sorriso ao ver a admiração com que Aspen e Tol olhavam ao redor.

— É como o espaço entre os mundos onde estivemos — murmurou Aspen.

— Estão ouvindo? — perguntou Tol, concentrado em um ponto mais adiante, com a testa franzida. — A canção é tão nítida aqui…

E, de fato, era uma voz cadenciada e feminina. Uma estrela apareceu diante deles… um sonho mais brilhante que todos os outros. Romie a tocou sem hesitar, levando os dois consigo.

O sonho é estranho. É como se estivessem no centro de um caleidoscópio, em um mundo repleto de luzes dançantes. Há uma mulher de beleza etérea, de cabelo longo preso em tranças iridescentes e olhos de cores em constante mudança: prateados e azuis, verdes, vermelhos e violetas, como um diamante sob a luz. Ela sorri ao vê-los e abre os braços...

E de repente é como se eles estivessem em sua mente, ouvindo a história da deusa da qual cada um deles carregava uma parte.

Ela sempre admirara a capacidade dos mortais de sonhar.

Sentia-se mais próxima deles graças a essa característica, pois também carregava em si o dom do sonho, entrelaçado às infinitas possibilidades que nasciam do ato de sonhar, de manifestar, de imaginar. Por essa razão, os mortais a amavam, e ela os amava de volta. Para ela, eles eram o seu mundo inteiro, e faria qualquer coisa para protegê-los.

Dividir-se em diferentes partes fora uma decisão fácil. Um sacrifício necessário. Enquanto houvesse uma parte dela residindo em cada mundo, os deuses não poderiam reinar absolutos e o mal seria mantido à distância.

Mas como ela desejava ser inteira novamente! Conseguia sentir cada uma de suas partes. O sangue que derramara nos mares de um mundo iluminado pelo luar. Os ossos que enterrara no solo fértil da floresta das feiticeiras. O coração que ardia perpetuamente nas chamas de uma terra banhada pelo sol. A alma que cantava em meio às tempestades nos picos mais distantes do universo.

Bastava que atendessem ao chamado, que adentrassem o molde através do qual ela poderia retornar para os mundos que ajudara a construir.

Mas havia um porém. A criatura dele, um espinho que carregara desde o início. A divindade sombria que a forçara a esse estado fragmentado e a criatura que era sua serva fiel e que ameaçava desfalcar a força da deusa.

Não se podia confiar em tais usurpadores.

Os olhos multicoloridos da mulher encontram os de Romie com um alerta. Então uma luz ofuscante inunda o sonho e a canção fica cada vez mais fraca à medida que os três começam a despertar.

56

EMORY

Ao amanhecer, Emory invadiu o acampamento dos dracônicos enquanto ainda dormiam, tornando-se invisível com a ajuda da luz do sol.

Usar a magia de luz foi um alívio, e a pressão em suas veias diminuiu de imediato. Ali, longe da linha de ley e das chaves, ela não se sentia culpada por utilizar seu poder. Apenas torcia para que a escuridão não a alcançasse antes de libertar a Sombra... e que a presença dele a afastasse de uma vez por todas.

Ela o encontrou em uma das tendas, de olhos fechados, como se estivesse dormindo. Suas mãos estavam acorrentadas, e havia uma tira de metal nulificadora em volta do pescoço, o que explicava por que Emory não tinha conseguido encontrá-lo no espaço liminar nos dias anteriores. Sua camisa exibia uma mancha escura de sangue seco onde a espada o atravessara no Abismo, mas a pele por baixo estava curada, sem sinal do ferimento. A cura de Emory tinha funcionado, afinal.

Sem aqueles olhos de eclipse a encarando, era difícil distinguir a Sombra do garoto por quem Emory tinha se apaixonado. O garoto cuja magia de luz ela usava no momento. Emory se aproximou em um passo cuidadoso... e deu um pulo para trás quando ele abriu os olhos, examinando seu rosto como se conseguisse enxergá-la apesar da invisibilidade. A magia de Emory oscilou com o susto.

O semblante dele se tornou furioso outra vez, espantando qualquer vestígio de Keiran quando seu olhar assassino encontrou o dela.

— Atrás de você — avisou ele.

Emory se virou, mas foi tarde. Um cavaleiro dracônico avançou contra ela com um grunhido, derrubando-a no chão. Ergueu a espada acima de Emory, mas, antes que pudesse enterrá-la em seu peito, uma corrente foi enrolada no pescoço do homem. Seus olhos se arregalaram quando a Sombra se ergueu atrás dele, apertando a corrente até que a espada do cavaleiro caiu, inútil, no chão.

A Sombra soltou o corpo inerte e, no instante seguinte, estava levantando Emory pelo pescoço.

— Eu deveria matar você por ter me deixado nas garras dos dracônicos.

O rosto dele estava abatido e esmaecido, como se ele tivesse sofrido todas as torturas imagináveis, ou talvez apenas não restasse muito tempo àquele cadáver reanimado. Até o aperto no pescoço de Emory era mais fraco do que fora antes. Seus olhos, no entanto, queimavam com ódio suficiente para acabar com os dois.

— Vá em frente — provocou Emory, e ele cravou os dedos mais fundo em sua pele.

A garota pensou que a Sombra de fato encararia o desafio. Talvez fosse melhor que alguém a detivesse antes que Emory machucasse outras pessoas. Mas ele a soltou com um grunhido frustrado e, apesar de tudo, Emory sentiu-se aliviada. Não queria morrer.

— O que você quer? — perguntou a Sombra.

Esfregando o pescoço, Emory apontou para as correntes e para a gargantilha nulificadora nele.

— Você disse que precisamos um do outro — respondeu ela. — Vim fazer uma proposta.

— Igual a quando propôs que te contasse quem eu era e em troca você me curaria? Não sei se percebeu, mas isso não deu muito certo para mim.

— Eu curei você. Mantive minha palavra.

— Mas me abandonou enfraquecido, e os dracônicos me capturaram e me torturaram ainda mais.

Emory cruzou os braços. Não se permitiria sentir culpa por aquilo.

— Quer minha ajuda ou não?

Ela teve a impressão de ter visto um vestígio de divertimento na expressão dele quando a Sombra perguntou:

— O que você propõe?

— Preciso que você me ensine a controlar minha magia, e é óbvio que você precisa que alguém tire essas correntes e cure você outra vez. E não só isso. Sei que você me deixou viva até agora por um motivo. Então, sugiro o seguinte: você deixa meus amigos em paz e eu ouço o que você tem a dizer.

A atenção da Sombra se fixou nela. Ele estendeu a mão, as correntes tilintando com o movimento. Emory hesitou por um segundo. Tentou não arfar em surpresa quando ele a segurou com força e a puxou mais para perto de si. Estavam a centímetros de distância, e Emory não se mexia, como se imobilizada pelo ímpeto dele. Emory se deu conta de que não estava frente a frente com um demônio. Nem com Keiran. Aquele era *a Sombra*, o primeiro nascido no eclipse, aquele a quem Emory devia sua magia. O deus que todos os reinos acreditavam ser a origem do mal.

— Se você me apunhalar pelas costas — disse ele, erguendo-se de forma intimidadora sobre ela —, não vou hesitar nem por um segundo antes de matar seus amigos.

Emory engoliu em seco. Seu sangue gelou diante da ameaça. Ela tinha certeza de que jamais conseguiria intimidá-lo da mesma forma, mas mesmo assim retrucou:

— E, se me apunhalar pelas costas, deixo você apodrecer nesse cadáver que chama de receptáculo.

Devagar, o canto da boca do deus se curvou em um sorriso.

— Você é uma adversária formidável, Emory Ainsleif — disse ele, acariciando a espiral no pulso de Emory com o polegar. — E será uma aliada ainda melhor, tenho certeza.

Emory se afastou com repulsa.

— Não somos aliados.

— O que somos, então?

Ela não tinha resposta a oferecer, então se ocupou em usar o truque de Virgil com a magia ceifadora e enferrujou as correntes e a faixa de metal no pescoço dele.

— Vamos.

Graças à magia de luz de Emory, eles conseguiram sair do acampamento sem serem vistos. Emory sentiu-se estranha por usá-la no corpo da mesma pessoa que tinha inventado aquele truque de invisibilidade. Depois de tomarem certa distância, ela fez cessar a magia e esperou pelos fantasmas e visões de flores que apareceriam para sufocar sua mente. Mas a escuridão não a alcançou, algo que ela já suspeitava que aconteceria na presença da Sombra.

— O que foi? — perguntou ele, quando ela parou de repente e se sentou em um montinho de terra.

— Você vai começar me contando o que realmente quer fazer comigo e com as chaves. Chega de rodeios. Quero saber a verdade.

— Certo. — A Sombra se sentou ao lado dela. — Por onde começo?

— Que tal explicar por que você foi aprisionado na esfera dos sonhos e por que as Marés foram divididas em diferentes partes?

— Marés — repetiu ele, cuspindo a palavra. — Esse não é o nome dela. Essa é apenas a forma como o seu mundo escolheu chamá-la. A divindade de quatro faces. Bruma, Anima, Aestas, Quies. Seu nome *verdadeiro* é Atheia.

Atheia. O nome pareceu ecoar no vento, como se parte da entidade permanecesse naquele mundo.

— E o seu? — indagou Emory.

Ele pensou por um segundo, como se estivesse puxando o nome dos recônditos mais distantes da memória... como se o tempo passado preso na escuridão entre as estrelas o tivesse feito se esquecer.

— Seu povo nem sempre se referiu a mim como a Sombra. Houve um tempo em que me chamaram de Phoebus, o Brilhante. Eles me associavam ao sol porque apareci para eles em um eclipse. Ambos os nomes eram apropriados, embora não tão adequados. Meu nome verdadeiro significa "aquele que vive entre as estrelas". — Quando ele falou, por fim, pronunciou a palavra como uma prece: — Sidraeus.

Emory tentou ignorar o quanto aquele nome soava correto, como tudo nela se apaziguava ao ouvi-lo.

— E o que aconteceu com Sidraeus e Atheia?

— Para explicar isso, tenho que voltar ao começo.

57

BAZ

— Não acredito que você envolveu minha irmã nisso — resmungou Clover.

— E *eu* não acredito que você estava pensando em me deixar aqui sozinha e ir embora para as Profundezas sem nem se despedir — retrucou Cordie.

Baz, Kai e Luce se entreolharam diante da tensão entre os dois irmãos. Era madrugada, e eles tinham entrado escondidos na biblioteca do Hall Decrescens, prontos para enfrentar os riscos das proteções. Clover, como era de se esperar, não estava contente com o fato de sua irmã tê-los acompanhado — nem com o fato de Baz ter contado tudo a ela, para começo de conversa.

Mas Baz não se arrependia. E Cordie estava decidida. Dominada pela tristeza da partida de Louka e pela raiva que sentia do irmão, ninguém conseguiu convencê-la a não se juntar ao grupo.

Em contrapartida, todos tinham notado a ausência de Thames. Eles o procuraram por toda parte, sabendo que ele gostaria de estar presente. A preocupação de Polina tinha contaminado Baz. Cogitaram adiar os planos até que ele aparecesse, mas, com o encerramento dos jogos se aproximando, os outros alunos estavam perto de decifrar o mesmo enigma. O grupo precisava agir logo.

— Vamos mesmo fazer isso?

A pergunta de Baz rompeu o silêncio carregado de tensão. Os cinco se encontravam diante do arco que dava acesso à Cripta, encarando a porta prateada. Se estivessem errados, Clover seria morto pelas proteções... a menos que Baz interviesse a tempo, como fizera com a aluna de Ilsker. O Invocador de Marés respondeu, inabalável:

— É agora ou nunca.

Todos se afastaram para dar espaço a Clover. Ele realizaria uma sequência complexa de magias que tinha que seguir a exata ordem da morte dos fundadores. Assim, ele começou com Hilda Dunhall, fundadora da biblioteca do Hall Noviluna.

Clover fechou os olhos para invocar a magia do além de Hilda.

— Espíritos dos quatro fundadores — começou ele —, com a escuridão da lua nova na ponta dos dedos e o poder dos Mediadores do Além em meu sangue, eu os invoco do outro lado do véu.

Sua voz tinha uma cadência teatral e passional muito impressionante. Ele parecia um devoto diante do altar de um deus grandioso. Mesmo assim, nada aconteceu.

Depois de um momento assustador em que Baz pensou que eles tinham entendido tudo errado, um vento sinistro soprou pela biblioteca silenciosa. O ar em frente ao arco dava a impressão de se agitar como uma cortina fina tomada pela brisa e, diante dos olhos deles, surgiram quatro formas translúcidas e disformes. Era mera ilusão de ótica, um borrão no ar que desapareceu tão logo Baz piscou.

Clover não pareceu surpreso por ter funcionado; pelo contrário, sua postura ficou mais confiante. Respirou fundo como se estivesse se preparando para o passo seguinte: usar a magia de Florien Delaune, o fundador da biblioteca do Hall Crescens.

— Com a voz de um Criador — proferiu Clover —, eu suplico, espíritos dos quatro fundadores, apareçam, assim como a lua crescente surge em sua luz.

Kai xingou, e Baz agarrou seu braço, perplexo, testemunhando quatro fantasmas *de verdade* surgirem devagar na frente deles. Com a magia criadora de materialização, Clover de fato *concretizou* os espíritos dos fundadores, tornando-os visíveis e tangíveis.

Hilda, Florien, Lutwin, Suera. Os quatro fundadores de dois séculos antes, com suas vestes que pertenciam à outra época. Eles ainda eram translúcidos, mas passaram a exibir rostos, corpos e olhos que os observavam com uma atenção aguçada que deixava Baz ansioso.

E então os fantasmas *lançaram-se contra eles.*

Os olhos dos fantasmas se arregalaram de forma grotesca e suas bocas se escancararam em gritos estridentes que revelavam dentes pontudos. Suas peles tinham um tom verde, pútridas, e suas mãos se curvavam em garras na tentativa de alcançar aqueles que ousavam perturbar sua paz.

Baz e Clover tinham previsto aquilo... a probabilidade de os espíritos dos fundadores terem sido encantados para barrar o caminho para a Cripta a todo custo. Ainda assim, nada poderia ter preparado Baz para a dor.

Seu sangue fervia, borbulhando nas veias e vertendo por sua boca. Ele pressionou a barriga e viu os outros sofrendo a mesma agonia. O sangue estava deixando seu corpo.

— Espíritos dos quatro fundadores — entoou Clover em meio ao caos, seus cabelos loiros esvoaçando com um vento invisível e os olhos turquesa acesos na escuridão —, com a luz virtuosa da lua cheia e a maré de limpeza dos Purificadores, ordeno que fiquem em paz e nos deixem em paz também.

A dor cessou. O sangue de Baz parou de se agitar.

Com a habilidade purificadora de equilibrar as energias — a magia de Lutwin de Vruyes, o fundador da biblioteca do Hall Pleniluna —, os espíritos dos fundadores foram aplacados, retornando às formas humanas.

Clover estava ofegante, mas parecia irrefreável, afoito para terminar o que começara.

— Com o intelecto intuitivo dos Desatadores e todo o sigilo de uma noite escura de lua minguante, rogo a vocês, espíritos dos quatro fundadores, que revelem o que por tanto tempo mantiveram em segredo.

A magia de Suera Belesa, fundadora da biblioteca onde se encontravam, talvez fosse o último passo óbvio para vencer as proteções da Cripta, mas ainda assim Baz prendeu a respiração, rezando para que desse certo. E deu. Como se uma chave tivesse entrado em uma fechadura, os fantasmas se calaram com a magia de Clover e se dissolveram no ar feito uma nuvem de fumaça soprada pelo vento.

O ar parecia reverberar na biblioteca do Hall Decrescens, e Baz sentiu a própria magia vibrando de forma familiar e inexplicável. Clover se aproximou da porta sob o arco, mas ficou imóvel, a mão pairando sobre a maçaneta. Então se virou para Baz.

— A honra deveria ser sua — disse ele, com um sorriso.

— Mas foi você quem derrubou as proteções.

— E foi você quem desvendou todo o enigma. — Antes que Baz pudesse contestar, Clover acrescentou: — Além disso, não saberemos se as proteções de fato se foram se eu abrir a porta, já que *tecnicamente* tenho permissão para entrar na Cripta. Você, por outro lado...

Baz *não pertencia* à Ordem Selênica, por isso as proteções, se ainda estivessem em vigor, não permitiriam que ele passasse. Engolindo o medo, ele estendeu a mão para a maçaneta... mas Kai entrou na frente e a abriu em seu lugar.

— O que você...

Baz entrou em pânico e tentou puxar Kai de volta, mas o Tecelão já tinha passado pela soleira da porta. Do outro lado e com uma expressão quase entediada, ele a segurou aberta para que os outros o seguissem.

Nada aconteceu. Não houve perda de sangue nem ataque algum de proteções sencientes.

Baz deu um empurrão em Kai.

— Por que, em nome das Marés, você faria uma coisa dessas? As proteções...

— Você teria me salvado. — Os olhos de Kai brilhavam com uma emoção feroz. — Nenhum de nós conseguiria voltar no tempo se *você* tivesse sido drenado pelas proteções.

O argumento dele fazia sentido. E quando Clover, Cordie e Luce passaram pela porta, tudo que Baz conseguia pensar era que eles tinham conseguido. Haviam vencido as proteções.

Juntos, desceram até a Cripta do Conhecimento.

A Cripta não estava bem como Baz se lembrava. A primeira coisa em que ele reparara foi a ausência da porta prateada atrás da mesa da recepção. Ele se lembrava dela, mas no momento o espaço, que remetia a uma gruta na base da escada, levava direto para a Cripta. Os corredores estavam dispostos da mesma forma que Baz os vira antes, como as marcações dos minutos de um relógio cujo centro acomodava a Fonte do Destino, que se derramava no coração da Cripta. Mas as estantes eram mais antigas, e davam a impressão de serem sagradas. Os tomos ali estavam quase se desintegrando. Havia prateleiras repletas de pergaminhos que Baz não se lembrava de ter visto em seu tempo, o que o fez pensar que provavelmente tinham sido retirados dali nos duzentos anos seguintes, ou que talvez tivessem se perdido naquele ínterim.

Clover os levou ao corredor S, onde uma réplica das estátuas das Marés da Fonte do Destino erguia-se logo na entrada: Bruma, Anima, Aestas, Quies. Uma de costas para a outra.

— Achei que havia uma escada em espiral aqui — sussurrou Baz para Kai, lembrando-se de como Virgil e Nisha tinham descrito a entrada do Tesouro.

— Talvez ela tenha sido construída depois? — sugeriu Kai.

Eles observaram Clover parar em frente à estátua de Anima, a Lua Crescente. Havia uma espiral esculpida na palma de sua mão estendida e, ao toque de Clover, a estátua começou a girar devagar no próprio eixo. A pedra rangia conforme uma passagem se abria em sua base. Até que ali, sob seus pés, viu-se uma escada em espiral que descia pela escuridão. Uma luz turquesa tênue era a única prova de que havia algo no fim dos degraus.

Clover se virou para os outros.

— Vamos torcer para que tenha funcionado.

Eles desceram a escada e chegaram a uma ampla câmara circular esculpida em pedra. Era *exatamente* o que Virgil e Nisha haviam descrito: dezesseis cadeiras em forma de tronos tinham sido esculpidas nas paredes de pedra, uma para cada alinhamento de maré. No meio da gruta, havia uma bacia de laterais adornadas com entalhes das fases da lua na qual a água da fonte acima deles despencava. A luz turquesa que tinham notado vinha do fundo da piscina, refratando-se de forma belíssima nas paredes ao redor.

Baz não viu porta alguma, nada que se assemelhasse à Ampulheta ou que pudesse ser um caminho até ela. No entanto, ele a sentiu: a magia de Dovermere estava próxima, pulsando de modo rítmico, como um coração pulsante. Era sutil, como se tivesse acabado de despertar de um longo sono, escondida atrás das proteções. O eco da magia parecia vir da piscina resplandecente.

Baz ficou imóvel quando viu o corpo. Estava flutuando na piscina com o rosto voltado para baixo, imóvel.

Soube quem era quando viu o cabelo encaracolado e os óculos de meia-lua abandonados na borda.

Eles finalmente encontraram Thames.

58

KAI

C lover correu até a piscina para puxar Thames. De forma instintiva, Kai fez o mesmo, embora estivesse com um mau pressentimento. Os dois o tiraram da piscina e o colocaram no chão. Seu peito não se mexia e seus olhos estavam fechados. Kai checou a respiração do garoto (não encontrou nenhuma) e se pôs a pressionar seu peito em movimentos ritmados. Clover encarava o amigo, atônito de medo.

— Você não pode curá-lo? — Cordie se dirigiu ao irmão, aflita, a voz embargada.

A pergunta despertou Clover de seu estupor. Ele acessou a magia de cura enquanto Kai continuava a pressionar o peito de Thames. De repente, Thames cuspiu água, arfando em busca de ar ao recobrar a consciência.

Kai se deixou cair no chão, ofegante.

— Graças às Marés! — exclamou Baz, curvado e com as mãos nos joelhos, parecendo prestes a vomitar.

— Seu idiota — murmurou Clover, secando o rosto de Thames com carinho. — O que foi que você fez?

— Eu consegui — disse Thames, ofegante. — Eu sobrevivi.

— Como conseguiu chegar aqui? E as proteções? — perguntou Luce.

A pergunta dela ficou sem resposta quando Thames embarcou em uma crise de tosse, mas Kai sabia a resposta. Baz tinha contado o que Clover confidenciara a ele: que Thames era praticamente um membro da Ordem, beneficiando-se em sigilo de todas as vantagens que possuíam. Como, por exemplo, o acesso à Cripta.

— Você tinha razão. — Thames se virou para Clover. — O sangue prateado, quando misturado... Eu usei o sintético em mim... e funcionou.

— Sintético? — repetiu Baz, sua voz quase ficando presa na garganta.

Kai sentiu um calafrio de suspeita percorrer o corpo. Sua atenção foi direto para a borda da piscina, onde havia um frasco de vidro.

Vazio... exceto por uma fina camada de sangue prateado.

Então o Tecelão compreendeu. Na mesma hora, avançou contra Clover e o agarrou pela gola da camisa.

— Do que ele está falando?

Clover encarou o olhar hostil de Kai com uma calma imperturbável.

— Me solte.

Kai sentiu Baz tentando puxá-lo pelo braço, mas o ignorou, pegando o frasco e o erguendo diante de Clover.

— Isto é sangue *prateado*. Você tirou isso de alguém que entrou em Colapso e fez um sintético com ele usando as informações que demos para você.

— Posso garantir que eu não...

Kai interrompeu Clover, apertando seu pescoço com mais força. A fúria pulsava em seus ouvidos.

— Você tem ideia do que é ser impedido de usar a própria magia enquanto vê outras pessoas a extraindo para benefício próprio? Porque eu juro pelas Marés que...

— O sangue é *meu*! — gritou Thames. — Eu o ofereci de bom grado... Entrei em Colapso porque era do que precisávamos para esse experimento.

As palavras pegaram Kai de surpresa, e sua ira deu lugar à confusão.

Clover aproveitou a oportunidade para se desvencilhar e virou-se para o amigo, assustado.

— Thames... o que você fez?

— Você mesmo disse que essa era a solução. Que, para um nascido no eclipse desbloquear seu verdadeiro potencial e voltar a ser ilimitado como antes, era preciso se tornar um Invocador de Marés.

Kai olhou de Clover para Thames, compreendendo então o que havia no frasco que ele ainda segurava.

— Você fez um sintético para invocação de marés?

Clover levantou as mãos em uma postura defensiva.

— Eu garanto que não é o que parece.

— Então é melhor explicar por que Thames sentiu a necessidade de entrar em Colapso e injetar em si mesmo um sintético que, estou deduzindo, foi feito com o *seu* sangue.

Clover acenou com a cabeça para Thames.

— Vai ter que perguntar a ele. Eu não tive nada a ver com isso.

Thames parecia aborrecido por não entenderem o que ele tinha pretendido fazer. Sua respiração estava ofegante, e ele tinha um olhar selvagem e alucinado.

— Vocês nos disseram que o Colapso expande os limites dos nascidos no eclipse — disse ele a Kai e Baz. — Mas eu sei que vocês têm enfrentado problemas. Você, Kai, traz pesadelos à vida contra sua vontade. E você, Baz... Eu vejo como teme o próprio poder. Vocês dois dizem que o Colapso significa ser ilimitado, mas a maldição da Sombra ainda paira sobre vocês. Sobre todos os nascidos no eclipse.

— Isso não faz o menor sentido — comentou Baz.

Thames olhou para Clover, atormentado.

— Conte a eles o que você me disse.

— Cornelius? — pressionou Cordie, com um vestígio de suspeita na voz. Clover engoliu em seco.

— Quando Baz e Kai mencionaram como as magias sintéticas eram feitas no tempo dos dois, pensei que essa poderia ser a chave para desbloquear a magia de invocação de marés em outras pessoas. É algo que investigo há algum tempo. — Ele lançou um olhar de repreensão para Thames. — Nunca quis que fizesse esse tipo de experimento em si mesmo. Devia ter me contado dos seus planos. E se o seu Colapso tivesse dado errado? E se você tivesse se afogado antes de chegarmos?

— Por que você sequer estava na piscina? — perguntou Luce, franzindo a testa.

— Porque eu tinha que morrer, é lógico — respondeu Thames, como se fosse óbvio. — É assim que um Invocador de Marés nasce, não é? A partir de um encontro com a morte para liberar seus poderes latentes.

— Não é bem assim que funciona — argumentou Baz. — É verdade, é preciso ter passado por uma experiência de quase morte, mas *nem todo mundo* pode se tornar um Invocador de Marés.

— Mas é exatamente isso que Cornelius está tentando refutar. *Explique para eles.*

Clover parecia envergonhado.

— Precisam entender... que tudo que eu fiz foi pelo bem de todos os nascidos no eclipse. Eu queria encontrar uma maneira de compartilhar o poder ilimitado que tenho como Invocador de Marés com as outras pessoas. Mais especificamente com você, Delia.

— Comigo? — repetiu Cordie, com um sorriso nervoso. — Cornelius, do que está falando? Você está me assustando.

— Minha querida irmã, não é possível sobreviver sem poder. Lembra-se de onde viemos? Sem poderes, nunca teríamos conseguido sair daquele lugar. Teríamos sofrido abusos indescritíveis nas mãos daqueles que deveriam cuidar de nós se minha magia não nos tivesse tirado de lá. Foi ela que nos manteve seguros, nos tirou da pobreza e permitiu que ascendêssemos aos confortos da riqueza. Meus poderes deram ao sobrenome Clover todo o prestígio de que hoje dispomos.

— E sou muito grata por isso. Mas o que quer que tenha feito, o que quer que esteja tentando fazer... Não basta apenas estar seguro e tem uma vida confortável?

— Não. Você não entende? O fato de eu ser um Invocador de Marés, a sua falta de magia... na sociedade em que vivemos, são segredos que podem nos destruir. Eu queria que, caso eles viessem à tona, nós nos tornássemos *intocáveis*. E que você tivesse o mesmo poder que eu, ainda que fosse apenas para proteger a si mesma caso algo acontecesse comigo.

— Eu nunca quis esse poder — rebateu Cordie.

— Eu sei. Por isso escondi isso de você. Sabia que não entenderia.

— Entender *o quê*? Por favor, conte logo o que está acontecendo antes que eu enlouqueça.

Clover fez um gesto em direção à piscina e ao Tesouro.

— Começou com a Ordem Selênica. Posso garantir que todos que participaram do experimento fizeram isso por vontade própria. Deduzi que o segredo para desbloquear a magia de invocação de marés era apenas ter um encontro com a morte e nada mais, como foi comigo quando eu era pequeno. Convenci meus companheiros da Ordem a realizar um ritual, falei para eles que isso nos aproximaria do divino e que era o necessário para trazer as Marés de volta. Eles achavam que eu era um Curandeiro com uma fascinação mórbida pela morte e pelas divindades e se mostraram mais que dispostos a ajudar. Passamos anos nos encontrando aqui, abrindo um corte na palma das mãos com uma faca cerimonial e sangrando na piscina, que, segundo os boatos, é abençoada pelas Marés. Assim, combinávamos a magia das quatro casas lunares. Ou, melhor dizendo, *das cinco*, se contarmos a minha.

Clover olhou para a piscina como se pudesse assistir ao desenrolar da cena.

— E então afogávamos um de nós na água.

Cordie cobriu a boca com a mão. Luce estudava Clover como se ele fosse completamente diferente do que ela imaginara. Kai sentia-se da mesma forma.

— *Ninguém morreu* — acrescentou Clover ao perceber as expressões de horror. — Nunca permiti que chegasse a esse ponto e sempre os curei ao sentir que se aproximavam da morte. Por fim, percebi que meu método não estava funcionando e deduzi que talvez minha própria magia de cura estivesse interferindo. Ninguém tinha *me* salvado quando eu era criança. Tive que me desvencilhar da morte por conta própria. Suspeitei que o mesmo acabaria acontecendo com todos os outros. Para se tornar um Invocador de Marés, é preciso lutar pela própria vida. Os que não escapam da morte talvez não sejam aptos a ter a magia de invocação de marés.

— Cornelius...

— Mas eu parei com os rituais. Não aconteceu mais nada. — A atenção de Clover se desviou de novo para a piscina reluzente. — A única forma de *todos* terem acesso a esse tipo de poder ilimitado agora é buscando os deuses nas Profundezas, onde residem as Marés e a Sombra. Lá está o verdadeiro poder. A fonte da magia e da divindade está trancada atrás de um imenso portão, enquanto o que resta para a maioria das pessoas aqui é um resquício de magia ou magia nenhuma. Quero que a magia seja o que já foi um dia. Quero trazer de volta as Marés e a Sombra e, com elas, o poder que nos torna ilimitados. Eu mesmo vou implorar aos deuses se for preciso. Faço qualquer coisa para nos elevar ao que sempre fomos destinados a ser.

— Você não está entendendo? Eu consegui — repetiu Thames, triunfante. — Você tinha razão desde o começo. *É possível* transformar qualquer um em um Invocador de Marés. Por isso vim até aqui, para entrar em Colapso e tentar por conta própria. Extraí meu próprio sangue prateado, depois o misturei com o seu de Invocador de Marés e injetei a mistura em minhas veias...

— Eu nunca pedi para que fizesse isso, Thames. Foi muito imprudente…

— Eu só queria que você me amasse! — gritou Thames, os olhos cheios de lágrimas. — Queria que enxergasse o meu valor, que ficasse feliz com tudo que estou disposto a fazer pelos seus ideais. *Nossos* ideais. Você não consegue entender?

O semblante de Clover era de uma ternura desoladora.

— Eu sempre amei você, Thames. Você não tinha que provar nada para mim.

Thames balançou a cabeça.

— Tinha, sim. E ainda tenho.

Ele flexionou as mãos, buscando alguma coisa ao redor, no Tesouro.

Seu foco foi para a piscina, e ele estendeu a mão com um ar de concentração profunda.

Espantado, Clover compreendeu o que Thames estava fazendo.

— Não…

Uma luz fraca se deslocou do fundo da piscina para os dedos de Thames. Ele estava usando a magia de luz.

— Viu só? — disse ele, com um sorriso, uma lágrima escorrendo pela bochecha. — Deu certo.

De repente, a luz se extinguiu, e Thames começou a tossir violentamente, cobrindo a boca. Quando recolheu a mão, viu que estava manchada de sangue prateado. Ele franziu a testa.

— Thames? — chamou Clover. — Está tudo bem?

— Eu…

As veias prateadas de Thames ondulavam sob sua pele como se o garoto estivesse entrando em Colapso de novo.

— O que está acontecendo? — perguntou ele, apavorado. — Está ardendo. Está *ardendo*…

Thames jogou a cabeça para trás e soltou um grito ensurdecedor. A prata em suas veias brilhava com mais intensidade do que Kai imaginara ser possível. E, embora ele não entendesse por que Thames estava entrando em Colapso *de novo* se aquilo já tinha acontecido, Kai sabia o que aconteceria a seguir.

Ele e Baz se entreolharam segundos antes da explosão prateada que os arremessou para longe um do outro.

59

EMORY

— **C**omo a maioria das histórias, esta começa com os deuses.
A Sombra, ou Sidraeus, sentou-se, endireitou a coluna e começou a falar.

— O lugar que vocês chamam de Profundezas é o reino dos deuses, o paraíso guardado por um portão divino. É onde a lua, a terra, o sol e o ar tornam-se divindades. E, embora esse mundo seja a sede do poder dos deuses, o centro do universo de onde flui toda a magia, cada um dos deuses é responsável por um mundo próprio. Um que criaram à própria imagem.

"Há um quinto deus que reina supremo sobre os outros, o deus do equilíbrio. Seu domínio é o espaço entre os mundos, ou a esfera dos sonhos, como vocês chamam. Ele foi criado para preservar o equilíbrio entre todas as coisas, o que significava manter os mundos separados, sem jamais permitir que um se misturasse com o outro, apesar da magia compartilhada que fluía entre eles. Os deuses raramente deixavam seu mundo divino e, por isso, designaram mensageiros para representá-los. Tratava-se de seres divinos que serviam para ajudá-los a manter o equilíbrio entre os mundos.

"Atheia foi a primeira mensageira. Ela respondia aos quatro deuses que cuidavam dos mundos lunar, terrestre, solar e aéreo... os reinos dos vivos. Ela era a responsável pela criação. Era uma visionária, uma artista que moldava a magia de formas que nem sequer os próprios deuses imaginavam ser possível.

"O segundo mensageiro foi Sidraeus, que servia ao quinto deus. Portanto, seu domínio era a esfera dos sonhos: o reino dos sonhos, da morte e de tudo que existe entre os dois. Ele era responsável por levar as almas dos mortos pela esfera dos sonhos até o mundo dos deuses. Nem Sidraeus nem Atheia tinham permissão para entrar no mundo dos deuses, por isso ele não sabia o que aguardava as almas do outro lado. Sua função era acalmar os medos delas enquanto as levava até esse local de descanso final.

"Atheia e Sidraeus só podiam existir nos reinos aos quais pertenciam. Ou seja, Atheia não podia entrar no reino dos sonhos (pelo menos não fisicamente, embora sua magia permitisse que ela o visitasse em sonho, visões e afins) e Sidraeus não podia entrar nos quatro mundos dos vivos. Mas havia uma exceção: Atheia só conseguia saltar de um mundo para o outro com a ajuda de Sidraeus para atravessar o espaço que existia entre eles. Isso só era possível quando os quatro mundos estavam perfeitamente alinhados, quando o mesmo eclipse acontecia ao mesmo tempo em todos eles, o que, naquela época, ocorria uma vez ao ano.

"O tempo não funciona da mesma forma para deuses e mortais. Atheia e Sidraeus viveram assim por séculos, milênios, mas para os dois pareceram poucos anos. Eles eram jovens e rebeldes em sua juventude. Seu encontro, uma vez por ano, era ao mesmo tempo uma maldição e uma bênção enquanto tentavam compreender suas respectivas existências.

"Atheia se cansou de ser *inferior* aos deuses, forçada a respeitar leis rígidas que eles próprios não seguiam. Ela acreditava ser digna do status de deusa; afinal, era o braço direito dos quatro deuses a quem servia, um canal para seus poderes. Graças a ela, havia magia em seus mundos, moldada à imagem de seus deuses e compartilhada com seus habitantes, que a veneravam. Ela era a santa que respondia às suas orações, o sopro divino que concedia magia a todos. Eles a chamavam de muitas coisas: As Marés. A Escultora. A Forjadora. Os Celestiais. Não importava a forma que assumisse, Atheia era vista como uma criadora, uma sonhadora, a que conferia vida e possibilidades.

"Sidraeus, por sua vez, nunca teve permissão para sonhar ou criar. Ele era responsável pelos encerramentos, pelo medo e pela morte, a antítese do sonho e da possibilidade, que é o próprio tecido da magia e da vida como um todo. Sidraeus via Atheia criar e interagir com os humanos no auge de suas vidas e sentia-se extremamente sozinho na esfera dos sonhos, sobrecarregado pelas restrições rígidas que seu deus estabelecera para ele e pela tarefa árdua de conduzir os mortos ao seu local de descanso final. Ele queria saber como era estar lá fora, no mundo dos vivos, fazendo parte de algo que não fosse sono e morte. Ele queria criar um tipo próprio de magia, traçar um novo caminho para si e ser algo além do que aquilo para o que fora criado.

"Atheia e Sidraeus descobriram que tinham isso em comum: o desejo de ir além do papel que foi atribuído a eles e de explorar o mundo um do outro. De existir juntos nesses mundos. No começo, aquilo não passava de curiosidade pelo desconhecido, mas se transformou em uma necessidade visceral de conhecer um ao outro além dos breves momentos que conseguiam passar juntos. Eles se apaixonaram."

Não havia emoção na voz de Sidraeus, apenas um tipo inquietante de distanciamento, como se estivesse narrando a vida de outra pessoa em vez da própria. Ele se calou por um momento, como se tivesse notado aquele detalhe. Olhou para um ponto à distância, franzindo a testa.

— Então um dia Atheia descobriu uma forma de me trazer para o reino dos vivos, durante o eclipse que alinhava nossos reinos. Eu só poderia visitar aquele mundo em uma versão em pesadelo de mim mesmo, uma criatura do reino dos sonhos temporariamente corpórea que Atheia tiraria dos próprios sonhos.

Ele sorriu, e Emory percebeu que ele já não estava mais apenas contando a história, e sim a revivendo. Naquele sorriso, Emory enxergou o jovem que ele fora um dia, um mensageiro curioso que servia a deuses aparentemente impiedosos.

— Fiquei apaixonado pelo seu mundo — admitiu Sidraeus, com afeto. — E, apesar de não poder visitá-lo exatamente como eu era, só como um ser de sombra, eu era corpóreo o suficiente para criar minha própria magia. Um novo tipo de magia inspirada na de Atheia, algo que equilibrava o que ela tinha criado. Era a peça que faltava para que o seu mundo se transformasse em uma verdadeira obra-prima. Era o tipo de poder que ia além do que Atheia havia criado em *qualquer* outro mundo, porque combinava o poder dela e o meu para criar algo do zero.

— Os Invocadores de Marés — murmurou Emory.

Os primeiros nascidos no eclipse.

— Nós queríamos compartilhar a nova magia com todos os reinos, não apenas com aquele. Ainda éramos tão limitados, confinados às nossas respectivas fronteiras. Era verdade que eu conseguia visitar o reino dos vivos, mas não livremente, não como eu mesmo, e apenas durante os eclipses. E, depois de começar a conhecer o seu reino, senti vontade de explorá-lo a fundo. Eu queria criar mais do que os Invocadores de Marés, queria ver os outros mundos e criar algo lá também.

Emory arqueou a sobrancelha.

— Você teve muitos desejos para quem se referiu a eles como "uma emoção patética dos mortais".

Ela notou um vislumbre de divertimento na expressão irônica de Sidraeus.

— Eu nunca disse que era imune a isso. Minha versão mais jovem e mais impressionável com certeza não era.

— Quantos anos você tem? — arriscou Emory, quase com medo de saber a resposta.

— Em anos humanos, tenho quase a mesma idade dos próprios mundos. — Ele inclinou a cabeça, pensativo. — Mas, em um contexto divino, acho que não seria muito mais velho que você.

A ideia desconcertou Emory. De repente, ela se viu constrangida diante de toda a atenção do deus. Pigarreando, retomou:

— Então você e Atheia queriam mais liberdade.

— Sim. Nós sabíamos que os Invocadores de Marés eram a chave para esse sonho, porque eram os únicos que tinham o poder de transitar livremente pelos mundos. Ao contrário de mim e de Atheia, os Invocadores de Marés não precisavam esperar pelos eclipses para explorar os reinos dos vivos e dos mortos. Eles eram o eclipse em pessoa. Por meio deles, Atheia e eu começamos a viajar com mais frequência, um fato que escondemos de nossos deuses. Então convocamos um grupo de mentes brilhantes, um número de humanos com quem compartilhamos nosso conhecimento, nossos poderes e nosso desejo de transpassar as fronteiras.

"Mas a capacidade de viajar pelos mundos ainda era limitada aos Invocadores de Marés. Queríamos que *todos* pudessem transitar livremente entre os reinos, não apenas nós, mas os mortais também. Era uma meta impossível que poria em risco o equilíbrio divino dos deuses. Atheia e eu nos sentimos frustrados. Se *nós fôssemos* os deuses, poderíamos compartilhar nosso poder e fazer de todos os mortais seres tão ilimitados quanto os Invocadores de Marés."

Por um momento, ele ficou perdido em lembranças.

— Não sei o que aconteceu. Certo dia, Atheia falou que precisávamos parar. Me disse para voltar ao reino dos sonhos e levar meus Invocadores de Marés comigo. Ela estava com medo de os deuses terem descoberto nossos planos, mas eu me recusei a descartar nosso propósito e a retornar à existência sombria à qual eu estava fadado, desprovida de sonhos e criação. Eu queria resistir, lutar, mostrar para os deuses que o que estávamos buscando era justo e correto. E, se não me ouvissem, eu estava preparado para tomar o poder das mãos deles.

Seu semblante se tornou severo e feroz.

— Mas Atheia me apunhalou pelas costas antes disso. Ela retratou a si mesma como uma vítima arrependida e me descreveu como um ser vil e desonesto que precisava ser contido. O deus do equilíbrio me aprisionou no reino dos sonhos e me despiu de minha verdadeira forma, fazendo com que, mesmo em meu próprio reino, eu fosse incorpóreo. Apenas mais uma umbra como as que lá viviam.

"Quando os deuses souberam da existência dos Invocadores de Marés, julgaram o poder deles como algo que jamais deveria existir, um poder que deturpava o equilíbrio do universo e ameaçava sua divindade. Para eles, existia apenas uma solução: a fim de restaurar o equilíbrio, teriam que fechar as portas entre os mundos e dizimar toda a magia responsável pela desarmonia criada. Então, os deuses mataram todos os Invocadores de Marés e selaram as portas entre os mundos com seu sangue."

O mundo de Emory pareceu desabar. Ela sentia-se zonza, mas Sidraeus não fez pausa alguma para que ela processasse todas aquelas informações.

— Atheia deveria ter sido punida pelos deuses também, já que foi responsável por me trazer para o mundo dos vivos — disse ele, demorando-se em cada sílaba do nome dela como se ferisse sua língua. — Os deuses pensaram em confiná-la ao mundo divino, de forma que ela nunca mais poria os pés nos mundos que tanto amava. Mas Atheia enganou os deuses. Ela escapou da punição ao se fragmentar em diferentes partes para manter viva sua magia, sua própria força vital, em todos os seus mundos.

Sangue, ossos, coração, alma.

— Então você quer vingança — concluiu Emory. — Não quer que Atheia volte a ser inteira.

Os olhos dourados e prateados dele se iluminaram em resposta.

— Tive tempo de sobra para pensar no que fizeram comigo e com meus Invocadores de Marés. A retaliação que desejo é por eles. Atheia praticamente os matou com as próprias mãos. Ela preferiu ter os mundos só para si e me traiu para obter isso, encontrando uma forma de manter a própria magia viva enquanto a minha foi sacrificada em nome do equilíbrio.

Emory conseguia entender a dor dele, as escolhas que fizera. Sidraeus fora traído por alguém que amava, tinha sido obrigado a ver suas criações morrerem nas mãos de deuses cruéis para depois ser aprisionado por séculos na esfera dos sonhos como castigo.

Pela história, ele também não parecia ser santo. Mas, se estivesse no lugar de Sidraeus, Emory também buscaria vingança.

— Quando o deus do equilíbrio me confinou à esfera dos sonhos — continuou ele —, me condenou a um estado de estase, fazendo com que o tempo perdesse o sentido. Eu me transformei em nada. Conseguia sentir os pesadelos dos mortais, mas minha consciência não conseguia mais acessá-los como antes. E ainda conseguia sentir as almas dos mortos em sua passagem, mas já não podia guiá-las ao seu local de descanso.

— E como elas encontravam o caminho para o mundo dos deuses?

— A maioria das almas consegue fazer isso por conta própria, seguindo a origem da magia que atrai a todos nós, a origem de toda a vida. Eu lidava com as almas perdidas, aquelas que não queriam seguir em frente. — Ele franziu a testa. Talvez fosse a primeira vez que pensava naquilo. — Não sei se outro mensageiro ficou responsável pelas almas perdidas em meu lugar. Por muito tempo, para mim, só houve escuridão. E depois… você apareceu.

O rosto de Emory ficou quente com a intensidade daquelas palavras.

— Eu?

— Quando você entrou no reino dos sonhos e curou as umbras, a estase na qual eu estava preso se desfez. De repente, eu consegui me mexer livremente, sentir as almas dos mortos de novo, visitar pesadelos como antes. No começo, não entendi o que você era. Eu não sabia que a magia de invocação de marés tinha resistido antes de ver você usando os poderes que eu criei. Eu pensei que meu sonho tinha sido extinto.

— O que isso tem a ver com sua vingança?

— *Tudo*. Como eu disse, toda a magia vem do mundo dos deuses. Da fonte divina, a origem de todo o poder, de toda a magia, do universo em si. Ela percorre todos os mundos e traça caminhos por onde passa. Linhas de energia pura.

— As linhas de ley — disse Emory.

— Você consegue senti-las... o mesmo acontecia com os Invocadores de Marés das épocas remotas. Sua magia é liminar, transcendente. Assim como consegue viajar pelos mundos, algo que os próprios deuses jamais imaginaram ser possível, você também é capaz de absorver o poder das linhas de ley de forma única. Nem mesmo eu ou Atheia conseguimos fazer isso. E o poder que você sente agora é ínfimo em comparação ao poder que as linhas de ley já tiveram. Quando os deuses fecharam as passagens entre os reinos, as portas passaram a ser como barragens que permitiam que apenas um mero gotejar de magia da fonte chegasse a cada mundo. Um recurso escasso que se torna cada vez mais raro, fadado a se extinguir por completo. — Ele fez um gesto na direção do sol baixo. — Isso já está acontecendo.

Então Emory compreendeu.

— É por isso que os mundos estão se deteriorando? Porque a magia está morrendo?

— Não é irônico? A solução dos deuses para restaurar o precioso equilíbrio causou um desequilíbrio tão grande que inevitavelmente vai destruir a todos. A menos que as barragens sejam destruídas.

— Mas pensei que abrir as portas entre os mundos tivesse feito com que a deterioração de espalhasse.

— Só porque abri-las implica retirar magia das linhas de ley. Quando uma porta se abre, esse recurso finito se torna cada vez mais escasso e leva cada vez mais tempo para que seja reabastecido pelo gotejar da fonte. Mas isso não devia ser assim. Se todas as portas estivessem abertas, as linhas de ley jamais morreriam, uma vez que a magia fluiria para elas direto da fonte, que é infinita. Agora, porém, os deuses estão seguros no mundo divino, um lugar perfeito que não pode ser alcançado por nenhuma das mazelas que aflige os outros reinos, já que lá a fonte, a origem do poder e da vida eterna, corre livremente. É uma magia tão poderosa que curaria todos os mundos se corresse livremente por eles.

Ele se inclinou para perto de Emory.

— *Você* tem o poder necessário para fazer isso acontecer. Se aprender a extrair a magia das linhas de ley, vai conseguir abrir as barragens e curar os mundos no processo.

— Mas isso não é a única coisa que você quer, não é? Você deseja usurpar o poder dos deuses. E precisa de mim para isso.

O canto da boca dele se curvou em um sorriso.

— Se você consegue acessar as linhas de ley, consegue chegar à fonte. E pode compartilhar esse poder comigo.

— E meus amigos? Os pedaços de Atheia que você quer tanto destruir?

— Confesso que queria destruí-los no começo, mas eles são necessários para chegarmos ao mundo dos deuses — disse ele, embora soasse descontente com aquele fato.

— E mesmo assim você tentou matá-los várias vezes.

— É difícil sentir as partes de Atheia por perto e *não* querer aniquilá-las. Eu passei milênios no reino dos sonhos, remoendo meu ódio e meu desejo por vingança. Esses sentimentos não desaparecem de repente. Quando não se tem escolha, é preciso aprender a viver nas trevas. Você me condenaria por ter abraçado a escuridão?

As palavras reverberaram no âmago de Emory. A Invocadora de Marés se via dominada pela escuridão havia tanto tempo que começara a se acostumar com ela, mesmo contra sua vontade. Emory estava se tornando alguém que feria os amigos porque não conseguia evitar a sede de poder, alguém que faria qualquer coisa para protegê-los, até matar.

Se não fosse pela cor sinistra dos olhos de Keiran ou pelo poder sobrenatural que emanava dele, Emory teria se sentido voltando no tempo, diante dele ao redor de uma fogueira na praia. Mas aquele não era Keiran. Talvez se parecesse com ele, tivesse a mesma voz e as mesmas lembranças, mas *não era ele*.

E ela o odiava mesmo assim.

Por que, então, seu sangue se agitava com a proximidade dele? Por que ela se identificava com a história de Sidraeus a ponto de *acreditar* nele, apesar de todos os sinais de alerta em sua mente?

Emory não queria confiar em Sidraeus, não queria sentir a mínima empatia por ele. Buscou por furos em sua história, mas não conseguia ignorar o poder que sentira nas linhas de ley ou a apreensão diante da perspectiva de os pedaços de Atheia serem reunidos e do que aquilo poderia significar para seus amigos.

Sidraeus estava oferecendo uma solução para a morte dos mundos... e para a própria magia de Emory. Ele estava oferecendo respostas e uma maneira de conseguir controlar a si mesma. Era uma oportunidade que ela não poderia perder.

Quando chegasse a hora, Emory poderia decidir se queria ou não fazer o que ele pedira.

Ele podia ser uma divindade, mas precisava dela, talvez mais ainda do que ela precisava dele. Sidraeus não conseguiria atravessar mundos sem ela e sem as chaves, mal conseguia usar seus poderes no corpo de Keiran. E, embora Emory não pudesse *nem se permitisse* confiar nele verdadeira-mente, poderia usá-lo a seu favor enquanto fosse conveniente, da mesma forma que ele a usaria enquanto lhe fosse conveniente.

Pelo menos daquela vez os dois estavam na mesma página.

60

BAZ

Baz puxou os fios do tempo para conter a explosão do Colapso de Thames. Conseguiu evitar que atingisse os outros, que se afastaram o máximo possível, mas não teve sucesso em deter o episódio por completo. O poder que emanava dele era forte demais, poderoso demais, e sua magia simplesmente não surtia o efeito desejado.

Baz não entendeu. Se Thames já tinha entrado em Colapso, por que aquilo estava acontecendo de novo? O sintético da magia de invocação de marés que Thames injetara em si mesmo parecia estar queimando-o de dentro para fora. A explosão os ofuscava, oscilando por uma fração de segundo antes de se intensificar de novo e tremular mais uma vez. Era como se Thames estivesse sofrendo um Colapso após o outro, em lances rápidos e sucessivos e cada vez mais violentos.

Seus gritos ecoavam pelo Tesouro enquanto a luz prateada preenchia tudo. Clover gritava também, lutando desesperado contra Kai, que o segurava e o impedia de ir até Thames. Atrás de Baz, Cordie e Luce se encolhiam juntas na pequena bolha de proteção que o Cronomago mantinha fora do alcance do tempo. Ao redor, a explosão começou a rachar as paredes da gruta em diversos pontos. O lugar iria desmoronar se o Colapso não cessasse em breve.

Por fim, o brilho se apagou por inteiro, e o corpo desacordado de Thames desabou no chão da caverna. Ele estava irreconhecível.

Suas veias estavam pretas e sua pele se enrugara de uma maneira que fazia Baz se lembrar de Quince Travers. Seus olhos vidrados estavam arregalados e sua boca escancarada em um grito mudo, como o de Lia Azula.

A magia parecia tê-lo consumido até esgotar sua última gota de poder e vida, transformando-o em uma mera casca.

No mesmo instante, Clover correu para Thames, caindo de joelhos ao lado do amigo com um grito lancinante. Ele segurou o corpo do garoto nos braços enquanto as lágrimas escorriam copiosamente por seu rosto.

— Reverta isso. Traga Thames de volta.

Quando Baz não se mexeu, o rosto de Clover se distorceu em uma expressão feroz.

— *Traga Thames de volta!*

Kai se posicionou à frente de Baz, como se estivesse pronto para receber o impacto de qualquer ataque que Clover desferisse na direção dele. Baz tocou seu pulso para tranquilizá-lo.

— Não consigo — disse Baz a Clover. — Meu poder tem limites. *A magia de todos nós tem.*

O que aconteceu com Thames era prova daquilo.

Mas Clover não se convenceu.

— Talvez você seja limitado — rebateu ele —, mas eu não sou.

Então virou-se para Thames e fechou os olhos, concentrando-se e respirando fundo.

— O que está fazendo? — perguntou Cordie. — Cornelius... Pare!

Baz sentiu algo em sua magia vibrar e, embora a sensação lhe fosse familiar, ele não conseguiu identificar direito o que era. Diante de seus olhos, o corpo corroído de Thames começou a se transformar, as veias escuras voltando aos poucos ao tom prateado.

No entanto, elas subitamente ficaram escuras de novo, e Clover praguejou, frustrado, quando o cadáver de Thames continuou sendo o que era: um cadáver.

Baz entendeu o que Clover estava fazendo: tentava acessar a cronomagia *dele,* determinado a usar o tipo de poder que Baz jamais se permitiria liberar.

Ele se lembrou de quando Emory tentara invocar a magia do eclipse e concluíra que era mais difícil que a magia lunar. Ele abriu a boca para alertar Clover — se um Invocador de Marés tinha limites, com certeza seria aquele —, mas bem naquele momento o Tesouro estremeceu com tanta violência que Baz se desequilibrou e tombou sobre Kai.

Como resultado das rachaduras do Colapso de Thames, destroços começaram a cair das paredes e do teto. Baz ouviu Cordie gritar. Com ajuda da própria magia, ele tentou impedir que os escombros ferissem qualquer um deles.

— Precisamos ir embora! — gritou Luce, ajudando Cordie a se levantar.

Baz olhou para a escada que levava à Cripta, depois para a piscina reluzente que ele suspeitava levar à Ampulheta. O eco do poder de Dovermere pulsava cada vez mais intenso. Se quisessem chegar à porta, aquela talvez fosse sua única chance.

Clover o encarou, pelo visto tendo pensado na mesma coisa. Ele voltou-se para Cordie com uma expressão de dor.

— Delia — disse Clover —, você precisa voltar para a Cripta.

— Eu? Mas e vocês?

— Precisamos encontrar a porta.

— Então eu vou também — declarou ela.

— Não, não vai. Você não está em condições de correr um risco como esse. Preciso que fique em segurança, Delia.

Eles trocaram um olhar carregado de significado, algo que Baz não entendeu.

— Você sabe? — perguntou Cordie, baixinho.

Clover sorriu para ela com os olhos marejados.

— Eu desconfiei.

Ele beijou a bochecha de Cordie e sussurrou algo em seu ouvido que fez com que a boca dela tremesse e lágrimas se formassem em seus olhos.

— Vá para um lugar seguro. E, por favor, peça para virem buscar o corpo de Thames. Ele não merece ficar aqui embaixo.

Cordie segurou o pulso do irmão. Seus olhos estavam arregalados e suplicantes.

— Tome cuidado.

Chorando, Cordie deu um abraço rápido em todos os outros. Baz não conseguia se despedir. Ela tinha se tornado uma amiga. E talvez ele nunca mais voltasse a vê-la… O Cronomago conteve as próprias emoções e se concentrou em estabilizar sua magia enquanto Cordie subia a escada.

Quando ela desapareceu de vista, eles se voltaram para a piscina. Clover foi o primeiro a entrar, indo direto para a cascata no centro.

— Tem algo aqui no fundo — disse ele, franzindo a testa. — Algo que não estava aqui quando as proteções ainda estavam de pé.

Antes que pudessem perguntar o que era, Clover mergulhou na água e desapareceu.

Com um olhar triste para o corpo de Thames, Luce pareceu sussurrar algo como *Durma bem, meu amigo* antes de mergulhar atrás de Clover. Restaram apenas Baz e Kai, se entreolhando assustados.

— Ainda podemos desistir — disse Kai, titubeante.

— É o que você quer?

— Não. E você?

Baz balançou a cabeça. Eles já tinham chegado até ali... ao menos tinham que ver com os próprios olhos onde aquilo ia dar.

Kai segurou a mão dele, e os dois mergulharam juntos atrás de Clover e Luce.

O azul da piscina parecia vir do fundo, de onde emanava uma claridade nebulosa. Quando Baz e Kai tentaram nadar em direção a ela, no entanto, foi como se a extensão da água não tivesse fim. De repente, partículas de luz dançaram em torno dos dois, formando uma espiral que girava cada vez mais rápido enquanto os puxava para baixo. Quando Baz pensou que ficariam sem ar, uma sensação estranha tomou conta dele, e tudo foi transformado em uma imensidão branca.

De repente, Baz se viu indo na direção do solo, rápido demais...

A dor atravessou seu pulso e sua cabeça quando ele caiu.

— Baz. BAZ!

Ele abriu os olhos e, com a visão turva, viu Kai pairando acima.

— Cacete, graças às Marés!

Baz piscou forte, mas sua visão continuou embaçada. Ou talvez fossem seus óculos, molhados e tortos. Ele levantou a mão para endireitá-los e estremeceu. Seu pulso doía, e sua cabeça...

— Devagar — disse Kai enquanto Baz tentava se levantar. — Você caiu com tudo.

— Onde estamos?

Ele só sabia que estava encharcado e em terra firme.

— Vou te dar uma chance para adivinhar.

Devagar, ele olhou ao redor. O grupo estava em *outra* caverna, mas uma que lhe era bem familiar.

— A Garganta da Besta — concluiu ele, ofegante.

Clover e Luce estavam na base da Ampulheta, encarando-a boquiabertos. Luce estava mancando, e havia um corte na bochecha de Clover, mas, fora aqueles detalhes, os dois pareciam bem. Até onde Baz notara, Kai tinha apenas um arranhão no queixo.

A Ampulheta erguia-se no meio da caverna como sempre, pulsando com poder.

Antes que Baz pudesse começar a processar como haviam chegado até ali, a caverna tremeu, e pedaços de rocha despencaram do alto. Ao se virar para o teto, ele viu ali o que parecia a miragem de um reflexo de água, como se estivessem no fundo da piscina do Tesouro, olhando para cima. Era impossível alcançá-lo de onde estavam. Não era de se admirar que a queda tivesse sido tão violenta.

Só então Baz prestou atenção às rachaduras que se estendiam como veias pelo teto, começando no fundo mágico da piscina e se espalhando depressa. Elas se alastravam até a outra extremidade da caverna, onde a rocha deveria se abrir para o resto dos túneis de Dovermere. Havia apenas uma parede sólida ali, a mesma que Baz e Kai tinham encontrado ao tentar voltar para a porta logo após chegarem.

As fissuras na parede *rangeram*.

E por fim cederam.

A maré invadiu a caverna, e as paredes se despedaçaram sob a força colossal do Aldersea. Com sua magia, Baz imobilizou as ondas antes que a maré pudesse alcançá-los, mas não foi rápido o suficiente para deter as rachaduras ou parar as pedras que desabaram sobre a Ampulheta.

Ele teve uma sensação sinistra de déjà-vu quando a Ampulheta *se partiu* e a estalactite que formava a parte superior desmoronou no chão. A estalagmite se manteve de pé, mas a espiral gravada nela tinha se partido também.

A porta estava quebrada. A única forma de saírem dali não existia mais.

Baz puxou os fios do tempo que correspondiam à porta, mas eram muito frágeis. Estavam emaranhados e fragmentados, como se o fato de a porta ter se quebrado tivesse retalhado o próprio tecido do tempo. Era algo que Baz não era capaz de consertar... ele nem sequer sabia por onde começar, não enquanto todo o seu foco e poder estavam concentrados em conter a força do mar. A magia de Dovermere não reverberava dentro dele como antes porque ela *não estava lá*; estava partida, assim como a própria porta.

— Você consegue, Brysden — encorajou Kai ao seu lado, uma presença constante e estável, como sempre.

Baz respirou fundo. Não lembrava muito bem como era o mantra.

Inspire. Segure o ar. Expire.

No ritmo do mar e da respiração vagarosa da maré. Vai e vem. Um ciclo tão contínuo que jamais poderia ser rompido.

Algo se acendeu em sua mente. Segurando um único fio — o maior que ele encontrou, o único fragmento de tempo e magia que ainda estava quase intacto —, Baz inspirou com força. Ao puxar o ar, ele chamou os demais fios do tempo para si. E os fios responderam, entrelaçando-se de novo quando Baz soltou o ar.

Ele repetiu a ação várias vezes, inspirando e expirando, até ter em mãos a força vital do que era ou viria a ser a porta, aquela coisa feita do próprio tempo. Sua pele formigava, quente, e um poder que parecia ao mesmo tempo vasto e familiar pulsava em suas veias. Ele era o Cronomago, manipulando o tempo, desembaraçando e tecendo os fios até reconstruí-lo sozinho.

Talvez a metáfora mais adequada para ele pareça ser os pulmões...

A Ampulheta se refez, e seus pedaços soltos se juntaram novamente. Baz continuou respirando fundo, afastando a maré e puxando os fios do tempo. Vai e vem. Para dentro e para fora. Pelo visto, estava dando certo, mas, apesar do Colapso, seu poder não era ilimitado. Ele sentiu a magia deixando seu corpo de uma forma que o fez ter certeza de que estava perdendo uma parte de si mesmo que jamais recuperaria. A magia deixava suas veias para se infiltrar na estalactite e na estalagmite, as veias de poder da rocha, a prata na Ampulheta.

Aquela troca de energia intensificava a dor em seu pulso e na cabeça. Ele caiu de joelhos, rangendo os dentes em meio à agonia que percorria seu corpo.

Ele estava vagamente ciente da mão de Kai segurando seu cotovelo, de ouvi-lo chamar seu nome, da preocupação em sua voz de meia-noite. *Estou bem*, tentou dizer, e talvez tivesse conseguido. Mas era uma mentira que contava a si mesmo, porque sabia que as consequências seriam inevitáveis.

A Ampulheta renasceu graças à magia de Baz. Por mais estranho que fosse, era como se ele estivesse destinado a fazer justamente aquilo.

E, mais uma vez, a Ampulheta estava de pé como sempre estivera.

A magia de Dovermere também reapareceu, sussurrando nos ouvidos de Baz, agradecendo-o por curá-la e trazê-la de volta.

Sua magia é nossa e nossa magia é sua e somos iguais porque o tempo corre em nossas veias.

Eles eram um, Baz e Dovermere. Baz e o tempo. Baz e a Ampulheta. Uma coisa só, conectados de uma forma que Baz ainda não entendia direito, mas que era inegável. Um delicado fio cintilante os unia, respirando em sincronia como se os pulmões dele alimentassem os fios do tempo que ali existiam ou se como os pulmões de Baz dali retirassem fôlego.

Por um segundo, Baz pensou que sua magia se esgotaria por completo depois daquele grande feito, mas ela continuava presente, tão parte dele quanto o tempo era parte da vida. Um não poderia ser separado do outro.

Contudo, ele estava fraco e a maré ainda se chocava contra a magia que ele sustentava para impedi-la de engolir a Garganta da Besta. Seus esforços não funcionariam para sempre.

Sem perder tempo, Clover abriu um talho na palma da mão e a pressionou contra a Ampulheta. A porta só se abriu para ele quando Luce fez o mesmo. Partículas de prata dançaram ao redor deles e gravaram uma espiral em seus pulsos. Em seguida, a porta se abriu para uma imensa escuridão estrelada. O Invocador de Marés e a Sonhadora contemplaram as estrelas, deslumbrados.

— Essa canção — disse Luce. — Vocês estão ouvindo?

Baz se virou para Kai, que ainda o segurava para ajudá-lo a ficar de pé. Sabia que o Tecelão de Pesadelos estaria ouvindo o chamado também, mas Kai apenas o olhou de volta. Seu semblante exibia uma admiração silenciosa, como se, para ele, Baz fosse a única canção a ser seguida.

Clover deu as costas para a porta e encarou os três. A luz vinda das estrelas formava uma auréola em torno de seus cabelos claros e seus olhos brilhavam como a piscina de onde tinham vindo.

— Vamos conseguir — disse ele. — Nós chegamos até aqui. Tenho certeza de que juntos podemos trazer de volta as Marés e a Sombra. Vamos salvar o mundo.

O Invocador de Marés, a Sonhadora e o Tecelão de Pesadelos se viram diante de uma porta para outros mundos, a passos de iniciar a jornada rumo ao mar de cinzas e à possível salvação. Talvez esse tivesse sido o desfecho pretendido desde o começo.

Clover seguiu sem olhar para trás, e a escuridão o abraçou como se sempre tivesse esperado por ele. Luce o seguiu quase em transe, as estrelas refletidas em seus olhos. Kai puxou Baz pelo cotovelo, mas o Cronomago se desvencilhou.

— Vá — disse Baz, esforçando-se para segurar a força da maré. — Eu aguento. Vá logo.

O deslumbramento no rosto de Kai foi substituído por uma tristeza tão profunda que partiu o coração de Baz. Em seguida, veio a raiva.

— Não seja ridículo, Brysden. Vamos atravessar a porta juntos.

Mas a porta parecia tão distante e o esforço de caminhar, impossível. O controle de Baz sobre a magia cederia antes que ele conseguisse chegar lá.

E talvez parte dele não acreditasse que merecia passar pela porta e se tornar um dos heróis da história, deixando para trás o papel de guardião da porta que assumira. Baz não era corajoso como os outros.

Luce estava disposta a viajar pelo tempo, pelos mundos e por todas as incógnitas entre os dois para salvar a filha. Emory e Romie estavam fazendo o mesmo em algum lugar no futuro para salvar o destino do universo. Clover estava disposto a se sacrificar no lugar de Emory para salvar a todos eles. E Kai... Kai era a coragem em pessoa, disposto a enfrentar o lado feio e sombrio do mundo para que os outros não precisassem fazer o mesmo.

Baz queria ser tão corajoso quanto eles. Mas talvez o que estava fazendo já bastasse.

— Vá — repetiu ele, sofrendo ao ver as lágrimas que brilhavam como estrelas nos olhos de Kai.

Ele teve que se segurar para não desabar ao pensar que, pela segunda vez na vida, Baz veria uma pessoa que amava desaparecer pela porta para um lugar aonde ele não poderia ir.

Antes que entendesse o que estava acontecendo, Kai segurou sua cabeça e puxou-o para um beijo. Não foi carinhoso. Os lábios de Kai se chocaram contra os de Baz, desesperados, e ele se afastou depressa demais.

— Não vou deixar você se sacrificar feito um idiota — retrucou Kai, furioso. — Vamos juntos ou não vamos.

Eles saíram correndo rumo à escuridão que os aguardava na esfera dos sonhos. Baz sentiu a maré beliscando seus calcanhares quando perdeu o controle do tempo e o mar voltou a avançar, desimpedido. Kai voltou-se para ele com um sorriso travesso. Eles tinham conseguido, afinal. Estavam prestes a percorrer os mundos com seu ídolo literário, juntos e sem medo.

Mas a mão de Baz escorregou da de Kai quando algo o *empurrou* para trás, como se a escuridão fosse uma parede sólida impedindo seu acesso ao outro lado.

Seu trabalho aqui ainda não terminou, Cronomago, sussurrou a magia de Dovermere em sua cabeça.

A última coisa que Baz viu foram os olhos arregalados de Kai, que esticava os braços na direção de Baz, sua boca chamando o nome dele.

A porta se fechou entre eles.

E Baz estava se afogando na Garganta da Besta.

PARTE IV:

O
ERUDITO

Cornelius sempre se considerara um santo.

Fora o que sua irmã lhe dissera uma vez, ao descrever como ela e as outras crianças do orfanato o viam como seu paladino. Ele era o patrono da proteção e da cura, trazendo sorte e riso. Desde que estivessem com Cornelius, elas se sentiam seguras. Invencíveis contra o mal que morava naquele ambiente tão vil.

Nenhuma criança era sagrada aos olhos dos deuses que dirigiam o orfanato. E aqueles eram deuses particularmente perversos, o marido e a esposa que se autodenominavam seus *cuidadores*. Tal palavra, aliás, era uma escolha risível. Eles jamais tinham cuidado de seus tutelados, tampouco da casa decrépita em que viviam.

Os dois consideravam as crianças mercadorias estragadas, indignas de amor ou gentileza. A maioria delas acabava acreditando nessa mentira, considerando os maus-tratos dos deuses a prova de que não eram desejadas. Entretanto, Cornelius era teimoso demais e tinha uma imaginação fértil demais para aceitar que aquela era a vida que qualquer um deles merecia.

Descobriu muito cedo que conseguia fazer sarar aqueles que saíam do escritório do marido machucados e abatidos. Ele odiava quando alguém se feria, mas se deleitava na pequena santidade que carregava. Talvez fosse egoísmo de sua parte, mas ele gostava de se sentir útil e importante e sabia que jamais desistiria de buscar aquela sensação.

Para alguém que se considerava santo, Cornelius não imaginava que a morte o encontraria tão cedo.

Os deuses nunca imaginam que vão morrer, uma vez que acreditam que a imortalidade seja seu direito divino. Mas Cornelius não era um deus e, assim, a morte veio buscá-lo de forma repentina e prematura. Foi uma morte heroica, a partida de um mártir. Os cuidadores descuidados estavam brigando, como de costume. O homem tinha bebido demais, como de hábito, e entrou em um estado de fúria cujo único alvo eram as crianças. Ele era o mais aterrorizante dos deuses porque a morte pulsava em seu sangue e as crianças viviam com medo de que sua magia ceifadora pudesse escapar em um dos acessos de fúria.

A irmã de Cornelius era a vítima escolhida naquela noite. Mas Cornelius não aceitaria. Ele interveio e levou a surra por ela. O deus não gostou daquilo. Cornelius nunca soube ao certo se foram os punhos do deus ou sua magia, mas foi aí que o garoto encontrou seu fim.

Ou deveria ter encontrado.

Cornelius se agarrou tão desesperadamente à vida que conseguiu evitar a morte. Depois do ocorrido, viu-se mudado para sempre, com um poder que superava o da cura. Uma magia que, a seu modo, parecia divina. Os deuses do orfanato *passaram a temê-lo*, porém, como consequência, tornaram-se ainda mais cruéis. Cornelius decidiu que não admitiria que a situação perdurasse.

Com os novos poderes, ele destruiu o orfanato. Condenou à morte seus deuses cruéis e deu liberdade às crianças que tinham sido forçadas a se curvar perante a eles. Fez com que tudo parecesse um acidente, usando a própria magia ceifadora do homem contra ele e a esposa, conferindo a tudo a impressão de ser uma briga de casal com desdobramentos trágicos. Cornelius ficou satisfeito com a justiça poética daquilo. Ele também gostava do fato de que ninguém jamais suspeitaria de seu envolvimento, pois todos o conheciam como Curandeiro, não como Ceifador, e certamente não como Invocador de Marés. Ele faria tudo ao seu alcance para que continuasse assim.

Todos os deuses tinham segredos.

As crianças do orfanato se espalharam, virando-se nas ruas ou encontrando lugares em outras instituições com deuses mais gentis, cuidadores que realmente cuidavam.

Cornelius e sua irmã trilharam o próprio caminho. Com todo o seu poder, ele jurou que nunca mais se sentiria desamparado ou iria se curvar diante dos outros. Ele conseguia se safar de problemas apenas por meio do diálogo, roubar dinheiro e comida de vítimas desprevenidas e fazer a própria fortuna com o poder das quatro Marés na ponta dos dedos.

Nós fazemos nossa própria sorte, querida irmã, disse ele à irmã no dia em que comprou uma propriedade com o novo sobrenome deles. *Clover*. A palavra em inglês para trevo de quatro folhas. Uma escolha que ele esperava que lhes trouxesse sorte e prosperidade.

Cornelius não almejava dinheiro, fama ou ascensão a círculos de prestígio, mas a sensação de fazer a diferença no mundo. Ele queria aquele sentimento de santidade, de divindade, que crescia e crescia conforme ele se tornava mais poderoso, conforme suas ideias e sua magia se expandiam, conforme ele tinha certeza de que estava destinado a ajudar aqueles que, como ele, tinham em algum momento se sentido impotentes.

Como muitos santos, Cornelius era abençoado com profecias. Ele tinha visões de outros mundos, de futuros que poderiam ser dele, de pessoas que poderia ajudar. Sempre aparecia envolto em uma luz brilhante que provava que era abençoado. Assim, quando *aquela* visão chegou a ele pela primeira vez, ele não conseguiu entender a escuridão.

Sua fome de santidade só se acentuou ao viajar pelos mundos, ávido por provar que aquela visão ambígua estava errada. Cornelius conquistou seguidores como sempre fizera, discípulos que acreditavam que ele trazia a salvação. Ele também acreditou naquilo, por um tempo, até que a salvação de outros começou a importar cada vez menos diante da própria ambição. Ele lhes prometeu poder, promessas vazias que foram recebidas como bênçãos. Quanto mais adoração ele recebia, mais a ganância o consumia, até que nada bastasse para satisfazê-lo.

Somente a divindade bastaria.

Cornelius já tinha derrotado deuses antes... deuses cruéis, desprezíveis e humanos, mas, ainda assim, deuses aos olhos de uma criança. Ele sabia que era necessário ter força e astúcia para triunfar sobre eles. Então, fez o inimaginável. Absorveu o poder daqueles que mais confiavam nele, drenando-os até carregar a força vital dos outros dentro de si. Em seguida, partiu para tomar o poder das mãos gananciosas dos outros deuses e segurá-lo nas próprias mãos, essas sim justas.

Mas eis o problema com a divindade: uma pessoa sempre se vê como um deus quando está se regozijando na própria importância, porém basta encontrar um deus de verdade para perceber que a comparação é impossível. Um mero grão de poeira em meio a um grande mar de cinzas.

Mas as cinzas tendiam a se transformar. O poder é algo que pode ser tomado. A divindade poderia surgir daquele pequeno grão, em vista de um desejo muito ardente.

E o desejo de Cornelius ardia acima de qualquer outra coisa.

Ele era um santo que se transformara em um deus. Era um demônio sedento por poder que se deixara transformar em um deicida. Era um garoto que se tornou um homem que se tornou um monstro, despindo-se de todo o juízo sobre o certo e o errado.

Santo. Deus. Demônio. Deicida.

Invocador de Marés.

Ladrão de Marés.

Para ele, não importava mais como era chamado, desde que o poder continuasse sendo seu.

61

EMORY

Sidraeus a fez ficar sobre a linha de ley por horas a fio, só ouvindo o zumbido estático do poder emanado. Foi um verdadeiro desafio em termos de confiança, uma vez que Emory tinha que fechar os olhos e se desligar de tudo ao redor, ciente de que um deus vingativo estava a poucos metros de distância.

— O que eu deveria estar ouvindo? — perguntou ela, a suspeita a deixando tensa e irritada.

— O fluxo da magia, o movimento das correntes. Familiarize-se com ela como se fosse sua própria respiração.

Ela ficou ainda mais aborrecida quando as instruções dele deram certo. Emory de fato conseguia sentir a linha de ley de uma forma até então inédita. Se se concentrasse de verdade, podia mapear os caminhos em espiral que cruzavam o mundo. Como começavam em uma porta e terminavam em outra.

Era pura possibilidade. Ou *deveria* ser. Emory sentiu algo perverso também, como cinzas pútridas deturpando um poder divino que deveria ser incorruptível. Ela se perguntou se, caso empregasse sua magia de cura, os efeitos seriam os mesmos de quando libertara as umbras. Hesitante, Emory invocou diferentes magias — de cura, avivadora, purificadora, desatadora — e as misturou em uma coisa só, tentando revitalizar o que apodrecia.

Mas só serviu para atrair a escuridão que permeava sua magia, uma perversão particular.

— Cuidado — advertiu Sidraeus.

Emory não conseguia interromper a magia quando a linha de ley a potencializava, implorando para que a Invocadora de Marés usasse mais de seu poder. Mas não havia energia suficiente nas próprias linhas de ley. Emory sentiu a magia agitando-se em busca de algo mais para explorar, algo que a alimentasse de maneira diferente.

— Não — murmurou ao sentir que estava se aproximando do sangue, dos ossos e do coração que a nutririam, a prata começando a preencher suas veias enquanto seus fantasmas se aglomeravam ao redor.

Mãos sólidas a seguraram com firmeza pelos braços, e ela se viu forçada a encontrar os olhos de Sidraeus, uma âncora com a realidade.

— Resista ao chamado dela.

O chamado *dela*. De Atheia. Porque era isso que a chamava, o que ela tirava das chaves: as partes de Atheia que viviam nelas, o poder de criação que Sidraeus nunca teve... até criar Invocadores de Marés como Emory.

Ladrões de Marés.

Emory começou a entrar em pânico, sem conseguir respirar, o chamado a atraindo cada vez mais...

Sidraeus cravou os dedos em sua pele e, com uma força sobrenatural, afastou-a da linha de ley. Os dois caíram no chão, Emory em cima dele. Por um segundo, ela enxergou apenas Keiran e se lembrou de momentos passados em uma proximidade semelhante. Enojada, ela se desvencilhou do deus e ficou de pé.

Só então percebeu que a escuridão tinha se dissipado e mergulhado nele, igual ao que acontecera no Abismo. Ela percebeu como a cena lhe era familiar: fazia com que ela se lembrasse de um Tecelão de Pesadelos atraindo a escuridão de um pesadelo para si.

— Você faz isso de propósito? — perguntou ela.

— O quê? Salvar você de si mesma? — retrucou ele, levantando-se e batendo a poeira do corpo. — Que tal um obrigado?

Emory envolveu o próprio corpo com os braços, atenta à vibração da linha de ley.

— Os primeiros Invocadores de Marés passaram por algo parecido? O chamado de Atheia, a escuridão que vem logo em seguida.

— Existe uma razão para vocês serem chamados de *Invocadores* de Marés. Sua magia depende da magia das Marés. Como você, os outros conseguiam imitar as magias lunares que Atheia criava invocando o poder de criação dela. Alguns descobriram que conseguiam até transformar essa magia de maneiras diferentes, criando novas vertentes: magias que existem hoje naqueles que nascem sob eclipses comuns no seu mundo. Mas eles sempre precisaram tomar o poder de criação de Atheia emprestado, ou definhariam. Eles não existiriam sem ela. Sem dúvidas uma piada cruel do universo: finalmente me conceder o dom da criação para que eu criasse algo tão dependente de Atheia.

Então era verdade. De certa forma, Invocadores de Marés sempre foram Ladrões de Marés. E, pelo visto, corriam o risco de entrar em Colapso assim como qualquer outro nascido no eclipse. Mas Virgil não dissera que o Colapso não era a maldição que se acreditava ser, e sim uma ampliação dos próprios limites? Era como se, depois da partida de Sidraeus e Atheia, depois que as portas dos mundos se fecharam, a magia tivesse diminuído para todos, *exceto* para os nascidos no eclipse.

Talvez Sidraeus *tivesse criado* algo inteiramente dele, afinal.

Emory achou melhor não tocar no assunto. Perguntou-se de novo por que *ela* aparentemente não era suscetível ao Colapso... Sempre se aproximava dele, mas nunca entrava de fato em Colapso. Então ela entendeu. Era a linha de ley. Em todas as vezes que quase entrara em Colapso, ela estivera na linha de ley, absorvendo o seu poder sem saber. Era como se a magia dela tentasse se reabastecer ao acessar outra fonte, fossem as chaves ou a linha de ley ou as duas coisas... de modo que nunca se esgotasse.

— Tem que existir uma maneira de eu extrair essa energia sem ferir meus amigos.

Uma maneira de usar sua magia sem tirar algo de outra pessoa. Quando aquilo acontecia, Emory se sentia suja. Como se fosse da mesma laia de Keiran e suas ações pudessem ser comparadas com o que ele estava fazendo com o sangue prateado dos nascidos no eclipse.

Sidraeus a encarava com atenção.

— Você teme o poder em suas veias. Você o odeia por conta de tudo que lhe foi ensinado sobre ele no seu mundo.

No fundo, Emory compreendia os motivos por trás do medo de Romie. Sentia o mesmo temor quando pensava na possibilidade de machucar seus amigos. Mas será que odiava sua magia? Aquela era a magia que a salvara, que a livrara da mediocridade e lhe dera uma razão para se ver como algo mais que a garota que vivia à sombra da melhor amiga.

Sua magia a fez enxergar seu próprio valor... e ele não estava apenas no poder que tinha, mas em tudo que fazia de Emory *quem ela era*.

— Acho que já odiei um dia — respondeu ela. — Mas isso não é mais verdade.

Aquele tipo de magia poderia ser um fardo, porém Emory a amava mesmo assim. Havia beleza nela, por mais que fosse difícil de enxergar.

Quando não se tem escolha, é preciso aprender a viver nas trevas. Você me condenaria por ter abraçado a escuridão?

Emory aceitaria a própria magia, por completo, e lutaria por ela, porque queria tudo: seus poderes, sua vida, seus amigos. Não um ou outro, mas tudo ao mesmo tempo.

Um lampejo de orgulho cruzou o olhar de Sidraeus, como se ele enxergasse a determinação de Emory. Ela imaginou que fosse um eco da determinação da Sombra, do desejo que tinha de romper os limites que lhe foram impostos. Sidraeus queria o que Atheia tinha e, quando conseguisse, não pretendia abrir mão. Ele queria lutar, resistir por si mesmo, por seus Invocadores de Marés e por todos os mortais.

Emory viu em seus olhos a divindade que ele fora um dia, o entusiasmo com que ele quisera compartilhar seu poder com os mortais. Ela se pegou imaginando qual teria sido a aparência dele, um quase deus que era apenas um menino, sedento por um propósito e uma conexão que não existia nas almas dos mortos ou nas criaturas dos pesadelos às quais estava ligado.

— Existe alguma maneira de você recuperar sua verdadeira forma? — perguntou ela.

— Imagino que os deuses a estejam guardando em segurança no mundo deles, onde acreditavam que eu nunca poderia buscá-la.

— O que vai acontecer *com ele* se você recuperar seu próprio corpo? — Ela indicou o corpo reanimado de Keiran.

Sidraeus a examinou.

— O que você quer que aconteça com ele?

Emory não sabia como responder. Uma parte sua queria que Keiran tivesse alguma consciência do que estava acontecendo, nem que fosse para que pudesse ver como ela tinha se tornado poderosa. Não era mais a garota vulnerável que ele usara, e sim alguém no comando do próprio destino... ainda que esse destino estivesse interligado a um deus que talvez a estivesse usando também.

Ela queria ao menos que Keiran soubesse que a própria Sombra da Destruição o estava usando como um receptáculo, da mesma forma que ele queria que Emory fosse usada pelas Marés. Ela queria que ele sofresse pelo que tinha feito com os nascidos no eclipse e por tudo que pretendera fazer. Ele merecia.

No entanto...

Talvez a morte tivesse sido punição suficiente.

Foi uma morte que ela poderia ter evitado. Talvez a primeira morte real que recaíra sobre seus ombros.

As mortes de Travers, Lia e Jordyn tinham sido acidentes, mas a de Keiran, não. A súplica dele enquanto as umbras o devoravam ainda ressoava nos ouvidos de Emory, bem como o olhar dele quando ela o ignorou e permitiu que fosse morto.

— Não posso dizer que ele perdoou você antes de morrer — ofereceu Sidraeus, como se soubesse no que ela estava pensando. — Acho que ele era egoísta demais para isso e valorizava demais a própria vida. Mas a culpa que você carrega pela morte dele... Quanto mais permitir que ela pese na sua consciência, mais difícil será se livrar dela.

— Experiência própria?

— É tão óbvio assim?

— Não seria tão ruim. Nem tudo tem que ser enigmático ou ambíguo. Um pouco de sinceridade seria bom.

Sidraeus ponderou sobre a sugestão dela.

— Certo. Sinceridade, então. Eu tive séculos para pensar no que poderia ter feito de diferente para evitar o destino dos Invocadores de Marés. Eles nunca teriam sido mortos pelos deuses se eu tivesse ouvido Atheia e desistido de nosso sonho antes que as coisas chegassem àquele ponto. Eles nem sequer teriam sido criados se eu não houvesse ultrapassado os limites e visitado o seu mundo.

A dor era tão evidente no rosto dele que Emory não soube como reagir. Não queria sentir empatia pelo deus, mas conhecia aquela culpa. Conhecia a sede de poder que permanecia a mesma.

— Não foi você quem os matou — disse Emory, esforçando-se para imbuir suas palavras de perdão. Não por ele, mas por si mesma.

— Nem você. — Ele a observava com atenção, como se estivesse tentando entender alguma coisa. — Talvez você e eu sejamos mais parecidos do que pensamos.

Bom, eu tenho sua magia, afinal, pensou ela, com amargura, ignorando a forma como seu sangue pareceu fluir mais quente com as palavras dele.

Emory despertou com a mão dele tapando sua boca.

Um grito de protesto morreu em sua garganta quando Sidraeus pressionou um dedo contra os próprios lábios. A seriedade em seu rosto bastou para que ela ficasse em silêncio. Era surpreendente que conseguisse enxergá-lo no escuro, já que o fogo estava apagado.

Devagar, ele tirou a mão da boca de Emory.

— Temos que ir. — Os dois estavam tão perto um do outro que Emory sentiu a respiração de Keiran em seu rosto quando ele sussurrou: — Os cavaleiros estão aqui.

Então ela ouviu o tilintar sutil da armadura e o som de passos. Os dois olharam pela borda do cânion onde tinham pernoitado. Na passagem abaixo, mais de vinte dracônicos marchavam em direção ao leste, alguns deles com tochas. Vinham cavaleiros com suas armaduras e os sábios com seus mantos, além de um jovem pajem que Emory reconheceu. Caius chorava e, quando tentou secar as lágrimas, o sábio ao seu lado (o Mestre Bayns) pareceu ralhar com ele.

De repente, Sidraeus puxou Emory pelo braço, arrastando-a para baixo de uma árvore bem quando ouviram um bater de asas. Acima deles, alguns cavaleiros dracônicos sobrevoaram o cânion, inspecionando os arredores. Dois deles pousaram a alguns metros de distância de onde Emory e Sidraeus estavam escondidos. Um guincho estridente ressoou no céu noturno de algum lugar ao longe, atraindo a atenção dos dois cavaleiros.

— É sensato deixar a fera lá? — perguntou um deles.

Quando o outro respondeu, Emory reconheceu a voz da Comandante:

— Se o Arauto da Noite encontrá-la, vai servir de recado.

— Por que não estamos indo atrás dele?

— Porque Anatolius está com o Elmo Dourado. Eles detêm todos os segredos dos dragões. E, mais importante ainda: eles sabem onde a Forjadora descansa. Se os seguirmos, poderemos encontrar um estoque ilimitado de chama de dragão para criar outros dracônicos. Com isso, o Arauto da Noite não será páreo para nós.

— E Anatolius?

Um momento de silêncio.

— Não vou deixá-lo escapar da morte pela segunda vez.

O coração de Emory disparou. Se os cavaleiros alcançassem seus amigos antes de chegarem a Forja do Sol...

Ela precisava detê-los. Mas, antes que pudesse pensar em usar magia, os cavaleiros partiram, batendo suas grandes asas. E Sidraeus não se encontrava mais a seu lado.

— O quê... *Para onde você está indo?*

A silhueta dele mal era visível na escuridão, mas Sidraeus estava correndo na direção de onde viera o som estridente. Emory disparou atrás do deus e quase o atropelou quando chegaram à base do cânion. O rosto de Sidraeus estava contorcido de horror e raiva ao observar uma fera que fez com que Emory desse um passo para trás. A criatura tinha um corpo felino de pelagem preta e escura como a noite, mas o torso e a cabeça eram de uma coruja e suas penas eram prateadas como a lua. A fera soltou um lamento aflito, encarando-os com olhos de um azul vibrante.

Suas asas estavam presas na parede do cânion, perfuradas por duas espadas douradas.

Sidraeus parecia revoltado e muito triste, tudo ao mesmo tempo. Ele se aproximou da criatura e a acariciou com delicadeza na altura do pescoço, falando em uma língua que Emory não entendia. A fera gemeu outra vez, fechando os olhos ao se inclinar para receber o toque de Sidraeus. Distraindo-a com palavras que soavam tranquilizadoras, o deus retirou as espadas com movimentos ágeis e certeiros. Sangue escuro jorrou dos ferimentos quando a criatura cambaleou para a frente.

— Você consegue curá-la? — perguntou ele.

Sua boca não passava de uma linha severa quando ele se virou para Emory, mas havia desespero e sofrimento escondidos em seus olhos.

Ela contemplou a fera, a forma como Sidraeus se ajoelhou ao lado dela, e compreendeu. As feras eram dele, carregavam um rastro do poder deixado pela Sombra depois de ter visitado aquele mundo com Atheia. Eram criaturas que viviam no equilíbrio entre a vida e a morte, entre a criação e a destruição. Não eram seres perversos do submundo, tampouco sedentos por sangue como a Irmandade queria que todos acreditassem. Eram apenas incompreendidos.

E talvez por também ser uma criatura nascida do poder de Sidraeus, ela usou sua magia de cura e a direcionou para a fera. As asas logo se recuperaram, e a criatura as sacudiu e depois as acomodou ao lado do corpo com um grunhido de satisfação. Seus olhos azuis encontraram os de Emory e, de repente, uma voz surgiu em sua mente, assim como quando o dragão falou.

Obrigada, Invocadora de Marés.

— Você sabe o que eu sou?

Eu sei de muitas coisas. Faz parte do meu dom.

— Está falando com você? — perguntou Sidraeus, franzindo a testa. — O que está dizendo?

— Você não está ouvindo?

Eu escolho com quem falar, declarou a criatura, abanando o rabo preguiçosamente ao sentar-se sobre as patas traseiras. *Por ter me curado, meu dom é seu se assim desejar.*

Emory estremeceu com as palavras.

— Qual é seu dom?

Coloque a mão sobre meu coração e descubra por conta própria.

Emory olhou de soslaio para Sidraeus, que observava a conversa silenciosa com a sobrancelha arqueada. A curiosidade falou mais alto, e ela se aproximou da fera, ainda que hesitante, e pousou a mão no peito macio do animal. Mergulhando em seus olhos azuis, Emory arfou quando uma série de imagens desabrocharam em sua mente. *Conhecimento. Verdade.* Era o dom da criatura que a invadia como uma maré.

Emory recolheu o braço. Seu coração martelava no peito.

A fera inclinou a cabeça para ela ao dizer:

Adeus.

E, sem mais delongas, saltou para a liberdade... mas não sem antes trocar um olhar profundo com Sidraeus. A expressão do deus se transformou, e Emory quase conseguia ouvir as engrenagens girando em sua mente, fazendo-a se perguntar se a fera tinha falado com ele também. Ainda estava tentando processar o que vira quando Sidraeus se virou em sua direção. Ele se recompôs depressa e plantou um sorriso divertido no rosto.

— Vai me contar o que a criatura disse? — perguntou, sem conseguir disfarçar a desconfiança.

Emory mal conseguia respirar enquanto a verdade que a fera lhe mostrara se acomodava em seu peito.

— Ela só me agradeceu pela cura. O que disse para você?

— Ela não falou comigo. Acho que tê-la libertado não foi um feito tão digno de agradecimento — disse ele, amargurado. Depois se concentrou em Emory, intrigado. — Foi só isso?

— Foi. — A língua dela pareceu pesar com a mentira, e seu rosto ficou quente sob o exame incisivo do deus. Ela apontou com o queixo para a trilha no cânion por onde os cavaleiros tinham seguido. — Mas agora compartilhamos da mesma sede de vingança. Eles têm que pagar pelo que fizeram com aquela fera.

— Concordo plenamente.

— Então vamos fazer com que paguem.

Ele arqueou a sobrancelha, incrédulo.

— Embora seu entusiasmo sanguinário seja interessante, acho que eu e você não vamos conseguir lidar com todos eles sozinhos. Eu posso ser uma divindade, mas estou em um corpo frágil. Além do mais...

— Não quis dizer só nós dois. Eu tive uma ideia.

A satisfação nos olhos de Sidraeus quando ela lhe contou o plano fez com que Emory tivesse a impressão de que Sidraeus a enxergava de verdade pela primeira vez. Era curioso, pensou Emory, porque era a primeira vez que a Invocadora de Marés tinha enxergado a verdade sobre ele também.

62

BAZ

Baz acordou na enfermaria de Aldryn. Estava machucado e sentia-se dolorido, mas pelo menos saíra intacto. Ou era o que pensava. Com a visão embaçada, ele olhou ao redor. Todas as camas estavam ocupadas por alunos enfaixados. Cordie estava de pé perto das janelas, de olhos avermelhados e com o braço em uma tipoia... Estava *viva*. Conversava com Polina, cujo rosto estava branco feito papel. O sol se punha lá fora, banhando as duas em uma luz dourada.

Cordie percebeu que o Cronomago acordara e na mesma hora foi falar com ele.

— Como está se sentindo? — perguntou ela.

Baz estremeceu ao se sentar.

— Como se eu devesse estar morto. — Ele repassou mentalmente os últimos acontecimentos: a magia da porta que o impedira de entrar na esfera dos sonhos, sussurrando que ele ainda tinha coisas a fazer ali. — Como vim parar aqui?

Seu pulso direito estava enfaixado. Ele levou a outra mão à cabeça (que ainda doía depois de o garoto ter caído de uma grande altura na Garganta da Besta) e descobriu que estava preso à cama com uma algema nulificadora no braço.

— O que...

— É só uma precaução — explicou Cordie. — Você foi encontrado na Baía de Dovermere, quase afogado. Mal estava respirando. — Seus olhos estavam marejados. — Cornelius se foi, não é?

Baz assentiu.

Clover tinha ido embora. Kai e Luce também. E Baz ficara ali, preso no passado, sem saber se algum dia veria Kai de novo.

Polina estava inquieta ao seu lado, de ombros curvados como se estivesse tentando se encolher ou desaparecer de vez. Também usava uma algema nulificadora, embora não estivesse presa à cama. Baz percebeu que os alunos feridos ao redor prestavam atenção neles. *Nele,* mais especificamente.

— O que aconteceu?

— Houve uma explosão — explicou Polina. — A Cripta, a biblioteca do Hall Decrescens e todo o pátio foram destruídos. E... — Ela deu uma olhada furtiva para os alunos que a encaravam, baixando a voz. — Concluíram que a explosão foi causada pelo Colapso de Thames. Que ele trapaceou para passar pelas proteções com a sua ajuda, embora você tenha sido encontrado na baía, não na Cripta. Eles cogitaram que você pudesse ter entrado em Colapso também, mas não se preocupe. Testaram seu sangue. Está vermelho, não prateado.

Baz foi tomado por uma onda de tristeza e de raiva. Todo o progresso que fizera com aqueles alunos, toda a hostilidade que tinha começado a se dissipar... tudo em vão. Ele nascera no eclipse e, portanto, as pessoas arranjariam alguma forma de culpá-lo pelo ocorrido.

— O que aconteceu com o corpo de Thames? — perguntou Baz.

De repente, Cordie desabou em lágrimas, sentando-se aos pés da cama de Baz.

— Desculpe. É que... não consigo acreditar que ele morreu. Não consigo entender como ele foi parar lá embaixo. Pensei que tivesse ido embora para Trevel. Por que ele estava lá?

Polina passou o braço pelos ombros de Cordie, sussurrando algo em tom suave para a amiga, que soluçava, aos prantos. Ela se dirigiu a Baz, então muito confuso.

— Encontraram outro corpo no Tesouro — explicou Polina. — Era Louka.

Baz sentiu o sangue gelar. Louka? Não fazia sentido. Como, em nome das Marés, ele teria passado pelas proteções? E como eles não tinham visto o corpo?

— Sinto muito, Cordie.

O coração de Baz se partiu ao vê-la chorando nos braços da amiga. Uma Curandeira apareceu e levou Cordie para uma cama livre para acalmá-la.

— Nada disso faz sentido — murmurou Baz.

Polina se concentrou nele, mordendo o lábio.

— Eu fiz uma coisa... — Ela levou a mão ao bolso e retirou dois medalhões de prata, que colocou na cama. — Coletei as memórias de Thames e de Louka e as guardei nesses medalhões. As relevantes, pelo menos. Ainda não mostrei para Cordie, mas... eu precisava que mais alguém soubesse.

O coração de Baz disparou no peito quando ele esticou o braço para pegá-los. Ele quase se esquecera da magia de Polina: a habilidade de extrair as memórias dos mortos.

Baz se deteve antes de tocar nos medalhões.

— O que você viu?

Polina balançou a cabeça.

— Não sei dizer. Você tem que ver com os próprios olhos.

O Cronomago não sabia se sequer *queria* ver, dada a expressão devastada de Polina. Mas era necessário.

— Como funciona?

— Bote o colar no pescoço e abra o medalhão, assim será levado até as lembranças que ele guarda. Você não... não será *você mesmo* quando estiver lá. Vai sentir as lembranças pela perspectiva de quem as viveu, assim como seus pensamentos e emoções.

Ela entregou o medalhão maior para Baz.

— Comece com este.

Sem jeito, ele passou a corrente pela cabeça e, com dedos surpreendentemente firmes, abriu o medalhão. Baz ofegou quando a enfermaria e todos nela desapareceram. Quando ele próprio desapareceu, sua mente foi substituída pela de outra pessoa.

— Não está dando certo.

A frustração de Cornelius era evidente ao empurrar o diário para o lado, quase derrubando o pote de tinta. Da cama de Cornelius, onde estava sentado lendo, Thames ergueu o olhar. Os lençóis estavam desarrumados, e Thames se deleitava com a seda macia em sua pele.

Cornelius passou a mão pelos cabelos e se recostou na cadeira da escrivaninha, a boca em uma linha fina. Era fascinante para Thames ver as emoções de Cornelius sempre à flor da pele quando ele não estava em público. Ali, ele não era o intelectual sereno que todos viam, e sim o idealista fervoroso que Thames conhecia.

— No que está pensando? — perguntou Thames.

Cornelius esfregou o lábio, pensativo.

— Para que o experimento funcione, eu precisaria não interferir. Deixá-los lutar para sobreviverem por conta própria, sem ter a garantia da minha magia de cura como último recurso.

— E se não sobreviverem? — perguntou Thames. — Com certeza as pessoas vão perceber se os alunos mais brilhantes de Aldryn começarem a morrer a torto e a direito.

Cornelius deu um suspiro exasperado.

— Você tem razão.

Thames estufou o peito, orgulhoso com o pequeno reconhecimento de sua importância.

— Poderia ser com pessoas de fora da Ordem Selênica — sugeriu ele. — O Bicentenário está chegando. Seria a desculpa perfeita.

Os olhos de Cornelius se iluminaram com entusiasmo.

— Estudantes lidando com proteções letais — disse ele. — Ninguém desconfiaria de nada se algo desse errado.

— Isso mesmo. Você teria que escolher os alvos com cuidado, mas...

— Acho que tenho uma ideia de quem poderia ser. — A boca de Cornelius se curvou em um sorriso, e ele foi até a cama, deitando-se com Thames e segurando seu rosto carinhosamente entre as mãos. — O que eu faria sem essa sua mente brilhante?

A cena se dissolveu assim que a boca de Clover tocou a de Thames. Na mesma hora, a lembrança se transformou em outra, sem que Baz tivesse tempo de processar o que vira.

Cornelius estava sendo enforcado por Wulfrid e ainda teve a audácia de sorrir, de dar risada, diante do perigo.

— Vá em frente — provocou ele, sem ar.

As veias do pescoço de Wulfrid saltaram conforme ele apertava o pescoço do outro garoto com mais força. Os olhos de Cornelius se reviraram e as pernas se debatiam sob o corpo de Wulfrid. Thames não queria mais ver aquilo. Saltou sobre Wulfrid, tirando-o de cima de Cornelius e esmurrando-o repetidas vezes, como se algo selvagem tivesse se libertado em seu âmago.

— Já chega, Thames.

Cornelius o afastou como se nada tivesse acontecido. Ajeitou os óculos de Thames e a lapela de seu terno carmesim, uma versão quase idêntica ao terno branco que Cornelius escolhera para a festa. Depois pegou a mão trêmula de Thames entre as suas e beijou os nós ensanguentados de seus dedos.

— Pronto — murmurou Cornelius, e Thames sentiu o toque da magia de cura em sua pele, apagando a evidência do que fizera.

Ele olhou para Wulfrid.

— Ele está...

— Ainda não. Mas vai ser o alvo perfeito, não acha? Ele caiu na armadilha tão depressa.

— O vocês fizeram?

Thames e Cornelius se viraram e se depararam com três alunos encarando-os de olhos arregalados. Eram os colegas de equipe de Wulfrid. O estudante corpulento de Fröns abriu a boca para gritar para a bibliotecária de plantão sem saber que Cornelius já subornara Luce para que ela se ausentasse naquela noite, por conta da festa.

— Fiquem de bico calado e façam o que eu mando — ordenou Cornelius, com a voz carregada pela coerção da magia encantadora.

Os três alunos ficaram em silêncio.

— Agora peguem o amigo de vocês e me sigam — instruiu ele.

Thames estava na sala secreta da biblioteca, incomodado com as risadas e com a música alta. Flexionou a mão, sentindo uma dor fantasma depois de ter socado Wulfrid, e ficou observando Baz, que assistia à dança de Cornelius e Kai com uma expressão que Thames conhecia muito bem.

— Cornelius é assim com todo mundo — disse ele.

— Assim como? — perguntou Baz.

— Sedutor. Cativante. No começo, também me incomodava.

Mentira. Ele ainda se incomodava com isso. Thames queria que Cornelius tivesse olhos apenas para ele, mas o outro estava sempre cortejando quem quer que tivesse as melhores histórias ou as magias mais interessantes. Para Cornelius, ninguém era insubstituível, a não ser, é óbvio, sua irmã. Mas ninguém o conhecia como Thames. Nem mesmo Cordelia.

Se eles vissem o verdadeiro Cornelius, talvez enxergassem um monstro. Mas Thames via um intelectual disposto a ir até onde ninguém mais tinha coragem de chegar.

— Acho que você derrubou alguma coisa — disse Baz.

Thames olhou para a mancha no terno.

Sangue.

Ele devia ter se sujado sem perceber. Graças às Marés seu terno já era vermelho, então parecia estar com uma simples mancha de vinho. Mesmo assim, Thames não podia se arriscar a levantar suspeitas.

Saiu da festa para se limpar, aproveitando para checar os quatro garotos. Cornelius os encantara para que ficassem inconscientes e os escondera em um canto escuro da biblioteca.

— Não se preocupe — garantiu ele —, coloquei uma proteção para escondê-los dos outros.

O plano era lidar com o grupo depois da festa. Mas, enquanto esfregava vigorosamente o terno para se livrar do sangue, Thames foi tomado pela dúvida. Se a teoria de Cornelius estivesse errada, se nenhum daqueles alunos se transformasse em Invocadores de Marés, eles seriam culpados por quatro mortes.

Seriam assassinos.

A festa terminou, e agora apenas Thames, Cornelius e os três corpos estirados a seus pés continuavam na sala secreta. Mortos, todos eles.

O primeiro a morrer fora o aluno de Fröns, afogado em uma tigela rasa de sangria que Cornelius tinha enchido com o líquido disponível mais próximo: chá de lua.

Ele cortara a palma da sua mão e, em seguida, a do outro garoto, depois misturara o sangue dos dois na tigela, criando filetes vermelhos na bebida. Assim como nos rituais da Ordem Selênica.

Em seguida, ele segurara o aluno quase afetuosamente, sussurrando em seu ouvido:

— Agora lute para ficar vivo.

Sentindo o coração disparado, Thames assistira à cena com uma esperança macabra e uma pitada de remorso. O estudante se debatia sob o aperto de Cornelius, sua cabeça afundada na tigela rasa. Por fim, ficou imóvel. Bolhas subiram à superfície. Cornelius esperou, esperou e esperou, ansioso para que sua teoria se provasse correta.

O aluno não se levantou.

Em seguida, foram os dois garotos de Aldryn, capangas de Wulfrid. Um método diferente para cada. Um foi estrangulado, o outro, esfaqueado.

— Já que por afogamento não deu certo — explicou Cornelius. Nenhum deles sobreviveu.

Agora só restava Wulfrid. Seus olhos estavam alucinados de fúria e medo conforme Cornelius se aproximava. Thames sabia que aquilo era pessoal.

— Você me faz lembrar minha primeira morte — disse Cornelius a Wulfrid. — Ele também era um valentão. Talvez se eu matar você da mesma forma que ele tentou me matar…

Thames não percebeu o menor vestígio da magia ceifadora, apenas viu a vida deixar os olhos de Wulfrid. Morto como os outros. Irremediavelmente.

— O que faremos com os corpos? — perguntou Thames.

— O Tesouro — disse Cornelius. — Tenho uma ideia.

Thames ofegava com o esforço de puxar o corpo escada acima. Cada vez que respirava sentia que ia vomitar. Eles tinham deixado os corpos no Tesouro por tempo demais, e agora o fedor de carne em decomposição empesteava o ar.

— Quase lá — disse Cornelius à frente, grunhindo ao arrastar o corpo de Wulfrid.

Os dois primeiros corpos que tinham carregado os aguardavam no topo da escada.

— Espere aqui — instruiu Cornelius, apoiando a mão na parede. — Vou verificar se o caminho está livre.

Thames o viu desaparecer pela porta prateada. Seu coração quase parou quando ouviu Cornelius dizer:

— Não é o que vocês estão pensando.

Uma voz familiar retrucou:

— Não? Porque estou pensando que você encontrou uma maneira de contornar as proteções que estamos tentando decifrar.

A mente de Thames estava a mil por hora. Era Baz, e a voz de Kai ressoou logo em seguida. Thames e Cornelius tinham sido pegos e tudo viria à tona. Seu estômago se revirou de culpa, e ele sentiu gosto de bile. Ou talvez fosse o fedor dos cadáveres. De repente, ele pensou que não queria estar envolvido em nada daquilo. Mas então ouviu a voz suave de Cornelius, depois a de Luce. Um momento depois, todas as vozes se afastaram juntas.

A tensão diminuiu nos ombros de Thames. Cornelius cuidara de distrair os outros, e agora cabia a ele, Thames, cuidar do resto.

Começou a puxar os corpos pela porta. A biblioteca, felizmente, estava vazia. Thames posicionou os cadáveres aos pés do arco, seguindo à risca as instruções de Cornelius. Assim, vamos fazer todo mundo pensar que foram as proteções que fizeram isso. *Eles já tinham drenado o sangue dos alunos, da mesma forma como as proteções quase drenaram a aluna de Ilsker. Os sinais visíveis de afogamento davam um toque adicional de mistério que poderia muito bem ser atribuído às proteções letais.*

Quando Thames terminou, foi embora depressa, aliviado ao sentir o ar frio da noite quando chegou ao pátio. Ele vomitou no gramado e começou a chorar.

Thames assistia ao pesadelo habitual de Cornelius quando percebeu que havia algo de diferente. Naquela noite, a guarda de Cornelius parecia baixa, algo que não costumava acontecer nem enquanto ele dormia. As veias de Cornelius pulsaram em prata, depois em preto, e ele por fim se transformou em um verdadeiro monstro. Um poder sombrio e mortal explodiu de seu corpo, transformando tudo e todos ao seu redor em cinzas.

O mundo era escuro e sem vida, e a culpa era de Cornelius.

Na imensidão de cinzas, uma luz surgiu. A princípio, Thames pensou que fosse Luce, aparecendo no pesadelo como um sonho, uma estrela brilhante. Mas aquela garota não era Luce. Luz emanava dela, parada ao lado de Cornelius e, ao fitá-la, Thames foi tomado por um sentimento de esperança.

Então Cornelius se virou para Thames, notando sua presença naquele sonho tão sombrio que não era bem um sonho, mas uma lembrança, uma visão. Algo impossível de ser esquecido facilmente.

— Agora você sabe, meu caro Thames — disse ele, abatido. — Este é o destino que me espera.

Thames balançou a cabeça, recusando-se a acreditar. Ele segurou o rosto de Cornelius entre as mãos, desejando pegar para si toda a escuridão do pesadelo dele.

— Temos tempo para mudar isso — afirmou ele, determinado.

Uma promessa. Um juramento. O que quer que fosse necessário para libertar Cornelius de seu destino.

Cornelius o beijou com delicadeza, em seguida disse:

— Talvez... Se conseguíssemos criar um sintético da magia de invocação de marés como o que Baz e Kai descreveram... — Ele não terminou a frase. — Mas não. Para isso, precisaríamos de sangue prateado.

Os dois se beijaram em meio à escuridão do pesadelo enquanto as palavras de Cornelius plantavam uma semente na mente de Thames.

Outro pesadelo. O pior que Thames conseguira encontrar. As umbras se aglomeraram em torno dele, atraídas pelo breu do sonho daquela pessoa. Thames não a conhecia e desejou jamais conhecê-la, dada a natureza perturbada daquela mente.

Thames não costumava tirar coisas dos pesadelos como Kai. Ele até sabia como fazer aquilo, não era essa a questão, mas transportar as menores coisas que fossem o deixava muito perto de entrar em Colapso. Só que, no momento, entrar em Colapso era justamente o que ele precisava que acontecesse. Então deixou que as umbras o dominassem e se obrigou a acordar...

Então ele se viu no Tesouro. Tinha dormido ali sabendo que entraria em Colapso, ciente de que a explosão seria contida pelas proteções da Cripta. As umbras guinchavam nas sombras ao redor, como se contestassem sua visita à realidade. Thames olhou para as próprias mãos e notou as veias prateadas pulsando. Então ele entrou em Colapso com tamanha violência que gritou em agonia. Ele tinha que aguentar. Conseguiria suportar a dor. Precisava...

Thames voltou a si, confuso. O Colapso cessara, mas a prata ainda fluía em suas veias. Levantando-se, ele logo começou a agir para extrair seu sangue e misturá-lo com um dos frascos de sangue de Invocador de Marés de Cornelius que eles guardavam ali para experimentos. Ele infundiu a mistura em suas veias e depois entrou na piscina, sentindo o coração batendo nos ouvidos em um ritmo furioso.

Ele não seria mais um experimento fracassado. Ele sobreviveria e renasceria como um Invocador de Marés.

Thames mergulhou na água e se permitiu afundar enquanto o ar deixava seus pulmões.

Thames respirou fundo. Ele estava nos braços de Cornelius. Tinha conseguido! Diferentemente dos outros, ele tinha sobrevivido!

*Mas então Cornelius estava sussurrando em seu ouvido, dizendo —
não, ordenando — que assumisse a culpa por tudo que acontecera, que es-
condesse toda a verdade sobre o que tinham feito. A confusão se infiltrou
na mente de Thames. Por que Cornelius estava usando magia encantadora
nele? Por que estava fingindo que não tinha matado aqueles alunos?*

*Thames queria se enfurecer, queria se libertar do poder de Cornelius,
mesmo enquanto seu coração se partia em um milhão de pedaços com
a traição dele.*

Depois de tudo que Thames fizera...

*Ele tinha que, pelo menos, provar a Cornelius — e a si mesmo — que
nada daquilo tinha sido em vão. Thames acessou a primeira magia em
que conseguiu pensar e, de repente, estava usando a magia de luz. Cornelius
lhe observou com uma admiração e um afeto que tinham que ser reais, e...*

*Thames entrou em Colapso de novo. O poder queimava-o de dentro
para fora, apodrecendo sua carne, transformando seu sangue em cinzas,
drenando cada gota de magia e vida que ainda restava nele.*

Me ajudem, *foi o pensamento de Thames.*

O *último.*

Baz ofegou ao retornar à própria mente e ao próprio corpo, de volta à
enfermaria de onde nunca tinha saído. Arrancou o medalhão do pescoço,
jogando-o aos pés da cama. Polina o observava com uma expressão triste e
lhe ofereceu o segundo medalhão antes que ele pudesse dizer qualquer coisa.

— Fica pior — disse ela, baixinho.

Baz hesitou. Quis vomitar, mas tinha que saber toda a verdade. Aceitou o medalhão e se preparou para o turbilhão de lembranças que estava
por vir.

— Estou grávida.

*Louka sentiu o chão estremecer sob seus pés com as palavras de Cor-
delia. Ele foi invadido por uma alegria tão intensa que achou que fosse
explodir. O mesmo sentimento se espalhava pelo rosto dela. Ele riu.
Beijou-a na boca. Em sussurros abafados, eles começaram a fazer planos. Casamento. Trevel. Uma vida repleta de beleza e arte, longe da
Academia Aldryn, longe das restrições da magia.*

Você vai abandoná-la, *disse uma voz em sua mente. Seja discreto,*
para que ela não suspeite de nada.

— Eu... eu tenho que ir — disse Louka, para sua própria surpresa e contra sua vontade.

Cordelia não entendeu.

— Ir?

— Há muito a ser feito.

— Mas você está feliz, não está? É uma boa notícia.

— Sim — respondeu ele em tom monótono, muito diferente da forma como costumava soar. — É uma boa notícia.

Ele queria gritar para que todos ouvissem que estava feliz, óbvio que estava. Mas aquela outra voz em sua mente dizia que ele tinha que ir embora. Então, ele deu meia-volta e deixou Cordelia sozinha e atônita à porta de seu ateliê.

Lá fora, Louka se deparou com Cornelius. Ainda estava confuso demais com o que acabara de ocorrer para perceber como era estranho que o irmão de Cordelia estivesse ali. Ele nunca ia ao ateliê, como se arte fosse algo muito aquém dele, algo indigno de sua atenção.

— Vamos ter uma conversinha, só nós dois — disse Cornelius num tom exageradamente gentil.

O corpo de Louka se enrijeceu. Seus pés começaram a andar sozinhos. Aquilo era magia? E o que era aquela voz, tão parecida com a que estivera na mente de Louka?

Então ele se viu sentado em um bar de hotel com Cornelius.

— Quero que me conte toda a verdade, alfaiate. Do começo ao fim.

As palavras saíram da boca de Louka sem que ele as proferisse, tão sem emoção quanto antes:

— Cordelia está grávida. Queremos nos casar. Já tenho um emprego acertado em Trevel, onde sua irmã quer estudar arte. Vamos partir no começo da primavera, depois do término do ano letivo. Cordelia sabe como a educação dela é importante para você.

— Ah, sabe, é? — perguntou Cornelius, ácido. Um mar de fúria se formava por trás de sua fachada serena. — E qual é o plano se eu decidir não dar a minha bênção a vocês?

— Com todo o respeito... Acho que sua irmã sabe que você não aprova nossa união, nem a criança que teremos em breve, nem o tipo de vida que desejamos levar. Ela pretende partir comigo para Trevel, com ou sem sua bênção.

Por que ele estava dizendo tudo aquilo? Era um segredo dos dois.

Cornelius ponderou sobre o que ouvira em um silêncio insuportável.

— Ouça bem o que vai fazer, alfaiate. — Ele empurrou um pedaço de papel e uma caneta para Louka. — Você vai escrever uma carta para minha irmã terminando o relacionamento. Escreva que pensou bem, que não está pronto para ser pai e que, portanto, irá embora para Trevel sem ela. Termine a carta dizendo que nunca mais quer vê-la ou ter notícias dela.

Lágrimas se formaram nos olhos de Louka. Ele estava devastado, mas simplesmente não conseguiu se recusar a obedecer. Suas mãos se mexiam sozinhas, escrevendo as palavras conforme era instruído. Sem poder fazer nada, ele apenas observou enquanto Cornelius selava o envelope.

— Bom garoto — disse ele.

— Por favor — balbuciou Louka. — Eu imploro.

— Implorar é inútil. — Cornelius inclinou a cabeça. — Mas talvez você possa me ajudar em uma coisa...

Louka estava em uma gruta estranha e úmida. No centro, havia uma piscina brilhante cercada por tronos de pedra. A morte pairava no ar. Ele sabia que morreria ali.

Cornelius o instruiu a entrar na piscina.

— Ainda não testei o experimento em uma tela em branco — disse ele, conversando com Louka em tom casual —, ou seja, em alguém sem magia. Se você sobreviver e voltar como um Invocador de Marés, talvez Delia também consiga.

Louka sentia o gosto salgado das lágrimas que escorriam por seu rosto, a única coisa da qual ainda tinha controle depois de ter sido instruído a não falar ou se mexer sem a permissão de Cornelius. Quando sua cabeça foi empurrada para baixo d'água, ele não se debateu, não gritou, não resistiu.

Pensou apenas em sua amada Cordelia e rezou para que ela partisse para bem longe daquele lugar e do monstro que chamava de irmão.

63

EMORY

A paisagem ao redor mudou tão depressa quanto o clima.

A beleza do deserto ficara para trás — os arcos de arenito avermelhado, as árvores afiladas e os cumes que se erguiam sobre quilômetros e quilômetros de rocha. Ali via-se uma terra arrasada, rochas carbonizadas onde nada vingava, afiadas como as presas de uma fera. Um vulcão imenso emergia da terra coberta de fuligem, e Emory soube que só poderia ser Forja do Sol. Ela torceu para que ele não decidisse verter o mar de fogo em suas entranhas enquanto estivessem ali.

O céu também perdera o brilho débil do sol e os azuis desbotados. Uma tempestade se formava, indícios de eletricidade nas profundezas de nuvens escuras e ameaçadoras.

— Tem certeza de que está pronta? — perguntou Sidraeus.

Eles estavam em um cume, um ao lado do outro, de costas para Forja do Sol. Emory inclinou a cabeça um pouco para trás e o encarou. Os olhos eclípticos exibiam aquele brilho contente de novo, o que fez o estômago dela embrulhar. Ela engoliu em seco e voltou-se para o horizonte outra vez.

— Tenho.

A linha de ley vibrava sob seus pés, implorando avidamente para que ela liberasse sua magia. Emory conseguiu se segurar, porém, deduzindo que, quanto mais esperasse, mais a linha a fortaleceria.

Por fim, eles surgiram no horizonte, pontos de armaduras, espadas e asas douradas. A Comandante e sua comitiva.

Emory e Sidraeus tinham se apressado para detê-los antes que alcançassem Forja do Sol e conseguiram chegar bem a tempo. Então Emory invocou a magia das trevas, aceitando o poder da linha de ley, disposta a empregá-la para criar um grande espetáculo. Com isso, a escuridão caiu sobre eles, o breu espalhando-se pela planície árida entre Forja do Sol, atrás deles, e os cavaleiros que vinham na sua direção.

Emory imaginou a cena: ela e o Arauto da Noite, de pé em um cume lado a lado enquanto a escuridão florescia ao seu redor. A julgar pelo cintilar das espadas sendo desembainhadas enquanto os dracônicos se aproximavam, tratava-se de uma visão assustadora.

Emory cambaleou um pouco quando o poder da linha de ley a atravessou, mas Sidraeus a segurou pelo cotovelo. A Invocadora de Marés percebeu que, graças a ele, nenhum fantasma surgira com sua magia. Afastando os pensamentos provocados pelo toque dele, Emory se concentrou na tarefa que estava por vir.

A Comandante se posicionou diante deles com a mão na espada. Era seguida por três cavaleiros, além do sábio Mestre Bayns e de seu pajem, Caius. Este observava Emory com os olhos arregalados de medo.

— Arauto da Noite — disse a Comandante —, recebeu minha mensagem?

— Recebi — respondeu Sidraeus, sem titubear. — Para sua infelicidade, a fera sobreviveu.

— Você não terá a mesma sorte. — A Comandante fez um sinal para seus cavaleiros. — Peguem-nos.

Emory estudou Caius. Ele pareceu perturbado, até envergonhado, à menção da criatura. Ela se perguntou se o amor que o pajem nutria pelas feras teria aberto seus olhos para a crueldade de seus mestres, após o que fizeram no cânion. Emory se virou para o céu escuro acima deles, onde havia sinais de movimento entre as nuvens. Caius franziu a testa, notando a mesma coisa.

Emory torceu para que o rapaz entendesse quando Sidraeus disse à Comandante:

— Lamento, mas você e seus cavaleiros é que parecem estar sem sorte.

Gwenhael emergiu das nuvens escuras em um voo silencioso. Suas mandíbulas escancaradas revelavam chamas ofuscantes que vinham do fundo da garganta. A Comandante mal teve tempo de sair do caminho antes que o dragão disparasse uma chama em sua direção, letal e precisa.

Os cavaleiros entraram em um caos completo, fugindo em busca de um abrigo que não encontrariam. As chamas de Gwenhael destruíam a rocha árida enquanto Emory tentava em vão encontrar Caius, ao mesmo tempo em que torcia para que ele tivesse conseguido fugir em segurança. O céu acima de Gwenhael se abriu quando doze dracônicos armados surgiram trazendo o brasão do Elmo Dourado.

Ivayne os liderava com um sorriso feroz ao atacarem a Irmandade da Luz. Acompanhados do dragão, os cavaleiros da Comandante não seriam páreo para eles.

Emory se virou para Sidraeus. Ele observava o caos com uma satisfação sombria, e ela soube o que o deus provavelmente estaria pensando. Que estavam vingando a fera, que os dracônicos mereciam arder em chamas.

— Você tinha razão — disse ela, em tom sereno, fazendo com que ele desviasse a atenção da batalha. Emory se aproximou, atraindo-o mais para perto de si. — A fera me disse mesmo outras coisas. Como agradecimento, ela compartilhou uma verdade comigo.

Emory teve a impressão de que o olhar dele pousou sobre sua boca.

— E que verdade foi essa?

— Algo de que eu já suspeitava, mas torcia para que não fosse verdade.

Ele franziu a testa, sem entender. Quando Sidraeus menos esperava, um colar nulificador, semelhante ao colar do qual ela o libertara poucos dias antes, foi posto em seu pescoço. Ele girou na direção da dracônica que o colocara, mas Vivyan ergueu a espada na altura do coração do deus.

Emory recuou alguns passos, e Vivyan lhe ofereceu um breve aceno de cabeça.

— Tudo bem, garota?

— Tudo. Os outros estão em Forja do Sol?

— Esperando por nós, como combinado.

Aos poucos, a confusão no rosto de Sidraeus deu lugar à raiva.

— O que está acontecendo? — indagou ele, dividindo-se entre Emory e a dracônica.

As palavras de Emory foram cortantes.

— A verdade que a criatura me contou era sobre você. Pelo visto, você omitiu uma parte da sua história. Você já tinha tentado usurpar o poder dos deuses antes de ser aprisionado. Levou os Invocadores de Marés até a fonte para que absorvessem o poder dela para você, mas isso não funcionou. Você fez com que eles se destruíssem. O poder era forte demais e os matou. Mesmo assim, você estava disposto a arriscar mais uma vez e a me submeter à mesma coisa. A última Invocadora de Marés que talvez fizesse sozinha o que quatro outros morreram tentando.

— Emory...

— Mas essa nem é a pior parte, não é? — retomou ela, com uma risada amarga. — A pior parte é que, no fim, foi *você* quem sacrificou os Invocadores de Marés. Foi *você* quem os entregou aos deuses para que sangrassem até definhar.

A expressão dele era impassível.

— Eu fiz o que tinha que ser feito.

Sem desculpas. Sem remorso. Emory não deveria ter esperado nada diferente.

— Você é igual a ele — murmurou ela, estudando o rosto de Keiran.

Mais uma pessoa que pretendera usá-la. De repente, os dois pareceram ser um só.

Os olhos de Sidraeus se acenderam, um lembrete da divindade que habitava aquele corpo.

— Não me pareço com ele em *nada*. — O deus puxou a corrente presa ao colar nulificador, mas nada aconteceu. Fora reduzido à fragilidade humana sob o efeito dele. — Se eu não arriscasse os Invocadores, os deuses destruiriam *tudo*. Acabariam com os reinos dos vivos e dos mortos, queimariam tudo e todos, inclusive Atheia e a mim, e construiriam algo melhor a partir das cinzas.

— E por que fariam isso?

— Para se proteger, por medo, por rancor... De que importa o motivo? Para eles, os Invocadores de Marés eram algo que nunca deveria ter existido. A única ameaça à divindade. Esse é o tipo de poder que os deuses têm. Podem acabar com todos nós em um piscar de olhos, se assim desejarem. Eu não poderia deixar isso acontecer.

— Então você ofereceu seus Invocadores de Marés como sacrifício.

As mãos de Sidraeus estavam manchadas pelo sangue deles.

— E agora ia fazer o mesmo comigo — declarou Emory.

Ele cerrou a mandíbula.

— Precisa acreditar em mim. Se eu soubesse...

— Não acredito mais em você.

Os sons da batalha se intensificaram ao redor deles. Emory fez um sinal para Vivyan.

— Pode levá-lo.

A dracônica puxou a corrente, mas Sidraeus firmou os calcanhares no chão, tentando resistir. Vivyan o rebocou sem muito esforço, já que o corpo de Keiran era frágil sem o poder da divindade.

Sidraeus aceitou o próprio destino, apesar do semblante de fúria desmedida. Para Emory, perguntou:

— O que vai fazer comigo?

— Ainda não sei. Talvez leve você de volta para a esfera dos sonhos, onde é o seu lugar. Já cansei das suas mentiras.

O olhar de Sidraeus transbordava ódio, uma tempestade beirando a violência. Mas havia algo mais. Algo como mágoa e traição. Talvez até... orgulho?

— Está vendo? — murmurou ele, com um tom de satisfação na voz. — Eu e você somos iguais.

— Não somos.

— Juntos, nós poderíamos ter salvado os mundos. Agora temo que estejamos condenados a continuar como rivais.

Ela se aproximou dele, a própria raiva borbulhando no peito.

— Quero deixar uma coisa bem clara: não existe um mundo em que possamos ser *qualquer coisa* que não rivais. Eu desprezo o corpo que você habita e abomino a alma monstruosa que o preenche. *Rivais* não chega nem perto de descrever o que somos.

Algo inflamado tomou as feições dele.

Emory partiu à frente de Sidraeus e Vivyan, mal se dando ao trabalho de conferir a batalha que ainda se desenrolava. A maioria dos membros da Irmandade da Luz tinha sido encurralada pelo Elmo Dourado, todos vivos. Gwenhael aterrissara em meio às chamas e à carnificina, mastigando algo que Emory não queria saber o que era.

Então Ivayne os alcançou com o rosto salpicado de sangue e um sorriso radiante. Ela tocou o ombro de Emory.

— Você se saiu bem.

Ela tentou sorrir de volta, tentou se orgulhar de ter conseguido enganar Sidraeus, mas tudo que sentia era um vazio. Depois que a fera revelara a verdade sobre ele, Emory encontrara Romie em sonho e contara tudo. Juntas, bolaram um plano em que a Invocadora de Marés faria Sidraeus acreditar que ainda estava do lado dele. Sidraeus sabia que Vivyan e Ivayne tinham pedido a ajuda dos outros membros do Elmo Dourado para emboscar a Irmandade, mas desconhecia a parte de que se tratava de uma distração *para capturá-lo*.

Ela não morreria por ele, não seria um peão na sua busca por vingança.

Conseguira o que queria dele e, a partir de então, poderia focar na porta que tinha que encontrar.

Quando se aproximaram do grupo, Virgil foi o primeiro a ir até ela. Cruzou os braços e franziu os lábios em uma postura quase cômica.

— É bom se explicar, mocinha. — Ele olhou Sidraeus de soslaio quando Vivyan passou o levando. Para Emory, disse: — Sabe que eu teria ido com você se tivesse me chamado, não sabe?

Emory ficou comovida.

— Eu sei — respondeu ela, apertando o braço de Virgil em um gesto que esperava que transmitisse o pesar por ter partido sem dizer nada e o quanto valorizava a amizade dele.

Ainda mais quando viu Romie a observando com uma expressão cautelosa. Emory deu um último aperto carinhoso no braço de Virgil e foi até ela.

— Que bom que você foi até o fim — disse Romie. — Não sabia se você teria coragem de se voltar contra ele.

A frieza em seu tom feria tanto quanto suas palavras. Mesmo depois de tudo, a desconfiança de Romie em relação a ela continuava. Emory sentiu-se arrasada, sem saber se ainda havia algo a ser salvo ou se ela destruíra a amizade das duas de forma irreparável. Talvez estivessem fadadas ao distanciamento desde o começo, já que a natureza de suas magias as colocava uma contra a outra como se tivesse sido algo predestinado. Uma chave, uma Invocadora de Marés. Atheia, Sidraeus.

— Estou do seu lado, Ro. Isso nunca vai mudar, mesmo que *eu* tenha mudado. Mesmo que *nós duas* tenhamos mudado. Sei que magoei você, mas estou me esforçando, de verdade.

Suas palavras pacificaram Romie, e parte da tensão deixou seus ombros. Ela ofereceu um sorriso hesitante para Emory.

— Tudo era muito mais fácil antes, não era? Eu queria que as coisas voltassem a ser como no passado.

Era típico de Romie querer se agarrar a quem já tinham sido, uma versão de si mesmas que existia em uma bolha perfeita, como se aquilo garantisse que seria mais fácil enfrentar as coisas difíceis. Mas a bolha estourara havia muito, muito tempo. Elas não eram mais as mesmas pessoas. Emory nem sequer queria ser.

Ela pensou no que Sidraeus dissera. Que, ao ser forçado a viver na escuridão, ele não teve escolha a não ser absorvê-la. Talvez Emory tivesse feito o mesmo. Fora moldada pela escuridão, e parte dessa força estava enraizada em seu âmago. Talvez sempre estivera lá, esperando para ser libertada. De qualquer forma, a existência daquela escuridão — seu egoísmo, sua fome de poder — não significava que Emory não merecia ser perdoada.

Tudo que ela podia fazer era dar o melhor de si, apesar da escuridão, na esperança de que fosse suficiente para aqueles que a amavam. Amizades verdadeiras sobreviveriam às trevas.

Mas ela não sabia se Romie via as coisas da mesma forma.

64

ROMIE

Forja do Sol ficava na base do imponente vulcão. Ivayne e Vivyan mencionaram as erupções que aconteciam ao longo dos anos, ainda que esporadicamente, e Romie torcia para que nenhuma acontecesse enquanto o grupo procurava a entrada.

Erguendo-se das rochas, havia uma grande porta em arco com colunas esculpidas com ricos detalhes, perpassadas por fios de ouro e adornadas com gravuras de feras e dragões em voo. O arco era grande o suficiente para permitir a passagem de um dragão, mas Gwenhael não os acompanhou até ali. Preferiu ficar com os dracônicos do Elmo Dourado, que, depois de cuidar da Irmandade, levariam Gwenhael de volta à liberdade... junto aos outros dragões.

Romie esperava encontrar uma temperatura escaldante ao adentrarem a montanha. Eles se viram então em uma vasta caverna, repleta de colunas como as do lado de fora, ladeando um caminho que se aprofundava na escuridão. Rios de água fumegante cortavam o chão e, em alguns lugares, gêiseres espirravam água e vapor, como um alerta do que estava por vir.

— Este lugar tem cheiro de morte — disse Vivyan, com um tom sombrio. — Estou sentindo.

As palavras provocaram um calafrio em Romie, mas ela só conseguia sentir o chamado da canção, incentivando-a a seguir em frente. *Está tão perto,* parecia dizer, com um entusiasmo que contrastava com os horrores que permeavam o lugar.

No entanto, a dracônica estava certa: de fato havia morte ali, esperando por eles na forma de uma pilha de ossos.

Era a carcaça de um dragão monumental que tinha o dobro do tamanho de Gwenhael.

Ivayne e Vivyan se ajoelharam, inconsoláveis.

— Pensamos que Forja do Sol seria um refúgio para os dragões — disse Vivyan. — Mas é um cemitério.

— O que acham que aconteceu com ele? — perguntou Tol, de olhos marejados.

— Talvez tenha morrido protegendo *isso*.

Ivayne apontou para a parede de rocha preta e lisa atrás da carcaça. Havia um arco cercado por dois gêiseres fumegantes. A superfície da pedra era repleta de veias de fogo vivo, como se do outro lado estivesse o ventre escaldante do vulcão.

Romie avistou a espiral dourada gravada no meio do arco.

A porta para o quarto mundo.

Tol se aproximou como se em transe, atraído, sem dúvida, pela mesma canção que fazia vibrar o sangue de Romie. Aspen agarrou o braço dele, puxando-o para trás. Uma tensão se instalou entre os dois.

— O sacrifício — disse Emory, abalada. — Como vamos abrir a porta sem que Tol precise entregar seu coração?

Era como se Emory tivesse *acabado* de sair de um buraco escuro, só então se dando conta do problema que os aguardava. Romie não deveria ter ficado surpresa.

Tol endireitou os ombros e fitou a porta, tateando o sulco no centro da espiral. Tinha o formato de um coração, assim como a porta em Wychwood tinha o formato do osso de Aspen.

— Se for preciso arriscar minha vida para trazer de volta a deusa de muitas faces e impedir que os mundos padeçam, ficarei feliz em sacrificar meu coração.

— Você só pode estar brincando — disse Virgil. — *Nada* vale mais que sua vida.

— Mas não vou permanecer morto. — Ele voltou-se para Emory. — Não é?

Emory balançou a cabeça.

— Não vou conseguir curar você como fiz com Aspen. Você não vai sobreviver.

Romie olhou para Keiran. A Sombra. O deus das trevas habitando o corpo de um cadáver.

Um cadáver que tinha sido revivido.

— E se alguém tivesse o poder de trazê-lo de volta à vida? — sugeriu Romie.

Emory entendeu o que ela quis dizer.

— Não vou usar a magia da *Reanimadora* nele. Mal consigo controlar outras magias do eclipse, e essa... não sabemos quanto de Keiran restou antes de Sidraeus tomar o corpo dele.

Sidraeus. Atheia. Foram aqueles os nomes pelos quais Emory se referira às Marés e à Sombra quando visitou Romie em sonho.

Romie passou a enxergar com enorme nitidez a diferença entre as duas. Emory, um fruto de Sidraeus. Ela, uma criação de Atheia.

Estou do seu lado, Ro. Isso nunca vai mudar.

Mas elas não estavam do mesmo lado, estavam? Eram amigas, aliadas. Mas, por obra do destino, estavam em lados opostos. Ela queria acreditar que conseguiriam desafiar os papéis que lhes eram impostos, que a amizade das duas poderia sobreviver. Mas era difícil com o alerta de Atheia ainda ecoando em sua mente.

Não se pode confiar em tais usurpadores.

— O que isso quer dizer? Vamos apenas desistir? — retrucou Romie, irritada com a própria incerteza. — Não chegamos até aqui para dar para trás, não quando estamos tão perto de encontrar Atheia. — Ela olhou de Aspen para Tol. — Não é?

Aspen engoliu em seco, nervosa.

— Tem que haver outra forma — sussurrou ela. — Uma que não exija o sacrifício de Tol.

— *E há* — disse Emory, encarando Sidraeus. — Podemos destruir a porta.

65

EMORY

Pela reação de Sidraeus, Emory não sabia se ele estava satisfeito ou não com o fato de ela estar disposta a fazer o que tinham planejado. Mas ela não se importava. Não estava fazendo aquilo por ele.

Abrir a porta não era uma opção se significasse que Tol teria que entregar o próprio coração. Não seria como a costela de Aspen: no segundo em que retirassem seu coração, ele morreria. Emory não era capaz de curar o que já estava morto. E ela não arriscaria recorrer à magia de reanimação.

Mas poderia arrombar a porta para que o sacrifício de Tol não fosse necessário. Se ela era a única capaz de encaixar as chaves nas fechaduras, a alternativa poderia ser arrancar a porta das dobradiças.

Então ela marcharia até o mar de cinzas e confrontaria os deuses pessoalmente se fosse preciso.

Tinha que haver outra maneira de curar a doença que se infiltrava nos mundos. Emory pensou no que Sidraeus dissera sobre como os deuses tinham o poder de destruir o universo e começar tudo de novo. Aquele tipo de poder... ela estava começando a entender por que Sidraeus e Atheia tinham ansiado para que as coisas mudassem. Por que se sentiram compelidos a tirar o poder dos deuses e compartilhá-lo com os mortais.

Se os deuses tinham tanto controle sobre seus destinos, com certeza poderiam salvar os mundos sem que tivessem que sacrificar nenhuma das chaves. Eles tinham tentado aprisionar Atheia como punição pelo papel que desempenhara no desequilíbrio entre os mundos, e ela tinha escapado da punição ao se fragmentar.

Talvez eles pudessem pedir aos deuses que curassem os mundos se garantissem que os pedaços de Atheia nunca mais voltassem a se unir... e talvez se entregassem Sidraeus também. O fim dos mensageiros. O equilíbrio recuperado.

— E como você vai explodir a porta? — questionou Romie.

Emory quase enxergou as engrenagens girando na mente da amiga, a esperança relutante em seus olhos, ainda que a cautela permanecesse inabalável. Romie provavelmente sabia que aquela era a melhor saída, mas também sabia que aquele tipo de magia exigiria poder... poder que Emory, sem dúvida, tiraria das chaves.

— Temos que tentar — insistiu Emory. — Agora entendo melhor a linha de ley. Eu posso... Vou tentar evitar o poder de vocês ao máximo.

Romie comprimiu os lábios, pensativa.

— Se Emory fizer isso, significa que nenhum de nós vai morrer — argumentou Aspen. — Mas, se Tol entregar o próprio coração, isso significa uma morte.

Por fim, Romie cedeu, mas sua hesitação era evidente.

Emory esperou pelos comentários de Sidraeus, mas ele não disse nada, apenas observando com expectativa.

Ela se aproximou da porta que ainda não era uma porta e se deixou mergulhar no poder da linha de ley.

A força se multiplicou e se intensificou dentro dela até que Emory teve certeza de que tinha o suficiente para direcioná-la para a porta e fazer com que se abrisse.

Mas então sentiu a doença de novo, maculando a linha de ley, atrapalhando seu foco, deteriorando o poder com o qual ela tentava se fortalecer. De novo, tentou limpá-lo, recorrendo a diferentes magias em seu arsenal, mas a mácula não diminuiu. Sua própria escuridão só cresceu, prestes a consumi-la como sua doença particular. Tanto aquela escuridão quanto o poder da linha de ley a invadiram e, de repente, Emory estava brilhando mais do que nunca, suas veias prateadas pulsando sem controle sob a pele.

Emory gritou de dor. Era como se estivesse entrando em Colapso novamente, mas em vez de uma explosão *finita*, aquela parecia não ter fim. Com muito esforço, ela tocou na espiral dourada no meio da parede de rocha, emanando seu poder para ela. Aos poucos, as linhas vermelhas em brasa que cruzavam a rocha se tornaram prateada, e Emory soube que estava dando certo. O poder das linhas de ley e sua magia de Invocadora de Marés estavam se infiltrando na rocha, tentando abrir a porta.

Ela se sentiu perdendo o controle, porém. Se esgotando. A linha de ley era poderosa demais e a atravessava como se ela fosse um conduíte. Emory soube que morreria como os outros Invocadores de Marés de Sidraeus.

Então ela sentiu os sinais de outras magias ligadas à dela. As chaves. As partes de uma divindade à qual sua magia não conseguia deixar de recorrer. Emory tinha jurado que não machucaria os amigos de novo. Assim, resistiu ao impulso de mergulhar no reservatório de poder deles, mesmo quando percebeu que estava prestes a se exaurir se não o fizesse.

A escuridão a envolvia cada vez mais. Não havia uma válvula de escape… Era impossível que se infiltrasse em Sidraeus, com a tira nulificadora no pescoço e que, de qualquer forma, provavelmente se recusaria a ajudá-la. Ou ela se afogaria na escuridão ou extinguiria as luzes resplandecentes que eram seus amigos para ela mesma conseguir se manter à tona.

Mas ela *era* a escuridão, não era? Como Sidraeus, fora forçada a se tornar o que era. Então talvez pudesse moldá-la.

Emory absorveu a escuridão para seu interior, da mesma forma que Sidraeus fizera. Era uma fonte de energia única, uma magia que fazia parte da sua de alguma forma deturpada, mas que ela não queria e contra a qual lutara aquele tempo todo. Entretanto, surgiu como a peça que lhe faltava e para a qual ela abriu espaço.

Ainda assim, a força da linha de ley continuava a arder dentro de Emory e a porta permanecia fechada.

De repente, Romie apareceu ao seu lado, pousando uma mão em seu braço.

— Você consegue, Em. Pegue o quanto precisar.

— Se eu começar, não vou conseguir parar — balbuciou Emory.

Aspen e Tol se aproximaram também, oferecendo seus poderes.

Com muito esforço, Emory encontrou o olhar de Virgil.

— Prometa que vai me impedir. Prometa que não vai me deixar machucá-los.

Virgil assentiu com pesar.

Emory permitiu se abrir para as magias de Romie, Aspen e Tol, suas forças vitais.

Não foi como nas outras vezes. As magias dispararam dentro dela, mas ela não sentiu que estava *tomando* algo deles. Emory não era uma Ladra de Marés, e sim uma Invocadora de Marés que pedia a ajuda deles, uma criação de Sidraeus recorrendo às criações de Atheia para que juntos pudessem criar algo maior e *melhor*.

As chaves não estavam sendo consumidas porque estavam compartilhando seus poderes com ela por vontade própria.

O poder emanava de Emory de forma abundante e arrebatadora, até que a parede diante deles se rompeu em uma explosão prateada.

Primeiro veio o som da explosão e, no segundo seguinte, todos eles foram arremessados para trás, protegendo os olhos contra a luz.

Por um instante de confusão, Emory pensou que tinha morrido. Que tinha matado todos eles.

Então avistou silhuetas em meio ao fulgor remanescente da explosão, como fantasmas se levantando da morte. O zumbido em seus ouvidos impossibilitava ouvir qualquer coisa. No caos abafado e silencioso, alguém segurou seu rosto. Emory piscou depressa até que o rosto de Keiran se materializou diante do dela. Os lábios dele se mexiam, mas Emory não conseguia ouvir nada. Será que tinha morrido e o encontrado na vida após a morte?

Não. Keiran *não estava* na vida após a morte. O que significa que ela também não estaria. E que aquele não era Keiran. Nem de longe.

Emory se desvencilhou das mãos de Sidraeus. A luz começava a se dissipar, e ela conseguiu reconhecer que as silhuetas eram seus amigos, tão atordoados e desorientados quanto ela. Emory agarrou Romie. Ela estava inteira. Viva.

Todos estavam vivos, ainda que abalados.

— Vejam — disse Romie, sua voz soando distante aos ouvidos de Emory, mas pelo menos ela estava recuperando a audição.

Emory olhou para onde a amiga apontava. Onde antes havia uma parede, agora via-se um buraco atravessando a rocha e, do outro lado, a escuridão da esfera dos sonhos.

— Você conseguiu — disse Romie, sua voz soando mais nítida. Ela estava sorrindo para Emory, seu medo por fim dando lugar à alegria.

— Nós conseguimos — disse Emory.

Uma ajudou a outra a se levantar, ambas fitando a porta aberta, as estrelas do outro lado.

Algo se aproximava deles no caminho estrelado.

A princípio, Emory achou que fosse uma umbra. O que quer que estivesse indo até eles não parecia ter um corpo material, apesar da forma humanoide. Ela e Romie recuaram em um tropeço quando a figura emergiu da escuridão. *Não era* uma umbra, mas também não era algo inteiramente humano. A figura era formada por redemoinhos de poeira cintilante entremeados por raízes apodrecidas, filetes de água, brasas quase extintas e um leve crepitar de energia, como uma tempestade se formando em um céu encoberto.

A criatura adentrou a caverna e pareceu inclinar a cabeça para o lado para observá-los. Em seguida, se agitou ligeiramente, e as estranhas nuvens mágicas ao seu redor começaram a se dissipar, revelando um jovem em um terno de veludo esmeralda. Seu rosto era bonito, apesar das veias escuras que se destacavam em seu pescoço e suas têmporas. Em intervalos, as veias piscavam em tons de prata e ouro, como se o sangue que corria por elas tivesse algum poder peculiar, como o de um nascido no eclipse, mas alterado, perverso. O cabelo loiro do jovem estava arrumado à perfeição e, embora seus olhos estivessem encovados no rosto pálido e doentio, reluziam com vida em um tom de turquesa tão intenso que Emory não conseguia decidir se eram belos ou perturbadores.

Romie xingou baixinho, olhando para o homem, boquiaberta ao reconhecê-lo.

— Este é Cornus Clover — disse ela.

66

BAZ

A Cripta foi interditada por tempo indeterminado até que pudesse ser reconstruída. As proteções, pelo visto, estavam perdidas para sempre. Não foi uma surpresa para Baz, dada a intensidade do Colapso de Thames e o fato de que, dali a duzentos anos, aquelas proteções não existiriam. A Cripta que ele conhecia não contava com defesas tão mortíferas.

Talvez aquilo servisse para abrir os olhos da Academia Aldryn quanto aos perigos de manter tais conhecimentos trancados, acessíveis apenas aos alunos considerados os melhores e mais brilhantes. O poder era capaz de corromper qualquer um, pensou Baz com amargura.

Clover era prova suficiente daquilo.

Alguns dias já tinham se passado desde o incidente. Os alunos estrangeiros estavam começando a ir embora e, no dia seguinte, Baz também deveria partir, uma vez que tinha sido inocentado de qualquer envolvimento na explosão da Cripta. Mas ele não tinha para onde ir.

A Ampulheta o rejeitara. Ele chegou a voltar lá e tentar abri-la de novo, mas era como se os fios do tempo ao redor da pedra o estivessem evitando de propósito. Em algum lugar do outro lado, Kai estava na companhia de um assassino e Baz não podia sequer avisá-lo.

Sem ter para onde ir, ele pediu a Cordie que o ajudasse a viajar para a Baía de Harebell, onde ele talvez conseguisse atravessar a fenda temporal que Luce mencionara. Ele poderia voltar ao tempo do qual vinha. A professora Selandyn, Jae, seu pai, os nascidos no eclipse... todos ainda precisavam de Baz, afinal.

Mas ele ainda não reunira coragem de ir embora, não quando havia a chance (ainda que pequena) de Kai voltar.

Baz foi até o ateliê de Cordie e encontrou a porta destrancada. Ele entrou.

— Olá?

— Ah, que bom, você chegou — disse Cordie, com um sorriso forçado. Suas obras de arte tinham sido empacotadas.

Baz franziu a testa.

— Está de partida?

— Tenho que ir embora daqui. Recomeçar. Longe de...

Longe da mácula que seu irmão deixara.

Todos em Aldryn perguntaram sobre o desaparecimento repentino de Clover. Cordie justificara o ocorrido com uma viagem inesperada para visitar um parente distante que estava doente. Baz deduziu que fazia sentido que ela partisse antes que alguém descobrisse a mentira.

— Meu irmão era o mundo para mim. Eu não teria nada sem ele, e ele não seria ninguém sem mim. Ele não teria... não teria feito as coisas que fez se não fosse por mim. — Ela fez uma careta. — Consegue ver como isso é doentio? Ele *matou* pessoas e se convenceu de que estava fazendo isso para me salvar. Mas eu não preciso ser salva. Nunca precisei. Só quero levar a vida que escolhi, livre do fardo de um amor tão sufocante quanto o dele.

— Você vai ficar bem sozinha?

— Tenho minha arte e minha astúcia e a fortuna atrelada ao sobrenome Clover para me manter em Trevel. Mas acho que é hora de abandonar esse sobrenome, deixá-lo morrer aqui nos escombros de tudo o que Cornelius fez. Vou adotar o sobrenome de Louka. — Ela acariciou a barriga, animando-se com a ideia. — Cordie Kazan é um bom nome, não é?

Kazan.

É lógico. Aquela era a peça que faltava para completar o quebra-cabeça. A família Kazan: Adriana, Alya, Vera, até Emory... não eram descendentes de Cornus, e sim *de Cordie.*

— Queria falar com você sobre uma coisa — disse Cordie, tirando um objeto de uma caixa cheia de cadernos e pincéis. Era o diário de Clover. — Encontrei isso no quarto de Cornelius. Antigamente, era protegido para revelar o conteúdo apenas para ele, mas veja.

Ela o folheou para revelar páginas abarrotadas de palavras e esboços e, por um momento, Baz achou que poderia ser a *sua* versão do diário de Clover. Mas, ao tatear o próprio bolso, percebeu que ainda estava em sua posse.

Baz franziu a testa.

— As proteções sumiram depois que Clover partiu?

— Imagino que sim. Mas isso é o que eu queria te mostrar.

Ela abriu o caderno em uma página que Baz se lembrava de ter examinado, as primeiras passagens de *Canção dos deuses afogados* que esboçavam a feiticeira, a guerreira, o guardião e seus respectivos mundos.

Cordie olhou para Baz de uma maneira bem peculiar.

— Uma vez expliquei minha magia para você, a forma como consigo ver vislumbres do passado das pessoas, coisas de importância emocional. Na maioria das vezes, são impressões muito tênues, mas esses desenhos... Eu já os vi com muita nitidez antes. Na sua mente, Baz.

Ela buscou os desenhos que fizera dos personagens e Baz percebeu que eram as ilustrações originais incluídas na primeira edição do livro de Clover.

— São os mundos pelos quais ele está viajando, não são? — perguntou Cordie. — Então por que estou vendo isso no seu passado?

Então Baz explicou que Clover escreveria um livro famoso, que Baz crescera observando aquelas mesmas ilustrações. Ao fim do relato, Cordie lhe entregou os desenhos e falou:

— Acho que meu irmão não vai voltar. E, mesmo que volte, acho que essa história não pertence a ele.

Baz demorou para compreender suas palavras. Mas ela tinha razão.

Clover era o mal que ele próprio previra no mar de cinzas. *Ele* era o Invocador de Marés que provocaria o fim dos mundos, não Emory. Tinha sido aquilo que Thames vira no pesadelo de Clover, era a verdade por trás daquela visão. Clover, a força do mal. Emory, a luz que o enfrentaria.

E, se Clover ainda estava no mar de cinzas dali a duzentos anos, com certeza nunca teria voltado para a época na qual se encontravam, nunca teria escrito *Canção dos deuses afogados*.

O que significava que Kai também nunca voltaria.

Sem a *Canção dos deuses afogados*, a história em si seria alterada. Baz não estaria ali se não fosse pela obra de Clover. Romie e Kai nunca teriam ido procurar o epílogo. Emory não teria se tornado uma Invocadora de Marés. Talvez todos ainda estivessem juntos em Aldryn, seguros e ignorando a existência de portas para outros mundos.

Luce estava com o epílogo ao passar pela porta com Clover... pelo menos, a versão futura do epílogo que Baz trouxera e que Kai dera para ela. Mas, se Clover nunca o escreveu, será que o texto simplesmente iria se desintegrar nas mãos dela? Será que Luce e Kai desapareceriam diante de Clover, retornando ao próprio mundo, ao próprio tempo, porque o epílogo nunca os teria levado ao passado? Baz também desapareceria e reapareceria no próprio tempo, depois de esquecer tudo aquilo?

E depois? Talvez os mundos ainda estivessem desmoronando, ainda precisassem ser salvos. E nenhum deles saberia.

Não. Baz não podia correr aquele risco.

Ele não queria mais sentir medo. Não queria mais ficar de braços cruzados enquanto os outros faziam o trabalho pesado e colocavam suas vidas em perigo. Ele sempre enxergara todos ao redor como heróis de uma história enquanto ele não passava de um personagem secundário. Mas os heróis eram heróis porque faziam o que os outros não conseguiam ou não queriam fazer. Eles aceitavam o que os tornava especiais e encaravam seus problemas. Era hora de Baz partir para a ação.

Qualquer um poderia ser corrompido pelo poder, com certeza. Mas, da mesma forma, qualquer um tinha a capacidade de agir com bravura.

Baz sabia o que tinha que fazer.

67

EMORY

Cornus Clover abriu um sorriso educado, parecendo satisfeito por ter sido reconhecido.

— Excelente, podemos pular as apresentações, então.

— Como isso é possível? — perguntou Vera, examinando seu suposto antepassado de olhos arregalados.

A aparência de Clover era a de alguém que não tinha mais de vinte e cinco anos. Mas ele existia havia *dois séculos*. Ele deveria estar morto, não estar ali, vivo e no presente.

— Genética boa — brincou Clover, dando de ombros com um sorriso enviesado. — E um pouco de sorte. O tempo no mundo dos deuses não flui da mesma forma.

— Mundo dos deuses? — repetiu Romie. — Durante todo esse tempo, você estava no mar de cinzas?

A atenção de Clover recaiu sobre Romie, depois em Aspen e, por fim, em Tol.

— Vocês devem ser os heróis da história pelos quais eu estava esperando. Erudita. Feiticeira. Guerreiro... e a Invocadora de Marés que derrubou a porta que nos separava.

Ele proferiu o último título como uma prece, se concentrando em Emory. Ela se lembrou de que se acreditava que o próprio Clover tivesse sido um Invocador de Marés... que ele era, na verdade, sangue de seu sangue.

Alguém como ela. Alguém que entendia seu poder.

O semblante de Clover transmitia que ele estava pensando a mesma coisa.

— Você se parece muito com alguém que eu conheci — disse ele, a voz carregada de uma emoção que ela não conseguiu decifrar.

Mas ele se recompôs e aprumou a postura, ajeitando o terno.

— Bom, vamos em frente? — Diante da falta de resposta dos outros, ele indicou a porta. — Salvar os mundos. Restaurar o equilíbrio das coisas. Não foi para isso que vieram? Não foram chamados aqui para ajudar?

— Espere — disse Romie, com uma expressão confusa. — Como você está aqui para começo de conversa?

— Você conhece a história. O erudito viaja pelos mundos e acaba ficando preso no mar de cinzas, fadado com seus companheiros de outros mundos a cuidar dos condenados nas Profundezas. — Clover fez um sinal para si mesmo com um floreio melancólico. — Eu sou o erudito. Mas meus companheiros de outros mundos... não sobreviveram. Fiquei preso sozinho no mundo dos deuses por muito tempo, à espera das próximas chaves. E aqui estão vocês. Juntos, podemos reabastecer a fonte dos deuses e deter a extinção dos mundos.

— Ele está mentindo.

Os olhos eclípticos de Sidraeus ardiam de forma perigosa, fixos em Clover, que voltou-se para ele como se não o tivesse notado antes. Seu rosto se endureceu e o poder em suas veias pulsou em preto, prata e dourado, como se respondesse ao poder divino de Sidraeus.

— Consigo sentir sua magia. — Clover estreitou os olhos como se estivesse tentando enxergar quem estava por trás do rosto humano de Keiran. — Quem é você?

— Eu sou a Sombra que você venerava. A divindade que originou sua magia de invocação de marés.

— Que bom. Estamos todos aqui, então! — disse Clover, animado. — As partes fragmentadas de Atheia e a alma fugitiva de Sidraeus. Eu estava mesmo me perguntando por que não conseguia sentir você no reino dos sonhos.

— O que você quer? — A pergunta de Sidraeus era tomada pela raiva. Clover arqueou a sobrancelha.

— A mesma coisa que você: trazer Atheia de volta. Essa não é a solução para que você recupere sua forma? Esse é o senso de humor dos deuses, garantindo que o equilíbrio seja sempre mantido.

Emory franziu a testa, tentando entender.

— Do que ele está falando?

Sidraeus evitou o olhar dela.

A atenção de Clover foi dela para Sidraeus.

— Ele não contou para vocês? Sidraeus só poderá recuperar sua verdadeira forma se os pedaços de Atheia forem reunidos. É óbvio que os deuses não acreditavam que as portas seriam reabertas, por isso nunca imaginaram que você chegaria tão perto de ser libertado de sua prisão no reino dos sonhos.

— Como sabe de tudo isso? — indagou Sidraeus.

— Eu também estive aprisionado nos últimos séculos. Mas, pelo menos, minha estada no mundo dos deuses foi proveitosa. Uma oportunidade para obter conhecimento e poder por meio da fonte de magia divina que flui naquele mundo. Quer dizer, *fluía*.

"Reabastecer a fonte", dissera Clover. O que queria dizer que a fonte secara. Toda a sua magia tinha se esgotado.

A mente de Emory funcionava a toda velocidade enquanto ela observava o poder que emanava de Clover em estranhos espasmos. Ela se deu conta de que o poder ecoava em todos os reinos vivos.

Um poder que ele poderia ter sugado das chaves e tomado para si.

Emory recuou um passo.

— Você é a origem de toda a doença que está se espalhando pelos mundos, não é? Você é a razão pela qual as linhas de ley estão morrendo. Você tomou toda a magia da fonte e a corrompeu para o resto de nós.

Clover se empertigou.

— Eu fiz o que Sidraeus e Atheia não conseguiram fazer. Tomei o poder dos deuses e me transformei em uma divindade.

Até então, não fizera sentido para Emory como a podridão tinha se alastrado com tanta velocidade quando ela abrira as portas, não quando as mesmas portas já tinham sido destrancadas por Clover no passado. O fato de terem sido seladas pelos deuses poderia ter limitado a magia, matando-a aos poucos, mas não explicava por que as linhas de ley pareciam deturpadas. No entanto, se Clover as tivesse contaminado de alguma forma... se o escasso poder que vinha da fonte não fosse divino, mas perverso...

— Esse poder nunca foi seu! — exclamou Sidraeus, furioso.

— É verdade. Acho que foi seu primeiro, não foi? E você, tão generoso, o teria compartilhado com os mortais. Ou pelo menos é o que você diz.

— Eu não teria roubado tudo para mim como você fez.

Clover baixou o queixo, com uma expressão de pesar.

— Admito que cometi um erro. Por isso o poder dos deuses está contaminando meu corpo. E por isso preciso reabastecer a fonte. Fui imprudente quando viajei pelos mundos pela primeira vez e não soube como me controlar na linha de ley. Eu sorvi até a última gota do poder das chaves. Não consegui parar, sempre desejava mais. — Ele se virou para Emory. — Você é uma Invocadora de Marés. Você sentiu, não sentiu, a sede insaciável, a atração constante do poder de Atheia?

Emory o encarou, horrorizada. Aquele seria o fim dela se continuasse machucando seus amigos e extraindo a magia deles?

— Com o poder de Atheia que absorvi e a magia de Sidraeus em meu sangue — continuou Clover —, eu me alimentei da própria fonte, usando todo o poder dos deuses até não sobrar mais nada.

Talvez fosse por isso que ele conseguira entrar na fonte sem ser completamente destruído, como acontecera com os Invocadores de Sidraeus: se ele tinha absorvido a magia das chaves originais com as quais viajava, então tinha o poder da vida e da morte dentro de si. Assim como Emory fizera antes, quando abriu a porta. Um poder capaz de rivalizar com o dos deuses.

— Mas *por quê*? — perguntou Romie. — Por que você quer esse nível de poder?

Clover ponderou sobre a questão.

— Tudo começou com o desejo de ajudar meus companheiros nascidos no eclipse. Eu queria criar mais Invocadores de Marés para que todos descobrissem os poderes ilimitados aos quais temos acesso. Pensei que a única maneira de fazer isso seria trazer de volta as Marés e a Sombra, combinar a magia da morte e dos pesadelos com a da criação e dos sonhos. Mas, ao viajar pelos mundos, descobri que ambos eram culpados pelo fechamento das portas. Que os dois estiveram dispostos a sacrificar os Invocadores de Marés para os deuses. Por que eu traria de volta divindades que poderiam muito bem decidir que eu não valho a pena? Por isso decidi tomar o poder só para mim. Tirar o poder dos deuses pelo que fizeram com os Invocadores de Marés. Deduzi que eu me sairia muito melhor que os deuses governando os mundos e mantendo nossa espécie segura. Mas esse nível de poder... Percebi que não sou ilimitado, por mais que quisesse ser. Os deuses também não são, é evidente, uma vez que a fonte deles pode ser afetada com tanta facilidade. Mas Sidraeus e Atheia? Por que vocês acham que os deuses os separaram, confinando um ao reino dos mortos e o outro ao reino dos vivos? Os deuses sabiam que, juntos, os dois tinham um poder que era páreo para o deles. — O olhar de Clover se tornou sombrio. — E, com isso, finalmente vou poder me transformar em um verdadeiro deus e garantir que a doença que atravessa os mundos seja erradicada e nunca mais volte.

— Se acha que vou permitir que você me use para se transformar em um deus, está muito enganado — declarou Sidraeus.

— Não acho que você está em condições de me impedir — rebateu Clover, indicando o pescoço de Sidraeus com um gesto da cabeça e um sorriso presunçoso.

O colar nulificador.

Sidraeus encontrou o olhar de Emory assim que a ideia se formou na mente dela. Com uso da magia ceifadora, ela enferrujou o metal como fizera em outra ocasião.

Sidraeus não perdeu tempo. Avançou contra Clover, mais fera que homem, e tão mortalmente rápido que o outro não teria chance contra aquele tipo de força.

Mas Clover também não era bem um homem.

Antes que Sidraeus o alcançasse, Clover desapareceu de novo, recorrendo a suas estranhas nuvens. Ele juntou as mãos, e uma explosão brutal de poder — raio e água e fogo e raízes — atingiu Sidraeus com tanta violência que soou como se um trovão abalasse a terra.

Sidraeus foi arremessado para trás, atingindo em cheio a parede rochosa da caverna. Por uma fração de segundo, ele pareceu se dividir em dois: havia o corpo de Keiran estendido no chão e uma sombra fantasmagórica, uma umbra coroada, pairando sobre ele, como se o espírito de Sidraeus tivesse sido expulso de seu receptáculo.

Emory pensou ter vislumbrado medo, confusão e alívio nos olhos castanhos... os olhos castanhos *de Keiran,* iluminados com uma humanidade que era apenas dele... antes que o deus retornasse ao corpo. Então tudo o que restou naquele olhar que se fixou em Clover foi um ódio assassino que era todo de Sidraeus.

Antes que ele ou qualquer um dos outros tivesse tempo de reagir, Clover os imobilizou com algum resquício de magia encantadora. Ele pisou na linha de ley e respirou fundo, com as mãos voltadas para cima. Suas veias escuras ardiam em prata enquanto ele extraía a energia da qual precisava. Fortalecido, ele materializou criaturas do mais absoluto nada, criadas do pó da parede da caverna e dos pedaços de ossos da carcaça do dragão. Aqueles materiais giraram no ar e se uniram até formarem o que pareciam uma dúzia de umbras, feitas não de sombra e pesadelo, mas de cinzas e morte.

As criaturas cercaram cada uma das chaves — Romie, Aspen e Tol — e seguraram seus ombros com mãos ossudas, como Ceifadores prontos para levá-las ao seu fim.

— Peço desculpas — disse Clover às chaves. — É mesmo uma pena que vocês tenham que morrer para que Atheia seja reconstruída.

— O quê? — preguntou Romie em voz baixa, empalidecendo.

— Não tinham chegado a essa conclusão? Vocês têm que devolver os pedaços dela, o que significa que não podem existir se ela voltar. Para que Atheia volte, vocês têm que morrer. Mas prometo que não será em vão.

Emory sabia que o horror no rosto de Romie era igual ao que surgiu no seu. Seus olhares se encontraram, em pânico. Antes que qualquer um deles se mexesse, antes que Emory pudesse implorar à linha de ley que lhe emprestasse seu poder para libertar-se da magia encantadora de Clover, antes que Romie, Aspen e Tol pudessem se enfurecer contra o destino impossível que os aguardava e lutar contra as criaturas que os seguravam, tudo tinha acabado.

As criaturas de Clover envolveram as chaves com mais força e desapareceram com elas em nuvens de pó.

Tinham sumido.

Um grito atravessou a garganta de Emory. O desespero e a raiva foram combustível suficiente para que ela rompesse a magia encantadora como se não fosse nada. Clover focou-se em Sidraeus, mas Emory não permitiria que ele tomasse a única carta que ela tinha na manga. Avançou contra Clover, pegando-o de surpresa, e os dois tropeçaram na porta e caíram no caminho estrelado.

— Traga-os de volta! — bradou Emory.

Clover se levantou sem dificuldade, limpando uma gota de sangue escuro no canto da boca.

— É para o nosso próprio bem, Emory. Consegue imaginar o que os mundos poderiam ser com alguém como nós no comando?

— Não vou deixar você matar meus amigos para se transformar em um deus.

— Todos nós temos que fazer sacrifícios.

— Você é um monstro — rebateu ela.

Seu maldito antepassado. Outro Invocador de Marés como ela, que se corrompeu com o poder e desejou mais do que já tinha, da mesma forma que ela desejara ter mais poder e ser mais importante. Ao ver no que ele tinha se transformado, Emory soube que aquele era um caminho que ela jamais seguiria.

— Deus, monstro — retrucou Clover, dando de ombros. — No final, é tudo a mesma coisa. Simplesmente há aqueles que têm poder e aqueles que não têm.

— Talvez você esteja certo — disse Emory, dando um passo para a frente. — Mas uma coisa interessante sobre o poder é que ele pode ser tomado.

Ela invocou o poder *dele*, tentando acessar seu reservatório ilimitado e todo o poder da fonte da qual ele se alimentara.

— O que pensa que está fazendo? — Clover riu. — Pare com isso. Você não é páreo para mim.

Quando mais Emory se esforçava, mais irritado Clover ficava. Mas ele tinha razão; era como tentar mexer as estrelas no céu. Mesmo assim, ela não se deu por vencida. Com um olhar assassino, Clover investiu contra ela. Sua intenção era evidente: pretendia acabar com ela, matá-la por tentar roubar seu poder igualmente roubado. Ele materializou uma faca da magia distorcida que o rodeava — raízes em decomposição, prata e eletricidade — e a atirou na direção do coração de Emory.

Mas a faca nunca atingiu seu alvo, porque alguém entrou na frente de Emory.

— Não! — gritou ela, indo em direção a Sidraeus.

Clover percebeu seu erro ao mesmo tempo que Emory. Ele atirara a faca bem no coração de Sidraeus... ou, pelo menos, no coração de seu receptáculo. De Keiran.

Ao cair de joelhos, Emory soube que era Keiran, e não Sidraeus, quem olhava confuso para a lâmina fincada em seu peito. Porque Sidraeus estava logo atrás dele, um vulto de sombras girando em torno de estrelas de brilho tênue. Uma umbra com uma coroa de obsidiana. O governante da esfera dos sonhos, de volta a seu reino.

Clover invocou um turbilhão de poder que mirou em Sidraeus, mas a divindade se dissolveu nas sombras antes de ser atingido, soprado por uma brisa que até então não existia. Clover teve um ataque de fúria; seu plano só daria certo se ele tivesse Sidraeus. A ira tomou conta de suas feições, e ele se voltou para Emory, pronto para descarregar sua raiva nela.

Mas, de repente, um verdadeiro exército de umbras pairou sobre eles. Elas cercaram Clover, obrigando-o a se afastar de Emory como se a estivessem *protegendo*.

Clover não lutou contra elas... e não precisava, com todo o poder divino que tinha em si. Com um olhar ameaçador para Emory, ele apenas desapareceu em uma estranha nuvem de pó, assim como suas criaturas tinham feito com as chaves.

Depois que ele partiu, Emory voltou-se para Keiran. Aquele de fato era ele, apenas ele, uma vez que o espírito de Sidraeus deixara seu corpo. Seus olhos cor de avelã encontraram os dela. Estavam vidrados e abatidos, mas nitidamente eram os dele. Um filete de sangue escorreu pelo canto de sua boca, e ele desabou com a lâmina ainda alojada no peito.

O mundo se reduziu apenas aos dois quando Emory se ajoelhou ao lado dele.

— Keiran...

Ele tossiu e vomitou sangue, olhando para o ferimento e depois para ela. Emory não conseguiu deter as lágrimas que escorreram por seu rosto. De forma instintiva, invocou sua magia de cura, pousando as mãos sobre o peito de Keiran para retirar a lâmina e curá-lo. Para salvá-lo.

— Não. — Keiran a deteve com um toque sutil em seu pulso, fraco demais para qualquer outro movimento. Mesmo assim, havia um desespero naquele gesto e uma expressão suplicante em seu rosto. — Me deixe morrer. Tenho que me livrar da mancha que ele deixou em mim.

— Você sentiu tudo? Durante todo o tempo em que Sidraeus esteve aí dentro?

Como resposta, um lamento deixou os lábios de Keiran.

Emory se perguntou como teria sido para ele, ser reanimado e depois possuído pela própria Sombra, a coisa que ele mais detestava. Depois de morrer, teria Keiran vislumbrado a vida após a morte, visto seus pais, Farran e Lizaveta de novo por um segundo de felicidade, antes de ser arrastado de volta àquele arremedo de existência? Será que Keiran os encontraria de novo se Emory lhe concedesse a morte que ele pedia?

Keiran ergueu a mão na direção dela. Por um instante, Emory imaginou que ele afastaria uma mecha de cabelo de seu rosto como costumava fazer e se viu inclinando-se na direção de seu toque, apesar de tudo o que ele fizera. Mas então os dedos dele se fecharam ao redor do pescoço dela, não com força o bastante para machucar, mas o suficiente para deixar a boca de Emory seca de medo.

Diante da expressão dele, não restavam dúvidas: Keiran nunca a deixaria em paz. Se não podia matá-la ali, continuaria a assombrá-la.

E, quando a luz deixou seus olhos, quando seus dedos se soltaram do pescoço dela e a morte o levou mais uma vez, Emory sabia que, para onde quer que a alma dele fosse, se é que Keiran tinha alguma, estaria esperando por Emory.

PARTE V:

OS
ADORMECIDOS

Kai Salonga não deveria sentir medo. Ele era o Tecelão de Pesadelos, feito para ser destemido em meio à escuridão. Mas medo foi tudo que ele conseguiu sentir quando a porta se fechou entre a esfera dos sonhos e Dovermere. Entre ele e Baz.

A porta não voltou a se abrir, não importava o quanto Kai a socasse. Ele gritou o nome de Baz até que a palavra dilacerasse sua garganta, até sentir gosto de sangue. Todas as defesas que rodeavam seu coração caíram a seus pés como vidro, e ele desabou também, derrotado, de joelhos.

As estrelas o observavam, zombando dele.

Uma mão apertou seu ombro.

— Não há nada a ser feito, Kai — disse Luce em uma voz calma e acolhedora. — A porta não vai voltar a se abrir. Precisamos seguir em frente. Devemos isso àqueles que deixamos para trás.

O garoto que ele deixara no passado. A filha que ela abandonara no futuro. Como eles conseguiriam voltar?

— Venham logo, vocês dois — chamou Clover com uma voz exageradamente alegre. Ele já estava seguindo pelo caminho estrelado, com um andar determinado e um sorriso confiante. — Temos um universo para salvar.

Luce ajudou Kai a ficar de pé. Eles se entreolharam. Ele, o garoto dos pesadelos; ela, a garota dos sonhos. E, quando se puseram a caminhar pela escuridão, seguindo a única esperança que ainda restava, Luce disse:

— Não tenha medo.

Mas Kai estava com medo. Era impossível não estar. Baz não estava ali e, sem ele, a escuridão que Kai conhecia era um abismo insondável.

Ali não havia disfarces. Não havia armadura com a qual poderia se proteger. Havia apenas um medo visceral e a certeza de que ele tinha visto o garoto que amava pela última vez.

68

EMORY

Emory olhou para a escuridão da esfera dos sonhos e se forçou a ficar de pé. Precisava encontrar Romie, Aspen e Tol antes que Clover pudesse levá-los até a quarta parte necessária para trazer Atheia de volta. Às suas costas, Virgil, Nisha, Vera e as duas dracônicas do Elmo Dourado surgiram no caminho estrelado, ofegantes, querendo saber o que tinha acontecido.

Nisha caiu de joelhos, o nome de Romie escapando de seus lábios em um soluço. Virgil a puxou para um abraço, seu semblante triste. Vera segurava com firmeza a bússola que Emory lhe devolvera, olhando com raiva para o caminho onde Clover tinha desaparecido.

— O que vamos fazer? — perguntou Nisha, com a voz embargada de desespero.

Um movimento atraiu a atenção de Emory quando a umbra coroada veio pairar perto dela, silenciosa como um fantasma.

Sidraeus.

Ele não tinha partido, apenas abandonara seu receptáculo uma vez que se encontrava de volta à esfera dos sonhos.

Emoções conflitantes agitaram o peito de Emory. Ela precisaria da ajuda dele mais do que nunca, mas sem um receptáculo ele teria que permanecer ali, sem forma. E talvez fosse melhor assim. Porque a alternativa era que ele recuperasse sua verdadeira forma, o que significaria que Atheia estaria de volta e os amigos de Emory, mortos.

Ela não permitiria que aquilo acontecesse.

Pelo visto, a umbra coroada chegou à mesma conclusão. Algo se passou entre eles, a compreensão de que aquela não seria a última vez que se veriam, para o bem ou para o mal.

E então Sidraeus voltou para a escuridão de onde saíra.

— Nós vamos para o próximo mundo — anunciou Emory aos amigos com convicção renovada. — Vamos encontrar Romie, Aspen e Tol, aconteça o que acontecer. Depois vamos para o mundo dos deuses — prometeu ela —, e vamos fazer Cornus Clover pagar por tudo que fez.

69

BAZ

Baz sentou-se em seu lugar favorito na biblioteca do Hall Decrescens, na mesma mesa pequena em que, dali a duzentos anos, ele e Emory especulariam sobre os poderes de um Invocador de Marés. Acima dele, um raro feixe de sol de inverno dava vida ao vitral, suavizando o roxo profundo das papoulas que retratava. A flor lunar que ele mais associava à irmã.

Ele fitou o maço de páginas em branco à sua frente, as canetas com bicos de aço e os potes de tinta que pegara no quarto de Clover. A biblioteca estava silenciosa e era familiar. Se fechasse os olhos, ele conseguia imaginar que estava em seu próprio tempo, debruçado sobre o diário de Clover ou sobre seu famoso livro. Ali estava Baz, porém, tentando se convencer de que o que estava prestes a fazer não era uma completa heresia.

Se Clover não estava ali para escrever a história, alguém tinha que escrevê-la. E quem a conhecia melhor que Baz? Aquele livro moldara sua identidade, o acompanhara por todos os capítulos de sua vida. Ele sabia grande parte de cor e tinha o diário de Clover para ajudá-lo a preencher as lacunas quando sua memória falhasse.

Mesmo assim, Baz não conseguia pegar a caneta. Tudo o que via em sua mente era o olhar ávido por poder de Clover, os cadáveres dos alunos que usara de cobaia, o corpo emaciado de Thames. *Aquele* era o verdadeiro legado de Clover, e Baz se sentiu arrasado, desamparado e tolo por ter acreditado que Clover tivera boas intenções. Seu ídolo literário — alguém que ele admirara a vida toda, que ele transformara em herói dentro de sua cabeça — acabou se revelando o vilão da história.

A verdade é que Baz percebera que estava idolatrando uma pessoa que não era real. O artista, não o homem por trás da arte. Aqueles eram dois seres separados, mas como ele poderia ser capaz de dissociar um do outro? A história que o ajudara a sobreviver às dificuldades da sua infância parecia contaminada, maculada por más intenções e desejos vis. Ele teve a impressão de que nunca mais conseguiria ler aquelas palavras da mesma forma.

Talvez fosse hora de deixá-la morrer. Ele tinha nas mãos o poder de garantir que *Canção dos deuses afogados* jamais visse a luz do dia. Se Baz não pegasse a caneta, o nome de Clover poderia cair no esquecimento.

Mas grande parte de sua própria história girava em torno daquele livro. Quanto da história dos mundos seria reescrita se *Canção dos deuses afogados* não existisse? Quanto *dele* seria reescrito? Baz não queria correr aquele risco. Aprendera que o tempo sempre arranjava uma forma de fazer com que as coisas acontecessem conforme deveriam.

Com um suspiro, Baz pegou uma caneta. No meio da primeira página, escreveu o título. *Canção dos deuses afogados*, de Cornus Clover. Antes que pudesse mudar de ideia, pôs-se em ação.

Há um erudito nestas praias que respira histórias.

Depois das primeiras palavras, um senso de propósito o invadiu, um sentimento de *justiça* que fez formigar a ponta de seus dedos. Baz escreveu o restante do livro em um frenesi. Sentiu cãibras nas mãos, mas estava tão concentrado que não se importou. Manteve-se fiel à história que conhecia, contando-a da mesma maneira, com as exatas palavras que estavam gravadas em sua alma.

Um trecho foi particularmente impactante enquanto ele o reproduzia direto de suas lembranças: *O primeiro a encontrá-la é o erudito vindo de nossas praias, o sábio que respira histórias; palavras são tão essenciais para sua existência quanto o próprio ar. (Talvez a metáfora mais adequada para ele pareça ser os pulmões, mas o erudito, na verdade, é como uma corrente sanguínea: a magia flui em suas veias assim como ele navega pelos mundos, tal qual rios correm para o mar e sangue pelas artérias).*

Sempre acreditou-se que o erudito tivesse sido Clover e, de certa forma, era verdade. Mas ali estava Baz, escrevendo a história no lugar de

Clover, um erudito expirando as mesmas palavras que tinha inspirado quando criança. Algo se transformou em seu coração enquanto ele escrevia. As palavras de Clover — as que Baz crescera amando, as que ele temia que fossem ficar diferentes para sempre agora que ele sabia a terrível verdade sobre Clover — não eram as palavras de Clover, mas, sim, *do próprio Baz*. Baz escrevera *Canção dos deuses afogados*, não Clover.

Ele sentiu que estava resgatando a história de sua infância de uma forma que nunca imaginara. E talvez aquilo fosse tudo o que ele poderia esperar.

Respirar o tempo e as histórias... aquele era o papel de Baz. Ele era o pulmão da história, a sexta parte da equação, a peça sem nome do quebra-cabeça. O sopro inesperado da criação que percorreu todo o enredo, sem que ninguém percebesse.

Quando chegou ao fim, Baz fez uma pausa e leu seu feito. Ele deixaria o manuscrito com Cordie para que ela o publicasse em nome do irmão e, com sorte, se beneficiasse do dinheiro do livro. Dinheiro que poderia ajudá-la a sustentar seu filho e a manter os bens da família Clover, uma vez que seu irmão não estava mais ali para usar qualquer magia que fosse que o levara a fazer tal fortuna.

Mas, ao ler o final, ele se deteve, incerto sobre o que fazer em relação ao epílogo. Será que tinha que escrevê-lo, se era uma parte que sempre esteve perdida? O epílogo já existia... estava com Luce quando ela partiu. Baz suspeitava de que ela talvez o deixasse na esfera dos sonhos agora, onde Romie o encontraria duzentos anos depois. Mas e se ela não o fizesse?

No fim, Baz escreveu o epílogo. Quando terminou, ele arrancou a página do resto do manuscrito encadernado e a estudou, pensando em Kai, Luce e Romie. *Aqueles que dormem entre as estrelas*. Só restava a ele torcer para que, assim como os personagens do epílogo, eles fossem os heróis inesperados da história.

Quando Baz ia dobrar o epílogo e guardá-lo no bolso, a página brilhou com uma luz tão intensa que Baz teve que desviar o olhar. Ele a examinou por entre os dedos abertos, o coração batendo forte no peito. A claridade tinha se abrandado um pouco e havia partículas pairando sobre a página como pequenos grãos de poeira.

Ou *de cinzas*.

Não podia ser real. Ele tinha que estar imaginando aquilo. Sua mente estava tão absorta na história que ele tinha conjurado aquele sonho estranho, alucinação ou o que quer que fosse. Então ouviu em sua mente as palavras que ele mesmo tinha escrito, pulsando no ritmo de seu coração.

Sua canção é carregada pelo vento, como cinzas que flutuam entre os véus dos mundos. Talvez um pedacinho dela esteja bem aqui, nesta página. Preste atenção. Aguce os ouvidos. O chamado dos deuses afogados ressoa. Você irá atendê-lo?

Baz se inclinou, aproximando o rosto da página brilhante. Tinha cheiro de possibilidades. De sal do mar e terra molhada, carvão com fuligem e nuvens carregadas. As partículas de luz que emanavam da superfície eram frias ao toque, como a luz das estrelas e o toque aveludado da escuridão.

Baz respirou fundo e se sentiu envolvido pela luz que se intensificava.

Qualquer que fosse a magia ali presente, ele foi puxado para dentro do epílogo.

Literalmente por um portal em uma página.

Quando seus pés tocaram o chão, Baz esperava encontrar-se sob um céu sem cor, sozinho na quietude de uma imensidão de cinzas. O epílogo ainda estava em sua mão, mas não se transformou em pó como aconteceu com o manuscrito do erudito. Ele também não foi puxado de volta para Aldryn, como tinha ocorrido com o erudito, esquecendo-se do lugar onde estivera até então.

Baz ainda estava bem ali, com a página intacta em mãos e tomado pelo estranho desejo de rir do absurdo da situação.

Não era o mar de cinzas, mas parecia ser a esfera dos sonhos.

Baz estava em um caminho familiar, ladeado por estrelas. Ele *só podia* estar sonhando, mas parecia totalmente real. De forma instintiva, ele seguiu pelo caminho curvo, segurando o epílogo com força. Devia haver algum tipo de magia na página, já que ela o levara até ali.

Baz se deparou com a porta de Wychwood, desimpedida e sem o obstáculo das umbras ou de estranhas tramas que o arremessariam de volta no tempo. Sua mão pairou sobre a porta de mármore coberta de vinhas enquanto ele a admirava, cada fibra de seu ser desejando ver o que havia do outro lado. Mas *alguma coisa* o instruía a continuar. Não era uma voz, nem uma música, mas um sentimento de inevitabilidade que o fez recolher a mão e, sem olhar para trás, afastar-se da porta.

Ele seguiu em frente. O caminho se curvava para dentro em um padrão que ele reconhecia como uma espiral. Baz se deparou com a porta dourada do Mundo Ermo e pensou na força da guerreira de *Canção dos deuses afogados*. De novo, seguiu em frente até chegar à porta gelada do quarto mundo. Ali, ele hesitou.

Se existia uma porta para o mar de cinzas, estaria naquele mundo, no topo da montanha onde o habilidoso guardião tocava sua lira. A lógica dizia que Baz deveria abrir aquela porta e encontrar o caminho para aquela montanha.

Então por que o caminho continuava em frente, em uma curva?

Baz o seguiu. A espiral ali era mais apertada, e ele teve a impressão de que estava descendo uma escada estreita. A escuridão se fechava ao seu redor e as estrelas começaram a rarear. Até que, por fim, ele se viu no centro da espiral, onde um gigantesco e antigo tear encontrava-se no meio do que parecia uma oficina.

Baz tentou entender onde estava. O tear, em uma plataforma elevada no meio do ambiente, parecia tecer por conta própria, alimentado por uma força rítmica e invisível. Fios translúcidos que brilhavam levemente se esticavam em uma extremidade do tear, saindo pela outra como um pedaço de tecido semelhante ao que havia arrastado Baz e Kai de volta no tempo. O tecido formava uma grande pilha no chão da oficina, como se estivesse esperando que alguém viesse esticá-lo e se maravilhar com os padrões.

Embora fosse evidente que o tear era o ponto principal, o resto da oficina chamou a atenção de Baz, pois estava repleta de mecanismos de relógio muito peculiares.

Para onde quer que se olhasse, havia engrenagens complexas, rodas, osciladores e pêndulos de prata, ouro, latão e obsidiana, cujos movimentos eram como os de uma grande orquestra. Havia dispositivos que ele reconhecia, como relógios de sol, ampulhetas e relógios de pêndulo — relógios de todos os tipos, antigos e novos e alguns que ele nunca tinha visto —, bem como instrumentos que não eram relógios, como astrolábios, sextantes e rodas de medição.

Um sino soou, alto e cristalino.

— Ah, sr. Brysden, bem na hora.

Baz se virou e se deparou com um homem parrudo de barba grisalha e desgrenhada que apareceu entre os relógios. Ele usava óculos de proteção inusitados sobre os cabelos escuros e grossos, e todas as três peças de seu terno não combinavam entre si, traje adornado não com um, mas quatro relógios de bolso. O homem consultou um deles — prateado com gravações que pareciam ondas — e o fechou com um floreio antes de se virar.

— Venha — disse o homem, supostamente para Baz, já que parecia não haver mais ninguém aqui.

— Desculpe, mas... o que... quem é você? — perguntou Baz, seguindo o homem.

Um assovio agudo vindo de um motor estranho que pairava perto do tear gigante chamou a atenção do homem. Ele foi até lá, aflito enquanto murmurava algo para si mesmo. Seus movimentos eram imprevisíveis e erráticos, como se ele estivesse sofrendo uma crise de nervos. Ignorando a pergunta de Baz, ele subiu os degraus da plataforma do tear e se pôs a consertar um nó nos fios.

— Pronto — anunciou, satisfeito com o próprio trabalho.

Ele desceu e verificou um de seus relógios de bolso — dourado, com detalhes semelhantes a chamas —, resmungando outra coisa que Baz não conseguiu ouvir.

— Com licença — disse Baz, a voz tensa e irritada.

Os olhos cinzentos do homem se voltaram para ele.

— Ah, sim, sr. Brysden, me desculpe. O que dizia?

— Quem é você? — Ele fez um gesto para as peças de relógio ao redor deles, o tear. — Como vim parar aqui?

— Eu chamei você, é óbvio. Por meio de um portal em uma página. — Ele sorriu. — Inteligente, não é?

— Eu... sim, mas *onde estamos*?

O homem arqueou a sobrancelha grossa.

— Não é óbvio? Aqui é onde a magia do tempo acontece, onde teço os fios do tempo, onde os mecanismos da própria vida operam, mantendo o equilíbrio entre este momento e o anterior e o próximo e todos os outros entre eles.

Baz pressionou a ponte do nariz. Estava ficando estressado.

— Por favor — pediu ele —, pode me dizer o que está acontecendo?

— Temos assuntos a tratar, você e eu. Mas, relógios, que falta de educação a minha. Você ainda não sabe quem eu sou. — O homem ajustou a jaqueta e estufou o peito. — Eu sou o deus do equilíbrio. E estava esperando por você, Cronomago.

EPÍLOGO:

OS CONDENADOS

Romie despertou em um mundo de cinzas.

Suas mãos e seus pés estavam amarrados por cordas e havia cinzas cobrindo suas roupas e enchendo sua boca. Diante dela, havia uma fonte enorme que lembrava a de Aldryn, embora nada corresse ali. Estava seca, como todo o resto naquele mundo esquecido pelos deuses. Drenado por Clover para saciar sua sede de poder.

Ao lado de Romie, Aspen e Tol estavam amarrados da mesma forma, como oferendas aguardando o sacrifício.

Deveria ter sido triste, mas tudo que Romie sentia era a nota esperançosa da canção em suas veias, que se intensificou mais do que nunca quando ela notou a quarta pessoa com eles. Ela saberia que o garoto era o guardião mesmo sem a marca em espiral em sua testa.

Os quatro pedaços de Atheia, unidos no mar de cinzas.

Eles se entreolharam quando a música se tornou completa, com convicção e esperança refletidas em seus rostos. E, por trás de tudo aquilo, o ritmo sombrio da condenação da qual eles sabiam que não poderiam escapar.

Tol não poderia entregar seu coração e sobreviver. O guardião não poderia se desfazer de sua alma. Aspen quase morrera ao ter a costela arrancada antes, e Romie... quanto de seu sangue seria derramado para trazer Atheia de volta? Uma única gota? Ou ela seria drenada por completo e morreria também?

Paciência, sussurrou a canção de Atheia em seu ouvido. *Tenha coragem.*

Romie tinha. Se a morte fosse seu destino, ela a enfrentaria de queixo erguido, como sempre fora sua intenção.

AGRADECIMENTOS

Não foi fácil escrever este livro. Na verdade, tenho quase certeza de que ele tentou me matar algumas vezes, mas eu sobrevivi graças ao aplicativo Forest, aos backups do Scrivener e a todas as pessoas em minha vida que me apoiaram durante um ano muito difícil.

Adrian Graves e Kapri Psych: obrigada por azeitarem as engrenagens do meu cérebro de escritora, frequentemente exausto. Este livro jamais teria visto a luz do dia sem nossas muitas sessões de escrita, sessões de *brainstorming* e conversas divertidas. Vocês dois me mantêm de pé, mesmo quando isso é difícil.

Minha agente, Victoria Marini: obrigada por sempre defender a mim e aos meus livros com unhas e dentes. É um verdadeiro sonho trabalhar com você e o mesmo vale para toda a equipe da High Line (alô, Sheyla Knigge).

Minha editora, Sarah McCabe, e editora assistente, Anum Shafqat: obrigada por sempre fazerem as perguntas mais meticulosas e por me incentivarem a mergulhar mais fundo nesses personagens e mundos. Não existe equipe editorial melhor.

Obrigada a todas as pessoas da Simon & Schuster/McElderry Books que participaram da elaboração deste livro: Justin Chanda, Karen Wojtyla, Anne Zafian, Bridget Madsen, Jennifer Strada, Elizabeth Blake-Linn, Greg Stadnyk (você arrasou com essa capa!), Lisa Vega, Chrissy Noh, Caitlin Sweeny, Alissa Nigro, Samantha McVeigh, Thad Whittier, Bezi Yohannes, Perla Gil, Remi Moon, Amelia Johnson, Ashley Mitchell,

Yasleen Trinidad, Saleena Nival, Amy Lavigne, Lisa Moraleda, Nicole Russo, Christina Pecorale e equipe de vendas, Michelle Leo e equipe de ensino/biblioteca, Ali Dougal e Rachel Denwood (e toda a equipe do Reino Unido), Cayley Pimentel e Miranda Rasch (e todo mundo da Simon & Schuster do Canadá). Agradeço também a Lara Ameen pela leitura sensível tão atenciosa.

Não posso me esquecer de agradecer aos muitos escritores que torceram por mim desde o começo e ajudaram a celebrar o lançamento do meu livro de estreia; à generosidade dos autores que escreveram os *blurbs* de *Magia das marés*, participaram de eventos e sorteios comigo e compartilharam sabedoria e incentivo ao longo da jornada, quer estivessem cientes disso ou não; às pessoas que leram as primeiras versões de *Céus misteriosos* e me acolheram em momentos de incerteza; a meus colegas estreantes de 2023; e aos amigos, colegas e mentores que fazem com que a jornada editorial não seja tão assustadora ou solitária quanto eu temia que fosse. Para citar alguns nomes, em ordem alfabética de sobrenome: Chelsea Abdullah, Isabel Agajanian, Jen Carnelian, Emily Charlotte, Emma Clancey, Lyndall Clipstone, Kamilah Cole, Erin Cotter, Tracy Deonn, SJ Donders, Kat Dunn, Emma Finnerty, Chloe Gong, Joan He, Suzey Ingold, Bailey Knaub, Hannah Laycraft, Claire Legrand, Ania Poranek, Aamna Qureshi, Allison Saft, Birdie Schae, Laura Steven, Emma Theriault e Sarah Underwood. E se me esqueci de mencionar alguém, por favor, perdoem meu cérebro cansado e saibam que sou muitíssimo grata.

Mamãe, papai, Éric, Crys, Gab, Marv, Mylou, Val: obrigada por segurarem minha mão e por me lembrarem de sair dos meus mundos de faz de conta de vez em quando. Você também, Roscoe.

Obrigada a todos os artistas talentosos que fizeram as artes de *Céus misteriosos*, por darem vida a essas cenas e personagens de maneira tão bela.

E um enorme agradecimento a todos os livreiros, bibliotecários e criadores de conteúdo que têm demonstrado tanto carinho por essa série desde que *Magia das marés* chegou às prateleiras. Sou muito grata pelo trabalho incrível de vocês.

Por fim, agradeço aos meus leitores: espero que vocês tenham gostado de revisitar este universo e todos os mundos que ele contém. Obrigada por estarem aqui.

intrinseca.com.br

@intrinseca

editoraintrinseca

@intrinseca

@editoraintrinseca

intrinsecaeditora

1ª edição	FEVEREIRO DE 2025
impressão	LIS GRÁFICA
papel de miolo	IVORY BULK 65 G/M²
papel de capa	CARTÃO SUPREMO ALTA ALVURA 250 G/M²
tipografia	SABON